Atiye Karataş — Mustafa Karataş
(1927–1981)

Boza- und Joghurt-Verkäufer. 1963 mit seinem Bruder Hasan nach Istanbul gekommen.

Erste Schwester

Zweite Schwester

Mevlut — Rayiha
(1957) (1965–1995)
(1982 Ehe)

Unser Held Mevlut Karataş ist 1969 aus seinem Dorf nach Istanbul gekommen. Dort ist er sogleich zur Schule gegangen und hat auf der Straße Joghurt und Boza verkauft.

Fatma — Burhan
(1983)
(2001 Ehe)

Fevziye — Erhan
(1984)
(2001 Ehe)

Orhan Pamuk

Diese Fremdheit in mir

Abenteuer und Träume des Boza-Verkäufers
Mevlut Karataş und seiner Freunde

sowie

ein aus zahlreichen Perspektiven
erzähltes Panorama des Istanbuler Lebens
zwischen 1969 und 2012

Roman
Aus dem Türkischen von Gerhard Meier

Büchergilde Gutenberg

Die türkische Originalausgabe erschien 2014
unter dem Titel *Kafamda Bir Tuhaflık*
bei Yapı Kredi Yayınları in Istanbul.

Lizenzausgabe für die Büchergilde Gutenberg,
Frankfurt am Main, Zürich, Wien
www.buechergilde.de
Mit freundlicher Genehmigung
des Carl Hanser Verlags, München

Satz: Greiner & Reichel, Köln
Druck und Bindung: Friedrich Pustet, Regensburg
Printed in Germany 2016
ISBN 978-3-7632-6858-0

Für Aslı

Es waren da trübe Gedanken,
So eine Fremdheit in mir,
Als wär' ich nicht für jene Zeit
Noch auch für jenen Ort.
William Wordsworth, »Präludium«

Der erste, der ein Stück Land eingezäunt hatte und es sich einfallen ließ zu sagen: *dies ist mein* und der Leute fand, die einfältig genug waren, ihm zu glauben, war der wahre Gründer der bürgerlichen Gesellschaft.
Jean-Jacques Rousseau, »Diskurs über den Ursprung und die Grundlagen der Ungleichheit unter den Menschen«

An der Kluft zwischen der privaten
und der offiziellen Meinung unserer Landsleute
lässt sich ablesen, wie stark unser Staat ist.
Celal Salik, »Schriften«

Inhalt

Teil IV (Juni 1982 – März 1994)

Teil 1
Donnerstag, 17. Juni 1982

Es ziemt sich nicht, die jüngere Tochter zu verheiraten,
solange die ältere noch ledig ist.
Şinasi, »Die Hochzeit des Dichters«

Lüge, die rauswill, bleibt nicht im Mund;
Blut, das fließen will, bleibt nicht im Leib;
Mädchen, das fortwill, bleibt nicht zu Haus.
Alter Spruch aus Beyşehir (aus der Umgegend von İmrenler)

Mevlut und Rayiha

Von der Schwierigkeit,
ein Mädchen zu entführen

Das ist die Geschichte vom Leben und den Träumen des Joghurt- und Boza-Verkäufers Mevlut Karataş. Geboren wurde Mevlut 1957 im äußersten Westen Asiens, in einem mittelanatolischen Dorf mit Blick auf einen fernen, dunstigen See. Mit zwölf kam er nach Istanbul und lebte von da an in der Hauptstadt der Welt. Mit fünfundzwanzig entführte er aus einem Dorf ein Mädchen; da geschah etwas Seltsames, das sein ganzes Leben bestimmen sollte. Er fuhr nach Istanbul zurück, heiratete und bekam zwei Töchter. Unablässig arbeitete er, verkaufte mal Joghurt, mal Eis, mal Pilav, oder kellnerte. Abend für Abend aber zog er unweigerlich los, verkaufte Boza und hing dabei seltsamen Träumen nach.

Unser Held Mevlut war groß und kräftig, dabei aber schlank, und er sah gut aus. Er hatte braunes Haar, einen wachen, klugen Blick und ein jungenhaftes Gesicht, das bei Frauen zärtliche Gefühle weckte. Dieses Jungenhafte hielt noch an, als er schon weit über vierzig war, und die Frauen fanden ihn noch immer schön; an diese beiden Grundzüge Mevluts werde ich die Leser ab und zu erinnern, damit sie unsere Geschichte so recht begreifen. Darauf, wie zuversichtlich und gutherzig Mevlut war – manche werden sagen: wie blauäugig –, brauche ich nicht weiter zu verweisen, denn Sie werden sich selbst davon überzeugen. Hätten meine Leser Mevlut persönlich kennengelernt, so wie ich, würden sie erstens den Frauen recht geben, die an seiner jugendlichen Anmut Gefallen fanden, und sie würden zweitens zugeben, dass meine Beschreibung keineswegs schöngefärbt ist. Bei dieser Gelegenheit möchte ich überhaupt betonen, dass ich in diesem Buch, das gänzlich auf wahren Begebenheiten beruht, an keiner Stelle übertreiben, sondern mich lediglich darauf beschränken werde, tatsächlich geschehene seltsame Vorfälle in eine vom Leser leicht zu begreifende Abfolge zu bringen.

Um das Leben und die Träume unseres Helden angemessen zu schildern, werde ich in der Mitte der Geschichte beginnen und als Erstes erzählen, wie Mevlut im Juni 1982 aus dem Nachbardorf Gümüşdere (Provinz Konya, Landkreis Beyşehir) ein Mädchen entführte. Er hatte sie vier Jahre zuvor bei einer Hochzeit in Istanbul zum ersten Mal gesehen, und nun war sie dazu bereit, sich entführen zu lassen. Die Hochzeit seines Cousins Korkut hatte in dem Viertel Mecidiyeköy stattgefunden, und beim Anblick des überaus hübschen und damals noch blutjungen, nämlich erst dreizehn Jahre alten Mädchens hätte Mevlut nie gedacht, dass sie seine Gefühle erwidern könnte. Sie war eine jüngere Schwester der Braut und aus Anlass der Hochzeit zum ersten Mal in Istanbul. Mevlut schrieb ihr über drei Jahre hinweg Liebesbriefe. Zwar antwortete sie nicht, doch Korkuts Bruder Süleyman, der die Briefe übermittelte, gab Mevlut Hoffnung und ermunterte ihn zum Weiterschreiben.

Süleyman half Mevlut dann auch bei der Entführung. Mit seinem Ford-Lieferwagen brachte er Mevlut in ihr Heimatdorf. Laut dem Plan, den die beiden ausgeheckt hatten, sollte Süleyman eine Stunde von Gümüşdere entfernt in seinem Lieferwagen auf Mevlut und das entführte Mädchen warten, und während dann jedermann dächte, die beiden Liebenden seien auf dem Weg nach Beyşehir, würde er sie stattdessen nach Norden bringen, über die Berge hinweg, zum Bahnhof von Akşehir.

Immer wieder war Mevlut den Plan durchgegangen und hatte heimlich alle Stellen aufgesucht, die dabei eine Rolle spielten, den kalten Brunnen, den schmalen Bach, den baumbestandenen Hügel, den Garten hinter dem Haus des Mädchens. Als es so weit war, stieg er eine halbe Stunde vor der mit dem Mädchen verabredeten Zeit aus dem Lieferwagen, schlich sich in den Friedhof des Dorfes und betete vor den Gräbern um ein gutes Gelingen. Er wagte sich kaum einzugestehen, dass er Süleyman nicht ganz traute. Wenn dieser nun nicht, wie vereinbart, mit dem Lieferwagen zum Brunnen kam? Schnell verbot er sich diesen schrecklichen Gedanken.

Mevlut trug eine zu Schulzeiten, als er schon mit dem Vater Joghurt verkaufte, in Beyoğlu gekaufte Stoffhose, ein blaues Hemd und Schuhe, die er sich vor dem Militärdienst geleistet hatte.

Kurz nach Einbruch der Dunkelheit ging er auf die bröckelige Gartenmauer zu. Das hintere Fenster am weißgetünchten Haus von Abdurrahman, dem Vater des Mädchens, war dunkel. Mevlut war zehn Minuten zu früh dran. In furchtbarer Aufregung starrte er auf das Fenster. Ihm fielen Geschichten von jungen Männern ein, die nach dem Entführen des geliebten Mädchens in die Falle der Blutrache gerieten und erschossen wurden, und von anderen, die beim Davonlaufen in dunkler Nacht umherirrten, bis man sie erwischte. Und dann sollte es auch vorkommen, dass das Mädchen es sich plötzlich anders überlegte und nicht mitging, und man blamierte sich bis auf die Knochen. Erregt stand Mevlut auf. Gott würde ihn beschützen.

Hunde bellten. Das Fenster wurde hell und gleich wieder dunkel. Mevlut schlug das Herz bis an den Hals. Er ging auf das Haus zu. Zwischen den Bäumen hörte er etwas knacken, dann wurde sein Name geflüstert: »Mevlut!«

Das war die liebevolle Stimme des Mädchens, das all seine Briefe aus der Militärzeit gelesen hatte, des Mädchens, das ihm vertraute. Mevlut dachte an die Hunderte voller Inbrunst geschriebenen Briefe zurück, an sein einziges Ziel, dieses schöne Mädchen für sich einzunehmen, an seine Träume vom Glück. Endlich war es ihm gelungen, sie zu überzeugen. Ohne etwas zu sehen, lief er in dieser verwunschenen Nacht wie ein Schlafwandler auf ihre Stimme zu.

Im Dunkel fanden sie einander. Unwillkürlich fassten sie sich an den Händen und liefen los. Kaum hatten sie ein paar Schritte getan, schlugen Hunde an, und Mevlut verwirrten sich die Sinne. Er wusste plötzlich den Weg nicht mehr und lief blind drauflos. Bäume tauchten gleich Betonwänden vor ihnen auf und verschwanden wieder, doch wie ihm Traum stießen sie an keinen einzigen.

Am Ende des Pfades keuchten sie einen Hang hinauf, der zwischen Felsbrocken hindurch so steil anstieg, als führte er bis zum dunklen, wolkigen Himmel hinauf. Wohl eine halbe Stunde kletterten sie empor, und oben angelangt gingen sie Hand in Hand weiter. Die Lichter von Gümüşdere schienen dort hinauf, und dahinter war Cennetpınar zu sehen, wo Mevlut geboren war. Für den Fall, dass schon jemand hinter ihnen her war, wollte er diesen Verfolger nicht zu seinem eigenen Dorf führen, und auch um einem etwaigen Plan Süleymans zuvorzukommen, ging Mevlut instinktiv in die andere Richtung.

Die Hunde bellten noch immer wie verrückt. Mevlut musste einsehen, dass er in der Gegend inzwischen ein Fremder war und die Hunde ihn nicht mehr kannten. Von Gümüşdere her hörten sie auf einmal einen Schuss. Erst beherrschten sie sich noch und gingen unveränderten Schrittes weiter, doch als die Hunde kurz innehielten und dann gleich wieder losbellten, verfielen die beiden ins Laufen und eilten die andere Hangseite hinab. Ihnen schlugen Blätter und Zweige ins Gesicht, und ihre Kleider verfingen sich in Dornen. Da Mevlut kaum noch etwas sah, meinte er jeden Augenblick, sie würden gegen einen Felsen prallen und zu Boden stürzen, doch nichts dergleichen geschah. Zwar fürchtete er sich vor den Hunden, doch irgendwie wusste er auch, dass Gott ihn und Rayiha beschützen würde und dass ihnen in Istanbul ein glückliches Leben bevorstand.

Als sie völlig außer Atem an der Straße nach Akşehir ankamen, war Mevlut sich gewiss, dass sie nicht zu spät dran waren. Wenn Süleyman nun wirklich mit seinem Lieferwagen kam, würde niemand ihm Rayiha mehr wegnehmen können. Jeden seiner Briefe hatte Mevlut im Gedanken an das hübsche Gesicht und die unvergesslichen Augen des Mädchens damit begonnen, dass er voller Sorgfalt ihren schönen Namen hinschrieb: Rayiha. Als ihm dies nun wieder einfiel, ging er vor lauter Glück noch schneller.

So dunkel, wie es war, konnte er das entführte Mädchen kaum sehen. Wenigstens berühren wollte er sie oder küssen, doch mit dem Bündel, das sie dabeihatte, wehrte Rayiha ihn jeweils sanft wieder ab. Eigentlich gefiel ihm das. Er beschloss, die Frau, mit der er sein ganzes Leben verbringen würde, vor der Ehe nicht zu berühren.

Hand in Hand gingen sie über das Brücklein, das über den kleinen Fluss Sarp führte. Rayihas Hand war vogelleicht und zart. Aus dem brausenden Flüsschen duftete es nach Thymian und Lorbeer herauf.

Ein violettes Licht zuckte durch die Nacht, dann donnerte es. Mevlut befürchtete, vor der langen Zugfahrt vom Regen erwischt zu werden, ging aber trotzdem nicht schneller.

Bald darauf sahen sie aus der Ferne neben dem verfallenden Brunnen die Rücklichter von Süleymans Lieferwagen. Mevlut zerriss es fast vor lauter Freude. Er machte sich Vorwürfe, an Süleyman je gezweifelt zu haben. Nun setzte der Regen ein. Fröhlich liefen sie los, doch da sie beide müde waren und die Rücklichter doch weiter entfernt, als sie gedacht hatten, kamen sie ziemlich durchnässt am Lieferwagen an.

Rayiha stieg hinten in den Laderaum, wie Mevlut und Süleyman dies verabredet hatten. Zum einen konnte Rayihas Flucht entdeckt worden sein, sodass sie unterwegs vielleicht von Gendarmen angehalten würden, und zum anderen sollte Rayiha Süleyman nicht sehen.

Als Mevlut vorne einstieg, sagte er: »Süleyman, dass du das für mich getan hast, werde ich dir mein Leben lang nicht vergessen!« Er konnte nicht an sich halten und umarmte den Cousin so fest er nur konnte. Jener zeigte sich weit weniger überschwänglich und war womöglich beleidigt, weil er Mevluts Misstrauen gespürt hatte.

»Schwör mir, dass du niemandem von meiner Hilfe erzählst«, verlangte Süleyman.

Mevlut schwor es ihm.

»Sie hat die Tür nicht zugemacht«, sagte Süleyman. Mevlut stieg wieder aus und ging im Dunkel hinter das Fahrzeug. In dem Moment, als er die Tür schloss, zuckte ein Blitz, und der ganze Himmel, die Berge, die Felsen, alles leuchtete auf wie eine ferne Erinnerung. Zum ersten Mal sah Mevlut das Gesicht seiner zukünftigen Frau aus der Nähe.

Sein ganzes Leben lang musste er immer wieder an diesen Augenblick zurückdenken, an dieses äußerst seltsame Gefühl.

Als sie losfuhren, holte Süleyman aus dem Handschuhfach ein Tuch und hielt es Mevlut hin. »Da, zum Abtrocknen.« Mevlut roch daran, und als er das Tuch für sauber befand, reichte er es durch eine Öffnung nach hinten zu dem Mädchen.

Eine Weile später bemerkte Süleyman: »Du hast dich ja nicht abgetrocknet. Was anderes habe ich aber nicht.«

Der Regen trommelte auf das Dach, die Scheibenwischer taten wimmernd ihr Werk, doch Mevlut wusste, dass sie auf eine tiefe Stille zufuhren. Die blassen Scheinwerfer leuchteten in dichte Waldesfinsternis hinein. Mevlut hatte viel davon gehört, dass Wölfe, Schakale und Bären sich nach Mitternacht mit Geistern und Dämonen trafen, und Fabelwesen und Teufelsschatten war er in Istanbuler Nächten schon selbst begegnet. Es war dies die Finsternis, in der spitzschwänzige Kobolde, großfüßige Riesen und gehörnte Zyklopen sich verirrte Wanderer und hilflose Sünder schnappten und sie in die Unterwelt entführten.

»Du kriegst ja den Mund nicht mehr auf«, sagte Süleyman.

Mevlut hatte begriffen, dass die seltsame Stille, die sich seiner bemächtigt hatte, noch jahrelang andauern würde.

In seinem Bemühen zu verstehen, wie er dem Leben derart in die Falle hatte gehen können, versuchte er sich einzureden, dies sei doch nur geschehen, weil die Hunde gebellt hätten und er sich dann verlaufen habe, und wenn er auch genau wusste, wie falsch das war, zog er unwillkürlich daraus Trost.

»Etwas nicht in Ordnung?«, fragte Süleyman.

»Nein, nein.«

Wenn bei langsamer Kurvenfahrt auf der engen, matschigen Straße im Scheinwerferlicht Felsen, Baumgespenster, nebulöse Schatten und geheimnisvolle Dinge auftauchten, sah Mevlut diese Wunder an als wüsste er, dass er sie nie mehr vergessen würde. Mal schraubten sie sich lange die gewundene Straße hinauf, dann ging es wieder bergab, und hin und wieder fuhren sie lautlos wie Diebe durch die Dunkelheit eines im Matsch versunkenen Dorfes. Dort bellten Hunde auf, aber danach setzte gleich wieder eine derart tiefe Stille ein, dass Mevlut nicht zu sagen wusste, ob diese Fremdheit nun in seinem Kopf war oder in der ganzen Welt. Er sah im Dunkel die Schatten fabelhafter Vögel. Er sah aus wirren

Linien gezeichnete unverständliche Buchstaben, sah die Überreste von Teufelsheeren, die vor Jahrhunderten durch jene einsame Gegend gezogen waren. Sah die Schatten jener, die zu Stein verwandelt waren, da sie gesündigt hatten.

»Fang ja nicht an, es zu bereuen«, sagte Süleyman. »Es gibt überhaupt nichts zu befürchten. Keiner ist hinter euch her. Außer dem Vater wissen wahrscheinlich eh schon alle, dass sie weggelaufen ist. Sag bloß nicht, dass ich was damit zu tun habe, dann wird der Bucklige Abdurrahman sich schon beschwichtigen lassen. Wart's ab, innerhalb von zwei Monaten verzeiht er euch. Und noch bevor es Sommer wird, fahrt ihr zu ihm hin und küsst ihm die Hand.«

An einem steilen Anstieg drehten in einer Kurve auf einmal die Hinterräder durch, und Mevlut stellte sich schon vor, es sei alles zu Ende und Rayiha würde in ihr Dorf und er selbst nach Istanbul zurückkehren, ohne dass etwas geschehen war.

Dann aber fuhr der Lieferwagen weiter.

Etwa eine Stunde später fielen die Scheinwerfer des Lieferwagens auf die ersten Häuser und Gassen von Akşehir. Der Bahnhof war jenseits der Stadt, etwas außerhalb.

»Geht nur ja nicht auseinander«, sagte Süleyman, als er die beiden am Bahnhof aussteigen ließ. Er warf einen Blick auf das Mädchen, das im Dunkel mit seinem Bündel dastand. »Ich steige lieber nicht aus, sonst erkennt sie mich. Ich habe ziemliche Verantwortung auf mich geladen. Du wirst sie doch auf jeden Fall glücklich machen, ja? Sie ist jetzt deine Frau, die Würfel sind gefallen. Am besten, in Istanbul versteckt ihr euch erst eine Weile.«

Mevlut und Rayiha sahen dem Lieferwagen nach, bis dessen beiden roten Rücklichter im Dunkel verschwunden waren. Ohne sich bei der Hand zu halten, gingen sie in das alte Bahnhofsgebäude von Akşehir.

Drinnen brannten helle Neonlampen. Mevlut besah sich zum zweiten Mal und nun ganz aufmerksam und aus der Nähe das Mädchen, das er entführt hatte, und als er wieder sah, was er beim Schließen der Wagentür schon gesehen hatte und nicht hatte glauben können, wandte er die Augen ab.

Das war nicht das Mädchen, das er auf Korkuts Hochzeit gesehen hatte. Es war ihre ältere Schwester. Man hatte Mevlut auf der Hochzeit ein hübsches Mädchen gezeigt und ihm dann eine andere geschickt. Mevlut schämte sich, so betrogen worden zu sein, und konnte dem Mädchen, von dem er nicht einmal wusste, ob es tatsächlich Rayiha hieß, nicht mehr ins Gesicht sehen.

Wer hatte ihm da so übel mitgespielt, und wie? Als er auf den Schalter zuging, hörte er seine eigenen Schritte wie aus der Ferne hallen, als wären es die Schritte eines anderen. Beim Anblick alter Bahnhöfe würde Mevlut sein Leben lang an jene Minuten zurückdenken.

Wie im Traum kaufte er zwei Fahrkarten nach Istanbul.

»Der Zug kommt gleich«, sagte der Beamte. Er kam aber nicht. Die beiden zwängten sich in dem mit Koffern, Körben, Bündeln und müden Menschen vollgestopften Wartezimmer auf eine Bank und sprachen kein Wort miteinander.

Mevlut erinnerte sich, dass Rayiha – oder vielmehr das hübsche Mädchen, das für ihn Rayiha gewesen war – eine ältere Schwester hatte. Das Mädchen, das nun neben ihm saß, hieß tatsächlich Rayiha. So hatte es zumindest Süleyman soeben gesagt. Mevlut hatte seine Liebesbriefe einer Rayiha geschrieben, sich dabei aber jemand anderen vorgestellt, zumindest ein anderes Gesicht. Ihm fiel nun ein, dass er nicht einmal wusste, wie das hübsche Mädchen wirklich hieß. Wie hatte er sich nur so betrügen lassen können? Er begriff es nicht, konnte sich an nichts erinnern, und die Verwirrung in ihm wurde so zu einem Teil der Falle, in die er getappt war.

Er sah auf Rayihas Hand, die er kurz zuvor noch liebevoll gedrückt hatte. In seinen Briefen hatte er geschrieben, wie er sich vorstellte, diese Hand einmal halten zu dürfen. Es war eine schöne, wohlgeformte Hand, die brav auf dem Schoß ruhte und nur hin und wieder an dem Bündel oder am Rock zupfte.

Mevlut ging zum Bahnhofskiosk und kaufte zwei fast vertrocknete

Gebäckstücke. Auf dem Rückweg besah er sich aus der Ferne Rayihas vom Kopftuch umrahmtes Gesicht. Es war und war nicht das hübsche Gesicht, das er auf Korkuts Hochzeit gesehen hatte. Mevlut war sich nun ganz sicher, dass er Rayiha zum ersten Mal im Leben sah oder doch zumindest wahrnahm. Wie aber hatte das geschehen können? War Rayiha sich klar, dass er beim Schreiben der Briefe an ihre Schwester gedacht hatte?

»Willst du eins?«

Mit ihrer ebenmäßigen Hand nahm Rayiha eines der Gebäckstücke. Aus ihrem Gesicht las Mevlut nicht die Erregung flüchtender Liebender ab, sondern schlichte Dankbarkeit.

Behutsam, mit beinahe schuldbewusster Miene biss Rayiha hinein, und Mevlut setzte sich wieder neben sie und sah ihr aus dem Augenwinkel zu. Er selbst hatte keinen Appetit, doch aus Verlegenheit aß auch er das trockene Gebäck.

Wortlos saßen sie da. Mevlut kam sich vor wie in einer nicht enden wollenden Schulstunde. Andauernd zerbrach er sich den Kopf darüber, wie er nur in solch eine Situation hatte geraten können.

Er dachte an jene Hochzeit zurück, auf die sein Vater selig, Mustafa Efendi, ihn gar nicht hatte gehen lassen wollen. Heimlich hatte Mevlut sich aus dem Dorf davongemacht und war nach Istanbul gefahren. Und das hatte er sich damit eingebrockt! Wie die Scheinwerfer von Süleymans Lieferwagen suchten die in sich gekehrten Blicke Mevluts die dunklen Stellen und Ecken seiner fünfundzwanzig Lebensjahre ab, um irgendwie zu erhellen, was ihm da widerfuhr.

Der Zug kam und kam nicht. Mevlut stand wieder auf und ging zum Imbiss, der mittlerweile aber geschlossen hatte. Draußen standen zwei Pferdewagen bereit, um Reisende in die Stadt zu fahren. Einer der Kutscher saß da und rauchte. Es herrschte grenzenlose Stille auf dem Bahnhofsvorplatz. Mevlut bemerkte eine riesige Platane und ging darauf zu.

Vor dem Baum stand ein Schild, das vom Bahnhof her fahl beleuchtet war.

DER GRÜNDER UNSERER REPUBLIK
MUSTAFA KEMAL ATATÜRK
HAT BEI SEINEM BESUCH IN AKŞEHIR
IM JAHRE 1922 UNTER DIESER
HUNDERTJÄHRIGEN PLATANE GESESSEN
UND KAFFEE GETRUNKEN.

Im Geschichtsunterricht war der Name Akşehir bisweilen vorgekommen, und Mevlut hatte durchaus begriffen, was diese Nachbarstadt in der türkischen Geschichte für eine Bedeutung hatte, doch worum genau es dabei ging, hätte er nicht zu sagen gewusst. Er hatte sich nicht sehr bemüht, ein Musterschüler zu sein. Vielleicht war ja das sein Fehler. Fünfundzwanzig war er nun, und er nahm sich vor, einiges Versäumte nachzuholen.

Als er wieder zu Rayiha zurückging, sah er sie noch einmal aufmerksam an. Nein, er konnte sich nicht erinnern, sie auf der Hochzeit vor vier Jahren auch nur aus der Ferne gesehen zu haben.

Als der verrostete Zug unter lautem Bremsengekreisch mit vier Stunden Verspätung endlich eintraf, fanden sie Platz in einem leeren Abteil, aber dennoch setzte sich Mevlut nicht Rayiha gegenüber, sondern neben sie. Wenn sie über Weichen oder abgenutzten Schienen vom Zug durchgeschüttelt wurden, berührte Mevluts Rayihas Schulter, und selbst das kam ihm befremdlich vor.

Mevlut ging auf die Zugtoilette und lauschte wie schon damals in Kindertagen dem Schienengeratter, das durch das offene Loch herauftönte. Als er ins Abteil zurückkehrte, war Rayiha eingenickt. Wie konnte sie in der Nacht, in der sie von zu Hause fortlief, in aller Seelenruhe einschlafen? »Rayiha! Rayiha!«, flüsterte er ihr ins Ohr, und sie wachte so natürlich auf wie jemand, der tatsächlich Rayiha heißt, und lächelte ihn an. Wortlos setzte Mevlut sich neben sie.

Wie ein altes Ehepaar, das sich nichts mehr zu sagen hat, saßen sie schweigend da und sahen zum Fenster hinaus. Hin und wieder erblickten sie die Straßenlaternen eines kleinen Städtchens, die Lichter eines Fahrzeugs auf einer einsamen Straße oder grüne und rote Eisenbahnsignale, doch meist war es draußen stockfinster und sie sahen nichts anderes als ihren eigenen Widerschein im Fenster.

Als es nach zwei Stunden zu tagen begann, bemerkte Mevlut, dass Rayiha Tränen über die Wangen liefen. Sie waren noch immer allein im Abteil, und der Zug ratterte durch eine violette Landschaft voller Abgründe.

»Willst du zurück nach Hause?«, fragte Mevlut. »Bereust du es?«

Da weinte Rayiha noch heftiger. Ungeschickt legte Mevlut ihr den Arm um die Schultern. Dabei war ihm aber nicht wohl, und er zog den Arm zurück. Lange weinte Rayiha bittere Tränen, und Mevlut fühlte sich schuldig.

»Du liebst mich gar nicht«, sagte Rayiha auf einmal.

»Warum?«

»Deine Briefe waren voller Liebe, aber du hast mich hintergangen. Hast du sie wirklich selbst geschrieben?«

»Ja, allesamt.«

Doch Rayiha hörte nicht auf zu weinen.

Als der Zug eine Stunde später in den Bahnhof von Afyonkarahisar einfuhr, stieg Mevlut eilig aus und kaufte am Imbiss ein Brot, zwei Käseecken und ein Päckchen Kekse. Während der Zug danach den Fluss Aksu entlangfuhr, frühstückten sie und kauften bei einem Jungen, der mit seinem Tablett durch die Waggons ging, zwei Glas Tee. Es freute Mevlut, dass Rayiha sich für alles interessierte, was sie aus dem Zugfenster sah: Ortschaften, Pappeln, Traktoren, Pferdewagen, fußballspielende Kinder, die Flüsse, die sie auf eisernen Brücken überquerten. Alles auf der Welt erschien ihr sehenswert.

Als Rayiha zwischen den Stationen Alayurt und Uluköy einschlief, lehnte sie den Kopf an Mevluts Schulter. Mevlut musste sich eingestehen, dass ihn das mit einem Gefühl der Verantwortung, ja des Glücks erfüllte. Inzwischen setzten sich zwei Gendarmen und ein alter Mann ins Abteil. Mevlut sah draußen Strommasten, Lastwagen auf Asphaltstraßen und neuartige Betonbrücken, und er wertete all dies als Zeichen dafür, wie sehr es mit dem Land doch aufwärtsging; voller Missmut nahm er dagegen zur Kenntnis, dass die Mauern der Fabriken und der ärmeren Viertel mit politischen Slogans vollgeschmiert waren.

Zu seiner Verblüffung nickte Mevlut schließlich selbst ein.

Als der Zug in Eskişehir anhielt, wachten sie gleichzeitig auf und erschraken auch beide beim Anblick der Gendarmen, als fürchteten sie, gleich verhaftet zu werden, doch dann beruhigten sie sich und lächelten sich an.

Rayiha hatte ein so inniges Lächeln. Unvorstellbar, dass sie etwas verbarg und irgendwelche Ränke schmiedete. Sie hatte ein offenes, ehrliches Gesicht. Mevlut leuchtete ein, dass sie mit denen, die ihn betrogen hatten, wohl unter eine Decke steckte, doch wenn er ihr ins Gesicht sah, konnte er nicht anders, als an ihre Unschuld zu glauben.

Als der Zug sich Istanbul näherte, redeten sie über die großen Fabriken, die sich am Bahngleis entlangreihten, über die Erdölraffinerie von Izmit mit ihren feuerspeienden Schloten, über die riesigen Frachtschiffe, die wer weiß wie weit in die Welt hinausfuhren. Wie ihre beiden Schwestern hatte auch Rayiha zumindest die Grundschule besucht und wusste recht mühelos die Namen vieler Länder aufzuzählen, die ans Meer grenzten. Mevlut war stolz auf sie.

Bei jener Hochzeit vor vier Jahren war sie bereits in Istanbul gewesen. Dennoch fragte sie bescheiden: »Ist das jetzt schon Istanbul?«

»Ja, Kartal gehört schon dazu«, erwiderte Mevlut selbstsicher. »Aber da kommt noch einiges mehr.« Er zeigte auf die Prinzeninseln gegenüber. Dort würden sie bestimmt einmal gemeinsam hinfahren.

Das aber sollte Rayiha in ihrem kurzen Leben nicht mehr beschieden sein.

Teil II
Mittwoch, 30. März 1994

Zuerst essen die Asiaten bei ihren Hochzeiten
und trinken Boza, danach streiten sie sich.
Lermontow, »Ein Held unserer Zeit«

Seit fünfundzwanzig Jahren jeden Winterabend

Lasst ihr wohl den Boza-Verkäufer in Frieden

Als Mevlut zwölf Jahre nachdem er Rayiha nach Istanbul entführt hatte, an einem finsteren Märzabend des Jahres 1994 auf der Straße Boza verkaufte, baumelte vor seiner Nase auf einmal ein Korb.

»He, Boza-Verkäufer, zwei Portionen bitte!«, rief eine Kinderstimme.

Der Korb war vom Himmel geschwebt wie ein Engel, und Mevlut stutzte etwas, denn zu Straßenverkäufern an einem Strick einen Korb hinunterzulassen, war eine Angewohnheit, die sich in Istanbul allmählich verlor. Er dachte an die Zeit vor genau fünfundzwanzig Jahren zurück, als er, Schüler noch, mit seinem Vater durch die Straßen zog und Joghurt und Boza verkaufte. Nun füllte er in das Emailgefäß im Korb viel mehr, als das Kind verlangt hatte, nicht nur zwei Glas Boza, sondern fast ein Kilo. Und fühlte sich dabei, als sei er auf einen Engel gestoßen. Seit einigen Jahren hatte er es immer mehr mit dem Religiösen.

Damit unsere ohnehin voller Seltsamkeiten steckende Geschichte nicht ins Unverständliche abgleitet, sollte an dieser Stelle erläutert werden, was Boza eigentlich ist, nämlich ein aus Asien stammendes, zähflüssiges Getränk aus vergorener Hirse, dunkelgelb, wohlriechend und leicht alkoholisch; denn die Leser in anderen Weltgegenden werden Boza wohl nicht kennen, und es steht zu befürchten, dass es türkischen Lesern in etwa zwanzig, dreißig Jahren nicht anders gehen wird.

Da Boza bei Hitze leicht verdirbt, wurde es in Istanbul zu osmanischen Zeiten vor allem im Winter verkauft, in Läden, die allerdings schon im Gründungsjahr der Republik, 1923, weitgehend von deutschen Bierstuben verdrängt waren. Auf der Straße wurde Boza aber weiterhin von umherziehenden Verkäufern feilgeboten. Spätestens ab den sechziger Jahren war der Boza-Verkauf nur noch ihre Domäne, und wenn sie an Winterabenden mit ihrem langgezogenen »Bozaa!« durch armselige Viertel zogen, riefen sie uns damit vergangene Jahrhunderte in Erinnerung, verlorene, glückliche Tage.

Mevlut merkte, wie ungeduldig die Kinder oben am Fenster schon wurden, nahm den Geldschein aus dem Korb und legte das Wechselgeld neben das Emailgefäß. Dann zog er kurz an dem Korb, wie es üblich war, um anzuzeigen, dass er hochgezogen werden konnte.

Mit einem Ruck ging der Korb hoch. Er schwankte im kalten Wind, stieß leicht gegen die Fensterbretter der unteren Stockwerke und die Regenrinne, sodass die Kinder oben ihre liebe Mühe damit hatten. Als er im fünften Stock anlangte, blieb er kurz in der Luft stehen wie eine Möwe, die plötzlich günstig im Wind steht, und verschwand dann, wie etwas Geheimnisvolles, Verbotenes. Mevlut ging seines Weges.

»Booo-zaaaa!«, rief er in die dämmrige Straße hinein. »Leckeres Boozaaaaa!«

Solche Einkäufe mit einem herabgelassenen Korb wurden vor allem getätigt, als die Istanbuler Häuser noch nicht über Aufzüge und automatische Türöffner verfügten und auch nur selten mehr als fünf oder sechs Stockwerke emporragten. Als Mevlut 1969 zum ersten Mal mit seinem Vater loszog, war es sogar noch üblich, dass Hausfrauen, die nicht auf die Straße oder zum Krämer gehen wollten, an ihren Körben Klingeln hatten, mit denen sie Straßenverkäufern anzeigten, dass sie Boza oder Joghurt wollten, oder dem Krämerlehrling, dass sie eine ganze Einkaufsliste in den Korb gelegt hatten, denn Telefon gab es damals noch kaum. Und der Verkäufer wiederum klingelte, sobald er seine Ware fachgemäß im Korb verstaut hatte. Seit jeher schaute Mevlut gern dabei zu, wenn so ein Korb hochgezogen wurde, der je nach Wind an Fenster, Äste, Strom- und Telefonleitungen oder Wäscheleinen stoßen konnte, angenehm begleitet vom Tönen der kleinen Klingel. Manche Stammkunden ließen anschreiben und legten dazu ein kleines Heft in den Korb, in das Mevlut eintrug, wie viele Kilo Joghurt er etwa geliefert hatte. Mevluts Vater konnte nicht lesen und schreiben, und bevor Mevlut aus dem Dorf zu ihm nach Istanbul kam, trug er für das, was er zu bekommen hatte, nur Striche in die Hefte ein (einen ganzen Strich für ein Kilo, einen halben für ein halbes Kilo), und als der Sohn dann dabei war, verfolgte der Vater stolz, wie der Junge richtige Zahlen schrieb und sich bei manchen Kunden auch Notizen machte (montags und freitags; mit Rahm).

Das waren nur noch Erinnerungen an alte Zeiten, die Mevlut manchmal geradezu wie Märchen vorkamen, so sehr hatte Istanbul sich in jenen fünfundzwanzig Jahren verändert. Wo früher noch fast alle Straßen gepflastert gewesen waren, herrschte nun Asphalt vor. In einem Großteil der Stadt waren an der Stelle dreistöckiger Häuser mit Garten so hohe Gebäude errichtet worden, dass man von den oberen Stockwerken die Rufe eines Straßenverkäufers kaum mehr hören konnte. Statt der früher üblichen Radios waren nun allenthalben Fernseher eingeschaltet, den lieben langen Tag, und noch dazu so laut, dass sie den Boza-Verkäufer übertönten. Auf den Straßen liefen nicht mehr die stillen, niedergeschlagenen Menschen von früher in ihrer grauen, verblichenen Kleidung herum, sondern laute, gestikulierende, selbstsichere Menschenmassen. So schleichend aber hatte diese große Veränderung sich vollzogen, dass Mevlut sie gar nicht immer mitbekommen hatte und nicht zu denen gehörte, die ständig darüber jammerten. Er versuchte ohnehin stets, sich anzupassen und eben solche Viertel aufzusuchen, in denen man für Leute wie ihn noch empfänglich war.

Zu Anfang war das vor allem Beyoğlu gewesen, dort ganz in der Nähe wohnte er. Noch Ende der siebziger Jahre hatte es in den Gassen von Beyoğlu so viele billige Nachtlokale und getarnte Freudenhäuser gegeben, dass Mevlut bis über Mitternacht hinaus Geschäfte machen konnte. Zu seinen Kunden zählten die Frauen, die in mühsam beheizten Kellern als Sängerinnen und Animierdamen arbeiteten, ferner die Verehrer dieser Frauen, schnurrbärtige Provinzler mittleren Alters, die sich nach dem Geschäftemachen in Istanbul in solchen Lokalen erholten und den Frauen teure Getränke spendierten. Es waren arme Teufel dabei, für die es schon das höchste der Gefühle war, in einem Nachtlokal in der Nähe einer Frau zu sitzen, arabische oder pakistanische Touristen, Kellner, Leibwächter, Türsteher. Innerhalb von zehn Jahren aber war dieses ganze Gefüge – wie in Istanbul so oft – vom Zeitgeist berührt worden, all diese Menschen waren verschwunden, so auch die Vergnügungsstätten, in denen osmanische und europäische Lieder gesungen worden waren, und stattdessen waren lauter Lokale eröffnet worden, in denen die Leute Raki tranken und Kebab aßen. Da die vorwiegend jungen, sich bei Bauchtanz amüsierenden Gäste dort für Boza nichts übrighatten, ging Mevlut abends nicht einmal mehr in die Nähe der İstiklal-Straße.

Jahr für Jahr hatte er abends gegen halb neun, nach den Nachrichten, in seiner Mietwohnung in Tarlabaşı mit den Vorbereitungen begonnen, hatte den von seiner Frau gestrickten braunen Pullover angezogen, die Wollmütze aufgesetzt, die bei den Kunden so beliebte blaue Schürze umgebunden, die Kanne mit dem von seiner Frau und den Töchtern gezuckerten und gewürzten Boza wiegend hochgehoben (»Heute ist aber wenig drin, dabei ist es doch kalt«, sagte er manchmal), den schwarzen Mantel angezogen und sich von seiner Familie verabschiedet. »Geht ruhig schlafen und wartet nicht auf mich«, sagte er früher immer zu seinen Töchtern, als sie noch klein waren. Mittlerweile sah er sie vor dem Fernseher sitzen und sagte nur noch: »Ich komme heute nicht zu spät heim.«

Draußen in der Kälte schulterte er sein eichenes Tragjoch, hängte an den Enden je eine Plastikkanne voller Boza ein, und wie ein Soldat seine Patronen überprüft, bevor er in die Schlacht zieht, tastete er den Gürtel und die Innentaschen seiner Weste ab, ob auch all die fingerdicken Säckchen mit Zimt und mit Leblebi – gerösteten Kichererbsen – an Ort und Stelle waren, die mal seine Frau vorbereitete, mal die ungeduldigen Töchter, mal er selbst. Dann machte er sich auf seinen endlos langen Gang.

»Leckeres Booozaaaa!«

Er stieg zu den höher gelegenen Vierteln hinauf, bog am Taksim-Platz ab, und wo es ihn gerade hinzog, dahin machte er sich raschen Schrittes auf, und abgesehen von einer halbstündigen Zigarettenpause in einem Kaffeehaus war er ständig unterwegs.

Als er den Korb wie einen Engel zu sich herabschweben sah, war es halb zehn, und er war in Pangaltı. Gegen halb elf sah er hinter der Gümüşsuyu-Straße in einer dunklen Gasse, die zu der kleinen Moschee hinaufführte, das Rudel Straßenhunde wieder, das ihm schon eine Woche zuvor aufgefallen war. Da Straßenköter sich mit Straßenverkäufern in der Regel nicht anlegten, hatte Mevlut sie bis vor kurzem noch nicht gefürchtet. Als ihm aber auf einmal ganz seltsam das Herz pochte, bekam er es mit der Angst zu tun, und da er wusste, dass Hunde das riechen und dann erst recht aggressiv werden, versuchte er sich irgendwie abzulenken.

Er versuchte daran zu denken, wie er mit seinen Töchtern oft scherzend vor dem Fernseher saß, was für schöne Zypressen auf Friedhöfen standen, wie er bald nach Hause gehen und sich mit seiner Frau unterhalten würde, dass sein spiritueller Meister immer »Haltet euer Herz rein« sagte oder wie er vor kurzem von einem Engel geträumt hatte. Die Angst aber ließ sich nicht verscheuchen.

Bellend kam ein Hund auf ihn zu, und ein zweiter schlich gleich hinterher. Im Dunkel sah er sie kaum, denn sie waren schmutzig grau. Etwas weiter weg stand noch ein dritter, ein schwarzer.

Auf einmal bellten sie alle gleichzeitig, auch noch ein vierter, den er gar nicht sah. In seinem Dasein als Straßenverkäufer hatte er erst ein-, zweimal solche Angst gehabt, als Junge damals noch. Ihm fiel nichts von den Koranversen und Gebeten ein, die gegen Hunde wirken sollten, und so blieb er reglos stehen. Die Hunde bellten weiter.

Mevlut sah sich nach einer offenen Haustür um, in die er sich hätte flüchten können. Und er überlegte, ob sich das Tragjoch nicht als Prügel verwenden ließe.

Da ging ein Fenster auf, und ein Mann rief: »Husch! Lasst ihr wohl den Boza-Verkäufer in Frieden! Husch!«

Die Hunde zuckten zusammen und schlichen stumm davon.

Mevlut war dem Mann im dritten Stock ungeheuer dankbar.

»Sie dürfen keine Angst haben«, rief der herunter. »Das merken die sofort, die Mistviecher. Verstanden?«

»Vielen Dank«, rief Mevlut hinauf und wollte weitergehen.

»Kommen Sie doch hoch, dann werden Sie gleich noch ein bisschen Boza los.«

Mevlut gefiel zwar die arrogante Art des Mannes nicht, dennoch ging er zur Haustür und hörte auch gleich den Türsummer. Drinnen roch es nach Gas, Frittierfett und Ölfarbe. Gemächlich ging Mevlut die drei Stockwerke empor. Droben wurde er nicht an der Tür abgespeist, sondern wie in guter alter Zeit in die Wohnung gebeten.

»Kommen Sie rein, Sie frieren doch bestimmt.«

Vor der Tür standen viele Straßenschuhe. Als Mevlut seine Schuhe auszog, musste er daran denken, dass sein alter Freund Ferhat mal gesagt hatte, es gebe in Istanbul drei Arten von Wohnungen. Erstens: die, wo man draußen die Schuhe auszieht und die Leute drinnen fromm sind. Zweitens: die, wo man mit Schuhen reingeht und die Leute modern sind und Geld haben. Drittens: die neuen Hochhäuser, wo solche und solche leben.

Das Viertel, in dem Mevlut sich befand, war eigentlich eine Reichengegend, in der sonst niemand die Schuhe vor der Tür auszog, aber Mevlut fühlte sich wie in einem der Hochhäuser, wo sowohl Fromme als auch westlich orientierte Menschen wohnten, und überhaupt zog er vor jeder Wohnungstür die Schuhe aus, ganz egal, wer darin lebte, und ließ sich davon auch nicht abbringen, wenn die Leute beteuerten, das sei doch gar nicht nötig.

In der Wohnung roch es stark nach Raki. Er hörte gleich das fröhliche Stimmengewirr von Menschen, die schon ziemlich angeheitert sind, obwohl der Abend längst nicht zu Ende ist. Am Esstisch, der fast das ganze Wohnzimmer ausfüllte, saßen trinkend sechs, sieben Männer und Frauen zusammen und redeten gegen den wie üblich viel zu lauten Fernseher an.

Als Mevlut in die Küche ging, wurden sie kurz still.

»Na, geben Sie uns doch ein bisschen Boza«, sagte in der Küche ein Mann mit schwerer Zunge. Es war nicht der Mann vom Fenster. »Haben Sie auch Leblebi und Zimt dabei?«

»Hab ich!«

Mevlut wusste schon, dass man bei solchen Leuten nicht fragen sollte, wie viel Kilo sie wollten.

»Wie viele Leute sind Sie?«

»He, wie viele Leute sind wir?«, rief der Mann ironisch ins Wohnzimmer hinüber, worauf ein allgemeines, immer wieder von Gelächter unterbrochenes Zählen anhob.

»Wenn Ihr Boza sauer ist, will ich keins«, hörte Mevlut eine Frauenstimme sagen.

»Nein, mein Boza ist süß«, rief er zurück.

»Dann will ich aber keins«, entgegnete ein Mann. »Richtiges Boza muss sauer sein.«

Das löste eine kleine Diskussion aus, und schließlich rief jemand: »Kommen Sie doch rüber zu uns.«

Mevlut ging ins Wohnzimmer und kam sich augenblicklich ganz fremd und armselig vor. Die Leute am Tisch verstummten kurz und sahen ihn lächelnd an, und neugierig vor allem, als hätten sie etwas Altes, längst aus der Mode Gekommenes vor sich; ein Blick, den Mevlut in den letzten Jahren schon oft gesehen hatte.

»Also, wie muss richtiges Boza sein, süß oder sauer?«, fragte ein Mann mit Schnurrbart.

Alle drei Frauen am Tisch hatten blondgefärbte Haare. Der Mann, der Mevlut vor den Hunden gerettet hatte, saß zwischen zweien von ihnen am Tischende.

»Boza darf sowohl süß als auch sauer sein«, sagte Mevlut seinen seit fünfundzwanzig Jahren unabänderlichen Spruch auf.

»Springt da was raus, wenn Sie Boza verkaufen?«

»Zum Glück schon.«

»Hm, wer hätte das gedacht. Und wie lang machen Sie das schon?«

»Seit fünfundzwanzig Jahren. Früher habe ich vormittags auch Joghurt verkauft.«

»Fünfundzwanzig Jahre? Dann müssen Sie ganz schön zu Geld gekommen sein?«

»Leider nicht.«

»Und warum nicht?«

»Meine Verwandten, die mit mir zugleich aus dem Dorf gekommen sind, haben es alle zu was gebracht, nur ich nicht.«

»Und warum Sie nicht?«

»Weil ich ehrlich bin. Ich lüge nicht und verkaufe auch keine verdorbene Ware, nur um mir ein großes Haus und eine Riesenhochzeit für meine Tochter leisten zu können.«

»Sind Sie ein frommer Mensch?«

Mevlut wusste schon, dass bei solchen Leuten diese Frage eine politische Bedeutung hatte. Bei den Kommunalwahlen drei Tage zuvor hatte eine religiös orientierte Partei gewonnen, die ihre Stimmen vor allem in den ärmeren Vierteln bekam.

»Ich bin Verkäufer«, sagte Mevlut pfiffig, »wie sollte ich da fromm sein können?«

»Warum nicht?«

»Weil ich immer arbeite. Wer von morgens bis abends unterwegs ist, wie soll der fünfmal am Tag sein Gebet verrichten?«

»Was machen Sie denn morgens?«

»Ach, ich habe schon alles gemacht. Ich habe Pilav verkauft, gekellnert, Eis verkauft, bin Geschäftsführer gewesen. Ich habe für alles ein Händchen.«

»Geschäftsführer? Wo denn?«

»In einem Imbiss. *Binbom* hieß er, in Beyoğlu. Hat aber zugemacht. Kannten Sie den?«

»Und was machen Sie jetzt vormittags?«, fragte der Mann, der am Fenster gewesen war.

»Momentan gar nichts.«

»Haben Sie Familie?«, fragte freundlich lächelnd eine Frau mit hübschem Gesicht.

»Ja, eine Frau und zwei Töchter so schön wie Engel.«

»Die schicken Sie aber hoffentlich zur Schule, ja? Und müssen die ein Kopftuch aufsetzen, wenn sie groß sind?«

»Wissen Sie, wir kommen vom Land, da hängen wir an unseren Traditionen.«

»Ach, und deshalb verkaufen Sie auch Boza?«

»Es stimmt schon, dass die meisten von uns aus dem Dorf in Istanbul als Erstes Joghurt und Boza verkauft haben, aber ehrlich gesagt kannten wir auf dem Dorf weder das eine noch das andere.«

»Also haben Sie Boza erst in der Stadt kennengelernt?«

»Ja.«

»Und wie haben diesen Boozaa-Ruf gelernt? Sie haben nämlich eine wirklich schöne Stimme, wie ein guter Muezzin.«

»Wer Boza verkauft, ist die meiste Zeit über heiser«, erwiderte Mevlut.

»Haben Sie abends in den dunklen Straßen keine Angst? Und wird Ihnen nicht langweilig?«

»Unser Herrgott steht den armen Boza-Verkäufern bei. Und ich denke immer nur an schöne Sachen.«

»Auch wenn Sie in der Dunkelheit an Friedhöfen vorbeikommen und Hunde und Geister und Nymphen sehen?«

Darauf schwieg Mevlut.

»Wie heißen Sie eigentlich?«

»Mevlut Karataş.«

»Mensch, Mevlut, führen Sie uns doch mal vor, wie Sie Boozaa rufen.«

An solchen Tischen mit Betrunkenen hatte Mevlut schon oft gestanden. In seinen ersten Jahren als Straßenverkäufer hatte er sich Fragen anhören müssen wie »Gibt es eigentlich Strom bei euch im Dorf?« (Hatte es damals tatsächlich nicht gegeben, nun aber, 1994, schon.) »Bist du überhaupt zur Schule gegangen?« »Wie war das, als du zum ersten Mal in einen Aufzug gestiegen bist?« »Und wie war für dich das erste Mal im Kino?« Um den Kunden, die ihn ins Wohnzimmer ließen, schönzutun, gab Mevlut damals verschmitzte Antworten, stellte sich naiver, unerfahrener und dümmer, als er wirklich war, und bei Stammkunden zierte er sich auch nicht lange, seinen Boozaaa-Ruf vorzuführen.

Das aber war in alten Zeiten gewesen. Nun fühlte Mevlut eine dumpfe Wut in sich hochsteigen. Wäre er dem Mann, der ihn vor den Hunden gerettet hatte, nicht zu Dank verpflichtet gewesen, hätte er das Gespräch einfach abgebrochen, sein Boza abgeliefert und wäre gegangen.

»Also, wie viele Portionen möchten Sie?«

»Ach so, Sie haben das nicht schon in der Küche gelassen?«

»Wo haben Sie Ihr Boza eigentlich her?«

»Das mache ich selbst.«

»Ach, kommen Sie … Alle Boza-Verkäufer kaufen doch in dem einen berühmten Geschäft, bei Vefa.«

»Seit fünf Jahren gibt es in Eskişehir sogar eine Boza-Fabrik. Aber ich decke mich nach wie vor bei Vefa mit Rohboza ein und mache mit eigenen Zutaten das richtige Getränk daraus.«

»Sie zuckern es also zu Hause?«

»Na ja, es gibt eben saures und süßes Boza.«

»Ach, woher! Boza muss sauer sein, das kommt von der Gärung her, vom Alkohol, wie beim Wein.«

»Ist in Boza etwa Alkohol?«, fragte eine der Frauen stirnrunzelnd.

»Du hast aber auch keine Ahnung!«, versetzte ein Mann. »Boza haben die Osmanen erfunden, als Alkohol noch verboten war. Sultan Murat IV. hat nachts immer verkleidet Kontrollgänge gemacht und nicht bloß Weinstuben und Kaffeehäuser schließen lassen, sondern auch die Boza-Schenken.«

»Und warum die Kaffeehäuser?«

Es ging eine Diskussion los, wie Mevlut sie in Kneipen und feuchtfröhlichen Runden schon zigmal gehört hatte. Erst nach einer Weile fiel den Leuten Mevlut wieder ein.

»Sagen Sie uns doch, ob in Boza Alkohol ist.«

»Es ist keiner drin«, erwiderte Mevlut, obwohl er genau wusste, dass das Gegenteil der Fall war. So hatte es schon sein Vater gehalten.

»Und ob da Alkohol drin ist, wenn auch nur ganz wenig. Wenn sich in der Osmanenzeit ein Frommer betrinken wollte, kippte er zehn Glas Boza und sagte sich dabei immer, dass da eh nichts drin ist. Und als Atatürk das Verbot für Raki und Wein aufhob, war es mit dem Boza so gut wie vorbei.«

»Vielleicht kriegen wir die islamischen Verbote und das Boza ja bald wieder zurück«, sagte ein Mann mit schmaler Nase und glasigem Blick provozierend. »Was sagen Sie zu den Wahlergebnissen?«

»Nein«, erwiderte Mevlut ungerührt, »in Boza ist kein Alkohol. Sonst würde ich es gar nicht verkaufen.«

»Siehst du, der ist nicht so wie du, der hängt noch an seiner Religion«, sagte ein anderer Mann.

»Misch du dich da nicht ein. Ich hänge auch an meiner Religion, und trotzdem trinke ich meinen Raki«, sagte der mit der schmalen Nase. »Sagen Sie mal, Sie fürchten sich wohl, und deshalb sagen Sie, da ist kein Alkohol drin?«

»Ich fürchte niemanden außer Gott«, versetzte Mevlut.

»Ha, da hast du deine Antwort!«

»Und vor Straßenhunden und Räubern fürchten Sie sich nicht?«

»Die tun einem armen Boza-Verkäufer nichts«, entgegnete Mevlut lächelnd. Auch das eine Antwort, die er oft gab. »Räuber und Diebe vergreifen sich nicht an uns. Ich mache das jetzt seit fünfundzwanzig Jahren und bin noch kein einziges Mal überfallen worden. Einem Boza-Verkäufer bringt jedermann Achtung entgegen.«

»Und warum das?«

»Weil Boza was ist, das wir von unseren Vorfahren haben. Und weil es heute keine vierzig Boza-Verkäufer mehr gibt. Es kaufen nicht mehr viele Leute Boza, so wie Sie. Trotzdem hören die Menschen noch gern unseren Boza-Ruf und träumen sich in alte Zeiten. Darum gibt es uns überhaupt noch.«

»Sind Sie jetzt fromm oder nicht?«

»Ja, Gott fürchte ich schon«, sagte Mevlut, wohl wissend, das sich vor solchen Worten wiederum jene Leute fürchteten.

»Und Atatürk, haben Sie für den auch was übrig?«

»Mustafa Kemal Atatürk war 1922 mal bei uns in Akşehir«, dozierte Mevlut. »Nach der Gründung der Republik kam er nach Istanbul und wohnte im Park-Hotel am Taksim-Platz. Und wie er da so am Fenster steht, sagt er sich, da fehlt doch was, es ist irgendwie zu ruhig. Und als er seinen Adjutanten fragt, sagt der zu ihm: ›Eure Exzellenz, das kommt daher, dass es Straßenverkäufern verboten worden ist, die Stadt zu betreten, weil es in Europa ja keine gibt und man sich gedacht hat, Sie schimpfen sonst, dass Istanbul so rückständig ist.‹ Da aber schimpfte Atatürk erst recht und sagte: ›Straßenverkäufer sind die Nachtigallen der Stadt, sie bedeuten Freude und Leben. Dass mir die ja nicht mehr verboten werden!‹ Und seither ist der Straßenverkauf in Istanbul wieder erlaubt.«

»Ein Hoch auf Atatürk«, sagte eine Frau. Ein paar am Tisch wiederholten das, und schließlich auch Mevlut.

»Wenn die Islamisten an die Regierung kommen, wird es da bei uns nicht bald zugehen wie im Iran?«, fragte einer.

»Ach was«, entgegnete ein anderer, »das lässt die Armee niemals zu. Die putschen, verbieten die Parteien der Islamisten und stecken die Leute ins Gefängnis. Nicht wahr?«

»Um die große Politik kümmere ich mich nicht. Das ist was für höhergestellte Leute wie Sie.«

Betrunken, wie die Leute am Tisch waren, fühlten sie doch die Spitze in Mevluts Worten.

»Mir geht es genauso wie Ihnen. Ich fürchte mich auch nur vor Gott und vor meiner Schwiegermutter.«

»Haben Sie eine Schwiegermutter, Boza-Verkäufer?«

»Ich habe sie leider nie kennengelernt.«

»Wie haben Sie denn geheiratet?«

»Wir haben uns verliebt und sind dann zusammen fortgelaufen. Das kriegt nicht jeder hin.«

»Und wie haben Sie sich kennengelernt?«

»Auf einer Hochzeit von Verwandten. Es war Liebe auf den ersten Blick. Dann habe ich ihr drei Jahre lang immer wieder Briefe geschrieben.«

»Na, Sie sind mir einer. Bravo!«

»Und was macht Ihre Frau jetzt?«

»Handarbeiten, und zwar solche, die auch nicht jeder hinkriegt.«

»Sagen Sie mal, Boza-Verkäufer, wenn wir das Zeug jetzt trinken, werden wir dann noch betrunkener?«

»Von Boza wird man nicht betrunken. Sie sind acht Leute, ich gebe Ihnen also zwei Kilo.«

Er ging zurück in die Küche, und es dauerte eine Weile, bis er das Boza, die Leblebi und den Zimt ausgehändigt und sein Geld bekommen hatte. Dann zog er seine Schuhe so rasch an wie in alten Zeiten, als er sich immer beeilen musste, weil Kundschaft wartete.

»Passen Sie auf sich auf, es ist nass und kalt draußen«, wurde ihm aus dem Wohnzimmer noch zugerufen. »Und lassen Sie sich nicht überfallen oder von Hunden zerreißen!«

»Und kommen Sie doch mal wieder!«, sagte eine Frau noch ganz zuletzt.

Mevlut wusste aber ganz genau, dass sie ihn nicht noch mal kommen lassen würden. Ihnen war es nicht um das Boza gegangen, sondern sie hatten nur seinen Ruf gehört und sich ein bisschen amüsieren wollen. Die Kälte draußen tat ihm jetzt gut.

»Booo-zaaa!«

In den fünfundzwanzig Jahren hatte er viele solcher Wohnungen gesehen, viele Familien, viele Menschen, hatte die gleichen Fragen tausendmal gehört und sich daran gewöhnt. Vor allem in den siebziger Jahren, als sich in den dunklen Gassen von Beyoğlu und Dolapdere Barbesitzer, Spieler, Schlägertypen, Zuhälter und Huren herumtrieben, hatte er oft an Tischen mit Betrunkenen gestanden und dabei gelernt, »nur ja nicht aufzufallen«, wie beim Wehrdienst die goldene Regel geheißen hatte, um möglichst schnell wieder raus auf die Straße zu kommen.

In Wohnungen wurde er in den letzten Jahren kaum noch gebeten. Früher ließ ihn fast jeder herein, und in der Küche wurde er gefragt: »Friert dich? Gehst du vormittags zur Schule? Willst du einen Tee?«, und manchmal durfte er auch ins Wohnzimmer oder gar am Tisch Platz nehmen. Da er in diesen guten Zeiten andauernd Stammkundschaft zu beliefern hatte, konnte er diese Zuwendung gar nicht richtig genießen und musste jeweils schnell wieder fort. Als ihm nun zum ersten Mal seit langem wieder so viel Aufmerksamkeit zuteilgeworden war, hatte er nicht richtig reagiert, das fiel ihm jetzt auf. Es war ja auch eine seltsame Gesellschaft, denn früher saßen in einer anständigen Wohnung nicht Frauen und Männer so zusammen und betranken sich. Sein Freund Ferhat sagte immer: »Seit die Leute daheim in der Familie ihren fünfundvierzigprozentigen Raki trinken, was willst du da noch mit deinem dreiprozentigen Boza? Die Zeiten sind vorbei, Mevlut, hör endlich auf damit. Kein Mensch braucht mehr Boza, um sich zu beduseln.« Und das war nicht nur als Scherz gemeint.

Er ging nach Fındıklı, um schnell bei einem Stammkunden ein halbes Kilo Boza abzuliefern, und als er wieder aus dem Haus trat, sah er vor einem Eingang zwei verdächtige Schatten. Wenn er nun darüber nachdachte, warum die beiden eigentlich »verdächtig« waren, würden sie (wie in einem Traum) erst recht auf ihn aufmerksam werden und ihm Böses antun. Aber der Gedanke setzte sich in ihm fest.

Er ging los, und als er sich umdrehte, wie um zu sehen, ob nicht Hunde hinter ihm herliefen, war er sich plötzlich sicher, dass die beiden ihn verfolgten. Er wollte das nicht glauben. Zweimal läutete er energisch mit der Glocke in seiner Hand, und dann noch zweimal etwas zaghafter. »Bo-zaa!« Er beschloss, nicht wieder zum Taksim-Platz hinauf-, sondern die Treppe vor sich hinunter- und danach die andere Treppe nach Cihangir hinaufzugehen, um direkt den Heimweg anzutreten.

Da rief einer der Schatten ihm zu: »He, Boza-Verkäufer, warte doch mal.«

Mevlut tat so, als hätte er nicht gehört. Mit seinem Tragjoch auf dem Rücken tat er rasch die ersten Schritte auf der Treppe. In einer Ecke aber, in die das Laternenlicht kaum reichte, musste er wohl oder übel langsamer werden.

»He, bleib doch stehen, wir wollen dich nicht überfallen, sondern dir bloß Boza abkaufen.«

Mevlut schämte sich seiner Ängstlichkeit und blieb stehen. Neben dem Treppenabsatz stand ein Feigenbaum, deshalb war es dort so dunkel. Mevlut erinnerte sich, dass er in dem Sommer, in dem er Rayiha entführt hatte, im Schatten des Baumes oft seinen dreirädrigen Eiswagen abgestellt hatte.

»Was kostet dein Boza?«, fragte einer der beiden schroff und stieg die Stufen zu Mevlut hinab.

Bald standen sie alle drei unter dem Feigenbaum. Wer an so einer Stelle wirklich Boza kaufen wollte, der hätte höflich und leise nach dem Preis gefragt, und nicht so aggressiv. Misstrauisch sagte Mevlut nur die Hälfte des normalen Preises.

»Das ist aber teuer«, sagte der kräftigere der beiden Männer. »Na, gib uns mal zwei Glas. Verdienst ja ganz schön mit dem Zeug.«

Mevlut setzte die Kannen ab und holte aus seiner Schürze einen großen Plastikbecher. Er füllte ihn mit Boza und reichte ihn dem kleineren, jüngeren Mann.

»Bitte schön.«

»Danke.«

Als Mevlut den zweiten Becher füllte, kam er sich fast schuldig vor, so eine seltsame Stille herrschte plötzlich. Das merkte wohl auch der kräftige Mann.

»Du hast es ja ganz schön eilig. Läuft das Geschäft so?«

»Nein, ganz im Gegenteil, es ist nicht mehr wie früher. Keiner will mehr Boza. Heute wollte ich eigentlich gar nicht raus, aber bei mir daheim ist jemand krank, und ich muss Geld für eine anständige Suppe verdienen.«

»Was verdienst du am Tag?«

»Es heißt ja, dass man Frauen nicht nach ihrem Alter und Männer nicht nach ihrem Gehalt fragt«, erwiderte Mevlut, »aber wo Sie schon gefragt haben, will ich es Ihnen gerne sagen.« Er gab nun auch dem Kräftigen seinen Becher voll Boza. »Wenn ich ein bisschen was verkaufe, können wir uns an dem Tag satt essen, und wenn nicht, so wie heute, müssen wir eben hungern.«

»Ausgehungert siehst du aber nicht aus. Wo bist du denn her?«

»Aus Beyşehir.«

»Beyşehir? Wo ist das denn?«

Mevlut gab keine Antwort.

»Und seit wann bist du in Istanbul?«

»Seit fünfundzwanzig Jahren.«

»Was, seit fünfundzwanzig Jahren? Und da sagst du immer noch, du bist aus Beyşehir?«

»Na ja, wo Sie mich doch gefragt haben.«

»In der Zeit musst du ja einiges angespart haben.«

»Von wegen. Sehen Sie doch, ich muss immer noch bis Mitternacht arbeiten. Wo sind Sie denn her?«

Als die Männer nicht antworteten, erschrak Mevlut noch mehr. »Etwas Zimt?«

»Her damit. Was kostet der?«

Mevlut holte aus der Schürze den Messingstreuer und bedachte die beiden Becher mit Zimt. »Der kostet gar nichts. Zimt und Leblebi gibt es bei mir gratis.« Aus der Tasche nahm er zwei Säckchen mit Leblebi-Pulver, und anstatt sie wie sonst den Kunden in die Hand zu geben, öffnete er sie und streute den Inhalt wie ein aufmerksamer Kellner auf die Becher der beiden Männer.

»Mit Leblebli schmeckt Boza am besten«, sagte er.

Die Männer sahen sich an, dann tranken sie ihr Boza in einem Zug aus.

»An so einem schlechten Tag sollst du wenigstens für uns gearbeitet haben«, sagte der kräftigere und ältere der beiden.

Mevlut ahnte schon, worauf das hinauslief, und wollte eilig vorbauen.

»Wenn Sie kein Geld dabeihaben, zahlen Sie eben ein andermal«, sagte er. »Wäre ja noch schöner, wenn in dieser Riesenstadt so arme Schlucker wie wir nicht zusammenhalten würden. Oder nehmen Sie es einfach als kleine Aufmerksamkeit von mir, ganz wie Sie wollen.« Er schulterte sein Tragjoch, um weiterzugehen.

»Moment mal«, sagte der kräftigere Mann. »Ich habe gesagt, du sollst heute für uns gearbeitet haben. Her mit deinem Geld.«

»Ich habe kein Geld dabei, nur was mir ein, zwei Kunden gegeben haben, und dafür muss ich Medizin kaufen …«

Da hatte der kleinere Mann auf einmal ein Springmesser in der Hand. Er drückte auf den Knopf, und die Klinge sprang heraus. Während er die Messerspitze an Mevluts Bauch drückte, trat der andere Mann hinter Mevlut und packte ihn fest an den Armen. Mevlut gab keinen Ton von sich.

Der Mann mit dem Messer durchsuchte hastig alle Taschen von Mevluts Schürze und Weste und steckte das Papiergeld und die paar Münzen ein, die er fand. Mevlut sah nun, wie hässlich der Mann war.

Als der Mann hinter ihm merkte, dass Mevlut dem jüngeren ins Gesicht sah, sagte er: »He, starr ihn nicht so an. Du hast ja doch Geld dabei. Bist also nicht umsonst weggelaufen.«

»Das reicht jetzt«, sagte Mevlut und schüttelte sich.

»Ach ja? Findest du?«, sagte der Mann hinter ihm. »Finde ich aber gar nicht. Du bist seit fünfundzwanzig Jahren hier, hast dir alles Mögliche unter den Nagel gerissen, und jetzt wo wir kommen, meinst du, es reicht, und wir sollen nichts kriegen? Sind wir vielleicht schuld daran, dass wir so spät dran sind?«

»Um Gottes willen, nein, Sie sind an gar nichts schuld.«

»Wie viele Häuser hast du in Istanbul?«

»Ach, mir gehört gar nichts«, log Mevlut.

»Und warum nicht? Bist du etwa blöd?«

»Hat sich halt nicht ergeben.«

»Hör mal, jeder hat sich damals irgendwo eine Hütte hingestellt, und heute stehen auf den Grundstücken Riesenhäuser.«

Verärgert ruckelte Mevlut herum, was lediglich dazu führte, dass der Mann vor ihm das Messer noch fester auf seinen Bauch drückte (»Oh Gott«, sagte Mevlut) und noch einmal all seine Taschen absuchte.

»Sag mal, bist du so dämlich, oder stellst du dich nur so?«

Mevlut schwieg. Routiniert bog der kräftigere Mann ihm den Arm auf den Rücken. »Schau einer an! Du hast also nicht in Immobilien investiert, sondern in eine Uhr. Jetzt ist mir alles klar, Freundchen.«

Und schon war Mevlut die Schweizer Uhr los, die er zwölf Jahre zuvor zu seiner Hochzeit bekommen hatte.

»Wie kann man nur einen Boza-Verkäufer ausrauben?«, fragte er entrüstet.

»Muss eben auch mal sein. Halt jetzt die Klappe und schau dich nicht um.«

Als die beiden davonzogen, sah Mevlut ihnen dennoch nach, doch ohne einen Laut von sich zu geben. Nun merkte er, dass die beiden Vater und Sohn sein mussten, der mit dem Messer der Sohn und der andere sein Vater. Er selbst wäre mit seinem Vater nie solche Komplizenschaft eingegangen. Statt sich mit dem Vater zusammen schuldig zu machen, wurde er von diesem selbst nur immer beschuldigt. Lautlos stieg Mevlut die Treppe hinab und bog in eine Nebenstraße des Kazancı Yokuşu ein. Alles war still, niemand unterwegs. Was sollte er zu Hause Rayiha sagen? Würde er es aushalten, niemandem mitzuteilen, was ihm widerfahren war?

Er sagte sich auf einmal, es sei nur ein Traum gewesen, und alles sei wie zuvor. Rayiha würde er nichts von dem Überfall erzählen. Denn er war gar nicht überfallen worden. An diese Täuschung ein paar Sekunden lang glauben zu dürfen, linderte seinen Schmerz ein wenig. Er schwang seine Glocke.

»Booozaaa!«, rief er nach alter Gewohnheit, aber da merkte er, dass wie in einem Traum kein Ton aus seiner Kehle kam.

Wenn er in den guten alten Zeiten auf der Straße betrübt, gekränkt, gedemütigt worden war, hatte Rayiha ihn daheim immer wundervoll getröstet.

In seinem fünfundzwanzigjährigen Dasein als Boza-Verkäufer ging er zum ersten Mal rasch nach Hause, ohne »Boo-zaa« zu rufen, obwohl seine Kannen noch nicht leer waren.

An der Stille in der Einzimmerwohnung merkte er sofort, dass die beiden Töchter, die inzwischen zur Schule gingen, schon schliefen.

Rayiha saß auf dem Bettrand vor dem leise gestellten Fernseher und stickte wie jeden Abend, wenn sie auf Mevlut wartete.

»Ich höre auf mit dem Boza«, sagte Mevlut.

»Wie kommst du darauf?«, erwiderte Rayiha. »Das kannst du nicht.

Aber, klar, du hast recht, du brauchst noch eine andere Arbeit. Meine Stickereien bringen nicht genug ein.«

»Ich habe gesagt, ich höre auf mit dem Boza.«

»Ferhat verdient bei der Stromgesellschaft anscheinend ziemlich gut«, sagte Rayiha. »Ruf ihn doch an, vielleicht bringt er dich dort unter.«

»Lieber sterbe ich, als dass ich ihn anrufe.«

Teil III
September 1968 – Juni 1982

Schon in der Wiege bin ich von meinem Vater gehasst worden.
Stendhal, »Rot und Schwarz«

1. Als Mevlut noch auf dem Dorf war

Wenn die Welt sprechen könnte,
was würde sie dann wohl sagen?

Blicken wir nun zurück in Mevluts Kindheit, um zu begreifen, warum er einen solchen Entschluss gefasst hat, warum er so an Rayiha hing und warum er sich vor Hunden fürchtete. Mevlut wurde 1957 in Cennetpınar im Landkreis Beyşehir, Provinz Konya, geboren, und bis er zwölf war, kam er aus seinem Dorf nie heraus. Nachdem er die Grundschule erfolgreich abgeschlossen hatte, dachte er, wie die meisten seiner Altersgenossen, zu seinem Vater nach Istanbul zu kommen, um dort weiter auf die Schule zu gehen und zu arbeiten, doch da sein Vater ihn nicht bei sich haben wollte, blieb Mevlut im Herbst 1968 im Dorf und hütete Schafe. Bis an sein Lebensende würde er sich den Kopf zerbrechen, warum sein Vater ihn in jenem Jahr partout nicht zu sich nehmen wollte, und doch würde er keine befriedigende Antwort finden. Da seine Freunde und Cousins Korkut und Süleyman in Istanbul waren, verbrachte Mevlut einen einsamen, traurigen Winter. Er trieb seine acht, zehn Schafe zum Bach hinunter und starrte den ganzen Tag auf den farblosen See in der Ferne, auf vorbeifahrende Busse und Lastwagen und auf die Vögel und die Pappeln.

Manchmal achtete er auf das Zittern der Blätter im Wind und meinte schon, die Pappel sende ihm ein Zeichen. Die einen Blätter wandten ihm ihre dunkle Seite zu, die anderen die helle, und beim leichtesten Windstoß kehrte sich dies um.

Am meisten machte es ihm Spaß, vertrocknete Zweige und Äste zu sammeln, den Tau von ihnen abzureiben und den Haufen anzuzünden. Wenn die Flammen so richtig hochzüngelten, sprang Mevluts Hund Kâmil um das Feuer herum, und Mevlut kauerte sich hin und wärmte sich die Hände. Nach einer Weile setzte sich auch der Hund neben ihn, und gemeinsam sahen sie lange reglos ins Feuer.

Alle Dorfhunde kannten Mevlut. Er hätte mitten in finsterster Nacht aus dem Dorf schleichen können, ohne angebellt zu werden, und deshalb fühlte er sich dem Dorf ganz und gar zugehörig. Die Hunde schlugen nur an, wenn jemand von außerhalb ins Dorf kam, ein fremder, womöglich gefährlicher Mensch. Wenn ein Einheimischer angebellt wurde, etwa sein bester Freund Süleyman, wurde er von den anderen verspottet: »He Süleyman, du hast bestimmt was ausgefressen!«

SÜLEYMAN. Die Dorfhunde haben mich eigentlich nie angebellt. Wir sind nach Istanbul gezogen, und Mevlut tut mir leid, weil er im Dorf bleiben muss. Er fehlt mir. Aber die Dorfhunde waren zu mir nie anders als zu ihm. Das wollte ich nur gesagt haben.

Manchmal ließen Mevlut und sein Hund Kâmil die weidenden Tiere allein am Bach und stiegen auf einen Hügel. Wenn Mevlut von dort oben über die weite Landschaft blickte, wurden Wünsche in ihm wach. Er wollte leben, glücklich sein, es zu etwas bringen. Manchmal stellte er sich vor, sein Vater würde mit dem Bus aus Istanbul kommen und ihn zu sich holen. Die kleine Ebene am Bach unten endete auf der einen Seite an einer Felswand, und auf der anderen Seite sah Mevlut manchmal Rauch aufsteigen, dort war nämlich das Nachbardorf Gümüşdere, in dem Jungen, die wie er nicht nach Istanbul auf die höhere Schule durften, ebenfalls Schafe hüteten und Feuer anzündeten. Bei klarem Wetter waren von dem Hügel, auf dem Mevlut und Kâmil saßen, vor allem morgens manchmal die kleinen Häuser von Gümüşdere, die weißgestrichene hübsche Moschee und deren schmales Minarett zu sehen.

ABDURRAHMAN EFENDI. Da ich in eben jenem Dorf Gümüşdere wohne, erlaube ich mir, hier gleich das Wort zu ergreifen. In den fünfziger Jahren waren in Gümüşdere, in Cennetpınar und den drei umliegenden

Dörfern die meisten Leute bettelarm. Im Winter mussten wir beim Krämer anschreiben lassen, und dann zog es sich elend lang bis zum Frühjahr, in dem manche Männer nach Istanbul gingen, um auf dem Bau zu arbeiten. Wer gar kein Geld hatte, musste sich vom Krämer sogar die Busfahrt nach Istanbul auslegen lassen, und das stand dann im Schuldenheft ganz oben. Einer aus unserem Dorf, der große, breitschultrige Yusuf, hat 1954 in Istanbul auf dem Bau angefangen, sich dann aber *aus Zufall* darauf verlegt, Joghurt zu machen und auf der Straße zu verkaufen, womit er plötzlich viel mehr verdient hat. Darauf hat er seine Brüder und Cousins nach Istanbul kommen lassen, wo sie alle zusammen gewohnt und gearbeitet haben. Vom Joghurtmachen haben wir in Gümüşdere am Anfang gar nichts verstanden, trotzdem haben auch wir dieses Gewerbe gewählt. Ich selber konnte erst mit zweiundzwanzig hin, nach meinem Wehrdienst (der bei mir vier Jahre gedauert hat, weil ich wegen Disziplinlosigkeit und mehrfacher Fahnenflucht oft geprügelt und ins Gefängnis gesteckt worden bin, aber trotzdem liebe ich unsere Armee und unsere ruhmreichen Kommandanten mehr als jeder andere, nur dass keine Missverständnisse aufkommen). Damals war Ministerpräsident Menderes noch nicht von den Putschgenerälen aufgeknüpft worden und ist noch von morgens bis abends in seinem Cadillac durch Istanbul gefahren und hat alle alten Häuser und Konaks, die ihm im Weg standen, abreißen und breite Straßen anlegen lassen. Zwischen all den Ruinen gab es für Straßenverkäufer viel zu tun, aber mir hat die Sache mit dem Joghurt nicht gelegen. Hier in der Gegend sind die Männer ja meist kräftig gebaut, knochig und breitschultrig, nur ich – hoffentlich lernen wir uns ja mal kennen, dann sehen Sie selbst – bin von ganz schmaler Gestalt. Von dem Tragjoch, an dem zu beiden Seiten je zwanzig Kilo Joghurt hingen, bin ich regelrecht erdrückt worden. Wie die meisten Joghurtverkäufer habe ich mir abends mit Boza was dazuverdient. Unter das Tragjoch kann man unterlegen, was man will, aber am Nacken bilden sich immer Schwielen. Bei mir zuerst nicht, wegen meiner seidenzarten Haut, da habe ich mich noch gefreut, aber das verfluchte Joch hat mir was Schlimmeres angetan, es hat mir nämlich das Rückgrat verkrümmt. Als ich das gemerkt habe, bin ich in ein Krankenhaus, da habe ich gut einen Monat immer wieder Schlange stehen müssen, bis ich überhaupt drangekommen bin. Dann hat mir der Doktor gesagt, ich solle das mit dem Tragjoch aufgeben. Aber ich musste ja Geld verdienen, also habe ich nicht das Tragjoch aufgegeben, sondern den Doktor. So ist mein Rückgrat krumm und krummer geworden, und meine Freunde haben mich nicht mehr »Mädchen-Abdi« gerufen, sondern »Buckliger Abdurrahman«, und das hat mir sehr wehgetan. Ich habe mich in Istanbul von den Leuten aus meinem Dorf eher ferngehalten, aber beim Joghurtverkaufen habe ich auf der Straße hin und wieder Mevluts ständig gereizten Vater Mustafa und seinen Onkel Hasan getroffen. Weil mein Rücken so wehtat, habe ich damals mit dem Rakitrinken angefangen. Nach einer Weile habe ich den Traum von einem eigenen Haus und vom Geldsparen endgültig aufgegeben und es mir lieber gutgehen lassen. Dann bin ich ins Dorf zurück, habe mit dem bisschen, das ich zusammengekratzt hatte, ein kleines Grundstück gekauft und das ärmste, verlassenste Mädchen von ganz Gümüşdere geheiratet. Ich hatte gelernt, dass man sich in Istanbul nur halten kann, wenn man aus dem Dorf mindestens drei Söhne mitbringt, die man mit militärischer Disziplin für sich arbeiten lässt. Mit drei solchen Söhnen hätte ich auf den ersten Hügel draußen vor der Stadt ein Häuschen hingestellt und von da aus Istanbul erobert. Mir waren aber nicht drei Söhne, sondern drei Töchter beschieden. Darum eben bin ich vor zwei Jahren endgültig ins Dorf zurück und erfreue mich an meinen Töchtern, die ich Ihnen auch gleich vorstellen möchte:

VEDIHA. Als Erstes wollte ich einen prächtigen, fleißigen Sohn und ihn Vedii nennen. Leider habe ich eine Tochter bekommen, also ist aus Vedii Vediha geworden.

RAYIHA. Sie riecht sehr gut und klettert ihrem Vater gern auf den Schoß.

SAMIHA. Ist noch keine drei Jahre alt, rennt aber im Haus herum wie ein kleiner Teufel und jammert und weint in einem fort.

Wenn Mevlut abends mit seiner Mutter Atiye und seinen zwei Schwestern zusammensaß, die ihn furchtbar gerne mochten, ließ die Mutter ihn manchmal Briefe an den Vater schreiben, in denen sie ihn bat, aus Istanbul dieses und jenes mitzubringen, Schuhe, Batterien, Seife, Plastikwäscheklammern, solcherlei eben. Da sein Vater nicht lesen und schreiben konnte, kam auf Mevluts Briefe nur selten eine Antwort, und von dem, was seine Familie daheim bestellte, brachte er das meiste ohnehin nicht mit, »das gibt es beim Dorfkrämer billiger«. Mevluts Mutter murrte manchmal und sagte: »Wir schaffen dir die Sachen ja nicht an, weil der Krämer sie nicht hat, sondern weil wir zu Hause sie nicht haben!« Mevlut prägte sich vor allem ein, dass man durch Schreiben von jemandem etwas erbitten konnte. VON EINEM FERNEN MENSCHEN BRIEFLICH ETWAS ZU ERBITTEN, bedeutete dreierlei:

1. Da war das, was man wirklich wollte, ohne es aber selbst oft richtig zu wissen.
2. Dann gab es das, worum man tatsächlich bat, wobei man oft erst merkte, was man wirklich wollte.
3. Und schließlich war da noch der Brief als solcher, der sich aus dem Geist von Punkt eins und zwei nährte, aber nebenbei noch ein geheimnisvoller Text mit ganz anderer Bedeutung war.

MUSTAFA EFENDI. Ende Mai habe ich den Mädchen violette und grüne Kleiderstoffe mit Blumenmuster mitgebracht, ihrer Mutter die Pantoffeln und das Pe-Re-Ja-Kölnischwasser, die in Mevluts letztem Brief gestanden hatten, und Mevlut selbst das Spielzeug, das er sich gewünscht hatte. Dass er mir dann kaum gedankt hat, habe ich ihm übelgenommen. »Er wollte schon eine Wasserpistole, aber eine solche, wie sie der Sohn des Bürgermeisters hat«, sagte seine Mutter, und die Mädchen haben dazu gegrinst. Am nächsten Tag bin ich mit Mevlut zum Krämer, und wir sind Punkt für Punkt durchgegangen, was die alles hatten anschreiben lassen. »Was, Kaugummi?«, habe ich geschimpft, und Mevlut hat schuldbewusst auf den Boden geschaut, denn den hatte er selbst gekauft. »Nächstes Mal gibst du ihm keinen Kaugummi mehr!«, habe ich zum Krämer gesagt. »Nächsten Winter ist unser Mevlut doch sowieso in Istanbul, auf der höheren Schule«, hat der Krämer schlau gesagt. »So gut, wie der im Rechnen ist. Vielleicht schafft's endlich mal einer aus dem Dorf auf die Uni!«

Im Dorf verbreitete sich rasch die Nachricht, dass Mevluts Vater und Onkel Hasan sich im Winter in Istanbul überworfen hatten. Onkel Hasan und seine beiden Söhne Korkut und Süleyman hatten an einem bitterkalten Dezembertag das Haus in Kültepe verlassen, in dem sie bis dahin zusammen mit Mevluts Vater gewohnt hatten, und waren auf den Hügel gegenüber gezogen, nach Duttepe, in ein Haus, das sie gemeinsam selbst gebaut hatten. Kurz darauf kam auch Onkel Hasans Frau Safiye aus dem Dorf nach Istanbul. Das führte dazu, dass Mustafa Efendi, um in Istanbul nicht ganz allein zu sein, im folgenden Herbst Mevlut zu sich nahm.

SÜLEYMAN. Mein Vater und Onkel Mustafa sind zwar Brüder, haben aber nicht den gleichen Familiennamen. Als seinerzeit auf Geheiß von Atatürk jeder einen Familiennamen annehmen musste, ist aus Beyşehir auf einem Esel ein Standesbeamter mit einem riesigen Heft zu uns ins Dorf geritten, in das er notiert hat, was sich jeder für einen Namen erwählt hatte. Als er zu unserem Großvater gekommen ist, einem grundfrommen Mann, der sein Leben lang nicht über Beyşehir hinausgekommen war, hat der lange nachgedacht und dann gesagt: »Aktaş«, weißer Stein. Seine beiden Söhne, die noch Kinder waren, haben schon damals immer gestritten, und der kleine Mustafa hat gesagt: »Ich will aber Karataş heißen«, schwarzer Stein. Doch weder unser Großvater noch der Beamte haben auf ihn gehört. Eigensinnig, wie Onkel Mustafa aber nun mal ist, hat er Jahre später, bevor Mevlut in Istanbul in der Mittelschule angemeldet wurde, richterlich seinen Nachnamen ändern lassen, und so hießen wir weiterhin Aktaş, aber Mevluts Familie von da an Karataş. Als mein Cousin Mevlut Karataş im Herbst nach Istanbul gekommen ist, hat er fleißig gelernt. Tatsache ist aber, dass es aus den fast hundert Dörfern unserer Gegend erst ein einziger Junge an die Universität geschafft hat. Der hat bald eine Brille gebraucht, und irgendwann ist er nach Amerika, und man hat nie wieder was von ihm gehört. Eines Tages war sein Bild in der Zeitung, aber da er seinen Namen geändert hatte, wusste niemand, ob es tatsächlich unsere Brillenschlange war. Ich vermute ja, dass der windige Kerl da schon längst Christ geworden war.

Im Spätsommer holte der Vater eines Abends die rostige Säge hervor, die Mevlut seit jeher kannte. Der Vater nahm Mevlut zu einer alten Eiche mit, von der sie mühsam einen armdicken Ast absägten. Erst mit dem Brotmesser, dann mit einem Taschenmesser schnitt der Vater von dem langen, leicht gebogenen Ast alle Zweige ab.

»Das wird dein Tragjoch«, sagte er. Mevlut musste Zündhölzer holen und ein Feuer machen, über dem sie den Ast langsam drehten und zurechtbogen. »Einmal reicht nicht«, sagte der Vater. »Lass ihn in der Sonne liegen und halt ihn immer mal wieder über ein Feuer, bis er ganz trocken ist. Er muss hart wie ein Stein und zugleich seidenweich sein. Leg ihn dir mal auf, ob er passt.«

Als Mevlut das harte, warme Holz auf den Schultern spürte, erschauerte er.

Zum Herbstanfang fuhren sie nach Istanbul und nahmen einen kleinen Sack selbstgemachtes Suppenpulver mit, Beutel voller Peperoni, Bulgur und Blätterteig sowie körbeweise Walnüsse. Bulgur und Walnüsse verteilte der Vater immer an die Pförtner für ihn wichtiger Häuser, damit sie ihm gewogen waren und ihn etwa den Aufzug benutzen ließen. Sie hatten auch eine Taschenlampe dabei, die der Vater in Istanbul reparieren lassen wollte, den geliebten Teekessel, den er jedes Mal heimbrachte, wenn er ins Dorf kam, eine Bastmatte für den Lehmboden und noch alles mögliche Zeug. Während der anderthalb Tage dauernden Zugfahrt rutschte immer wieder irgendein Beutel oder ein Korb aus seiner Verstauung, und Mevlut, der sich nun schon nach der Mutter und den Schwestern sehnte, musste den hartgekochten Eiern hinterherrennen, die am Boden dahinkullerten.

Aus dem Zugfenster sah Mevlut mehr Menschen, Weizenfelder, Pappeln, Ochsen, Brücken, Esel, Häuser, Berge, Moscheen, Traktoren, Schilder, Buchstaben, Sterne und Strommasten als bisher in seinem ganzen Leben. Vor allem von den Strommasten, die andauernd auf ihn zukamen, wurde ihm ganz schwindlig, sodass er manchmal den Kopf an die Schulter des Vaters lehnte und einschlief. Beim Aufwachen waren auf einmal die goldgelben Weizenfelder weg und alles war voller violetter Felsen, und in seinem nächsten Traum sah er Istanbul als eine aus violetten Felsen erbaute Stadt.

Dann kamen ein grüner Fluss und grüne Bäume, und er fühlte, wie anders die Stimmung plötzlich war. Wenn die Welt sprechen könnte, was würde sie dann wohl sagen? Manchmal kam es Mevlut so vor, als ob der Zug gar nicht von der Stelle käme und draußen die Welt an ihnen vorbeizöge. Aufgeregt plärrte Mevlut seinem Vater immer die Namen der Bahnhöfe ins Ohr: »Hamam … İhsaniye … Döğer …« Wenn ihm vom Zigarettendunst im Abteil die Augen tränten, ging er wie betrunken hinaus auf die Zugtoilette und starrte durch das Loch auf die Gleise und den Schotter hinunter. Das Räderrattern war dort viel lauter zu hören. Auf dem Rückweg sah er gerne in die Abteile hinein, wo Frauen schliefen, Kinder weinten, Männer Karten spielten, Leute beteten und andere mit ihrer Knoblauchwurst den ganzen Waggon vollstanken.

»Du warst aber lang weg, was machst du denn auf dem Klo?«, fragte der Vater. »Geht jetzt der Wasserhahn dort?«

»Nein.«

In manchen Städten stiegen Kinder zu, die eine Station lang im Zug blieben und Rosinen, Leblebi, Kekse, Brot, Käse, Mandeln oder Kaugummi verkauften. Mevlut sah sich das alles genau an, dann aber zog er die von der Mutter sorgsam in der Tasche verstauten Pfannkuchen heraus und aß die. Manchmal sah er, wie Hirtenjungen, die den Zug gehört hatten, mit ihren Hunden herbeiliefen und »Zeitung, Zeitung« riefen, weil sie mit Zeitungspapier aus geschmuggeltem Tabak Zigaretten drehen wollten, und wenn der Zug an den Jungen einfach schnell vorbeifuhr, empfand Mevlut einen seltsamen Stolz. Wenn ab und zu mitten auf einsamer Strecke gehalten wurde, merkte Mevlut erst wieder, wie still es auf der Welt sonst eigentlich war. Während der endlos erscheinenden, stillen Wartezeit sah Mevlut, wie im Garten eines kleinen Dorfhauses Frauen Tomaten pflückten, an den Gleisen entlang Hühner liefen, neben einer elektrischen Wasserpumpe zwei Esel sich gegenseitig kratzten und auf einer Wiese ein bärtiger Mann schlief.

»Wann fahren wir endlich wieder?«, fragte Mevlut, als es wieder mal gar nicht weiterging.

»Nur Geduld, Junge, Istanbul läuft uns nicht davon.«

»Ah, jetzt fahren wir los!«

»Nein, nicht wir, der Zug neben uns«, erwiderte der Vater lachend.

Die ganze Fahrt über versuchte Mevlut sich vorzustellen, wo sie gerade waren, und dachte dabei an die Türkeikarte mit dem Atatürk-Foto und der Fahne darauf, die er fünf Jahre lang hinter dem Lehrer an der Wand gesehen hatte. Bevor der Zug Izmit erreichte, schlief Mevlut ein und wurde nicht mehr wach, bis sie in Haydarpaşa ankamen, dem Bahnhof auf der asiatischen Seite Istanbuls.

Mit ihren ganzen Taschen, Säcken und Körben brauchten sie fast eine Stunde, bis sie die Bahnhofstreppe hinunter und auf den Stadtdampfer kamen, der sie hinüber nach Karaköy brachte. In der Abenddämmerung sah Mevlut zum ersten Mal im Leben das Meer. Es war dunkel wie ein Traum und tief wie der Schlaf. Im kühlen Wind roch es angenehm nach Algen. Auf der europäischen Seite glänzten die Lichter. Nicht so sehr das Meer an sich, sondern vor allem diese Lichter würde Mevlut sein Leben lang nicht mehr vergessen. Drüben wurden sie wegen ihres vielen Gepäcks nicht in den Bus gelassen und mussten vier Stunden laufen, bis sie in dem hinter Zincirlikuyu gelegenen Haus endlich ankamen.

2. Das Haus

Die Hügel am Ende der Stadt

Das Haus war ein Gecekondu, eine über Nacht schnell hingemauerte und damit halbwegs legale Hütte auf staatlichem Grund. Das Wort Gecekondu benutzte der Vater, wenn er sich darüber ärgerte, was für eine primitive Behausung es doch war. Wenn er mal nicht wütend war, was allerdings selten vorkam, sagte er mit einer Zärtlichkeit, die auch Mevlut spürte, ganz einfach »unser Haus«, was Mevlut manchmal zu der Illusion verführte, das Haus sei schon Teil eines großen Ganzen, das ihnen hier eines Tages gehören würde, doch brauchte es schon einiges, um daran wirklich zu glauben. Das Gecekondu bestand aus einem einzigen Zimmer und einem angebauten Klo mit einem Loch in der Mitte. Aus dessen scheibenlosem Fensterchen hörte man nachts in fernen Vierteln Hunde heulen und bellen.

Als sie am ersten Abend in der Finsternis das Haus betraten, lagen darin ein Mann und eine Frau, und Mevlut dachte schon, sie hätten sich vertan. Es stellte sich heraus, dass das Paar sich den Sommer über beim Vater eingemietet hatte. Der Vater stritt erst mit ihnen, dann bereitete er im Dunkeln ein Bett auf dem Boden, und Vater und Sohn legten sich schlafen.

Als Mevlut am folgenden Morgen erwachte, war er allein. Die Jahre zuvor hatte der Vater das Haus zusammen mit Mevluts Onkel und seinen beiden Cousins bewohnt. Mevlut erinnerte sich, was Korkut und Süleyman im Sommer erzählt hatten, und versuchte sich die beiden hier vorzustellen, aber das Haus wirkte wie ein verlassenes Geisterhaus. Ein alter Tisch, vier Stühle, zwei Betten, eins mit Bettgestell, eins ohne, zwei Schränke, zwei Fenster, ein Ofen. Seit sechs Jahren zog sein Vater im Winter zum Arbeiten nach Istanbul, und das war alles, was er dort besaß. Als sein Bruder und dessen Söhne nach ihrem Streit im Vorjahr ausgezogen waren, hatten sie ihre Betten und alles andere mitgenommen. Keine Spur fand Mevlut mehr von ihnen. Zu seiner Freude entdeckte er in einem der Schränke wenigstens ein paar Erinnerungen an zu Hause: Wollsocken, die die Mutter dem Vater gestrickt hatte, lange Unterhosen und eine zwar verrostete Schere, die er aber früher immer in den Händen seiner Schwestern gesehen hatte.

Auf dem Lehmboden hatte der Vater die Bastmatte ausgelegt. Der Onkel hatte die seine wohl auch mitgenommen.

Auf den einfachen alten Holztisch hatte der Vater am Morgen frisches Brot gelegt. Der Tisch wackelte, und Mevlut legte immer wieder leere Streichholzschachteln oder zugeschnitzte Holzstückchen unter, die aber mit der Zeit wegrutschten, sodass Mevlut seinen Tee oder seine Suppe verschüttete und der Vater sich aufregte. Aufregen konnte der Vater sich über alles Mögliche. In den Jahren ab 1969, die sie in dem Haus zusammen verbrachten, sagte der Vater immer wieder »Den Tisch muss ich mal reparieren«, tat es aber nie.

Vor allem in den ersten Jahren freute sich Mevlut jedes Mal, mit dem Vater zusammen beim Abendbrot zu sitzen, auch wenn es dabei eher hastig zuging. Da hinterher der Vater allein oder sie beide loszogen, ging es bei Tisch aber nicht so fröhlich zu wie auf dem Dorf, wenn die Mutter und die Schwestern dabei waren. Dem Vater war immer anzusehen, dass er so bald wie möglich auf seine Tour gehen wollte, und kaum hatte er den letzten Bissen im Mund, zündete er sich eine Zigarette an, und bevor die noch fertiggeraucht war, sagte er auch schon »Auf geht's«.

Abends nach der Schule kochte Mevlut auf dem Ofen oder, wenn der noch nicht an war, auf dem kleinen Gaskocher seine Suppe. In das kochende Wasser gab er einen Esslöffel Margarine, dann schnitt er hinein, was der Schrank gerade hergab, Karotten, Sellerie, Kartoffeln, streute Bulgur und roten Paprika darüber, lauschte auf das Blubbern und beobachtete das höllische Treiben im Topf. Die Kartoffel- und Karottenstücke wirbelten wild umher, als brieten sie verzweifelt schreiend im Höllenfeuer. Manchmal brodelten Stücke zu Mevluts Nase hoch wie aus dem Schlund eines Vulkans. Die Kartoffeln wurden gelber, die Karotten gaben an die Suppe ihre Farbe ab, das Blubbern hörte sich immer wieder anders an, und durch die ständige Bewegung im Topf fühlte Mevlut, der inzwischen auf die Atatürk-Knabenschule ging, sich an den Erdkundeunterricht erinnert, wo sie das ganz ähnliche Kreisen der Planeten durchgenommen hatten, und dann dachte er, dass er selbst auf der Welt ja auch wie diese kleinen Teilchen umhergewirbelt wurde. Es war jedenfalls wunderbar, sich an dem heißen, wohlriechenden Suppendampf aufzuwärmen.

»Herrlich, die Suppe, schön hast du für uns gekocht!«, sagte der Vater immer. »Soll ich dich vielleicht zu einem Koch in die Lehre geben?« Wenn Mevlut abends nicht mit dem Vater losging, sondern Hausaufgaben machte, räumte er erst den Tisch ab und lernte dann etwa aus dem Erdkundebuch eifrig die Namen der Städte und Länder auswendig und geriet beim Anblick des Eiffelturms oder eines chinesischen Buddhisten-Tempels ins Träumen. Hatte er nach der Schule mit dem Vater stundenlang Joghurt getragen, legte er sich nach dem Essen sofort aufs Bett und schlief ein. Der Vater weckte ihn auf, bevor er aus dem Haus ging.

»Zieh deinen Schlafanzug an und leg dich ins Bett, Junge. Sonst friert dich hinterher, wenn der Ofen ausgeht.«

»Warte, Papa, ich komme mit«, sagte Mevlut, aber eher wie im Traum, und schlief sogleich wieder ein.

Wenn er abends allein war, konnte er noch so versuchen, sich auf sein Erdkundebuch zu konzentrieren, aber gegen das Brausen des Windes, gegen das ständige Getrappel von Ratten oder irgendwelchen Geistern, gegen die Schritte draußen und das Heulen der Hunde kam er nicht an. Hundegebell hörte sich in der Stadt viel durchdringender an als daheim auf dem Dorf. Dann fiel auch immer wieder der Strom aus, und Mevlut konnte nicht mehr lernen. Das Flackern und Knistern des Ofens war im Dunkel viel beeindruckender, und dann war es Mevlut, als beobachtete ihn aus dem Schatten heraus ein Auge. Wenn er vom Erdkundebuch aufsah, würde der Besitzer des Auges bestimmt sehen, dass Mevlut ihn bemerkt hatte, und sich sofort auf ihn stürzen, und so traute er sich nicht vom Tisch weg und schlief manchmal mit dem Kopf auf den Buchseiten ein.

»Warum machst du nicht den Ofen aus und gehst ins Bett?«, fragte der Vater, wenn er um Mitternacht müde und verdrossen nach Hause kam.

Da ihn draußen sehr gefroren hatte, war er einerseits froh, dass das Haus noch warm war, aber andererseits wollte er nicht, dass um diese Zeit noch geheizt wurde. Das konnte er so nicht zugeben, also sagte er nur: »Mach den Ofen aus, bevor du einschläfst.«

Das Brennholz kaufte der Vater entweder schon zurechtgeschnitten in Onkel Hasans kleinem Krämerladen, oder er lieh sich vom Nachbarn eine Axt und hackte selber Holz. Vor dem ersten Winter lernte Mevlut, wie man den Ofen mit Zeitungspapier und trockenen Zweigen schnell in Gang brachte. Und in den ersten Monaten nahm der Vater nach der Arbeit Mevlut auch auf die Spitze des Kültepe genannten Hügels hinauf, an dem sie wohnten.

Ihr Haus stand ganz am Rande der Stadt, auf dem unteren Teil jenes kahlen, schlammigen Hügels, auf dem vereinzelt Maulbeer- und Feigenbäume standen. Ganz unten schlängelte sich von Ortaköy her zwischen mehreren Hügeln bis zum Bosporus ein Bach hinunter, an dem Mitte der fünfziger Jahre die Frauen von armen Zuwanderern aus Ordu, Gümüşhane, Kastamonu oder Erzincan wie daheim auf dem Dorf Mais anbauten und ihre Wäsche wuschen, während die Kinder den Sommer über im seichten Wasser badeten. Innerhalb von etwa fünfzehn Jahren aber wuchs die Bevölkerung auf den umliegenden Hügeln auf über achtzigtausend an, sodass der aus osmanischen Zeiten stammende Name des Baches, nämlich Buzludere, »Eisbach«, unter der Einwirkung der sich ansiedelnden Industrie allmählich zu Bokludere, »Scheißbach«, wurde. Als schließlich Mevlut nach Istanbul kam, erinnerte man sich weder an Buzludere noch an Bokludere, da der Bach von der Quelle bis zur Mündung längst mit Beton überdeckt war.

Auf dem höchsten Punkt des Kültepe waren noch Überreste einer früheren Müllverbrennungsanlage und ein Haufen jener Asche zu sehen, von der der »Aschehügel« seinen Namen hatte. Man blickte von hier auf die anderen Hügel (Duttepe, Kuştepe, Esentepe, Gültepe, Harmantepe, Seyrantepe, Oktepe etc.), die gleichermaßen mit Gecekondus zugebaut wurden, auf den größten Friedhof Istanbuls (Zincirlikuyu), auf eine Reihe größerer und kleinerer Betriebe, Autowerkstätten, Manufakturen, Lager, Medikamenten- und Glühbirnenfabriken und in der Ferne auf den gespenstischen Schatten der Stadt, auf Hochhäuser und Minarette. Die Stadt selbst, die Viertel nämlich, in denen Mevlut mit seinem Vater morgens Joghurt und abends Boza verkaufte und wo er zur Schule ging, lagen ganz weit weg, wie geheimnisvolle Flecken.

Noch weiter weg standen die blauen Hügel des anatolischen Ufers. Obwohl der Bosporus zwischen den Hügeln gar nicht zu sehen war, kam es Mevlut die ersten Male, als er auf den Kültepe stieg, immer wieder kurz so vor, als hätte er das blaue Meer vor sich. Auf jedem der sich bis zum Bosporus erstreckenden Hügel standen riesige Strompfeiler, die bei Wind und besonders an feuchten Tagen derart knisterten, das Mevlut und seinen Freunden ganz unheimlich wurde. An den mit Stacheldraht umgebenen Pfeilern hing ein Schild mit einem Totenkopf und der Aufschrift »Lebensgefahr«. Das Schild war von Kugeln zersiebt. Als Mevlut in den ersten Jahren dort oben Feuerholz und Papierfetzen aufsammelte, meinte er noch, nicht vom Strom gehe die Lebensgefahr aus, sondern von der Stadt. Es hieß zwar, man dürfe sich den Pfeilern nicht nähern, das bringe Unglück, doch viele waren geschickt genug, um dort ungeniert ihren Strom abzuzapfen.

MUSTAFA EFENDI. Um meinem Sohn begreiflich zu machen, wie hart das Leben hier sein kann, habe ich ihm erzählt, dass es außer in Kültepe und dem gegenüberliegenden Duttepe noch auf keinem der Hügel offiziell Strom gibt und dass vor sechs Jahren, als ich mit seinem Onkel hergekommen bin, es auf keinem der Hügel Strom, Wasser oder eine Kanalisation gab. Ich habe auf die Hügel gedeutet, auf denen die Osmanen-Sultane gejagt und die Soldaten ihre Schießübungen abgehalten haben, auf die Treibhäuser, in denen Albaner Erdbeeren und Blumen züchten, auf den Molkereibetrieb in Kağıthane. Auch den weißen Friedhof habe ich ihm gezeigt, wo die Soldaten, die 1912 im Balkankrieg an Typhus krepiert sind, begraben und mit Kalk bestreut wurden. Der Junge soll bloß nicht auf das bunte Gewimmel von Istanbul hereinfallen und sich einbilden, das Leben sei leicht. Um ihn aber nicht zu demoralisieren, habe ich ihm auch die Atatürk-Knabenschule gezeigt, in die er kommen würde, den neuen Hartplatz für die Fußballmannschaft von Duttepe, das Derya-Kino, das im Sommer eröffnen soll, und die seit vier Jahren im Bau befindliche Duttepe-Moschee, die mit Unterstützung des Bäckers und Bauunternehmers Hadschi Hamit Vural aus Rize und seiner Leute entsteht, allesamt Männer mit einem vorspringenden Kinn, die sich unheimlich ähnlich sehen. »Vor sechs Jahren war hier alles noch ganz kahl!«, habe ich zu dem Jungen gesagt. Und ich habe ihm erklärt, dass die armen Menschen, die von weit her nach Istanbul kommen, um ihr Brot zu verdienen, morgens möglichst schnell an ihren Arbeitsplatz in der Stadt möchten, sodass die Besiedlung immer erst unten anfängt und dann so schnell nach oben wächst, dass man fast dabei zusehen kann.

3. Sich einfach irgendwo ein Haus hinbauen

Ach, Junge, dir macht Istanbul wohl Angst

Nachts lauschte Mevlut oft auf die Geräusche der Stadt. Ein Hundebellen weckte ihn auf, und wenn er merkte, dass der Vater noch nicht zu Hause war, steckte er den Kopf unter die Decke und versuchte wieder einzuschlafen. Als ihm seine Angst allzu sehr zu schaffen machte, brachte der Vater ihn nach Kasımpaşa, zu einem Derwisch in einem alten Holzhaus, der ihn mit einem seltsamen Ritual heilen sollte. Jahre später erst fiel das Mevlut wieder ein.

Einmal träumte er vom stellvertretenden Direktor der Atatürk-Knabenschule, der den Spitznamen »Skelett« weghatte. Im Traum wurde ihm plötzlich klar, wie sehr das Gesicht von »Skelett« dem Totenkopf auf dem Schild des Strompfeilers ähnelte. Kennengelernt hatte er den Mann bei der Anmeldung in der Schule, bei der sein Vater ihm Mevluts Grundschulzeugnis überreichte. Auch aus dem Mathematikbuch wagte Mevlut zu Hause beim Lernen kaum aufzusehen, um nicht den Geist sehen zu müssen, der ihn vom dunklen Fenster aus beobachtete. Immer wieder schlief Mevlut am Tisch ein.

In Kültepe, Duttepe und den umliegenden Vierteln wurde Mevlut von Süleyman herumgeführt, der sich schon ziemlich gut auskannte. Sie kamen an zahllosen Gecekondus in den verschiedensten Baufortschritten vorbei. Deren Bewohner waren fast nur Männer. Die meisten der in den vergangenen fünf Jahren aus Konya, Kastamonu oder Gümüşhane nach Kültepe und Duttepe Zugezogenen hatten wie Mevluts Vater Frau und Kinder im Dorf gelassen oder waren mittellose ledige Männer, die zu Hause nicht hatten heiraten können. Wenn Mevlut durch die offene Tür einer Einzimmerbehausung sechs Männer wie tot auf ihren Betten liegen und schlafen sah, waren meist auch knurrende Hunde nicht weit, angelockt wohl vom intensiven Atem-, Schweiß- und Schlafgeruch. Von den ledigen Männern hielt Mevlut sich lieber fern, denn sie waren oft reizbar und unfreundlich.

Unten an der Hauptstraße von Duttepe, der späteren Endhaltestelle des Busses, gab es einen Krämer, den Mevluts Vater als »Betrüger« bezeichnete, des Weiteren ein Geschäft, das Zementsäcke, alte Türen und Dachziegel, Ofenrohre, Blechstücke und Plastikplanen verkaufte, und schließlich ein dürftiges Kaffeehaus, in dem von morgens bis abends arbeitslose Männer herumlungerten. An der Straße, die den Hügel hinaufführte, lag auf halber Höhe der kleine Krämerladen von Onkel Hasan, in dem Mevlut manchmal zusammen mit Korkut und Süleyman Zeitungspapier zu Tüten faltete.

SÜLEYMAN. Da Mevlut wegen der Widerborstigkeit seines Vaters ein Schuljahr verloren hatte, war er in der Atatürk-Knabenschule eine Klasse unter mir. Wenn ich ihn in der Pause allein dastehen sah, ging ich zu ihm und kümmerte mich um ihn. Wir mögen Mevlut gern und sind ihm wegen seines Vaters nicht böse. Bevor die Schule angefangen hat, ist er mal mit Onkel Mustafa zu uns gekommen, und kaum hat er meine Mutter gesehen, hat er sie umarmt, so sehr hat er sich nach seiner eigenen Mutter und seinen Schwestern gesehnt.

»Ach, Junge, dir macht Istanbul wohl Angst, was?«, sagte meine Mutter. »Brauchst dich aber nicht zu fürchten, wir sind ja bei dir.« Sie küsste ihn auf die Haare, so wie das auch Mevluts Mutter tat. »Jetzt sag mal, soll ich hier in Istanbul deine Yenge Safiye sein oder deine Tante Safiye?«

Meine Mutter war sowohl die Frau von Mevluts Onkel, also seine angeheiratete Tante oder »Yenge«, als auch die Schwester von Mevluts Tante, also seine »richtige« Tante. Wenn sich im Sommer unsere Väter wieder mal in die Haare kriegten, sagte Mevlut zu meiner Mutter »Yenge«, aber wenn dann im Winter Onkel Mustafa in Istanbul war, nannten Mevlut und seine Schwestern sie wieder »Tante«.

»Du sollst immer meine Tante sein!«, hat Mevlut ausgerufen.

»Dass mir dein Vater aber dann nicht böse ist!«, hat sie geantwortet.

»Ach was, Safiye, darfst ihn ruhig bemuttern«, hat Onkel Mustafa gesagt. »Er ist ja praktisch eine Halbwaise hier, und in der Nacht weint er oft.«

Mevlut war das peinlich.

»Wir schreiben ihn gerade in die Schule sein«, hat Onkel Mustafa gesagt. »Aber die Bücher und Hefte sind alle so teuer. Und eine Schuluniform braucht er auch.«

»Was für eine Nummer hast du gekriegt?«, hat mein Bruder Korkut gefragt, weil ja jeder Schüler eine Nummer hatte und mit der auch angeredet wurde.

»1019.«

Mein Bruder ist ins Nebenzimmer gegangen, hat in der Truhe herumgewühlt und die alte Schuljacke herausgefischt, die wir beide getragen hatten. Er hat sie abgeklopft, ein wenig strammgezogen und Mevlut dann wie ein Schneider in die Jacke hineingeholfen.

»Die steht dir ausgezeichnet, 1019«, hat er dann gesagt.

»Tatsächlich, da brauchen wir gar keine neue«, hat Onkel Mustafa gesagt.

»Bisschen weit ist sie, aber das ist gerade gut so«, hat Korkut gesagt. »Bei Prügeleien stören enge Jacken bloß.«

»Mevlut geht nicht in die Schule, um sich zu prügeln«, hat sich Onkel Mustafa empört.

»Tja, wenn er sich zurückhalten kann«, hat Korkut gesagt. »Manche Spinner von Lehrern nerven einen dermaßen, dass man sich nicht beherrschen kann.«

KORKUT. Dass Mevlut sich in der Schule nicht prügelt, damit hat Onkel Mustafa bestimmt auf mich angespielt, und das hat mir gar nicht gepasst. Als vor drei Jahren mein Vater und Onkel Mustafa noch zusammen in dem Haus in Kültepe wohnten, bin ich von der Schule gegangen. Um sicherzugehen, dass ich keinen Rückzieher mache, habe ich an einem der letzten Schultage dem eingebildeten Chemielehrerfatzke Fevzi vor der ganzen Klasse zwei Ohrfeigen und drei Magenschläge versetzt, die er sich schon lange verdient hatte. Das Jahr zuvor hatte er mich mal gefragt, was Pb2so4 bedeutet, und als ich »Postbote« gesagt habe, hat er mich verspottet und mich hinterher sogar durchfallen lassen. Das war also schon lange mal fällig. Und eine Schule, in der sich ein Lehrer durchprügeln lässt, vor der habe ich sowieso keine Achtung mehr, und wenn sie noch so sehr Atatürk heißt.

SÜLEYMAN. Mevlut hat sich nicht schlecht gewundert, als ich zu ihm gesagt habe: »Im Futter der linken Tasche ist ein Loch, aber lass das ja nicht zunähen, da kannst du nämlich deine Spickzettel verstecken. Und am meisten nützt dir die Jacke abends, beim Boza-Verkaufen. Wenn die Leute nachts in der Kälte einen Schüler sehen, der zum Geldverdienen losgeschickt wird, schmelzen sie dahin und stecken dir alles Mögliche in die Tasche, Schokolade, Münzen, Wollsocken. Daheim brauchst du die Jacke bloß zu wenden und abzusahnen. Und sag ja keinem, dass du mit der Schule aufgehört hast. Ich will Arzt werden, musst du sagen.«

»Mevlut hört mit der Schule nicht auf!«, hat sein Vater gerufen. »Der wird wirklich Arzt. Nicht wahr, Mevlut?«

Mevlut merkte, dass er von den Verwandten eher bemitleidet wurde, und so kam bei ihm keine Fröhlichkeit auf. Das Haus, dass sein Onkel mit Hilfe seines Vaters in Duttepe vor einem Jahr fertiggebaut hatte, war viel sauberer und heller als das Gecekondu, in dem sie selbst wohnten. Während sein Onkel und seine Tante im Dorf noch auf dem Boden gegessen hatten, saßen sie nun an einem Tisch mit einer geblümten Nylontischdecke. Auch hatten sie keinen Lehm-, sondern einen Steinboden. Es roch nach Kölnischwasser, und beim Anblick der sauberen und sogar gebügelten Vorhänge dachte Mevlut, er würde viel lieber dorthin gehören. Das Haus hatte jetzt schon drei Zimmer, und Mevlut begriff sofort, dass die Familie Aktaş, die im Dorf das Haus mit Garten, die Ochsen und alles verkauft hatte, hier ein glückliches Leben führen würde, und seinem Vater, der so etwas nicht geschafft hatte und sich auch nicht so anstellte, als würde er es je einmal schaffen, war er deswegen böse und schämte sich seiner.

MUSTAFA EFENDI. Ich weiß schon, dass du heimlich zu deinem Onkel gehst, dass du im Krämerladen deines Onkels Hasan Tüten faltest, dass du dich zum Essen an ihren Tisch setzt und dass du mit Süleyman spielst, aber vergiss nicht, die haben uns betrogen, sagte ich zu Mevlut warnend. Es tut weh, wenn ein Junge nicht zu seinem Vater steht, sondern zu Schwindlern, die dem Vater keinen Bissen gönnen! Und schau nicht so schuldbewusst drein, wenn du eine geschenkte Jacke annimmst, du hast ein Recht auf sie! Wenn du dich bei Leuten lieb Kind machst, die sich ein Grundstück unter den Nagel gerissen haben, das auch deinem Vater gehört, werden sie keine Achtung vor dir haben, vergiss das nicht, hörst du, Mevlut?

Als sechs Jahre zuvor, also drei Jahre nach dem Militärputsch vom 27. Mai 1960, während Mevlut in der Schule gerade lesen lernte, sein Vater und Onkel Hasan nach Istanbul gekommen waren, um dort Arbeit zu suchen, hatten sie zunächst in Duttepe ein Haus gemietet. Zwei Jahre später wurden ihnen die Miete zu hoch, und so zogen sie aus und bauten sich gegenüber in Kültepe mit eigenen Händen ein Häuschen aus Kohlenziegeln, Zement und Blech. Anfangs verstanden die beiden sich in Istanbul ausgezeichnet. Sie erlernten das Geschäft des Joghurtverkaufens, und wie sie später gerne lachend erzählten, zogen sie, zwei gestandene Männer, zu Beginn erst mal gemeinsam los. Um mehr zu verkaufen, gingen sie später in verschiedene Viertel, aber es sollte kein Neid aufkommen, wer wohl mehr verdiente, und so teilten sie sich die Tageseinnahme jeweils auf. Ihr gutes Einverständnis rührte wohl auch daher, dass sie im Dorf zwei Schwestern geheiratet hatten. Mevlut erinnerte sich später schmunzelnd daran, wie seine Mutter und seine Tante immer aus dem Häuschen waren, wenn sie Postanweisungen mit dem Geld aus Istanbul erhielten. An Sonntagen vertrieben sich sein Vater und Onkel Hasan immer die Zeit in Parks, am Bosporus-Ufer und in Teehäusern, zweimal pro Woche rasierten sie sich morgens mit der gleichen Klinge, und wenn der Sommer kam, brachten sie den Frauen und den Kindern die gleichen Geschenke mit.

Als die beiden Brüder 1965 in ihr selbstgebautes Gecekondu umzogen, zäunten sie zusammen mit Korkut, der inzwischen auch in Istanbul war, noch zwei weitere Grundstücke ein, eins in Kültepe und eins in Duttepe. Im Vertrauen auf die hoffnungsvolle Stimmung vor den im selben Jahr stattfindenden Wahlen und auf die Gerüchte, laut denen die regierende Gerechtigkeitspartei nach den Wahlen eine Amnestie für Bausünder verkünden werde, machten sie sich daran, auf dem Grundstück in Duttepe ein weiteres Haus zu errichten.

Weder in Kültepe noch in Duttepe war damals irgendjemandes Grundstück ins Grundbuch eingetragen. Wer unternehmend genug war, auf unbebautem Gelände ein Haus zu errichten, pflanzte rundum ein paar Pappeln und Weiden, begrenzte seinen Grund mit Steinen, ging dann zum Gemeindevorsteher und bekam gegen Geld eine Bestätigung, dass er jenes Haus gebaut und jene Bäume gepflanzt hatte. Wie ein richtiger Grundbuchauszug wurde die Bestätigung auch mit einer Skizze versehen, die der Gemeindevorsteher mit Stift und Lineal so gut hinbekam, wie seine Fähigkeiten es eben zuließen. Darunter schrieb er mit kindlicher Handschrift, wessen Grundstück danebenlag und wessen Haus darunter und ob etwa ein Brunnen, eine Pappel oder eine Mauer zu verzeichnen war, wobei mit einer Mauer oft nur ein paar Steine gemeint waren. Wenn man noch etwas Geld dazulegte, wurden ein paar Worte hinzugefügt, die die imaginären Grenzen des Grundstücks noch größer darstellten, und am Schluss kam auf das Ganze ein Stempel drauf.

Da das Terrain aber Eigentum des Staates oder der Forstbehörde war, bildeten die vom Gemeindevorsteher ausgestellten Dokumente keineswegs eine Garantie. Unrechtmäßig errichtete Häuser konnten vom Staat jederzeit niedergerissen werden, was den Menschen, die in ihr mühevoll selbstgebautes Haus einzogen, natürlich schlaflose Nächte bereitete. Von wahrer Bedeutung waren die Bestätigungen nur, wenn – wie das alle zehn Jahre mal geschah – der Staat im Gefolge von Wahlen Gecekondus ins Grundbuch eintragen ließ. Das geschah auf der Grundlage ebenjener Bestätigungen. Davon abgesehen konnte der Inhaber einer solchen Bestätigung diese auch verkaufen. Je mehr arme Schlucker aus Anatolien eintrafen, umso höher stiegen auch die Preise für jene Papiere. Grundstücke wurden geteilt und parzelliert, und Gemeindevorsteher verfügten über immer mehr politische Macht.

Trotz dieser fieberhaften Aktivität ließ die Staatsmacht oft Willkür walten, und wenn es ihr von der Tagespolitik her gerade opportun erschien, schickte sie Gecekondu-Besitzern die Gendarmerie auf den Hals und ließ ihre Häuser abreißen. Es war daher ganz wichtig, sein Haus so schnell wie möglich fertigzubekommen und schon darin zu wohnen, denn in dem Fall war für einen Abriss ein richterlicher Beschluss nötig, bis zu dem es eine ganze Weile dauern konnte. Wer also irgendwo ein Grundstück einzäunte und es damit als »mein Eigentum« erklärte, tat gut daran, bei erster Gelegenheit mit tatkräftiger Hilfe von Verwandten und Freunden dort über Nacht vier Mauern hochzuziehen und sich schon mal behelfsmäßig einzurichten, denn so konnte er am Tag darauf nicht mehr so leicht behelligt werden. Mevlut liebte die Geschichten über Mütter und Kinder, die ihre erste Nacht in Provisorien verbrachten, in denen die Sterne als Bettdecke und der Himmel als Dach herhalten mussten. Es hieß, den Begriff »Gecekondu« – »über Nacht hingestellt« – habe ein Maurermeister aus Erzincan geprägt, der innerhalb einer Nacht die Mauern von nicht weniger als zwölf Häusern hochgezogen habe. Als der Mann gestorben sei, seien an sein Grab auf dem Friedhof von Duttepe Tausende von Menschen gepilgert.

Der durch die Stimmung vor den Wahlen genährte Baueifer von Mevluts Vater und seinem Onkel wurde allerdings jäh gebremst, als die Preise für Bau- und Altmaterial auf einmal in die Höhe schossen. Das Haus der beiden blieb somit unvollendet. Allenthalben wurde wegen der Amnestiegerüchte illegal gebaut, was das Zeug hielt. Selbst Leute, denen ein Gecekondu zunächst nicht in den Sinn gekommen wäre, fuhren zu den Hügeln am Rande der Stadt, und von zum Teil bewaffneten oder auch politisch motivierten Organisationen ließen sie sich dann doch ein Stück Land aufschwatzen und machten sich an den unmöglichsten Orten daran, ein Haus zu bauen. Im Stadtzentrum wiederum wurden zahlreiche Häuser illegal aufgestockt, und auf jedem freien Gelände wurde fieberhaft gebaut. Zeitungen, die sich ans Besitzbürgertum wandten, wetterten zwar gegen diese planlose Urbanisierung, doch manchenorts wurde die illegale Bauwut auch als Segen empfunden. Die Fabriken, in denen minderwertige Kohlenziegel hergestellt wurden, und die Baumärkte arbeiteten bis spät in die Nacht, und unter fröhlichem Hupen und Tuten fuhren Pferdewagen, Kleinbusse und Lieferwagen voller Ziegel, Zement, Sand, Holz und Glas auf staubigen Straßen bis zu den abgelegensten Hügeln. »Beim Bau von Onkel Hasans Haus habe ich tagelang gehämmert und geschuftet«, sagte Mevluts Vater, wenn die beiden an Feiertagen von Kültepe nach Duttepe zu Besuch gingen. »Ich sage dir das nur, damit du es weißt. Natürlich brauchst du deinen Onkel und deine Cousins deswegen nicht als Feinde anzusehen.«

SÜLEYMAN. Das stimmt so nicht. Mevlut weiß genau, dass der Bau steckengeblieben ist, weil Onkel Mustafa das in Istanbul verdiente Geld nicht in Istanbul lassen, sondern ins Dorf schicken wollte. Als letztes Jahr mein Bruder und ich ein Haus gebaut haben, wäre uns sehr lieb gewesen, wenn Onkel Mustafa mitgeholfen hätte, aber ständig hat er Streit gesucht, auch mit uns zwei Neffen, bis mein Vater völlig zu Recht gesagt hat, jetzt reicht's.

Am unangenehmsten war es Mevlut, wenn sein Vater über den Onkel und die Cousins sagte: »Die werden dich eines Tages verraten!« Wenn Mevlut mit dem Vater zu den Aktaş ging, an Feiertagen oder zu besonderen Anlässen, als etwa die Fußballmannschaft von Duttepe ihr erstes Spiel hatte oder wenn die Brüder Vural alle zum Bau der Moschee zusammenriefen, konnte er sich nie so richtig freuen. Einerseits wollte er durchaus hin, weil er von Tante Safiye Gebäck in die Hand gedrückt bekam, weil er Süleyman wiedersah und ein wenig auch Korkut, und weil er es genoss, in einem aufgeräumten, schmucken Haus zu sein, aber wegen der ständigen Sticheleien zwischen seinem Vater und Onkel Hasan fühlte er sich einsam und unglücklich.

Damit nur niemand vergaß, welche Rechte Mevlut und er auf das Haus in Duttepe hatten, besah sich der Vater bei den ersten Besuchen die Fenster und Türen und ließ Bemerkungen fallen wie etwa: »Das hier sollte grün gestrichen werden, und an der Seitenmauer fehlt noch Verputz.«

Mevlut bekam auch mit, wie der Vater zu Onkel Hasan sagte: »Sobald du ein bisschen Geld in die Hand kriegst, investierst du es in irgendein Schlammloch.« Der erwiderte: »Das hier nennst du ein Schlammloch? Die Leute bieten mir jetzt schon eine Menge dafür, aber ich geb's nicht her.« Anstatt friedlich beigelegt zu werden, artete ein solcher Streit meist aus, und bevor sich Mevlut noch über seinen Nachtisch hermachen konnte, stand der Vater schon auf, nahm ihn bei der Hand und sagte: »Komm, wir gehen!« Sie traten in die Dunkelheit hinaus, und der Vater schimpfte: »Habe ich dir nicht gleich gesagt, wir sollten da nicht hingehen? Das war das letzte Mal!«

Auf dem Heimweg nach Kültepe sah Mevlut in der Ferne die Lichter der Stadt glänzen, sah die seidige Nacht, die Neonlampen von Istanbul. Manchmal fiel ihm am blauen Sternenhimmel ein einzelner Stern ganz besonders auf, und an der Hand des grummelnden Vaters dahinstapfend, stellte er sich vor, auf diesen Stern würden sie zugehen. Manchmal war von der Stadt nichts zu sehen, doch die fahlen, gelblichen Lichter aus Tausenden von kleinen Häusern auf den Hügeln ringsum ließen Mevlut diese Welt, die er nun schon etwas kannte, heller erscheinen, als sie wirklich war. Und manchmal verschluckte der Nebel selbst die Lichter des Nachbarhügels, und Mevlut hörte von überall her die Hunde bellen.

4. Mevluts Anfänge als Verkäufer

Du brauchst hier nicht den großen Herrn zu spielen

»Heute fängst du mit dem Arbeiten an, da werde ich mich zur Feier des Tages rasieren«, sagte der Vater eines Morgens, als Mevlut gerade aufwachte. »Erste Lektion: Wenn du Joghurt verkaufst, und vor allem wenn du Boza verkaufst, musst du makellos sauber sein. Die Kunden schauen dir manchmal auf die Hände und die Fingernägel. Manche achten auf dein Hemd, deine Hose, deine Schuhe. Wenn du eine Wohnung betrittst, ziehst du unbedingt vorher die Schuhe aus, und deine Strümpfe dürfen weder Löcher haben noch stinken. Aber mein Prachtjunge duftet ja sowieso wie ein Engel, nicht wahr?«

Anfangs noch recht ungeschickt machte Mevlut dem Vater nach, wie man an den beiden Enden des Tragjochs die Joghurtbehälter so einhängte, dass sie im Gleichgewicht waren, wie man zwischen die Behälter Holzleisten steckte, damit sie nicht aneinanderschlugen, und wie man über das Ganze jeweils einen Deckel stülpte. Bald schon hatte er den Bogen heraus.

Der Vater lud ihm zunächst nicht gar so viel auf, und Mevlut merkte auch nicht gleich, wie viel er da eigentlich trug, doch als der Weg von Kültepe bis in die Stadt sich allmählich in die Länge zog, begriff er so recht, dass das Joghurtverkaufen dem Beruf eines Lastenträgers ähnlich war. Auf der staubigen Straße voller Lastwagen, Busse und Pferdewagen marschierten sie gut eine halbe Stunde lang. Aufmerksam las Mevlut alles, was unterwegs irgendwo geschrieben stand, ob das nun Reklameschilder, Zeitungsschlagzeilen beim Krämer oder an Strommasten geklebte Anzeigen für Beschneider oder Nachhilfekurse waren. In der Stadt selbst sahen sie dann große Holzkonaks, Kasernen aus der Osmanenzeit, heruntergekommene Sammeltaxis mit Karomuster, lustige Melodien tutende Kleinbusse, marschierende Soldaten, fußballspielende Kinder, Mütter mit Kinderwagen, Schaufenster mit Schuhen und Stiefeln in allen Farben und Verkehrspolizisten in weißen Handschuhen, die wütend in ihre Pfeife bliesen.

Manche Autos sahen mit ihren riesigen runden Scheinwerfern aus wie alte Männer mit aufgerissenen Augen (der 56er Dodge), andere mit ihrem Kühlergrill wie Männer mit dicker Oberlippe und Zweifingerbart (der 57er Plymouth) und wieder andere wie böse lächelnde kratzbürstige Frauen mit vielen kleinen Zähnen (der 61er Opel Rekord). Lastwagen mit ausladender Frontpartie erinnerten Mevlut an Wolfshunde, während ihm die schwerfällig brummenden Škoda-Busse der Stadtwerke wie Bären vorkamen, die auf allen vieren dahintappten.

Von riesigen Reklametafeln (Tamek-Tomatenketchup, Lux-Seifen) auf den Fassaden sechs-, siebenstöckiger Häuser lächelten hübsche Frauen ohne Kopftuch auf Mevlut herab, wie er sie auch aus seinen Schulbüchern kannte, als der Vater plötzlich in eine schattige Seitengasse einbog und »Joghuuurt!« rief. Mevlut kam es vor, als würden alle ihn anschauen. Der Vater ging ungerührt weiter und schwenkte seine Glocke. Er drehte sich nicht zu Mevlut um, doch dieser spürte, dass der Vater an ihn dachte. Bald ging in einem der oberen Stockwerke ein Fenster auf. »Kommen Sie doch zu uns hoch.« Vater und Sohn betraten das Gebäude, gingen durchs Treppenhaus, in dem es nach Frittierfett stank, und standen schließlich oben vor einer Wohnungstür.

In seinem Verkäuferleben sollte Mevlut noch Zehntausende von Malen auf das lauschen, was in Istanbuler Küchen von Hausfrauen, Omas,

Kindern, Hausangestellten, Rentnern, Waisen und sonstigen Bewohnern auf ihn und den Vater eingeredet wurde:

»Guten Morgen, Mustafa Efendi, wiegen Sie mir doch ein halbes Kilo ab.« »Ah, Mustafa Efendi, lange nicht gesehen, und ich denke mir schon, kommt er dieses Jahr gar nicht aus seinem Dorf zurück?« »Sagen Sie mal, Ihr Joghurt ist doch nicht sauer, oder? Wiegen Sie mir ein bisschen was ab. Ihre Waage stimmt doch, oder?« »Mensch, Mustafa Efendi, wer ist denn der hübsche Junge da, etwa Ihr Sohn? Gratuliere!« »Tut mir leid, Sie sind umsonst raufgekommen, es hat schon jemand Joghurt aus dem Geschäft geholt, im Kühlschrank ist ein ganzer Topf voll.« »Die Herrschaften sind nicht da und lassen anschreiben.« »Nein, Mustafa Efendi, ohne Rahm, den mögen unsere Kinder nicht.« »Wissen Sie was, wenn meine Tochter mal groß ist, verheiraten wir sie mit Ihrem Sohn!« »Ja, wo bleiben Sie denn, Sie haben für die zwei Etagen eine halbe Stunde gebraucht!« »Soll ich Ihnen einen Teller geben? Oder lieber die Schüssel da?« »Letztes Mal war es aber billiger.« »Verkäufer dürfen den Aufzug nicht benutzen, hören Sie?« »Wo ist denn Ihr Joghurt her?« »Machen Sie bitte beim Rausgehen die Haustür gut zu, Mustafa Efendi, unser Hausmeister ist uns abgehauen.« »Sie sollten den Jungen nicht als billigen Träger arbeiten lassen, sondern ihn in die Schule schicken, Mustafa Efendi. Sonst kaufe ich Ihnen kein Joghurt mehr ab.« »Ich brauche alle zwei Tage ein halbes Kilo. Schicken Sie den Jungen rauf, das reicht.« »Brauchst keine Angst zu haben, Junge, der beißt nicht, der will nur an dir riechen.« »Setzen Sie sich doch, Mustafa Efendi, meine Frau und die Kinder sind nicht da, ich habe Pilav mit Tomatensoße, soll ich Ihnen das aufwärmen?« »Sie, bei mir war das Radio an, da habe ich Sie nicht gehört, können Sie nächstes Mal lauter rufen?« »Meinem Jungen sind die Schuhe zu klein geworden, soll Ihrer sie doch mal probieren.« »Mustafa Efendi, der Junge soll nicht ohne Mutter aufwachsen, holen Sie doch Ihre Frau zu sich.«

MUSTAFA EFENDI. Ich habe immer gesagt »Gott vergelte es Ihnen«, wenn ich aus einer Wohnung raus bin, und habe mich verbeugt. Und ich habe auch gesagt »Möge Gott Ihnen immer beistehen«, denn Mevlut sollte nur sehen, wie sauer sein Vater sein Brot verdient, und dass man auch kriechen muss, um reich zu werden. »Vielen, vielen Dank, der Herr«, habe ich gesagt und mich übertrieben verbeugt, »die Handschuhe wird Mevlut im Winter gut brauchen können. Komm, Mevlut, küss dem Herrn die Hand …« Das hat Mevlut aber nicht getan, sondern bloß vor sich hin gestarrt. Draußen habe ich zu ihm gesagt: »Junge, tu nicht so stolz. Wenn du eine Tasse Suppe oder ein paar Socken kriegst, brauchst du nicht die Nase zu rümpfen. Das bekommen wir für das, was wir den Leuten geben. Die kriegen von uns den besten Joghurt der Welt ins Haus geliefert und geben dafür uns etwas, das ist alles.« Als Mevlut einen Monat später von einer Frau eine Wollmütze bekommen hatte, hat er erst das Gesicht verzogen, aber aus Angst, dass ich ihn schimpfe, hat er dann Anstalten gemacht, der Frau die Hand zu küssen, hat es aber nicht über sich gebracht. Danach habe ich zu ihm gesagt: »Hör mal zu, du brauchst hier nicht den großen Herrn zu spielen. Wenn ich dir sage, du sollst einer Kundin die Hand küssen, dann tust du das gefälligst auch. Und noch dazu ist das nicht einfach eine Kundin, sondern eine sehr nette ältere Frau. Glaubst du etwa, alle sind so wie die? Was meinst du, wie viele Strolche es gibt, die bei einem anschreiben lassen, obwohl sie genau wissen, dass sie bald umziehen und weg sind? Wenn du Menschen stolz abweist, die dir was Gutes tun, bringst du es nie zu was. Sieh dir bloß an, wie dein Onkel diesem Hadschi Hamit Vural in den Hintern kriecht. Schämen brauchst du dich vor reichen Leuten nicht. Wer reich ist, ist bloß früher nach Istanbul gekommen als wir, sonst nichts.«

Unter der Woche war Mevlut jeden Vormittag von fünf nach acht bis halb eins in der Schule. Danach ging er an den Straßenverkäufern am Schultor vorbei und an den Jungen, die miteinander ein Hähnchen zu rupfen hatten und nun draußen ihre Jacken auszogen und sich prügelten, und er traf sich mit seinem Vater in einer Wirtschaft namens Fidan, in der er immer seine Schultasche ließ, um mit dem Vater Joghurt zu verkaufen, bis es dämmerte.

Neben dem Fidan hatte der Vater in diversen Vierteln noch ein paar

Lokale, die ihm regelmäßig zwei-, dreimal pro Woche Joghurt abnahmen. Da deren Besitzer oft um den Preis feilschten, verkrachte sich der Vater immer wieder mit dem einen oder anderen und suchte sich Ersatz. Auch wenn die Arbeit für diese Stammkunden nur wenig abwarf, konnte er nicht ganz auf sie verzichten, da er bei ihnen in der Küche, in großen Kühlschränken, auf Balkons oder in Hinterhöfen seine Joghurtgefäße und seine Kannen mit Boza abstellte. Mit den Kellnern in solchen Wirtschaften, in denen kein Alkohol ausgeschenkt wurde und die Leute aus den umliegenden Geschäften einfache Mahlzeiten bekamen, verstand der Vater sich meist gut. Oft saßen Vater und Sohn an einem der hinteren Tische vor einem Teller Eintopf oder Reis mit Brot und Joghurt, und der Vater unterhielt sich mit den Leuten. Mevlut liebte diese Gespräche. Mal setzte sich ein Losverkäufer dazu, ein pensionierter Polizist, der genau wusste, was in den Straßen von Beyoğlu so passierte, oder der Lehrling des Fotografen nebenan, und dann ging es um die andauernd steigenden Preise, um Lotto und Toto, um die Razzien gegen Zigaretten- und Alkoholschmuggler, um die hohe Politik in Ankara oder die Polizeikontrollen in den Straßen von Istanbul. Wenn Mevlut den Geschichten dieser schnurrbärtigen Männer lauschte, die allesamt rauchten wie die Schlote, hatte er das Gefühl, den Geheimnissen des Istanbuler Straßenlebens immer mehr auf die Spur zu kommen: Im Schreinerviertel hinter Tarlabaşı ließ sich gerade der Ableger eines kurdischen Clans aus Ağrı nieder; die Stadtverwaltung wollte die fliegenden Buchhändler am Taksim-Platz verscheuchen, weil sie linke Propaganda betrieben; die Bande, die ein paar Straßen weiter parkenden Autofahrern Geld abpresste, hatte sich mit einer anderen Bande aus Tarlabaşı mit Stöcken und Fahrradketten eine Schlacht um die Straßenherrschaft geliefert.

Wenn auf der Straße Schreie und Flüche ausgestoßen oder gar Messer gezogen wurden, weil es zu einer Prügelei gekommen war, einem Autounfall, einem Taschendiebstahl oder weil jemand eine Frau belästigt hatte, suchte Mevluts Vater in seiner vorsichtigen Art immer sofort das Weite.

MUSTAFA EFENDI. Dann werden dauernd Zeugen gesucht. Pass da bloß auf, Mevlut, habe ich immer gesagt. Wenn der Staat einen mal zu fassen kriegt, ist man verloren. Am schlimmsten ist es, wenn man seine Adresse angibt, dann kommt gleich eine Vorladung ins Haus. Wenn man nicht hingeht, holt einen die Polizei, und die fragt dann nicht, warum man eigentlich zum Gericht soll, sondern was man beruflich macht, wo man angemeldet ist, ob man Steuern zahlt, wie viel man verdient, wie man politisch steht etc.

Mevlut verstand manchmal nicht, warum der Vater plötzlich in eine Seitenstraße abbog; warum er manchmal ganz laut »Joghurt!« rief und dann wieder lange beharrlich schwieg; warum er manchmal so tat, als würde er nicht hören, obwohl jemand »He, Sie da, Joghurtverkäufer, Sie meine ich!« rief; warum er ein paar Männer aus Erzurum erst zur Begrüßung umarmte und hinterher sagte, das seien ganz üble Kerle; oder warum er einem Kunden das Joghurt zum halben Preis verkaufte. Und manchmal war es so, dass der Vater, obwohl sie noch zu vielen Kunden mussten, vor einem Kaffeehaus auf einmal stehen blieb, das Tragjoch ablegte, hineinging, sich wie ein Toter an einen Tisch setzte, Tee bestellte und sich nicht mehr rührte. Das wiederum verstand Mevlut.

MUSTAFA EFENDI. Als Joghurtverkäufer muss man gut zu Fuß sein. In Busse lassen sie einen mit Joghurtgefäßen nicht rein, und fürs Taxi reicht das Geld nicht. So heißt es jeden Tag mit vierzig, fünfzig Kilo Gewicht dreißig Kilometer weit laufen. Die Schlepperei ist der Hauptteil unserer Arbeit.

Zwei-, dreimal pro Woche ging Mevluts Vater von Duttepe bis Eminönü, was zwei Stunden dauerte. Dort traf auf einem freien Platz in der Nähe des Bahnhofs Sirkeci jeweils der Lastwagen einer thrakischen Molkerei ein. Das Entladen des Lastwagens, das Drängen der wartenden Joghurtverkäufer und Lokalbesitzer, das Bezahlen der Ware, die Rückgabe der leeren Aluminiumtabletts in einem Lager

voller Oliven- und Käsekanister (Mevlut liebte den Geruch dort), diverse Abrechnungen, all das lief in einem ähnlich unbeschreiblichen Trubel ab wie das nicht enden wollende Treiben auf der nahe gelegenen Galata-Brücke, vor dem Hintergrund von Schiffs- und Zuggepfeife und dem Brummen der Busse. Mevlut sollte dabei das Einkaufsheft führen, aber das war eine derart leichte Aufgabe, dass er vermutete, der Vater nehme ihn vor allem mit, um ihn in die Arbeit einzuführen und ihn den Leuten zu zeigen.

Ohne mit der Wimper zu zucken, schulterte der Vater sechzig Kilo Joghurt, marschierte damit schwitzend vierzig Minuten bis Beyoğlu, wo er einen Teil davon ablud, und dann weiter bis Pangaltı, um den Rest in einer anderen Wirtschaft zu deponieren, dann kehrte er nach Sirkeci zurück und schleppte noch mal so viel Joghurt entweder zu den gleichen Lokalen oder an einen dritten Ort. Von jenen Stellen aus »verteilte« er dann das Joghurt auf die verschiedenen Viertel, in die Straßen, in denen er sich auskannte. Wenn es Anfang Oktober plötzlich merklich kühler wurde, vollführte er zweimal in der Woche die gleiche Prozedur auch mit Boza. Bei dem Boza-Hersteller Vefa lud er sich Kannen voller rohem Boza auf das Tragjoch, trug es in günstig gelegene Lokale, mit denen er sich geeinigt hatte, und von dort in kleineren Portionen wiederum zu sich nach Hause, wo er es mit Zucker süßte und mit diversen Gewürzen versah, und jeden Abend um sieben Uhr ging er wieder los und verkaufte das Boza auf der Straße. Das Süßen und Würzen nahm er manchmal mit Mevluts Hilfe auch in der Küche oder im Hinterhof jener Lokale selbst vor, um Zeit zu gewinnen. Mevlut bewunderte, wie der Vater sich merken konnte, wo er wie viele leere, halbvolle oder volle Joghurtgefäße und Boza-Kannen zurückgelassen hatte, und wie er überhaupt dieses ganze Hin und Her so organisierte, dass er mit möglichst wenig Aufwand möglichst viel verkaufen konnte.

Manche Kunden sprach Mustafa Efendi beim Namen an, und er wusste genau, wie sie ihr Joghurt (mit oder ohne Rahm) und ihr Boza (süß oder sauer) am liebsten hatten. Erstaunt beobachtete Mevlut auch, dass sie sich bei einem Platzregen ins nächstgelegene Teehaus flüchten konnten und der Vater dort prompt sowohl den Besitzer als auch seinen Sohn kannte, oder dass der Vater, wenn sie gerade gedankenverloren dahingingen, einen Altwarenhändler, der ihnen mit einem Pferdewagen entgegenkam, auf einmal ganz herzlich umarmte und danach mit einem Polizisten scherzte, von dem er hinterher sagte, er sei ein elender Lump. Und wie konnte er sich nur merken, wo welche Tür wie aufging, wo man läuten musste, wo man in den Aufzug durfte und wo nicht, wo man über den Hinterhof und wo irgendeinen Riegel zuschieben musste? Ständig gab Mustafa Efendi seinem Sohn neue Anweisungen. »Das da ist ein jüdischer Friedhof, da musst du ganz leise durchgehen.« »In der Bank ist jemand aus Gümüşdere Hausmeister, ein guter Mann, nur dass du's weißt.« »Geh nicht hier über die Straße, sondern da vorne, wo man zwischen den Leitplanken durchkann, da ist der Verkehr nicht so gefährlich und du musst nicht so lang warten.«

»Jetzt schau mal, was da ist«, sagte der Vater in einem miefig riechenden Treppenhaus, in dem es so dunkel war, dass sie sich beinahe vortasten mussten. »Mach das Türchen da auf.« Mevlut sah neben einer Wohnungstür einen Fliegenschrank, dessen Tür er so vorsichtig öffnete, als wäre es Aladins Wunderlampe. Es waren eine Schüssel und ein Zettel darin. »Lies vor, was da steht.« Mevlut hielt das aus einem Schulheft herausgerissene Blatt an die Funzel im Treppenhaus, und als hätte er eine Schatzkarte vor sich, las er ehrfürchtig: »Ein halbes Kilo, mit Rahm.«

Der Vater war stolz, dass sein Sohn ihn wie einen Weisen ansah, der mit der Stadt in einer ganz eigenen Sprache redete, und es freute ihn, wie wissbegierig der Junge auf die Geheimnisse Istanbuls war. »Mit der Zeit wirst du das auch alles lernen. Du wirst alles sehen, aber selber möglichst unsichtbar bleiben, und alles hören, aber so tun, als hättest du nichts gehört. Du wirst jeden Tag zehn Stunden marschieren, aber dich fühlen, als wärst du keinen Meter gegangen. Bist du müde, Junge, sollen wir uns hinsetzen?«

»Ja.«

Als es kaum zwei Monate nach ihrer Ankunft so kalt wurde, dass sie auch Boza verkauften, konnte Mevlut sich kaum mehr auf den Beinen halten. Wenn er nach der Schule und vier Stunden Joghurtverkauf zu Haus ankam, hatte er fünfzehn Kilometer in den Beinen und ging augenblicklich schlafen. Manchmal legte er auch während einer Rast in einer Wirtschaft oder einem Teehaus den Kopf auf den Tisch, aber der Vater stieß ihn sogleich an, denn einem Wirt war so ein Anblick nicht recht. Bevor der Vater abends wieder losging, weckte er Mevlut auf (»Papa, ich muss lernen, morgen habe ich eine Geschichtsarbeit«, sagte Mevlut dann etwa). Morgens war Mevlut ein paarmal gar nicht wach zu kriegen gewesen und hatte behauptet, es sei keine Schule, da war der Vater froh gewesen, denn er würde Mevlut gleich vormittags zum Verkaufen mitnehmen und mehr verdienen. Abends wollte der Vater Mevlut manchmal nicht aus dem Schlaf reißen, lud sich das Boza auf und ging still aus dem Haus. Wenn Mevlut irgendwann aufwachte und merkte, dass er allein war, hörte er durchs Fenster wieder all die Geräusche, und nicht nur, weil er sich fürchtete, sondern auch weil er sich nach dem Gefühl sehnte, seine kleine Hand in der Hand des Vaters zu haben, reute ihn dann, nicht mitgegangen zu sein. Er fühlte sich schuldig, so lange geschlafen zu haben, und weil ihn das so mitnahm, konnte er sich nicht aufs Lernen konzentrieren, und dann fühlte er sich erst recht schuldig.

5. Atatürk-Knabenschule

Durch gute Erziehung und Bildung wird der Unterschied zwischen Reich und Arm aufgehoben

An der von Istanbul nach Duttepe und die dahinterliegenden Hügel führenden Straße war auf einer kleinen Ebene die Atatürk-Knabenschule gelegen, und zwar so, dass von den Vierteln, die entlang des »Scheißbaches« entstanden waren, im Garten Wäsche waschende Mütter, Teig knetende Großmütter und im Teehaus Karten spielende arbeitslose Männer aus der Ferne das orangefarbene Schulgebäude, die Atatürk-Büste und – als bunte, lebendige kleine Punkte – die im großen Pausenhof unter Anleitung des Turn- und Religionslehrers Blinder Kerim ihre gymnastischen Übungen vollführenden Schüler sehen konnten. Alle fünfundvierzig Minuten ertönte eine auf den Hügeln nicht hörbare Klingel, und Hunderte von Schülern strömten auf einmal in den Pausenhof, und als die Klingel erneut unvernehmbar erklang, verschwanden sie alle wieder. Wenn aber am Montagmorgen vor der Atatürk-Büste aus tausendzweihundert Kehlen die Nationalhymne erscholl, hallte dies von den Hügeln derart wider, dass es in Tausenden von Häusern zu hören war.

Vor dem Absingen der Nationalhymne trat Schuldirektor Fazıl auf die Treppe zur Eingangstür und hielt eine Ansprache, in der viel von Atatürk, von Vaterlandsliebe, vom Volk und von unvergesslichen alten Militärtriumphen die Rede war (mit einer Vorliebe für besonders blutige und siegreiche wie die Schlacht bei Mohács), und dann beschwor er die Schüler, dem großen Atatürk nachzueifern. Da ältere, abgebrühte Schüler aus der Menge heraus immer wieder spöttische Bemerkungen nach vorn riefen, die Mevlut in der ersten Zeit gar nicht verstand, während besonders freche Elemente sogar die widerwärtigsten Geräusche produzierten, wachte der stellvertretende Direktor »Skelett« während der Ansprache mit Argusaugen über die Schüler. Wegen dieser scharfen Kontrolle sollte Mevlut erst nach eineinhalb Jahren, als er mit vierzehn an der schulischen Ordnung zu zweifeln begann, jenen widerständigen Schüler kennenlernen, der bei solchen Veranstaltungen nach Herzenslust furzte, was ihm sowohl bei den frommen und rechtsgerichteten als auch bei den nationalistischen und linksgerichteten Schülern höchste Achtung und Bewunderung eintrug.

Den um die Zukunft der Schule und der ganzen Türkei besorgten Direktor schmerzte es am meisten, dass die tausendzweihundert Schüler es nicht zustande brachten, die Nationalhymne wirklich gemeinsam zu singen. Eigentlich sang jeder vor sich hin, und manche »Dekadenzlinge« sangen sogar überhaupt nicht, was den Direktor in den Wahnsinn trieb. Manchmal war die Hälfte der Schüler mit der Hymne schon fertig, als andere noch nicht mal in der Mitte angekommen waren, und dann ließ der Direktor, der immer wollte, dass die Hymne »wie aus einem Guss« gesungen werde, Regen hin, Schnee her, die tausendzweihundert Schüler immer wieder von vorn lossingen, worauf einige Zyniker erst recht den Rhythmus durcheinanderbrachten, was zu Gelächter und zu Streit zwischen den Störern und jenen anderen Schülern führte, die entweder mehr Vaterlandssinn hatten oder einfach nur froren.

Mevlut hielt sich bei solchen Streitigkeiten zurück, und um von Skelett nicht beim Lachen über freche Scherze erwischt zu werden, presste er energisch die Lippen zusammen. Wenn aber würdevoll langsam die türkische Fahne hochgezogen wurde, schämte er sich und sang mit wässrigen Augen voller Inbrunst mit. Sein ganzes Leben lang schossen ihm Tränen in die Augen, wenn er irgendwo die türkische Fahne hochgehen sah, und sei es nur im Fernsehen.

Mevlut wäre liebend gern wie Atatürk geworden, der »alles nur fürs Vaterland getan hatte«, wie der Direktor immer sagte. Dazu musste Mevlut aber drei Jahre Mittelschule und drei Jahre Gymnasium hinter sich bringen, was noch keiner aus der Familie und aus dem ganzen Dorf je geschafft hatte. So schwebte ihm dieses hehre Ziel von den ersten Schultagen an immer vor wie jene heiligen Dinge – Fahne, Vaterland, Atatürk –, an die man gerne dachte, wenn sie auch unheimlich schwer zu erreichen waren. Die meisten aus Gecekondus stammenden Schüler arbeiteten nebenbei, entweder mit dem Vater zusammen als Straßenverkäufer oder bei irgendeinem Handwerker, und sie wussten, dass sie die Schule irgendwann aufgeben würden. Mit größter Wahrscheinlichkeit würden sie Lehrlinge werden, bei einem Bäcker, einem Schweißer, in einer Autowerkstatt.

Dem Direktor kam es vor allem darauf an, zwischen den Söhnen aus guter Familie, die in den vordersten Bänken saßen, und der Masse der ärmeren Schüler eine Harmonie herzustellen und somit die Schuldisziplin aufrechtzuerhalten. Dazu hatte er eine Philosophie entwickelt, die er bei Fahnenappellen konzis so zusammenfasste: »Durch gute Erziehung und Bildung wird der Unterschied zwischen Reich und Arm aufgehoben!« Mevlut wusste aber nicht, was das genau zu bedeuten hatte. Sollte es heißen »Wenn ihr armen Schüler fleißig lernt, werdet ihr mal reich« oder eher »Wenn ihr fleißig lernt, merkt man nicht mehr, wie arm ihr seid«?

Um der ganzen Türkei zu beweisen, wie gut die Erziehung in der Atatürk-Knabenschule von Duttepe war, wollte der Direktor ein Schulteam zum Wissenswettstreit des Istanbuler Rundfunks entsenden. Deshalb verbrachte er viel Zeit damit, eine Gruppe von Schülern aus gutem Hause (von faulen Kameraden neidisch als »Büfflerherde« bezeichnet) die Geburts- und Todesdaten osmanischer Sultane auswendig lernen zu lassen. Bei den Fahnenappellen sagte er über Ehemalige, die die Schule verlassen hatten, um Flickschuster- oder Schweißerlehrlinge zu werden, sie hätten an Aufklärung und Wissenschaft Verrat begangen, und desgleichen haderte er mit Schülern, die wie Mehmet nebenbei als Joghurtverkäufer Geld verdienten. Um sie auf den Pfad der Tugend zu führen, rief er: »Nicht von Pilav-, Joghurt- und Kebabverkäufern wird die Türkei errettet werden, sondern von der Wissenschaft!« Auch Einstein sei arm gewesen, und wegen Physik sei er sogar durchgefallen, aber dennoch habe er nicht die Schule verlassen, nur um ein paar Kröten zu verdienen, und davon hätten sowohl sein Land als auch er selbst profitiert.

SKELETT. Eigentlich war die Atatürk-Knabenschule in Duttepe gegründet worden, damit die Beamten, Rechtsanwälte und Ärzte, die in Mecidiyeköy und Umgebung in modernen Genossenschaftswohnungen nach europäischem Vorbild wohnen, ihre Söhne auf eine gute Schule schicken können. Da nun aber seit zehn Jahren auf den umliegenden Hügeln von armen anatolischen Zuwanderern wie wild gebaut wird und deren Kinder alle bei uns eingeschult werden, ist es schier unmöglich geworden, unsere Schule noch vernünftig zu leiten. Obwohl manche Schüler ständig schwänzen, andere gar nicht erscheinen und wieder andere wegen Diebstahl, Körperverletzung und Bedrohung des Lehrpersonals von der Schule verwiesen werden, sind die Klassen immer noch überfüllt. In für dreißig Schüler ausgelegten modernen Klassenräumen sitzen leider Gottes fünfundfünfzig Schüler, und zwar jeweils drei Schüler auf einer Zweierbank. Im Pausenhof stoßen laufende und spielende Kinder fortwährend zusammen wie beim Autoscooter. Wenn die Schulglocke läutet oder es irgendwo zu Streit kommt, ist das Gedränge auf den Treppen und in den Gängen derart, dass immer wieder körperlich schwach veranlagte Schüler in Ohnmacht fallen und mit Kölnischwasser belebt werden müssen. Angesichts solcher Schülermassen ist nur noch ein aufs Auswendiglernen ausgerichteter Unterricht möglich. Dadurch wird das Gedächtnis der Schüler trainiert, und zudem lernen sie Achtung vor Respektspersonen.

Von der sechsten bis weit in die siebte Klasse hinein, also anderthalb Schuljahre lang, wusste Mevlut nie so recht, wo er sich in der Klasse hinsetzen sollte. Wenn er diesem schwerwiegenden Problem Herr zu werden suchte, geriet er in so existenzielle Krisen wie die antiken Philosophen, die darüber nachsannen, was der Mensch mit seinem Leben anfangen solle. Wollte er »ein Wissenschaftler werden, auf den Atatürk stolz wäre«, wie der Direktor das ausdrückte, musste er sich mit den Söhnen aus gutem Hause anfreunden, bei denen die Krawatte, die Schulhefte und die Hausaufgaben immer perfekt in Ordnung waren, das hatte er schon im ersten Monat begriffen. Einen Jungen, der wie er selbst (und überhaupt zwei Drittel der Schüler) in einem Gecekondu-Viertel wohnte und zugleich in der Schule erfolgreich war, hatte Mevlut noch nicht gesehen, wenn es auch in anderen Klassen ein paar Schüler aus Gecekondus gab, bei denen es wie bei Mevlut geheißen hatte: »So ein intelligenter Junge, der sollte unbedingt auf eine höhere Schule«, und die sich daher auch redlich Mühe gaben, aber als Streber verachtet wurden. Im Gewühl des Pausenhofs hatte Mevlut noch mit keinem von ihnen Kontakt bekommen, nicht zuletzt deshalb, weil diese einsamen Seelen Mevlut gerade deswegen misstrauten, da er wie sie in einem Gecekondu wohnte.

Mevlut fühlte sich besser, wenn er sich mit Jungen anfreundete, die vorne saßen und immer ordentlich ihre Hausaufgaben machten, und wenn er neben ihnen sitzen konnte. Um sich aber dorthin vorzuarbeiten, musste man ständig den Blick der Lehrer suchen und dazu fähig sein, die Sätze, die sie anfingen, aber in pädagogischer Absicht nicht selbst abschlossen, laut zu Ende zu sprechen. Auch wenn Mevlut auf eine Frage des Lehrers keine Antwort wusste, hob er aufs Geratewohl einfach den Finger.

Die Jungs aus den schicken Wohnungen im oberen Viertel, zu denen er so gern gehört hätte, waren allerdings etwas seltsam und konnten einen ganz schön enttäuschen. Da war etwa der Junge mit dem Spitznamen »Bräutigam«, neben dem zu sitzen Mevlut in der fünften Klasse eine Weile das Privileg hatte. Als eines Tages im überfüllten Pausenraum die Jungen Fußball spielten (mit zerknülltem Zeitungspapier, denn richtige Bälle durften in die Schule nicht mitgenommen werden), wild herumliefen, schrien, stritten, sich im Staub herumbalgten und sogar eine Art Glücksspiel betrieben (mit Fußballbildern, kleinen Stiften und in drei geteilten Zigaretten), geriet Bräutigam ins Stolpern und wäre fast zertreten worden. Wütend sagte er danach zu Mevlut: »Nur noch lauter Bauerntrampel in dieser Schule! Hoffentlich meldet mein Vater mich ab und ich komme woandershin.«

BRÄUTIGAM. Den Spitznamen hatte ich gleich von Anfang an weg, weil mir wichtig ist, wie schick meine Jacke und meine Krawatte sind und weil ich manchmal eine ganze Menge vom Aftershave meines Vaters auftrage. Wenn in der Klasse alle nach Schweiß und Dreck riechen, fällt so ein Parfüm natürlich auf, und wenn ich es nicht dran hatte, hat es oft geheißen: »Na, Bräutigam, keine Hochzeit heute?« Dabei bin ich alles andere als ein Waschlappen. Mal hat einer, angeblich um das Parfüm besser zu riechen, seine Nase ganz nah an meinen Hals gehalten, als ob ich ein Schwuler wäre, da hat er von mir dermaßen in die Fresse bekommen, dass sogar die harten Jungs in den hinteren Bänken voller Anerkennung waren. Aber eigentlich bin ich nur hier, weil mein Vater zu geizig ist, um das Geld für eine Privatschule zu zahlen.

Einmal habe ich im Unterricht mit Mevlut darüber gesprochen, da hat auf einmal die Biologielehrerin, die dicke Melahat, gerufen: »1019, Mevlut Karataş, du schwätzt mir zu viel. Setz dich nach hinten!«

»Wir haben überhaupt nicht geredet!«, habe ich da gesagt, aber nicht, wie Mevlut dachte, aus Ritterlichkeit, um ihn zu verteidigen, sondern weil ich genau wusste, dass Melahat einen Jungen wie mich nie nach hinten setzen würde.

Mevlut machte es nicht viel aus, nach hinten verbannt zu werden, denn das war ihm schon öfter passiert, aber weil er so kreuzbrav aussah und sich im Unterricht andauernd meldete, schaffte er es immer wieder nach vorne. Wenn es in einer Klasse allzu hoch herging, wussten sich manche Lehrer nicht anders zu helfen, als alle Schüler umzusetzen, und dann sah Mevlut dem Lehrer jeweils so treuherzig in die Augen, dass er ganz vorne hinkam, bis eben irgendein Zufall ihn wieder nach hinten verschlug.

Einmal protestierte Bräutigam erneut dagegen, dass die vollbusige Biologielehrerin Melahat Mevlut nach hinten versetzen wollte, und sagte: »Lassen Sie ihn bitte vorne sitzen, er liebt Ihren Unterricht so.« Aber Melahat erwiderte gnadenlos: »Schau dir doch an, wie hochgeschossen er ist. Die von hinten sehen gar nicht mehr an die Tafel.«

Da sein Vater ihn ein Jahr lang auf dem Dorf gelassen hatte, war Mevlut älter als der Klassendurchschnitt. Beschämt ging er nach hinten und fragte sich, ob seine Größe nicht doch auch damit zu tun hatte, dass er neuerdings oft masturbierte. Die Jungen in den hinteren Bänken klatschten und grölten: »Willkommen daheim, Mevlut!«

Die hinteren Bänke waren von allerlei hoffnungslosen Fällen bevölkert. Dort saß vor allem, wer zu dumm, zu faul und zu alt war oder sowieso bald von der Schule fliegen würde. Aus den nach hinten Verbannten rekrutierte sich der Großteil derer, die irgendwann eine Arbeit fanden und die Schule Schule sein ließen, aber manche schafften nicht einmal das und wurden als Hinterbänkler einfach nur älter und älter. Es saß dort vor allem, wer von vornherein schon einen unfähigen oder aufmüpfigen Eindruck machte oder einfach sehr groß war, doch gewisse Schüler wie Mevlut wollten sich mit dem Schicksal, hinten sitzen zu müssen, einfach nicht abfinden, und wie manche Arme, die erst am Ende ihres Lebens begreifen, dass sie niemals reich sein werden, mussten sie trotz ihrer Anstrengungen vielerlei Enttäuschungen über sich ergehen lassen. Zahlreiche Lehrer, vor allem der Geschichtslehrer »Ramses« (der tatsächlich wie eine Mumie aussah), wussten aus Erfahrung, dass es keinen Sinn hatte, den Schülern in den hinteren Reihen überhaupt etwas beibringen zu wollen. Andere wiederum (etwa die scheue junge Englischlehrerin Nazlı, der Mevlut immer schmachtende Blicke zuwarf, da er, ohne es zu wissen, in sie verliebt war) sahen sogar nicht mal in die Richtung jener Schüler, da sie jegliche Auseinandersetzung mit ihnen fürchteten.

So eine Auseinandersetzung wollte gar kein Lehrer, nicht einmal der Direktor, der manchmal tausendzweihundert Schülern auf einmal Angst einjagen konnte. Solche Spannungen konnten sich nämlich auswachsen, und dann konnte es passieren, dass auf einmal die ganze Klasse zum Gegenangriff überging, insbesondere bei manchen heiklen Themen, wenn Lehrer sich zum Beispiel über Dialekte lustig machten, über krasse Unwissenheit, sprießende Pickel oder irgendwelche körperlichen Unzulänglichkeiten. Wenn Schüler mit halblaut gerissenen Witzen die Aufmerksamkeit ihrer Kameraden von dem abzogen, was der Lehrer zu erzählen hatte, verlegte dieser sich manchmal darauf, sie mit dem Lineal Mores zu lehren und mit groben Flüchen zum Schweigen zu bringen. Umgekehrt wurde der besonders verhasste Chemielehrer Fevzi jedes Mal, wenn er sich zur Tafel umdrehte, um eine Formel hinzuschreiben, Zielscheibe von Reiskörnern, die durch Kugelschreiberhülsen wie mit einem Blasrohr auf ihn abgefeuert wurden, weil der Mann einen Schüler aus der Osttürkei (»Kurde« sagte man damals noch nicht) wegen seines Dialekts und seiner Kleidung verspottet hatte.

Die harte Fraktion der Hinterbänkler hatte ihren Spaß daran, als schwach empfundene Lehrer einzuschüchtern und sie mitten im Unterricht einfach zu unterbrechen.

»Ach, es reicht jetzt, Sie haben uns genug gelangweilt mit dem Zeug, erzählen Sie uns lieber was von Ihren Europareisen! Sind Sie wirklich allein mit dem Zug nach Spanien gefahren?«

Wie die Leute, die im Sommer im Freiluftkino andauernd den Film kommentieren, redeten und lachten die Schüler in den hinteren Bänken manchmal so laut, dass der Lehrer vorne an der Tafel und die Schüler in der ersten Reihe sich nicht mehr verstanden. Wenn Mevlut nach hinten verbannt wurde, hatte er immer Mühe, dem Unterricht noch zu folgen. Obwohl: Sein größtes Glück bestand darin, zugleich die Scherze von ganz hinten mitzukriegen und trotzdem seiner Lieblingslehrerin Nazlı zu lauschen.

6. Schule und Politik

Morgen ist keine Schule

MUSTAFA EFENDI. Als Mevlut in die siebte Klasse gekommen ist, war es ihm immer noch peinlich, auf der Straße »Joghurt!« zu rufen, aber ans Tragen der Joghurtgefäße und der Boza-Kannen hatte er sich gewöhnt. Nachmittags hat er genau meine Anweisungen befolgt und etwa von einem Lokal in einer Gasse in Beyoğlu leere Gefäße in das Lager in Sirkeci getragen, dann volle Gefäße oder Kannen mit Roh-Boza nach Beyoğlu in das Depot von Rasim gebracht, wo es immer so nach Fett und Zwiebeln stinkt, und dann ist er zurück nach Kültepe. Wenn ich abends nach Hause bin und gesehen habe, dass Mevlut noch immer lernte, habe ich gesagt: »Mensch, wenn du so weitermachst, wirst du der erste Professor in der Familie.« Manchmal hat er gefragt: »Papa, hörst du mich ab?«, dann hat er zur Decke raufgeschaut und das Gelernte auswendig runtergesagt. Wenn er steckengeblieben ist, hat er mich angeschaut, aber da konnte ich nur sagen: »Junge, das hilft nichts, ich kann ja nicht mal lesen. Und auf meinem Gesicht steht auch nicht, was du suchst.« Nach dem zweiten Jahr in Istanbul hatte er weder von der Schule noch vom Verkaufen die Nase voll. An manchen Abenden hat er gesagt: »Ich komme mit, morgen ist keine Schule.« Da habe ich ihn machen lassen. Ein andermal wieder hat er dafür gesagt: »Ich gehe nach der Schule gleich heim, weil ich für morgen so viel zu lernen habe.«

Wie die meisten Schüler der Atatürk-Knabenschule behandelte auch Mevlut wie ein Geheimnis, was er außerhalb der Schule noch trieb, und zwar selbst denen gegenüber, die genauso wie er sofort nach Schulschluss als Verkäufer loszogen. Manchmal sah er auf der Straße einen Klassenkameraden mit seinem Vater Joghurt verkaufen, sprach ihn aber nicht an und tat auch am Tag darauf in der Klasse so, als wäre nichts gewesen. Dagegen beobachtete er genau, ob jener Junge in der Schule gut mitkam und ob seine Nebentätigkeit sich im Unterricht irgendwie bemerkbar machte, und er fragte sich auch, was aus dem Jungen wohl später mal werden würde. Ganz überrascht war Mevlut, als er kurz vor Silvester in Tarlabaşı neben einem Altwarenhändler, der auf seinen Pferdewagen alte Zeitungen, leere Flaschen und Blechteile lud, den einen Jungen aus Höyük gehen sah, der im Unterricht immer so geistesabwesend zum Fenster hinausgesehen hatte, denn erst jetzt wurde Mevlut schlagartig klar, dass der Junge seit Monaten nicht in der Schule gewesen, seine Abwesenheit aber niemandem aufgefallen war. Und Mevlut musste sich eingestehen, dass er den Jungen bestimmt bald völlig vergessen würde, wie so viele andere, die mit der Schule aufgehört hatten und nun irgendwo arbeiteten.

Die junge Englischlehrerin Nazlı hatte eine weiße Haut, große grüne Augen, und sie trug einen Kittel mit grünen Blättern darauf. Für Mevlut stammte sie aus einer anderen Welt, und um ihr nahe zu sein, wollte er Klassensprecher werden. Wenn ein Lehrer es nicht wagte, aufmüpfige Schüler durch Schläge mit der Hand oder dem Lineal zur Räson zu bringen, weil er sich vor Trotzreaktionen fürchtete, oblag es dem Klassensprecher, den entsprechenden Schüler mit Tritten, Schlägen oder Drohungen einzuschüchtern. Gerade von Lehrerinnen wie Nazlı, die sich gegenüber rebellischen Schüler nicht durchzusetzen wussten, wurde diese Art von Dienst gerne in Anspruch genommen, den im Übrigen ganz aus freien Stücken auch manche Hinterbänkler vollführten, die einfach aufstanden und einen Unruhestifter im Genick packten oder an den Ohren zogen, bis er friedlich wurde. Damit Nazlı diese Hilfe auch mitbekam, versäumten jene Freiwilligen es nicht, den Radaubruder erst anzuplärren, er solle gefälligst dem Unterricht folgen und der Frau Lehrerin mehr Achtung entgegenbringen, und erst dann hauten sie ihn auf den Rücken. Auch wenn Nazlı kaum nach hinten schaute, merkte man ihr doch an, wie sehr sie diese Eingriffe schätzte, was Mevlut immer ganz wütend und eifersüchtig machte. Falls Nazlı ihn zum Klassensprecher machte, würde er gegenüber Störenfrieden keine rohe Gewalt anwenden, sondern diese würden ihn ganz einfach respektieren, weil er ja selbst ein armer Junge aus einem Gecekondu war. Mevluts politische Pläne wurden allerdings zunichte, als es in der echten Politik auf einmal zu einem Paukenschlag kam.

Im März 1971 putschte in der Türkei das Militär, und der langjährige Ministerpräsident Demirel konnte froh sein, mit dem Leben davonzukommen. Revolutionäre Organisationen raubten Banken aus, Diplomaten wurden entführt und als Geiseln gehalten, immer wieder wurden Ausgangssperren verhängt und zahllose Wohnungen von Polizei und Militär durchsucht. Überall hingen die Fotos von polizeilich Gesuchten aus, und der Verkauf von Büchern auf der Straße wurde verboten. Aber auch für andere Straßenverkäufer waren das keine guten Nachrichten. Mevluts Vater schimpfte auf die »Anarchisten«, die das ganze Chaos erst ausgelöst hätten, doch auch, als schon Zehntausende inhaftiert und gefoltert worden waren, besserte das nicht die Lage der Straßenverkäufer und anderer Menschen, deren Arbeit nicht unbedingt angemeldet war.

Um die ganze Stadt einem Kasernenhof anzuverwandeln, ließ das Militär alles mit Kalkfarbe weiß anstreichen: Gehsteige, riesige Platanenstämme, alte osmanische Mauern und überhaupt jeden Ort, der irgendwie schmutzig und unordentlich aussah (was in Istanbul so gut wie allerorts der Fall war). Sammeltaxis durften keine Fahrgäste mehr ein- oder aussteigen lassen, wo sie gerade wollten, und Straßenverkäufer nicht mehr auf große Straßen und Plätze, in schicke Parks, auf Schiffe und in Züge. In verborgenen Spielhöllen, Freudenhäusern und Lagern mit aus Europa eingeschmuggelten Zigaretten und Alkoholika führte die Polizei Razzien durch, zu denen sie auch gleich Journalisten und Fotografen mitnahm.

Als nach dem Putsch Skelett dafür sorgte, dass linksgerichtete Lehrer nicht mehr an der Schulverwaltung teilnehmen durften, sanken auch Mevluts Chancen, von Nazlı zum Klassensprecher erwählt zu werden. Nazlı kam des Öfteren nicht zum Unterricht, und es hieß, nach ihrem Ehemann werde gefahndet. Die ganze Schule stand unter dem Eindruck der in Radio und Fernsehen ständig wiederholten Parolen von Ordnung, Disziplin und Sauberkeit. An Mauern und Wänden, Toilettentüren und überhaupt überall wurden politische und obszöne Sprüche sowie über Lehrer verfasste Ungehörigkeiten nebst diesbezüglichen Darstellungen (so war etwa Skelett mit der dicken Melahat beim Kopulieren abgebildet) mit weißer Farbe überstrichen. Wer sich den Lehrern widersetzte, Slogans rief oder den Unterricht zur politischen Diskussion umfunktionieren wollte, wurde nun wirksamer eingeschüchtert als zuvor. Damit endlich einmal die Nationalhymne gemeinsam gesungen wurde, ließen der Direktor und Skelett neben der Atatürk-Büste Lautsprecher aufstellen, wie sie sonst an Minaretten hingen, aber das führte lediglich dazu, dass sich dem unharmonischen Chor eine zusätzliche, blecherne Stimme hinzugesellte. Da die Schüler von dieser übertönt wurden, sangen obendrein noch weniger mit. Der Geschichtslehrer Ramses redete im Unterricht nur mehr von blutigen Siegen, von Blut als dem Ursprung der roten türkischen Farbe und vom Blut der Türken an sich, dass sich vom Blut anderer Völker unterscheide.

MOHINI. Eigentlich heiße ich Ali Yalnız. Mohini hat der Elefant geheißen, den 1950 der indische Ministerpräsident Nehru den türkischen Kindern geschenkt hat. Um sich so einen Spitznamen zu verdienen, hat es in einer Schule in Istanbul nicht genügt, dass man ein Riesenkerl war, von Geburt an schon alt aussah und so wie ich einen wiegenden Gang hatte. Nein, man musste dazu auch noch arm und sensibel sein. Wie schon der heilige Abraham gesagt hat, sind Elefanten nämlich sehr empfindliche Tiere. In unserer Schule ist die einschneidendste politische Folge des Militärputschs gewesen, dass man uns die langen Haare, die wir bis dahin gegen Skelett und andere Lehrer heldenhaft verteidigt hatten, nunmehr erbarmungslos abgeschnitten hat. Nicht bloß bei den Söhnen von Beamten und Ärzten, die den ganzen Tag Popmusik hörten, hat es Heulen und Zähneknirschen gegeben, sondern auch bei Langhaarigen aus den Gecekondus. Beim Fahnenappell hatten der Direktor und Skelett zwar schon oft geschimpft, dass es sich nicht gehört, wenn Jungen sich die Haare so lang wachsen lassen wie Frauen, bloß weil sie das bei entarteten europäischen Sängern gesehen haben, aber ihre Drohungen haben sie erst wahr machen können, als nach dem Putsch Soldaten auf das Schulgelände gekommen sind. Der Hauptmann, der eines Tages aus einem Jeep ausgestiegen ist, sollte angeblich nur die Hilfe für Erdbebenopfer im Osten des Landes mitorganisieren, aber Skelett hat das erbarmungslos ausgenützt und den geschicktesten Friseur von Duttepe in die Schule kommen lassen. Leider Gottes habe ich beim Anblick der Soldaten Angst bekommen und mir die Haare widerstandslos abschneiden lassen. Danach bin ich mir furchtbar hässlich vorgekommen und habe mich außerdem geschämt, dass ich mich augenblicklich der Autorität gebeugt und mich von selber auf den Friseurstuhl gesetzt hatte.

Skelett musste von Mevluts Klassensprecheranwandlungen etwas geahnt haben, denn er teilte den Musterschüler zusammen mit Mohini für die große Pause zu Hilfsdiensten ein. Mevlut freute sich, denn das bedeutete, dass er zu Unterrichtszeiten auf den Gang durfte und überhaupt ein wenig anders war als die anderen. Jeden Tag stieg er vor der großen Pause, die um zehn nach elf begann, mit Mohini durch feuchte, dunkle Gänge und Treppen in den Keller hinab. Dort machte Mohini einen Abstecher in die Toilette der Oberstufler, deren Tür Mevlut nicht einmal anzusehen wagte, erschnorrte an dem stinkenden, verrauchten Ort eine nicht ganz fertiggerauchte Zigarette, die ihm vielleicht sogar jemand mitleidig anzündete, dann ging er zum geduldig wartenden Mevlut zurück und sagte abgebrüht: »Meine Nervenmedizin.« In der Küche mussten die beiden Schlange stehen, bis Mohini eine Kanne schultern durfte, die fast so groß war wie er, und die schleppten sie ins Klassenzimmer und stellten sie vorsichtig auf den Ofen.

In dem Riesengefäß brodelte eine übelriechende Milch, in der stinkenden Küche aus dem Milchpulver zusammengemischt, das von der UNICEF gratis an die Kinder armer Länder ausgegeben wurde. Während Mohini in der Pause mit hausfraulicher Sorgfalt die Milch in von den Schülern mitgebrachte Plastikbecher aller Farben und Größen ausschenkte, teilte der Lehrer, der die Pausenaufsicht hatte, an jeden Schüler eine der ebenso von der UNICEF gestifteten Fischölkapseln aus, als wäre es ein Juwel. Alle hassten das stinkende Zeug, und der Lehrer musste durch die Bankreihen gehen und mit strenger Miene kontrollieren, ob man sie auch schluckte. Die meisten warfen sie zum Fenster hinaus, in die vermüllte Ecke, in der sich die Schüler zum Glücksspiel trafen, oder aber sie legten sie auf den Boden und traten drauf, um den Klassenraum vollzustinken. Mit den bewährten Kugelschreiber-Blasrohren wurden Kapseln auch an die Tafeln gepustet, die in der gesamten Atatürk-Knabenschule in Duttepe durch das vielmalige Bombardement bald von derartig glitschiger und übelriechender Beschaffenheit waren, dass jeder Uneingeweihte die Brauen hochzog. Als in der Klasse 9C im obersten Stockwerk einmal das Atatürk-Porträt getroffen wurde, geriet Skelett in Panik und forderte eine Untersuchung durch die Istanbuler Schulbehörde an, doch deren Leiter in seiner erfahrenen, väterlichen Art teilte dem für das Notstandsrecht zuständigen Kommandanten mit, es habe niemand die Absicht gehabt, den Gründer der Republik oder irgendeinen anderen Staatsmann zu beleidigen, und damit war die Sache erledigt. Es gelang damals nicht, den Milchpulver- und Fischöl-Zeremonien politischen Charakter zu verleihen, doch Jahre später sollten sowohl Nationalisten als auch Linke sich darüber beschweren, damals habe der Staat sie unter dem Druck westlicher Kräfte dazu gezwungen, jene übelriechenden, bestimmt auch giftigen Kapseln zu schlucken. Derlei Klagen fanden sogar Eingang in Memoiren und andere Schriften.

Voller Glück las Mevlut im Literaturunterricht die Verse Yahya Kemals darüber, wie beseelt die osmanischen Truppen gewesen seien, wenn sie mit dem Schwert in der Hand die Länder des Balkans eroberten. Wenn in Freistunden zum Zeitvertreib gemeinsam gesungen wurde, hatten manchmal sogar die subversivsten Elemente von der hintersten Bank plötzlich etwas Engelhaftes im Blick, und wenn es noch dazu regnete, dachte Mevlut zwar kurz an seinen draußen arbeitenden Vater, hatte aber das Gefühl, er könne ewig in der warmen Klasse sitzen und weitersingen, und obwohl er weit entfernt von der Mutter und den Schwestern war, empfand er doch das Stadtleben viel schöner als das Leben auf dem Land.

Nachdem infolge der vielen Hausdurchsuchungen Zehntausende von Menschen ins Gefängnis gesteckt worden waren, lockerten sich irgendwann die Verbote wieder, wie das ja immer geschieht, und an der Mauer der Atatürk-Knabenschule standen wieder mehr und mehr Leblebi-, Simit-, Bonbon- und Helva-Verkäufer. Unter den Leuten, die an einem warmen Frühlingstag ausreizen wollten, ob ihnen das Verkaufen vor der Schule wieder erlaubt wurde, fiel dem gesetzestreuen Mevlut besonders ein etwa gleichaltriger Junge auf, der ihm bekannt vorkam. Der Junge hatte eine Pappschachtel in der Hand, auf der mit riesigen Buchstaben KISMET stand. In der Schachtel sah Mevlut allerlei Krimskrams – Plastiksoldaten, Kaugummis, Kämme, Fußballbilder, Handspiegel, Murmeln – und einen etwas größeren Plastikfußball.

»Du weißt doch, dass man hier von Straßenhändlern nichts kaufen darf, oder?«, sagte Mevlut, um einen entschlossenen Ton bemüht. »Was verkaufst du hier?«

»Manche Menschen mag Gott lieber als andere, und die werden dann reich. Andere mag er weniger gern, die bleiben arm. Wenn du mit der Nadel hier an einem der bunten Ringe kratzt, siehst du, was für einen Gewinn du kriegst. Und ob du Glück hast oder nicht.«

»Hast du das Spiel gemacht? Und wo hast du die Gewinne her?«

»Das gibt es als Set zu kaufen, mit allen Gewinnen. Für zweiunddreißig Lira gehört es dir. Wenn du hundert Leute an den Ringen kratzen lässt und dafür je sechzig Kuruş verlangst, hast du sechzig Lira verdient. In Parks geht da am Wochenende ein Riesengeschäft. Na, willst du jetzt sehen, ob du reich wirst oder ein armer Schlucker? Einmal kratzen, und du hast die Antwort. Für dich heute umsonst.«

»Wirst sehen, ich bleib bestimmt nicht arm«, sagte Mevlut, griff beherzt zu und nahm die Stecknadel, die der Junge ihm geschickt reichte. Auf der Pappschachtel waren noch viele intakte Ringe. Er suchte sich einen aus und kratzte daran.

»Pech gehabt!«, rief der Junge aus. »Leer!«

»Lass sehen«, erwiderte Mevlut verärgert. Unter dem bunten Aluminiumring, in dem er gekratzt hatte, war weder ein Gewinn noch stand etwas geschrieben.

»Und jetzt?«

»Hier, wer leer ausgeht, kriegt so was«, sagte der Junge und hielt Mevlut eine Waffelpackung von der Größe einer Streichholzschachtel hin. »Tja, nichts geworden. Aber Pech im Spiel, Glück in der Liebe. Es geht darum, dass man verliert und dadurch gewinnt, verstehst du?«

»Ja. Wie heißt du, und welche Nummer hast du?«

»375 Ferhat Yılmaz. Du verpfeifst mich doch nicht an Skelett, oder?«

Mit einer Handbewegung wehrte Mevlut entrüstet ab. Ferhat setzte ein beruhigtes Gesicht auf, und beide merkten sofort, dass aus ihnen gute Freunde würden.

Mevlut war bald beeindruckt, was Ferhat, obgleich nicht älter als er, alles über die Sprache der Straße, die Geschäfte der Stadt und die Geheimnisse der Menschen wusste. Ferhat tat kund, die Schulgenossenschaft sei ein Betrügernest, der Geschichtslehrer Ramses ein Vollidiot, und die meisten Lehrer dächten an nichts anderes, als heil durch den Unterricht zu kommen und ihr Gehalt einzuschieben.

An einem kalten Tag machte Skelett sich daran, mit einem von langer Hand zusammengestellten Heer aus Hausmeistern, Putzkräften, Küchengehilfen und dem Kohlenwächter die an der Schulmauer aufgereihten Straßenverkäufer zu überfallen. Zusammen mit anderen Schülern beobachtete Mevlut den Kampf. Jeder war auf der Seite der Verkäufer, doch Staat und Schule erwiesen sich als stärker. Ein Leblebi-Verkäufer prügelte sich mit Abdülvahap, dem Wächter des Kohlenkellers. Skelett drohte, die Polizei zu holen und die Notstandsbehörde anzurufen. Mevlut sollten sich diese Bilder ins Gedächtnis einprägen, zeigten sie doch deutlich, wie der Staat und die Schulverwaltung gegenüber dem Volk der Verkäufer ganz allgemein eingestellt waren.

Als Mevlut erfuhr, dass Nazlı die Schule verließ, war er am Boden zerstört. Er fühlte sich vollkommen leer und begriff erst jetzt, wie oft er an sie gedacht hatte. Drei Tage schwänzte er die Schule und behauptete, sein Vater sei krank. In der Zeit ging er mit Ferhat, den er für seine Schlagfertigkeit und sein Selbstvertrauen bewunderte, »Kismet« verkaufen, vor allem in den Parks von Beşiktaş und Maçka. Dabei lernte er von Ferhat viele Sprüche und Scherze, vor allem solche, die mit »Absicht« und mit »Kismet« – Schicksal – zu tun hatten. Sprüche wie »Tust du nicht deine Absicht kund, entfährt dein Kismet keinem Mund« konnte er abends bei seinen Boza-Kunden anbringen.

Des Weiteren beeindruckte Mevlut, dass Ferhat Brieffreundinnen in Europa hatte. Diese Mädchen gab es tatsächlich, und Ferhat trug sogar Fotos von ihnen bei sich. Ihre Adressen hatte er aus den Leserbriefen der Jugendzeitschrift *Hey*, die Bräutigam in die Schule mitbrachte. *Hey* beanspruchte für sich, die erste türkische Jugendzeitschrift zu sein, und um konservative Familien nicht zu vergrätzen, wurden nur die Adressen von europäischen, aber keinen türkischen Mädchen veröffentlicht. Die Briefe ließ Ferhat von jemand anderem schreiben, sagte aber nicht, von wem, und er verheimlichte den Mädchen auch, dass er Straßenverkäufer war. Mevlut dachte viel darüber nach, was wohl er selbst europäischen Mädchen hätte schreiben können, aber ihm fiel nichts ein. Durch die Fotos, die Ferhat in der Klasse herumzeigte, verliebten sich manche Schüler in jene Mädchen, während andere zu beweisen suchten, dass Ferhat das alles doch nur vortäusche. Manche Neider malten auf den Fotos herum oder versauten sie mit Tinte.

Durch eine andere Zeitschrift, die Mevlut in der Schulbücherei las, sollte Mevluts Verkäuferleben nachhaltig beeinflusst werden. In die Bücherei wurden die Schüler in Freistunden gebracht, damit sie keinen Unsinn anstellten, und von der Leiterin Aysel bekamen sie alte Zeitschriften zu lesen, die der Schule von Ärzten und Rechtsanwälten aus dem oberen Viertel vermacht worden waren.

Jeweils zwei Schüler bekamen eine Zeitschrift zugeteilt, meist uralte, vergilbte Ausgaben von Titeln wie *Der große Atatürk, Archäologie und Kunst, Geist und Materie, Unsere Türkei, Die Welt der Medizin* oder *Wissensschatz*. Wenn Aysel sich vergewissert hatte, dass die Zeitschriften gerecht verteilt waren, hob sie zu ihrem üblichen kleinen Vortrag an, dem Mevlut aufmerksam lauschte.

Der erste und von spöttischen Schülern oft nachgeäffte Satz lautete: »BEIM LESEN DÜRFT IHR AUF KEINEN FALL REDEN.« Dann hieß es: »Ihr müsst immer stumm lesen, also nicht das Gelesene vor euch hin murmeln, sonst prägt es sich euch nicht ein. Wenn ihr eine Seite fertiggelesen habt, sollt ihr nicht gleich umblättern, sondern darauf achten, ob euer Mitschüler auch schon fertig ist. Dann erst blättert ihr um, aber ohne dabei die Finger anzufeuchten oder die Seite zu verknittern. Und kritzelt ja nicht auf der Seite herum und malt auf die Fotos keine Brillen oder Bärte. Schaut euch nicht nur die Fotos an, sondern lest auch die Texte, am besten, bevor ihr die Fotos anschaut. Wenn ihr die ganze Zeitschrift von vorn bis hinten gelesen habt, hebt ihr leise den Finger, dann komme ich und gebe euch eine neue. Aber sowieso habt ihr keine Zeit, alles zu lesen.« Sie hielt etwas inne, um aus den Augen der Schüler abzulesen, ob ihre Rede auch gewirkt hatte. Dann steckte sie die Hände in die Taschen ihres selbstgenähten Kittels, und wie ein osmanischer Feldherr, der seinen ungeduldigen Soldaten den Befehl zu Angriff und Plünderung gibt, sagte sie: »Jetzt dürft ihr lesen.«

Es hob ein Stühlerücken und Blätterrascheln an. Mevlut und Mohini hatten eine zwanzig Jahre alte Ausgabe der ersten türkischen Zeitschrift für Parapsychologie bekommen, *Geist und Materie* (Juni 1952). Als sie, ohne ihre Finger zu befeuchten, darin blätterten, sahen sie einen Hund abgebildet.

KÖNNEN HUNDE MENSCHLICHE GEDANKEN LESEN? hieß die Überschrift. Mevlut las den Artikel klopfenden Herzens, ohne auf Anhieb aber allzu viel zu verstehen. Dann bat er Mohini, ihn noch mal lesen zu dürfen. Noch Jahre später sollte er sich daran zurückerinnern, aber nicht so sehr an den Inhalt an sich, sondern vielmehr daran, was er beim Lesen empfunden hatte. Es war so ein Gefühl, dass auf der Welt alles miteinander zusammenhing. Und dass Straßenhunde ihn, Mevlut, nachts von Friedhöfen und dunklen Ecken aus viel intensiver beobachteten, als er gedacht hatte. Der abgebildete Hund war denn auch nicht so ein europäisches Schoßhündchen, wie man es in Zeitschriften meist sah, sondern ein richtiger Istanbuler Straßenköter von schlammgrauer Farbe, und das hatte auf Mevlut eine ganz besondere Wirkung.

Bei der Zeugnisausgabe Anfang Juni sah Mevlut, dass er in Englisch zu einer Nachprüfung antreten musste.

»Sag das ja nicht deinem Vater, der bringt dich um«, sagte Ferhat.

Mevlut dachte zwar ähnlich, wusste aber genau, dass der Vater darauf bestehen würde, das Zeugnis mit eigenen Augen zu sehen.

Irgendwo hörte Mevlut, dass Nazlı inzwischen in einer anderen Schule in Istanbul arbeitete, zu den Englischnachprüfungen aber als Beisitzerin kommen würde. Den ganzen Sommer über büffelte er im Dorf Englisch, um die Mittelschule abzuschließen. In der Grundschule von Cennetköy gab es kein Englisch-Türkisch-Wörterbuch und im ganzen Dorf auch niemanden, der ihm hätte weiterhelfen können. Als im August ein in Deutschland wohnender Gastarbeiter mit einem Ford Taunus und einem Fernseher in sein Heimatdorf Gümüşdere kam, nahm Mevlut bei dessen Sohn Nachhilfe. Um mit dem Jungen, der sowohl Türkisch als auch Englisch mit deutschem Akzent sprach, eine Stunde lang lernen zu können, musste Mevlut jedes Mal insgesamt drei Stunden Fußweg in Kauf nehmen.

ABDURRAHMAN EFENDI. Da wegen der Nachhilfe die Geschichte unseres Helden Mevlut wieder in unser bescheidenes Gümüşdere führt, möchte ich mit Ihrer Erlaubnis, ohne aber Ihre wertvolle Zeit zu sehr in Anspruch zu nehmen, rasch erzählen, wie es uns Unglücklichen dort ergangen ist. Was war ich doch 1968, als wir zum ersten Mal miteinander die Ehre hatten, noch für ein glücklicher Mensch, zusammen mit meinen drei schönen Töchtern und ihrer stillen, engelsgleichen Mutter. Als unser drittes Kind wieder ein Mädchen war, hat mich der Teufel geritten, denn ich wollte auch einen Jungen haben, und so haben wir noch ein viertes Kind gezeugt, einen Jungen, den wir, kaum war er auf der Welt, Murat genannt haben. Eine Stunde nach der Entbindung jedoch hat der Herr sowohl Murat als auch seine blutende Mutter zu den Engeln emporgerufen, und ich bin als Witwer und meine drei kleinen Töchter als Halbwaisen zurückgeblieben. In der ersten Zeit danach haben die drei immer bei mir im Bett geschlafen, den Geruch ihrer Mutter eingesogen und die ganze Nacht geweint. So habe ich meine Kinder fortan behandelt, als wären sie die Töchter des Kaisers von China, und habe ihnen aus Beyşehir und sogar aus Istanbul Kleider kommen lassen. Den Geizkragen, die behaupten, ich werfe mein Geld zum Fenster hinaus, kann ich nur sagen, dass es für die Zukunft eines buckligen Joghurtverkäufers keine bessere Gewähr gibt als drei hübsche Töchter, die alle mehr wert sind als ein ganzer Schatz. Aber meine kleinen Engel können besser von sich erzählen als ich. Die älteste, Vediha, ist zehn Jahre alt, die jüngste, Samiha, sechs Jahre.

VEDIHA. Warum sieht die Lehrerin im Unterricht immer vor allem mich an? Warum kann ich niemandem sagen, wie gern ich nach Istanbul fahren und das Meer und Schiffe sehen würde? Warum muss vor allem ich immer den Tisch abräumen, das Bett machen oder meinem Vater etwas bringen? Warum ärgere ich mich, wenn ich meine Schwestern zusammen reden und lachen sehe?

RAYIHA. Ich habe noch nie das Meer gesehen. Manche Wolken sehen aus wie etwas anderes. Ich möchte so schnell wie möglich so alt wie meine Mutter werden und heiraten. Ich mag keine Süßkartoffeln. Ich stelle mir vor, dass unser kleiner Bruder Murat und Mama uns sehen können. Ich weine mich gern in den Schlaf. Warum sagen alle »So ein vernünftiges Mädchen!« zu mir? Die zwei großen Jungen sitzen mit einem Buch unter der Platane, und Samiha und ich sehen ihnen zu.

SAMIHA. Unter der Kiefer sitzen zwei Männer. Ich gebe Rayiha die Hand und lass sie nicht los. Dann sind wir wieder heim.

Wegen Mevluts Nachprüfung kehrten sie Ende August nach Istanbul zurück, früher als sonst. Das Haus in Kültepe roch wieder genauso nach Erde und Feuchtigkeit wie drei Monate zuvor.

Als Mevlut drei Tage später den größten Klassenraum der Atatürk-Knabenschule betrat, musste er feststellen, dass Nazlı gar nicht da war. Er war furchtbar enttäuscht. Dennoch schaffte er die Prüfung und nahm zwei Wochen später, als er in die Oberstufe kam, von Skelett sein Mittelschuldiplom in Empfang.

»Bravo 1019, hier, dein Zeugnis!«, sagte Skelett.

Den ganzen Tag über zog Mevlut das Zeugnis immer wieder aus der Schultasche, und am Abend zeigte er es dem Vater.

»Jetzt kannst du Polizist oder Wächter werden«, sagte der.

Sein ganzes Leben lang sollte Mevlut sich zu den Jahren in der Mittelschule zurücksehnen. Gelernt hatte er dort vor allem, dass Türke zu sein das Beste auf der Welt war und dass das Stadtleben schöner war als das Landleben. Und immer wieder erinnerte er sich schmunzelnd, wie beim gemeinsamen Singen in der Klasse sogar die wildesten Schüler auf einmal wie Englein dreinsahen.

7. Das Elyazar-Kino

Eine Angelegenheit von Leben und Tod

Als Mevlut im November 1972 an einem Sonntagmorgen im Geiste die Wege durchging, die sie in der folgenden Woche beim Joghurtverkauf zurücklegen würden, begriff er, dass es keinen Sinn mehr hatte, wenn Vater und Sohn gemeinsam loszogen. Die immer größer werdenden Joghurtfabrikanten brachten nunmehr die Joghurtgefässe in Lieferwagen direkt zum Taksim-Platz und nach Şişli, und die Hauptarbeit bestand somit nicht mehr darin, sich erst einmal von Eminönü bis Beyoğlu mit sechzig Kilo Joghurt abzuschleppen, sondern man konnte unmittelbar mit dem Verkauf beginnen. Wenn Vater und Sohn daher verschiedene Routen wählten, erhöhten sie damit ihre Einnahmen beträchtlich. Das Boza wiederum schafften sie zwar noch zweimal die Woche gemeinsam nach Hause und süßten es dort, doch abends verkauften sie es ebenfalls in verschiedenen Vierteln.

Erst empfand Mevlut dies als eine Art Befreiung, doch bald wurde er ernüchtert. Um mit den Lokalbesitzern, den immer anspruchsvoller werdenden Hausfrauen, den Pförtnern und den Leuten, bei denen er Joghurtgefäße und Boza-Kannen unterstellen durfte, ein gutes Verhältnis herzustellen, musste er mehr Zeit aufwenden, als er gedacht hatte, und so schwänzte er immer öfter die Schule.

Eigentlich gefiel es ihm ja, etwa mit dem Händler Tahir aus Torul nun selbständig um den Joghurtpreis zu feilschen, während er früher nur neben dem Vater gestanden und vielleicht mal Gewichte auf die Waage gelegt hatte, und wenn er im Chemieunterricht wieder mal an die Tafel starrte, ohne groß was zu verstehen, kam er sich doch wichtiger vor, als es den Anschein haben mochte. Zwei geschickte Brüder aus dem Nachbardorf İmrenler hatten es geschafft, auf der Achse Beyoğlu–Taksim sämtliche Lokale und Imbisse mit Joghurt zu beliefern, und Mevlut musste in den vom Vater übernommenen Straßen in Feriköy und Harbiye die Preise senken, um alte Kunden nicht zu verlieren, und er musste auch ein neues Netz aufbauen. Ein Junge aus Erzincan, den er aus Duttepe und von der Mittelschule her kannte, arbeitete nun in Pangaltı bei einem Köfte-Imbiss, wo viel Ayran getrunken und damit Joghurt gebraucht wurde, und Ferhat kannte die kurdisch-alevitischen Besitzer eines nahe gelegenen Lebensmittelgeschäfts gut. Mevlut merkte, dass er doch eigentlich in dieser Stadt aufgewachsen war.

In der Schule durfte er nun in die Toilette im Kellergeschoss, in der geraucht wurde, und um dort schneller akzeptiert zu werden, brachte er regelmäßig Bafra-Zigaretten mit, denn er war neu, und zudem wusste man, dass er Geld verdiente. Schon bald aber merkte er, dass jene Toilettengemeinschaft aus geschwätzigen Oberstuflern, die nebenbei kein Geld verdienten und trotzdem sitzenblieben, bei weitem nicht so lässig war, wie er früher gemeint hatte. Die Welt draußen auf der Straße war viel echter und größer als die in der Schule.

Was er beim Verkaufen einnahm, übergab er noch immer dem Vater, aber eben nicht mehr immer ganz, denn er brauchte auch Geld, für Zigaretten, fürs Kino, für Toto und Lotto und dergleichen, und er schämte sich nicht einmal, dem Vater diese Ausgaben zu verheimlichen. Dagegen schämte er sich sehr wohl, dass er ins Elyazar-Kino ging.

In der allgemeinen Euphorie nach der Entthronung von Sultan Abdülhamit im Jahre 1909 war in einer Seitenstraße zwischen Galatasaray und der Tunnelbahn im Gebäude des späteren Elyazar-Kinos eine armenische Theatergruppe gegründet worden (Odeon hieß das Haus damals). Nach Gründung der Republik wurde das Gebäude unter dem Namen Majestik in ein Kino umfunktioniert, das vor allem von den Istanbuler Griechen und dem gehobenen türkischen Bürgertum besucht wurde. Zwei Jahre nachdem es in Elyazar umgetauft wurde, zeigte es, wie in den siebziger Jahren alle Kinos in Beyoğlu, vor allem Sexfilme. Mevlut setzte sich dort so weit weg wie möglich von den einsamen, bekümmerten Männern aus den unteren Vierteln, und während er dem völlig belanglosen Inhalt des Films zu folgen versuchte, rutschte er immer tiefer in seinen Sessel, als wollte er sich vor sich selber verstecken.

Um den vielen mehr oder weniger bekannten türkischen Schauspielern, die gerade in Beyoğlu, also in der Nachbarschaft wohnten, durch die Nacktszenen, in denen sie mitwirkten, keine Schwierigkeiten zu bereiten, liefen im Elyazar vor allem ausländische Filme in türkischer Synchronisation. An den italienischen Filmen störte Mevlut, dass dort die sexhungrigen Frauen immer als völlige Dummerchen dargestellt wurden, während bei den deutschen Filmen die Sexszenen, die Mevlut doch voller Ernst erwartete, andauernd mit Scherzchen angereichert waren. Bei den französischen Filmen wunderte, ja ärgerte sich Mevlut, dass die Frauen jeweils umstandslos zu einem ins Bett stiegen, ganz ohne jedes Tralala. Und da sowohl die Frauen also auch die Männer, die hinter ihnen her waren, von immer wieder denselben Sprechern synchronisiert wurden, kam Mevlut sich manchmal vor, als sehe er ständig den gleichen

Film. Die Szenen, wegen derer er kam, ließen jeweils auf sich warten, sodass Mevlut schon im Alter von fünfzehn Jahren begriff, dass es sich bei Geschlechtsverkehr um ein Wunder handelte, das nur nach langem Warten zustande kam.

Kurz bevor die erste Sexszene begann, kamen die Männer, die bis dahin rauchend am Eingang gestanden hatten, geräuschvoll wieder herein. Den Hinweis hatten sie vom Platzanweiser, der ihnen zurief: »Es geht los!« Mevlut konnte sich nur wundern, wie diese Männer sich anschauen konnten, ohne sich in Grund und Boden zu schämen, denn wenn er selbst an ihnen vorbeiging, schaute er nur auf seine Schuhe, wie zur Kontrolle, ob die Schnürsenkel auch wirklich festgebunden waren.

Kamen dann die unanständigen Bilder endlich, wurde es im Kino ganz still. Mevlut schlug das Herz schneller, er schwitzte und ihm wurde sogar ein wenig schwindlig. Er musste sich beherrschen. Ihm war klar, dass die bewussten Szenen oft aus anderen Filmen aufs Geratewohl hineingeschnitten waren und zu dem vorher Gezeigten überhaupt nicht passten, aber dennoch bemühte er sich, einen Zusammenhang herzustellen. Der Gedanke, dass die Frauen, die mit nackten Brüsten und nacktem Po die unglaublichsten Dinge taten, dieselben von zuvor sein könnten, erregte Mevlut noch mehr, und er schämte sich der Wölbung in seiner Hose und sank weiter in sich zusammen. Die vielen Male aber, die Mevlut im Lauf der Jahre ins Elyazar-Kino ging, fasste er sich kein einziges Mal in die Hose, wie das viele andere taten. Es ging das Gerücht um, wenn man sich die Hose aufknöpfte und masturbierte, dann machten sich im Dunkel schwule alte Männer über einen her, die nur dazu ins Kino kamen. Angesprochen wurde Mevlut tatsächlich manchmal, »Wie alt bist du denn, Junge?«, »Du bist ja noch ein Kind«, aber dann stellte er sich immer taub. Da man im Elyazar mit einer einzigen Eintrittskarte den ganzen Tag sitzen bleiben und sich die zwei im Wechsel gezeigten Filme immer wieder anschauen durfte, ließ Mevlut sich nicht so leicht aus dem Kino vertreiben.

FERHAT. Als im Frühjahr die Rummelplätze und die Gartencafés wieder aufgemacht haben und es in den Teehäusern am Bosporus, auf Kinderspielplätzen, in Parks und auf Brücken vor Menschen wimmelte, sind Mevlut und ich mit unserer Kismet-Schachtel losgezogen. Zwei Jahre lang haben wir das ziemlich ernsthaft betrieben und viel Geld damit verdient. Die Schachteln haben wir in Mahmutpaşa gekauft, und dort ist es mit dem Verkauf auch gleich immer losgegangen, weil viele Eltern mit ihren Kindern unterwegs waren. Wir haben dann am Ägyptischen Markt weitergemacht, am Eminönü-Platz, und wenn wir über die Galata-Brücke nach Karaköy gekommen sind, durften wir uns oft schon freuen, dass von den Ringen an der Schachtel fast die Hälfte aufgekratzt war.

Mevlut hat den Leuten schon von weitem angesehen, ob sie als Kunden in Frage kommen, und ob groß oder klein, er ist voller Zuversicht auf sie zugegangen und hat zu meiner Verwunderung immer neue Sprüche aufgetischt. »Weißt du, warum du dein Glück versuchen solltest? Weil deine Socken von der gleichen Farbe sind wie der Kamm, den du hier gewinnen kannst«, hat er zu einem verdutzten kleinen Jungen gesagt, der nicht mal wusste, was für Socken er anhat. »Schau mal, bei meinem Freund Ferhat hat die Nummer siebenundzwanzig einen Spiegel gewonnen, und bei mir ist die Nummer noch frei«, hat er einen Schlauberger angeredet, der das Spiel schon kannte und unentschlossen dastand. An manchen Frühlingstagen haben wir an Anlegestellen, auf Dampfern und in Parks ein solches Bombengeschäft gemacht, dass unsere Kartons im Nu leer waren und wir nach Kültepe zurückgekehrt sind. Bevor sie die 1973 erbaute Bosporus-Brücke für Fußgänger gesperrt haben, weil so viele runtergesprungen sind, haben wir dort an drei sonnigen Nachmittagen hintereinander einmal unheimlich viel verkauft, aber dann hat es plötzlich geheißen, für Verkäufer sei die Brücke jetzt verboten. Abgewiesen hat man uns überhaupt ziemlich oft, aus Moscheehöfen, weil wir angeblich Glücksspiel betrieben haben, aus Kinos, weil wir zu jung waren (was wegen der schweinischen Filme jammerschade war), und aus Kneipen und Restaurants, denen Verkäufer einfach lästig waren.

Als Anfang Juni die Zeugnisse verteilt wurden, konnte Mevlut erst gar nicht glauben, dass er in der achten Klasse mit Pauken und Trompeten durchgefallen war. Er musste den Satz gut zehnmal lesen. Nun ja, er hatte oft blaugemacht, war bei manchen Prüfungen nicht erschienen und hatte sich kaum bemüht, bei den Lehrern als armer Joghurtverkäufer Mitleid zu schinden. Da er in drei Fächern durchgefallen war, konnte er nicht einmal zu einer Nachprüfung antreten. Ferhat war ohne weiteres versetzt worden, was Mevlut erst recht grämte, aber da ihm so vieles einfiel, was er den Sommer über in Istanbul machen konnte, tröstete er sich rasch. Als sein Vater am Abend die Nachricht erfuhr, sagte er als Erstes: »Und rauchen tust du bestimmt auch, was?«

»Nein, Papa, ich rauche nicht«, antwortete Mevlut mit seinem Päckchen Bafra in der Tasche.

»Soso, du rauchst also, du wichst in einem fort, und jetzt lügst du auch noch deinen Vater an?«

»Ich lüge nicht.«

»Der Teufel soll dich holen!«, rief der Vater und versetzte Mevlut eine saftige Ohrfeige. Dann knallte er die Tür zu und ging.

Mevlut warf sich aufs Bett.

Vor lauter Kummer konnte er lange nicht aufstehen. Weinen tat er jedoch nicht. Nicht das Sitzenbleiben oder die Ohrfeige des Vaters kam ihn so hart an, sondern vielmehr, dass der Vater von seinem großen Geheimnis, dem Masturbieren nämlich, so völlig offen sprach, und dass er ihn noch dazu als einen Lügner bezeichnete. Mevlut hatte immer gedacht, niemand wüsste, dass er das tat. Die Scham verwandelte sich schließlich in Wut, und ihm wurde klar, dass er diesen Sommer nicht ins Dorf fahren würde. Nur ganz auf sich gestellt würde er aus seinem Leben etwas machen können. Eines Tages würde er Großes vollbringen, und sein Vater und alle würden einsehen, dass er ein ganz besonderer Mensch war.

Als der Vater sich Anfang Juli daranmachte, ins Dorf zu fahren, erklärte Mevlut ihm mehrmals, dass er seine Stammkunden in Pangaltı und Feriköy nicht verlieren wolle. Mevlut händigte dem Vater noch immer seinen Verdienst aus, und der Vater sagte immer, er spare dieses Geld für ein Haus, das er im Dorf einmal bauen werde. Früher hatte Mevlut auch stets eine genaue Abrechnung mitgeliefert, wie viel er an welchem Tag eingenommen hatte. Das unterließ er nunmehr und übergab dem Vater nur noch in gewissen Abständen eine bestimmte Summe Geld, eher wie eine Art Steuer. Und der Vater sagte auch nicht mehr, dass das Geld für jenes Haus sei. Es kam Mevlut so vor, als habe der Vater schon akzeptiert, dass Mevlut genauso wie Korkut und Süleyman den Rest seines Lebens in Istanbul verbringen werde. Wenn Mevlut sich manchmal ganz einsam fühlte, hatte er auf einmal Mitleid mit dem Vater, der es in der Stadt auf keinen grünen Zweig brachte und den Gedanken an eine Rückkehr ins Dorf noch nicht aufgegeben hatte.

Der Sommer 1973 war bis dahin einer der schönsten in Mevluts Leben. Nachmittags und abends verdienten Ferhat und er mit der Kismet-Schachtel Geld, und was davon Mevlut zustand, wechselte er bei einem Juwelier in Harbiye, zu dem Ferhat ihn brachte, in Deutsche Mark um, in Zwanzigerscheine, die er unter der Bettdecke versteckte. So fing er an, dem Vater wirklich etwas von seinem Geld zu verheimlichen.

Morgens blieb er meist im Haus, das er nun ganz für sich hatte, und masturbierte, immer mit dem Gedanken, es nun zum allerletzten Mal zu tun. Zwar schämte er sich, so an sich herumzuspielen, doch da er ja weder eine Freundin noch eine Ehefrau hatte, mit der er hätte schlafen können, entwickelte sich daraus noch kein richtiges Schuld- und Minderwertigkeitsgefühl wie in späteren Jahren. Einem sechzehnjährigen Schüler konnte man schließlich nicht vorwerfen, noch keine Freundin zu haben. Hätte man Mevlut auf der Stelle verheiratet, hätte er im Übrigen nicht mal gewusst, was genau er mit seiner Frau hätte anfangen sollen.

SÜLEYMAN. An einem ganz heißen Julitag wollte ich mal bei Mevlut vorbeischauen. Ich habe angeklopft, aber nichts hat sich gerührt. Er konnte doch nicht schon morgens um zehn beim Joghurtverkaufen sein! Ich bin ums Haus herum und habe an die Fenster geklopft, an ein Fenster habe ich sogar einen Kiesel geworfen. Der Garten war verwildert, und das Haus hat ausgesehen wie eine Ruine.

Da ist auf einmal die Tür aufgegangen.

»Wo hast du denn gesteckt?«, habe ich gerufen.

»Ich muss wieder eingeschlafen sein«, hat er gesagt. Dabei hat er eher so müde ausgesehen, als hätte er gar nicht geschlafen.

Erst habe ich schon gedacht, da ist jemand bei ihm, und bin ganz neidisch geworden. Ich bin reingegangen. Es hat gemüffelt und nach Schweiß gerochen. Und wie eng es dort war. Der gleiche Tisch, das gleiche Bett, sonst kaum irgendwelche Sachen …

»Wir sollen meinem Vater im Laden helfen«, habe ich gesagt. »Du auch.«

»Was sollen wir tun?«

»Irgendwas Leichtes, keine Bange. Na los, komm schon.«

Er hat sich aber nicht von der Stelle gerührt. Vielleicht hat er sich so zurückgezogen, weil er sitzengeblieben war. Als er so gar nicht mitkommen wollte, habe ich eine Wut auf ihn bekommen. »Aber wichs nicht zu viel, sonst verdirbst du dir die Augen, und dein Gehirn weicht auf.«

Da hat er sich umgedreht, mir die Tür vor der Nase zugeknallt und ist lang nicht mehr nach Duttepe gekommen. Erst als meine Mutter darauf bestanden hat, musste ich ihn wieder mal holen. Die Kerle in den hinteren Bänken in der Schule haben manchmal jüngere Schüler angepflaumt und gesagt: »Mensch, du hast ja wieder Ringe unter den Augen, und deine Hände zittern, und schau mal, wie deine Pickel wieder sprießen, hast du etwa gewichst, du Saukerl?«, und dann haben sie ihnen auch noch eine geklebt. Ob Mevlut wohl weiß, dass in den Arbeiterbaracken, in denen Hadschi Hamit Vural seine Leute unterbringt, manche Männer vor lauter Wichsen ganz kraftlos werden, nicht mal mehr ihre Arbeit tun können und schließlich zurück ins Dorf geschickt werden? Und dass das somit eine Angelegenheit von Leben und Tod ist? Und sagt ihm sein Freund Ferhat nicht, dass sogar bei den Aleviten das Wichsen verboten ist? Bei den Malikiten ist es unter keinen Umständen erlaubt und bei den Hanefiten nur dann, wenn damit eine noch größere Sünde verhindert werden kann, etwa ein Ehebruch. Der Islam ist keine Religion der Strafe, sondern der Toleranz und der Logik. Wenn man vor Hunger sonst sterben würde, dürfte man sogar Schweinefleisch essen. Zu wichsen, um dabei Lust zu empfinden, ist verpönt, aber das habe ich Mevlut nicht gesagt, sonst hätte er sich bestimmt über mich lustig gemacht und gesagt, »Mensch, Süleyman, wie soll man das ohne Lust machen?«, und wäre dann erst recht wieder sündig geworden. Glauben Sie, jemand wie Mevlut, der sich so leicht vom rechten Weg abbringen lässt, wird es in Istanbul je zu etwas bringen?

8. Die Höhe der Moschee von Duttepe

Leben dort überhaupt Menschen?

Unterwegs mit Ferhat fühlte Mevlut sich viel besser, als wenn er bei den Aktaş mit Süleyman zusammen war. Ferhat konnte er sagen, was ihm gerade einfiel, und der antwortete genauso spontan, und dann lachten sie. Wenn er an Sommerabenden aus lauter Einsamkeit zu den Aktaş ging, sprach er beim Essen kaum, weil Süleyman oder Korkut ihm jedes Mal über den Mund fuhren. »Lasst meinen Mevlut gefälligst in Ruhe, ihr Rüpel«, schimpfte Tante Safiye oft. Wollte Mevlut sich in der Stadt halten, tat er gut daran, sich mit Onkel Hasan und mit Süleyman und Korkut einigermaßen zu verstehen, doch träumte er davon, etwas Eigenes zu machen, ohne auf Verwandte oder sonst jemanden angewiesen zu sein. Allein Ferhat bezog er in seine Pläne ein. »Ohne dich wäre ich nie so weit gekommen«, sagte er zu diesem einmal, als sie ihre Tageseinnahmen zählten. Da waren sie gerade vom Bahnhof Sirkeci mit dem Zug (wo sich gute Geschäfte machen ließen, wenn auch verbotenerweise) zum Hippodrom Velifendi gefahren. Dort stellte sich heraus, dass Leute, die auf

Pferde wetteten, auch für jede andere Art von Glücksspiel zu haben waren. Innerhalb von zwei Stunden waren die Ringe von beiden Schachteln verkauft, die sie dabeihatten. Das brachte sie auf die Idee, es auch in Fußballstadien, bei der Vorstellung der Spieler zu Saisonanfang, bei Sommerturnieren und bei Basketballspielen zu versuchen. Jedes Mal, wenn etwas funktionierte, stellten sie sich vor, was ihnen wohl später noch alles gemeinsam gelingen würde. Am liebsten träumten sie davon, einmal in Beyoğlu ein Restaurant aufzumachen, oder wenigstens einen Imbiss. Wenn Mevlut wieder mit einer neuen Idee kam, sagte Ferhat: »Du bist ja ein richtiger Kapitalist!« Das hörte sich für Mevlut zwar nicht so ganz positiv an, aber irgendwie stolz war er doch.

Im Sommer 1973 eröffnete in Duttepe ein zweites Freiluftkino. Die Filme wurden an die Mauer eines zweistöckigen Gecekondus geworfen. Wenn Mevlut dort mit seiner Schachtel auftauchte, traf er manchmal Süleyman oder Ferhat. Jeder versuchte, sich hineinzuschleichen, ohne zu bezahlen, doch Mevlut kaufte sich gerne eine Eintrittskarte, denn er machte dort gute Geschäfte und sah noch dazu Filme mit seiner Lieblingsschauspielerin Türkân Şoray. Bald aber ließ er die Besuche dort, denn jeder im Viertel kannte ihn, und mit seinen Sprüchen über das Schicksal lockte er keinen Hund mehr vom Ofen hervor.

Bei der neuen Moschee von Duttepe, in die man im November zum ersten Mal hineindurfte, nachdem der große maschinengewebte Teppich verlegt worden war, konnte Mevlut sich mit seiner Schachtel bald nicht mehr blicken lassen, denn die alten Männer dort schimpften, das sei doch Glücksspiel. Sie waren froh über die Moschee, denn zuvor hatten sie nur einen armseligen Gebetsraum nach Art eines Gecekondus zur Verfügung gehabt. Besonders zum Freitagsgebet hatte die Moschee großen Zulauf.

Anfang 1974 wurde die Moschee zum Opferfest feierlich eingeweiht. Mevlut wusch sich am Vorabend ausführlich, zog dann früh am Morgen sein gebügeltes weißes Schulhemd an und ging mit dem Vater los. Moschee und Moscheevorraum waren schon überfüllt, als sie ankamen, und nur mit Mühe schafften sie es hinein. Der Vater wollte das historische

Ereignis nicht verpassen und bahnte sich mit dem Ellbogen einen Weg durch die Leute, zu denen er immer wieder sagte: »Entschuldigung, ich muss denen da vorne was sagen.«

MUSTAFA EFENDI. Als wir ziemlich weit vorne gebetet haben, hat der Moscheestifter Hadschi Hamit Vural zwei Reihen vor uns gestanden. Zwar treibt er mit den Männern, die er aus seinem Dorf hat kommen lassen, hier ein ziemliches Unwesen, doch an jenem Morgen war ich ihm dankbar und habe ihm Gottes Segen gewünscht. Das Flüstern und Raunen der Menge hat mich auf einmal ganz glücklich gemacht. Durch das inbrünstige gemeinsame Gebet und die pure Anwesenheit jener würdigen Schar von Gläubigen war mir plötzlich, als hätte ich seit Wochen im Koran gelesen. Andächtig habe ich »Allahu akbar« mitgesungen. In seiner Predigt hat der Imam gesagt: »Großer Gott, beschütze dieses Volk, beschütze diese Gemeinschaft, diese Menschen, die derzeit in der Kälte schon frühmorgens unverzagt ihrer Arbeit nachgehen. Beschütze all jene, die aus fernen anatolischen Dörfern hierhergezogen sind, um als Verkäufer ihren Lebensunterhalt zu verdienen. Lass über ihrer Arbeit deinen Segen walten und verzeih ihnen ihre Sünden.« Als ich das gehört habe, sind mir die Tränen gekommen. »Großer Gott, verleihe unserem Staat Macht, unserer Armee Stärke und unserer Polizei Geduld«, hat der Imam weitergepredigt, und zusammen mit allen anderen habe ich voller Innigkeit »Amen« gesagt. Als sich danach die Gemeindemitglieder lachend und scherzend umarmt und einander zum Opferfest alles Gute gewünscht haben, habe ich in die Sammelbüchse des Moscheevereins zehn Lira geworfen. Dann haben wir uns angestellt, um Hadschi Hamit Vural die Hand zu küssen. Auch Onkel Hasan und Korkut und Süleyman haben in der Warteschlange gestanden. Mevlut hat erst seine Cousins umarmt, dann hat er seinem Onkel die Hand geküsst und von ihm zum Fest fünfzig Lira bekommen. Da Hadschi Hamit Vural von so vielen Gratulanten umringt war, sind wir erst nach einer halben Stunde an die Reihe gekommen und haben daher Tante Safiye warten lassen, die zu Hause Börek gemacht hatte. Er wurde ein schönes Feiertagsessen. Einmal habe ich mich nicht bremsen können und gesagt: »An diesem Haus habe ja nicht nur ich ein Anrecht, sondern auch Mevlut«, doch darauf ist Hasan nicht eingegangen. Die Kinder haben schon gedacht, ihre Väter streiten gleich wieder los, und sie sind schnell raus in den Garten, aber wir haben diesen Feiertag ganz ohne Streit hinter uns gebracht.

HADSCHI HAMIT VURAL. Schließlich und endlich ist jeder mit dieser Moschee glücklich und zufrieden. All die armen Schlucker aus Duttepe und Kültepe sind an diesem gesegneten Tag zu mir gekommen und haben mir die Hand geküsst, und jedem habe ich einen funkelnagelneuen Hundertliraschein in die Hand gedrückt. Gott dem Herrn habe ich mit Tränen in den Augen gedankt, dass er mir diesen Tag hat zuteilwerden lassen. In den dreißiger Jahren war ich als Kind mit meinem Vater, Gott hab ihn selig, in den Bergen von Rize als Hausierer auf einem Esel von Dorf zu Dorf gezogen. Als ich vom Vater diese Arbeit ganz übernehmen sollte, ist der Zweite Weltkrieg ausgebrochen, und ich bin eingezogen und an die Dardanellen geschickt worden. Zwar haben wir am Krieg nicht teilgenommen, doch vier Jahre lang waren wir an den Dardanellen auf Beobachtungsposten. Der Quartiermeister aus Samsun hat zu mir gesagt: »Hamit, du bist ein schlaues Kerlchen, es wäre schade, wenn du in dein Dorf zurückgingst. Komm nach Istanbul, dort finde ich Arbeit für dich.« Er ruhe in Frieden, der gute Mann. Ihm habe ich es zu verdanken, dass ich nach dem Krieg in Feriköy bei einem Krämer in die Lehre gegangen bin. Mit einem Esel habe ich damals vom Bäcker das Brot abgeholt und verteilt. Nach einer Weile habe ich mir zugetraut, in Kasımpaşa in der Nähe der Piyalepaşa-Volksschule selbst einen Krämerladen zu eröffnen. Später dann bin ich bescheiden ins Baugeschäft eingestiegen und habe in Kağıthane noch eine Bäckerei aufgemacht. Es gab damals viele arbeitswillige Männer in der Stadt, doch meist recht ungebildetes Volk. Und einem Fremden traut man nicht so leicht.

So habe ich begonnen, aus unserem Dorf Leute nach Istanbul zu holen, zuerst Verwandte von mir. Es gab damals in Duttepe Baracken, da habe ich die jungen Kerle untergebracht, und sie waren mir auch alle sehr dankbar und haben mir die Hand geküsst. Wir haben immer mehr Grund in Beschlag genommen, und mit Gottes Hilfe sind die Geschäfte recht gut gelaufen. Wo aber sollten all diese ledigen Männer ihre Gebete verrichten, um ihrem Herrn zu danken, damit sie sich gut fühlen und gut arbeiten konnten? Bei meiner ersten Wallfahrt nach Mekka habe ich zum Herrn und zu seinem Propheten Mohammed gebetet und über diese Angelegenheit nachgedacht. Dann habe ich beschlossen, die Sache in die Hand zu nehmen, und habe von dem Geld, das ich mit dem Baugeschäft verdient hatte, etwas beiseitegelegt und damit Zement und Eisen gekauft. Ich bin zum Gouverneur gegangen, um mir ein Grundstück zu erbitten, und habe bei reichen Leuten Spenden gesammelt. Manche haben mir etwas gegeben, Gott sei es gedankt, andere wiederum haben gefragt, was denn, in Duttepe, leben da überhaupt Menschen? Da habe ich gedacht, wartet nur, ich werde auf diesen Hügel eine solche Moschee hinstellen, dass ihr sie vom Gouverneursgebäude in Nişantaşı sehen werdet und von den Hochhäusern am Taksim-Platz, und dann werdet ihr schon begreifen, ob in Duttepe, Kültepe, Gültepe und Harmantepe Menschen leben oder nicht.

Als der Grundstein gelegt war und die Moschee ein provisorisches Dach hatte, habe ich mich bei jedem Freitagsgebet mit meiner Büchse an die Tür gestellt und Geld gesammelt. Die Armen haben gesagt: »Sollen doch die Reichen was geben!«, und die Reichen: »Ach, und dann kauft er den Zement im eigenen Laden!« Ich aber habe gegeben, was ich geben konnte. Wenn an irgendeiner Baustelle ein paar Arbeiter gerade nichts zu tun hatten, habe ich sie zur Moschee geschickt, und genauso habe ich es gehalten, wenn irgendwo Eisen oder sonst etwas übrig war. Die Neider haben geunkt: »He, Hadschi Hamit, die Kuppel deiner Moschee ist sehr groß und sehr protzig, pass nur auf, wenn die Holzverschalung wegkommt, wird Gott die Kuppel auf dich herabstürzen lassen, dann begreifst du deinen Übermut.« Als die Holzverschalung abmontiert worden ist, habe ich mich unter die Kuppel gestellt. Sie ist nicht zusammengefallen. Da habe ich meinem Gott gedankt. Dann bin ich auf die Kuppel hinaufgestiegen und habe geweint. Dort oben ist mir fast schwindlig geworden. Ich habe dort wie eine Ameise auf einem Fußball gesessen. Von der Kuppel aus sieht man erst einmal nur einen Kreis und dann erst die ganze Welt darunter. Da man von der Spitze den unteren Teil der Kuppel nicht sieht, erscheint es einem, als sei die Linie zwischen Leben und Tod auf einmal ausradiert, und man bekommt es mit der Angst zu tun. Es sind Heuchler aus der Stadt gekommen, die haben gesagt: »Was ist jetzt mit deiner Kuppel, wir sehen sie immer noch nicht!« Da habe ich mich für ordentliche Minarette ins Zeug gelegt. Drei Jahre später hat es geheißen: »Minarette mit drei Umgängen? Du hältst dich wohl für den Sultan?« Immer wenn ich in einem der Minarette mit dem Baumeister die enge Treppe weiter höher gestiegen bin, hat sich mir der Kopf gedreht. Und die Leute haben gesagt: »Duttepe ist doch ein Dorf, was soll in einem Dorf eine Moschee mit zwei Minaretten mit je drei Umgängen?«

»Wenn Duttepe ein Dorf ist, soll die Moschee von Hadschi Hamit Vural eben die größte Dorfmoschee der ganzen Türkei sein«, habe ich erwidert, und darauf habe ich keine Antwort bekommen. Kaum ist ein Jahr vergangen, da sind sie aber wieder gekommen und haben gesagt: »Duttepe ist kein Dorf mehr, sondern gehört jetzt zu Istanbul. Wir haben eine ordentliche Gemeinde daraus gemacht, also sag deinen Leuten, sie sollen uns wählen.« Vor den Wahlen sind sie dann gekommen, haben Kaffee bei mir getrunken und gesagt: »Hadschi Hamit, sag deinen Leuten, sie sollen uns ihre Stimme geben.« Und ich habe geantwortet: »Ja, richtig, das sind meine Leute, und deshalb haben sie kein Vertrauen zu euch und wählen das, was ich ihnen sage.«

9. Neriman

Was die Stadt eigentlich ausmacht

Nachdem Mevlut an einem Märznachmittag des Jahres 1974 seine Joghurtausrüstung bei einem Freund untergestellt hatte, ging er von Pangaltı nach Şişli, und dort begegnete er vor einem Kino einer hübschen Frau, die ihm irgendwie bekannt vorkam. Ohne so recht zu überlegen, was er tat, drehte er sich um und ging ihr nach. Er wusste, dass seine Klassenkameraden und andere Gleichaltrige aus Duttepe zum Spaß irgendwelchen unbekannten Frauen in einem gewissen Abstand nachgingen, doch was sie darüber erzählten, fand er zum Teil abstoßend und zum Teil (»Ich sag dir's, die hat mich so angeschaut, die wollte, dass ich ihr nachgehe«) völlig übertrieben und unglaubwürdig. Sehr wohl aber konnte er ernst nehmen, was er nun empfand, als er selbst der jungen Frau folgte. Die Sache gefiel ihm nämlich, und er fürchtete schon, dass er das bald wieder tun würde.

Hinter Osmanbey ging die Frau in ein Haus. Mevlut erinnerte sich, dort schon mehrere Male Joghurt verkauft zu haben, aber Stammkunden hatte er in dem Haus nicht. Er versuchte nicht herauszufinden, in welchem Stock die Frau wohnte, aber bei der ersten Gelegenheit ging er wieder dorthin, wo er sie getroffen hatte. An einem anderen Tag, als er nicht mehr viel Joghurt zu schleppen hatte, erblickte er sie mittags plötzlich aus der Ferne, folgte ihr mitsamt seinem Tragjoch und sah schließlich, dass sie in Elmadağ das Büro der British Airways betrat.

Dort also arbeitete sie. Mevlut gab ihr den Namen Neriman, denn eine Neriman hatte er mal in einem Film gesehen, eine tapfere Frau, die für ihre Ehre das Leben hingab.

Natürlich war Neriman keine Engländerin, sie sollte lediglich für British Airways türkische Kunden betreuen. Manchmal saß sie im Erdgeschoss und verkaufte Flugtickets, und Mevlut gefiel es, wie ernst sie ihre Arbeit zu nehmen schien. Manchmal sah er sie nicht dort sitzen, dann war er betrübt, denn er wartete nicht gern auf sie. Manchmal hatte er das Gefühl, zwischen ihm und Neriman bestünde etwas Geheimnisvolles, Sündiges. Sein Schuldgefühl band ihn immer mehr an sie.

Neriman war ziemlich groß, und selbst aus einer Menschenmenge heraus erkannte Mevlut sie an ihrem braunen Haar, das wie ein Fleck zwischen anderen Köpfen tanzte. Ihr Gang war nicht besonders schnell, aber schülerinnenhaft energisch und beschwingt. Mevlut schätzte, dass sie an die zehn Jahre älter war als er. Selbst wenn er ihr aus einiger Entfernung nachging, stellte er Vermutungen an, was in ihrem Kopf wohl gerade vorging. Jetzt biegt sie dann rechts ab, dachte er, und tatsächlich bog sie rechts ab und ging zu ihrer Straße in Osmanbey. Es verlieh Mevlut eine seltsame Macht zu wissen, wo sie wohnte, was für eine Arbeit sie tat, dass sie an einem Kiosk ein Feuerzeug gekauft hatte (und also rauchte), dass sie die schwarzen Schuhe, die sie gerade trug, nicht jeden Tag anhatte, und dass sie vor dem Kino immer stehen blieb, um sich die Filmplakate und die Fotos anzuschauen.

Drei Monate nach ihrer ersten Begegnung wünschte er sich zum ersten Mal, sie solle erfahren, dass er ihr nachging und wie viel er über sie wusste. In dieser Zeit hatte er Neriman nur siebenmal verfolgt, was eigentlich gar nicht viel war, doch hätte sie davon gewusst, wäre ihr das unangenehm gewesen, ja sie hätte ihn für pervers gehalten. Ganz unrecht konnte Mevlut ihr da nicht geben, denn wenn jemand im Dorf einer seiner Schwester nachgegangen wäre, so wie er das mit Neriman tat, hätte er den Kerl verprügeln wollen.

Aber Istanbul war eben kein Dorf. Jemand, der in der Stadt einer unbekannten Frau nachging, konnte sich als ein Mensch wie Mevlut erweisen, der über Wichtiges nachdachte und einmal Großes leisten würde. In der Stadt konnte man inmitten einer Menschenmenge einsam sein, gerade das machte eine Stadt ja aus, dass man nämlich von lauter Menschen umgeben dennoch verbergen konnte, was für eine Fremdheit man im Kopf mit sich trug.

Wenn Neriman von vielen Menschen umgeben war, fand Mevlut es manchmal reizvoll, langsamer zu gehen und den Abstand größer werden zu lassen, und zwar aus zwei Gründen:

Erstens: Mevlut wusste auch aus großer Entfernung einen kleinen braunen Fleck als Neriman zu identifizieren, weil ihre Bewegungen ihm so vertraut waren, und das weckte in ihm den Eindruck, es bestünde zwischen ihnen ein ganz besonderes seelisches Band.

Zweitens: Alle zwischen ihnen liegenden Häuser, Geschäfte, Schaufenster, Menschen, Werbungen und Kinoplakate erschienen Mevlut wie Stücke eines Lebens, das sie miteinander teilten. Als wüchsen mit der Zahl der Schritte zwischen ihnen auch die gemeinsamen Erinnerungen an.

Manchmal stellte er sich vor, jemand würde Neriman belästigen, ihr die blaue Handtasche entreißen wollen, oder sie ließe einfach ihr Taschentuch fallen; dann würde er sofort herbeieilen und Neriman retten oder ihr galant das Taschentuch zurückgeben. Neriman würde ihm danken, die Passanten würden sagen, wie ritterlich er doch gehandelt habe, und da würde sie merken, dass er sich für sie interessierte.

Einmal erlaubte sich einer der (meist aus Adana stammenden) Jungen, die an Passanten amerikanische Zigaretten verkauften, Neriman seine Ware besonders aufdringlich anzubieten. Sie drehte sich um und sagte etwas zu ihm. (Mevlut stellte sich vor, dass es »Lass mich in Ruhe!« war.) Der freche Kerl aber lief ihr weiter nach, und augenblicklich beschleunigte Mevlut seine Schritte. Da drehte sich Neriman wieder um, gab dem Jungen Geld und steckte das rote Marlboro-Päckchen schnell ein.

Mevlut hätte sich am liebsten als Nerimans Beschützer aufgespielt und zu dem Jungen gesagt »Pass nächstes Mal auf, ja?«, aber solche Kerle waren das gar nicht wert. Außerdem gefiel es Mevlut nicht, dass Neriman auf der Straße Schmuggelware kaufte.

Als Mevlut zu Sommeranfang endlich die achte Klasse hinter sich brachte, ohne durchzufallen, erlebte er beim Verfolgen Nerimans etwas, das ihn monatelang beschäftigen sollte. In Osmanbey wurde Neriman von zwei Männern angesprochen. Erst reagierte sie nicht und ging weiter, doch die Männer folgten ihr, sodass Mevlut schon hinzueilen wollte, aber dann blieb sie stehen, drehte sich zu den Männern um und redete auf einmal freundlich und gestikulierend mit ihnen, als wären es alte Bekannte. Als die beiden sich von Neriman trennten und fröhlich schwatzend an Mevlut vorbeikamen, horchte er, ob sie nicht etwa despektierlich über sie redeten, aber das war nicht der Fall. Er hörte nur etwas wie »In der zweiten Phase ist es schwieriger«, doch weder wusste er, ob er sich dabei nicht verhört hatte, noch ob diese Worte überhaupt Neriman betrafen. Wer waren die zwei? Liebend gern hätte er zu ihnen gesagt: »Meine Herren, ich kenne diese Frau viel besser als Sie.«

Wenn er Neriman lang nicht begegnete, wurde er ihr manchmal böse und suchte auf der Straße nach einer neuen Neriman. Ein paarmal, als er ohne sein Tragjoch unterwegs war, fand er Kandidatinnen, denen er bis zu ihnen nach Hause folgte. Einmal stieg er mit einer an der Ömer-Hayyam-Haltestelle in den Bus und fuhr bis Laleli. Es gefiel ihm, dass er durch diese Frauen in ganz andere Viertel kam und manches über sie erfuhr und sich manch anderes zusammenträumte, doch eine nähere Bindung kam nicht auf. Was er sich so vorstellte, war ohnehin nicht das, was die Klassenkameraden erzählten, die gleich ihm Frauen nachgingen, und Mevlut hatte zum Beispiel noch kein einziges Mal beim Masturbieren an Neriman gedacht. Gerade weil seine Gedanken an Neriman so rein waren, empfand er Achtung und Verbundenheit für sie.

Das ganze Jahr über war er nur wenig zur Schule gegangen. Gehörte ein Sitzenbleiber nicht zu den Rabauken, die sich mit ihrer Aufsässigkeit die Lehrer zum Feind machten, wurde er im Allgemeinen von allzu schlechten Noten verschont. Im Vertrauen darauf sorgte Mevlut nur dafür, dass er nicht ins Absentenheft eingetragen wurde, und kümmerte sich ferner nicht mehr um die Schule. Als er zum Ende des Schuljahres von seiner Versetzung erfuhr, beschloss er mit Ferhat, dass sie den Sommer über wieder mit der Schachtel losziehen würden. Er freute sich schon, das Haus wieder für sich zu haben, sobald der Vater ins Dorf abfuhr. Und mit Ferhat verdiente er ja gutes Geld.

Eines Morgens klopfte Süleyman wieder an seine Tür, und diesmal öffnete Mevlut sofort. »Es ist Krieg«, sagte Süleyman, »wir erobern Zypern.« Sie machten sich gleich nach Duttepe auf, wo alle vor dem Fernseher saßen. Es wurden Militärmärsche gespielt und Panzer und Flugzeuge gezeigt, die Korkut immer gleich zu identifizieren wusste: »C-160.« »M47.« Endlos wurde wiederholt, wie Ministerpräsident Ecevit sagte: »Gott schütze unser Volk, alle Zyprioten und die ganze Menschheit.« Hatte Korkut Ecevit bisher noch als Kommunisten beschimpft, verzieh er ihm nun ob seines beherzten Eingreifens in der Zypernfrage. Wenn auf dem Bildschirm das zypriotische Staatsoberhaupt Makarios oder griechische Generäle erschienen, wurde gebuht und gejohlt. Schließlich ging Mevlut mit Süleyman und Korkut zu den Kaffeehäusern unten an der Bushaltestelle. Auch dort saß überall eine aufgekratzte Menge vor dem Fernseher und sah sich die immer wieder gleichen Bilder von Panzern und fliegenden Jets an. In regelmäßigen Abständen wurden Wehrpflichtige aufgefordert, sich beim Militär zu melden, und Korkut sagte jedes Mal »Da wäre ich sowieso hingegangen«.

Ohnehin herrschten damals vom letzten Putsch her noch mehr oder weniger die Notstandsgesetze. In Istanbul wurde zusätzlich eine nächtliche Ausgangssperre verhängt. Mevlut und Süleyman halfen Onkel Hasan dabei, in seinem Laden für die bei Strafe angeordnete Verdunkelung zu sorgen. Aus grobem blauem Papier schnitten sie Stücke von der Größe eines Trinkglases aus und verhüllten damit sorgsam die nackten Glühbirnen. »Sieht man von draußen was?« »Zieh mal den Vorhang zu.« »Ein griechisches Flugzeug sieht nichts, aber der Wächter schon.« Sie kicherten. An jenem Abend fühlte sich Mevlut als so ein richtiger zentralasiatischer Türke, wie sie in den Geschichtsbüchern immer standen.

Zurück in seinem Haus in Kültepe, verflüchtigte sich das. »Das kleine Griechenland wird uns schon nicht angreifen, und wenn, dann wird bestimmt nicht ausgerechnet Kültepe bombardiert«, überlegte er und dachte über seinen Platz in der Welt nach. Er machte kein Licht an. Wie in seinen ersten Tagen hier konnte er die Menge der auf den anderen Hügeln lebenden Menschen nicht sehen, sie im Dunkeln aber erfühlen. Die fünf Jahre zuvor noch zur Hälfte kahlen Hügel waren nun bis fast oben hin bebaut, und selbst auf noch ferneren Hügeln standen Strompfeiler und Minarette. Da nun all diese Orte wie ganz Istanbul verdunkelt waren, sah Mevlut am Julihimmel die Sterne. Er legte sich auf den Boden, schaute zu den Sternen empor und dachte an Neriman. Ob es bei ihr wohl auch verdunkelt war? Er spürte, dass er in nächster Zukunft öfter dorthin gehen würde, wo Neriman zu erwarten war.

10. Wozu es führt, wenn man an die Moscheemauer kommunistische Plakate klebt

Gott schütze die Türken

Dass zwischen Duttepe und Kültepe eine gewisse Spannung herrschte, bekam Mevlut durchaus mit, denn es gab Streitfälle, die bis hin zur Blutrache führte; nicht aber hätte er erwartet, dass zwischen den Hügeln wie im Film ein regelrechter Krieg ausbrechen würde. Auf den ersten Blick gab es zwischen den Bewohnern keinen nennenswerten Unterschied:

- Auf beiden Hügeln waren ab Mitte der fünfziger Jahre Gecekondus aus Kohlenziegeln, Lehm und Blech entstanden, und es wohnten dort arme Leute aus anatolischen Dörfern.
- Auf beiden Hügeln trug die Hälfte der Männer nachts einen blaugestreiften Schlafanzug (höchstens bei der Breite der Streifen mochte es Unterschiede geben), während die andere Hälfte je nach Jahreszeit entweder gar nichts anhatte oder aber ein Unterhemd und darüber ein Hemd, eine Weste oder einen Pullover.
- Auf beiden Hügeln setzten siebenundneunzig Prozent der Frauen, wenn sie auf die Straße gingen, ein Kopftuch auf, so wie es auch ihre Mütter gehalten hatten. Sie waren alle auf dem Dorf geboren, entdeckten aber nun, dass »Straße« in der Stadt etwas

anderes bedeutete, und zogen sogar im Sommer draußen einen weiten, verblichenen, entweder dunkelblauen oder dunkelbraunen Mantel an.

- Auf beiden Hügeln sahen die meisten Menschen ihre Behausung nicht als etwas an, worin sie bis ans Ende ihres Lebens wohnen würden, sondern als vorläufige Bleibe, bis sie entweder als reiche Leute ins Dorf zurückkehren oder in eines der Häuser in der Stadt ziehen würden.
- Sowohl die Bewohner von Kültepe als auch die von Duttepe träumten in verblüffender Parallelität immer wieder von den gleichen Personen:

  Jungen: von ihrer Grundschullehrerin
  Mädchen: von Atatürk
  Erwachsene Männer: vom Propheten Mohammed
  Erwachsene Frauen: von einem großgewachsenen westlichen Filmstar unbestimmten Namens
  Alte Männer: von einem Milch trinkenden Engel
  Alte Frauen: von einem jungen Postboten, der eine gute Nachricht überbringt

  Nach so einem Traum waren sie von dem stolzen Bewusstsein erfüllt, eine Botschaft erhalten zu haben, und fühlten sich als etwas Besonderes, doch erzählten sie von ihrem Traum nur höchst selten.
- Kültepe und Duttepe wurden 1966 mit Strom, 1970 mit fließendem Wasser und 1973 mit einer Asphaltstraße versorgt, und zwar jeweils so gut wie am gleichen Tag, sodass in dieser Hinsicht keinerlei Neid aufkam.
- Sowohl in Kültepe als auch in Duttepe gab es Mitte der siebziger Jahre in jedem zweiten Haus einen Schwarzweißfernseher mit wackeligem Bild (alle zwei Tage mühte sich ein männliches Familienmitglied damit ab, die selbstgebaute Antenne

neu einzustellen), und wenn wichtige Sendungen wie ein Fußballspiel, der Grand Prix d'Eurovision oder ein türkischer Film angekündigt waren, kamen die fernsehlosen Menschen zu den anderen auf Besuch, und auf beiden Hügeln servierten die Frauen Tee.

– Der Brotbedarf beider Hügel wurde von der Bäckerei Hadschi Hamit Vurals gedeckt.
– Die fünf meistverbrauchten Lebensmittel auf beiden Hügeln waren der Reihe nach 1. zu leichtes Brot, 2. Tomaten (im Sommer und Herbst), 3. Kartoffeln, 4. Zwiebeln, 5. Orangen.

Manchen zufolge waren diese Statistiken jedoch genauso irreführend wie die Gewichtsangaben bei Hadschi Hamits Brot. Bestimmend für das Zusammenleben bestimmter Gruppen sind nämlich nicht so sehr ihre Gemeinsamkeiten, sondern die Unterschiede. Und davon hatten sich im Lauf von zwanzig Jahren zwischen Duttepe und Kültepe vor allem die folgenden herausgebildet:

– An der prominentesten Stelle von Duttepe thronte die von Hadschi Hamit Vural gestiftete Moschee. Wenn an heißen Sommertagen nur durch die schmalen Fenster ganz oben Licht hereinfiel, war es darin angenehm kühl, und dann wollte man Gott danken, dass er diese Welt erschaffen hatte, und beherrschte so jeden aufrührerischen Gedanken in seiner Brust. Auf Kültepe hingegen thronte nichts anderes als der rostige Strompfeiler mit dem Totenkopf drauf.
– Im Ramadan hielten offiziell neunundneunzig Prozent der Menschen in Duttepe und Kültepe das Fastengebot ein. Inoffiziell waren es in Kültepe jedoch nicht mehr als siebzig Prozent, denn es lebten dort vor allem Ende der sechziger Jahre zugezogene Aleviten aus Bingöl, Dersim, Sivas und Erzincan, und die gingen auch nicht zum Beten in die Moschee in Duttepe.
– In Kültepe lebten viel mehr Kurden als in Duttepe, doch da

sogar die Kurden diesen Begriff nicht gern öffentlich benutzten, schlummerte dieses Wissen vorläufig auf beiden Hügeln in den Köpfen der Leute, wie eine Sprache, die man nur zu Hause verwendet.

– Am Ortseingang von Duttepe saßen an einem der hinteren Tische des Kaffeehauses Memleket immer öfter junge Männer zusammen, die sich als Nationalisten und Idealisten bezeichneten. Ihr Ideal war es, die unter russischer und chinesischer Herrschaft darbenden zentralasiatischen Türken in Samarkand, Taschkent, Buchara und Sinkiang zu befreien. Dafür waren sie zu allem bereit, auch zum Töten.
  Am Ortseingang von Kültepe saßen an einem der hinteren Tische des Kaffeehauses Yurt immer öfter junge Männer zusammen, die sich als Linke und Sozialisten bezeichneten. Ihr Ideal war es, eine so freie Gesellschaft wie die in Russland und China zu schaffen. Dafür waren sie zu allem bereit, auch zum Sterben.

Nachdem Mevlut auch die neunte Klasse erst im zweiten Anlauf schaffte, ging er gar nicht mehr in die Schule, nicht einmal mehr zu den Prüfungen. Seinem Vater war das sehr wohl bewusst. Schon lange tat Mevlut nicht mehr so, als müsste er lernen.

Eines Abends, als ihm nach einer Zigarette war, ging er zu Ferhat. Der stand mit einem anderen Jungen im Garten und rührte in einem Eimer. »Das ist Natronlauge,«, sagte Ferhat, »mit Mehl vermischt, wird eine Art Leim daraus. Wir gehen Plakate kleben. Komm doch mit.« Zum anderen Jungen sagte er: »Das ist Mevlut, einer von uns. Und das Ali.«

Mevlut und der hochgeschossene Ali schüttelten sich die Hand. Ali hielt Mevlut eine Zigarette hin, eine Bafra. Mevlut ging mit den beiden mit. Er fühlte sich tapfer, denn was sie da machten, war doch gefährlich.

Sie schlichen durch die dunklen Straßen. Wenn Ferhat eine günstige Stelle sah, blieb er stehen, stellte den Eimer ab, bestrich mit der klebrigen Flüssigkeit erst eine Fläche am Boden und dann die Mauer vor sich. Ali zog unter dem Arm eines der Plakate hervor, legte es erst auf die eingeleimte Bodenfläche und klebte es dann an die Mauer, wo Ferhat noch einmal mit dem Pinsel darüberfuhr, vor allem an den Rändern.

Mevlut stand Schmiere. Als einmal von unten herauf ein Ehepaar schwatzend vom Fernsehabend bei den Nachbarn an ihnen vorbeiging, hielten sie alle drei den Atem an. Der kleine Sohn des Paares (»Ich will noch nicht ins Bett!«) hätte sie beinahe angestoßen.

Das Plakatkleben war fast so etwas wie der abendliche Straßenverkauf. Man mischte zu Hause ein paar Flüssigkeiten und Pülverchen, dann ging man in die dunklen Straßen hinaus. Nur dass man als Verkäufer laut rief und seine Glocke schwang, während man beim Plakatkleben leise sein musste.

Sie machten einen Umweg, um nicht an den Kaffeehäusern und an Hadschi Hamits Bäckerei vorbeizumüssen. Als sie Duttepe erreichten, flüsterte Ferhat nur noch, und Mevlut kam sich vor wie ein Guerillakämpfer, der auf feindliches Terrain vordringt. Es fing an zu regnen, niemand war mehr unterwegs, und Mevlut roch einen seltsamen Todesgeruch.

Von irgendwoher hallten Schüsse wider. Die drei blieben stehen und sahen sich an. Da las Mevlut zum ersten Mal so richtig, was auf den Plakaten eigentlich stand: RACHE FÜR DEN MORD AN HÜSEYIN ALKAN. TMLKHP-MLC. Darunter eine Art Verzierung mit Hammer und Sichel und roten Fahnen. Mevlut wusste nicht, wer Hüseyin Alkan war, vermutete aber, es sei ein Alevit, so wie Ferhat und Ali, und dass sie allesamt als Linke gelten wollten. Einerseits fühlte er sich schuldig, nicht selbst Alevit zu sein, andererseits wähnte er sich den beiden dadurch überlegen.

Es regnete immer stärker, es wurde immer stiller, und selbst die Hunde bellten nicht mehr. Sie flüchteten sich unter ein Vordach, und dort flüsterte Ferhat ihm zu, Hüseyin Alkan sei zwei Wochen zuvor auf dem Heimweg vom Kaffeehaus von Nationalisten aus Duttepe erschossen worden.

Sie kamen in die Straße, in der sein Onkel wohnte. Hunderte von Malen war er schon in dem Haus gewesen und hatte mit Süleyman, Korkut und Tante Safiye dort glückliche Stunden verlebt, doch aus der Perspektive eines Plakate klebenden Linken musste er auf einmal seinem Vater recht geben. Sie hatten das Haus zusammen gebaut, aber der Onkel hatte es an sich gerissen.

Es war niemand zu sehen. Mevlut ging zur Rückseite des Hauses, leimte sie an der sichtbarsten Stelle großzügig ein, und Ali brachte zwei Plakate an. Der Hund erkannte Mevlut und wedelte nur mit dem Schwanz. Nach und nach klebten sie an alle vier Hausmauern Plakate.

»Komm, das reicht«, flüsterte Ferhat, dem Mevluts plötzlicher Eifer unheimlich wurde. Von dem befreienden Gefühl, etwas Verbotenes zu tun, wurde Mevlut ganz schwindlig. Ihm brannten von der scharfen Natronlauge die Fingerspitzen, der Regen fuhr ihm in die Glieder, aber das war ihm alles egal. Sie klebten und klebten, bis sie oben an der Moschee ankamen.

Auf der stand zwar in riesigen Lettern »Plakate ankleben verboten«, doch war die Schrift schon halb überdeckt mit Waschmittelreklamen, Verlautbarungen nationalistischer Vereine (»Gott schütze die Türken«) und Ankündigungen für Korankurse. Voller Wonne fuhr Mevlut darüber breitflächig mit dem Pinsel, und bald war die ganze Wand mit ihren Plakaten voll, und sogar im Innenhof brachten sie welche an.

Da ließ ein Geräusch sie zusammenzucken. Zwar schlug nur eine Tür im Wind, doch im ersten Moment glaubten sie einen Schuss zu hören und rannten davon. Mevlut spürte, wie ihm die Lauge auf die Kleider schwappte, aber er lief weiter, bis sie von Duttepe weg waren. Sie schämten sich dann wegen ihrer Furcht und klebten deswegen auf anderen Hügeln weiter, bis die Plakate alle waren. Ihre Hände bluteten stellenweise und brannten wie Feuer.

SÜLEYMAN. Wie hat mein Bruder doch so treffend gesagt: Wenn es dem Aleviten zu wohl ist, klebt er an die Moscheemauer kommunistische Parolen. Eigentlich sind die Aleviten ja fleißige, harmlose Leute, aber in Kültepe haben sich ein paar Abenteurer in den Kopf gesetzt, mit kommunistischem Geld Zwietracht zwischen uns zu säen. Als Erstes ist diesen Marxisten-Leninisten eingefallen, die ledigen Arbeiter, die Hadschi Hamit Vural aus seiner Heimat Rize geholt hat, für ihren Kommunisten-

und Gewerkschaftskram zu gewinnen, aber die sind natürlich nach Istanbul gekommen, um Geld zu verdienen, und nicht, um Unfug zu treiben, und in ein Arbeitslager in Sibirien oder in der Mandschurei wollen sie erst recht nicht, also haben sie die Kommunisten abblitzen lassen, und Vural hat die bei der Polizei angezeigt. Seither sitzen in den Kaffeehäusern Geheimdienstler und Polizisten in Zivil und rauchen (»Yeni Harman«, wie alle Beamten) und sehen fern. Hinter der ganzen Sache steckt wohl, dass Hadschi Hamit Vural in Duttepe auch auf Grundstücken gebaut hat, die ursprünglich alevitische Kurden eingezäunt hatten. Und jetzt behaupten die Kurden, diese Grundstücke gehörten ihnen! Ach ja? Wenn nichts im Grundbuch steht, gilt das Wort des Gemeindevorstehers, verstanden? Und der Gemeindevorsteher Rıza ist aus Rize und auf unserer Seite. Und überhaupt, wer wirklich meint, er ist im Recht, braucht sich keine Sorgen zu machen, und wer sich keine Sorgen macht, klebt nicht mitten in der Nacht bei uns kommunistische Plakate und sonstige Gottlosigkeiten an die Moschee.

KORKUT. Als wir vor zwölf Jahren mit unserem Vater hierhergekommen sind, war Duttepe noch zur Hälfte kahl, und auf den anderen Hügel war fast gar nichts. Aber nicht bloß Leute wie wir, die hier sonst keine Bleibe hatten, haben Grundstücke in Beschlag genommen, sondern auch eingesessene Istanbuler aus dem Zentrum. Für die billigen Arbeitskräfte in den Medikamenten- und Glühbirnenfabriken und den vielen neuen Betrieben, die ständig aufmachten, brauchte man ja Unterkünfte, und da hat eben keiner was gesagt, wenn die Leute sich staatlichen Boden geschnappt haben, auf dem nichts war. Dass das so leicht war, hat sich schnell rumgesprochen, und sogar Beamte, Geschäftsinhaber und Lehrer haben sich gedacht, da nehme ich mir auch was, vielleicht ist es ja mal viel wert. Bloß, wie soll man so ein Grundstück dann behaupten, wenn nichts davon im Grundbuch steht? Entweder man baut sich, wenn der Staat gerade nicht aufpasst, in der Nacht eine Hütte darauf und nistet sich dort ein, oder man stellt sich hin und passt mit einer Waffe in der Hand auf das Grundstück auf. Oder aber für das Aufpassen bezahlt man jemand.

Noch besser, man freundet sich mit den Aufpassern zusätzlich noch an, damit sie ihre Arbeit auch gern tun, und vor allem, damit sie nicht eines Tages, wenn die Sache offiziell wird, plötzlich sagen: »Herr Beamter, das gehört eigentlich mir, und dafür gibt es Zeugen.« Am besten hat das unser Hadschi Hamit Vural hingekriegt. Der hat die Leute aus seinem Heimatdorf auf seinen Baustellen und Bäckereien arbeiten lassen und ihnen somit Brot verschafft (das sie noch dazu selber gebacken haben), und nebenbei hat er sie quasi als Soldaten verwendet, die seinen Besitz schützen sollten. Bauern aus Rize sind nun mal keine geborenen Soldaten, also hat er sie erst mal gratis in einen Karate- und Taekwondo-Verein gesteckt, damit sie lernen, was es heißt, ein echter Türke zu sein, und wer Bruce Lee ist und wie man einen blauen Gürtel kriegt. Auch sollten die Jungs, die sich auf dem Bau und in den Bäckereien ja ziemlich kaputtgearbeitet haben, danach nicht Huren auf den Leim gehen oder den Rattenfängern irgendwelcher linken Vereine, und deshalb haben wir in unserem Verein in Mecidiyeköy familiengerechte Filme gezeigt. Wenn dann einer mit wässrigen Augen die Landkarte an der Wand angeschaut hat, auf der draufstand, wo genau in Zentralasien Türken unter sowjetischer Knechtschaft leben, habe ich ihn gleich als Mitglied eingetragen. Durch unsere Bemühungen sind in Mecidiyeköy die nationalistischen Strukturen immer solider geworden, und sowohl von der militärischen Schlagkraft als auch vom Ideologischen her sind wir so stark geworden, dass wir uns auf die anderen Hügel ausgedehnt haben. Die Kommunisten haben erst spät gemerkt, dass sie auf unserem Hügel nichts mehr zu melden hatten. Als Erster ist der Vater von diesem verschlagenen Ferhat dahintergekommen, mit dem Mevlut sich so gern herumtreibt. In seiner Gier hat der Mann kapiert, dass er sich hier nur halten kann, wenn er sich gleich ein Haus baut und mit der ganzen Familie aus dem Zentrum hierherzieht. Dann hat er kurdisch-alevitische Genossen aus seinem Dorf bei Bingöl hierherkommen lassen, um in Kültepe gemeinsam Grundstücke mit ihnen zu verteidigen. Dieser Hüseyin Alkan, der da umgebracht worden ist, war auch aus dem Dorf, aber wer ihn getötet hat, weiß ich nicht. Wenn ein Kommunist, der Ärger gemacht hat, umgebracht wird, rücken immer seine Genossen an, ziehen hier durch, rufen Parolen, kleben Plakate, und nach der Beerdigung strömen sie auch hierher und schlagen uns die Fensterscheiben ein. Ich glaube, die mögen Beerdigungen, da können sie sich nämlich so richtig austoben. Sobald sie aber merken, dass es ihnen drangeht, werden sie vernünftig, und entweder hauen sie ab, oder sie lassen das mit dem Kommunismus bleiben. So gewinnen unsere freien Gedanken an Boden.

FERHAT. Unser Märtyrer Hüseyin war ein herzensguter Mensch. Mein Vater hatte ihn aus dem Dorf geholt und in einem unserer Häuser in Kültepe untergebracht. In der Nacht feige ins Genick geschossen hat ihn natürlich einer der Handlanger von diesem Hadschi Hamit Vural. Und die Polizei hat auch noch behauptet, wir Linken seien schuld. Ich weiß genau, dass die Faschos unter der Fuchtel von Vural bald ausschwärmen und uns hier in Kültepe den Garaus machen, aber das kann ich weder Mevlut sagen (der ist so naiv, dass er es an Vural weiterplappert) noch meinen Leuten. Die eine Hälfte der linken Aleviten sind Moskauanhänger und die andere Hälfte Maoisten. Sie hauen sich oft genug die Köpfe untereinander ein, was hilft es da, wenn ich ihnen sage, dass sie Kültepe bald ganz verlieren. Bei mir ist es leider so, dass ich an unsere Sache gar nicht richtig glaube. Mir schwebt eher vor, mal ins Geschäftsleben einzusteigen. Und ich will unbedingt an die Uni. Aber wie die meisten Aleviten bin ich eben links und habe es nicht so mit der Religion, und ich hasse die Nationalisten, die immer wieder Leute von uns umlegen, und wenn das wieder mal passiert ist, schwinge ich nach der Beerdigung genauso die Faust wie die anderen, obwohl ich weiß, dass wir die Verlierer sind. Mein Vater sieht die Gefahr auch, und manchmal fragt er sich schon, ob wir nicht das Haus hier verkaufen und weggehen sollen, aber das tut er dann doch nicht, denn schließlich hat ausgerechnet er die Leute hierhergeholt.

KORKUT. Bei den vielen Plakaten, die gerade an unserem Haus klebten, habe ich mir gleich gedacht, dass das jemand war, der uns kennt. Und als zwei Tage später Onkel Mustafa gesagt hat, dass Mevlut nie daheim ist, sich nachts herumtreibt und kaum mehr zur Schule geht, ist mir einiges klar geworden. Onkel Mustafa wollte aus Süleyman herauskitzeln, ob die beiden nicht etwa miteinander Unfug treiben, aber ich ahnte schon, dass Mevlut eher von diesem Ferhat auf die schiefe Bahn gelockt worden ist, diesem Mistkerl. Ich habe zu Süleyman gesagt, er solle doch mal Mevlut zum Essen einladen, damit wir ihm auf den Zahn fühlen können.

TANTE SAFIYE. Meine Söhne, vor allem Süleyman, wollen einerseits mit Mevlut befreundet sein, aber sie piesacken ihn auch andauernd. Mevluts Vater hat es weder geschafft, was zu sparen und aus dem Haus im Dorf etwas zu machen, noch die armselige Hütte in Kültepe zu vergrößern. Manchmal denke ich mir, ich sollte nach Kültepe schauen und da mal ein bisschen aufräumen, aber dann habe ich Angst, dass es mir das Herz zerreißt, wenn ich sehe, in was für einem Stall die beiden hausen. Seit Jahren muss Mevlut ohne Mutter auskommen, nur weil sein Vater sich in den Kopf gesetzt hat, die Familie im Dorf zu lassen. Am Anfang ist Mevlut noch zu mir gekommen, wenn er sich gar zu sehr nach seiner Mutter gesehnt hat. Dann habe ich ihn auf den Schoß genommen und geküsst und gestreichelt. Korkut und Süleyman waren eifersüchtig, aber das war mir egal. Mevlut sieht immer noch so unschuldig drein, dass ich ihn am liebsten umarmen würde, und das hätte er bestimmt auch gern, aber er schämt sich vor Korkut und Süleyman, denn er ist jetzt ein Riesenkerl mit lauter Pickeln im Gesicht. Wie es in der Schule geht, frage ich ihn gar nicht mehr, denn ich sehe ihm ja an, wie durcheinander er ist. Als er neulich bei uns war, habe ich ihn gleich in die Küche gezogen und ihm einen Schmatz auf die Wange gegeben, ohne dass Korkut und Süleyman es gesehen haben. »Mensch, bist du groß geworden, Junge«, habe ich zu ihm gesagt. »Aber schäm dich deswegen bloß nicht, stell dich nur aufrecht hin.« Da hat er geantwortet: »Ach, Tante, dass ich so krumm dastehe, liegt an dem Tragjoch, von dem bin ich bucklig geworden. Aber das mit dem Joghurtverkaufen lasse ich sowieso bald.« Und wie er sein Hähnchen hineingeschlungen hat, nicht zum Mitansehen. Korkut hat davon geredet, dass die Kommunisten naive Menschen dazu verführen, sich ihnen anzuschließen, aber Mevlut hat nicht darauf reagiert. Nachher habe ich in der Küche zu Korkut und Süleyman gesagt: »Warum lasst ihr den armen Kerl nicht in Frieden?«

»Weil wir ihn im Verdacht haben. Misch dich da nicht ein, Mama!«

»Von wegen Verdacht! Was Unschuldigeres als meinen Mevlut gibt es gar nicht. Mit diesen widerwärtigen Menschen hat er bestimmt nichts zu tun.«

Als wir zurück bei Tisch waren, hat Korkut gesagt: »Um zu beweisen, dass er nicht mit den Maoisten unter einer Decke steckt, geht Mevlut heute Abend mit uns zum Parolenschreiben mit. Nicht wahr, Mevlut?«

Wieder waren sie zu dritt unterwegs, und wieder hatte einer von ihnen einen großen Eimer dabei, der aber diesmal nicht mit Leim, sondern mit schwarzer Farbe gefüllt war. Als sie an einer geeigneten Wand ankamen, tauchte Korkut den Pinsel ein und begann zu schreiben. Mevlut hielt ihm die Farbe hin und versuchte zu erraten, was Korkut hinpinseln würde. Am liebsten war ihm GOTT SCHÜTZE DIE TÜRKEN, denn das wünschte er sich ja selbst. Der Satz prangte überall in der Stadt und erinnerte Mevlut daran, was er im Geschichtsunterricht gelernt hatte und dass er ein Mitglied der großen, über die Welt verstreuten türkischen Familie war. Andere Slogans hörten sich bedrohlicher an. Wenn Korkut schrieb DUTTEPE WIRD DEN KOMMUNISTEN ZUM GRAB, ahnte Mevlut, dass damit Ferhat und seine Freunde gemeint waren, und konnte nur hoffen, es sei lediglich Prahlerei.

Süleyman stand Schmiere. »Die Knarre hat Korkut«, sagte er, und da begriff Mevlut erst, dass sie bewaffnet waren. Wenn auf einer Mauer genug Platz war, machte Korkut aus den KOMMUNISTEN manchmal GOTTLOSE KOMMUNISTEN. Irgendwie schaffte er es aber nie, sich den Platz richtig einzuteilen, sodass die letzten Buchstaben oft ganz zusammengedrückt wurden, und das störte Mevlut mehr als alles andere. Mevlut war auch der Meinung, ein Simitverkäufer, der auf sein Verkaufswägelchen den Namen der Ware mit schiefen und krummen Buchstaben schreibe, könne keine Zukunft haben. Einmal konnte er sich nicht beherrschen, als Korkut ein viel zu großes K malte, und da drückte ihm Korkut den Pinsel in die Hand und sagte: »Dann mach's doch besser!« So malte Mevlut, während es immer tiefere Nacht wurde, auf Wände voller Beschneidungsanzeigen und Graffiti (»Wer hier Müll hinwirft, ist ein Esel«) und auf die maoistischen Plakate, die er vier Tage zuvor selbst geklebt hatte, immer wieder »Gott schütze die Türken«.

Wie durch einen dichten, dunklen Wald schlichen sie an Gecekondus, Gärten, Läden und misstrauischen Hunden vorbei. Jedes Mal, wenn Mevlut sein »Gott schütze die Türken« hinschrieb, spürte er, wie tief die Nacht war und dass seine Parole in dieser unendlichen Nacht ein Zeichen setzte, eine Art Unterschrift war, die das ganze Viertel verändern würde. Und nicht nur in Duttepe, auch in Kültepe und auf den anderen Hügeln nahm er einiges wahr, dass ihm entging, wenn er mit Ferhat oder Süleyman nur einfach so herumlief: Sämtliche Brunnen waren über und über mit Plakaten und Slogans bedeckt; die Männer, die vor den Kaffeehäusern rauchend herumsaßen, waren eigentlich bewaffnete Aufpasser; Familien trauten sich kaum noch in die Nacht hinaus und zogen sich gleichsam in ihre Innenwelt zurück; in jener märchenhaft unendlichen Nacht war es ein viel besseres Gefühl, Türke zu sein als arm zu sein.

11. Krieg zwischen Duttepe und Kültepe

Wir sind unparteiisch

Ende April wurde in Kültepe eines Abends auf die Gäste des Kaffeehauses Yurt, die drinnen Karten spielten und fernsahen, aus einem Taxi heraus mit einer Maschinenpistole geschossen. Keine fünfhundert Meter davon entfernt, auf der anderen Hügelseite, löffelten Mevlut und sein Vater gerade in seltener Eintracht ihre Linsensuppe. Sie sahen sich an, bis die lang anhaltende Salve verstummte. Als Mevlut ans Fenster wollte, rief der Vater ihm sofort zu: »Kopf runter!« Kurze Zeit später hörten sie aus weiterer Ferne noch einmal das gleiche metallische Rattern. Sie aßen ihre Suppe weiter.

»Na, siehst du?«, sagte der Vater mit wissender Miene, als sei eine Prophezeiung von ihm eingetroffen.

Getroffen hatte es zwei Kaffeehäuser in Kültepe und Oktepe, in denen sich Linke und Aleviten trafen. In Kültepe hatte es zwei Tote gegeben, in Oktepe einen, und insgesamt fast zwanzig Verletzte. Am folgenden Tag kam es zu einem Marsch, an dem die Angehörigen der getöteten Aleviten und marxistische Gruppen teilnahmen, die sogenannte »bewaffnete Avantgarde«. Auch Mevlut marschierte mit Ferhat mit, wenn auch nicht ganz vorne, und stieß hin und wieder einen Slogan aus. Er war wütend, konnte aber die Faust nicht so überzeugt ballen wie die Menschen um ihn herum, und auch bei ihren Märschen die Lieder nicht mitsingen, deren Texte er kaum kannte. Es schienen weder Polizisten in Zivil unterwegs zu sein, noch traten die Männer von Hadschi Hamit Vural in Erscheinung, und so waren innerhalb von zwei Tagen die Straßen und Mauern von Kültepe und Duttepe mit marxistischen und maoistischen Slogans vollgeschrieben. Auch ganz neue, der Situation angepasste Parolen tauchten auf, und in der Stadt wurden hastig neue Plakate gedruckt.

Am dritten Tag stieg aus blauen Bussen eine ganze Heerschar schnauzbärtiger Polizisten mit schwarzen Knüppeln, und parallel dazu trafen Journalisten und Fotografen ein, vor denen sich sogleich die Kinder produzierten (»Fotografier mich auch!«). Nach der Bestattung setzte sich wie erwartet ein Demonstrationszug in Bewegung, dem sich viele junge, wütende Männer anschlossen.

Mevlut ging diesmal nicht mit, sondern stand mit Onkel Hasan, Korkut, Süleyman und ein paar jungen Kerlen von Hadschi Hamdi Vural rauchend am Fenster eines Hauses, das auf den Moscheeplatz hinausging, und sah auf die unten vorbeiziehende Menge. Er hatte keine Scheu vor diesen Leuten und fürchtete auch nicht, von ihnen bestraft oder irgendwie ausgeschlossen zu werden. Die gereckten Fäuste und das rhythmische Rufen dagegen fand er übertrieben. Wenn Politik extrem wurde, hatte sie etwas Gekünsteltes an sich.

Als die Menge vor der Moschee von der Polizei am Weitermarschieren gehindert wurde, kam es zu einem Handgemenge. Ein paar junge Männer griffen sich Steine und warfen die Scheiben eines Ladens ein, auf denen nationalistische Plakate klebten. Bald darauf wurden eine von der Familie Hadschi Hamits geleitete Immobilienagentur und ein danebenliegendes Ingenieurbüro verwüstet. In diesen Lokalitäten, in denen sich die nationalistische Jugend rauchend und fernsehend die Zeit vertrieb, ging zwar außer ein paar Tischen, Schreibmaschinen und Fernsehapparaten nichts weiter zu Bruch, doch bekamen durch diese Angriffe vor den Augen des ganzen Viertels all die Konflikte zwischen Nationalisten und Marxisten, Rechten und Linken, Leuten aus Konya und Leuten aus Bingöl ein neues Gesicht.

Mevlut verfolgte diese ersten heftigen, blutigen Auseinandersetzungen, die drei Tage lang anhielten, zusammen mit anderen Neugierigen nur aus der Ferne. Er sah, wie behelmte Polizisten ihre Knüppel zückten und gleich Janitscharen mit »Allah, Allah!«-Rufen auf die Menge losliefen. Auch die Einsätze von Wasserwerfern bekam er mit, ohne dabei selbst nass zu werden. Er ging in die Stadt, um Stammkunden in Şişli und Feriköy mit Joghurt zu beliefern, und war abends auch zum Boza-Verkaufen unterwegs. Eines Abends stieß er auf dem Heimweg auf einen zwischen Duttepe und Kültepe gezogenen Sicherheitskordon, doch zeigte er wohlweislich seinen Schülerausweis nicht vor und wurde auch prompt von den Polizisten, die nur einen armen Verkäufer in ihm sahen, umstandslos durchgelassen.

In den Unterricht ging er voller Wut und Solidaritätsgeist. Innerhalb weniger Tage hatte sich die Schule extrem politisiert. Linke Schüler schnitten den Lehrern das Wort ab und schwangen politische Reden. Mevlut freute sich über diese Atmosphäre der Freiheit, hielt sich aber sehr zurück.

Skelett forderte die Lehrer auf, alle Schüler zum Schweigen zu bringen und der Schulleitung zu melden, die im Unterricht, anstatt die osmanischen Eroberungen und die Reformen Atatürks herunterzusagen, von einem »ermordeten Genossen« berichteten und über den Kapitalismus und den amerikanischen Imperialismus herzogen, doch die Lehrer mischten sich kaum ein, um keine Scherereien zu bekommen. Selbst die Dicke Melahat, die ansonsten alles brühwarm an den Direktor weitergab, ließ nun Schüler gewähren, die in Biologie über das »Ausbeutersystem« schimpften und sie beschuldigten, mit ihrem Unterricht über Kaulquappen trage sie doch nur dazu bei, das Wissen über die Klassengegensätze zu verheimlichen. Mevlut wusste, wie schwer Melahat es eigentlich hatte und dass sie nach zweiunddreißig Jahren als Lehrerin ihre Pensionierung herbeisehnte, und daher wünschte er sich insgeheim, die Aufrührer würden sie in Ruhe lassen. Einige Hinterbänkler nutzten die politischen Wirren aus, um sich aufzuspielen, während die braven Schüler und die Streber in den vorderen Reihen immer stiller wurden und von den nationalistisch gesinnten Schülern manche gar nicht mehr zum Unterricht kamen. Manchmal kam die Nachricht von einer neuen Auseinandersetzung, einer Polizeirazzia oder von Folterungen auf, dann marschierten die Aktivisten sogleich skandierend (»Nieder mit dem Faschismus!«, »Für eine unabhängige Türkei!«, »Freier Unterricht!«) durch sämtliche Gänge der Atatürk-Knabenschule, entrissen dem Klassensprecher das Absentenheft und zündeten es mit ihren Zigaretten an oder machten sich direkt nach Duttepe oder Kültepe auf, um bei einem Kampf mitzumischen, und wer Geld hatte, ging vielleicht auch einfach ins Kino.

Dieses freiheitliche, aufständische Gewese sollte aber nicht länger andauern als eine Woche. Nachdem der unbeliebte Physiklehrer Fehmi sich zum Leidwesen Mevluts über das seltsame Türkisch eines kurdischen Jungen aus Diyarbakır lustig gemacht hatte, kamen Schüler überfallartig in seine Klasse, verlangten vom Lehrer eine Entschuldigung und riefen zum Unterrichtsboykott auf. Daraufhin holten der Direktor und Skelett die Polizei. An den beiden Schuleingängen wurden wie an der Universität von Polizisten in Uniform und in Zivil die Personalien der Schüler kontrolliert. Mevlut fühlte sich wie nach einem Großbrand oder einem Erdbeben und musste sich eingestehen, dass ihm das eigentlich gefiel. Er ging zu den Versammlungen, die in den Klassen stattfanden, zog sich jeweils zurück, sobald jemand handgreiflich wurde, und wenn zu einem Boykott aufgerufen wurde, blieb er der Schule fern und verkaufte Joghurt.

Eine Woche nachdem in der Schule die Polizei aufgetaucht war, wurde Mevlut unterwegs von einem Mitschüler abgefangen, der in der Straße der Familie Aktaş wohnte. Korkut erwarte ihn am Abend, sagte der Junge. In der Dunkelheit ging Mevlut zum Haus seines Onkels und wurde dabei mehrfach von linken und rechten Gruppierungen sowie von der Polizei kontrolliert. Als er ankam, sah er am Tisch vor einem Teller mit Bohnen und Fleisch einen Jungen sitzen, der erst seit kurzem in der Schule war, vermutlich als Spitzel. Der Junge hieß Tarık, und Mevlut merkte sofort, dass Tante Safiye ihn nicht mochte, während Korkut ihm sehr zu vertrauen schien. Korkut sagte zu Mevlut, er solle sich von Ferhat und den »anderen Kommunisten« fernhalten. Die Russen planten, wie schon immer in der Vergangenheit, einen eisfreien Hafen an sich zu bringen, und um die Türkei, die sich solchen imperialistischen Bestrebungen entgegenstelle, nachhaltig zu schwächen, wollten sie Sunniten gegen Aleviten aufbringen, Türken gegen Kurden, Reiche gegen Arme, und sie stachelten sogar kurdische und alevitische Mitbürger an, die nicht mal ein Dach über dem Kopf hätten. Es sei daher von großer strategischer Bedeutung, alle Kurden und Aleviten aus Kültepe zu entfernen.

»Schönen Gruß an Onkel Mustafa«, sagte Korkut mit der Geste eines Atatürk, der vor einem Großangriff die Landkarte studiert. »Geht am Donnerstag ja nicht aus dem Haus. Ihr wisst ja: Wo gehobelt wird, fallen Späne.« Als Süleyman Mevluts fragenden Blick sah, sagte er: »Es wird einen Einsatz geben«, mit sichtlichem Stolz darauf, etwas Geheimes schon im Voraus zu wissen.

In jener Nacht, in der Schüsse widerhallten, schlief Mevlut sehr schlecht.

Am nächsten Morgen merkte er gleich, dass das Gerücht sich längst verbreitet hatte. Alle Mittelschüler und sogar Mohini wussten Bescheid, dass am Donnerstag etwas Schlimmes passieren würde. Am Vorabend war es in Kültepe und auf anderen Hügeln wieder zu Angriffen auf von Aleviten frequentierte Kaffeehäuser gekommen, und es waren zwei Tote zu beklagen gewesen. Viele Kaffeehäuser und Läden ließen ihre Rollläden herunter. Mevlut hatte gehört, während des Einsatzes würden die Häuser von Aleviten mit einem X gekennzeichnet werden. Einerseits wollte er am liebsten weg, wollte ins Kino gehen oder allein bleiben und masturbieren, andererseits war er neugierig, was passieren würde.

Als am Mittwoch linke Organisationen skandierend ihre Toten begruben, griff die Menge Hadschi Hamit Vurals Bäckerei an. Da die Polizei nicht einschritt, verteidigten die Angestellten sich zunächst halbherzig mit Holzscheiten und Bäckerschaufeln, dann ließen sie die herrlich duftenden Brote zurück und machten sich durch die Hintertür davon. Mevlut hörte später, die Aleviten hätten Moscheen angegriffen und darin Alkohol getrunken, und auf den Nationalistenverein in Mecidiyeköy sei ein Bombenanschlag verübt worden, doch das hielt er alles für Übertreibungen.

»Komm, gehen wir in die Stadt und verkaufen wir unser Boza«, sagte der Vater. »Einem armen Boza-Verkäufer und seinem Sohn tut keiner was. Wir sind unparteiisch.« Sie nahmen ihre Tragjoche und ihre Kannen und gingen aus dem Haus, doch das ganze Viertel war von der Polizei umstellt, die niemanden durchließ. Die Blaulichter der vielen Polizei-, Feuerwehr- und Ambulanzfahrzeuge ließen Mevluts Herz höher schlagen. Wie jeder im Viertel verspürte er einen gewissen Stolz. Wenn fünf Jahre zuvor in der Gegend etwas passiert war, hatte sich weder ein Journalist blicken lassen noch die Polizei oder die Feuerwehr. Sie kehrten nach Hause zurück und machten den Fernseher an, den sie sich endlich hatten leisten können, aber natürlich kam da keine Meldung über sie, sondern eine Diskussion über die Eroberung Istanbuls 1453. Wie immer schimpfte der Vater über die »Anarchisten«, die mit ihrem Aufruhr »arme Verkäufer um ihr Brot« brächten, und er steckte dabei Linke und Rechte in einen Sack.

Mitten in der Nacht wurden sie wach und hörten draußen Leute vorbeilaufen und schreien und Slogans rufen. Sie wussten nicht, wer das war. Der Vater prüfte, ob der Riegel auch wirklich vorgeschoben war, und schob den wackeligen Tisch vor die Tür. Durchs Fenster sahen sie einen

Brand hochlodern, der die tiefhängenden Wolken in seltsame Helligkeit tauchte. Der Feuerschein zitterte im Wind, und mit ihm zusammen schien die ganze Welt zu zittern. Sie hörten Schüsse. Mevlut bemerkte noch einen zweiten Brand. »Geh weg vom Fenster«, sagte der Vater.

»Papa, die malen angeblich ein Kreuz auf die Häuser, die überfallen werden. Sollen wir mal nachschauen?«

»Wir sind doch keine Aleviten!«

»Es kann ja aus Versehen passieren«, sagte Mevlut und dachte daran, dass er im Viertel oft mit Ferhat und anderen Linken zu sehen war. Diese Sorge behielt er aber für sich.

Als es draußen gerade einmal ruhiger zuging, öffneten sie die Tür und sahen nach, aber da war kein Zeichen. Um sicherzugehen, wollte Mevlut auch die Hausmauern inspizieren. »Komm sofort wieder rein!«, rief der Vater. Ihr weißes Gecekondu sah in dieser Nacht aus wie ein rötliches Geisterhaus. Sie verrammelten die Tür wieder und schliefen erst gegen Morgen ein, als das Schießen draußen aufhörte.

KORKUT. Ehrlich gesagt glaube ich nicht, dass die Aleviten in der Moschee eine Bombe gelegt haben, aber diese Lüge verbreitet sich schnell. In Duttepe wohnen fromme, friedliche Menschen, aber wenn sie mit eigenen Augen sehen, dass an ihrer Moschee und noch in den hintersten Straßen ihres Viertels kommunistische Plakate kleben, kommt eben ein heiliger Zorn über sie. Wie können auch Leute, die in Istanbul oder ganz weit weg in Sivas oder Bingöl wohnen, sich erdreisten, Grundstücke zu beanspruchen, auf denen wir hier in Duttepe leben? Gestern Abend hat sich herausgestellt, wer in welchem Haus tatsächlich lebt und damit der echte Besitzer ist. Wenn junge Nationalisten noch dazu hören, dass ihre Religion beleidigt wird, sind sie nur schwer zurückzuhalten. Etliche Häuser sind gestern schon beschädigt worden, aber ein Haus im oberen Viertel haben die Bewohner selber angezündet, damit alles schlimmer wirkt und danach in der Zeitung steht, dass die Aleviten von den Nationalisten massakriert werden, sodass dann die Polizisten von der linken Gewerkschaft POL-DER eingreifen, denn sogar die türkische Polizei haben sie gespalten, genauso wie die Lehrerschaft. Nicht nur ihre eigenen Häuser zünden sie an, sondern sogar, so wie neulich in dem einen Gefängnis, sich selbst, nur damit sie dem Staat die Schuld dafür geben können.

FERHAT. Die Polizei hat überhaupt nicht eingegriffen, und wo doch, hat sie den Angreifern geholfen. Mit Schals Vermummte sind in Gruppen ausgeschwärmt, haben Häuser überfallen, alles kurz und klein geschlagen und alevitische Geschäfte geplündert. Drei Häuser, vier Geschäfte und der Krämerladen der Leute aus Dersim sind niedergebrannt. Als unsere Leute in der Nacht von Dächern aus auf sie gefeuert haben, sind sie abgehauen, aber wir befürchten, dass sie wiederkommen, sobald es hell ist.

»Komm, gehen wir in die Stadt«, sagte der Vater am Morgen.

»Ich bleibe hier«, erwiderte Mevlut.

»Hör zu, Junge, die streiten sich hier endlos weiter, die sind einfach scharf darauf, sich die Nasen blutig zu schlagen, und das mit der Politik ist bloß ein Vorwand. Verkaufen wir lieber unser Joghurt und unser Boza. Misch dich in diese Sachen nicht ein, und halt dich fern von den Aleviten, den Linken, den Kurden und auch von diesem Ferhat. Nicht dass wir dann auch unser Haus verlieren, wenn unter denen mal aufgeräumt wird.«

Mevlut schwor hoch und heilig, dass er daheimbleiben und auf das Haus aufpassen würde. Kaum war der Vater weg, hielt Mevlut es aber nicht mehr aus. Er steckte sich Kürbiskerne in die Tasche, nahm ein kleines Küchenmesser mit und lief ins obere Viertel, wie ein Junge, der ins Kino will.

Es waren viele Leute unterwegs, manche mit Stöcken bewaffnet, doch Mevlut sah auch junge Mädchen, die kaugummikauend vom Bäcker heimgingen, als sei nichts gewesen, und Frauen, die im Garten ihre Wäsche rieben. Diese aus Konya, Giresun und Tokat stammenden gläubigen Menschen setzten sich zwar nicht für die Aleviten ein, bekämpften sie aber auch nicht.

»Geh lieber nicht über den Platz da«, sagte ein kleiner Junge zu Mevlut, und sein Freund fügte hinzu: »Auf den schießen sie von Duttepe her.«

Mevlut schätzte kurz den Einfallswinkel ab und huschte dann über die Straße, als müsste er sich vor Regen schützen. Die beiden Jungen sahen ihm halb ernsthaft, halb schmunzelnd zu.

»Warum seid ihr nicht in der Schule?«, fragte Mevlut.

»Die ist heute zu!«, krähten sie fröhlich.

An der Tür eines abgebrannten Hauses sah Mevlut eine weinende Frau stehen. Sie hatte eine nasse Decke aus den Trümmern geborgen und einen Weidenkorb, wie auch Mevlut ihn zu Hause hatte. Als er die steile Straße hinaufstieg, wurde er von zwei jungen Männern angehalten, einem langen, dünnen und einem kugelrunden, aber als ein Passant sagte, Mevlut sei aus Kültepe, durfte er weitergehen.

Der obere Teil des auf Duttepe blickenden Hangs von Kültepe war mit Betonteilen, Eisentüren, gefüllten Blechkisten, Steinen und Ziegeln zu einer Art militärischen Stellung mit Schießscharten ausgebaut worden, die an manchen Stellen an ein Haus grenzte und dahinter weiterverlief und sich verzweigte. Die Wände der ersten in Kültepe errichteten Häuser waren bestimmt nicht kugelsicher, aber auch aus ihnen wurde geschossen.

Da Kugeln teuer waren, kam es zu langen Feuerpausen, in denen die Leute von Hügel zu Hügel konnten; so auch Mevlut. Gegen Mittag fand Mevlut Ferhat auf dem Dach eines neuen Betongebäudes neben dem Strompfeiler.

»Bald rücken die Bullen an«, sagte Ferhat. »Wir haben hier keine Chance. Die Faschisten und die Bullen haben mehr Waffen als wir, und sie sind auch mehr. Und die Presse haben sie auch auf ihrer Seite.«

Das war Ferhats »private« Meinung, doch wenn andere dabei waren, rief auch er »Diese Hurensöhne kommen hier nicht rein!« und stand da, als würde er gleich losschießen, dabei hatte er gar keine Waffe.

»Von diesem Massaker an den Aleviten steht morgen bestimmt nichts in der Zeitung«, sagte er. »Es wird heißen, dass ein Aufstand niedergeschlagen wurde und Kommunisten sich selber verbrannt haben, um die Leute aufzustacheln.«

»Wozu dann kämpfen, wenn es sowieso schlecht ausgeht?«, fragte Mevlut.

»Sollen wir uns etwa ergeben?«

Mevlut war verwirrt. In den acht Jahren, seit er in Istanbul war, hatte er mit angesehen, wie die Hänge von Duttepe und Kültepe sich mit Häusern und Straßen angefüllt hatten, wie die ersten Lehmhütten niedergerissen und an ihrer Stelle Ziegel- und Betonhäuser errichtet worden waren, wie man Häuser und Läden gefällig angestrichen hatte und in den Gärten Bäume emporwuchsen und überall Coca-Cola- und Seifenreklamen auftauchten, von denen manche nachts sogar beleuchtet wurden.

»Sollen doch einfach der Anführer der Linken und der Anführer der Rechten auf dem Platz vor der Bäckerei zusammenkommen und die Sache mit einer Prügelei austragen«, sagte Mevlut schmunzelnd.

Wie die auf beiden Hügeln verschanzten Krieger sich gegenseitig belauerten, wirkte ein wenig wie aus einer alten Sage.

»Und wenn es zu so einer Prügelei käme, Mevlut, wer sollte dann gewinnen?«

»Ich bin für die Sozialisten. Weil ich gegen den Kapitalismus bin.«

»Aber haben wir nicht vor, mal ein Geschäft aufzumachen und Kapitalisten zu werden?«, erwiderte Ferhat lächelnd.

»Mir gefällt es, dass die Kommunisten die Armen beschützen wollen«, sagte Mevlut. »Aber warum glauben sie bloß nicht an Gott?«

Als der gelbe Hubschrauber wiederauftauchte, der seit zehn Uhr morgens immer wieder über den Hügeln kreiste, wurde es unten auf beiden Fronten still. Durch die Glaskabine konnte man sehen, dass der Pilot einen Kopfhörer aufhatte. Nicht nur Ferhat und Mevlut, überhaupt alle waren im Grunde stolz, dass in ihr Viertel ein Hubschrauber geschickt wurde. Aus der Ferne sah Kültepe mit seinen gelb-roten Fahnen mit Hammer und Sichel, den zwischen Häusern gespannten Spruchbändern und den zum Hubschrauber hinaufschimpfenden vermummten jungen Leuten genauso aus, wie man das von Zeitungsfotos her kannte, von den Berichten über Terror und Aufstände.

Das gegenseitige Schießen hielt den Tag über an, aber niemand kam dabei ums Leben, nur ein paar Verwundete waren zu beklagen. Vor Einbruch der Dunkelheit tönte es blechern aus Polizeimegaphonen, dass eine Ausgangssperre verhängt worden sei. Später wurde verkündet, die Häuser von Kültepe würden auf Waffen durchsucht werden. Ein paar Verwegene hielten noch immer die Stellung, aber Mevlut und Ferhat gingen nach Hause.

Mevlut wunderte sich, wie unbehelligt der Vater, der den ganzen Tag Joghurt verkauft hatte, wieder nach Hause kam. Sie setzten sich an den Tisch, aßen ihre Linsensuppe und unterhielten sich.

Zu später Stunde fiel in Kültepe der Strom aus, und Panzer mit grellen Scheinwerfern drangen wie schwerfällige böse Krebse in die dunklen Viertel ein. Ihnen eilten gleich einem osmanischen Stoßtrupp mit Knüppeln und Pistolen bewaffnete Polizisten voraus. Erst kam es zu einem heftigen Schusswechsel, dann trat eine knisternde Stille ein. Mevlut sah aus dem Fenster, wie maskierte Spitzel den Zivilpolizisten und den Soldaten anzeigten, in welche Häuser sie einfallen sollten.

Am Morgen klopfte es an der Tür. Zwei kartoffelnasige Gefreite wollten das Haus nach Waffen durchsuchen. Mevluts Vater bat sie ehrerbietig herein, bot ihnen Tee an und erklärte, dies sei das Haus eines Joghurtverkäufers, und mit Politik hätten sie gar nichts zu tun. Trotz der Kartoffelnasen waren die beiden Gefreiten nicht verwandt; der eine war aus Kayseri, der andere aus Tokat. Sie blieben eine halbe Stunde sitzen und sprachen darüber, dass bei diesen bedauerlichen Ereignissen leider auch Unschuldige in Mitleidenschaft gezogen würden, und über die Chancen von Kayserispor, dieses Jahr in die erste Liga aufzusteigen. Der Vater fragte sie, wie lange sie denn noch bis zur Entlassung hätten und ob sie gute Vorgesetzte hätten oder rechte Schinder, die sie grundlos ohrfeigten.

Während sie so ihren Tee tranken, wurden in Kültepe sämtliche Waffen, linken Schriften, Poster und Spruchbänder beschlagnahmt. Die meisten Studenten und sonstigen Hitzköpfe, die sich an dem Aufruhr beteiligt hatten, kamen in Untersuchungshaft. Als sie übernächtigt in Polizeibusse verfrachtet wurden, prügelte man sie schon mal durch, während sie im Gefängnis dann mit Bastonade und Strom systematisch gefoltert wurden. Waren ihre Wunden verheilt, schor man ihnen die Haare und fotografierte sie zusammen mit den beschlagnahmten Waffen und Propagandamaterialien. Diese Fotos erschienen dann in der Zeitung. Die gegen die Leute angestrengten Prozesse, bei denen der Staatsanwalt entweder lebenslänglich oder die Todesstrafe forderte, zogen sich über Jahre hinweg. Manche saßen zehn Jahre, andere fünf, ein paar konnten fliehen, und einige wurden freigesprochen. Bei Aufständen im Gefängnis oder Hungerstreiks verlor so mancher das Augenlicht oder wurde verkrüppelt.

Die Atatürk-Knabenschule blieb lange geschlossen, nicht zuletzt wegen der Spannungen nach dem 1. Mai 1977, als bei einer Kundgebung auf dem Taksim-Platz fünfunddreißig Linke durch Schüsse zu Tode kamen. Auch sonst wurden überall in Istanbul politische Morde begangen. So wurde Mevlut dem Unterricht noch mehr entfremdet. Er verkaufte in den mit politischen Slogans zugepflasterten Straßen bis spätabends Joghurt und lieferte den Großteil seiner Einnahmen beim Vater ab. Als die Schule wieder öffnete, hatte er keinerlei Lust hinzugehen. Selbst unter den Hinterbänklern war er nun der Älteste.

Im Juni wurden die Zeugnisse verteilt, und Mevlut sah, dass er wieder durchgefallen war. Den ganzen Sommer über war er von Ängsten und Unentschlossenheit geplagt. Wie manch andere Aleviten zog nämlich Ferhat mit seiner Familie aus Kültepe weg, dabei hatten sie doch im Winter, noch vor all den Ereignissen, davon geträumt, ab Juli gemeinsam irgendeine Verkaufstätigkeit anzufangen. Ferhat zog sich aber nun ganz in den Schoß der Familie zurück und beschäftigte sich nur mit Umzugsvorbereitungen. So kehrte Mevlut Mitte Juli in sein Dorf zurück und verbrachte dort viel Zeit mit seiner Mutter. Auf deren Ansinnen, ihn zu verheiraten, hörte er aber nicht. Weder hatte er Geld noch seinen Wehrdienst abgeleistet, und zu heiraten hätte obendrein bedeutet, dass er wieder im Dorf leben würde.

Als die Schule erneut losging, betrat er an einem heißen Septembermorgen das kühle, halbdunkle Schulgebäude und bat Skelett, ein Jahr aussetzen zu dürfen.

Skelett kannte Mevlut seit nunmehr acht Jahren und hatte eine gewisse Achtung vor ihm. »Was soll denn das, beiß lieber ein Jahr die Zähne zusammen und bring die Schule endlich hinter dich«, sagte er unerwartet freundlich. »Jeder wird dir helfen, du bist unser ältester Schüler.«

»Nächstes Jahr will ich auf die Paukschule, um mich auf die Eingangsprüfung zur Uni vorzubereiten. Und das Geld dafür verdiene ich mir dieses Jahr. Und nächstes Jahr mache ich auch hier die Schule fertig.« Das hatte er sich im Zug nach Istanbul Satz für Satz so zurechtgelegt. »Das ist durchaus möglich.«

»Möglich, möglich … Dann bist zu zweiundzwanzig«, versetzte Skelett. »So lange hat an dieser Schule noch nie einer gebraucht.« Als er Mevluts betrübte Miene sah, sagte er: »Na meinetwegen. Du darfst ein Jahr aussetzen. Du musst uns aber ein Attest vom Gesundheitsamt bringen.«

Mevlut fragte nicht einmal nach, was für ein Attest das sein sollte. Schon draußen im Hof hatte er irgendwie gespürt, dass dies sein letzter Aufenthalt in dieser Schule sein würde. Sein Verstand riet ihm, sich nicht von den Gerüchen betören zu lassen, die aus der Küche strömten, wo es noch immer die UNICEF-Milch gab, aus dem inzwischen unbenutzten Kohlenkeller, und aus der Toilette im Souterrain, die ihm in der Mittelstufe noch Ehrfurcht eingeflößt hatte, während er in der Oberstufe dort ungeniert schnorrte und rauchte. Ohne den Blick zum Lehrerzimmer und zur Bücherei zu wenden, ging er die Treppe hinab. Die letzten Male, als er überhaupt noch zur Schule gekommen war, hatte er immer gedacht: Was soll das eigentlich, ich mache die Schule ja doch nicht fertig! Als er ein letztes Mal an der Atatürk-Büste vorbeiging, sagte er sich: »Wenn ich wirklich gewollt hätte, hätte ich die Schule geschafft.«

Dass er nicht mehr zur Schule ging, verheimlichte er seinem Vater und im Grunde genommen sich selber auch. Da er nicht einmal das Attest einholte, das ihm immerhin noch erlaubt hätte, an die vage Möglichkeit eines späteren Abschlusses zu glauben, verwandelte sich seine private Meinung zum Thema Schule allmählich in eine offizielle. Und doch bildete er sich manchmal immer noch ehrlich ein, er sei ja eigentlich dabei, das Geld für die Paukschule anzusparen.

Wenn er seine immer spärlicher werdenden Stammkunden beliefert hatte, stellte er manchmal das Tragjoch, die Waage und die Joghurtgefäße bei einem Bekannten unter und streifte ziellos durch die Straßen.

Faszinierend war an der Stadt für ihn, dass dort immer so vieles Interessante zugleich los war. Und am meisten los war in Şişli, in Harbiye, in Beyoğlu und am Taksim-Platz. Gerne stieg er morgens in einen Bus, fuhr damit so weit, wie er kam, ohne als Schwarzfahrer erwischt zu werden, und ging dann am liebsten in engere Straßen, in die er sonst mit seiner Joghurtlast nicht kam, und verlor sich dort im Trubel der Großstadt und in der Pracht der Schaufenster. Ganz besonders hatten es ihm Schaufensterpuppen angetan, etwa Arrangements mit langberockten Müttern und ihren Knaben in schicken Anzügen, und im Schaufenster eines Strumpfladens starrte er auf die wie abgehackt wirkenden Füße. Einer plötzlichen Eingebung folgend, ging er dann der dunkelblonden Frau nach, die er auf dem gegenüberliegenden Gehsteig erblickte, bog zehn Minuten später in das erstbeste Gasthaus ein und fragte dort nach einem Klassenkameraden, dessen Name ihm einfiel. »Ist der gerade da?« Manchmal wurde er auch schon abgewiesen, bevor er überhaupt den Mund auftat. »Wir brauchen keine Tellerwäscher!« Zurück auf der Straße dachte er auf einmal an Neriman, aber schon kam ihm was Neues in den Sinn, und er ging in die entgegengesetzte Richtung, etwa in die Gegend der Tunnelbahn oder zum Rüya-Kino; dort konnte er in der engen Lobby die Plakate und Fotos anschauen, oder es riss gerade der eine Verwandte Ferhats die Karten ab und ließ ihn umsonst hinein.

Das Glück, das ihm das Leben verhieß, wurde ihm nur zuteil, wenn er fern von seinem Leben war, sich in andere Welten träumte. Doch wenn er sich ins Kino setzte, spürte er – wie auch bei seinen Träumereien – tief in sich drinnen ein vages Schuldgefühl. Es nagte an ihm, dass er seine Zeit vertat, dass er die Untertitel nicht richtig las und seine Aufmerksamkeit an unwichtige Details und an die attraktiven Frauen in dem Film verschwendete. Wenn er aus begreiflichen und manchmal auch unbegreiflichen Gründen im Kino eine Erektion bekam, rutschte er tiefer in den Sessel und rechnete aus, um wie viel früher er nach Hause kommen musste als sein Vater, um in aller Ruhe masturbieren zu können.

Manchmal ging er auch zu dem Friseur in Tarlabaşı, in dem Mohini nun Lehrling war, oder in ein von Aleviten und linksgerichteten Taxifahrern besuchtes Kaffeehaus, in dem er mit einem Kellner schwatzte, mit dem Ferhat ihn bekannt gemacht hatte, den Kartenspielern zusah und zum Fernseher schielte. Er begriff sehr wohl, dass er sich nur die Zeit vertrieb, ja eigentlich gar nichts tat, und dass sein Leben, seit er nicht mehr zur Schule ging, nicht auf dem richtigen Weg war, doch diese Einsicht war so schmerzlich, dass er sich mit anderen Träumen darüber hinwegtröstete: Er konnte doch mit Ferhat etwas Neues anfangen, sich zum Beispiel so ein Verkaufswägelchen zulegen, in dem sich die Joghurtgefäße unterbringen ließen, mit einer lauten Glocke daran; oder in dem leeren Geschäft, das er gerade gesehen hatte, konnte er einen kleinen Tabakladen aufmachen, oder aus der einen Wäscherei, die so gar nicht lief, ließ sich ein Krämerladen machen … Die würden sich alle noch wundern, wie reich er eines Tages sein würde.

Einstweilen aber musste er mit ansehen, dass es immer schwieriger wurde, mit dem Straßenverkauf von Joghurt noch Geld zu verdienen. Die Leute gewöhnten sich schnell daran, dass sie in Lebensmittelgeschäften das Joghurt nun in Gläsern bekamen.

»Ach, Mevlut«, sagte ihm eine alte Kundin mal, »wir kaufen das Joghurt bei dir nur noch, damit wir dich hin und wieder sehen.« Wann er mit der Schule fertig würde, fragte ihn niemand mehr.

MUSTAFA EFENDI. Mit diesen Glasschüsselchen, die in den sechziger Jahren aufkamen, wären wir schon fertig geworden. Die ersten waren dickwandig und schwer, als wären sie aus Ton. Man musste viel Pfand dafür bezahlen, das man oft nicht zurückbekam, weil die Dinger leicht einen Sprung bekamen oder absplitterten. Von Hausfrauen wurden die ja für alles Mögliche hergenommen: als Futternapf, als Aschenbecher, als Fettbehälter oder als Seifenschale. Irgendwann kam den Leuten doch in den Sinn, das Pfand wiederzukriegen, und was als Müllbehälter gedient hatte oder von einem Hund beschlabbert worden war, wurde in einer Werkstatt in Kağıthane mal kurz mit einem Schlauch bespritzt und dann einer anderen Istanbuler Familie als blitzsauberes, hygienisches Joghurtgefäß untergejubelt. Wenn mir eine Kundin zum Abwiegen statt eines Tellers so ein Schüsselchen hinhielt, konnte ich mich manchmal nicht zurückhalten und sagte: »Also, ich sag's ja nicht wegen mir, aber wissen Sie eigentlich, dass sie diese Dinger in Krankenhäusern als Urinflasche und im Sanatorium von Heybeliada als Spucknapf für die Tuberkulosekranken hernehmen?«

Dann kamen billigere und leichtere Gläser auf den Markt, ohne Pfand, die wurden dann ausgespült und daheim als Trinkgläser benutzt. Die Leute fassten das als eine Art Geschenk auf, dabei wurde der Preis natürlich aufs Joghurt draufgeschlagen. Nun gut, das hätten wir auch noch geschultert, schließlich verkauften wir echtes Joghurt aus Silivri, aber dann klebten die Firmen auf das Glas ein schickes Etikett mit einer Kuh drauf und mit dem Markennamen, und dann machten sie im Fernsehen auch noch Werbung dafür. Bald darauf sind Ford-Lieferwagen mit der gleichen Kuh darauf bis in jede noch so verwinkelte Gasse gefahren und haben die Lebensmittelgeschäfte mit Joghurt beliefert und uns damit die Butter vom Brot genommen. Gott sei Dank verkaufen wir abends noch Boza und können uns so über Wasser halten. Wenn Mevlut sich weniger herumtreiben und bei seinem Vater die ganzen Einnahmen abliefern würde, könnten wir ins Dorf für den Winter etwas Geld bringen.

12. Ein Mädchen vom Dorf heiraten

Meine Tochter ist nicht zu verkaufen

KORKUT. Nach den Kämpfen und den Bränden letztes Jahr sind innerhalb von sechs Monaten die meisten Aleviten weggegangen. Manche sind auf andere Hügel gezogen, andere ins Gazi-Viertel außerhalb der Stadt. Gut, dass wir sie los sind. Hoffentlich machen sie dort der Polizei nicht wieder Ärger. Wenn auf deinen Misthaufen und dein Gecekondu eine moderne sechsspurige Autobahn zufährt, und du plärrst nur »Der einzige Weg ist die Revolution!«, kannst du damit keinem was vormachen, höchstens dir selber.

Seit das linke Pack weg ist, sind die von den Gemeindevorstehern ausgestellten Papiere im Wert gestiegen. Alle möglichen Schlauköpfe und sogar ganze Banden versuchen sich noch Grundstücke zu schnappen. Als der alte Hadschi Hamit Vural für einen Moscheeteppich sammeln wollte, haben sich manche verweigert und hinter seinem Rücken gesagt »Der hat doch die Aleviten aus Bingöl und Elazig vertrieben und sich ihre Grundstücke gekrallt, also soll er gefälligst zahlen«, und dabei haben sie selber schon den neuen Bebauungsplan studiert und Berechtigungspapiere zusammengekauft. Auch Hamit hat in Kültepe neue Baustellen angefangen. In Harmantepe hat er wieder eine Bäckerei eröffnet, und für seine Arbeiter hat er keine Kosten gescheut und ihnen eine Unterkunft mit Fernseher, Gebetsraum und Karatezimmer hingestellt. Nach meiner Rückkehr vom Wehrdienst war ich auf der Baustelle dieser Unterkunft als Vorarbeiter tätig, und jetzt kümmere ich mich im Baugeschäft um den Einkauf. Samstags isst Hadschi Hamit Vural immer in der Unterkunft mit der nationalistischen Jugend zusammen Reisfleisch mit Salat und Ayran. Und dafür, dass er mich bei meiner Hochzeit so großzügig unterstützt hat, möchte ich ihm an dieser Stelle noch mal ganz herzlich danken.

ABDURRAHMAN EFENDI. Ich bemühe mich sehr, für meine älteste Tochter Vediha, die jetzt sechzehn geworden ist, einen passenden Mann zu finden. Darum kümmern sich natürlich am besten Frauen, bei der Wäsche, im Hamam, auf dem Markt oder bei Besuchen, aber da meine armen Töchter weder eine Mutter haben noch eine Tante, bleibt die Sache an meiner Wenigkeit hängen. So mancher weiß, dass ich gerade deshalb in den Bus steige und nach Istanbul fahre, und ich höre auch schon, wie gemunkelt wird, ich sei für meine schöne Vediha auf der Suche nach einem reichen Bräutigam, damit ich das Brautgeld einschieben und in Raki umsetzen kann. Obwohl ich ein halber Krüppel bin, habe ich eben Neider, und das liegt daran, dass ich trotz meines schiefen Rückens ein glücklicher Mann bin, der sich seiner Töchter erfreut, mal ein Gläschen kippt und das Leben zu genießen versteht. Wer behauptet, ich hätte meine Frau damals krumm und blau geschlagen und fahre nun deshalb nach Istanbul, um mein Geld in Beyoğlu mit Frauen durchzubringen, ist ein Lügner. Ich gehe dort in Kaffeehäuser und treffe mich mit alten Kollegen, die noch immer morgens Joghurt und abends Boza verkaufen, und unterhalte mich mit ihnen. Da fällt man natürlich nicht mit der Tür ins Haus und sagt »Ich suche für meine Tochter einen Mann!«, sondern erst erkundigt man sich nach dem Befinden, dann plaudert man ein wenig, und wenn man abends in einer Kneipe sitzt, kommt man von Thema zu Thema, von Flasche zu Flasche, und dann kann es schon mal sein, dass ich voll trunkenem Stolz das Foto aus der Tasche ziehe, das ich von meiner Vediha in Akşehir habe machen lassen, beim Fotografen Billur.

ONKEL HASAN. Manchmal habe ich das Foto von dem Mädchen aus Gümüşdere aus der Tasche gezogen. Ein hübsches Mädchen. Und eines Tages habe ich es in der Küche Safiye gezeigt. »Na, was meinst du zu der?«, habe ich gesagt. »Passt die zu unserem Korkut? Das ist die Tochter vom Buckligen Abdurrahman. Der ist neulich zu mir in den Laden gekommen, da haben wir geredet. Früher war er recht fleißig, aber vom Joghurtschleppen ist ihm der Rücken krumm geworden, da ist er zurück ins Dorf. Jetzt ist er wohl ein armer Schlucker. Aber ein ziemliches Schlitzohr.«

TANTE SAFIYE. Unser Korkut verausgabt sich immer so bei der vielen Arbeit auf dem Bau und mit dem Lastwagen, und dann noch beim Karate. Wir würden ihn liebend gern verheiraten, aber er ist ein harter Bursche und sehr stolz. Wenn ich zu ihm sage, Junge, du bist jetzt sechsundzwanzig, ich suche dir auf dem Dorf eine Frau, dann kriege ich bestimmt zu hören, nein, ich suche mir selber eine, und zwar in der Stadt. Und wenn ich sage, na gut, dann such dir hier eine, dann heißt es sicher, ich will aber eine, die anständig und gehorsam ist, und so eine gibt es in der Stadt nicht. Da habe ich eben das Foto von der schönen Tochter von Abdurrahman neben den Radioapparat gesteckt. Wenn Korkut hundemüde von der Arbeit heimkommt, setzt er sich zwar gleich vor den Fernseher, aber am Radio hört er seine Pferdewetten.

KORKUT. Dass ich auf Rennpferde setze, weiß niemand, auch meine Mutter nicht. Ich tue es aber nicht wegen des Geldes, sondern einfach aus Spaß. Vor vier Jahren haben wir eines Nachts ein Zimmer angebaut, und da sitze ich immer allein drin und höre mir die Pferderennen am Radio an. Und wie ich da eines Tages so sitze und zur Decke hochstarre, habe ich auf einmal das Gefühl, es schwebt ein Licht herunter, und da sehe ich neben dem Radio das Foto von einem Mädchen, und das Mädchen sieht mich an, und mir ist so, als würde dieser Blick mich ein Leben lang trösten können. Ganz angefüllt war ich von dem Gedanken.

So ganz nebenbei habe ich meine Mutter gefragt: »Du, sag mal, wer ist eigentlich das Mädchen neben dem Radio?« »Die ist aus Gümüşdere. Sieht aus wie ein Engel, nicht wahr? Soll ich die für dich herholen?« »Vom Dorf will ich keine. Und schon gar keine, die überall ihr Foto verteilt.« »Nein, nein, so ist die gar nicht«, hat meine Mutter geantwortet. »Ihr Vater wollte das Foto eigentlich keinem zeigen, der ist furchtbar eifersüchtig und jagt alle Bewerber davon. Aber weil dein Vater weiß, wie schön sie ist, hat er ihm das Foto abgenötigt.«

An diese Lüge habe ich geglaubt. Sie werden vielleicht wissen, dass es tatsächlich eine Lüge war, und sich wundern, wie ich darauf hereinfallen konnte. Dann will ich Ihnen mal das eine sagen: Wer über alles nur spottet, kann weder richtig verliebt werden noch an Gott glauben. Er ist nämlich voller Hochmut. Verliebt zu sein ist aber genauso wie Gott zu lieben, nämlich ein derart göttliches Gefühl, dass man von jeglichem Wahn befreit wird, außer vom Wahn des geliebten Mädchens selbst.

Vediha hieß sie. Eine Woche später habe ich zu meiner Mutter gesagt: »Ich kann das Mädchen nicht mehr vergessen. Aber bevor du in ihr Dorf fährst und heimlich mit ihr redest, will ich mich mit ihrem Vater unterhalten.«

ABDURRAHMAN EFENDI. Ein reizbarer Kerl, dieser Freier. Hat mich in eine Kneipe eingeladen. Dass meine Töchter mein Ein und Alles sind, habe ich nicht gesagt, das verstehen sie nämlich nicht, sobald sie in Istanbul zu ein klein bisschen Geld gekommen sind. Es trifft mich, dass ein hergelaufener Karateheini, der mit einem Ford herumfährt, weil er sich bei Hadschi Hamit Vural eingeschmeichelt hat, jetzt auf einmal meint, er könnte sich mit seinem Geld meine Tochter kaufen. MEINE TOCHTER IST NICHT ZU VERKAUFEN, habe ich ein paarmal gesagt. Am Nebentisch haben sie das gehört und fragend herübergeschaut, aber dann haben sie gelacht, als sei es nur ein Scherz.

VEDIHA. Ich bin sechzehn und kein Kind mehr, und ich weiß genau, dass mein Vater mich verheiraten will, aber ich tue so, als merkte ich es nicht. Manchmal träume ich, dass ein böser Mann mich in böser Absicht verfolgt. Vor drei Jahren bin ich mit der Grundschule fertig geworden. Wären wir nach Istanbul gegangen, hätte ich vielleicht das Abitur machen können, aber bei uns im Dorf gibt es nicht mal eine Mittelschule und auch kein Mädchen, das je irgendwo die Mittelschule beendet hätte.

SAMIHA. Ich bin zwölf und gehe in die fünfte Klasse. Manchmal holt mich meine Schwester Vediha von der Schule ab. Einmal ist uns ein Mann hinterhergegangen. Wir sind weiter, ohne was zu sagen und ohne uns umzudrehen. Statt direkt nach Hause zu gehen, sind wir zum Krämerladen, aber hinein sind wir nicht. Wir sind durch die eine dunkle

Straße, an dem blinden Haus vorbei und unter der Platane durch, die immer so friert, und sind erst spät heimgekommen. Der Mann ist uns ständig nach. Vediha hat ganz ernst geschaut. Als wir ins Haus sind, habe ich wütend gesagt: »So ein Idiot! Männer sind Idioten!«

RAYIHA. Ich bin dreizehn und letztes Jahr mit der Grundschule fertig geworden. Vediha hat viele Bewerber. Einer soll aus Istanbul sein, aber eigentlich ist sein Vater ein Joghurtverkäufer aus Cennetpınar. Vediha würde wahnsinnig gern nach Istanbul gehen, aber ich möchte nicht, dass sie den Mann heiratet und weggeht. Nach Vediha wäre ich an der Reihe. Bis dahin sind es noch drei Jahre, aber auch wenn ich mal so alt bin wie Vediha jetzt, werden sie mir nicht so hinterherlaufen, und wenn, dann wäre es mir auch egal, denn ich will keinen von ihnen. »Bist du aber gescheit, Rayiha«, sagen sie immer zu mir. Vom Fenster aus haben Papa und ich zugesehen, wie Vediha und Samiha von der Schule heimgekommen sind.

KORKUT. Ganz ehrfürchtig habe ich gesehen, wie meine Angebetete und ihre Schwester von der Schule nach Hause gegangen sind. Nach dieser ersten Begegnung war ich noch viel verliebter in sie. Sie ist groß und stattlich gewachsen, und es ist alles an ihr dran, was dran sein muss. Ich habe meinem Gott gedankt und begriffen, dass ich unglücklich sein werde, wenn ich sie nicht heiraten darf. Auch war mir schon klar, dass der gerissene Bucklige mich für meine Liebe bluten lassen würde.

ABDURRAHMAN EFENDI. Der Kerl hat nicht lockergelassen, und wir haben uns in Beyşehir noch mal getroffen. Ich habe nicht zu ihm gesagt, pass auf, wenn du verliebt bist, dann versuch nicht, mich runterzuhandeln. Weil aber das Schicksal meiner Vediha und ihrer Schwester in meinen Händen liegt, bin ich zitternd in das Gasthaus gegangen, habe ich mich hingesetzt, und noch vor dem ersten Glas habe ich gesagt: »Entschuldige schon, Junge, ich verstehe dich ja, aber meine schöne TOCHTER IST AUF KEINEN FALL ZU VERKAUFEN.«

KORKUT. Noch bevor das erste Glas leer war, hat der Sturkopf von Abdurrahman Efendi schon alles aufgezählt, was er von mir verlangt. Selbst wenn nicht nur ich allein, sondern auch Süleyman und unser Vater uns noch so anstrengen und uns verschulden und unser Haus in Duttepe und das Grundstück in Kültepe verkaufen würden, würde es immer noch nicht reichen.

SÜLEYMAN. Mein Bruder und ich sind zu dem Schluss gekommen, dass seinem Liebeskummer nur über das Geld und den Einfluss von Hadschi Hamit abzuhelfen sind, und so haben wir für diesen bei seinem ersten Besuch in der Unterkunft eine Karatevorführung abgehalten. Die Jungs in ihrer Einheitskluft waren alle frisch rasiert und gewaschen und haben schön gekämpft. Beim Essen hat Hadschi Hamit uns beide neben sich gesetzt. Beim Anblick des weißbärtigen, grundguten Mannes, der schon zweimal nach Mekka gepilgert ist, über so viele Grundstücke und Häuser und Männer verfügt und uns eine Moschee gebaut hat, habe ich mir gedacht, dass ich mich glücklich schätzen darf, ihm so nahe zu sein. Und er hat uns behandelt, als wären wir seine Kinder. Er hat insbesondere nach unserem Vater gefragt (»Warum ist Hasan nicht da?«) und sich dann erkundigt, wie es um unser Haus steht, um das zuletzt angebaute Zimmer, die aufgestockte Halbetage und die Außentreppe, und er wollte sogar wissen, wo das Grundstück ist, das wir mit Onkel Mustafa eingezäunt haben. Aber eigentlich wusste er das alles schon, genauso wie er wusste, wer ein Grundstück neben wem und gegenüber wem hat, was darauf für fertige und halbfertige Häuser stehen, wer sich mit wem darüber streitet, in welchem Jahr welches Haus und welches Geschäft errichtet worden ist; das alles wusste er, bis hin zu jeder Mauer und jedem Schornstein, und auch, wo es schon Strom gibt und wo nicht und bis in welche Straße genau die Wasserleitung reicht und wo genau die Umgehungsstraße verlaufen wird.

HADSCHI HAMIT VURAL. »Junge, du hast schlimmen Liebeskummer, nicht wahr?«, habe ich ihn gefragt, und sogleich hat er schamvoll die Augen gesenkt, aber nicht nur, weil er so verliebt war, sondern weil seine Freunde davon erfuhren und er die Sache nicht allein bewältigen konnte. Da habe ich mich an seinen dicken Bruder gewandt und gesagt: »Mit Gottes Hilfe werden wir für den Kummer deines Bruders einen Ausweg finden. Aber er hat einen Fehler gemacht, den du nicht machen solltest. Süleyman heißt du, nicht wahr? Pass auf, Süleyman, auch du wirst einmal von ganzem Herzen ein Mädchen lieben … aber erst, wenn du mit ihr verheiratet bist. Oder, wenn du es eilig hast, nach der Verlobung oder, nun ja, nach dem Heiratsversprechen. Oder wenigstens erst, nachdem das Brautgeld festgesetzt ist. Wenn du dich aber so wie dein Bruder zuallererst verliebst und dann mit dem Schwiegervater um das Brautgeld feilschen musst, verlangt der abgefeimte Kerl ein Vermögen von dir. In unseren Kreisen gibt es zwei Arten von Liebe. Entweder du verliebst dich in eine, die du noch überhaupt nicht kennst. Die meisten Paare würden sich ja auch nie verlieben, wenn sie sich vor der Hochzeit ein wenig kennenlernten. Deshalb hat auch unser Prophet es nicht für angebracht gehalten, dass man sich vor der Hochzeit zu nahe kommt. Und es gibt noch die Verliebtheit, die nach der Hochzeit entsteht, weil man sein Leben miteinander verbringt, und auch die rührt wieder daher, dass man sich vor der Hochzeit nicht kennt.«

SÜLEYMAN. Da habe ich gesagt: »Ich kann mich bestimmt nicht in ein Mädchen verlieben, das ich nicht kenne.« Und Hadschi Hamit hat mich lächelnd gefragt: »Das du nicht kennst oder das du schon kennst? Die schönste Liebe ist nämlich die zu einem Menschen, den man nicht nur nicht kennt, sondern noch nicht einmal gesehen hat. So können Blinde sich sehr gut verlieben.« Dann hat er schallend gelacht, und die Arbeiter haben mitgelacht, obwohl sie gar nicht kapierten, was er meinte. Beim Fortgehen haben wir Hadschi Hamit ehrerbietig die Hand geküsst. Draußen hat mir Korkut auf die Schulter geschlagen und gesagt: »Dann sehen wir mal, was du hier in der Stadt für ein Mädchen auftreibst!«

13. Mevluts Schnurrbart

Besitzer ohne Grundbucheintrag

Dass Korkut ein Mädchen aus dem Nachbardorf Gümüşdere heiraten würde, erfuhr Mevlut erst spät, nämlich aus einem Brief, den seine älteste Schwester im Mai 1978 nach Istanbul an den Vater schrieb. Die Schwester schickte schon fünfzehn Jahre solche Briefe, mal in regelmäßigen Abständen, mal wann sie gerade Lust hatte. Mevlut trug dem Vater den Brief mit dem gleichen Ernst vor, mit dem er ihm auch aus der Zeitung vorlas. Als die beiden erfuhren, was der wahre Grund für Korkuts letzten Heimatbesuch gewesen war, nämlich ein Mädchen aus Gümüşdere, waren sie beleidigt, ja wütend. Warum hatte Korkut ihnen nichts gesagt? Zwei Tage später hörten sie bei Onkel Hasan die Hintergründe der Geschichte, und Mevlut dachte sich, wenn auch er einen Schutzpatron wie Hadschi Hamit Vural hätte, wäre sein Leben in Istanbul viel leichter.

MUSTAFA EFENDI. Zwei Wochen nachdem wir von Korkuts bevorstehender Hochzeit erfahren hatten, stand ich in Hasans Krämerladen und wir unterhielten uns, und auf einmal ist er ganz ernst geworden und hat überhastet gesagt, dass die neue Umgehungsstraße über Kültepe führen wird und deshalb auf dem Hang kein einziges Grundstück ins Grundbuch eingetragen wird, egal wie viel Schmiergeld man dem Katasterbeamten auch anbietet, weil der Staat dann für seine sechsspurige Straße kein Lira Entschädigung zahlen muss.

»Als ich gesehen habe, dass unser Grundstück in Kültepe uns durch die Lappen geht, habe ich es an Hadschi Hamit Vural verkauft, der gibt einem nämlich für die Besitzpapiere noch Geld, großzügig, wie er ist!«

»Was? Du hast mein Grundstück verkauft, ohne mir was zu sagen?«

»Nicht dein Grundstück, Mustafa, unser Grundstück. Ich habe es eingezäunt, und du hast mir dabei geholfen. Und der Gemeindevorsteher hat auf das Papier ganz richtig unsere beiden Namen geschrieben und das Datum und seine Unterschrift. Und hat das Papier *mir* gegeben, und dagegen hast du auch nicht protestiert. In einem Jahr hätte das Papier keinen Wert mehr gehabt. Du weißt ja, dass auf dem Hang kein Mensch mehr was baut und nicht mal mehr ein Nagel eingeschlagen wird, weil die ja doch alles abreißen.«

»Wie viel hast du dafür gekriegt?«

»Jetzt beruhige dich erst mal und schrei deinen Bruder nicht so an …« Da ist eine Frau in den Laden gekommen und wollte Reis, und Hasan ist mit dem Plastikschäufelchen in den Reissack gefahren und hat ihr eine Tüte vollgemacht, und da bin ich hinausgestürmt und nach Hause gegangen. Und habe verstanden, dass der Mensch zum Mörder werden kann. Was habe ich denn anderes als die Hälfte von dem Grundstück und mein Gecekondu? Ich habe niemandem was gesagt, nicht einmal Mevlut, und am nächsten Tag bin ich wieder hin, da saß Hasan an seiner Theke und faltete Tüten. »Wie viel hast du gekriegt?« Er hat es mir wieder nicht gesagt. Nachts konnte ich nicht mehr schlafen. Eine Woche drauf, als gerade niemand im Laden war, hat er mir den Preis auf einmal gesagt. Was? Er wollte mir die Hälfte davon geben, aber das war so lächerlich wenig, dass ich nur gesagt habe: DIESE SUMME AKZEPTIERE ICH NICHT. »Ich habe sowieso nicht so viel momentan«, hat er da gesagt, »du weißt ja, wir verheiraten Korkut.« »Was, du verheiratest deinen Sohn mit dem Geld von meinem Grundstück?« »Mensch, du weißt doch, wie verliebt er ist! Jetzt reg dich nicht auf, dein Sohn ist auch bald dran, die Tochter von dem Buckligen hat ja noch zwei Schwestern, da kriegt eben eine davon Mevlut. Was soll denn sonst aus dem Jungen werden?« »Misch du dich da nicht ein«, habe ich gesagt. »Mevlut macht erst die Schule fertig und dann seinen Wehrdienst. Und wenn da wirklich noch eine annehmbare Tochter wäre, hättest du sie doch sofort für deinen Süleyman geschnappt.«

Dass das Grundstück verkauft worden war, erfuhr Mevlut von Süleyman, der auch gleich behauptete, so etwas wie einen »Besitzer ohne Grundbucheintrag« gebe es sowieso nicht. Da auf dem Grundstück kein Haus und nicht einmal ein Baum stand, war es unmöglich, den Staat davon abzuhalten, hier seine sechsspurige Straße zu bauen.

Als der Vater zwei Wochen später von der Sache sprach, tat Mevlut so, als hörte er zum ersten Mal davon. Er war nicht weniger wütend als sein Vater und hatte erst recht das Gefühl, ihm widerführe eine Ungerechtigkeit, als die Verwandten es in Istanbul in jeder Hinsicht zu mehr brachten als sie selbst. Mit ihnen zu brechen, wagte er dennoch nicht.

»Hör gut zu, wenn du noch einmal ohne meine Erlaubnis zu denen gehst, kannst du was erleben, kapiert?«

»Kapiert. Ich geh nicht mehr hin, ich schwör's«, sagte Mevlut.

Den Schwur bereute er schon bald, da er sich nach dem Haus des Onkels und nach der Freundschaft mit Süleyman sehnte. Ferhat war mit seiner Familie ja schon weg. Als der Vater zurück im Dorf war, zog Mevlut im Juni mit der Kismet-Schachtel durch Teehäuser und Parks, verdiente aber gerade mal so viel, wie er an dem Tag ausgab, und damit nicht einmal ein Viertel von dem, was er mit Ferhat eingenommen hatte.

Anfang Juli 1978 fuhr er mit dem Bus ins Dorf. In den ersten Tagen war er glücklich, mit den Eltern und den Schwestern zusammen zu sein. Es störte ihn aber, dass sich das ganze Dorf auf Korkuts Hochzeit vorbereitete. Mit seinem alten Freund, dem Hund Kâmil, der in die Jahre kam, ging Mevlut über die Hügel spazieren und sog altvertraute Gerüche ein, von in der Sonne trocknendem Gras, von Eichen, von zwischen Felsen hindurchfließendem Wasser. Aber irgendwie wurde er das Gefühl nicht los, dass sich in Istanbul inzwischen etwas tat und er vielleicht die Chance verpasste, auf einen Schlag reich zu werden.

Eines Nachmittags holte er die zwei Geldscheine hervor, die er an der Platane im Garten versteckt hatte, und sagte zur Mutter, er werde wieder nach Istanbul fahren. »Papa wird schimpfen«, sagte sie, aber das kümmerte ihn nicht. »Es gibt so viel zu tun!«, erwiderte er. Es gelang ihm, den Kleinbus aus Beyşehir zu besteigen, ohne vom Vater gesehen zu werden. Während er in der Kreisstadt auf den Bus nach Istanbul wartete, aß er gegenüber der Eşrefoğlu-Moschee gefüllte Auberginen. Im Nachtbus sagte er sich, er sei nunmehr ein Mann, der auf sich selbst gestellt sei, alleiniger Herr über sein Leben und sein Schicksal, und es täten sich grenzenlose Möglichkeiten vor ihm auf.

Zurück in Istanbul merkte er, dass er innerhalb eines Monats mehrere Kunden verloren hatte. Früher war das nie so gewesen. Sicher, im Sommer waren schon immer Familien weggefahren, manche in ihre Ferienhäuser am Meer, und es gab Joghurtverkäufer, die ihren Kunden bis dorthin nachfuhren, nach Erenköy, Suadiye oder auf die Prinzeninseln. Da aber die Imbisse für ihr Ayran im Sommer vermehrt Joghurt benötigten, sackte der Verkauf sonst insgesamt nie besonders ab. Mevlut ahnte schon, dass der Straßenverkauf von Joghurt nur mehr wenige Jahre vor sich hatte. Er sah auch immer weniger Kollegen, seien es die vom Schlag seines emsigen Vaters oder jüngere aus seiner Generation, voller Ehrgeiz und auf der Suche nach neuen Gelegenheiten.

Die zunehmenden Schwierigkeiten des Berufs machten aus Mevlut aber nicht, wie aus dem Vater, einen mürrischen, streitsüchtigen Menschen. Selbst an einsamen, mutlosen Tagen behielt er jene freundliche Miene auf, die ihm die Herzen der Kunden öffnete, sodass auch am Eingang zu den Hochhäusern, wo »Für Hausierer verboten« stand oder eine alte Pförtnerhexe knurrte, Hausierer dürften den Aufzug nicht benutzen, sich durch Mevluts Auftritt immer jemand fand, der ihm sogleich bereitwillig erklärte, auf welchen Knopf er im Aufzug drücken müsse und was es im Haus zu beachten gebe. Und immer wieder stand er vor Wohnungstüren, auf Treppenabsätzen, in Küchen und Eingängen jungen Hausmädchen und Pförtnerstöchtern gegenüber, die ihn schwärmerisch ansahen. Nur wusste er nicht, wie er mit ihnen reden sollte, was er vor sich selbst damit entschuldigte, dass er eben »anständig« sein wolle. Andererseits wäre er gern so gewesen wie die jungen Männer in ausländischen Filmen, die sich mit gleichaltrigen Mädchen selbstsicher unterhielten. Er mochte diese Filme nicht besonders, in denen man nie so recht wusste, wer eigentlich gut und wer böse war, stellte sich aber beim Masturbieren vor allem die Frauen aus diesen Filmen vor oder die Ausländerinnen aus türkischen Magazinen. Wenn die Morgensonne sein Bett und seinen halbnackten Körper wärmte, gingen ihm diese Bilder durch den Kopf, und er masturbierte in aller Ruhe.

Er war gern allein daheim. Zumindest bis der Vater wiederkam, war er Herr über sich selbst. Er stellte den wackligen Tisch woandershin, zupfte den herunterhängenden Vorhang zurecht, räumte die Küchensachen, die er nicht brauchte, in den Schrank und kehrte und wischte auch öfter, als wenn der Vater da war. Dennoch wurde er das Gefühl nicht los, dass der Raum übelriechender und unaufgeräumter war denn je. Dabei mochte er seinen eigenen schlechten Geruch und seine Einsamkeit und spürte nun auch im eigenen Blut, was den Vater oft betrüben konnte. Einundzwanzig war er nun.

Er ging in die Kaffeehäuser von Kültepe und Duttepe und manchmal auch morgens zu dem nahen Arbeitermarkt, um die jungen Kerle wiederzusehen, die er aus dem Viertel kannte und die dort vor dem Fernseher herumhingen. Der Arbeitermarkt fand jeden Morgen um acht Uhr auf einem Gelände an der Einfahrt nach Mecidiyeköy statt. Wer sich als ungelernter Arbeiter vom Dorf in keiner Fabrik hatte halten können, bot auf diesem Markt seine Dienste an. Man saß rauchend herum und wartete auf die Lieferwagen, die aus der ganzen Stadt hier eintrafen, und konnte sich dann für einen Tag lang verdingen, wozu man oft elend weit gekarrt wurde. Wem dies gelang, der gab gern damit an, doch Mevlut verdiente mit seinem Joghurt schon an einem halben Tag so viel.

Eines Tages, an dem er sich besonders einsam und armselig fühlte, ließ er nach der Arbeit seine Ausrüstung in einem Lokal und machte sich zu Ferhat auf. In einem hoffnungslos überfüllten, nach Schweiß riechenden Bus fuhr er ins zwei Stunden entfernte Gaziosmanpaşa. In den Krämerläden dort sah er in den Kühlschränken, die als Schaufenster dienten, dass die Joghurtfirmen sich auch jenes Viertel schon gesichert hatten. Erst in einer Gasse fand er noch einen Ort, an dem Joghurt nicht schon fertig verpackt war, sondern noch abgewogen wurde.

Als er mit einem Kleinbus in das noch weiter außerhalb gelegene Gazi-Viertel kam, dämmerte es schon. Er stieg den steilen Hang hinauf bis zur Moschee. Die andere, bewaldete Seite des Hügels bildete gleichsam die äußerste Grenze Istanbuls, doch trotz Stacheldraht wurde auch diese Gegend schon hie und da von Zuwanderern angeknabbert. Das Viertel mit seinen Mauern voller revolutionärer Parolen und Zeichnungen mit

Hammer und Sichel und rotem Stern kam Mevlut noch ärmer vor als Kültepe und Duttepe. In der Hoffnung, unter den aus Kültepe vertriebenen Aleviten ein bekanntes Gesicht zu sehen, taumelte Mevlut wie trunken durch die Straßen, in leiser Furcht vor irgendetwas. Er betrat immer wieder Kaffeehäuser und fragte nach Ferhat, aber weder kannte jemand diesen noch traf Mevlut auf irgendeinen Bekannten. Nach Einbruch der Dunkelheit fühlte Mevlut sich in dem Viertel, in dem es nicht einmal Straßenlaternen gab, verlassener als im abgelegensten anatolischen Kaff.

Als er endlich wieder zu Hause war, masturbierte er bis zum Morgen. Wenn er damit fertig war, nahm er sich beschämt vor, es nie wieder zu tun, ja schwor es sich sogar. Eine Weile später fürchtete er, den Schwur nicht halten zu können und damit eine Sünde zu begehen. Am besten war wohl, es noch ein allerletztes Mal zu tun und diese schlechte Gewohnheit dann bis ans Lebensende zu vergessen. Also tat er es kurz darauf wieder.

Manchmal schossen ihm Dinge durch den Kopf, die er eigentlich gar nicht denken wollte. Er zog die Existenz Gottes in Zweifel, sprach innerlich die schlimmsten Wörter aus oder stellte sich vor, die ganze Welt würde wie im Film in tausend Stücke explodieren. Dachte er das wirklich alles selbst?

Da er nicht zur Schule ging, rasierte er sich nur einmal in der Woche. Er spürte etwas Dunkles in sich, das nur darauf lauerte, herauszukommen. Schließlich ließ er zwei Wochen vergehen, ohne sich zu rasieren, und erst als auf Sauberkeit und makellosen Rahm bedachte Kunden zu stutzen begannen, beschloss er, sich doch wieder zu rasieren. Im Haus kam es ihm nicht mehr so dunkel vor wie früher, und er wusste nicht mehr, warum es früher dunkel gewesen sein sollte. Dennoch ging er, wie sein Vater, mit dem Rasierspiegel nach draußen. Und nachdem er sich die Wangen rasiert hatte, wurde zur Gewissheit, was er schon geahnt hatte. Er wischte sich den Rasierschaum ab und sah in den Spiegel: Er hatte einen Schnurrbart.

So gefiel er sich nicht, fand sich nicht »schön«. An die Stelle des milchgesichtigen Jungen, den alle lieb fanden, war ein Mann getreten, wie es sie auf den Straßen zu Millionen gab. Wie würden wohl die Kundinnen reagieren, die ihn früher immer gefragt hatten, ob er zur Schule gehe, und die Dienstmädchen mit Kopftuch, von denen er angehimmelt wurde? Obwohl nicht zurechtgestutzt, sah sein Schnurrbart aus wie bei allen anderen auch. Mevlut war niemand mehr, den seine Tante noch auf den Schoß nehmen und abküssen würde. Das brach ihm zwar das Herz, stand er doch an der Schwelle von etwas Unumkehrbaren, aber zugleich erwuchs ihm daraus auch Kraft.

Was er beim Masturbieren stets zu verdrängen suchte, stand ihm nun in aller Deutlichkeit vor Augen: Er war einundzwanzig Jahre alt und hatte noch nie mit einer Frau geschlafen. Ein Mädchen, wie er es heiraten wollte, hübsch, anständig, mit Kopftuch, würde vor der Ehe nicht ihm schlafen, und eine, die es doch getan hätte, wollte er nicht heiraten.

Aber erst mal ging es ja gar nicht ums Heiraten, sondern darum, eine Frau zu umarmen, zu küssen, mit ihr zu schlafen. Für Mevlut waren das zwei verschiedene Dinge, doch ohne das eine war an das andere nicht zu gelangen. Nun hätte er zwar mit einem der Mädchen, die sich für ihn interessierten, Freundschaft schließen können, mit ihr in einen Park oder ins Kino gehen, irgendwo eine Limo mit ihr trinken, bei ihr allmählich den Eindruck wecken, dass er sie heiraten werde (das war wohl der schwierigste Teil), und dann mit ihr schlafen; aber so etwas Ruchloses taten nur böse, egoistische Männer, nicht er. Ganz abgesehen davon, dass der Vater oder die Brüder des in Tränen aufgelösten Mädchens ihn kurzerhand umbringen konnten. Ohne viel Aufhebens und ohne Wissen ihrer Familie mit Männern zu schlafen, war den Mädchen vorbehalten, die kein Kopftuch trugen, und Mevlut war klar, dass keine, die in Istanbul geboren und aufgewachsen war, sich je für ihn interessieren würde, mochte ihm sein Schnurrbart stehen, wie er wollte. Dann gab es da noch die Bordelle in Karaköy. In die ging er nie.

Im Spätsommer kam er am Krämerladen von Onkel Hasan vorbei, und am Tag darauf klopfte es spätabends an seiner Tür. Er freute sich sehr, Süleyman zu sehen, und als er ihn umarmte, merkte er, dass auch sein Cousin nun einen Schnurrbart trug.

SÜLEYMAN. »Bruder!«, hat Mevlut zu mir gesagt und mich so fest umarmt, dass auch mir fast die Tränen gekommen sind. Wir fanden es lustig, dass wir uns beide hatten einen Schnurrbart wachsen lassen.

»Aber so einen wie du tragen doch die Linken«, habe ich gesagt.

»Wie meinst du das?«

»Komm, mach mir doch nichts vor. Diese dreieckigen Schnurrbartspitzen, das haben nur die Linken. Da war wohl Ferhat dein Vorbild?«

»Ich habe überhaupt kein Vorbild. Der ist aufs Geratewohl gestutzt. Höchstens ist deiner ein Nationalistenschnurrbart.«

Wir haben den Spiegel vom Regal genommen und unsere Schnurrbärte verglichen.

»Zu der Hochzeit im Dorf brauchst du nicht zu kommen«, habe ich gesagt, »aber komm auf die in Mecidiyeköy, in zwei Wochen. Aber mach's nicht wie Onkel Mustafa mit seiner Streiterei. Das spaltet nur die Familie. Schau doch bloß, wie die Kurden und die Aleviten das machen, die bauen erst alle zusammen dem einen ein Haus, dann dem nächsten, und so weiter. Wenn einer irgendwo Arbeit findet, holt er gleich das ganze Dorf und den ganzen Stamm nach.«

»Ach ja?«, hat Mevlut gesagt. »Sind wir vielleicht nicht genauso hierhergekommen? Wie kann es dann sein, dass es euch so gutgeht und mein Vater und ich trotz unserer Schufterei noch immer so verdammt wenig von diesem Istanbul haben? Sogar unser Grundstück sind wir los.«

»Dein Anrecht darauf haben wir nicht vergessen, Mevlut. Hadschi Hamit Vural ist ein gerechter, hilfsbereiter Mensch. Ohne ihn hätte Korkut nie und nimmer das Geld für die Hochzeit aufgebracht. Der Bucklige Abdurrahman hat noch zwei hübsche Töchter. Schauen wir doch, dass wir dich mit der älteren davon verheiraten, die soll sehr schön sein. Wer außer uns soll dich denn sonst verheiraten, dich beherbergen, dich schützen? Das Alleinsein hält man in der Stadt nicht aus.«

»Ich finde schon selber eine zum Heiraten«, sagte Mevlut störrisch. »Mir muss niemand helfen.«

14. Mevlut verliebt sich

So eine Begegnung gibt es nur mit Gottes Hilfe

Ende August ging Mevlut zu Korkuts und Vedihas Hochzeit. Er wusste selbst nicht, warum er sich doch so entschieden hatte. Sogar ein Sakko ließ er sich dazu machen, verbilligt, bei einem Schneider, den sein Vater kannte. Und er legte die blassblaue Krawatte an, die sein Vater an Festtagen und bei Behördengängen trug. Ein wenig Gespartes wechselte er bei einem Juwelier in Şişli in zwanzig Deutsche Mark um.

Der Hochzeitssaal lag an der ansteigenden Straße zwischen Duttepe und Mecidiyeköy. Mevlut war schon oft daran vorbeigekommen, und ein paarmal hatte er sich mit Ferhat sogar hineingeschlichen und umsonst Limonade getrunken und Kekse gegessen, wenn gerade eine Massenbeschneidung zu Ende ging, wie sie von der Stadtverwaltung manchmal abgehalten wurde, oder eine der von den Gewerkschaften für Arbeiter ausrichteten Hochzeiten, doch einen bleibenden Eindruck hatte der Saal bei Mevlut nicht hinterlassen. Als er nun die Treppe in den Saal hinunterstieg, raubten der Lärm der vielen Leute und des kleinen Orchesters und die stickige Luft ihm kurz den Atem.

SÜLEYMAN. Wir haben uns alle gefreut, dass Mevlut gekommen ist. Mein Bruder hatte einen cremefarbenen Anzug und ein lila Hemd an. Er hat Mevlut herzlich empfangen, ihn jedermann vorgestellt und ihn dann zu unserem Tisch gebracht, an dem die jungen Männer zusammensaßen. »Lasst euch von dem Kindergesicht nicht täuschen, Leute, das ist der solideste Mann unserer Familie.«

Ich habe zu ihm gesagt: »Hör mal, Mevlut, jetzt wo du einen Schnurrbart hast, kannst du keine Limo mehr trinken.« Ich habe ihm die Flasche unter dem Tisch gezeigt und ihm Wodka eingeschenkt. »Hast du schon mal echten kommunistischen Russenwodka getrunken?« »Nein, noch nicht mal türkischen. Wenn der härter ist als Raki, haut es mich um.«

»Ach was, ganz im Gegenteil, du wirst eher ruhig davon. Vielleicht traust du dich dann mal, dich hier im Saal richtig umzuschauen.« »Ich schaue doch«, hat Mevlut gesagt, aber geschaut hat er nicht. Kaum hat er mit der Zunge seine Wodka Limo berührt, hat er das Gesicht verzogen, als hätte er in eine Peperoni gebissen, aber dann hat er sich zusammengerissen. »Du, Süleyman«, hat er gesagt, »ich werde Korkut einen Zwanzigmarkschein anstecken, aber ist das nicht zu wenig?« »He, wo hast du denn Mark her, lass dich bloß nicht von der Polizei erwischen.« »Ach was, jeder hat doch jetzt Mark. Wer seine türkischen Lira behält, muss doch blöd sein, da geht jeden Tag die Hälfte mit der Inflation drauf.« Da habe ich zu den anderen am Tisch gesagt: »Unser Mevlut sieht so treuherzig drein, aber das ist der gewiefeste Verkäufer der Welt. Wenn ein Geizkragen wie du zwanzig Mark hergibt, Mevlut, hat das schon was zu bedeuten. Weißt du was, lass endlich das mit dem Joghurt. Unsere Väter waren alle Joghurtverkäufer, aber jetzt haben wir unsere eigenen Geschäfte.« »Keine Sorge, ich mache auch mal was Eigenes auf, und dann werdet ihr euch wundern, warum ihr nicht selbst drauf gekommen seid.« »Und was soll das sein? Spuck's schon aus.« »Mevlut, tu dich mit mir zusammen«, hat Boxer-Hidayet gesagt. Der hatte seinen Beinamen nicht nur von der platten Nase her, sondern auch von dem Faustschlag, den er genau wie mein Bruder mal dem Chemielehrer Fevzi versetzt hatte. »Ich habe keinen Krämer- oder Dönerladen wie die hier«, hat Hidayet gesagt, »sondern ein echtes Geschäft, für Baumaterial.« »Von wegen, das ist das Geschäft von deinem Schwager«, habe ich gesagt. »So gesehen haben wir alle ein Geschäft.« »Jungs, die Mädchen sehen zu uns rüber.« »Welche?« »Die am Brauttisch.« »He, glotzt nicht alle gleichzeitig hin«, habe ich gesagt, »das ist jetzt auch meine Familie.« »Wir glotzen doch gar nicht«, hat Boxer-Hidayet gesagt und weitergeglotzt. »Die sind auch viel zu jung. Wir sind doch keine Kinderschänder.« »Vorsicht, da kommt Hadschi Hamit.« »Und, was sollen wir jetzt machen?« »Sollen wir aufstehen und die Nationalhymne singen?« »Versteckt die Flasche gut, und trinkt auch nicht aus den Gläsern, sonst merkt er sofort was. Das mag er gar nicht, da setzt es gleich eine Strafe.«

Als Hadschi Hamit Vural mit seinen Leuten hereinkam, blickte Mevlut von weitem zu den Mädchen am Brauttisch, während sich die Köpfe der meisten Hadschi Hamit zuwandten, dem sogleich von jedermann die Hand geküsst wurde.

Mevlut wollte auch, wenn er mal fünfundzwanzig war wie Korkut, so ein hübsches Mädchen wie Vediha heiraten. Das ließ sich aber nur machen, wenn er viel Geld verdiente oder von jemandem wie Hadschi Hamit protegiert wurde. Er musste seinen Wehrdienst ableisten, musste unablässig arbeiten und irgendwann den Joghurtverkauf bleiben lassen und ein Geschäft aufmachen.

Endlich traute er sich, richtig zum Brauttisch hinüberzusehen, denn er hatte etwas getrunken, und im Saal ging es noch lauter und lebhafter zu als zuvor. Mevlut fühlte auch, dass Gott ihn schützen und ihm ein gutes Schicksal bescheiden werde.

Jene Minuten und das Geschehen am Tisch der hübschen Mädchen, das Mevlut nur bruchstückhaft wahrnahm, weil immer wieder jemand dazwischenging, hatte Mevlut Jahre später wie einen Film in Erinnerung, bei dem sowohl der Ton als auch die Bilder nicht ganz klar waren.

»So jung sind die gar nicht«, merkte einer am Tisch an. »Die sind alle im heiratsfähigen Alter.«

»Die mit dem blauen Kopftuch auch?« »Bitte glotzt nicht so«, mahnte Süleyman. »Die Hälfte von denen fährt morgen ins Dorf zurück, die anderen bleiben in der Stadt.« »Und wo in der Stadt wohnen die?« »In Gültepe und in Kuştepe.« »Da musst du uns mal hinbringen.« »Welcher von denen würdest du am liebsten einen Brief schreiben?« »Keiner«, sagte einer, den Mevlut nicht kannte, ganz aufrichtig. »Die sitzen ja so weit weg, dass ich sie kaum unterscheiden kann.« »Na, wenn sie weit weg sind, passt doch das mit dem Brief.«

»In Vedihas Ausweis steht, dass sie sechzehn ist, aber eigentlich ist sie siebzehn«, erklärte Süleyman. »Und ihre Schwestern sind fünfzehn und elf. Der Bucklige Abdurrahman hat immer falsche Angaben gemacht, damit seine Töchter länger bei ihm bleiben und ihn umsorgen.«

»Wie heißt die ganz Junge da?«

»Genau, das ist die hübscheste.«

»An ihrer Schwester ist ja nicht viel dran.«

»Die eine heißt Samiha, die andere Rayiha«, erläuterte Süleyman.

Mevlut war überrascht, wie ihm das Herz auf einmal schlug.

»Die anderen drei sind auch aus dem Dorf.« »Die mit dem blauen Kopftuch ist nicht schlecht.« »Von denen ist keine jünger als vierzehn.« »Kinder sind das«, versetzte Hidayet. »Ich als Vater würde denen noch kein Kopftuch aufsetzen.«

»Bei uns im Dorf fängt man nach der Grundschule damit an«, sagte Mevlut, der seiner Aufregung kaum Herr werden konnte.

»Die Jüngste ist mit der Grundschule gerade fertig.«

»Welche, die mit dem weißen Kopftuch?«, fragte Mevlut.

»Die schöne, kleine.«

»Ich würde ja nie eine aus dem Dorf heiraten«, behauptete Boxer-Hidayet.

»Aber aus der Stadt nimmt dich ja doch keine.«

»Und warum nicht?«, fragte Hidayet beleidigt. »Kennst du etwa viele Mädchen aus der Stadt?«

»Jede Menge!«

»Die, die bloß zu euch ins Geschäft kommen, zählen aber nicht, ja? Mach dir da nichts vor.«

Mevlut trank noch ein Glas von der Wodka-Limonaden-Mischung, die nach Naphthalin roch, und aß Kekse dazu. Als dem Brautpaar die Geschenke überreicht wurden und er an der Reihe war, konnte er aus der Nähe sehen, wie unglaublich schön die Braut war. Ihre jüngste Schwester Rayiha war aber nicht weniger schön. Als Mevlut sie am Brauttisch sitzen sah, fühlte er einerseits ein Begehren in sich aufsteigen, das so stark war wie die Lebenslust an sich, und andererseits ein Schamgefühl, als fürchtete er sich, im Leben keinen Erfolg zu haben.

Als er mit der Sicherheitsnadel, die Süleyman ihm gegeben hatte, an Korkuts Sakko den Zwanzigmarkschein anheftete, traute er sich nicht, der hübschen Vediha ins Gesicht zu sehen und schämte sich seiner Scham.

Auf dem Rückweg zu seinem Tisch ging er ganz spontan zu Abdurrahman Efendi, der mit Leuten aus Gümüşdere zusammensaß, und gratulierte ihm. Abdurrahman Efendi war sehr schick, er trug ein weißes Hemd mit einem hohen Kragen, der seinen Buckel kaschierte, und ein elegantes Sakko. An das seltsame Gebaren von jungen Joghurtverkäufern, denen seine Töchter den Kopf verdreht hatten, war er schon gewöhnt. Gnädig hielt er Mevlut die Hand hin, und der küsste sie. Ob das hübsche Mädchen das wohl gesehen hatte?

Mevlut konnte nicht anders, er musste zum Mädchentisch hinschauen. Das Herz schlug ihm wie wild, voller Freude und Furcht. Aber dann die Enttäuschung: Zwei der Stühle dort waren auf einmal leer. Da er aus der Ferne keines der Mädchen hatte richtig sehen können, trat er näher hinzu, um zu sehen, wer da wohl fehlte, und …

Fast wären sie zusammengestoßen. Das hübscheste der Mädchen und er. Sie war wohl auch die Jüngste, ja sah aus wie ein Kind.

Einen Moment lang schauten die beiden sich in die Augen. Sie hatte einen ehrlichen, innigen Blick und kindliche schwarze Augen. Dann ging sie zum Tisch ihres Vaters.

In all seiner Verwirrung begriff Mevlut, dass dieses Mädchen sein Schicksal war. So eine Begegnung gibt es nur mit Gottes Hilfe, dachte er. Er versuchte sich zu fassen und sah zum Tisch von Abdurrahman Efendi, um noch einen Blick auf das Mädchen zu erhaschen, aber es standen zu viele Leute im Weg. Doch wenn er auch ihr Gesicht nicht sah, spürte er in sich ihre Bewegungen, das schemenhafte Hin und Her ihres blauen Kopftuchs. Am liebsten hätte er jedem von ihr erzählt, von ihrer unglaublichen Begegnung, dem tiefen Blick aus ihren schwarzen Augen.

Irgendwann sagte Süleyman: »Abdurrahman Efendi und seine Töchter Samiha und Rayiha bleiben noch eine Woche bei uns, bevor sie ins Dorf zurückfahren.«

An diesen Satz und an das Mädchen mit den schwarzen Augen und dem kindlichen Gesicht musste Mevlut am folgenden Tag andauernd denken. Warum hatte Süleyman ihm das gesagt? Sollte Mevlut einfach so wie früher bei den Aktaş vorbeischauen, ohne besonderen Grund?

Würde er das Mädchen dort noch einmal sehen können? Und hatte sie ihn überhaupt bemerkt? Er musste einen Vorwand finden, um hinzugehen, sonst würde Süleyman sofort begreifen, dass er nur wegen ihr kam, und sie ihm womöglich vorenthalten. Vielleicht würde er spotten oder gar sagen »Die ist doch noch ein Kind« und damit alles verderben. Wenn Mevlut zugab, dass er in das Mädchen verliebt war, würde Süleyman höchstwahrscheinlich behaupten, er sei auch in sie verliebt, und zwar schon länger als Mevlut, und dann würde er ihn erst recht nicht an sie heranlassen. Eine Woche lang suchte Mevlut beim Joghurtverkaufen nach einem passenden Vorwand, aber er fand und fand keinen.

Die Störche kehrten zurück, der August ging vorbei, auch die beiden ersten Septemberwochen, und Mevlut ging weder zur Schule, noch wechselte er, wie noch ein Jahr zuvor geplant, seine unter der Bettdecke versteckte Deutsche Mark um, damit er sich in der Paukschule anmelden konnte. Auch hatte er sich nie um das von Skelett geforderte Attest gekümmert. Das bedeutete schlichtweg, dass seine Schullaufbahn, die faktisch seit zwei Jahren beendet war, nun auch als Illusion nicht mehr aufrechtzuerhalten war. Bald konnten Gendarmen ins Dorf kommen und ihn zum Wehrdienst abholen.

Mevlut wusste genau, dass der Vater die Gendarmen nicht belügen und um einen Aufschub bitten, sondern vielmehr sagen würde: »Der soll gefälligst zum Militär und hinterher heiraten!« Und das, obwohl er kein Geld hatte, um den Sohn auch tatsächlich zu verheiraten. Dabei wollte Mevlut so schnell wie möglich mit dem Mädchen zusammen sein. Er hatte einen Fehler begangen, nicht entschlossen genug gehandelt. Irgendeinen Vorwand hätte er doch finden müssen, um zu den drei Mädchen hinzugehen, deren Namen sich alle reimten. Wenn ihn die Reue allzu arg plagte, tröstete er sich mit der Vermutung, dass Rayiha, wäre er tatsächlich hingegangen, ihn womöglich gar nicht beachtet hätte und alles nur ein große Enttäuschung geworden wäre. Dabei war es doch so, dass beim Umherziehen mit dem Tragjoch allein der Gedanke an Rayiha ihm seine Last schon erleichterte.

SÜLEYMAN. Mein Bruder hat mich jetzt auch in Hadschi Hamit Vurals Geschäft für Baumaterial untergebracht, und den Ford-Lieferwagen darf jetzt ich fahren. Als ich damit neulich so gegen zehn Uhr in Mecidiyeköy vom Zigarettenholen gekommen bin (beim uns im Laden kann ich sie ja nicht kaufen, denn mein Vater will nicht, dass ich rauche), hat auf einmal jemand an die Scheibe geklopft: Mevlut! Der Arme war mit seinem Tragjoch in die Stadt unterwegs. »Steig ein!«, habe ich gesagt, und wir haben sein Zeug im Auto verstaut. Ich habe ihm eine Zigarette hingehalten und sie ihm mit dem Zigarettenanzünder angesteckt. Mevlut hat mich zum ersten Mal am Steuer gesehen und konnte es gar nicht glauben. Wo er mit seiner schweren Last nur vier Kilometer pro Stunde vorwärts kommt, sind wir mit gut sechzig über den holprigen Asphalt geglitten. Wir haben über dieses und jenes geredet, aber irgendwie war er gehemmt. Erst wollte er mit der Sprache nicht heraus, aber dann hat er mich auf einmal nach Abdurrahman Efendi und seinen Töchtern gefragt.

»Die sind ins Dorf zurück.«

»Wie heißen Vedihas Schwestern noch mal?«

»Warum fragst du das?«

»Nur so.«

»Sei mir nicht böse, Mevlut, aber das sind jetzt meine Schwägerinnen. Familie, verstehst du?«

»Gehöre ich vielleicht nicht zu deiner Familie?«

»Doch, natürlich. Darum kannst du mir auch alles sagen.«

»Tu ich ja. Aber schwör mir, dass du es nicht weitererzählst.«

»Ich schwöre bei Gott, bei meinem Vaterland und unserer Fahne, dass ich dein Geheimnis nicht verrate.«

»Ich bin in Rayiha verliebt«, hat Mevlut da gesagt. »Rayiha, das ist doch die Kleine mit den schwarzen Augen, ja? Wir sind uns über den Weg gelaufen, als sie zum Tisch ihres Vaters gegangen ist. Fast wären wir zusammengestoßen, vielleicht hast du es ja gesehen? Ich habe ihr von ganz nah in die Augen geschaut. Erst habe ich gedacht, das vergesse ich schon wieder. Dabei vergesse ich das überhaupt nicht.«

»Was vergisst du nicht?«

»Ihre Augen. Ihren Blick. Du hast doch gesehen, wie wir aufeinander zugelaufen sind?«

»Ja, schon.«

»Was meinst du: War das Zufall oder nicht?«

»Junge, du scheinst in Rayiha schwer verliebt zu sein, aber ich tu mal lieber so, als wüsste ich davon nichts.«

»Sie ist doch wunderschön, oder? Wenn ich ihr einen Brief schreiben würde, würdest du ihr den geben?«

»Sie ist nicht mehr in Duttepe. Ich habe dir doch gesagt, die sind ins Dorf zurück.« Darauf hat Mevlut so bekümmert dreingesehen, dass ich gesagt habe: »Ich will ja gern was für dich tun, aber was ist, wenn wir erwischt werden?« Sein flehender Blick ist mir durch und durch gegangen. »Na gut«, habe ich gesagt, »ich schau mal, was ich tun kann.«

Vor der Kaserne in Harbiye ist er ausgestiegen, hat sich das Tragjoch wieder aufgeladen und ist strahlend davongezogen. Mir tut es in der Seele weh, dass jemand aus unserer Familie noch immer auf der Straße Joghurt verkauft.

15. Mevlut zieht aus

Würdest du sie auf der Straße überhaupt wiedererkennen?

MUSTAFA EFENDI. Als ich erfahren habe, dass Mevlut auf Korkuts Hochzeit war, konnte ich es erst gar nicht glauben. Mir ist es eiskalt den Rücken hinuntergelaufen. Jetzt sitze ich im Bus nach Istanbul, den Kopf ans Fenster gelehnt, und bei jedem Rütteln stoße ich an das kalte Glas. Wäre ich bloß nie nach Istanbul gegangen. Hätte ich bloß nie einen Schritt aus meinem Dorf weggetan.

Kurz bevor es Anfang Oktober 1978 kalt wurde und die Boza-Saison begann, sah Mevlut eines Abends, als er heimkam, im dunklen Haus den Vater sitzen. Natürlich erschrak er und meinte erst, das käme nur daher, dass er den Vater zuerst für einen Einbrecher hielt, aber sein heftig pochendes Herz erinnerte ihn daran, dass der Schrecken woanders herkam, nämlich davon, dass der Vater wusste, dass er zur Hochzeit gegangen war. Da die Hochzeitsgäste – und eigentlich das ganze Dorf – miteinander verwandt waren, konnte dem Vater so etwas natürlich nicht verborgen bleiben, und höchstwahrscheinlich war er umso mehr erzürnt, dass Mevlut trotz alledem hingegangen war.

Zwei Monate hatten sie einander nicht gesehen, so lange wie noch nie, seit Mevlut neun Jahre zuvor nach Istanbul gekommen war. Trotz der Unverträglichkeit des Vaters und ihrer ständigen Streitereien – oder gerade deswegen – waren Vater und Sohn doch Gefährten, das wusste Mevlut sehr wohl. Aber andererseits war er das strafende Schweigen des Vaters und seine Wutausbrüche ganz einfach satt.

»Komm her!«

Mevlut ging auf ihn zu, in der Erwartung, geohrfeigt zu werden. Der Vater aber zeigte nur auf den Tisch, auf dem, wie Mevlut im Halbdunkel erst jetzt sah, Bündel mit Zwanzigmarkscheinen lagen. Wie hatte der Vater die nur gefunden?

»Wer hat dir das gegeben?«

»Das habe ich verdient.«

»Wie sollst du so viel Geld verdienen?« Der Vater brachte sein Geld immer auf die Bank, wo es bei dreiunddreißig Prozent Zinsen, aber achtzig Prozent Inflation dahinschmolz, was er aber nicht einsah. Nicht einmal erkundigen wollte er sich, wie man an Devisen herankam.

»So viel ist das gar nicht«, sagte Mevlut. »Tausendsechshundertachtzig Mark. Zum Teil vom letzten Jahr her noch. Alles vom Joghurtverkaufen.«

»Du hast das Geld vor mir versteckt. Lügst du mich etwa an? Hast du krumme Dinger gedreht?«

»Ich schwöre dir, ich …«

»Du hast auch geschworen, dass du nicht zur Hochzeit gehst.«

Mevlut senkte den Kopf und machte sich auf eine Ohrfeige gefasst. »Schlag mich nicht mehr, ich bin jetzt einundzwanzig.«

»Was?«, rief der Vater, und schon holte er aus. Da Mevlut schützend die Arme hob, traf der Vater nur seinen Ellbogen und tat sich noch dazu weh dabei. Wütend versetzte er Mevlut zwei heftige Schläge auf den Rücken. »Raus mit dir aus meinem Haus, du Taugenichts!«

Unter dem zweiten Schlag taumelte Mevlut ein paar Schritte zurück und ließ sich rücklings aufs Bett fallen. Dort krümmte er sich zusammen wie früher als kleiner Junge. Sein Zittern hielt der Vater für ein Weinen, und Mevlut beließ ihn in dem Glauben.

Am liebsten hätte Mevlut auf der Stelle seine Sachen zusammengepackt und wäre hinausgestürmt (wobei er sich vorstellte, der Vater werde ihn reuevoll zurückhalten), aber er hatte doch Angst davor, alle Brücken abzubrechen. Und wenn, dann durfte er nicht jetzt aus Wut heraus, sondern erst am nächsten Morgen gehen, kalten Blutes. Hoffnung sah er einzig und allein in Rayiha. Er musste irgendwo allein sein und nachdenken, was er ihr schreiben würde.

Erst einmal blieb er reglos liegen. Wenn er aufstand, würde es doch wieder zum Streit kommen, und sollte er noch einen Schlag bekommen, würde es unmöglich sein, in dem Haus weiter zu bleiben.

Er horchte, wie der Vater auf und ab ging, sich erst ein Glas Wasser, dann Raki einschenkte und sich eine Zigarette anzündete. All diese Geräusche des Vaters, die Mevlut im Lauf der letzten neun Jahr im Halbschlaf gehört hatte, die Selbstgespräche, das Atmen und im Winter, wenn der Vater Boza verkaufte, das nicht aufhören wollende Husten, und selbst das nächtliche Schnarchen, all das hatte Mevlut Geborgenheit gegeben. Nun konnte er so nicht mehr empfinden.

Er schlief angezogen ein, wie schon früher so oft, wenn der Vater ihn zum Weinen gebracht hatte, oder wenn er vom Verkaufen oder vom Lernen hundemüde gewesen war.

Als er am Morgen aufwachte, war der Vater weg. Mevlut nahm seinen kleinen Koffer und füllte ihn mit Socken, Hemden, seinem Rasierzeug, der Weste, den Pantoffeln, musste aber erstaunt feststellen, dass der Koffer noch immer halbleer war, als schon alles drin war, was er mitnehmen wollte. Die D-Mark-Bündel auf dem Tisch wickelte er in eine alte Zeitung, packte diese in eine Plastiktüte und dann in den Koffer. Als Mevlut aus dem Haus trat, empfand er nicht Furcht oder Schuld, sondern nur ein Gefühl der Freiheit.

Er fuhr direkt zu Ferhat, ins Gazi-Viertel. Ganz anders als ein Jahr zuvor, als er dort erst am Abend eingetroffen war, fragte er sich nun problemlos zu Ferhat durch. Nach dem Massaker an den Aleviten hatten Ferhat und seine Eltern ihr Haus an einen der Gefolgsmänner Hadschi Hamit Vurals verkaufen können, ohne allzu sehr übers Ohr gehauen zu werden, und hatten sich für das Gazi-Viertel entschieden, in dem vor allem Aleviten und Kurden wohnten.

FERHAT. Mevlut hat ja die Schule nicht fertiggemacht, aber ich zum Glück schon. An die Uni habe ich es aber knapp nicht geschafft. Hier habe ich dann eine Zeitlang auf den Parkplatz der Schokoladenfabrik aufgepasst, wo ich Bekannte in der Buchhaltung habe, aber so ein Drecksack aus Ordu hat mich immer gepiesackt. Zusammen mit Kumpels aus dem Viertel war ich Mitglied in einer Organisation, aber was heißt »Organisation«, warum rede ich schon wie die Zeitungen, die das immer so nennen, weil sie für linke Vereinigungen keine Werbung machen wollen: es ist die TMLKHP-MLC. Das war aber nichts für mich, und obwohl ich das schnell begriffen habe, bin ich halb aus Achtung, halb aus Furcht noch immer nicht ganz weg und fühle mich schuldig deswegen. Dass Mevlut hier mit Kapital angekommen ist, kam mir gerade recht. Wir sind beide der Meinung, dass wir hier im Gazi-Viertel genauso wenig weiterkommen wie in Kültepe. Seit im Dezember 1978 in Kahramanmaraş die Aleviten-Viertel angezündet und geplündert und viele Leute massakriert worden sind, tut sich hier im Viertel politisch unheimlich viel. Mevlut und ich aber wollen vor dem Wehrdienst lieber irgendwo in Karaköy oder in der Taksim-Gegend unterkommen, denn dann verlieren wir unsere Zeit nicht mit Marschieren und Busfahren und können viel mehr Geld verdienen.

Das Restaurant Karlıova in Tarlabaşı, in einer Gasse hinter der Nevizade-Straße, war früher eine griechische Taverne gewesen. Als 1964 viele Griechen von Ministerpräsident İsmet Inönü quasi über Nacht aus Istanbul vertrieben wurden, übernahm ein Kellner namens Kadri Karlıova aus Bingöl das Restaurant von seinem letzten Besitzer und betrieb es fünfzehn Jahre lang als billiges Speiselokal für die Schneider und kleinen Ladenbesitzer von Beyoğlu und abends als Kneipe mit Raki und Meze für Leute, die ins Kino oder einfach einen trinken wollten. Eines Tages war er am Rande der Pleite, und zwar nicht nur, weil in den Kinos nur noch Sexfilme liefen und auf den Straßen oft politischer Terror herrschte, wodurch die bürgerliche Kundschaft vergrault wurde, sondern auch, weil der geizige Wirt einen blutjungen Tellerwäscher, den er im Verdacht hatte, aus der Küche Essen zu stehlen, und einen älteren Kellner, der den Jungen verteidigt hatte, hochkant hinausgeworfen hatte, worauf vier weitere, schon länger unzufriedene Mitarbeiter aus Solidarität gemeinsam gekündigt hatten. Da der alevitisch-kurdische Wirt bei Mevluts Vater Joghurt gekauft hatte und noch dazu ein Bekannter von Ferhats Familie war, beschlossen Mevlut und Ferhat, vor ihrem Wehrdienst das Lokal des müden alten Mannes wieder auf Vordermann zu bringen. Für die beiden konnte das eine gute Gelegenheit sein.

Sie zogen in die alte Wohnung ein, in der der Wirt immer seine Kellner und Tellerwäsche unterbrachte. Da fast alle gekündigt hatten, stand die Wohnung so gut wie leer. Die drei Stockwerke des Hauses in Tarlabaşı waren achtzig Jahre davor für eine einzige griechische Familie gebaut worden. Seit bei dem Pogrom vom 6. und 7. September 1955 in der Gegend orthodoxe Kirchen angezündet und jüdische, griechische und armenische Geschäfte geplündert worden waren, war das ganze Viertel heruntergekommen, und das Haus war nun mit Gipswänden in lauter kleine Wohnungen aufgeteilt. Da der eigentliche Hauseigentümer nunmehr in Athen lebte und nicht mehr so leicht nach Istanbul kommen konnte, kassierte die Miete ein Mann aus Sürmene, den Mevlut kein einziges Mal zu Gesicht bekam.

In einem Zimmer der Wohnung schliefen zwei Tellerwäscher aus Mardin, einer vierzehn, der andere sechzehn Jahre alt. Aus den beiden anderen Räumen entfernten Mevlut und Ferhat die Etagenbetten und richteten sich mit zusammengewürfelten Möbeln je ein Zimmer ein. Für Mevlut war es das erste Mal, dass er ein eigenes Zimmer hatte, und noch dazu eines fern der Familie. Bei einem Trödler in Çukurcuma fand er ein altes Tischchen, und aus dem Lokal durfte er einen Stuhl mitnehmen. Waren gegen Mitternacht die letzten Gäste fort, saßen Mevlut und Ferhat manchmal mit den beiden Tellerwäschern noch stundenlang bei Käse, Coca-Cola, Leblebi und Zigaretten zusammen. Dabei erfuhren sie, dass der Streit im Lokal nicht auf den Diebstahl eines Tellerwäschers zurückging, sondern vielmehr auf die Beziehung, die der Wirt zu dem Jungen unterhielt und gegen die die Kellner sich empörten. Sie ließen sich diese Geschichte noch ein paarmal erzählen, war sie doch ein guter Grund dafür, auf den alten Wirt aus Bingöl allmählich einen Hass zu entwickeln.

Der Traum der beiden Jungen aus Mardin war es, auf der Straße gefüllte Muscheln zu verkaufen. Nicht nur in Istanbul, in der ganzen Türkei machten das immer nur Leute aus Mardin, und das, obwohl Mardin gar nicht am Meer lag. Das erklärten die Jungen sich damit, dass man in Mardin eben besonders gewieft sei.

»Ach komm«, sagte Ferhat, wenn ihm der Lokalpatriotismus der beiden mal wieder auf die Nerven ging, »die Simit-Verkäufer in Istanbul sind alle aus Tokat, aber ich habe noch nie gehört, dass einer aus Tokat sich darauf was eingebildet hätte.« »Ja, aber gefüllte Muscheln und Simits, das ist ja auch nicht das Gleiche«, wehrten die Jungen ab. »Alle Bäcker sind aus Rize, und die sind auch stolz darauf«, gab Mevlut zu bedenken. Er hatte was übrig für die laute, temperamentvolle Art der beiden Jungen, die nach der Grundschule gleich nach Istanbul gekommen waren. Sie tratschten gern über die Kellner des Lokals, erzählten aber auch über Istanbul und die Türkei die unmöglichsten Geschichten, denen Mevlut meist innigen Glauben schenkte:

Der Journalist Celâl Salik könne deshalb den Staat so heftig kritisieren, weil zwischen Amerika und Russland ein Krieg bevorstehe und der Chef seiner Zeitung *Milliyet* Jude sei. Der Dicke, der vor der Ağa-Moschee mit seinem bekannten Spruch »Flieg, Ballon, flieg« eine Lauge für Seifenblasen verkaufe, sei natürlich ein Zivilpolizist, doch seine eigentliche Aufgabe sei es, darüber hinwegzutäuschen, dass der Schuhputzer und der Leberverkäufer auf der anderen Straßenseite ebenfalls Zivilpolizisten seien. In dem Lokal Hünkâr gleich neben dem Saray-Kino würden Hähnchenreste nicht etwa weggeschmissen, sondern nur kurz in heißem Wasser gespült und neu zu Hähnchengerichten arrangiert und den Gästen serviert. Die Bande aus Sürmene, die über die Häuser der nach Athen geflohenen Eigentümer herrsche, könne die Wohnungen nur deshalb so problemlos an Zuhälter vermieten, weil jene mit der Polizei unter einer Decke steckten. Um den Volksaufstand im Iran zu unterdrücken, werde Ajatollah Khomeini bald von der CIA mit einem Sonderflugzeug nach Teheran geschickt. Bald werde es in der Türkei zu einem Militärputsch kommen, und der Kommandant der ersten Armee Tayyar werde zum Staatspräsidenten ausgerufen.

»Ach was!«, sagte Ferhat.

»Wenn ich's euch sage. Als Tayyar neulich in dem Puff in der Sıraselviler Straße 66 war, ist auch ein Bekannter von uns aus Mardin dort gewesen, daher weiß ich das.«

»Ach ja? Und warum sollte der mächtige Kommandant Tayyar in ein schäbiges Puff gehen? Der könnte sich doch von Zuhältern die herrlichsten Frauen direkt vor die Haustür bringen lassen.«

»Was weiß ich, vielleicht hat er vor seiner Alten Angst, jedenfalls hat unser Bekannter aus Mardin ihn mit eigenen Augen gesehen. Du glaubst mir nicht und rümpfst immer die Nase über die Leute aus Mardin, aber wenn du da mal hinfahren und dir das anschauen und bei uns zu Gast sein würdest, könntest du aus Mardin gar nicht mehr weg.«

»Na, wenn dieses Mardin gar so toll ist, warum seid ihr dann von dort weg und nach Istanbul gekommen?«, fragte Ferhat, aber da lachten die beiden nur, als sei das ein Scherz. Eines Tages aber sagte einer der beiden voller Ernst: »Ach, weißt du, wir sind eigentlich aus einem Dorf, und in Mardin selber waren wir noch nie, nicht mal auf dem Weg nach Istanbul.

Aber außer den Leuten aus Mardin hilft uns ja keiner hier in Istanbul, also revanchieren wir uns so.«

Manchmal schimpfte Ferhat die Jungs: »Ihr seid Kurden, aber ihr habt nicht das mindeste gesellschaftliche Bewusstsein. Los, geht auf euer Zimmer.« Dann trollten sich die beiden.

FERHAT. Wenn Sie diese Geschichte aufmerksam verfolgen, werden Sie schon gemerkt haben, dass es gar nicht so einfach ist, Mevlut böse zu sein. Trotzdem habe ich mich sehr über ihn geärgert. Eines Tages ist sein Vater ins Lokal gekommen, als Mevlut gerade nicht da war, und da habe ich erfahren, dass Mevlut auf Korkuts Hochzeit war. Wie er sich in die Nähe dieses Hadschi Hamit Vural begeben kann, an dessen Händen das Blut so vieler junger Menschen klebt, war für mich nicht zu fassen. Vor den Kellnern und den Gästen wollte ich mich mit ihm nicht streiten, also bin ich schnell nach Hause, bevor er zurückkam. Als ich dort Mevluts argloses Gesicht gesehen habe, war mein Zorn gleich zur Hälfte verflogen. »Du hast also Korkut auf der Hochzeit Geld angesteckt«, habe ich gesagt.

»Aha, mein Vater war also da«, hat Mevlut erwidert und von der Boza-Mischung aufgesehen, die er für den Abend vorbereitete. »Plagt ihn was, meinen Herrn Vater? Was meinst du wohl, warum er dir gesagt hat, dass ich auf der Hochzeit war?«

»Einsam wird er sein und dich zurückhaben wollen.«

»Er will bloß, dass wir zwei uns zerstreiten und ich genauso allein und ohne Freunde bin wie er. Also, soll ich gehen?«

»Nein.«

»Wenn irgendwo die verdammte Politik reinspielt, stehe ich am Ende immer als der Dumme da«, hat Mevlut geklagt. »Ich kapier davon nichts. Ich bin in eine verliebt. Und denke dauernd an sie.«

»In wen denn?«

Mevlut hat zuerst geschwiegen und dann gesagt: »Ich erzähl's dir heute Abend.«

Bevor Mevlut sich aber am Abend mit Ferhat und den Tellerwäschern zum Raki zusammensetzen konnte, musste er den ganzen Tag arbeiten. Im Winter 1979 ging Mevlut an einem normalen Tag erst nach Tepebaşı, wo der Boza-Hersteller Vefa seit zwei Jahren Straßenverkäufern Roh-Boza hinlieferte, kehrte nach Hause zurück, mischte Zucker in das Boza, dachte dabei an den Brief, den er Rayiha schreiben würde, und kellnerte dann von zwölf bis drei im Karlıova. Von drei bis sechs brachte er Joghurt zu alten Stammkunden und in drei Lokale, dann ging er heim, dachte wieder an den Brief und schlief ein wenig, und um sieben ging er wieder ins Karlıova.

Nach drei Stunden Arbeit dort, also wenn unter betrunkenen, ungeduldigen, zanksüchtigen Gästen gerade der erste Streit losbrach, nahm Mevlut seine Schürze ab und ging in die dunklen Straßen hinaus, um Boza zu verkaufen. Diese letzte Arbeit des Tages war ihm nicht unlieb, denn einerseits warteten ja wirklich Kunden auf ihn, andererseits ging er gern allein durch die nächtlichen Straßen und verdiente noch dazu mit dem Boza mehr als mit dem Joghurt und der Kellnerei zusammen.

Und obwohl beim Joghurt der Straßenverkauf immer schlechter lief, ging es beim Boza gerade andersherum, und das hatte mit den Schießereien zu tun, die sich Nationalisten und Kommunisten immer öfter auf den Straßen lieferten. Die Leute trauten sich inzwischen auch am Samstagabend nicht mehr auszugehen, doch wenn sie am Fenster auf den Boza-Verkäufer warteten, schließlich seine heisere Stimme hörten und dann ihr Boza tranken, versetzte sie das in frühere, glücklichere Zeiten zurück. So verdienten die Joghurtverkäufer aus Beyşehir dank des Boza immer noch recht gut. Bei Vefa hatte Mevlut gehört, sogar in Vierteln wie Balat, Kasımpaşa oder Gaziosmanpaşa, in denen man früher kaum Boza verkauft habe, seien nunmehr nicht wenige Verkäufer unterwegs. Wenn nachts die Stadt bewaffneten Plakatklebern, Hunden, Müllsammlern und Boza-Verkäufern gehörte, ließ Mevlut das Lärmen des Lokals und die Menschenmengen von Beyoğlu hinter sich und fühlte sich, in irgendeiner stillen, dunklen Steilgasse in Feriköy etwa, in einer ganz eigenen Welt. Manchmal fuhr, bei völliger Windstille, durch einen blattlosen Baum auf einmal ein seltsames Zittern; und auf einem ausgetrockneten, verfallenen Brunnen stand ein Slogan, der Mevlut bekannt vorkam und ihn erschauern ließ wie das Rufen einer Eule vom kleinen Friedhof hinter der Moschee her. »Bozaaa!«, rief er dann in endlos ferne Zeiten zurück. Und manchmal warf er durch die offenen Vorhänge einer kleinen Wohnung einen zufälligen Blick hinein und stellte sich die glückliche Zukunft vor, in der er mit Rayiha so wohnen würde.

FERHAT. »Wenn diese Rayiha – so heißt sie doch, ja? –, also wenn die tatsächlich erst vierzehn ist, dann ist sie verdammt jung«, habe ich gesagt.

»Wir heiraten ja auch nicht gleich«, hat Mevlut geantwortet. »Erst mache ich meinen Wehrdienst, und bis ich zurück bin, ist sie im heiratsfähigen Alter.«

»Warum soll ein hübsches Mädchen, das du nicht mal richtig kennst, darauf warten, dass du vom Wehrdienst zurück bist?«

»Darauf gibt es zwei Antworten. Erstens glaube ich nicht, dass wir uns auf der Hochzeit rein zufällig in die Augen geschaut haben. Bei ihr war bestimmt auch eine Absicht dahinter, warum wäre sie sonst ausgerechnet in dem Moment zum Tisch ihres Vaters gegangen, als ich gerade vorbeikam? Und selbst wenn es ein Zufall war, denkt Rayiha sicher auch, dass unsere Begegnung und unser Blick eine Bedeutung haben.«

»Wie habt ihr euch denn angeschaut?«

»Du musst dir vorstellen, dass du eine Frau anschaust und sie dich, und von dem Moment an willst du dein ganzes Leben mit ihr verbringen.«

»Dann schreib ihr doch über dieses Gefühl. Wie hat sie dich angeschaut?«

»Ganz anders als die Mädchen, die gleich schuldbewusst zu Boden schauen, sobald sie einen Mann sehen. Sie hat mir stolz und ganz direkt in die Augen geschaut.«

»Und wie hast du geschaut? Zeig's mir mal.«

Da blickte Mevlut mich so innig an, als hätte er Rayiha vor sich, und das ging mir durch und durch.

»Ferhat, du kannst den Brief viel besser schreiben als ich. Deine Briefe haben sogar die europäischen Mädchen beeindruckt.«

»Na gut, aber erst musst du mir sagen, was du an der eigentlich findest. Was genau liebst du an ihr?«

»Sag nicht einfach ›die‹, wenn du über Rayiha sprichst. Ich liebe alles an ihr.«

»Sag mir wenigstens ein Detail.«

»Ihre schwarzen Augen. Die habe ich ganz aus der Nähe gesehen.«

»Gut, dann schreibe ich was über die. Und sonst? Weißt du noch was?«

»Sonst weiß ich nichts, wir sind ja noch nicht verheiratet«, hat Mevlut schmunzelnd gesagt.

»Würdest du sie auf der Straße überhaupt wiedererkennen?«

»Aus der Ferne nicht. Aber an ihren Augen schon. Sowieso weiß jeder, wie schön sie ist.«

»Wenn das jeder weiß, wirst du es nicht leicht haben«, habe ich gesagt. Fast hätte ich gesagt: Dann kriegst du sie nie.

»Ich würde alles für sie tun.«

»Aber den Brief soll ich schreiben?«

»Kannst du das tun, ohne mich aufzuziehen?«

»Ja, ich tu's schon. Aber mit einem Brief allein ist es nicht getan, das weißt du ja.«

»Soll ich dir Papier und Stift bringen?«

»Warte, überlegen wir erst mal, was wir schreiben sollen.«

Kurz darauf sind die Tellerwäscher hereingekommen, und wir mussten das Gespräch unterbrechen.

16. Wie schreibt man einen Liebesbrief?

Die Zauberpfeile aus deinen Augen

Bis der erste Brief an Rayiha geschrieben war, dauerte es sehr lange. Im Februar 1979, als sie mit dem Schreiben begannen, wurde der bekannte *Milliyet*-Kolumnist Celâl Salik in Nişantaşı auf offener Straße erschossen, und während der Schah von Iran sein Land verließ, wurde Ajatollah Khomeini nach Teheran eingeflogen. Die beiden Tellerwäscher behaupteten, das hätten sie beides vorhergesagt, und kraft ihrer seherischen Fähigkeiten nahmen sie sich heraus, an Mevluts und Ferhats abendlichen Gesprächen teilzunehmen und zu dem Liebesbriefthema ihre Kommentare abzugeben.

So offen durfte darüber gesprochen werden, weil Mevlut von unerschütterlichem Optimismus war. Wenn die anderen über seine Liebe spotteten, lächelte er nur. Auch über Vorschläge wie »Schreib nichts vom Kellnern, sondern: in der Lebensmittelbranche tätig« oder »Schreib: Dein Onkel hast sich unser Grundstück unter den Nagel gerissen« konnte Mevlut herzlich mitlachen, bevor er sich wieder voller Ernst an die Sache machte.

Nach monatelangen Diskussionen beschlossen sie, in den Briefen nicht auf das einzugehen, was Mevlut sich über Frauen ganz im Allgemeinen vorstellte, sondern auf das, was er von Rayiha konkret wusste. Und das Einzige, was er wirklich kannte, waren nun mal ihre Augen.

»Wenn ich nachts durch die dunklen Straßen gehe, sehe ich auf einmal ihre Augen vor mir«, sagte Mevlut eines Tages, und Ferhat notierte das sogleich und machte »deine Augen« daraus. Ferhat gab zwar zu bedenken, wenn sie von nächtlichem Herumwandern schrieben, könne Rayiha draufkommen, dass Mevlut Boza-Verkäufer sei, aber Mevlut winkte ab; das werde sie früher oder später ohnehin erfahren.

»Die Zauberpfeile aus deinen Augen bohren sich in mein Herz und machen mich zu deinem Sklaven«, schrieb Ferhat nach endlosen Grübeleien als zweiten Satz hin. Das mit den Zauberpfeilen klang zwar etwas poetisch, doch einer der Jungen sagte, in Mardin werde so was durchaus verwendet, wodurch dem Ausdruck Legitimität verliehen wurde. Für die beiden Sätze hatten sie zwei Wochen gebraucht. Beim nächtlichen Boza-Verkaufen sagte Mevlut sie sich immer wieder vor und überlegte ungeduldig, was der dritte Satz sein könnte.

»Dein Sklave bin ich geworden, denn seit deine Blicke mein Herz erfasst haben, kann ich an nichts anderes mehr denken als an dich.« Auf diesen Satz konnten sie sich rasch einigen, denn Rayiha musste ja begreifen, warum Mevlut durch ihren Blick zum Sklaven geworden war.

An einem der Abende, an denen sie an jenem dritten Satz bastelten, fragte der selbstbewusstere der beiden Tellerwäscher: »Sag mal, denkst du eigentlich wirklich den ganzen Tag an das Mädchen?«, und als Mevlut still blieb, fügte er fast entschuldigend hinzu: »Ich meine, wo du sie doch bloß ganz kurz gesehen hast, woran denkst du da eigentlich?«

»Mensch, das schreiben wir doch hin, du Holzkopf!«, rief Ferhat beschützerisch aus. »An ihre Augen denkt er!«

»Nein, nein, entschuldige schon, so meine ich das nicht, mein ganzer Respekt für die Liebe von Mevlut und so, aber mir kommt es halt so vor, dass man sich doch mehr verliebt, wenn man ein Mädchen tatsächlich kennt.«

»Worauf willst du hinaus?«, fragte Ferhat.

»Wir hatten da einen Kumpel aus Mardin, der hat bei Ezcacıbaşı gearbeitet, in der Medikamentenfabrik, bei der Verpackung, und da hat er jeden Tag ein Mädchen gesehen, mit einer blauen Schürze um, wie die anderen Mädchen auch. Jeden Tag hat er acht Stunden neben ihr gearbeitet, und dabei natürlich auch mit ihr geredet. Und mit der Zeit ist ihm ganz komisch geworden, richtig schlapp hat er sich gefühlt und musste zum Betriebsarzt. Er hat nämlich nicht kapiert, dass er in das Mädchen verliebt war. Wollte es nicht einsehen. Weil an der auch gar nichts besonders hübsch war, weder die Augen noch sonst was. Aber nur, weil er sie jeden Tag gesehen und mit sich mit ihr angefreundet hat, war er auf einmal furchtbar in sie verliebt. Kann so was sein?«

»Und dann?«, fragte Mevlut.

»Dann ist sie mit einem anderen verheiratet worden. Und unser Kumpel ist nach Mardin zurück und hat sich umgebracht.«

Eine Weile fürchtete Mevlut, ein ähnliches Schicksal zu erleiden. Inwieweit hatte Rayiha tatsächlich gewollt, dass ihre Blicke sich begegneten? An Abenden, an denen Mevlut keinen Raki trank, musste er sich eingestehen, dass es doch mehr eine Sache des Zufalls gewesen war. Dann aber empfand er seine Liebe wieder ganz tief und sagte sich, dass solch ein Gefühl nur mit Willen des Allerhöchsten entstehen konnte. Ferhat wiederum bestand darauf, dass Mevlut in dem Brief auf Rayihas aktiven Part einging. So einigten sie sich auf den Satz: »Wäre dein Tun nicht herrischer Vorsatz gewesen, hättest du mit deinem bedeutsamen Blick nicht wie ein Räuber über mich herfallen und mein Herz stehlen können.«

Rayiha innerhalb eines Satzes zu duzen, fiel Mevlut leicht, doch erheblich schwerer war es, für den Briefanfang eine Anrede zu finden. Eines Abends kam Ferhat mit einem Buch an: *Die schönsten Liebesbriefe. Mit Vorlagen*. Daraus las er Beispiel um Beispiel vor, aber gegen jede Anrede hatte Mevlut etwas einzuwenden. Einfach als »Frau« konnte er sie nicht anreden, auch nicht als »Sehr geehrte Frau« oder »Sehr geehrtes Fräulein« (obwohl der Diminutiv sehr zu ihrem Wesen passte). »Mein Schatz«, »Mein Liebling«, »Mein Engel«, »Meine Einzige« und dergleichen war zu salopp (und gerade vor Saloppheit in den ersten Briefen wurde in dem Buch immer wieder gewarnt). Mevlut nahm das Buch selbst an sich und las es intensiv. Zwar gefielen ihm Anreden wie »Meine Schönäugige«, »Meine Feenäugige« oder »Meine Rätseläugige«, doch stand zu befürchten, dass sie das falsch auffassen konnte. Erst als sie nach Wochen neun Sätze beisammenhatten und damit den Brief beendeten, verständigten sie sich darauf, dass »Meine Schmachtäugige« ein gelungener Einstieg war.

Als Ferhat sah, wie sehr Mevlut sich von dem Buch inspirieren ließ, suchte er nach ähnlichen Ratgebern. In den verstaubten Depots antiquarischer Buchhändler, die beliebte Werke wie *Volksgedichte*, *Geschichten berühmter Ringer*, *Islam und Sex*, *Was tun in der Hochzeitsnacht*, *Leyla und*

Mecnun oder *Islamische Traumdeutung* in die Provinz versandten, fand er sechs weitere Ratgeber für Liebesbriefe und brachte sie seinem Freund. Mevlut sah sich eingehend die Umschlagseiten an, auf denen Männer in Krawatte und blauäuige, dunkelblonde Frauen mit schneeweißer Haut und roten Lippen sich anschmachteten wie in amerikanischen Filmen, und sorgfältig schnitt er mit dem Küchenmesser die vergilbten, angenehm duftenden Seiten auf. Wenn er Zeit hatte, also am Morgen, bevor er zum Joghurtverkauf loszog, und spätabends nach seiner Boza-Tour, las er aufmerksam die Briefmuster und die Ratschläge an Verliebte.

Allen Büchern, die sich ohnehin sehr ähnelten, war eines gemeinsam, nämlich ihre Gliederung je nach der Situation, in die man als verliebter Mensch gelangen konnte: erste Begegnung, Blickkontakt, erstes Treffen, Glück, Sehnsucht, Streit etc. Auf der Suche nach passenden Ausdrücken erfuhr Mevlut, dass jede Liebesgeschichte notwendigerweise verschiedene Phasen durchlief. Rayiha und er standen erst ganz am Anfang. In manchen Büchern folgten auf die vom verliebten Mann geschriebenen Briefe die Antworten des jungen Mädchens. Mevlut las darin wie in Romanen, stellte sich die Menschen in ihrem Liebeskummer vor, ihren Enttäuschungen, ihrer Koketterie, und verglich seine eigene Lage mit der ihren.

Was ihn auch noch interessierte, waren Liebesgeschichten, die schlecht endeten, mit einer Trennung etwa. Mevlut erfuhr dabei, dass im Fall einer Liebe, die nicht auf eine Ehe hinauslief, beide Seiten ihre Liebesbriefe zurückfordern durften.

»Falls – Gott behüte – die Sache schlecht ausgeht und Rayiha ihre Briefe zurückwill, gebe ich sie ihr«, sagte Mevlut eines Abends nach dem zweiten Glas Raki. »Aber meine Briefe werde ich auf keinen Fall zurückfordern, die kann Rayiha auf immer und ewig behalten.«

Auf einem Umschlag war ein Paar wie aus einem europäischen Film abgebildet, das einen emotionalen, heftigen Streit austrug und dabei auch gleich schon ein mit einem rosa Schleifchen zusammengebundenes dickes Briefbündel vor sich liegen hatte. Mevlut war entschlossen, Rayiha mindestens ebenso viele Briefe zu schreiben, hundertfünfzig oder gar zweihundert. Beeindrucken musste er Rayiha auch mit dem Briefpapier, dem Umschlag, dem Duft, der davon ausging, und natürlich mit Geschenken. Nächtelang erwogen sie dergleichen. Den ganzen melancholischen Herbst über dachten sie nach, wo sie welches Parfüm kaufen sollten, und probierten auch immer wieder irgendwelche billigen Düfte aus.

Sie waren gerade zu dem Schluss gekommen, als bedeutsames Geschenk komme eine blaue Perle in Form eines Auges in Frage, als Mevlut von einem anderen Brief beunruhigt wurde. Als ihm das amtliche Schreiben, das bereits mehrfach von Hand zu Hand gegangen war, eines Abends von Süleyman ausgehändigt wurde, wusste über seinen Inhalt schon so mancher Bescheid. Da Mevlut an der Atatürk-Knabenschule nicht mehr angemeldet war, wurde auf dem Dorf nach ihm gesucht, damit er seinen Wehrdienst ableistete.

Während Mevlut und Ferhat im Großen Basar nach einer blauen Perle und einem zierlichen Taschentuch gefahndet hatten, war in das Lokal ein Polizist in Zivil gekommen und hatte nach Mevlut gefragt. Obwohl die Kellner nicht vorgewarnt waren, hatten sie, wie in solchen Fällen üblich, spontan gesagt: »Ach der? Der ist in sein Dorf zurück.«

»Bis in dein Dorf Gendarmen geschickt werden und feststellen, dass du da auch nicht bist, können gut zwei Monate vergehen«, sagte sein Chef. »Aber in deinem Alter vor dem Wehrdienst drücken kann sich nur, wer einen reichen Vater hat oder selber schon auf irgendeine krumme Tour so einen Betrieb aus dem Boden gestampft hat, dass er unabkömmlich ist. Wie alt bist du denn, Mevlut?«

»Zweiundzwanzig.«

»Du bist doch ein Riesenkerl, geh zur Armee. Mit dem Lokal geht es sowieso den Bach runter, und du verdienst ja auch kaum was. Hast du etwa Angst, dass sie dich bei der Armee verprügeln? Klar kriegst du Schläge, aber es geht gerecht zu bei der Armee, und wenn du gehorsam bist, kriegt so ein sauberer Junge wie du nicht viel ab.«

Mevlut beschloss, seinen Wehrdienst sofort anzutreten. Als er bei der Militärbehörde in Dolmabahçe sein Schreiben vorzeigte, bekam er von einem Offizier, dessen Rang er nicht ausmachen konnte, sogleich einen Rüffel, weil er an der falschen Stelle anstand. Er zuckte zusammen, geriet aber nicht in Panik. Draußen hatte er das beruhigende Gefühl, dass er nach dem Wehrdienst wieder ins normale Leben zurückkehren würde.

Da er vermutete, den Vater würde die Nachricht freuen, suchte er ihn in Kültepe auf. Sie umarmten und versöhnten sich. Leer, wie das Haus nun war, wirkte es auf Mevlut noch trostloser. Zehn Jahre hatte er darin verbracht, und irgendwie sehnte er sich danach zurück. Er öffnete den Küchenschrank, sah den schiefen alten Topf, den verrosteten Kerzenleuchter, die krumme Gabel, und seufzte. Der Kitt des nach Duttepe hinausgehenden Fensters roch an dem feuchten Abend wie eine alte Erinnerung. Die Nacht dort verbringen wollte Mevlut aber nicht.

»Gehst du zu deinem Onkel?«, fragte der Vater.

»Nein, die sehe ich überhaupt nicht mehr«, sagte Mevlut, obgleich der Vater ja wohl wusste, dass das nicht stimmte. Früher hätte er bei einem so heiklen Thema nicht geradewegs gelogen, sondern nur die Wahrheit etwas zurechtgebogen, ohne den Vater zu sehr zu verletzen. Nun tat er, was zwischen ihnen sonst nur an Feiertagen üblich war: Er küsste dem Vater die Hand.

»Bei der Armee wirst du endlich zum Mann!«, sagte Mustafa Efendi zum Abschied.

Wozu diese kränkenden Worte, im allerletzten Moment? Auf dem Weg zur Bushaltestelle tränten Mevlut die Augen, und das nicht wegen der Braunkohleschwaden.

Drei Wochen später erfuhr er bei der Militärbehörde, dass er seine Grundausbildung in Burdur machen werde. Im ersten Augenblick fiel ihm gar nicht mehr ein, wo Burdur überhaupt war.

»Keine Sorge, von Busbahnhof in Harem fahren jeden Abend vier Busse nach Burdur«, sagte der unscheinbarere der beiden Tellerwäscher aus Mardin und zählte die Namen der Busgesellschaften auf. »Am besten fährst du mit Gazanfer Bilge. Ach, eigentlich hast du's gut. Du musst zum Militär, aber im Herzen trägst du den Namen deiner Angebeteten und im Gedächtnis ihre Augen. Wenn man ein Mädchen hat, dem man schreiben kann, vergeht die Militärzeit wie im Flug. Woher ich das weiß? Ein Kumpel von uns aus Mardin …«

17. Mevluts Militärzeit

Meinst du vielleicht, du bist hier daheim?

In seiner fast zweijährigen Militärzeit lernte Mevlut so viel über Provinzstädte, das Heer, andere Männer und über die Kunst, in der Menge nicht aufzufallen, dass er den Spruch, vor dem Wehrdienst sei man noch kein »Mann«, schließlich völlig berechtigt fand; ja mehr noch, er sagte sogar, ohne den Wehrdienst könne man überhaupt nicht zum Mann werden.

Früher, als er eben noch kein Mann war, hatte er zwischen Körper und Geist noch keinen Unterschied gemacht und beides zusammen als sein »Ich« betrachtet. Beim Militär begriff er schon bei der allerersten Untersuchung, dass ihm sein Körper von nun an nicht mehr gehörte, und mehr noch, dass er diesen ganz und gar seinen Vorgesetzten überlassen musste, um wenigstens noch seine Seele und seine Gedanken besitzen zu dürfen. Es war bekannt, dass bei der Untersuchung Kranke, die sich ihres Zustands gar nicht bewusst waren (schwindsüchtige Verkäufer, kurzsichtige Arbeiter, taube Bettenhersteller), und Leute, die überhaupt nicht krank waren und sich das Bestechungsgeld leisten konnten, vom Wehrdienst befreit wurden. »Na komm schon, zieh dich aus, Junge, wir sind hier beim Militär, da sind nur lauter Männer«, sagte ein älterer Arzt, als er sah, wie Mevlut sich schämte.

Im Vertrauen auf diese Worte zog Mevlut sich aus und meinte, nun werde er gleich untersucht, doch erst musste er sich mit einem Haufen anderer armer Schlucker, die auch nur ihre Unterhose anhatten, in einer Reihe aufstellen. Damit nichts wegkam, durfte man seine Kleider nicht irgendwohin legen, sodass alle wie beim Betreten der Moschee die Schuhe in der Hand hielten, auf denen die gefalteten Kleider lagen, und ganz obenauf der Untersuchungsbogen, der vom Arzt abgestempelt und unterschrieben werden musste.

Nachdem sie in dem kalten Korridor zwei Stunden lang in einer keinen Meter vorrückenden Schlange gestanden hatten, erfuhr Mevlut, dass im Untersuchungsraum noch nicht einmal ein Arzt war. Auch war nicht klar, um was für eine Untersuchung es sich eigentlich handeln sollte. Manche behaupteten, es ginge um die Augen, und wer sich kurzsichtig stelle, werde für untauglich erklärt. Andere wiederum raunten, nicht ins Auge werde geschaut, sondern in den Hintern, und Schwule würden ratzfatz ausgemustert. Mevlut bekam eine solche Angst, dass jemand seine intimsten Stellen nicht nur anschauen, sondern daran herumfingern werde und er am Ende gar als Schwuler gebrandmarkt würde (Letzteres eine Furcht, die während seiner gesamten Militärzeit immer wieder aufflammen würde), dass er seine Scham überwand und mit den anderen halbnackten Männern ein Gespräch anknüpfte. Die meisten kamen wie er vom Dorf, wohnten in Gecekondus, und jeder, sogar noch der Ärmste und Dümmste, behauptete stolz, er verfüge irgendwie über Beziehungen. Darauf erinnerte sich Mevlut an Hadschi Hamit Vural, der noch nicht einmal wusste, dass er beim Militär war, und rühmte sich, dass er wegen seiner soliden Kontakte beim Wehrdienst eine ruhige Kugel schieben werde.

So begriff er schon am ersten Tag, dass man sich mit der ständigen Behauptung, man stünde unter besonderem Schutz, des Spottes und der Übergriffe anderer Wehrpflichtiger erwehren konnte. Mevlut erklärte dem Schnurrbärtigen neben sich (gut übrigens, dass er selber einen Schnurrbart trug, dachte er nun), was für ein gerechter und hilfsbereiter Wohltäter dieser Hadschi Hamit Vural sei, als auf einmal ein Unteroffizier sie allesamt anbrüllte. »Schnauze!« Sie verstummten sofort. »Schluss mit dem Weibergequatsche. Und hört gefälligst auf mit dem Kichern, ihr seid hier bei der Armee, verstanden?«

Als Mevlut im Bus nach Burdur vor sich hin dämmerte, musste er immer wieder an jenen Moment zurückdenken. Als der Unteroffizier aufgetaucht war, hatten manche versucht, sich Schuhe und Kleider vor den Körper zu halten, um nicht ganz so nackt dazustehen, andere wiederum hatten so getan, als wären sie über den Unteroffizier furchtbar erschrocken, doch kaum war er weg, lachten sie erst recht los. Mevlut sagte sich, dass er mit beiden Sorten von Mensch würde auskommen müssen, und dass er sich beim Militär sehr fremd und einsam fühlen werde, sollten tatsächlich alle Wehrpflichtigen so sein.

Zum Fremd- und Einsamsein bekam er jedoch während der Grundausbildung keine Zeit. Tag für Tag mussten sie stundenlang laufen und dabei Lieder singen, mussten über Hindernisse springen, Turnübungen vollführen wie einst in der Schule und Hunderte von Malen üben, wie man einen Vorgesetzten grüßt.

Wie man von einem Vorgesetzten geschlagen wird, hatte Mevlut sich vor dem Wehrdienst immer wieder vorgestellt, doch kaum war er drei Tage dabei, war dies zur alltäglichen Routine geworden. Wer trotz der vielen Mahnungen des Feldwebels immer noch zu dumm war, seine Mütze richtig zu halten, bekam eine Ohrfeige; wer beim Grüßen die Finger krumm hielt, hatte auch gleich eine sitzen; und wer beim Exerzieren wieder mal rechts und links verwechselte, bekam erst einen Anschiss und durfte dann unter dem Gelächter des ganzen Zuges hundert Rumpfbeugen machen.

Abends, beim Tee, sagte Emre Şaşmaz aus Antalya: »Ich hätte nie gedacht, wie viele Vollidioten es in diesem Land gibt.« Er hatte ein Geschäft für Autoersatzteile, und mit seiner Gesetztheit flößte er Mevlut Respekt ein. »Ich kann immer noch nicht glauben, wie blöd manche sind. Und durch die Schläge werden sie auch nicht gescheiter.«

Ahmet aus Ankara erwiderte: »Eigentlich müsste man klären, ob sie so viele Schläge kriegen, weil sie so blöd sind, oder ob sie so blöd werden, weil sie so viele Schläge kriegen.« Ahmet hatte einen Kurzwarenladen. Als Ladenbesitzer konnte man sich also erlauben, Leute als Dummköpfe abzustempeln, dachte Mevlut. Ihm gefiel nicht, wie diese Betuchten, mit denen es ihn zusammengewürfelt hatte, so daherredeten. Als der verrückte Chef der vierten Kompanie einen Gefreiten aus Diyarbakır – der bei der Armee nicht »Kurde« oder »Alevit« genannt werden durfte –so sehr triezte, dass der arme Junge sich in der Arrestzelle mit seinem Gürtel erhängte, war Mevlut wütend, dass die beiden Ladenbesitzer darüber nicht so empört waren wie er selbst und sogar dem Kompaniechef recht gaben, der das Opfer noch im Nachhinein als »Dummkopf« bezeichnete. Wie die meisten Gefreiten dachte auch Mevlut hin und wieder an Selbstmord, lachte dann aber schnell darüber hinweg. Als Emre und Ahmet eines Mittags plaudernd aus der Kantine kamen, stießen sie auf einen schlechtgelaunten Major, der ihnen – weil angeblich ihre Mützen nicht richtig saßen – auf ihre gutrasierten Wangen jeweils links und rechts eine saftige Ohrfeige versetzte, was Mevlut aus der Ferne genussvoll beobachtete.

»Nach dem Wehrdienst jage ich den Saukerl von Major bis ins Loch seiner Mutter zurück«, sagte Ahmet, als sie am Abend Tee tranken.

»Ach, ich denke mir da gar nichts«, erwiderte Emre. »Beim Militär gibt es eben keine Logik.«

Mevlut konnte sich nur wundern, wie dieser Emre so etwas wegsteckte. Dass es beim Militär keine Logik gab, war allerdings nicht seine persönliche Ansicht, sondern ein gängiges Schlagwort ihrer Vorgesetzten. Wurde ein Befehl hinterfragt, erregten sich diese und riefen: »Wenn es sein muss, streiche ich euch ohne jeden Grund zwei Wochenenden hintereinander und lasse euch im Dreck robben, bis ihr am Leben verzagt«, und wenn sie das sagten, taten sie es auch.

Ein paar Tage darauf bekam Mevlut seine erste Ohrfeige und befand darauf, so schlimm, wie er es sich vorgestellt hatte, sei es gar nicht gewesen. Da nichts anderes zu tun gewesen war, hatten sie abgebrannte Streichhölzer, Zigarettenstummel und Laub aufsammeln sollen, und als sie danach rauchend herumgestanden hatten, war auf einmal ein vierschrötiger Vorgesetzter auf sie zugeschossen (von den Schulterklappen den Rang abzulesen, vermochte Mevlut noch immer nicht). »Was bildet ihr euch eigentlich ein?«, hatte der Vorgesetzte gebrüllt, sie alle antreten lassen und jedem mit seiner Riesenpranke eine gescheuert. Obwohl das höllisch wehtat, war Mevlut froh, das so lange Befürchtete verkraften zu können. Der Gefreite Nazmi aus Nazilli war von der Ohrfeige zu Boden gegangen und nun so wütend, dass er jemand hätte umbringen können. Mevlut versuchte ihn zu trösten. »Komm, lass doch«, sagte er. »Schau, ich rege mich auch nicht auf. Was vorbei ist, ist vorbei.«

»Ja, weil er bei dir nicht so fest zugeschlagen hat«, empörte sich Nazilli. »Wegen deinem schönen Gesichtchen.«

Das leuchtete Mevlut durchaus ein.

»Beim Militär gibt's keine Privilegien«, sagte ein anderer. »Ob schön oder hässlich, groß oder klein, jeder kriegt sein Fett weg.«

»Von wegen!«, protestierte einer. »Macht euch doch nichts vor. Je dunkler die Haut, die Haare und die Augen, desto mehr Prügel.«

Auf diese Diskussion ließ Mevlut sich nicht weiter ein. Da er sich nichts hatte zuschulden kommen lassen, erschien ihm die Ohrfeige auch nicht als kränkend.

Zwei Tage später aber, als er mit offenem Kragen und somit in »undiszipliniertem« Zustand in Gedanken versunken dahinging (seit wann wohl hielt Rayiha seinen letzten Brief in Händen?), wurde er von einem Leutnant angehalten, der ihm ohne zu fackeln zwei Ohrfeigen versetzte, eine mit der Handfläche, die andere mit dem Handrücken. »Du Blödian!«, rief der Leutnant. »Meinst du vielleicht, du bist hier daheim? Welche Kompanie?« Bevor Mevlut eine Antwort herausbrachte, war der Mann schon weiter.

Von den vielen Schlägen, die Mevlut während seines zwanzigmonatigen Wehrdienstes bekam, machten jene zwei ihm am meisten zu schaffen, denn eigentlich hatte der Leutnant ja recht gehabt. Weil Mevlut in Gedanken an Rayiha versunken war, hatte er weder gegrüßt noch auf den Sitz seiner Mütze geachtet.

An jenem Abend legte Mevlut sich früh ins Bett, zog sich die Decke bis unters Kinn und dachte betrübt über sein Leben nach. Natürlich wäre er jetzt viel lieber in der Wohnung in Tarlabaşı mit Ferhat und den Jungen aus Mardin zusammen gewesen, doch sein eigentliches Zuhause war das ja auch nicht. Als hätte der Leutnant genau das gemeint, als er sagte: »Meist du vielleicht, du bist hier daheim?« Das einzige Heim, das Mevlut in den Sinn kam, war das Gecekondu in Kültepe, wo sein Vater wohl gerade vor dem Fernseher einschlief, aber das Haus konnte jederzeit abgerissen werden.

Morgens schlug er oft aufs Geratewohl einen der Briefführer auf, die er im Spind unter Pullovern versteckt hatte, las hinter der Spindtür versteckt eine Seite, die ihn den Tag über beschäftigen würde, und mit dem, was er sich davon merken konnte, formulierte er während des endlosen Laufens und Exerzierens am nächsten Brief herum, den er Rayiha schicken würde. Wie die politischen Gefangenen, die ohne Papier und Stift Gedichte ersannen, lernte er auswendig, was ihm an schönen Worten einfiel, und wenn er am Wochenende Ausgang hatte, schrieb er sie nieder und schickte sie an Süleyman nach Duttepe.

Im Busbahnhof an einem Tisch zu sitzen und an Rayiha zu schreiben, während die anderen alle in Kaffeehäusern oder im Kino waren, bedeutet für Mevlut höchstes Glück, und manchmal kam er sich regelrecht vor wie ein Dichter.

Als die viermonatige Grundausbildung vorbei war, hatte er gelernt, das Infanteriegewehr G3 zu benutzen, verstand (besser als die anderen) eine Vollzugsmeldung zu erstatten, wusste zu grüßen und nicht aufzufallen, gehorchte (wie jedermann) Befehlen und vermochte sich (etwas weniger gut als die anderen) durchzuwursteln und gegebenenfalls zu lügen.

Bei manchen Sachen wusste er nicht, ob er aus Unfähigkeit nicht dazu imstande war oder aus moralischen Bedenken heraus. Wenn etwa ein Unteroffizier verkündete: »Alle mal herhören, ich bin jetzt eine halbe Stunde weg, in der Zeit wird weiterexerziert, verstanden?«, brüllte die ganze Kompanie: »Verstanden, Herr Unteroffizier.«

Kaum aber war der Unteroffizier hinter dem gelben Stabsgebäude verschwunden, legte sich auch schon die halbe Kompanie ins Gras und begann zu rauchen und zu schwatzen. Von den übrigen Soldaten machte wiederum eine Hälfte noch so lange weiter, bis als sicher galt, dass der Unteroffizier nicht augenblicklich wieder zurück sein würde, während die anderen nur noch so taten (darunter Mevlut). Und wer tatsächlich noch richtig eifrig weiterexerzierte, wurde derart verspottet oder sogar handgreiflich davon abgehalten (»Sag mal, spinnst du oder was?«), dass schließlich kein Mensch mehr den Befehl des Unteroffiziers ausführte. Wozu auch noch?

Im dritten Monat seines Wehrdienstes nahm Mevlut beim abendlichen Teetrinken mal seinen ganzen Mut zusammen und sprach dieses philosophisch-moralische Problem mit den beiden Ladenbesitzern an.

»Du bist vielleicht naiv, Mevlut«, sagte Emre.

»Oder du spielst das nur, aber verdammt überzeugend«, meinte Ahmet.

Wenn ich auch so einen Laden hätte wie die zwei, dachte Mevlut, hätte ich bestimmt meinen Schulabschluss gemacht und wäre auf die Uni gegangen, und meinen Wehrdienst hätte ich dann als Offizier gemacht. Für die beiden hatte er nicht mehr viel übrig, doch wenn er sich andere Freunde gesucht hätte, wäre ihm auch wieder nur die Rolle des Dümmlings zugefallen, der immer den Tee holen musste, und dabei die Kanne mit der Mütze halten, weil der Griff kaputt war.

Für den Rest des Wehrdienstes musste er zu einer Panzereinheit in Kars, ganz im Osten des Landes. Andere hatten mehr Glück und durften im Westen bleiben, manche kamen sogar nach Istanbul. Es hieß, bei der Auslosung gehe es nicht immer mit rechten Dingen zu. Mevlut aber war auf keinen neidisch und machte sich nichts daraus, dass er sechzehn Monate in der kältesten und ärmsten Stadt der Türkei an der russischen Grenze zubringen würde.

Ohne überhaupt nach Istanbul zurückzukehren, fuhr er in einer einzigen Tagesreise mit dem Bus über Ankara nach Kars. Im Juli 1980 war Kars eine überaus arme Stadt mit gerade mal fünfzigtausend Einwohnern. Als Mevlut mit seinem Koffer in der Hand vom Busbahnhof zur Garnison mitten im Zentrum ging, fielen ihm an den Hausmauern die vielen linken Parolen auf, manche mit Signaturen, die er auch schon in Kültepe gesehen hatte.

Die Garnison kam ihm ausgesprochen ruhig vor. Abgesehen von den Nachrichtendienstlern hielten die Soldaten der Stadt sich aus der Politik heraus. Lediglich ein paar außerhalb stationierte Gendarmerie-Einheiten setzten hin und wieder auf der Suche nach militanten Linken den Bauern der Gegend ein wenig zu.

Von einem Vorgesetzten gefragt, sagte Mevlut eines Morgens beim Appell, er sei im Zivilleben Kellner, und wurde darauf in die Offiziersmesse versetzt. Durch seinen neuen Posten kam er um Wachdienste in eisiger Kälte und die Ausführung unsinniger Befehle herum. So hatte er nunmehr Zeit, auf der Stube oder am Küchentisch der Offiziersmesse unbeobachtet an Rayiha zu schreiben, während im Radio anatolische Lieder erklangen oder Emel Sayın von dem »unvergesslichen ersten Blick« sang, der einem »mitten ins Herz« dringe. Wer nämlich im Hauptquartier oder auf den Stuben einen Job als »Schreiber«, »Anstreicher« oder »Reparateur« ergattert hatte, dort aber nur so tun musste, als ob er arbeitete, der trug meist, in einer Tasche versteckt, ein kleines Transistorradio bei sich. Nicht nur entwickelte Mevlut so in jenem Jahr seinen Musikgeschmack, sondern er ließ sich durch die Lieder zu neuen Anreden für Rayiha inspirieren: »Schwarzäugige«, »Dolchäugige«, »Glutäugige« etc.

Je öfter er an sie schrieb, umso vertrauter erschien sie ihm, als verbinde sie seit ihrer Kindheit schon eine Seelengemeinschaft. Wort für Wort, Satz für Satz kam er ihr näher, und er fühlte, dass seine Träume und Wünsche einmal in Erfüllung gehen würden.

Gegen Ende des Sommers, als er gerade mit einem Koch stritt, weil ein Hauptmann sich über das kalte Essen beschwert hatte, zupfte ihn auf einmal jemand am Ärmel, ein Riesenkerl, und im ersten Moment erschrak Mevlut.

»Mensch, Mohini!«, rief er dann aus.

Sie umarmten sich herzlich.

»Sag mal, wie machst du das?«, fragte Mohini. »Alle anderen fallen beim Militär vom Fleisch, und du wirst richtig dick.«

»Tja, ich arbeite in der Offiziersmesse. Wie die Made im Speck bin ich da.«

»Ich bin Friseur, im Offizierskasino.«

Mohini war seit zwei Wochen in Kars. Davor hatte sein Vater ihn bei einem Damenfriseur in die Lehre gegeben, denn die Schule hatte er nicht geschafft. Den Offiziersfrauen die Haare blond zu färben war keine schwere Aufgabe, doch als die beiden Freunde Ausgang hatten und sich in der Teestube gegenüber dem Hotel Asya ein Fußballspiel ansahen, fing Mohini doch an zu klagen.

MOHINI. Die Arbeit an sich war nicht schwer, das Kreuz war nur, dass man jede Frau ein wenig anders behandeln musste, je nach dem Rang ihres Mannes. Die schönste Frisur und die nettesten Worte waren für die kurzbeinige Frau von General Turgut reserviert, also durfte ich zu der mageren Frau des in der Hierarchie darunterstehenden Generals nicht ganz so nett sein, und noch ein bisschen weniger zu den Majorsfrauen, und da gab es auch noch Abstufungen je nach Dienstalter; ganz wahnsinnig wurde ich davon. Ich habe Mevlut erzählt, wie ich einmal die dunklen Haare der hübschen Frau eines jungen Offiziers gelobt hatte und daraufhin, angefangen von der Frau von General Turgut, sämtliche Weiber stockbeleidigt waren. Andererseits hat mal die Frau von einem Major in weiser Voraussicht zu mir gesagt: »Färben Sie sie blond, aber nicht blonder als bei der Frau von General Turgut.«

Ich wusste, wer bei wem Karten spielt, welche Frau wann ihren Empfangstag hat, wo gemeinsam ferngesehen wurde, und bei welchem Bäcker die Damen ihr Gebäck kauften. Manchmal habe ich bei Kindergeburtstagen gesungen oder Zaubertricks vorgeführt. Für Frauen, die sich nicht gern aus der Garnison hinausbewegten, habe ich manchmal eingekauft, und bei einer habe ich der Tochter Nachhilfe in Mathe gegeben.

»Was verstehst denn du von Mathe, Mohini?«, hat mich Mevlut grob unterbrochen. »Oder vögelst du die Tochter etwa?«

»Du solltest dich schämen, Mevlut«, habe ich gesagt. »Du bist anscheinend verroht hier beim Militär. Es ist doch bei jedem Gefreiten dasselbe. Kaum wird einer vom Hauptquartier zu irgendeinem ruhigen Job abgeordnet und arbeitet in einem Offiziershaushalt als Mädchen für alles und wird dort rumgescheucht, muss er abends seine Ehre retten und behaupten, dass er die Offizierstochter aufs Kreuz gelegt hat. Sag mal, glaubst du solchen Unsinn? Und General Turgut verdient so was schon gar nicht, der beschützt mich nämlich vor den Launen seiner Frau. Kapiert?«

Das war das Ehrlichste, was Mevlut von einem Gefreiten je gehört hatte. Er schämte sich. »Stimmt eigentlich, der General ist ein guter Kerl«, gab er zu. »Entschuldige. Komm, sei mir nicht böse.«

Als er dazu ansetzte, Mohini versöhnlich zu umarmen, erkannte er auf einmal etwas, das er sich bisher nicht hatte eingestehen wollen: Seit er Mohini in der Schule zum letzten Mal gesehen hatte, hatte dieser weibliche Züge angenommen, wie ein verkappter Schwuler. Ob Mohini das überhaupt merkte? Und sollte Mevlut zu erkennen geben, dass er es merkte? Stumm und reglos blickten die beiden sich in die Augen.

General Turgut bekam bald mit, dass der Friseur seiner Frau und der Kellner in der Offiziersmesse alte Schulkameraden waren, und so wurde auch Mevlut im Haushalt des Generals mit diversen Arbeiten betraut. Mal strich er den Küchenschrank neu, mal spielte er mit den Kindern Kutsche (in Kars wurden als Taxis noch Pferdedroschken verwendet). Dem Kommandanten der Einheit und dem Leiter des Offizierskasinos wurde manchmal mitgeteilt, Mevlut sei dazu abgestellt, bei den Vorbereitungen zu einem Empfang im Haus des Generals mitzuwirken, was Mevlut in kürzester Zeit zu dem Ruf verhalf, ein Günstling auf höchster Ebene zu sein. Voller Vergnügen sah er mit an, wie er zunächst in seiner Einheit und schließlich in der ganzen Garnison auf einmal ganz anders behandelt wurde. Nun traute sich keiner mehr, ihn »Milchgesicht« zu nennen oder ihn in den Hintern zu zwicken, als ob er schwul wäre. Man hielt ihn nun für einen reichen Pinkel, den es aus Versehen nach Kars verschlagen hatte, und fasste ihn mit Samthandschuhen an. Er wurde sogar gefragt, ob er aus der Frau des Generals nicht herauskitzeln könne, wann das nächste Manöver an der russischen Grenze stattfinden werde. Von Ohrfeigen war keine Rede mehr.

18. Der Militärputsch

Der Friedhof im Industrieviertel

Zu dem Manöver kam es gar nicht mehr, denn in der Nacht zum 12. September 1980 fand wieder ein Militärputsch statt. Dass etwas Außergewöhnliches im Gange war, merkte Mevlut schon daran, dass die Straßen der Stadt menschenleer waren. Das Militär hatte über die gesamte Türkei den Ausnahmezustand und ein Ausgangsverbot verhängt. Den ganzen Tag über verfolgte Mevlut im Fernsehen die Verlautbarungen von Putschgeneral Evren. Dass da, wo es ansonsten vor Volk nur so wimmelte, vor Bauern, Händlern, Arbeitslosen und Zivilpolizisten, nun gähnende Leere herrschte, kam Mevlut so vor, als ob ihm sein Verstand einen Streich spielte. Am Abend ließ General Turgut die ganze Garnison antreten und verkündete, das Land sei von Politikern, die nur nach Profit und Wahlstimmen gierten, an den Rand eines Abgrunds gebracht worden, doch diese böse Zeit sei nun vorbei, denn die Streitkräfte als einzige und wahre Besitzer des Landes ließen es nicht zu, dass die Türkei zugrunde gehe, und so würden nun alle Terroristen und alle subversiven Politiker einer gerechten Strafe zugeführt. Lange sprach der General dann noch über Atatürk, über die türkische Fahne und über das Blut der gefallenen türkischen Soldaten, von dem die Fahne ihre Farbe habe.

Eine Woche später wurde im Fernsehen bekanntgegeben, General Turgut sei zum Bürgermeister von Kars ernannt worden, und von da an hatten Mevlut und Mohini auch im zehn Minuten von der Garnison entfernten Rathaus zu tun. Den Vormittag über studierte der General in der Garnison die Berichte von Spitzeln und Geheimdienstlern und leitete dann gegen Kommunisten gerichtete Aktionen ein, und kurz vor dem Mittagessen ließ er sich in einem Jeep ins Rathaus bringen, ein altes Gebäude aus der Zarenzeit. Manchmal legte er den Weg unter Begleitschutz zu Fuß zurück, nahm dabei lächelnd den Dank von Ladenbesitzern entgegen, die ihm erklärten, wie froh sie um den Putsch seien, ließ sich die Hand von ihnen küssen, und was ihm unterwegs an Briefen zugesteckt wurde, las er alles höchstpersönlich. Als Bürgermeister und Garnisonskommandant war es eine seiner Hauptaufgaben, den ihm brieflich angezeigten Fällen von Korruption und Bestechung nachzugehen und die Verdächtigen an den Militärstaatsanwalt zu überführen. Da der Staatsanwalt genau wie der General der Logik folgte, nach der ein Unschuldiger ja sowieso freigesprochen werde, strengte er mit lockerer Hand Prozesse an und ließ die Verdächtigen allesamt in Untersuchungshaft nehmen.

Korrupte Geschäftsleute wurden in Haft nicht allzu hart angegangen, doch bei politischen Gefangenen, vor allem bei den meist als »Terroristen« angesehenen Kommunisten, wurde systematisch die Bastonade angewendet. Bei Polizeirazzien wurden junge Leute aus Gecekondus gezerrt und gefoltert, und je nachdem, wie der Wind stand, hörte man ihre Schreie manchmal bis in die Garnison; dann blickte Mevlut schuldbewusst zu Boden.

Anfang Januar wurde Mevlut beim Morgenappell von einem neu eingetroffenen Leutnant angeredet.

»Mevlut Karataş aus Konya, zu Befehl!«, plärrte Mevlut sogleich strammstehend.

Obwohl er im Leben noch nicht in Konya gewesen war, musste er zu seinem Leidwesen immer »aus Konya« sagen, da Beyşehir verwaltungsmäßig nun mal zu Konya gehörte.

»Komm mal her da«, sagte der Leutnant.

Hm, der weiß wohl noch nicht, dass ich ein Schützling des Generals bin, dachte Mevlut.

»Mein Beileid«, sagte der Leutnant. »Dein Vater ist gestorben. Lass dir Urlaub geben.«

Mevlut bekam eine Woche Heimaturlaub zugestanden. Beim Warten auf den Bus nach Istanbul trank er ein Glas Raki. Im Bus fielen ihm von dem Gerüttel die Augen zu, und er träumte, dass sein Vater ihn schimpfte, weil er zur Beerdigung zu spät kam und auch sonst alles falsch machte.

Sein Vater war im Schlaf gestorben und erst zwei Tage später von Nachbarn entdeckt worden. Das leere Bett war zerwühlt, als wäre der Vater am Morgen eilig aus dem Haus. Auf Mevluts Soldatenaugen wirkte alles unordentlich und armselig. Er sog aber den so ganz besonderen Geruch ein, den es nirgendwo anders gab, denn es roch hier nach dem Vater, nach Mevlut selbst, nach ihren Leibern, ihrem Atem, nach Staub, nach dem Ofen, nach den Suppen, die sie hier zwanzig Jahre lang gekocht hatten, nach schmutziger Wäsche, nach alten Sachen, nach ihrem Leben. Erst meinte Mevlut, er würde hier Stunden verbringen und seinen Vater beweinen, dann aber drückte die Stimmung ihn derartig nieder, dass er fluchtartig das Haus verließ.

Zwei Stunden nach Mevluts Ankunft fand in Hadschi Hamit Vurals Moschee in Duttepe die Begräbnisfeier statt. Zwar hatte Mevlut auch Zivilkleidung dabei, doch er zog sich nicht um. Die Trauergäste mussten schmunzeln, als sie Mevlut in seiner Gefreitenkluft sahen.

Wie es Sitte war, half Mevlut mit, den Sarg bis zum Grab zu tragen. Der Leichnam des Vaters wurde aus dem Sarg ins Grab gelassen, und Mevlut schaufelte Erde darauf. Dabei schossen ihm die Tränen in die Augen, und er rutschte aus und wäre fast ins Grab gestürzt. Da trat Süleyman aus der Schar der knapp vierzig Trauernden hervor, legte Mevlut den Arm um die Schultern und setzte ihn auf ein Grab. An den Grabsteinen um sich herum sah Mevlut, dass es ein Migrantenfriedhof war. Dort wurden die Toten der umliegenden Hügel begraben, sodass der Friedhof rasch anwuchs, doch auf keinem der Grabsteine war als Geburtsort Istanbul vermerkt. Die meisten Toten stammten aus Sivas, aus Erzurum und aus Gümüşhane.

Mit dem Steinmetz am Friedhofsausgang einigte sich Mevlut ohne Feilschen auf einen Grabstein mittlerer Größe. Von den Gräbern, die er soeben gesehen hatte, ließ er sich zu folgender Inschrift inspirieren: *Mustafa Karataş (1927–1981). Cennetpınar, Beyşehir. Joghurt- und Boza-Verkäufer. Er ruhe in Frieden.*

Als er danach umherging, merkte er, dass seine Soldatenkluft ihm doch Zuneigung und Achtung eintrug. In Kaffeehäusern und Läden wurde er umarmt, und spürte, wie nahe er diesen Menschen war. Und doch war da, wie er immer wieder voller Erstaunen feststellen musste, in seinem Herzen auf all diese Leute und sogar auf seinen Onkel und seine Cousins eine Wut, die sich manchmal bis zum Hass auswuchs. Wie eigentlich jeder Soldat musste er sich beherrschen, auf diese Zivilisten nicht einfach loszufluchen.

Beim Abendessen zeigte sich seine Tante entzückt, wie gut ihm doch die Uniform stehe. Wie schade, dass seine Mutter ihn darin nicht sehen könne! Als Mevlut in der Küche ein paar Minuten mit Süleyman alleine war, fragte er ihn trotz all seiner Neugier nicht nach Rayiha. Still aß er danach sein Hähnchen und starrte wie alle anderen auf den Fernseher.

Er stellte sich vor, wie er danach zu Hause an dem wackligen Tisch an Rayiha einen Brief schreiben würde. Als er dort aber ankam, erschien ihm das Haus, das sein Vater nie wieder betreten würde, so düster und trostlos, dass er sich aufs Bett warf und lange weinte, ob nun um den Vater oder wegen seiner Einsamkeit, er wusste es selbst nicht. In seiner Uniform schlief er ein.

Am folgenden Morgen zog er die Zivilsachen an, die er vor fast einem Jahr in den Koffer gepackt hatte, und fuhr nach Beyoğlu, ins Karlıova. Dort wurde ihm allerdings kein freundlicher Empfang zuteil. Ferhat war nun selbst beim Militär, die meisten Kellner hatten gewechselt, und die alten, die er noch kannte, waren mit den Mittagsgästen beschäftigt. Beim Wacheschieben hatte er sich die Rückkehr ins Karlıova oft in den schönsten Farben ausgemalt; nun zog er enttäuscht wieder ab.

Er ging ins zehn Minuten entfernte Elyazar-Kino. Beim Betreten der Lobby schämte er sich diesmal überhaupt nicht mehr vor den herumstehenden Männern und sah einigen geradewegs in die Augen.

Dennoch freute er sich dann in seinem Kinositz, von fremden Blicken unbehelligt mit den unanständigen Frauen allein und nur noch ganz Auge zu sein. Sogleich merkte er, dass sich durch den rauen Ton und die seelische Abstumpfung in der Kaserne seine Einstellung zu den Frauen auf der Leinwand verändert hatte. Er fühlte sich nun roher, aber auch normaler. Nun konnte er mitlachen, wenn ein Zuschauer laut einen dreckigen Witz riss. Als in der Pause zwischen zwei Vorführungen das Licht anging, sah er, dass die vielen kurzgeschorenen Männer, die ihm auch früher schon aufgefallen waren, lauter Soldaten auf Heimaturlaub waren. Alle drei Filme, die liefen, sah er sich von Anfang bis Ende an. Erst als in dem deutschen Film, den er beim Betreten des Kinos in der Mitte erwischt hatte, wieder die Bettszene mit den Weintrauben losging, schlich er hinaus und nach Hause und masturbierte dort bis zum Abend.

Von Schuldgefühlen und Einsamkeit geplagt, ging er dann zu seinem Onkel.

»Keine Bange, es läuft alles wunderbar«, sagte Süleyman zu ihm, als sie allein waren. »Rayiha freut sich immer auf deine Briefe. Wie kriegst du die bloß so hin? Schreibst du für mich später auch mal welche?«

»Wird sie mir antworten?«

»Sie würde ja gern, aber … Da würde ihr Vater böse werden. Als sie das letzte Mal da waren, noch vor dem Putsch, habe ich gesehen, wie sehr die Mädchen ihren Vater lieben. Geschlafen haben sie in unserem neuen Zimmer.«

Wie ein Museumsführer machte er die Zimmertür auf, schaltete das Licht ein und zeigte, wo genau Abdurrahman und seine beiden Töchter eine Woche lang genächtigt hatten. Mevlut starrte die beiden Betten an.

Süleyman wusste schon, was Mevlut sich fragte. »Der Vater hat hier geschlafen und die beiden Mädchen zuerst in dem Bett da, aber da war es ihnen zu eng, darum haben wir für Rayiha eine Matratze auf den Boden gelegt.«

Verlegen sah Mevlut auf die Stelle. Es war ein Fliesenboden mit einem Teppich darauf.

Als Mevlut erfuhr, dass Vediha über die Briefe Bescheid wusste, war er erfreut. Sie sprach ihn zwar darauf nicht an, doch jedes Mal, wenn sie ihn sah, schenkte sie ihm ein sanftes Lächeln, woraus er voller Hoffnung schloss, dass sie auf seiner Seite war.

Zudem gefiel sie ihm sehr, und zwar mehr noch, seit sie Mutter war. Als Mevlut noch im Karlıova arbeitete, hatte sie ihren ersten Sohn Bozkurt geboren, und vor kurzem war der zweite, Turan, auf die Welt gekommen. Seither wirkte sie reifer und noch anziehender. Es sagte Mevlut zu, wie liebevoll sie mit den beiden umging, und irgendwie schien es ihm, als ob sie, zumindest in schwesterlicher Manier, auch für ihn etwas übrighätte. Beglückt dachte er, dass Rayiha mindestens ebenso schön war wie Vediha, wenn nicht sogar schöner.

Während seines Aufenthalts schrieb er die meiste Zeit wieder Briefe an sie. Istanbul war ihm innerhalb eines Jahres fremd geworden. Durch den Putsch hatte die Stadt sich verändert. Wieder waren die politischen Parolen übermalt und die Straßenhändler von allen größeren Straßen und Plätzen verscheucht worden. Es wurden keine geschmuggelten Zigaretten und Alkoholika mehr feilgeboten, und die Bordelle in Beyoğlu waren geschlossen. Da nicht mehr überall geparkt werden durfte, floss der Verkehr reibungsloser dahin. Einige dieser Entwicklungen begrüßte Mevlut, aber insgesamt beschlich ihn das Gefühl, das sei nicht mehr so recht seine Stadt. Wohl auch, weil er dort nichts mehr zu tun hatte.

»Ich habe da eine Bitte an dich, aber verstehe mich nicht falsch«, sagte er am folgenden Abend zu Süleyman. Da sein Vater nicht mehr da war, konnte er zum Onkel gehen, wann er wollte.

»Ich habe dich noch nie falsch verstanden, Mevlut«, erwiderte Süleyman. »Du hast nur immer missverstanden, dass ich dich sehr wohl verstanden habe.«

»Kannst du mir ein Foto von ihr besorgen?«

»Von Rayiha? Unmöglich.«

»Warum?«

»Sie ist die Schwester meiner Schwägerin.«

»Mit einem Bild von ihr könnte ich ihr noch schönere Briefe schreiben.«

»Glaub mir, Mevlut, besser als jetzt können sie gar nicht werden.«

Das Haus in Kültepe vermietete Mevlut mit Hilfe von Süleyman an einen Bekannten von Hadschi Hamit Vural. Ohne Mietvertrag, denn Süleyman hatte gesagt: »Ach was, ist doch nicht nötig, wir kennen den Mann. Willst du etwa Steuern zahlen?« Außerdem war Mevlut nicht der Alleinerbe des nicht mal eingetragenen Hauses, da waren ja auch noch seine Mutter und die Schwestern im Dorf. An der Angelegenheit wollte er nicht weiter rühren.

Als er die Sachen seines Vaters in einen Koffer räumte, strömte ihm wieder der vertraute Geruch in die Nase. Gerührt ließ er sich aufs Bett fallen, weinte aber diesmal nicht. Er verspürte einen Zorn auf die Welt, einen Hass. Ihm war klar, dass er nach dem Wehrdienst nicht in dieses Haus zurückkehren würde. Als er aber nach Kars zurückmusste, sträubte sich alles in ihm. Er wollte weder die Uniform anziehen noch überhaupt den Rest seines Wehrdienstes ableisten. Ihm graute vor seinen Vorgesetzten und nicht weniger vor der Horde seiner Mitgefreiten. Erschrocken begriff er, wie so mancher zum Deserteur werden konnte. Schließlich zog er doch die Uniform an und machte sich auf den Weg.

Während seiner letzten Monate in Kars schrieb er an Rayiha siebenundvierzig Briefe. Er gehörte nun zum festen Stamm der im Rathaus diensttuenden Soldaten und war dort für die kleine Teeküche und die persönliche Bedienung von General Turgut zuständig. Da der General aus Vorsicht im Rathaus keine Mahlzeiten einnahm, war für Mevlut nicht viel zu tun. Er bereitete für den General Tee zu, kochte ihm Mokka, den er jeweils zweimal aufschäumen ließ, und servierte ihm Wasser oder Limonade. Einmal ließ der General Mevlut einen beim Bäcker gekauften Kringel und einmal eine ins Rathaus gelieferte Makrone begutachten und brachte ihm bei, worauf zu achten sei.

»Probier lieber du erst mal«, sagte er. »Nicht dass die uns hier vergiften wollen.«

Eigentlich wollte Mevlut Rayiha schreiben, was er beim Militär so erlebte, doch immer wieder hatte er Angst vor der eigenen Courage und kam lieber auf das Glut- und das Dolchäugige zurück. So schrieb er Briefe bis zum letzten Tag des Wehrdienstes, der erst nicht kommen, und als er dann da war, nicht vergehen wollte.

19. Mevlut und Rayiha

Von der Schwierigkeit, ein Mädchen zu entführen

Am Tag darauf, dem 17. März 1982, fuhr Mevlut mit dem ersten Bus von Kars nach Istanbul. In Tarlabaşı mietete er sich zwei Straßen unterhalb der Wohnung des Karlıova im zweiten Stock eines alten griechischen Hauses ein Zimmer und fing in einem einfachen Gasthaus als Kellner an. Auf dem Flohmarkt von Çukurcuma kaufte er einen (nicht wackelnden) Tisch und bei einem Straßentrödler vier Stühle, von denen zwei sogar gleich waren, und – kleiner Luxus – ein großes Bett mit einem verwitterten hölzernen Kopfteil, in das Vögel und Blätter hineingeschnitzt waren. Nach und nach richtete er das Zimmer wohnlich ein und stellte sich vor, dort eines Tages mit Rayiha ein glückliches Leben zu führen.

Anfang April sah Mevlut eines Abends im Haus seines Onkels Abdurrahman Efendi. Mit einer Schürze um saß er am Esstisch, trank seinen Raki und spielte selbstvergessen mit seinen Enkeln Bozkurt und Turan. Anscheinend war er ohne seine Töchter nach Istanbul gekommen. Onkel Hasan war nicht da. Er hatte sich angewöhnt, nach dem Abendgebet in der Moschee in seinen Laden zu gehen und alleine fernzusehen, während er auf Kundschaft wartete. Mevlut grüßte seinen zukünftigen Schwiegervater ehrerbietig, und der grüßte zurück, schien Mevlut aber kaum wahrzunehmen.

Bald entspann sich zwischen Korkut und Abdurrahman Efendi ein lebhaftes Gespräch über eine neue Spezies von Bankiers aus oft einfachsten Verhältnissen, die den Leuten rieten, ihr Geld nicht von der bei hundert Prozent liegenden Inflation auffressen zu lassen, sondern es lieber bei ihnen anzulegen. Sie boten bedeutend höhere Zinsen als die traditionellen Banken, doch inwieweit durfte man ihnen trauen?

Nach dem dritten Glas Raki schwadronierte Abdurrahman Efendi, seine drei Töchter seien Schönheitsköniginnen, eine wie die andere, und er lasse ihnen auf dem Dorf die allerbeste Bildung angedeihen. »Komm,

Papa, es reicht«, sagte Vediha, als sie die Kinder ins Bett brachte, und er ging ihr nach, ohne Umstände zu machen.

»Geh schon mal vor ins Kaffeehaus«, sagte Süleyman zu Mevlut.

»Was heckt ihr schon wieder aus?«, fragte Tante Safiye. »Macht von mir aus jeden Unsinn, aber mischt euch bloß nicht in die Politik ein. Verheiraten müsste man euch.«

Im Kaffeehaus erfuhr Mevlut aus dem Fernsehen, dass zwischen Argentinien und England ein Krieg ausgebrochen war. Er bewunderte gerade einen englischen Flugzeugträger, als Süleyman eintraf.

»Abdurrahman Efendi ist nach Istanbul gekommen, um sein Geld bei einem Bankier abzuheben und bei einem anderen einzuzahlen, der wahrscheinlich noch schlimmer ist. Ob er wirklich viel hat, haben wir nicht aus ihm rausgekriegt. Und dann sagt er noch, er ist wegen einer ›segensreichen Angelegenheit‹ da.«

»Was für eine segensreiche Angelegenheit?«

»Da hält einer um Rayihas Hand an. Einer von diesen Bankiers aus einem Provinzkaff. Teejunge soll er früher gewesen sein. Die Lage ist ernst. Abdurrahman ist dermaßen aufs Geld aus, dass er Rayiha dem Kerl auf der Stelle gibt. Es ist nicht mit ihm zu reden. Du musst Rayiha entführen.«

»Ist das dein Ernst? Mensch, Süleyman, wenn das so ist, dann hilf mir und ich entführe sie.«

»Meinst du, das ist so einfach? Wenn was schiefgeht und einer eine Kugel abkriegt, gibt es Blutrache, und die Leute knallen sich jahrelang gegenseitig ab und sind noch stolz darauf, weil es um die Ehre geht. Willst du das in Kauf nehmen?«

»Ich muss.«

»Ja, du musst schon. Aber keiner soll meinen, dass du ein Geizhals bist. Da sind Leute, die für Rayiha ein Vermögen zahlen würden, und was hast du zu bieten?«

Als sie sich fünf Tage später im gleichen Lokal wieder trafen und Süleyman gerade zusah, wie die Engländer die Falkland-Inseln eroberten, setzte sich Mevlut an den Tisch und holte aus der Tasche ein Papier.

»Da, schau dir das an«, sagte er stolz. »Das gehört jetzt dir.«

»Was ist das?«, fragte Süleyman. »Ach so, die Bescheinigung vom Gemeindevorsteher, für euer Haus. Gib mal her. Da steht ja auch der Name meines Vaters drauf, denn das Grundstück haben die zusammen eingezäunt. Warum bringst du mir das? Mit so was spielt man nicht, nur so zum Angeben. Falls die Grundstücke dort mal ins Grundbuch kommen, brauchst du den Zettel.«

»Gib ihn dem Buckligen Abdurrahman«, sagte Mevlut. »Und sag ihm, dass keiner seine Tochter so sehr liebt wie ich.«

»Das sag ich ihm schon, aber steck das da wieder ein.«

»Ich will damit nicht angeben, das ist mein Ernst.«

Als Mevlut am nächsten Morgen aus seinem Rakirausch erwachte, tastete er als Erstes nach dem Papier. Als es noch da war, wusste er nicht, ob ihn das nun freuen oder bekümmern sollte.

Zehn Tage später sagte Süleyman zu ihm: »Jetzt kannst du dich aber bedanken bei uns, und vor allem bei Vediha. Die ist für dich extra ins Dorf gefahren. Mal sehen, ob jetzt alles so läuft, wie du willst. Bestell mir erst mal einen Raki.«

Vediha hatte den dreijährigen Bozkurt und den zweijährigen Turan zum ersten Mal ins Dorf mitgenommen. Mevlut dachte, in dem staubigen Nest, in dem es kein fließendes Wasser gab und immer wieder der Strom ausfiel, würden die beiden Jungen nicht lange bleiben wollen, sodass Vediha bald zurück sein würde, aber das Gegenteil war der Fall. Immer wieder ging Mevlut nach Duttepe, weil er dachte, nun müssten sie doch endlich wieder da sein, aber es saß immer nur Tante Safiye ganz allein in dem stillen, dunklen Haus.

»Jetzt merke ich erst, wie sehr uns Vediha hier fehlt«, klagte Tante Safiye, als Mevlut wieder einmal spätabends bei ihr eintraf. »Seit sie weg ist, kommt Korkut abends manchmal gar nicht heim. Süleyman ist auch nicht da. Hier ist noch Linsensuppe, soll ich sie dir aufwärmen? Wir können ja fernsehen. Hast du gehört, dieser Bankier Kastelli ist abgehauen. Und die anderen gehen auch alle pleite. Hast du auch dein Geld bei so einem?«

»Ach, Tante Safiye, wo soll ich denn Geld herhaben?«

»Mach dir nichts draus. Irgendwann wirst du so viel verdienen, wie du nur willst. Aber Geld macht sowieso nicht glücklich. Schau nur, wie viel Korkut verdient, und er und Vediha sind jeden Tag wie Hund und Katze. Mir tun die Kinder leid, die nichts als Streit mitbekommen. Na ja. Hoffentlich wird das was mit deiner Sache.«

»Mit was für einer Sache?«, fragte Mevlut und drehte voller Herzklopfen den Kopf vom Fernseher weg, doch Tante Safiye gab keine Antwort.

Drei Tage später sagte Süleyman: »Gute Nachrichten. Vediha ist zurück. Rayiha soll sehr in dich verliebt sein. Wegen deiner Briefe. Von dem Bankier, mit dem ihr Vater sie verheiraten möchte, will sie nichts wissen. Auf dem Papier ist der Kerl sowieso bankrott, aber von Kunden soll er Dollars und Gold bekommen und die irgendwo vergraben haben. Wenn Gras über die Sache gewachsen ist, will er das Geld wieder ausbuddeln, und während die Einfaltspinsel, die bei ihm was angelegt haben, sich noch mit den Gerichten herumschlagen, will er mit Rayiha irgendwo leben wie ein König. Dem Bucklingen hat er haufenweise Geld angeboten. Falls der seine Zustimmung gibt, will der Kerl einstweilen mit Rayiha nach Deutschland gehen, bis sich hier der Sturm gelegt hat. Da, wo er sich momentan versteckt hält, lernt er angeblich schon Deutsch, und auch Rayiha soll zumindest so viel lernen, dass sie bei einem Metzger einkaufen kann, bei dem es kein Schweinefleisch gibt.«

»Dieser Dreckskerl!«, rief Mevlut aus. »Wenn ich Rayiha nicht entführen kann, bringe ich ihn um.«

»Du brauchst gar niemanden umzubringen. Wir fahren mit meinem Lieferwagen ins Dorf, und dann entführst du sie. Ich regle das alles für dich.«

Innig umarmte Mevlut seinen Cousin. In der Nacht konnte er vor lauter Aufregung kaum schlafen.

Als sie sich wieder trafen, hatte Süleyman schon alles ins Werk gesetzt: Am Donnerstagabend nach dem Gebetsruf sollte Rayiha im Hinterhof ihres Hauses auf Mevlut warten.

»Gut, fahren wir gleich los«, sagte Mevlut.

»Komm, setz dich wieder hin. Mit dem Lieferwagen brauchen wir nur einen Tag bis zum Dorf.«

»Aber was ist, wenn es stark regnet? Jetzt ist doch die Zeit der Überschwemmungen … Und in Beyşehir müssen wir auch noch Vorbereitungen treffen.«

»Müssen wir nicht. Wenn es dunkelt, wird das Mädchen genau da stehen, wo es stehen soll. Dann fahre ich euch zum Bahnhof. Rayiha und du, ihr nehmt den Zug, und ich fahre allein mit dem Lieferwagen wieder hierher, damit Rayihas Vater keinen Verdacht schöpft.«

Allein schon, dass Süleyman »Rayiha und du« sagte, ließ Mevlut vor lauter Glück erzittern. In seinem Gasthaus hatte er schon Urlaub genommen und diesen »wegen einer Familienangelegenheit« um eine Woche verlängert. Als er noch eine Woche unbezahlten Urlaub dranhängen wollte, murrte sein Chef. Da kündigte Mevlut ganz einfach.

In so einem stinknormalen Gasthaus würde er jederzeit wieder Arbeit finden. Auch schwebte ihm vor, ins Eisgeschäft einzusteigen. Er hatte einen Verkäufer kennengelernt, dem er seinen dreirädrigen Verkaufskarren und die Ausrüstung zum Eismachen abkaufen wollte, damit er im Ramadan gleich loslegen konnte.

Er räumte seine kleine Wohnung ordentlich auf und versuchte sich vorzustellen, wie sie Rayiha beim ersten Betreten gefallen würde. Sollte er noch einen Bettüberwurf kaufen, oder sollte das Rayiha entscheiden? Bei dem Gedanken, dass sie ihn in Unterhemd und Unterhose sehen würde, schämte er sich, aber zugleich freute er sich auf diese Vertrautheit.

SÜLEYMAN. Ich habe sie alle auf die Sache eingestimmt, meinen Bruder, Vediha, unsere Mutter, dann habe ich gesagt, dass ich mit dem Lieferwagen ein, zwei Tage unterwegs bin. Unseren Bräutigam, der vor Glück fast geplatzt ist, habe ich mir am letzten Abend noch mal zur Brust genommen.

»Hör zu, Junge, jetzt rede ich mal nicht als dein Cousin und dein bester Freund mit dir, sondern als Mitglied der Familie der Braut. Rayiha ist noch keine achtzehn. Falls also ihr Vater tobt und euch die Polizei auf den Hals hetzt, müsst ihr euch irgendwo verstecken, bis sie achtzehn ist, und solange könnt ihr auch nicht heiraten. Aber dass du sie früher oder später doch heiratest, musst du mir jetzt hoch und heilig versprechen.«

»Ich gebe dir mein Ehrenwort. Ich werde sie standesamtlich heiraten und vor dem Imam auch.«

Als wir am Morgen losgefahren sind, war Mevlut ganz aufgekratzt. Er hat jede Fabrik und jede Brücke angestaunt und geredet wie ein Wasserfall. »Fahr doch schneller«, hat er immer wieder gedrängt. Aber auf einmal ist er ganz kleinlaut geworden.

»Was ist denn los?«, habe ich ihn gefragt. »Kriegst du Schiss? Pass auf, wir kommen jetzt nach Afyon. Übernachten wir lieber nicht im Auto, sonst kommt womöglich eine Polizeistreife vorbei, und wir landen auf dem Revier. Ich weiß hier ein billiges Hotel, und ich zahle auch, was hältst du davon?«

Unter dem Hotel war ein Lokal, da haben wir noch zusammengesessen, und als Mevlut nach dem zweiten Glas Raki wieder davon angefangen hat, dass vom Militär gefoltert wurde, habe ich es nicht mehr ausgehalten.

»Hör mal zu, ich bin Türke, und auf unsere Armee lasse ich nichts kommen«, habe ich gesagt. »Mag ja sein, dass die es übertrieben haben mit dem Einsperren und dem Foltern und so, aber insgesamt bin ich froh über den Putsch. Schau doch mal, nicht bloß in Istanbul, in der ganzen Türkei ist wieder alles friedlich, die Wandschmierereien sind weg, die Linken und die Rechten massakrieren sich nicht mehr, im Verkehr herrscht Ordnung, die Puffs sind zu, und auf den Straßen treiben sich keine Kommunisten, Nutten, Zuhälter und Schwarzhändler mehr rum. Und gib doch mal zu, Mevlut, der Straßenverkauf, der hat ja sowieso keine Zukunft. Stell dir mal vor, da macht einer mitten in der Stadt einen Gemüseladen auf, zahlt eine Schweinemiete dafür, und dann kommst du daher und verkaufst auf dem Gehsteig vor seinem Laden deine Kartoffeln und Tomaten aus dem Dorf. Ist das vielleicht gerecht? Deswegen hat das Militär für Ordnung gesorgt. Wenn Atatürk länger gelebt hätte,

hätte er nach dem Fes auch den Straßenverkauf verboten, als Allererstes in Istanbul. In Europa gibt es so was ja auch nicht.«

»Ganz im Gegenteil«, hat Mevlut widersprochen, »als Atatürk mal von Ankara nach Istanbul gekommen ist, sind ihm die Straßen so still vorgekommen, und …«

»Und außerdem, sobald unser Volk mal nicht den Knüppel spürt, rennt es gleich den Kommunisten oder den Islamisten nach. Und dann sind da noch die Kurden, die die Türkei spalten wollen. Weißt du eigentlich, was dein Ferhat so macht?«

»Nein.«

»Ein Dreckskerl ist er, dein Ferhat.«

»Er ist mein Freund.«

»Na schön, dann bringe ich dich eben nicht nach Beyşehir, und du kannst sehen, wie du das Mädchen entführst.«

»Tu mir das nicht an, Süleyman.«

»Hör mal, ich liefere dir dieses wunderschöne Mädchen quasi frei Haus. Sie steht mit ihrem Bündel in der Hand da und wartet auf dich. Und damit nicht genug, ich karre dich auch noch siebenhundert Kilometer hin und zahle dafür das Benzin. Und das Hotel und den Raki. Dir dagegen kommt nicht ein einziges Mal über die Lippen, dass ich recht habe und Ferhat ein Schurke ist. Wenigstens Theater könntest du mal spielen und sagen, Süleyman, das stimmt schon, was du sagst. Aber nein. Na, wenn du schon so gescheit und uns allen überlegen bist, warum flehst du dann uns um Hilfe an?«

»Verzeih mir, Süleyman.«

»Sag's noch mal.«

»Verzeih mir, Süleyman.«

»Ich verzeih dir schon, aber ich will auch hören, warum du immer so bist.«

»Weil ich Angst habe, Süleyman.«

»Das brauchst du nicht. Wenn die rauskriegen, dass Rayiha weg ist, rennen sie natürlich erst mal in unser Dorf, aber ihr steigt auf den Hügel rauf. Vielleicht knallen sie der Form halber auch ein paarmal in die

Luft, aber keine Angst, auf der anderen Hügelseite warte ich mit dem Auto auf euch. Rayiha soll sich hinten reinsetzen, damit sie mich nicht erkennt. In Istanbul war sie schon mal in dem Lieferwagen, aber sie ist ja ein Mädchen und kann ein Auto nicht vom anderen unterscheiden. Von mir natürlich kein Wort. Fürchten brauchst du dich erst, wenn du in Istanbul mit dem Mädchen allein bist. Du hast noch nie mit einer Frau geschlafen, was?«

»Ach, Süleyman, nicht das fürchte ich, sondern dass sie nicht kommt.«

Am nächsten Morgen sind wir erst nach Akşehir gefahren und haben uns am Bahnhof umgesehen, dann haben wir auf schlechten, hügeligen Straßen die drei Stunden bis in unser Dorf zurückgelegt. Mevlut hätte zwar liebend gern seine Mutter besucht, aber um nicht alles zu gefährden, sind wir am Dorf vorbei und auf Gümüşdere zugefahren, wo wir außerhalb das Auto abgestellt und uns zum Haus von Abdurrahman Efendi geschlichen haben, um die genaue Lage zu erkunden. Dann sind wir zum Auto zurück, ein Stück weitergefahren, und ich habe wieder gehalten.

»Es ist nicht mehr lang bis zum Abendgebet«, habe ich gesagt. »Also, Mevlut, mach's gut.«

»Vielen, vielen Dank, Süleyman. Bete für mich.«

Wir sind beide ausgestiegen und haben uns umarmt. Fast wären mir die Tränen gekommen. Ich habe Mevlut nachgesehen, wie er ins Dorf zurückgestiefelt ist, und habe ihm bis ans Lebensende alles Gute gewünscht. Natürlich würde er bald herausfinden, dass das Mädchen ein anderes war. Während ich den Lieferwagen zu unserem Treffpunkt fuhr, habe ich überlegt, wie er wohl reagieren wird. Hätte ich ihm Böses gewollt und ihn betrügen wollen, wie manche wohl denken werden, hätte ich ihm doch das Papier für das Haus in Kültepe nicht zurückgegeben, oder? Es ist doch alles, was er besitzt. Na ja, eigentlich gehört es auch seiner Mutter und seinen Schwestern, aber da mische ich mich nicht ein.

Vor Schulprüfungen spürte Mevlut immer auf der Stirn und im Gesicht, dass ihm das Herz wie Feuer schlug. Als er nun auf Gümüşdere zuging, empfand er das wieder, aber viel stärker, am ganzen Körper.

Auf dem Friedhof am Dorfrand setzte er sich an ein Grab, blickte auf einen alten, vermoosten, geheimnisvoll verzierten Grabstein und dachte über sein Leben nach. »Lieber Gott, lass Rayiha bitte bitte kommen«, flehte er immer wieder. Er wollte beten, doch brachte er kein Gebet so richtig zusammen. »Wenn Rayiha kommt, lerne ich den Koran auswendig, dann kenne ich alle Gebete«, gelobte er. Er fühlte sich wie ein armseliges Menschenkind und betete voller Inbrunst, denn er hatte gehört, je flehender man bete, umso mehr helfe es.

Als es dunkel wurde, ging Mevlut zu der halbverfallenen Gartenmauer. In dem bewussten Fenster brannte kein Licht. Mevlut war noch etwas früh dran. Während er auf das Zeichen wartete, nämlich dass kurz das Licht eingeschaltet wurde, fühlte er sich wieder, wie schon vor dreizehn Jahren, als er mit dem Vater nach Istanbul gekommen war, als stünde er am Anfang seines Lebens.

Hunde bellten. Das Licht im Fenster ging an und gleich darauf wieder aus.

Teil IV
Juni 1982 – März 1994

Ihn erschütterte, auch in der Außenwelt Spuren
von dem zu finden, was ihm bis dahin als nur Ausgeburt
seines kranken Gehirns galt.
James Joyce, »Ein Porträt des Künstlers als junger Mann«

I. Mevlut und Rayiha heiraten

Nur der Tod kann uns scheiden

SÜLEYMAN. Was meinen Sie, wann Mevlut gemerkt hat, dass er nicht die schöne Samiha entführt hatte, sondern die eher unschöne Rayiha? Schon gleich im dunklen Garten, sobald er sie gesehen hat? Beim Davonlaufen über Stock und Stein? Als er sich im Auto neben mich gesetzt hat, wusste er da schon Bescheid? »Du kriegst ja den Mund nicht mehr auf«, habe ich gesagt, um ihn zum Reden zu bringen. »Etwas nicht in Ordnung?« Aber er hat sich nichts anmerken lassen.

Als sie aus dem Zug ausstiegen und mit dem Dampfer von Haydarpaşa nach Karaköy hinüberfuhren, dachte Mevlut nicht an Heirat und Ehe, sondern nur, dass er mit Rayiha, die voll kindlichem Erstaunen dem Treiben auf der Galata-Brücke und dem Rauch der Dampfer zusah, bald endlich in einem Zimmer allein sein würde.

Mit dem Schlüssel, den er in der Tasche hütete wie ein Juwel, sperrte er die Wohnung auf und merkte augenblicklich, dass diese sich in den drei Tagen seiner Abwesenheit verändert hatte. War sie Anfang Juni morgens sogar noch eher kühl gewesen, hatten nun drei heiße Tage genügt, um sie in einen Brutofen zu verwandeln. Das Linoleum roch aufdringlich nach einer Mischung aus billigem Plastik, Wachs und Jute. Von draußen tönte der Verkehrslärm von Beyoğlu und Tarlabaşı herein, den Mevlut ansonsten mochte.

RAYIHA. »Eine schöne Wohnung«, habe ich gesagt. »Aber gelüftet müsste mal werden.« Ich wollte das Fenster öffnen, hatte aber Mühe mit dem Drehriegel, und Mevlut ist herbeigeeilt und hat mir geholfen. Ich habe mir gedacht, wenn man die Wohnung richtig durchputzt und von Spinnweben befreit, wird bestimmt auch so einiges an Enttäuschungen und Befürchtungen mit rausgewaschen, oder an Dämonen, die Mevlut vielleicht heimsuchen. Die ganze Anspannung, allein miteinander in einem Raum zu sein, ist von uns abgefallen, sobald wir auf der Straße waren, um Schmierseife, einen Eimer und Lappen zu kaufen,. Es war früher Nachmittag, und wir sind von Geschäft zu Geschäft gezogen, haben in Auslagen geschaut und eingekauft. Mit Schwämmen, Bürsten und Putzmitteln beladen sind wir in die Wohnung zurück und haben Großputz gemacht, und zwar so eifrig, dass unsere Scheu voreinander allmählich weggegangen ist.

Am Abend war ich schweißgebadet. Mevlut hat mir gezeigt, wie ich den Durchlauferhitzer anzünden muss, wie die Gasflasche aufgeht und welcher Griff für das warme Wasser ist. Um in das dunkle Loch des Durchlauferhitzers ein brennendes Streichholz zu stecken, habe ich auf einen Stuhl steigen müssen. Wenn ich mich wasche, sollte ich das Fensterchen mit der Milchglasscheibe, das auf den Luftschacht hinausging, einen Spalt weit aufmachen.

»Dann kann der Dunst raus, aber dich kann trotzdem keiner sehen«, hat Mevlut geflüstert. »Ich bin jetzt eine Stunde weg.«

Es war Mevlut klar, dass Rayiha sich nicht ausziehen und waschen würde, solange er in der Wohnung war. Er ging in eines der Kaffeehäuser an der İstiklal-Straße. An Winterabenden war es hier voller Hausmeister, Losverkäufer, Fahrer und müder Verkäufer, nun aber war das Lokal fast leer. Mevlut starrte auf den Tee vor sich und dachte an Rayiha, die sich wohl gerade wusch. Woher wollte er eigentlich wissen, dass ihre Haut ganz weiß war? Na, an ihrem Hals hatte er das gesehen! Warum hatte er bloß »eine Stunde« gesagt? Nun wurde ihm die Zeit lang. Auf dem Grund seines Glases sah er ein einsames Teeblatt.

Um nicht zu früh nach Hause zu kommen, trank er erst noch ein Bier, dann ging er in Tarlabaşı spazieren. Es war ein schönes Gefühl, sich in diesen Straßen heimisch zu fühlen, in denen jeder jeden kannte, Kinder kreischend Fußball spielten und Frauen draußen vor dem Eingang der dreistöckigen Häuser saßen und Reis auslasen.

Mit einem Wassermelonenverkäufer, der seine Ware unter einem improvisierten Sonnenschutz ausgebreitet hatte, feilschte er ein wenig herum und klopfte an ein paar Melonen, um zu erspüren, ob sie reif genug waren. Auf eine Melone saß eine Ameise, und als Mevlut die Frucht drehte, kroch die Ameise rasch wieder hoch, ohne herunterzufallen. Er ließ die Melone mit dem geduldigen Tierchen darauf abwiegen, ging nach Hause und legte sie wortlos auf den Küchentisch.

RAYIHA. Als ich aus dem Bad gekommen bin und frische Kleider anhatte, habe ich mich ohne Kopftuch aufs Bett gelegt, mich zur Wand gedreht und bin sofort eingeschlafen.

Leise trat Mevlut ans Bett. Er sah die liegende Rayiha lange an und wusste genau, dass er diesen Augenblick nie vergessen würde. Ihr Körper unter den Kleidern und ihre Füße sahen so zart und schön aus. Bei jedem Atemzug regten sich ihr Arm und ihre Schulter ganz leicht. Auf einmal merkte Mevlut, dass sie nur mehr so tat, als ob sie schliefe. Behutsam legte er sich neben sie auf das Doppelbett.

Sein Herz schlug wie wild. Wenn er sich jetzt daranmachte, mit ihr zu schlafen – wie genau das geschehen sollte, wusste er ohnehin nicht, – würde er damit ihr Vertrauen missbrauchen.

Sie hatte sich auf ihn verlassen, ihr Leben in seine Hände gelegt, und obwohl sie noch nicht verheiratet waren und sich nie liebkost hatten, hatte sie ihr Kopftuch abgenommen und ihm ihre schönen Haare gezeigt. Während Mevlut ihre langen Locken bewunderte, spürte er schon, dass er sie gerade wegen dieser Hingabe noch mehr lieben würde. Er war nicht mehr allein auf der Welt. Sie da vor sich atmen zu sehen, erfüllte ihn mit unbeschreiblichem Glück. Noch dazu hatten seine Briefe ihr gefallen.

Sie schliefen ein. Irgendwann in der Nacht umarmten sie einander, mehr nicht. Mevlut merkte wohl, dass ihnen im Dunkel leichter gefallen wäre, sich zu lieben, doch wollte er dies beim ersten Mal bei Tageslicht tun und ihr dabei in die Augen schauen. Als sie sich aber am Morgen anblickten, schämten sie sich und fanden sogleich etwas anderes zu tun.

RAYIHA. Am nächsten Morgen habe ich Mevlut wieder dazu gebracht, dass wir zum Einkaufen gegangen sind. Ich habe eine Plastiktischdecke ausgesucht, einen blaugeblümten Bettüberzug, einen Kunststoffbrotkorb in Strohimitation und eine Plastikzitronenpresse. Dass ich mir nur so, ohne was kaufen zu wollen, noch vieles andere angeschaut habe, Pantoffeln, Tassen, Einmachgläser, Salzstreuer, hat Mevlut ermüdend gefunden.

Als wir zu Hause auf dem Bettrand gesessen haben, habe ich gefragt: »Es weiß doch niemand, dass wir hier sind, oder?«

Darauf hat Mevlut mich mit seinen Kinderaugen so innig angesehen, dass ich verlegen aufgestanden bin und gesagt habe: »Das Essen ist auf dem Herd.« Am Nachmittag ist die kleine Wohnung von der Sonne so aufgeheizt worden, dass ich mich müde aufs Bett gelegt habe.

Als Mevlut sich zu ihr legte, küssten sie sich zum ersten Mal. Mevlut sah, dass sie sich ihrer kindlichen Finte schämte, und begehrte sie noch mehr. Doch je mehr ihre Lust anschwoll, umso nervöser wurden die beiden. Irgendwann ließ Mevlut die Hand unter Rayihas Kleid gleiten und fasste sie an der linken Brust. Fast schwindlig wurde ihm dabei.

Als Rayiha ihn zurückstieß, stand er beleidigt auf. Bevor er entschlossenen Schrittes zur Wohnungstür hinausging, wandte er sich um und sagte: »Keine Sorge, ich bin dir nicht böse. Ich bin bald wieder da.«

Hinter der Ağa-Moschee arbeitete ein kurdischer Schrotthändler, der in Ankara auf einer Imam-Schule gewesen war. Zu ihm konnte kommen, wer schon standesamtlich verheiratet war, aber auch noch geistlichen Segen wollte, ferner, wer daheim auf dem Dorf zwar schon eine Frau hatte, nun aber in Istanbul in eine andere verliebt war, oder wer als junges Paar, das sich nur heimlich treffen konnte, die Dinge schon zu weit getrieben hatte und nun von Schuldgefühlen geplagt war. Ihnen allen ließ der Mann für ein Taschengeld eine rasche religiöse Zeremonie angedeihen. Gern wies er darauf hin, dass er der Glaubensrichtung der Hanafiten angehöre, denn nur ein solcher könne junge Menschen trauen, bei denen die Eltern sich gegen eine Hochzeit sträubten.

Als Mevlut in den mit alten Heizkörpern, Ofentüren und verrosteten Motoren vollgestellten Laden kam, fand er den Mann ganz hinten, vor einer Zeitung, auf die ihm der Kopf herabgesunken war.

»Hodscha, ich möchte nach den Regeln unserer Religion heiraten.«

»Jaja, schon gut, aber warum diese Eile? Um eine Zweitfrau zu nehmen, bist du weder reich noch alt genug.«

»Ich habe ein Mädchen entführt!«

»Doch mit ihrer Einwilligung?«

»Wir sind verliebt ineinander.«

»Tja, leider gibt es ja immer wieder Schweinekerle, die zwar von Liebe reden, aber ein Mädchen mit Gewalt entführen. Dann kriegen sie oft genug auch noch die arme Familie des Mädchens herum, dass sie in eine Heirat einwilligt.«

»Ich bitte Sie!«, sagte Mevlut entrüstet. »Wir wollen beide aus freien Stücken und aus Liebe heiraten.«

»Die Liebe ist eine Krankheit«, dozierte der Hodscha. »Und als Notfallmedizin hilft dagegen, da hast du schon recht, die Ehe. Wenn aber das Typhusfieber gefallen ist, musst du dein Leben lang eine bittere Medizin einnehmen, und dann wirst du schnell bereuen.«

»Ich werde gar nichts bereuen.«

»Wozu dann die Eile? Hattet ihr noch nicht eure Hochzeitsnacht?«

»Erst wenn wir richtig verheiratet sind.«

»Dann ist entweder das Mädchen nicht hübsch, oder du bist sehr naiv. Wie heißt du? Du bist ein hübscher Junge. Komm, trink einen Tee mit mir.«

Ein bleicher Lehrling mit riesigen grünen Augen brachte ihnen Tee, den Mevlut hinunterstürzte, um die Sache kurz zu halten, doch der Hodscha klagte erst einmal, wie schlecht sich alles entwickle, denn das gehörte zum Feilschen über den Preis dazu. Leider gebe es immer weniger junge Leute, die eine religiöse Zeremonie wollten, weil sie einander küssten und befummelten, die aber am Abend, wenn sie wieder jeder für sich bei den Eltern saßen, nichts davon erzählten, dass sie am Morgen praktisch geheiratet hatten.

»Viel Geld habe ich aber nicht«, sagte Mevlut.

»Hast du sie etwa deshalb entführt? Unter so hübschen Kerlen wie dir gibt es gerade genug, die ihr Mädchen im Stich lassen, sobald sie sich mit ihr ausgetobt haben. Was habe ich nicht schon an hübschen, aber törichten Mädchen gesehen, die sich wegen Kerlen wie dir entweder umgebracht haben oder im Bordell gelandet sind.«

»Sobald sie achtzehn ist, heiraten wir auch standesamtlich«, versicherte Mevlut kleinlaut.

»Na gut, dann tu ich's mal, weil du es bist. Wo soll ich hinkommen?«

»Kann es nicht hier gemacht werden, und am besten ohne dass das Mädchen dabei sein muss?«, fragte Mevlut und ließ dabei seinen Blick über die verstaubten Schrottteile schweifen.

»Für die Trauung selbst nehme ich nichts, aber für den Raum schon«, erwiderte der Mann.

RAYIHA. Als Mevlut weg war, bin ich aus dem Haus und habe bei einem Straßenhändler zwei Kilo schon etwas weiche, aber recht billige Erdbeeren und beim Krämer ein Paket Zucker gekauft. Damit habe ich Erdbeermarmelade gekocht. Als Mevlut nach Hause gekommen ist, hat er ganz erfreut den Kochdampf eingesogen. Mir ist er nicht weiter näher gekommen.

Am Abend sind wir ins Lale-Kino gegangen und haben uns zwei Filme angesehen, einen mit Hülya Koçyiğit und einen mit Türkan Şoray. Es war so feucht im Kino, dass die Sitze fast nass waren. Als Mevlut mir in der Pause gesagt hat, dass wir am nächsten Tag heiraten würden, habe ich vor Rührung ein bisschen geweint. Trotzdem habe ich mir den zweiten Film sehr interessiert angeschaut. Ich war überglücklich.

»Bis dein Vater uns seine Erlaubnis gibt oder du achtzehn wirst, heiraten wir eben erst mal so, dann kann keiner mehr uns trennen«, hat Mevlut nach dem Film gesagt. »Ich kenne da einen Schrotthändler, bei dem im Laden können wir das machen. Du brauchst aber nicht mitzukommen, ich habe ihn extra gefragt. Es genügt, wenn du jemandem eine Vollmacht gibst.«

»Nein, ich will schon kommen«, habe ich ganz ernst gesagt, und damit Mevlut nicht erschrickt, habe ich gleich darauf gelächelt.

Dann gingen Mevlut und Rayiha nach Hause. Wie zwei Fremde, die sich in einem Provinzhotel ein Zimmer teilen müssen, zogen sie sich schamhaft für die Nacht um. Ohne sich anzuschauen, löschten sie das Licht und legten sich hin, Rayiha mit dem Rücken zu Mevlut und auf Abstand bedacht. In Mevlut mischten sich Freude und Furcht ab. Er dachte, dass er bis zum Morgen nicht würde einschlafen können, und da schlief er auch schon.

Als er mitten in der Nacht wach wurde, war er in den Erdbeerdunst aus Rayihas Haut und den von ihrem Hals ausgehenden Duft nach Kinderkeks eingehüllt. Sie schwitzten beide und waren von Mücken zerfressen. Im Schlaf hatten sie sich aneinandergeschmiegt. Mevlut sah den nachtblauen Himmel und die Neonlampen draußen und meinte schon, sie flögen irgendwo außerhalb der Welt dahin, seien im schwerelosen Raum in ihre Kindheit zurückgekehrt, da sagte Rayiha plötzlich: »Wir sind noch nicht verheiratet«, und stieß ihn von sich.

Von einem früheren Kellner aus dem Karlıova erfuhr Mevlut, dass Ferhat vom Wehrdienst zurück war. Mit Hilfe eines der Tellerwäscher aus Mardin fand er die armselige Junggesellenbehausung in Tarlabaşı, in der Ferhat nun zusammen mit lauter zehn Jahre jüngeren Kerlen wohnte, zumeist kurdischen Aleviten aus Tunceli oder Bingöl, die noch zur Schule gingen und nebenbei Geschirr wuschen. Das stinkende Loch passte so gar nicht zu Ferhat, und Mevlut war erleichtert zu hören, dass sein Freund zum Teil auch wieder bei den Eltern wohnte. In der Behausung, in der Ferhat anscheinend die Rolle des väterlichen Freundes innehatte, wurden auch Geschäfte mit Haschisch und geschmuggelten Zigaretten betrieben, was seit dem Putsch nicht mehr so leicht war, und es spielte in das Zusammenleben wohl auch so einiges an politischer Wut und Solidarität mit hinein, doch genauer fragte Mevlut nicht nach. Ferhat war durch seine Erlebnisse beim Wehrdienst und durch die Erzählungen von Bekannten, die im Gefängnis von Diyarbakır gefoltert worden waren, sehr berührt und dadurch politisiert worden.

»Du solltest heiraten«, sagte Mevlut.

»Ich muss hier in der Stadt ein Mädchen auftreiben. Oder vom Dorf eine entführen. Ansonsten habe ich zum Heiraten kein Geld.«

»Ich habe eine entführt. Mach du das doch auch. Und danach machen wir zusammen ein Geschäft auf und werden reich.«

Mit reichlich Ausschmückungen und Abweichungen gab Mevlut seine Geschichte zum Besten, in der weder Süleyman noch der Lieferwagen vorkamen. Verfolgt von Rayihas Vater, seien die beiden eine ganze Nacht lang Hand in Hand über schlammige Wege bis zum Bahnhof von Akşehir gehetzt.

»Und ist Rayiha wirklich so schön, wie wir sie in den Briefen beschrieben haben?«, fragte Ferhat aufgeregt.

»Noch schöner sogar. Und gescheit ist sie auch noch. Aber ihre Familie und Korkut und Süleyman und die Vurals, die sind auch hier in Istanbul hinter uns her.«

»Diese Faschistenschweine«, stieß Ferhat hervor und erklärte sich sofort bereit, Trauzeuge zu werden.

RAYIHA. Ich habe mein langes geblümtes Kleid und darunter meine Jeans angezogen und ein violettes Kopftuch aufgesetzt, das ich mir hier gekauft habe. In der İstiklal-Straße haben wir uns in einem Imbiss mit Ferhat getroffen. Ein hochgewachsener, höflicher Mann mit einer breiten Stirn. Er hat uns beiden Kirschsaft bestellt und zu mir gesagt: »Gratuliere, du hast es gut getroffen mit dem Kerl. Na ja, ein bisschen seltsam ist er ja schon, aber er hat ein Herz aus Gold.«

Der Schrotthändler hatte im Krämerladen nebenan noch einen Trauzeugen aufgetrieben und hat aus einer Schublade ein zerfleddertes Heft in arabischer Schrift herausgeholt. Das hat er aufgeschlagen und dann jeden nach seinem Namen und dem Namen seines Vaters gefragt und alles gemächlich aufgeschrieben. Wir haben alle gewusst, dass die Sache keinerlei offizielle Gültigkeit hat, aber das mit der arabischen Schrift war schon beeindruckend.

»Wie viel Brautgeld zahlst du? Und was gibst du ihr, falls ihr euch trennt?«, hat der Mann gefragt.

»Brautgeld?«, hat Ferhat protestiert. »Er hat sie entführt.«

»Und wenn ihr euch scheiden lasst?«

»Nur der Tod kann uns trennen«, hat Mevlut gesagt.

»Schreib als Brautgeld zehn Reşat-Goldmünzen und als Trennungsgeld sieben Cumhuriyet-Goldmünzen«, hat der andere Brautzeuge vorgeschlagen.

Das ist Ferhat immer noch viel zu viel gewesen. Aber der Schrotthändler ist auf den Ausgang zugegangen, wo die große Waage stand.

»Hm, dann werde ich wohl die Hochzeit nicht nach den Regeln der Scharia durchführen können. Ohne religiöse Trauung gilt jeglicher Kontakt als Sünde. Außerdem ist das Mädchen noch zu jung.«

»Ich bin nicht zu jung, ich bin schon siebzehn«, habe ich gerufen und die Geburtsurkunde vorgezeigt, die ich meinem Vater aus dem Schrank stibitzt hatte.

Ferhat hat den Schrotthändler beiseitegenommen und ihm Geld zugesteckt.

»Sagt mir nach, was ich euch jetzt vorlese«, hat der Mann daraufhin gesagt.

Mevlut und ich haben uns in die Augen gesehen und eine ganze Weile arabische Sätze wiederholt.

»Großer Gott, lass deinen Segen über dieser Ehe walten!«, hat der Schrotthändler danach ausgerufen. »Lass deinen Schäfchen Mevlut und Rayiha Eintracht, Friede, Liebe und ihrer Ehe Beständigkeit zuteilwerden, und schütze sie vor Hass, vor Streit und vor Trennung, o Herr!«

2. Mevlut als Eisverkäufer

Die glücklichsten Tage seines Lebens

Zu Hause gingen sie sofort ins Bett und schliefen miteinander. Was sie zuvor trotz aller Begierde und Neugier nicht hatten tun können, galt ihnen nun, da sie verheiratet waren, geradezu als Pflicht, was sie doch sehr erleichterte. Aus dieser Unausweichlichkeit heraus schämten sie sich weniger, sich gegenseitig nackt zu sehen (wenn auch nicht ganz und gar) und all die Stellen zu berühren, die wie Feuer brannten. Ihre Blicke besagten: »Ja, man geniert sich schon dabei, aber wir müssen es nun mal tun.«

RAYIHA. Ach, wäre es doch bloß dunkel gewesen! Es war so peinlich, wenn unsere Blicke sich getroffen haben. Die verschossenen Vorhänge haben an so einem Sommertag die Nachmittagssonne nicht abgehalten. Ein paarmal habe ich Mevlut wegdrücken müssen, wenn er gar zu wild geworden ist. Aber es hat mir doch gefallen, dass er so entschlossen war, denn so habe ich mich ganz ihm überlassen können. Zweimal habe ich sein Ding gesehen, da habe ich mich vor Schreck ganz eng an ihn geschmiegt wie an ein kleines Kind, um mir den Anblick zu ersparen.

Von der im Dorf genossenen religiösen Erziehung her wussten sowohl Mevlut als auch Rayiha, dass ganz im Gegenteil zu dem, was ihre Freunde so manchmal erzählt hatten, zwischen Ehegatten nichts Unanständiges geschah, und sie merkten ja auch, dass ihre anfängliche Scham immer mehr von ihnen abfiel und sie wohl ihr Geschlechtsleben mit der Zeit als etwas höchst Menschliches, Reifes erleben würden.

»Ich habe furchtbar Durst«, sagte Mevlut einmal fast röchelnd.

Das ganze Zimmer schien zu schwitzen, die Wände, das Fenster, die Decke.

»Neben dem Krug ist ein Glas«, sagte Rayiha und verkroch sich unter der Bettdecke.

Aus ihren Blicken erfühlte Mevlut, dass sie gleichsam nicht aus ihrem Körper heraus, sondern von irgendwo draußen auf die Welt sah. Und als er sich das Glas auf dem Tisch vollschenkte, meinte er selbst auch aus seinem Körper herauszuschweben und nur noch Seele zu sein. Er reichte seiner Frau das Glas und empfand, dass Sexualität zugleich unanständig und peinlich war und doch auch etwas Religiöses an sich hatte. Wenn sie ihr Wasser tranken, blieb ihnen ja fast nichts anderes übrig, als dabei den Körper des anderen zu betrachten. Sie schämten sich und wunderten sich zugleich über das Leben.

Mevlut erschien es, als ob von Rayihas weißem Körper ein Licht ins Zimmer strahlte. An den geröteten Stellen auf ihrer Haut mochte wohl er schuld sein, dachte er auf einmal. Sie krochen wieder unter die Decke und umarmten sich in dem beruhigenden Bewusstsein, dass alles seine Ordnung hatte. Mevluts Mund entströmten auf einmal zärtliche Worte, die er sich keineswegs zurechtgelegt hatte.

»Mein Schatz. Mein Ein und Alles. Ich habe dich so lieb …«

Diese Worte, die seine Mutter und seine Schwestern zu ihm gesagt hatten, als er klein war, sagte er nicht laut, wie jene es damals taten, sondern flüsterte sie, innig, wie ein Geheimnis, so flehentlich wie jemand, der Angst hat, sich im Wald zu verirren. Sie schliefen ein, wachten auf, liebten sich wieder, standen im Dunkel auf, um einen Schluck Wasser zu trinken, bis in den Morgen hinein. Das Herrlichste an der Ehe war ja, dass man miteinander schlafen konnte, wann und wie lange man wollte.

Als sie am Morgen auf dem Laken rote Flecken fanden, waren sie einerseits peinlich berührt, aber doch auch insgeheim erfreut, war dies doch das Zeichen, dass Rayiha noch Jungfrau gewesen war. Sie sprachen das Thema nicht an, doch als Mevlut im Sommer zusammen mit Rayiha das Kirscheis zubereitete, das er abends verkaufen würde, fiel ihm dabei immer wieder auf, wie ähnlich doch die beiden Farben waren.

RAYIHA. Mevlut fastet im Ramadan seit dem Jahr, als er nach der Grundschule im Dorf geblieben ist, und ich schon seit meinem zehnten Lebensjahr. Einmal, als Samiha und ich dösend dagelegen und auf das Fastenbrechen am Abend gewartet haben, ist Vediha mit einem Tablett in der Hand hereingekommen, und plötzlich ist ihr schwarz vor den Augen geworden, und sie ist umgefallen wie ein Minarett bei einem Erdbeben. Wir haben daraus gelernt, dass man sich beim Fasten immer gleich hinsetzen muss, wenn einem schwindlig wird. Manchmal sind wir aber zum Spaß erst recht stehengeblieben, haben ein bisschen getaumelt und uns dann lachend zu Boden geworfen. Jedes Kind weiß, dass sich Paare in der Fastenzeit tagsüber nicht näher kommen dürfen. Als aber drei Tage nach unserer Hochzeit der Ramadan begonnen hat, haben Mevlut und ich an unserem Wissen zu zweifeln begonnen.

Hodscha, darf man im Ramadan jemandem die Hand küssen? Wohl schon. Und die Schulter? Dann ja wohl auch. Darf man seine rechtmäßige Ehefrau auf den Hals küssen? Und auf die Wange? Laut dem Amt für Religionsangelegenheiten darf man sich küssen, solange das nicht zu Weiterem führt, und zwar sogar auf den Mund, wenn dabei kein Speichel ausgetauscht wird. Das sagt der Schrotthändler. Er behauptet, dass sein Wort gilt, weil er uns ja getraut hat, und deshalb hört Mevlut vor allem auf ihn. In unserer Religion ist ja vieles Auslegungssache. Von Vediha weiß ich, dass die Jungen, die sich an heißen Ramadan-Tagen allein irgendwohin an den Bach verziehen und dort unanständig an sich herumspielen, als Begründung dafür sagen: »Der Imam hat ja nur gesagt, man soll seinem Ehepartner nicht näher kommen, aber sich selber wird man ja noch näher kommen dürfen!« Vielleicht steht ja nicht mal im Koran, dass man sich im Ramadan nicht lieben darf.

Nun, jetzt ist es ja wohl klar: Wir haben uns an den langen heißen Ramadan-Tagen nicht beherrschen können und schon tagsüber miteinander geschlafen. Wenn das eine Sünde ist, stehe ich dazu, weil ich meinen Mevlut eben so lieb habe. Und wir schaden doch keinem damit! Und wer uns jetzt als Sünder bezeichnet, den möchte ich mal fragen: »Was glauben Sie eigentlich, was die Tausenden von jungen Leuten, die vor dem Ramadan noch schnell verheiratet werden und zum ersten Mal im Leben mit jemandem schlafen, an den langen Ramadan-Tagen, die einen ganz schummrig werden lassen, in ihren Häusern wohl tun?

Den dreirädrigen Eiswagen, die langen Löffel und das Holzfass hatte Mevlut von dem Eisverkäufer Hızır, der zum Ramadan in sein Dorf bei Sivas fuhr. Wie so manche Straßenverkäufer, die während ihrer Abwesenheit ihre Stammkunden nicht verlieren wollten, überließ Hızır den Sommer über sowohl seine Kunden als auch sein Gefährt jemand anderem.

Viel Miete verlangte er dafür nicht, da er auf Mevluts Ehrlichkeit und Gewissenhaftigkeit baute. Er lud Mevlut zu sich nach Hause in ein Gässchen in Dolapdere ein, und während Rayiha und Hızırs kleine, rundliche Frau aus Gümüşhane sich rasch anfreundeten, ließ Mevlut sich erklären, wie genau er beim Eismachen vorgehen musste, wie oft er in jedem Eimer energisch und rhythmisch umrühren musste, damit genau die richtige Konsistenz erreicht wurde, und wie viel Säure in den Zitronensaft und wie viel Farbe in den Kirschsaft musste. Eis sei vor allem etwas für Kinder und für Erwachsene, die sich immer noch für Kinder hielten, sagte Hızır. Sorgfältig zeichnete er auf ein Blatt Papier, durch welche Straßen Mevlut ziehen sollte und zu welcher Zeit an welcher Ecke besonders viel los war. Wenn Mevlut danach abends seinen Eiswagen vom oberen Teil von Tarlabaşı über den Taksim-Platz in Richtung auf die Sıraselviler Straße schob, hatte er diesen Plan immer im Kopf.

Auf dem kleinen weißen Eiswagen stand in roten Lettern:

HIZIRS EIS
Erdbeere, Kirsche, Zitrone,
Schokolade, Sahne

Manchmal, spätabends, wenn Mevlut eine der Sorten schon ausgegangen war und er sich sehr nach Rayiha sehnte, kam es vor, dass ein Kunde, zu dem Mevlut »Kirsche habe ich nicht mehr« sagte, ihm zurückgab: »Warum schreiben Sie dann Kirsche drauf?« Mevlut wollte dann sagen, »Das habe ja nicht ich geschrieben«, aber wenn ihm einfiel, wie glücklich er mit Rayiha war, gab er einfach gar keine Antwort. Die alte Glocke seines Vaters ließ er zu Hause und benutzte lieber die fröhlichere, lautere, die ihm Hızır gegeben hatte, und die er auch so schwang, wie Hızır es ihm beigebracht hatte, nämlich so flatternd wie ein bei Sturm draußen aufgehängtes Taschentuch. Dazu stimmte er im gleichen Ton wie Hızır sein langgezogenes »Eiiiiiis! Leckeres Eiiiiiis!« an. Die Kinder, die von überall wie Springteufel herbeirannten, sobald sie seine Glocke hörten, von Straßenecken, aus Häusern und Moscheehöfen und von Bäumen herunter, riefen ihm zu: »Du bist ja gar nicht Hızır!« Dann sagte er: »Ich bin sein Bruder. Hızır ist in seinem Dorf, auf einer Hochzeit.«

Da Mevlut sein Wägelchen nicht unbeaufsichtigt lassen wollte und daher nicht gut in die Häuser hineinkonnte, schickten die Leute meist jemanden auf die Straße hinunter. Und schnell sah er ein, dass es der Sorgfalt eines Apothekers bedurfte, der eine Medizin zusammenmischt, um im Licht einer Straßenlaterne die acht oder zehn Teegläser, die ihm auf einem großen Silber- oder Perlmutttablett ein Dienstmädchen hinhielt oder die mit einem Korb heruntergelassen wurden, mit genau den diversen Eismischungen zu befüllen, die auf einem krakelig geschriebenen Zettel standen. Bevor er damit fertig war, hatte er oft genug schon wieder neue Kunden vor sich, und die Kinder, die um ihn herumstanden wie Fliegen um einen Marmeladenteller und ständig schwätzten, wurden immer ungeduldiger. Manchmal, zu besonderen Gebetszeiten etwa, stand nicht nur vor seinem Eiswagen niemand, sondern die ganze Straße war menschenleer, aber es wurde dennoch ein Dienstmädchen mit dem Tablett hinuntergeschickt, und oben aus dem fünften Stock plärrten dann sämtliche Kinder, Fußball schauenden Männer, fröhlichen Gäste, geschwätzigen Tanten, verwöhnten jungen Mädchen und schüchtern-nervösen Jungen einer nach dem anderen auf die Straße hinab, was genau für Sorten und mit wie viel Sahne sie haben wollten, und welche Kugel in der Waffel unten und welche oben sein sollte. Manchmal bestanden Leute darauf, dass er zu ihnen hinaufkam, und dann sah er, wie neben einer üppig gedeckten Tafel Kinder auf dem Teppich Purzelbäume schlugen oder wie unaufgeräumt es bei reichen Leuten in der Küche zugehen konnte. Manche Kunden schlossen aus seinem Geklingle, dass er ganz einfach Hızır sein müsse, und begrüßten ihn, sogar wenn sie direkt vor ihm standen, mit »Hızır, na, wie geht's denn so, gut sehen Sie aus«, und Mevlut ging darauf ein und bedankte sich und erzählte, er sei gerade auf einer Hochzeit in seinem Dorf gewesen, und im Ramadan liefen die Geschäfte dieses Jahr besonders gut. Hinterher aber hatte er ein schlechtes Gewissen.

Ein noch schlechteres Gewissen hatte er immer dann, wenn er der Versuchung nicht widerstand und mit Rayiha noch vor dem Fastenbrechen schlief. Genau wie Rayiha war auch Mevlut klug genug, um zu begreifen, dass er gerade die glücklichsten Tage seines Lebens verbrachte und sein Glück sogar so groß war, dass keine Gewissensqual dagegen ankam, und so schloss er daraus, dass sein Gefühl noch einer tieferen Quelle entsprang: Ihm war nämlich, als sei er unverdientermaßen ins Paradies gelassen worden.

Noch bevor es halb elf war und er auch nur die Hälfte der von Hızır aufgezeichneten Strecke bewältigt hatte, sehnte er sich ganz gewaltig nach Rayiha. Was sie wohl zu Hause gerade machte? Als die zweite Ramadan-Woche vorbei war, gingen sie in der Zeit, die sie vom Eis- und Liebemachen abknapsen konnten, zweimal in ein Kino in Beyoğlu, in dem sie um den Preis eines großen Eises drei Komödien mit Kemal Sunal und Fatma Girik anschauten. Mevlut dachte, wenn er einen gebrauchten Fernseher kaufte, würde Rayiha sich zu Hause wohl nicht so langweilen.

Abend für Abend kam er ganz zum Schluss an einen Treppenabsatz, von dem aus man Zehntausende von beleuchteten Fenstern sah. An dieser Stelle, an der er – wie zu Anfang des Buches berichtet – zwölf Jahre später überfallen werden sollte, sah Mevlut auf die im Dunkel vorbeiziehenden Öltanker und die Leuchtschriften zwischen den Minaretten und dachte dabei, wie glücklich er sich preisen durfte, dass er in Istanbul eine Wohnung und darin ein so liebes Mädchen wie Rayiha hatte, das auf ihn wartete. Um das letzte Eis loszuwerden, fasste er von den Kindern, die ihm folgten wie hungrige Möwen einem Fischerboot, das aufgewecktest ins Auge und sagte zu ihm: »Na, wie viel hast du in der Tasche?« Auch wenn die paar Münzen, die der Junge in der Tasche hatte, für ein Eis eigentlich nicht reichten, drückte er ihm und noch ein paar anderen je ein großes Eis in die Hand und machte sich auf den Heimweg. Bei Kindern, die gar kein Geld hatten, die ihn um eine leere Waffel anflehten oder ihn nachahmten und verspotteten, kannte Mevlut dagegen keinen Pardon. Wenn er damit anfing, Eis umsonst herzugeben, würde er am Tag darauf gar nichts mehr verkaufen.

RAYIHA. Wenn ich hörte, wie Mevlut sein Wägelchen in den Hinterhof zog, ging ich gleich hinunter, und während er das Vorderrad an den Mandelbaum kettete, nahm ich die Eiseimer (»Mensch, ganz leer!«, sagte ich immer), die Löffel und die Tücher, die gewaschen werden mussten, mit nach oben. Sobald Mevlut in die Wohnung kam, nahm er immer gleich die Schürze ab und warf sie auf den Boden. Da manchen Leuten ihr selbstverdientes Geld heilig war und nicht auf dem Boden liegen durfte, wie ein Stück Brot oder ein Papier, auf dem der Name unseres Propheten steht, gefiel es mir besonders, dass Mevlut so froh war, zum häuslichen Glück zurückzukehren, dass er voller Ungeduld die Schürze mit dem Geld darin von sich schleuderte. Ich küsste ihn.

Wenn er morgens aus dem Haus ging, um beim albanischen Obsthändler oder auf dem Markt Erdbeeren, Kirschen und Melonen für die Eismischungen zu kaufen, zog ich mir auch die Schuhe an und setzte mein Kopftuch auf. »Komm doch mit!«, sagte Mevlut, als wäre es einzig und allein sein Beschluss, mich mitzunehmen. Als der Ramadan vorbei war, verkaufte Mevlut auch am Nachmittag schon Eis.

Wenn ich draußen auf der Straße merkte, dass es Mevlut irgendwie nicht recht war, dass ich neben ihm herging, und er sich an der Tür einer Schreinerei oder einer Autowerkstatt mit einem Bekannten unterhielt, blieb ich ein wenig abseits. Manchmal sagte er »Bleib du mal kurz hier«, ging in ein Geschäft und ließ mich draußen warten. Ich vertrieb mir dann die Zeit, indem ich durch eine offene Tür Angestellten bei der Arbeit zusah. Je weiter wir von zu Hause wegkamen, umso unbefangener wurde Mevlut. Dann zeigte er mir verruchte Kinos oder etwa ein Lokal, in dem er mit Ferhat schon mal gearbeitet hatte. Wenn er aber auf dem Taksim-Platz oder in Galatasaray ein bekanntes Gesicht sah, wurde er unruhig. Etwa weil er der böse Mann war, der ein Mädchen entführt hatte, und ich das dumme Mädchen, das sich darauf eingelassen hatte? »Gehen wir heim«, sagte er kurzerhand und ging so schnell vor mir her, dass ich kaum mitkam, während ich mich fragte, worüber er sich denn so aufregte (wie ich überhaupt mein ganzes Leben damit verbringe, zu begreifen, warum Mevlut sich plötzlich über etwas aufregt). Wenn wir dann daheim zusammen das Obst aussortierten und pressten, wurde Mevlut wieder ganz sanft, küsste mich auf den Hals und auf die Wange und sagte, die süßesten Kirschen und Erdbeeren seien ganz woanders zu finden, worauf ich verschämt lachen musste. Obwohl wir an den Vorhängen so viel herumziehen konnten, wie wir wollten, und es in dem Zimmer doch nicht dunkel wurde, taten wir so, als würden wir uns nicht sehen und *schliefen miteinander*.

3. Die Hochzeit von Mevlut und Rayiha

Wer es mit Joghurt nicht schafft, verkauft Boza

ABDURRAHMAN EFENDI. Man hat es schon schwer, wenn einem die Tochter entführt wird. Auf der Stelle muss man losschreien und in die Nacht hinausschießen, sonst heißt es gleich »Der Vater wusste doch Bescheid«. Vor vier Jahren ist ein hübsches Mädchen aus Pınarbaşı auf offenem Feld entführt worden, von drei bewaffneten Kerlen. Der Vater ist zum Staatsanwalt gerannt, hat den Kerlen die Gendarmen hinterhergehetzt, hat sich tagelang die Haare gerauft und geklagt, was dem armen Kind wohl gerade angetan werde, und doch ist er das Gerücht nicht losgeworden, er habe von Anfang an Bescheid gewusst. Immer wieder habe ich Samiha gefragt, von wem Rayiha entführt worden sei. Pass auf, habe ich gesagt, mir rutscht noch die Hand aus, aber sie weiß ja, dass ich ihr kein Härchen krümmen würde, und sie hat nicht mal geantwortet.

Damit im Dorf kein Gerede aufkommt, bin ich nach Beyşehir gefahren, zum Staatsanwalt. »Soso, und ihre Geburtsurkunde ist auch weg«, hat der gesagt. »Also ist sie von selber weggelaufen, klarer Fall. Ich könnte höchstens einen Prozess anstrengen, weil sie minderjährig ist, und die Gendarmen losschicken. Aber das eine sage ich Ihnen, wenn Sie dann auf einmal weich werden und dem Kerl verzeihen und auf eine Hochzeit drängen, läuft der Prozess trotzdem weiter. Gehen Sie doch erst mal einen Kaffee trinken und überlegen Sie sich die Sache. Wenn Sie dann immer noch prozessieren wollen, kommen Sie wieder.«

Auf dem Weg ins Kaffeehaus bin ich an einem Gasthaus vorbei, da habe ich eine Linsensuppe gegessen, und am Nachbartisch war die Rede von einem Hahnenkampf, der gleich losgehen sollte, vom Tierschutzverein organisiert, da bin ich mit denen einfach mitgegangen. Und dann bin ich ins Dorf zurück, unverrichteter Dinge. So ist ein Monat vergangen, und gleich nach dem Ramadan ist Vediha gekommen und hat gesagt, Rayiha ist in Istanbul, und dass es ihr gutgeht und sie schwanger ist. Und dass sie mit Mevlut weggelaufen ist, einem Cousin von Vedihas Mann Korkut. Und dass das ein armer Schlucker ist, denn Vediha hat ihn gesehen. »Das verzeihe ich denen nie«, habe ich gesagt, aber Vediha hat sofort gemerkt, dass ich ihnen natürlich doch verzeihen würde.

VEDIHA. Nach dem Zuckerfest ist Rayiha eines Nachmittags zu uns nach Duttepe gekommen, ohne Mevlut Bescheid zu sagen. Sie hat gesagt, dass sie mit Mevlut sehr glücklich ist und dass sie ein Kind erwartet. Dann ist sie mir um den Hals gefallen und hat geweint. Ganz allein sei sie, alles mache ihr Angst, und viel lieber als in so einer winzigen, heruntergekommenen Wohnung würde sie wieder so wie auf dem Dorf leben, unter lauter Verwandten, in einem Haus mit Garten und mit Hühnern, also so wie wir in Duttepe. Am allermeisten aber hat das arme Ding gehofft, dass unser Vater sich nicht querstellt und ihr vielmehr verzeiht, damit sie richtig getraut werden und Hochzeit feiern können. Und ob ich nicht, bevor ihr Bauch allzu sichtbar wird, bei unserem Vater und auch bei Korkut und bei meinem Schwiegervater ein Wort für sie einlegen kann? »Mal sehen«, habe ich gesagt. »Aber du musst mir schwören, dass du niemandem verrätst, dass du Mevluts Briefe von Süleyman und von mir bekommen hast.« Das hat sie natürlich auf der Stelle geschworen. »Eigentlich sind ja alle froh, dass ich abgehauen bin und heirate, denn jetzt ist der Weg für Samiha frei.«

KORKUT. Ich bin nach Gümüşdere zu meinem buckligen Schwiegervater gefahren und habe ihn mit etwas Gefeilsche dazu gebracht, dass er Rayiha »verzeiht«. Erst hat mich genervt, dass er so getan hat, als ob bei der Entführung ich meine Finger im Spiel gehabt hätte (und später habe ich daraus geschlossen, dass wohl Vediha und Süleyman an der Sache nicht unschuldig waren), aber eigentlich war mein Schwiegervater ganz froh darüber, dass Rayiha heiratet, und geärgert hat ihn nur, dass Mevlut sie umsonst bekommen hat. Um die Sache gütlich beizulegen, habe ich ihm versprochen, ihm bei der Reparatur seiner Gartenmauer zu helfen und natürlich auch Mevlut und Rayiha zu ihm ins Dorf zu schicken, damit sie ihn um Verzeihung bitten und ihm die Hand küssen konnten. Über Vediha habe ich ihm dann zweitausend Lira zukommen lassen.

Als Mevlut von der Bedingung erfuhr, dass er mit Rayiha ins Dorf kommen und Abdurrahman Efendi die Hand küssen müsse, wurde er ganz unruhig. Bei dem Besuch würde er doch bestimmt die schöne Samiha wiedersehen, an die seine Briefe eigentlich gerichtet gewesen waren, und dann würde er rot anlaufen und seine Scham nicht verbergen können. Über die herannahende Schande dachte Mevlut im Bus von Istanbul nach Beyşehir so sehr nach, dass er die vierzehn Stunden Fahrt über kein Auge zutat, während Rayiha neben ihm schlief wie ein Kind. Noch schwieriger würde es sein, seine Unruhe vor Rayiha zu kaschieren, die heilfroh war, dass alles im Guten geregelt wurde und sie ihren Vater und ihre Schwestern wiedersehen würde. Mevlut fürchtete, Rayiha würde schon etwas merken, wenn er an die Sache nur dachte, und gerade deshalb wurde seine Not immer schlimmer, genau wie es sich ja mit seiner Furcht vor Hunden verhielt. Dass er etwas hatte, spürte Rayiha durchaus. Als sie mitten in der Nacht in einer Raststätte Tee tranken, bat sie schließlich: »Jetzt sag mir doch in Gottes Namen, was mit dir los ist!« »Da ist so eine Fremdheit in mir«, sagte er. »Was immer ich auch tue, ich fühle mich ganz einsam auf der Welt.« »Mit mir an deiner Seite brauchst du dich überhaupt nicht so zu fühlen«, erwiderte Rayiha mütterlich. Mevlut sah in der Fensterscheibe, wie liebevoll sie sich an ihn schmiegte, und wusste sogleich, dass er diesen Augenblick nie vergessen würde.

Erst fuhren sie nach Cennetpınar und blieben zwei Tage bei Mevluts Mutter, die Rayiha ihr schönstes Bett herrichtete und Mevlut seine geliebte Walnusswurst vorsetzte. Immer wieder küsste sie ihre Schwiegertochter ab, deutete auf ihre Hand, ihren Arm und einmal sogar auf ihr Ohr und sagte zu Mevlut: »Ist sie nicht schön?« Dieses Mütterliche, das Mevlut hatte entbehren müssen, seit er mit zwölf von zu Hause weg war, gefiel ihm einerseits, zugleich aber spürte er eine Art Wut in sich und sogar Verachtung.

RAYIHA. In den letzten fünfzig Tagen hatte ich mich so sehr nach meinem Dorf, meinem Haus, unserem Garten, ja sogar nach der alten Dorfschule, nach den Bäumen und den Hühnern gesehnt, dass ich mich ständig irgendwohin verzog. In dem Zimmer, in dem ich Mevlut damals mit dem Lichtschalter das verabredete Zeichen gegeben hatte, hat Mevlut nun meinen Vater brav um Verzeihung gebeten und ihm die Hand geküsst, und das hat mich unheimlich glücklich gemacht. Danach bin ich mit einem Tablett in der Hand wieder hereingekommen und habe lächelnd den Kaffee serviert, als wären gerade Gäste auf Brautschau da. Vor lauter Anspannung hat Mevlut seinen Kaffee hinuntergestürzt, als ob es kühle Limonade wäre, sodass ihm Tränen ihn die Augen geschossen sind. Als er während unserer Plauderei erfahren hat, dass ich bis zur Hochzeit im Dorf bleiben und erst dann wie eine richtige Braut nach Istanbul kommen würde, ist er ganz traurig geworden.

Mevlut begriff nicht, wie Rayiha ihm hatte verschweigen können, dass sie vorläufig im Dorf bleiben würde. Verstimmt kürzte er seinen Besuch ab und ging in sein eigenes Dorf zurück. Eigentlich war er ja froh, denn er war Samiha nicht begegnet, aber die peinliche Situation war lediglich verschoben, bis zur Hochzeit nämlich. Hatte sie sich etwa deshalb nicht gezeigt, weil sie sich selbst schämte und die Sache am liebsten vergessen wollte? Erwähnt hatte Rayiha den Namen ihrer Schwester schon.

Im Bus nach Istanbul, der durch die Nacht rüttelte wie ein altes Raumschiff, schlief Mevlut am Tag darauf tief und fest. Als der Bus an der gleichen Raststätte hielt und Mevlut sich an den gleichen Tisch setzte, an dem sie zusammen Tee getrunken hatten, wurde ihm so richtig bewusst, wie sehr er Rayiha doch liebte. Ein einziger Tag Einsamkeit hatte Mevlut begreifen lassen, dass er sich innerhalb von fünfzig Tagen in Rayiha auf eine Weise verliebt hatte, wie sie noch in keinem Film gesehen und in keinem Märchen gehört worden war.

SAMIHA. Wir freuen uns alle, dass Rayiha einen grundehrlichen, fast kindlich schönen Mann gefunden hat, der richtig in sie verliebt ist. Zur Hochzeit bin ich mit meinem Vater und Rayiha nach Istanbul gekommen. Wir übernachten wieder bei Vediha. In der Henna-Nacht haben wir drei Schwestern mit den anderen Frauen zusammen Tränen gelacht. Rayiha hat Papa nachgemacht, wie er Leute zusammenputzt, und Vediha, wie Korkut beim Autofahren schimpft und flucht. Und ich habe vorgespielt, wie die Freier, die zu uns nach Hause kommen und um meine Hand anhalten, immer die gleiche bei Affan in Beyşehir gekaufte Packung Pralinen und eine Flasche Kölnischwasser in der Hand haben und dann nicht wissen, wohin damit. Dass nach Rayiha nun ich mit dem Heiraten dran bin, macht mir das Leben schwer. Papa glaubt jetzt immer, er muss mich bewachen, und wenn bei dem Zimmer, in dem wir die Henna-Nacht veranstaltet haben, mal die Tür aufgegangen ist, haben gleich zehn Augenpaare neugierig reingeschaut. Es gefällt mir ja noch, wenn einer mich aus der Ferne ansieht, als wäre er unsterblich in mich verliebt, und wenn er dabei auch noch mit den Fingern über den Schnurrbart streicht, aber wenn einer meint, es würde schon reichen, einfach meinen Vater zu beeindrucken, regt mich das einfach auf.

RAYIHA. Bei der Henna-Nacht habe ich auf einem Stuhl inmitten der lauten Frauenschar gesessen. Ich hatte das rosafarbene Kleid an, das ich zusammen mit Mevlut in Aksaray gekauft hatte und das meine Schwestern mit Blumen und Spitzen geschmückt haben. Vediha hat mir den Brautschleier auf den Kopf gesetzt, der mir vor die Augen gefallen ist, aber als die Mädchen und Frauen singend um mich herumgetanzt sind, habe ich durch den dünnen Stoff genug gesehen. Sie haben mir ein Tablett mit brennenden Kerzen und kleinen Münzen über den Kopf gehalten und gesagt: »Arme Rayiha, musst fort von daheim, deine Kindheit ist vorbei, jetzt wirst du schon zur Frau, du armes, armes Ding«, und haben so versucht, mich zum Weinen zu bringen. Als Vediha und Samiha mir den Schleier gelüpft haben, um zu sehen, ob da nicht doch Tränen sind, hätte ich beinahe losgeprustet. Sie haben allen verkündet, dass ich nicht weine, und da hat es gleich geheißen: »Na wunderbar, die sehnt sich ja nach gar nichts zurück«, und ich habe schon befürchtet, dass eine aus Neid darauf anspielt, dass mein Bauch schon so dick war, und habe mich krampfhaft um ein paar Tränen bemüht. Ich habe an den Tod meiner Mutter gedacht, an ihre Beerdigung, aber es war nichts zu machen.

FERHAT. Als Mevlut mich zu seiner Hochzeit eingeladen hat, habe ich erst abgewinkt. Er war mir ein wenig böse, aber ich wollte einfach nicht mehr in den Şahika-Hochzeitssaal, in dem ich an so vielen linken Veranstaltungen teilgenommen hatte. Die Parteiversammlungen und Kongresse haben immer mit sozialistischen Liedern und mit der Internationale begonnen und regelmäßig mit Saalschlachten geendet, aber nicht in erster Linie, weil wir immer wieder mal von Nationalisten überfallen worden sind, sondern weil die sowjetische und die chinesische Fraktion liebend gern aufeinander eingeprügelt haben. Als wir 1977 bei den großen Schlachten zwischen Linken und Rechten unterlegen sind und überall die vom Staat unterstützten Rechten triumphiert haben, sind wir ganz aus der Gegend verschwunden.

Dass der Şahika-Hochzeitssaal inzwischen von einem Vertrauten der Vurals betrieben wurde, behielt Mevlut wohlweislich für sich.

»Du hältst dir die Linken genauso warm wie die Rechten«, frotzelte Ferhat dennoch. »Mit dem Talent gibst du einen guten Geschäftsmann ab.«

»Ein guter Ladenbesitzer will ich werden«, erwiderte Mevlut, setzte sich neben Ferhat und schenkte ihm von unter dem Tisch Wodka ein, erst mit Limonade, später ohne. »Wir zwei beide machen eines Tages den schönsten Laden der ganzen Türkei auf«, sagte er und herzte seinen Freund.

Als Mevlut vor dem anwesenden Standesbeamten das Jawort sagte, spürte er, dass er sein ganzes Leben den Händen und dem Verstand von Rayiha anvertrauen konnte. So wie er jetzt während der Hochzeit alles Rayiha überließ, ohne sich um irgendetwas Sorgen zu machen, würde er es auch später halten, und das würde ihm nicht nur das Leben erleichtern, sondern auch das Kind glücklich machen (das Kind in ihm, wohlgemerkt, nicht das in Rayihas Bauch). Nachdem er eine halbe Stunde später jedermann umarmt hatte, ging er zum Tisch von Hadschi Hamit Vural, der mit seinen Leuten dasaß wie ein von Bodyguards umgebener Politiker, und küsste jedem von ihnen (insgesamt acht waren es) die Hand.

Als er zusammen mit Rayiha auf dem in der Saalmitte für Bräutigam und Braut vorgesehenen vergoldeten Sesseln mit dem roten Seidenüberzug Platz nahm, sah er auf der üppiger besetzten Männerseite viele bekannte Gesichter. Meist handelte es sich um Joghurtverkäufer aus der Generation seines Vaters, mit eingefallenen Schultern und krummen Rücken. Da es mit dem Joghurtverkauf bergab ging, übten die ärmeren und erfolgloseren unter ihnen vormittags noch eine Nebentätigkeit aus oder verkauften wie Mevlut abends Boza. So mancher hatte sich irgendwo draußen ein Gecekondu gebaut oder riss das alte schon wieder ab, um etwas Solideres hinzustellen, und wenn er von der Wertsteigerung dort profitieren konnte, setzte er sich zur Ruhe und kehrte eventuell in ihr Dorf zurück. Einige hatten sowohl im Dorf ein Haus, mit Blick auf den fernen Beyşehir-See, als auch eins in einem Gecekondu-Viertel. Das waren dann die, die Marlboro rauchten. Wer dagegen in altbewährter Manier auf Bankenreklamen und Sparbüchsen vertraut und sein ganzes Geld jahrelang brav angelegt hatte, dem hatte die Inflation alles weggefressen. Ihr Geld waren aber auch die los, die auf windige Privatbankiers hereingefallen waren. Bei manchen arbeiteten auch die Söhne als Straßenverkäufer, so wie eben Mevlut, der unter jenen Männern so und so viele sah, die sich genau wie sein Vater schon ein Vierteljahrhundert abmühten und sich doch in ihrem Dorf noch immer kein Fleckchen Grund und kein eigenes Häuschen leisten konnten. Mevluts Mutter saß an einem Tisch mit anderen alten, verbrauchten Frauen von Straßenverkäufern zusammen, die auch alle auf dem Dorf lebten. Mevlut konnte dort gar nicht hinsehen.

Als Trommel und Oboe aufspielten und die Männer zu tanzen begannen, gesellte sich Mevlut zu ihnen und schielte von dort zu den Frauen hinüber, wo er an Rayihas violettem Kopftuch mitverfolgen konnte, wie sie von Tisch zu Tisch ging und sich von allen Verwandten und Bekannten abküssen ließ. Irgendwann sah er auch Mohini, der es vom Militär gerade noch zur Hochzeit geschafft hatte. Kurz bevor den Brautleuten Geschenke und Geldscheine angeheftet wurden, ging ein Ruck durch den aufgeheizten Saal, und die von der Limonade, dem Stimmengewirr und der stickigen Luft wie trunkene Menge geriet auf einmal ganz durcheinander. »Wenn ich zu diesen Vurals hinschaue, muss ich immer gleich einen heben, sonst halte ich so viele Faschisten auf einmal nicht aus«, sagte Ferhat, und Mevlut trank darauf heimlich auch ein Glas Wodka. Irgendwann verlor er Rayiha aus den Augen, und als er sie wieder sah, ging er gleich auf sie zu. Sie kam gerade aus der Toilette, mit zwei anderen Mädchen, die ebenfalls ein violettes Kopftuch aufhatten.

»Mevlut, wenn ich sehe, wie glücklich Rayiha ist, freue ich mich so für euch beide«, sagte das eine Mädchen. »Entschuldige bitte, aber im Dorf konnte ich dir noch nicht gratulieren.«

»Das war meine Schwester Samiha, hast du sie nicht erkannt?«, sagte Rayiha, als sie wieder auf ihren Sesseln Platz nahmen. »Das eigentlich

Schöne an ihr sind die Augen. Sie ist so glücklich hier in Istanbul. Und sie hat so viele Bewerber und bekommt so viele Liebesbriefe, dass Papa und Vediha gar nicht mehr wissen, was sie tun sollen.«

SÜLEYMAN. Ich finde ja, dass Mevlut sich wunderbar beherrscht hat. Nein, er hat sie nicht erkannt, die schöne Samiha, der er all die Briefe geschrieben hat.

MOHINI. Bei der Geschenkübergabe sollte ich als Ansager und auch noch als Schreiber fungieren. Als ich durchs Mikrofon verkündet habe, »der Unternehmer, Geschäftsmann, Wohltäter und Stifter der Moschee von Duttepe, Hadschi Hamit Vural aus Rize« habe dem Brautpaar »eine Schweizer Armbanduhr geschenkt« (die in Wirklichkeit aus China war), ist eine Applauswelle durch die gelangweilte Gästeschar gegangen, es ist gelacht und getuschelt worden, und wer schon gedacht hatte, er würde mit einem winzigen Betrag davonkommen, hat sich aus Angst vor der Schande einen größeren Schein zurechtgelegt.

SÜLEYMAN. Ich habe gedacht, ich sehe nicht recht, als da auf einmal dieser Ferhat sitzt. Wenn wir gewusst hätten, dass dieser Kerl, der uns vor fünf Jahren mit seinem linken Gesocks mal aufgelauert hat, um uns fertigzumachen, von Mevlut eingeladen wird, weil er angeblich »sein Freund« ist und »sich gebessert« hat, hätten wir doch nie und nimmer Mevluts Briefe überbracht und ihm diese Hochzeit ausgerichtet!

Es sieht so aus, als würde Genosse Ferhat heute seine Klappe nicht mehr so weit aufreißen. Früher hat er seine Gebetskette wie einen Schlüsselbund um den Finger wirbeln lassen wie ein frisch aus dem Gefängnis entlassener Kommunistenhaudegen und ist aufgetreten, als wüsste nur er Bescheid und sonst keiner. Aber vor zwei Jahren, bei dem Putsch, haben sie die Genossen ziemlich kleingekriegt, mit Knast und mit Folter. Wer es schlau angefangen hat, ist nach Europa abgehauen, aber bei so einem wie diesem Ferhat, der keine Fremdsprache kann außer Kurdisch, hilft es auch nichts, dass er sich den Menschenrechtlern an den Hals schmeißt, denn in Europa kann er sich ja doch nicht halten, also ist er hiergeblieben und hat sich gemäßigt. Mein Bruder hat schon recht: Wer als Kommunist ein Hirn hat, der heiratet irgendwann, vergisst den ganzen Käse und verdient Geld, und wer kein Hirn hat und es wegen seiner Schwachsinnsideen zu nichts bringt, kann dann höchstens noch Habenichtse wie Mevlut mit seinem Zeug belabern.

Und dann ist da noch Folgendes: Wenn irgendein reicher Kerl in ein hübsches Mädchen verliebt ist und bei ihrem Vater um ihre Hand anhalten will, aber dort, kaum ist er durch die Tür, schon sieht, dass das Mädchen eine jüngere und noch schönere Schwester hat, und sich darauf bei dem Vater nicht um die ältere bemüht, sondern um die Kleine, die in einer Ecke Himmel und Hölle spielt, dann halten wir den Kerl doch für einen abgefeimten Lumpen, aber immerhin verstehen wir ihn noch. Aber wie sollen wir einen wie Mevlut verstehen, der einer jahrelang Liebesbriefe schreibt und dann, als er mit ihr abhaut und merkt, dass es gar nicht die Richtige ist, ganz einfach die Klappe hält?

Glücklich machte Mevlut auch, wie sehr Rayiha sich freuen konnte. Wenn ihr ein Geldschein angesteckt wurde, stieß sie nicht künstliche Bewunderungsschreie aus, wie Mevlut das bei anderen Hochzeiten schon erlebt hatte, sondern freute sich ganz ehrlich. Mohini wiederum bemühte sich bei jedem Geldschein, jedem Goldstück und jedem Schmuck, der dem Brautpaar vermacht wurde, um ein Scherzchen (»Fünfzig amerikanische Dollar vom Jüngsten der Joghurtopas!«) und wurde dafür, wie auf Hochzeiten so üblich, halb spöttisch, halb höflich beklatscht.

Als die Menge gerade abgelenkt war, schielte Mevlut zu Rayiha hinüber, und was er auch sah, ob Hand, Arm, Ohr, Nase oder Mund, es gefiel ihm einfach alles an ihr. Nur furchtbar müde war sie, aber es stand ihr auch gut, wie sie das zu überspielen suchte. Den Plastikeimer, der sich allmählich mit Umschlägen und Päckchen füllte, hatte sie neben sich gestellt und überließ ihn niemand anderem. Ihre zarte Hand ruhte auf ihrem Schoß. Mevlut erinnerte sich daran, wie er diese Hand gehalten hatte, als sie davonliefen, und wie er Rayiha am Bahnhof von Akşehir zum ersten Mal richtig angesehen hatte. Jener Tag schien ihm schon Jahre zurückzuliegen. In den vergangenen drei Monaten hatten sie sich so oft geliebt, waren sich so sehr nähergekommen, hatten so viel geredet und gelacht, dass Mevlut sich sicher war, niemanden so gut zu kennen wie sie. Die jungen Männer, die beim Tanzen durch affektierte Gesten auf sich aufmerksam machen wollten, kamen ihm auf einmal vor wie Kinder, die vom Leben nichts wissen. Durch das Gefühl, Rayiha schon jahrelang zu kennen, schlich sich bei ihm allmählich der Gedanke ein, dass er seine Briefe so einem Mädchen wie ihr geschrieben hatte, ja eigentlich sogar ihr selbst.

4. Pilav mit Kichererbsen

Mit ein bisschen Dreck darin
schmeckt das Essen noch mal so gut

Zu Hause stellten Mevlut und Rayiha fest, dass so mancher der bei der Hochzeit mit großer Geste in den Eimer geworfene Umschlag leer war, doch darüber wunderten sie sich kaum. Das zusammengekommene Geld legte Mevlut in goldene Armreifen für Rayiha an, denn weder in Banken noch zu Privatbankiers hatte er Vertrauen. Und dann kaufte er noch einen gebrauchten Schwarzweißfernseher, damit Rayiha sich abends nicht so langweilte, während sie auf ihn wartete. Beim gemeinsamen Fernsehen hielten sie Händchen. Wenn am Freitagabend *Unsere kleine Farm* lief oder am Sonntag *Dallas*, war sowieso niemand auf der Straße, der Mevlut ein Eis abgekauft hätte, sodass er eben früher nach Hause kam.

Anfang Oktober kam Hızır aus seinem Dorf zurück und brauchte seinen Eiswagen wieder, und so blieb Mevlut eine Weile unbeschäftigt. Ferhat hatte er seit der Hochzeit nicht mehr gesehen und somit auch nicht wie sonst, wenn sie sich in einer Kneipe in Tarlabaşı zufällig getroffen hatten, irgendwelche heißen Tipps für Geschäfte bekommen, in denen »ein Haufen Geld« stecke. So schaute Mevlut in den Gaststätten vorbei, in denen er früher schon gearbeitet hatte, und sprach mit den Wirten und den Kellnern, die am Nachmittag vor Abrechnungen und Lottoscheinen saßen oder die Zeitung lasen, doch eine gutbezahlte Arbeit, wie sie ihm vorschwebte, fand er nicht.

Neue Restaurants wurden in der Stadt durchaus eröffnet, und sogar teure, aber da suchten sie nicht Leute, die wie Mevlut irgendeinen Job bekommen und sich dann einarbeiten wollten, sondern Absolventen von Tourismusschulen, die gut genug Englisch konnten, um zwischen *yes* und *no* zweifelsfrei unterscheiden zu können. In den ersten zwei Novemberwochen arbeitete er in einem Restaurant, kündigte aber gleich wieder. Einem pingeligen Gast, der sein scharfes Tomatenmus nicht scharf genug fand, war er unsanft übers Maul gefahren und hatte danach seine Schürze hingeschmissen. Das war aber keineswegs eine verbitterte Reaktion, denn Mevlut war ja so glücklich wie nie zuvor. Bald würde er einen Sohn bekommen, und dem würde er eine Zukunft sichern, indem er das bei der Hochzeit angefallene Geld investierte, und zwar in Pilav mit Kichererbsen.

Ein Kellner hatte ihn mit einem alten Mann aus Muş bekannt gemacht, der jahrelang Pilav mit Kichererbsen verkauft hatte, bis ihn ein Schlaganfall ereilte. Nun wollte der Mann sowohl sein Verkaufswägelchen als auch das ihm angeblich zustehende »Recht« auf einen Standplatz an der Autofähre in Kabataş verkaufen. Was es mit solchen Anrechten, die praktisch jeder Straßenhändler beanspruchte, in Wirklichkeit auf sich hatte, wusste Mevlut aus Erfahrung gut genug. Wenn ein Schutzpolizist einem Händler gegen gute Worte und ein wenig Kleingeld erlaubte, seinen Karren irgendwo ein paar Tage lang hintereinander stehenzulassen, meinte der gleich allen Ernstes, das Fleckchen gehöre nun nicht mehr der Allgemeinheit oder dem Staat, sondern sei sein ureigenes Territorium. Mevlut sehnte sich aber nach jahrelanger Herumschlepperei so sehr danach, einmal wie ein richtiger Ladenbesitzer einen festen Verkaufsort zu haben, dass er an die Sache dennoch glaubte. Er merkte schon, dass er ein wenig übers Kreuz gelegt wurde, aber mit dem alten Mann war einfach nicht zu handeln. Zusammen mit Rayiha suchte Mevlut ihn zweimal in dem Gecekondu hinter Ortaköy auf, wo er mit seinem stotternden Sohn zwischen Kakerlaken, Ratten und einer Batterie von Dampfkochtöpfen hauste, und sie lernten von ihm alles Nötige. Eines Tages schob Mevlut schließlich den Karren zu sich nach Hause. Bei einem Großhändler in Sirkeci kaufte er einen Sack Reis und einen Sack Kichererbsen und schüttete sie daheim zwischen Küche und Fernseher auf dem Boden aus.

RAYIHA. Vor dem Schlafengehen habe ich die Kichererbsen schön eingeweicht, und um drei Uhr morgens hat der Wecker geklingelt, dann habe ich sie bei schwacher Hitze auf den Herd gestellt, mich mich wieder zu Mevlut ins Bett gekuschelt und auf das leichte Brodeln gelauscht, bis ich wieder einschlafen bin. Am Morgen habe ich erst, wie der Mann es uns beigebracht hatte, den Reis in etwas Öl glasig gebraten und ihn dann bei großer Hitze gekocht. Wenn Mevlut vormittags zum Einkaufen gegangen ist, habe ich die Hähnchen in heißem Wasser abgebrüht und dann gedünstet. Bei manchen habe ich mühsam die Haut und die Knochen abgelöst, sie nach Gutdünken mit Thymian und Pfeffer und mal auch etwas Knoblauch gewürzt, bevor ich sie in der Pfanne angebraten habe, und manche habe ich bloß geviertelt und zum Reis gelegt.

Wenn Mevlut mit seinen Einkaufsnetzen voller Obst und Tomaten zurückkam, sog er genüsslich den Duft ein, mit dem Rayiha die Wohnung erfüllt hatte, und streichelte ihr über Arm und Rücken und über den anwachsenden Bauch. Über die von Rayiha zubereiteten Hähnchen gab es von den Kunden keine Klagen zu hören, weder von den Bankangestellten in Fındıklı noch von den Schülern und Studenten, den Arbeitern der umliegenden Baustellen oder den Leuten, die auf die Autofähre warteten. Bald hatte Mevlut Stammkunden, etwa den wie ein Schrank gebauten Türsteher der Akbank, den Fahrscheinverkäufer Nedim in seiner weißen Uniform oder die Versicherungsangestellten, die ihn immer anlächelten, als wollten sie sich über ihn lustig machen, und mit denen plauderte er über den nicht gegebenen Elfmeter im letzten Fenerbahçe-Spiel oder über das blinde Mädchen in der Quizshow, das sämtliche Antworten gewusst hatte. Mit Gratisportionen Pilav und extra viel Hähnchen sowie mit Schmeicheleien hatte er sich im Übrigen die Schutzpolizisten gewogen gemacht.

Als erfahrener Verkäufer, der genau wusste, wie viel beim Geschäft die Unterhaltung mit den Kunden ausmacht, ließ er sich grundsätzlich nie auf politische Themen ein. Und wie schon beim Joghurt- und beim Boza-Verkaufen machte ihn weniger das Geldverdienen an sich glücklich, sondern vielmehr ein Kunde, der nach ein paar Tagen extra wiederkam und genau das gleiche Essen verlangte (was eher selten vorkam), und erst recht einer (noch seltener), der so etwas richtig überzeugend vorbrachte.

Die meisten Kunden ließen Mevlut indes spüren, dass sie nur kamen, weil er eben billig und gerade in ihrer Nähe war, und manche sagten das auch ganz offen. Wenn hin und wieder mal einer gutmütig erklärte, das Essen habe ihm hervorragend geschmeckt, war Mevlut so entzückt, dass er ein paar Tage lang vergaß, sich über das Gedanken zu machen, was er sowohl Rayiha als auch sich selbst verhehlte, nämlich dass er mit dem Pilavverkaufen praktisch nichts verdiente. Es hatte, so dämmerte ihm allmählich, nicht allein am Ungeschick des Verkäufers aus Muş gelegen, dass jener nach acht Jahren Arbeit an immer der gleichen Stelle nun krank und mittellos war.

RAYIHA. Von dem morgens Gekochten hat Mevlut abends meist die Hälfte wieder zurückgebracht. Zwar hat das alles nicht mehr so gut ausgesehen, aber ich habe es zusammen mit dem, was ich für den nächsten Tag vorbereitet hatte, einfach wieder neu gekocht. Aufgewärmter Pilav schmeckt sogar noch besser. Zu dem, was ich da gemacht habe, hat Mevlut nicht »wieder neu kochen« gesagt, sondern »veredeln«, denn so heißt es angeblich im Gefängnis, wenn einflussreiche Häftlinge die zu fad empfundene Kost mit Olivenöl und diversen Gewürzen nachbehandeln lassen. Mevlut hat das von einem reichen Kurden aus Cizre erfahren, der jetzt einen Parkplatz betreibt, aber früher oft gesessen hatte. Und wenn ich mitten beim Kochen war, hat Mevlut auch gern gesagt, dass jeder in Istanbul, der sich was bei Straßenverkäufern holt, doch genau weiß, dass mit ein bisschen Dreck darin das Essen noch mal so gut schmeckt. Ich habe dann immer protestiert und gesagt: »Wenn was wieder aufgekocht wird, heißt das doch nicht, dass es schmutzig ist!« Zwei-, dreimal gebratene Hühnerhaut, zerkochte Kichererbsen und mehrfach geröstete Innereien von Hühnern haben manchen Kunden sogar besser geschmeckt als die frischen Sachen, und mit Senf oder Ketchup haben sie sowieso alles genüsslich hinuntergeschlungen.

Ab Oktober verkaufte Mevlut abends auch wieder Boza. Da er dabei ständig laufen musste, kamen ihm herrliche Bilder vor die Augen und seltsame Gedanken. In manchen Vierteln sah er auf einmal Schatten durch die Bäume huschen, obwohl sich kein einziges Blatt regte. Woanders stellte er fest, dass da, wo die Straßenlaternen kaputt waren oder nur Schummerlicht boten, die Hunde gleich viel angriffslustiger wurden, und bei an Strommasten und Türen klebenden Werbezetteln für Nachhilfe oder Beschneidungen fiel ihm auf, dass sich die letzten Silben oft reimten. Mevlut war stolz darauf zu hören, was die Stadt ihm nachts erzählte, und war stolz, die Sprache der Straße lesen zu können. Wenn er dagegen morgens mit den Händen in den Taschen frierend hinter seinem Pilavkarren stand, ließ seine Phantasie ihn im Stich. Dann war die Welt ein leerer, sinnloser Ort, und aus Angst vor der Einsamkeit, die langsam in ihm hochkroch, wäre er am liebsten gleich zurück zu Rayiha. Vielleicht war es ja eine Frühgeburt und sie lag schon in den Wehen? »Noch ein bisschen Geduld«, sagte er sich dann, trat von einem Bein aufs andere, ging im Kreis um sein Gefährt herum und sah immer wieder auf seine Schweizer Uhr.

RAYIHA. »Die hat er dir doch bloß aus Eigennutz geschenkt«, habe ich zu Mevlut gesagt, wenn er wieder so versonnen auf die Uhr von Hadschi Hamit geschaut hat. »Damit ihr alle meint, ihr seid ihm was schuldig, du und dein Onkel und deine Cousins.« Wenn Mevlut nachmittags nach Hause gekommen ist, habe ich ihm erst mal von dem Baum im Hof der armenischen Kirche einen Lindenblütentee gemacht. Dann, als er gesehen hat, dass ich das Boza mit allem, was dazugehört, schon vorbereitet hatte, hat er den Fernseher angemacht und sich, während er den stark gezuckerten Tee trank, auf dem einzigen Sender notgedrungen die Geometrielektion angeschaut, und bis zum Abendessen hat er dann hustend vor sich hin gedöst. Die sieben Jahre über, in denen er Pilav verkauft hat, habe immer ich den Reis und die Kichererbsen gekocht, habe die Hähnchen gekauft, sie abgebrüht, zerlegt und gebraten, habe das Boza gezuckert und so lange umgerührt, bis es die richtige Konsistenz hatte, habe die Löffel, die Kannen und überhaupt das ganze Geschirr gespült. Und als ich damals schwanger war, habe ich dabei auf das Kind in meinem Bauch gehorcht, habe aufgepasst, dass ich mich beim Anbraten der Hähnchen nicht in den Reis übergebe, und hätte mich am liebsten in die Kuschelecke gelegt, die ich für das Kind schon vorbereitet hatte. Mevlut hatte bei einem Trödler ein Buch aufgetrieben, *Muslimische Namen für Ihr Kind*. Vor dem Abendessen saß er immer da und hat mir in den Werbepausen lauter Jungennamen wie Nurullah, Abdullah, Sadullah oder Fazlallah vorgelesen und mich angesehen, was ich wohl dazu meine, und da habe ich es einfach nicht übers Herz gebracht, ihm zu sagen, dass er eine Tochter kriegt.

Das wusste ich, seit ich mit Vediha und Samiha im Şişli-Etfal-Krankenhaus war. Draußen hat Samiha gemerkt, wie sorgenvoll ich dreinsah, und hat gesagt: »Ach, mach dir nichts draus, Männer gibt's hier auf der Straße schon genug.«

5. Mevlut wird Vater

Steig ja nicht aus hier

SAMIHA. Eigentlich sollten wir nur zu Rayihas Hochzeit nach Istanbul, aber jetzt sind wir immer noch da. Papa und ich schlafen im selben Zimmer. Jeden Morgen starre ich nach dem Aufwachen auf den Schatten des Wasserkrugs und der Kölnischwasser-Flasche und versinke in Gedanken. Auf dem Dorf hatte ich so viele Verehrer, dass Papa gemeint hat, in Istanbul werde ich eine noch bessere Partie finden. Bis jetzt habe ich aber hier nur Süleyman gesehen. Ich weiß ja nicht, was Süleyman und Korkut Papa alles gegeben oder versprochen haben. Jedenfalls haben sie ihm ein neues Gebiss gezahlt, das legt er vor dem Schlafengehen in ein Glas, und wenn ich morgens darauf warte, dass er wach wird, würde ich das Ding am liebsten aus dem Fenster werfen. Vormittags helfe ich Vediha bei der Hausarbeit und stricke Wintersachen, und am Nachmittag, wenn das Programm losgeht, setzen wir uns vor den Fernseher. Papa spielt mit Bozkurt und Turan, aber es gibt regelmäßig Streit, weil sie ihn am Bart und an den Haaren ziehen. Zusammen mit Vediha, Papa und Süleyman war ich einmal am Bosporus und einmal in Beyoğlu im Kino.

Neulich ist Süleyman zu mir gekommen, hat seinen Autoschlüssel um den Finger gedreht und gesagt, dass er nach Üsküdar rüberfährt, sechs Sack Zement und Eisen holen, und ob ich nicht mitkommen will, wir fahren da über die Bosporus-Brücke. Ich habe Vediha gefragt, und die hat gesagt: »Musst du selber wissen. Aber pass auf!« Wie meint sie das? Als wir im Saray-Kino waren und Papa nichts einzuwenden hatte, dass Süleyman sich direkt neben mich setzte, habe ich auf einmal gespürt, dass Süleymans Hand wie ein Krebs auf mein Bein zugekrochen ist, aber ich war mir nicht sicher, ob das nicht doch nur Zufall war. Im Lieferwagen aber, als wir bei glasklarem Winterwetter über die Bosporus-Brücke gefahren sind, ist Süleyman ganz höflich und zuvorkommend gewesen. »Samiha, wenn du willst, halte ich hier, dann können wir runterschauen«, hat er gesagt und ist so nahe an den Rand gefahren, dass ich schon gemeint habe, wir fallen auf den russischen Tanker runter, der gerade vorbeifuhr.

Drüben in Üsküdar war es aber bald vorbei mit der touristischen Herrlichkeit, da sind wir auf Straßen voller Schlaglöcher zwischen Betonfabriken und Manufakturen mit kaputten Fenstern dahingefahren. Die Häuser waren noch unansehnlicher als bei uns auf dem Dorf, und man hätte meinen können, es hätte verrostete Fässer geregnet, so viele standen überall herum.

Auf einer endlosen Ebene voller Gecekondus haben wir angehalten. Es hat fatal nach Duttepe ausgesehen, also arm, bloß dass alles neuer und trotzdem noch hässlicher war. »Hier ist eine Niederlassung von der Baufirma Aktaş, die haben wir zusammen mit den Vurals gegründet«, hat Süleyman gesagt. Er ist zu einem scheußlichen Gebäude gegangen, hat sich aber noch mal umgedreht und gesagt: »Steig ja nicht aus hier!« Da hat es mich erst recht gejuckt auszusteigen. Es war aber weit und breit keine Frau zu sehen, also bin ich sitzen geblieben.

Auf dem Rückweg ist wegen der Staus keine Zeit zum Mittagessen geblieben, und bis nach Hause hat Süleyman mich auch nicht gebracht. Als wir nach Duttepe rein sind, hat er an einer Straßenecke Freunde gesehen und ruckartig gebremst. »Na ja, den Rest kannst du laufen. Da, nimm das und bring meiner Mutter Brot mit.«

Als ich mit dem Brot den steilen Weg zu den Aktaş rauf bin, die aus ihrem Gecekondu eine richtige Betonvilla gemacht haben, habe ich mir gedacht: Das Schwierige an einer arrangierten Hochzeit ist nicht, dass man als Frau einen heiratet, den man gar nicht kennt, sondern dass man einen lieben soll, den man gar nicht kennt. Aber eigentlich muss es mit einem leichter sein, den man nicht kennt, denn wenn man so einen Kerl erst mal kennenlernt, wird es erst recht schwierig, ihn zu lieben.

RAYIHA. Das namenlose Mädchen in meinem Bauch war schon so riesig, dass ich kaum mehr sitzen konnte. Als Mevlut eines Abends wieder aus seinem Namenbuch vorgelesen hat (»Hamdullah bedeutet ›Wer

Gott dankt‹, Ubeydulla ›Sklave Gottes‹ und Seyfullah ›Schwert Gottes‹«), habe ich ihn unterbrochen: »Sag mal, Mevlut, sind da eigentlich keine Mädchennamen drin?« »Äh, ja, doch, schon«, hat er gesagt, wie ein Mann, der jahrelang ins gleiche Lokal geht und erst dann merkt, dass es da im ersten Stock auch noch einen »Familiensaal« nur für Frauen gibt. Und so wie der Mann dann einen schüchternen Blick in den Saal wirft, hat Mevlut nun kurz zu den hinteren Seiten geblättert und sich gleich wieder den Jungennamen zugewandt. Zum Glück hat Vediha mir aus einem schicken Spielwarengeschäft in Şişli noch zwei Namensratgeber besorgt. In dem einen ganz nationalistischen mit lauter Namen aus Mittelasien wie Kurtcebe, Alparslan und Atabek waren wieder die Jungen- und Mädchennamen fein säuberlich nach Geschlecht getrennt, während in dem anderen, dem *Buch der modernen Namen*, wie in manchen Privatschulen und auf modernen Hochzeiten Männlein und Weiblein gemischt waren, aber auch da hat Mevlut nur gelacht, wenn er Mädchennamen wie Simge, Suzan, Mine oder İrem gelesen hat, und ernsthaft beschäftigen wollte er sich nur mit Jungennamen wie Tolga, Hakan oder Kılıç.

Soll aber bloß keiner meinen, dass Mevlut im April, als ich unsere Fatma zur Welt gebracht habe, Trübsal geblasen hat und mir gram gewesen ist, weil ich ihm keinen Jungen geboren habe. Ganz im Gegenteil war er so glücklich, Vater zu sein, dass er jedermann lauthals verkündet hat, dass er eigentlich von Anfang an eine Tochter wollte. Er hat sofort den Fotografen Şakir ins Haus gerufen, der in den Kneipen von Beyoğlu immer Betrunkene fotografiert und in dem alten Labor in unserer Straße gleich Abzüge davon macht. Şakir hat ein Foto geschossen, auf dem Mevlut strahlend sämtliche Zähne zeigt und unser Baby wie ein Riese auf dem Arm hält. Das Foto hat er an die Scheibe seines Karrens geklebt, und wer ihn darauf angesprochen hat, hat umgehend eine extra Portion Pilav gekriegt. Wenn er abends nach Hause gekommen ist, hat er Fatma auf den Schoß genommen, sich ihre Hand ganz nah vor die Augen gehalten wie ein Uhrmacher und sich über die perfekten kleinen Fingerchen entzückt. »Fingernägel hat sie auch schon!«, hat er ausgerufen und seine eigenen Finger danebengehalten und dann die meinen, und er hat sich gar nicht sattsehen können an diesem Wunder Gottes und uns dann beide mit feuchten Augen geküsst.

Sehr wohl war Mevlut überglücklich, und doch nistete in seiner Seele ein seltsames Gefühl, von dem Rayiha nichts mitbekam. Manchen der Kunden, die das vom Reisdampf allmählich aufweichende Foto an seinem Karren sahen und gleich ausriefen: »Mein Gott, so ein schönes Kind«, verbarg Mevlut, dass es sich dabei um ein Mädchen handelte. Aber erst nach gewisser Zeit gestand er sich ein, dass er eigentlich auf seine Tochter eifersüchtig war. Erst dachte er noch, er ärgere sich einfach zu Unrecht darüber, dass er wach wurde, wenn Rayiha nachts aufstand und Fatma stillte. Im Sommer zankten sie sich des Öfteren, weil sie nicht verhindern konnten, dass immer wieder Mücken durch das Moskitonetz drangen und das Baby zerbissen. So richtig flau aber wurde Mevlut immer, wenn Rayiha dem Kind ihre riesige Brust in den Mund steckte und zärtlich auf es einredete. Diese liebevollen, ja bewundernden Blicke machten Mevlut unruhig, denn so sollte Rayiha einzig und allein ihn anschauen. Er war ihr auch böse, weil er ihr das alles natürlich nicht gut sagen konnte. Rayiha war mit dem Kind eins geworden, und Mevlut schien ihr gar nichts mehr zu gelten.

Mevlut brauchte es aber, von seiner Frau immer wieder zu hören, wie viel er ihr bedeute. Seit Fatmas Geburt hatte sie kein einziges Mal mehr gesagt »Mevlut, heute hast du aber viel verkauft!«, oder »Mevlut, das war eine gute Idee mit dem Rest Sirup, dass du den zum Zuckern vom Boza hergenommen hast«, oder »Mevlut, also wie du diese Schutzpolizisten rumgekriegt hast, bravo!« Den Ramadan über war Mevlut den ganzen Tag zu Hause. Um seine Eifersucht zu überwinden, hätte er am liebsten jeden Morgen mit Rayiha geschlafen, aber die protestierte, man könne doch »das« nicht vor dem Kind machen. »Letzten Sommer hast du Angst gehabt, dass uns Gott dabei sieht«, rief er einmal, »und jetzt hast du Angst, dass uns Fatma zuschaut! Steh auf und rühr das Eis um!« Die von ihrem Mutter- und Liebesglück ganz trunkene Rayiha kroch folgsam aus dem Bett, und Mevlut sah zufrieden zu, wie sie mit beiden Händen den langen Löffel umfasste und ihr bei dem anstrengenden Rühren am schönen Hals die Schlagader hervortrat, und hin und wieder brachte er die neben dem Bett stehende Wiege ein wenig zum Schaukeln.

SAMIHA. Jetzt bin ich schon lang in Istanbul. Wir wohnen noch immer bei meiner Schwester. Papa schnarcht fürchterlich, und ich kann nicht schlafen. Vediha meint, wenn es nicht bald zu einer Verlobung kommt, werden die Leute zu reden anfangen. Süleyman hat mir einen goldenen Armreif geschenkt, und ich habe ihn angenommen.

RAYIHA. Mevlut ist beim Stillen immer so eifersüchtig geworden, dass mir irgendwann vor lauter Verdruss die Milch weggeblieben ist. Und da ich nicht mehr stille, bin ich Anfang November schwanger geworden. Was soll ich jetzt tun? Mevlut sage ich erst mal nichts, bis ich mir sicher bin, dass es ein Junge wird. Und wenn es keiner ist? Ich habe es daheim nicht mehr allein ausgehalten und wollte zu Vediha und auch wieder mal mit Samiha reden. Als ich sie vom Postamt am Taksim-Platz angerufen habe, habe ich die Nachricht erfahren und bin vor Schreck gleich wieder heim.

6. Samiha läuft weg

Wofür lebt der Mensch eigentlich?

VEDIHA. Am Nachmittag hat Samiha auf einmal mit Kopftuch und mit ihrem Koffer in der Hand vor unserem Schlafzimmer gestanden. Sie hat am ganzen Leib gezittert. »Was ist denn los?«, habe ich gefragt.

»Vediha, ich habe mich in einen anderen verliebt, mit dem haue ich ab. Er wartet draußen in einem Taxi.«

»Was? Bist du verrückt geworden? Untersteh dich!«

Sie hat zwar losgeweint, ist aber fest entschlossen geblieben. »Was ist das plötzlich für ein Kerl?«, habe ich gefragt. »Du weißt doch, wie verliebt Süleyman in dich ist. Du bringst Papa und mich in Teufels Küche. Und überhaupt, was soll das, mit einem Taxi?«

Vor lauter Aufregung hat sie nichts herausgebracht. Sie hat mich bei der Hand genommen und mich zu ihrem Zimmer geführt. Dort lagen Süleymans Geschenke auf dem Tisch, der goldene Armreif und die violetten Kopftücher. Auf die hat Samiha stumm gedeutet.

»Samiha, wenn Papa heimkommt, trifft ihn der Schlag. Du weißt doch, dass Süleyman ihm sein Gebiss gezahlt hat, und noch einiges andere auch. Wie kannst du Papa das bloß antun?« Sie hat zu Boden gesehen und nicht geantwortet. »Bis an unser Lebensende werden Papa und ich in Schande leben.«

»Rayiha ist doch auch weggelaufen, und am Ende ist alles gutgegangen.«

»Aber Rayiha war noch keinem anderen versprochen. Und du bist auch viel schöner als sie, und für die hatte Papa von keinem Geld bekommen. Das gibt böses Blut.«

»Zu mir hat keiner was gesagt, dass ich schon versprochen bin. Wieso tut Papa so was, ohne mich zu fragen? Und wieso nimmt er Geld an?«

Draußen hat das Taxi gehupt, und Samiha ist zur Tür gegangen. »Samiha, du weißt doch, dass Korkut mich windelweich prügelt, wenn du wegläufst? Ich werde am ganzen Körper blaue Flecken haben, das weißt du doch, Samiha?«

SAMIHA. Weinend haben wir uns umarmt. Vediha hat mir so leidgetan, und ich habe solche Angst gehabt!

VEDIHA. »Fahr doch erst mit Papa ins Dorf zurück!«, habe ich gefleht. »Und lauf erst dann weg! Sonst schieben sie die ganze Schuld mir zu und meinen, ich hätte alles arrangiert. Die bringen mich um, Samiha, das weißt du doch? Und wer ist dieser Kerl?«

SAMIHA. Ich habe meiner Schwester recht geben müssen. »Warte, ich schicke das Taxi weg«, habe ich gesagt. Aber beim Rausgehen habe ich irgendwie doch den Koffer mitgenommen, und als Vediha mich damit draußen im Garten gesehen hat, hat sie mir weinend nachgerufen: »Geh nicht, Samiha, bitte bitte, geh nicht!« Als ich zum Taxi gegangen bin, habe ich nicht gewusst, was ich sagen oder tun soll. Ich hatte wohl vor zu sagen »Ich kann nicht, meine Schwester weint so«, aber da ist auch schon die Taxitür aufgegangen, und die haben mich reingezogen. Ich habe mich zu Vediha nicht mal umdrehen können.

VEDIHA. Sie haben sie mit Gewalt in das Auto rein, ich habe es mit eigenen Augen gesehen. Ich habe um Hilfe geschrien. Leute, helft mir, sonst bin hinterher ich an allem schuld. Diese Kerle entführen meine Schwester! Hilfe!

SÜLEYMAN. Als ich vom Mittagsschlaf aufgestanden bin, habe ich gesehen, dass an der Hintertür ein Auto stand. Bozkurt und Turan haben draußen gespielt. Dann habe ich gehört, wie Vediha schreiend in den Garten gelaufen ist.

VEDIHA. Mit meinen Pantoffeln kann ich ja kaum laufen. Haltet das Taxi auf, habe ich gerufen. Samiha, steig aus, steig aus!

SÜLEYMAN. Ich bin ihnen hinterhergerannt, habe sie aber nicht erwischt. Sterben könnte ich vor Wut! Ich bin dann zurückgelaufen und denen mit dem Lieferwagen nachgerast. Als ich unten vor unserem Laden angekommen bin, war das Auto schon um die Kurve, in Richtung Mecidiyeköy. Aber die Sache ist noch nicht vorbei. Samiha hat Ehre im Leib, die steigt bei der ersten Gelegenheit aus. Sie ist nicht weggelaufen und auch nicht entführt worden. Sie kommt zurück. Verstehen Sie das alles bitte nicht falsch! Schreiben Sie nichts darüber, DAMIT DIE SACHE NICHT AUFGEBAUSCHT WIRD, habe ich gesagt. Beflecken Sie die Ehre eines tugendhaften Mädchens nicht. Ich habe das Auto von weitem gesehen, es aber nicht einholen können. Da habe ich meine Pistole aus dem Handschuhfach geholt und zweimal in die Luft geschossen. Aber schreiben Sie das nicht, denn sie ist gar nicht weggelaufen. Das wird sonst alles nur falsch aufgefasst!

SAMIHA. Nein, es wird schon richtig aufgefasst. Ich bin weggelaufen. Aus freien Stücken. Was Sie gehört haben, stimmt alles. Ich kann es ja selber kaum glauben. Ich habe mich verliebt! Die Liebe hat mich zu alledem gebracht, und als auf einmal geschossen worden ist, habe ich mich gut gefühlt. Weil damit die Würfel gefallen waren? Aus dem Taxi hat dann auch einer in die Luft geschossen, nur damit klar war, dass wir auch bewaffnet sind, aber in Mecidiyeköy haben sie die Pistole wieder versteckt. Süleyman war also daheim und ist uns nachgefahren, das macht mir zwar Angst, aber bei dem Verkehr findet er uns bestimmt nicht. Ich bin überglücklich. Sehen Sie: Mich kann keiner kaufen. So eine Wut habe ich auf alle gehabt!

SÜLEYMAN. Als ich freie Fahrt hatte, habe ich auf die Tube gedrückt. Da sehe ich auf einmal diesen verdammten Lastwagen, reiße das Steuerrad rum, und peng, schon bin ich in die Mauer gekracht. Wo bin ich? Ich sitze reglos da und versuche zu begreifen. Mir brummt der Kopf. Ach ja, stimmt! Samiha ist abgehauen. Da stehen schon neugierige Kinder herum. Ich muss mit dem Kopf an den Rückspiegel geknallt sein, mir läuft Blut runter, aber weiter, zurücksetzen, erster Gang rein, den Kerlen hinterher.

VEDIHA. Als die Jungs die Schüsse gehört haben, sind sie rausgerannt, als gäbe es ein Feuerwerk. »Bozkurt, Turan, geht ins Haus und macht die Tür zu«, habe ich gerufen. Sie haben nicht auf mich gehört, da habe ich dem einen eine geklebt und den anderen am Arm gepackt und reingezogen. Ich muss die Polizei anrufen, habe ich erst gedacht. Aber war das richtig, wo doch Süleyman geschossen hatte? »Was steht ihr da und glotzt? Ruft Papa an!« Ich hatte ihnen verboten, das Telefon anzurühren, weil sie damit Unfug treiben. Bozkurt hat die Nummer gewählt und gesagt: »Papa, Tante Samiha ist mit einem Mann weggelaufen!«

Obwohl ich geweint habe, habe ich mir – ganz unter uns – schon auch gedacht, dass Samiha irgendwie recht hatte. Ja, schon, der arme Süleyman war verliebt in sie. Aber er ist eben weder der Allerklügste noch der Allerschönste. Und schon ziemlich dick. Seine langen, gebogenen Wimpern, die manchen Mädchen gut gefallen haben, hat Samiha lächerlich weibisch gefunden. Und obwohl er verliebt war, hat er ständig Sachen getan, die Samiha in den Wahnsinn getrieben haben. Wieso tun Männer so was? Sie hat es einfach nicht mehr ausgehalten, dieses angeberische Getue, diese Großspurigkeit, sobald Süleyman ein bisschen Geld in der Tasche hatte. Du hast dich nicht einfach einem Mann ausgeliefert, den du nicht liebst, bravo, Schwesterchen, jetzt sag mir aber, ob der, mit dem du auf und davon bist, ein bisschen mehr Verstand hat. Ich habe da meine Zweifel. Wozu muss der mit einem Taxi anrücken? Wir sind doch hier nicht auf dem Dorf!

SAMIHA. Ich genieße die Fahrt. Leute, die zwischen Bussen über die Straße hetzen selbstbewusste Frauen im kurzen Rock, Kutschen, Parks, schöne alte Häuser. Süleyman hat genau gewusst, dass ich gern viel öfter mit ihm mitgefahren wäre, ich habe es ihm ja oft genug gesagt, aber wissen Sie, warum er mich trotzdem fast nie mitgenommen hat? Ich habe viel darüber nachgedacht und bin zu dem Schluss gekommen, dass er mir zwar einerseits nahe sein wollte, aber zugleich Angst hatte, dass er vor einem Mädchen die Achtung verliert, das sich schon vor der Ehe zu sehr mit einem Mann einlässt. Egal, ich heirate den Mann, den ich liebe. Geld kümmert mich nicht, ich habe auf die Stimme meines Herzens gehört.

SÜLEYMAN. Als ich in Mecidiyeköy ankam, waren die wohl schon in Şişli. Ich habe es aufgegeben, bin zurückgefahren und habe versucht, mich zu beruhigen. Ich konnte nicht glauben, was ich gesehen hatte, denn wer soll es wagen, am helllichten Tag mitten in Istanbul jemanden zu entführen? So was Verrücktes tut keiner, denn das geht tödlich aus.

SAMIHA. Also, erstens ist man in Duttepe nicht »mitten in Istanbul«, und zweitens habe ich selber, wie Sie ja wissen, Süleyman nichts versprochen. Aber stimmt, die Sache kann tödlich ausgehen, doch das gilt ja für jedermanns Leben, und weil wir das wissen, hauen wir so weit ab, wie nur möglich, und Istanbul ist groß. Wir verwischen unsere Spur. An einem Imbiss trinken wir Ayran aus der Tüte. Mein Geliebter kriegt davon einen weißen Schnurrbart. Gebt euch keine Mühe, ich sage nicht, wie er heißt, und ihr werdet uns nie finden.

SÜLEYMAN. Vediha hat mir die Stirn mit Watte betupft. Ich bin in den Garten raus und habe zweimal auf den Maulbeerbaum geschossen. Dann hat diese seltsame Stille eingesetzt. Ich habe mir dauernd gedacht, jeden Augenblick kann Samiha zurückkehren, als wäre nichts gewesen. Abends waren alle daheim. Der Fernseher ist ausgemacht worden, als ob jemand gestorben wäre, und da habe ich gemerkt, wie sehr mir vor allem diese Stille wehgetan hat. Mein Bruder hat Kette geraucht, Abdurrahman Efendi war betrunken, und Vediha hat geweint. Um Mitternacht bin ich in den Garten, habe auf die Lichter von Istanbul hinuntergeschaut und zu Gott geschworen, dass ich mich rächen werde. Irgendwo da unten zwischen diesen Millionen von Lichtern sitzt an einem Fenster Samiha. Der Gedanke, dass sie mich nicht liebt, tut so weh, und ich stelle mir lieber vor, sie ist mit Gewalt entführt worden, und dann will ich diese Saukerle umbringen. Unsere Vorfahren haben Schuldige vorher auch noch gefoltert. Da begreift man erst, wie wichtig Traditionen sind.

ABDURRAHMAN EFENDI. Wie das so ist, als Vater, dessen Töchter alle abhauen? Na ja, ein bisschen schäme ich mich, aber irgendwie bin ich auch stolz, dass meine Töchter sich nicht vorschreiben lassen, wen sie heiraten sollen. Wenn sie noch eine Mutter hätten, hätten sie mit ihr den Richtigen aussuchen können, ohne weglaufen zu müssen. Beim Heiraten ist ja nicht Liebe das Wichtigste, sondern Vertrauen. Hoffentlich setzen sie meiner armen Vediha nicht allzu sehr zu, wenn sie ins Dorf fährt. Aber die ist klüger, als sie aussieht, vielleicht kommt sie ja um eine Strafe herum.

SÜLEYMAN. Seit Samiha weg ist, bin ich noch mehr in sie verliebt. Vorher war ich verliebt, weil sie schön und klug ist und jeder sie will, aber das war normal. Jetzt bin ich gerade deshalb in sie verliebt, weil sie mich verlassen hat, und das ist sogar noch normaler, aber der Schmerz bringt mich um. Morgens fahre ich ins Geschäft, und dort stelle ich mir vor, dass Samiha zurück ist und ich nur schnell wieder heimfahren muss, und da ist sie auch schon und wir heiraten und feiern eine Riesenhochzeit.

KORKUT. »Es ist gar nicht so leicht, ein Mädchen zu entführen, wenn bei ihr im Haus nicht jemand mithilft«, habe ich ein paarmal gesagt, um Vediha auf den Zahn zu fühlen, aber die heult dann immer nur und sagt: »Was weiß ich, ich kenne mich doch nicht aus hier in der Großstadt.« Als ich einmal mit Abdurrahman Efendi allein war, habe ich gesagt: »Es soll ja Väter geben, die sich erst von jemandem Geld geben lassen und sich damit einen Wanst anfressen, und dann, wenn sie eine reiche Partie finden, verhökern sie ihre Tochter und tun so, als wäre sie abgehauen. Versteh mich nicht falsch, Abdurrahman Efendi, du bist über jeden Verdacht erhaben, aber Samiha, die hätte an so was doch denken müssen, oder?« Darauf hat er gesagt »Ich werde mir Samiha als Allererster vorknöpfen«, ist aus dem Haus gegangen und zum Abendessen nicht zurückgekommen. Da habe ich zu Vediha gesagt: »Ich weiß ja nicht, wer von euch ihr geholfen hat, aber solange ich nicht erfahre, mit wem sie abgehauen ist, gehst du mir nicht aus dem Haus.« Antwortet sie doch glatt: »Du lässt mich ja sowieso nicht aus dem Viertel raus, da kann ich genauso gut im Haus bleiben. Darf ich wenigstens in den Garten?«

SÜLEYMAN. Eines Abends habe ich zu Abdurrahman Efendi gesagt, dass ich mit ihm was zu besprechen habe, und bin mit ihm an den Bosporus gefahren. Im Fischrestaurant Tarator in Sarıyer haben wir uns möglichst weit vom Aquarium entfernt in eine Ecke gesetzt. »Abdurrahman Efendi, du bist alt genug, du musst es wissen«, habe ich gesagt, als er sich auf nüchternen Magen noch einen zweiten Raki einschenkt hat, bevor die Muscheln kamen. Und dann habe ich ihn gefragt: »Wofür lebt der

Mensch?« Er hatte wohl unterwegs schon gemerkt, dass unser Gespräch unangenehm werden könnte, darum hat er lang nach einer unverfänglichen Antwort gesucht. »Dafür, dass er geliebt wird«, hat er schließlich gesagt. »Und weiter?« Wieder hat er nachgedacht. »Für seine Freunde.« »Und weiter?« »Fürs Glück. Für Gott. Für sein Volk …« Da habe ich ihn unterbrochen: »Der Mensch lebt für seine Ehre, Abdurrahman Efendi!«

ABDURRAHMAN EFENDI. Nicht gesagt habe ich ihm, dass ich eigentlich für meine Töchter lebe. Ich habe für den zornigen jungen Mann Verständnis gezeigt, denn ein wenig hatte er ja recht, und noch viel mehr hat er mir leidgetan. Wir haben derart viel getrunken, dass Erinnerungen, die ich längst vergessen glaubte, auf einmal in dem Aquarium nebenan herumgeschwommen sind wie U-Boote. Irgendwann habe ich meinen Mut zusammengenommen und gesagt: »Süleyman, Junge, du bist wütend, bist gekränkt, und das verstehe ich. Wir sind auch traurig und wütend, denn Samiha hat uns ganz schön etwas eingebrockt. Aber um irgendeine Ehre, die wiederhergestellt werden muss, geht es hier ganz und gar nicht. Deine Ehre ist in keiner Weise befleckt worden. Du bist weder Samihas Ehemann noch ihr Verlobter. Ach, hättet ihr bloß heiraten können, ohne euch vorher kennenzulernen, dann wärt ihr bestimmt miteinander glücklich geworden. Aber jetzt daraus eine Ehrensache zu machen wäre falsch. Von Ehre zu reden, ist doch bloß ein Vorwand, damit man jemanden guten Gewissens um die Ecke bringen kann. Willst du meine Tochter etwa töten?«

»Entschuldige schon, Abdurrahman Efendi«, hat Süleyman pikiert erwidert, »soll ich vielleicht nicht das Recht haben, mir den Dreckskerl, der Samiha entführt hat, zu schnappen und zur Rede zu stellen? Hat der Kerl mich etwa nicht gedemütigt?« »Versteh mich nicht falsch, Junge.« »Darf ich das oder darf ich das nicht?« »Beruhige dich, Junge.« »Das ist gar nicht einfach, wenn man so ausgenützt wird in dieser Scheißstadt, wo wir uns mühsam was aufgebaut haben.« »Hör mal, wenn ich könnte, würde ich Samiha an den Ohren nach Hause ziehen. Sie weiß wohl selber, dass sie was Falsches getan hat. Und vielleicht steht sie ja auch, während wir hier sitzen und trinken, mit dem Koffer in der Hand vor eurer Haustür.« »Meinst du etwa, wir nehmen sie dann wieder auf?« »Was, das würdet ihr nicht tun?« »Ich habe eine Ehre im Leib.« »Der hat doch keiner was getan ...«

Wir haben gesoffen, bis das Restaurant zumachte. Auf einmal ist Süleyman aufgestanden, und bevor ich wusste, wie mir geschah, hat er mich um Verzeihung gebeten, mir ehrerbietig die Hand geküsst, und ich musste ihm versprechen, dass jenes Gespräch unter uns bleiben würde. »Ich werde auch Samiha nichts davon erzählen«, habe ich schließlich sogar gesagt. Mit weinerlicher Stimme hat er geantwortet, dass ich vom Gesichtsausdruck und den Gesten her viel Ähnlichkeit mit Samiha hätte. »Tja, Väter gleichen eben ihren Töchtern«, habe ich stolz erwidert.

»Ich habe viel falsch gemacht«, hat Süleyman gesagt. »Ich habe den Macker raushängen lassen, aber Freunde sind wir so nicht geworden. Sie hat aber auch eine spitze Zunge. Und wie man mit Mädchen redet, hat mir niemand beigebracht. Also habe ich mit ihr geredet wie mit einem Mann, bloß ohne die Flucherei. Hat aber nichts genützt.«

Bevor wir losgefahren sind, hat er sich auf der Toilette das Gesicht gewaschen, und als er zurückgekommen ist, hat er wieder nüchtern gewirkt. In İstinye sind wir aber in eine Verkehrskontrolle geraten und mussten einen Haufen Schmiergeld lockermachen.

7. Das zweite Mädchen

Sein Leben war so,
als würde es einem anderen widerfahren

Lange bekam Mevlut von diesen Ereignissen und auch vom Rest der Welt nichts mit, denn er war damals noch Feuer und Flamme für sein geschäftliches Fortkommen. Wie die Helden von Büchern wie *Der erfolgreiche Geschäftsmann* steckte er voller Optimismus und glaubte an »Ideen«: Bestimmt könne er mehr verdienen, wenn er die Vitrine seines Karrens mit einer stärkeren Lampe ausstattete; wenn er sich mehr mit den anderen Verkäufern zusammentat, die sporadisch Ayran, Tee oder Cola feilboten und dann wieder weg waren; wenn er mit den Kunden intensivere Gespräche führte. Mevlut bemühte sich sehr um Stammkunden zwischen Kabataş und Fındıklı. Wenn größere Betriebe, von denen manche Angestellte bei ihm im Stehen aßen, sich auf keine direkte Belieferung einließen, machte ihm das nichts weiter aus, aber wenn irgendeine Klitsche für seinen Pilav eine Rechnung verlangte, ärgerte er sich doch. Über ein gutes Verhältnis zu Pförtnern, Laufburschen, Türstehern und Teejungen versuchte er in den Firmen Kontakt zu den Buchhaltern und den leitenden Angestellten zu bekommen. Und da, eines Abends, eröffnete ihm Rayiha, sie sei wieder schwanger. Und es sei wieder ein Mädchen.

»Woher willst du das wissen? Wart ihr etwa wieder alle drei im Krankenhaus?«

»Nicht alle drei. Samiha war nicht dabei. Die ist weggelaufen, weil sie Süleyman nicht heiraten wollte.«

»Was?!«

Darauf erzählte sie ihm, was sie erfahren hatte.

Als er an jenem Abend wie ein Schlafwandler durch Feriköy ging und »Bozaaa!« rief, trugen ihn seine Füße wie von selbst auf den Friedhof. Es war Vollmond. Die Zypressen und die Grabsteine glänzten manchmal silbern auf, dann tauchten sie wieder ins Dunkel. Auf dem zementierten

Weg, der mitten durch den Friedhof führte, kam er sich vor, als wandelte er durch einen Traum. Als würde aber nicht er selbst über den Friedhof gehen, sondern ein anderer, und als würde auch sein ganzes Leben eigentlich einem anderen widerfahren.

Der Weg wand sich wie ein Teppich immer steiler den Hügel hinab. Wer war der Mann, mit dem Samiha auf und davon war? Würde Samiha eines Tages zu ihm sagen: »Unter dem Eindruck meiner Augen hat Mevlut mir Liebesbriefe geschrieben, dann hat er meine Schwester geheiratet«? Wusste Samiha das überhaupt?

RAYIHA. »Letztes Mal hast du einen Jungennamen gesucht, und es ist ein Mädchen geworden«, habe ich zu Mevlut gesagt, als ich ihm das Buch mit den religiösen Namen reichte. »Wenn du diesmal alle Mädchennamen durchgehst, wird es ja vielleicht ein Junge. Schau doch mal nach, ob es Mädchennamen gibt, in denen Allah vorkommt.« »Gibt es nicht«, hat Mevlut geantwortet. Für Mädchen kämen höchstens die Namen von Mohammeds Frauen in Frage. »Von der ganzen Reisesserei werden wir irgendwann noch zu Chinesen«, habe ich gescherzt. Lachend hat er Fatma auf den Schoß genommen und sie auf die Wange geküsst. Dass sie zu weinen angefangen hat, weil sein Schnurrbart sie stach, habe ich ihm erst sagen müssen.

ABDURRAHMAN EFENDI. Die Mutter meiner Kinder hieß Fevziye, darum habe ich Rayiha diesen Namen für ihr zweites Kind vorgeschlagen. Nur weil Fevziyes Töchter alle in Istanbul leben und zwei davon rebellisch sind, brauchen Sie nicht zu denken, sie selbst – möge sie in Frieden ruhen – hätte ein abenteuerliches Leben geführt. Sie hat mit fünfzehn den ersten Mann geheiratet, der sie wollte, nämlich mich, und ihr kurzes Leben lang hat sie keinen Schritt aus Gümüşdere hinausgetan. Wenn ich jetzt traurig zum Busfenster hinaussehe und mir eingestehen muss, dass ich mich in Istanbul wieder nicht habe halten können, dann denke ich mir, ich hätte genauso wie sie das Dorf niemals verlassen sollen.

VEDIHA. Korkut redet kaum mit mir, kommt selten nach Hause und bügelt mich ab, sobald ich was sage. Süleyman und er haben mit ihrem Schweigen und ihren Anspielungen meinem Vater so zugesetzt, dass der arme Mann seinen Koffer gepackt hat und ins Dorf zurück ist. Wenn ich allein bin, weine ich mir die Augen aus. Das Zimmer, in dem Papa und Samiha geschlafen haben, ist innerhalb eines Monats leer geworden. Manchmal gehe ich rein, sehe die zwei Betten, und schon heule ich los und schäme mich. Wenn ich zum Fenster auf die Stadt hinaussehe, stelle ich mir jedes Mal vor, mit wem Samiha wohl weggelaufen ist. Recht hat sie gehabt.

SÜLEYMAN. Jetzt ist es fünfzig Tage her, dass sie weg ist, und immer noch nicht der geringste Hinweis. Ich trinke immer mehr Raki. Nicht beim Abendessen, da würde mein Bruder schimpfen, sondern still und leise auf meinem Zimmer, als Medizin praktisch, oder irgendwo in Beyoğlu. Manchmal rase ich einfach mit dem Lieferwagen los und versuche alles zu vergessen.

Wenn ich nach Karaköy fahre, um für den Laden Nägel, Farbe oder Zement zu kaufen, dauert es bei dem Verkehr dort Stunden, bis ich aus den Menschenmassen wieder heraus bin. Manchmal fahre ich in Üsküdar aufs Geratewohl eine Straße rein und sehe Häuser aus Kohleziegeln, Betonwände, eine Moschee, eine Fabrik, einen Platz, eine Bank, ein Restaurant, eine Bushaltestelle, aber keine Samiha. Dabei wächst in mir das Gefühl, dass sie hier irgendwo sein könnte, und ich komme mir vor, als würde ich mitten in einem Traum auf einmal das Steuer herumreißen.

Die Geburt von Mevluts und Rayihas zweiter Tochter Fevziye im August 1984 verlief problemlos und machte keine zusätzlichen Krankenhauskosten erforderlich. Mevlut war so glücklich, dass er auf sein Verkaufsgefährt MÄDCHENPILAV schrieb. Höchstens störte ihn, dass in der Nacht oft beide Mädchen weinten und Vediha, die angeblich nur zum Helfen kam, sich in alles einmischte.

»Lass doch diese Reisgeschichte und arbeite bei uns im Laden mit, dann hat Rayiha nicht mehr so viel Mühe«, sagte sie etwa.

»Unser Geschäft läuft ausgezeichnet«, erwiderte Mevlut und musste sich über seine Frau ärgern, die Vediha mit Blicken zu verstehen gab, ganz das Gegenteil sei der Fall. »Was hat sie das zu kümmern?«, fragte er hinterher verstimmt und hätte Rayiha am liebsten verboten, nach Duttepe zu fahren, doch dazu hatte er eigentlich kein Recht, und so ließ er es.

8. Kapitalismus und Tradition

Mevluts glückliches Heim

Als Mevlut im Februar 1985 eines kalten Abends, an dem die Geschäfte so gar nicht liefen, seine Sachen zusammenpackte und nach Hause gehen wollte, sah er Süleymans Lieferwagen heranfahren. »Mensch, jeder hat Fevziye schon ein Geschenk gebracht, bloß ich noch nicht«, sagte Süleyman zum Autofenster heraus. »Komm, steig ein, reden wir ein bisschen. Was macht das Geschäft? Sag mal, frierst du nicht?«

Als Mevlut auf dem Beifahrersitz Platz nahm, fiel ihm ein, dass bis vor einem Jahr dort Samiha oft gesessen hatte, als sie noch mit Süleyman in Istanbul herumfuhr.

»Jetzt verkaufe ich schon zwei Jahre lang Pilav, aber zu einem Kunden ins Auto gestiegen bin ich noch nie. Da wird einem ja schwindlig hier oben. Ich steige wieder aus.«

»Komm, bleib sitzen, ich muss mit dir reden«, sagte Süleyman und hielt Mevluts Hand fest, die schon auf dem Türgriff lag. Er sah Mevlut in die Augen, und in seinem Blick lag all sein Liebesunglück.

Mevlut fasste den Blick so auf, dass Süleyman zu ihm sagen wollte: »Jetzt sind wir quitt!« Süleyman tat ihm leid, obwohl ihm deutlicher denn je vor Augen stand, wie er damals Samiha mit Rayiha hatte verwechseln können, nämlich nur, weil Süleyman ihn hintergangen hatte.

Hätte Süleyman wie vorgesehen Samiha geheiratet, hätten sowohl er als auch Mevlut um des lieben Friedens willen so getan, als ob ein solcher Betrug nie stattgefunden hätte.

»Ich muss schon sagen, Respekt, Süleyman, bei deinem Bruder und dir scheint es ganz schön zu laufen, nur unsereiner kommt nicht von der Stelle. Die neuen Häuser der Vurals sollen schon zur Hälfte verkauft sein, dabei ist der Grundstein noch gar nicht gelegt.«

»Gott sei Dank verdienen wir recht ordentlich. Wir finden aber, das solltest du auch.«

»Ach ja, ihr habt was für mich? Soll ich etwa in Vurals Büro Tee servieren?«

»Willst du das denn?«

»Da kommt ein Kunde«, sagte Mevlut und stieg aus. Obwohl weit und breit niemand zu sehen war, tat Mevlut mit dem Rücken zum Lieferwagen so, als ob er jemanden bedienen müsste. Er häufte Pilav auf einen Teller, klopfte ihn mit dem Löffelrücken flach, und als er den kleinen Gaskocher zudrehte, hörte er zu seiner Erleichterung, dass Süleyman ausstieg und zu ihm kam.

»Na gut, dann reden wir eben nicht«, sagte Süleyman. »Aber mein Geschenk möchte ich schon persönlich übergeben. Und das Mädchen überhaupt mal sehen.«

»Wenn du nicht weißt, wo ich wohne, dann fahr mir einfach nach«, erwiderte Mevlut und schob seinen Karren los.

»Laden wir das Wägelchen doch hinten auf.«

»Unterschätze dieses Lokal auf drei Rädern lieber nicht. Der Herd ist empfindlich und auch ziemlich schwer.«

Wie jeden Nachmittag zwischen vier und fünf schob er den Wagen schnaufend die steile Kazancı-Straße in Richtung Taksim-Platz (was in der Regel an die zwanzig Minuten in Anspruch nahm). Süleyman fuhr ihm nach, rief aber schon bald: »Mevlut, dann häng ihn doch hinten an, und ich zieh ihn langsam hoch.«

Das hörte sich freundlich gemeint an, aber Mevlut ging weiter, als hätte er nichts gehört. Kurz darauf blieb er doch stehen, zog die Handbremse und sagte: »Fahr du schon mal zum Taksim-Platz rauf und warte an der Bushaltestelle nach Tarlabaşı auf mich.«

Süleyman drückte aufs Gas und war im Nu verschwunden. Mevlut grämte sich, dass sein Cousin bald sehen würde, wie ärmlich es bei ihm aussah. Eigentlich hatte es ihm gefallen, wie friedfertig Süleyman mit ihm geredet hatte. Über ihn könnte er an die Vurals herankommen und dann vielleicht Rayiha und den Kindern ein angenehmeres Leben bieten.

Zu Hause kettete er im Hinterhof den Wagen an. Als Rayiha nicht gleich zum Helfen herunterkam, zischte er im Treppenhaus: »Wo bleibt die denn?« Er fand sie in der Küche und sagte: »Gleich kommt Süleyman mit einem Geschenk. Räum schnell auf, damit es nicht so aussieht!«

»Wozu denn? Soll er doch sehen, wie's uns geht.«

»Gut geht es uns«, sagte Mevlut, der sofort besserer Laune war, als er seine Töchter sah. »Er soll bloß nicht irgendwelchen Käse herumerzählen. Wenigstens lüften sollten wir, hier stinkt's.«

»Lass das Fenster zu, sonst erkälten sich die Kinder noch. Soll ich mich vielleicht dafür schämen, wie es hier riecht? Riecht es bei denen etwa nicht so?«

»Nein, tut es nicht. Die dort mit ihrem Riesengarten, ihrem Strom, ihrem fließenden Wasser ... Aber wir sind hier viel glücklicher. Bist du mit dem Boza fertig? Räum doch wenigstens die Tücher da weg.«

»Entschuldige, aber ich kann mich nicht gleichzeitig um zwei Kinder, um das Boza, den Reis, die Hähnchen, das Geschirr und die Wäsche kümmern.«

»Korkut und Süleyman wollen mir eine Arbeit anbieten.«

»Was für eine?«

»Dass wir miteinander bei den Vurals die Teeküche übernehmen.«

»Davon glaube ich kein Wort. Süleyman will dich bestimmt bloß aushorchen, ob du nicht weißt, wo Samiha ist. Wenn den beiden so sehr an dir gelegen ist, warum haben sie dir dann die Arbeit nicht schon früher angeboten?«

SÜLEYMAN. Ich habe gesehen, wie armselig Mevlut in Kabataş in dem eisigen Wind stand und auf Kunden wartete, da wollte ich ihn nicht noch zusätzlich quälen. Weil ich in Taksim nicht parken konnte, habe ich das Auto in einer Seitenstraße abgestellt und von dort bekümmert mit angesehen, wie er sich die Steilstraße hochgequält hat.

Dann bin ich ein wenig in Tarlabaşı herumgegangen. Nach dem Militärputsch hat der General, der dann Bürgermeister von Istanbul geworden ist, alle Schreinereien und Autowerkstätten, die es da gab, kurzerhand aus der Stadt raus verbannt, und die Junggesellenwohnungen, wo lauter Tellerwäscher und Kellner zusammen gehaust haben, sind aufgelöst worden, denn das seien Bazillennester, hat es geheißen. Hier in den Straßen ist es immer leerer geworden. Die Vurals wollten hier Bruchbuden billig aufkaufen, um was Neues hinzustellen, aber das war zu kompliziert, weil die Häuser Griechen gehörten, die 1964 nach Athen geschickt worden sind. Und die hiesige Mafia ist stärker und erbarmungsloser als die Banditen in Duttepe. Innerhalb von fünf Jahren haben sich hier so viele arme Schlucker eingenistet, Kurden, Zigeuner und Leute von wer weiß woher, dass es inzwischen schlimmer zugeht als in Duttepe vor fünfzehn Jahren. Um hier mal richtig aufzuräumen, bräuchte es schon einen neuen Putsch.

Ich bin zu Mevlut und habe Rayiha mein Geschenk gegeben, eine Puppe. In dem Zimmer war eine solche Unordnung, dass mir fast schwindlig geworden ist: Windeln, Teller, Nachttöpfe, Wäsche, Kichererbsensäcke, Zuckerpakete, ein Gaskocher, Babynahrung, Waschmittel, Töpfe, Milchflaschen, Plastikwannen, Bettzeug, und das alles so bunt durcheinander wie in einer sich drehenden Waschmaschine.

»Mevlut, mir hat es ja schon Vediha erzählt, aber ich wollte es nicht glauben, und jetzt sehe ich es mit eigenen Augen, dieses Familienglück, das ihr hier mit euren Kindern habt. Das macht mich selber ganz glücklich.«

»Und warum wolltest du es nicht glauben, als dir Vediha davon erzählt hat?«, hat Mevlut gefragt.

»Wenn ich dieses Glück sehe, möchte ich selber gleich heiraten.«

»Warum du es nicht glauben wolltest, frage ich dich.«

Rayiha hat uns Tee eingeschenkt und gesagt: »Anscheinend gar nicht so einfach, dir ein Mädchen schmackhaft zu machen, Süleyman. Setz dich doch.«

»Es ist eher so, dass die Mädchen mich nicht mögen«, habe ich gesagt, bin aber stehen geblieben.

»Vediha sagt: ›Alle hübschen Mädchen sind in Süleyman verliebt, aber er will keine.‹«

»Soso, sie erzählt also gleich herum, was sie für mich tut. Von welchem hübschen Mädchen ist da die Rede?«

»Vediha meint es gut mit dir.«

»Weiß ich schon, aber die war nichts für mich, ein Fan von Fenerbahçe, was soll ich mit so einer?« Ich habe mich selbst gewundert, wie schlagfertig ich war.

»Dann soll da noch eine gewesen sein, eine ziemlich Große.«

»Du weißt aber auch alles. Die war zu modern, Rayiha. Nichts für uns.«

»Sag mal, Süleyman, wenn du eine Hübsche, Anständige findest, die aber kein Kopftuch aufhat, nimmst du sie dann nicht?«

Mevlut hat zu uns herübergerufen: »Rayiha, wie kommst du bloß auf solches Zeug? Vom Fernsehen?« Er hat in seinem Boza gerührt.

»Mensch, Rayiha, jetzt tu doch nicht so, als wäre ich ein eingebildeter Typ, dem keine recht ist. Zu der, die bei Kasım als Haushaltshilfe arbeitet, hätte ich fast schon ja gesagt.«

»Haushaltshilfe, das könnte ich auch machen«, hat Rayiha stolz ausgerufen. »Ehrliche Arbeit ist keine Schande.«

»Und das, meinst du, würde ich erlauben?«, hat Mevlut gefragt.

»Eigentlich arbeite ich ja als Haushaltshilfe, als Dienstmädchen, als Köchin eines Restaurants auf drei Rädern, als Fachfrau für Boza«, hat Rayiha lächelnd gesagt. »Also stell mir gefälligst einen Arbeitsvertrag aus. Sonst streike ich nämlich. Und das darf ich laut Gesetz.«

»Gesetz hin oder her, was hier im Haus geschieht, bestimme ich«, hat Mevlut getönt.

»Ach, Rayiha«, habe ich eindringlich gesagt, »wenn du schon so vieles weißt, dann weißt du vielleicht auch, worauf ich neugierig bin.«

»Süleyman, ich weiß weder, mit wem noch wohin Samiha abgehauen ist. Versuch hier nicht, uns auszuhorchen. Es reicht schon, wie Korkut meinen Vater behandelt hat, nur weil er sich einbildet, dass der Bescheid weiß.«

»Komm, Mevlut, gehen wir ins Çardak und reden wir ein bisschen«, sagte Süleyman.

»Dass mir Mevlut aber ja nicht zu viel trinkt«, erwiderte Rayiha. »Kaum hat er ein Glas intus, plaudert er alles aus. Der ist nicht wie ich.«

»Ich weiß schon selber, wie viel ich vertrage!«, antwortete Mevlut unwirsch. Ihm gefiel nicht, wie ungezwungen Rayiha mit Süleyman umging und dass zudem ihr Kopftuch so locker saß. Ganz offensichtlich war sie öfter in Duttepe, als sie zugab, und nahm an dem glücklichen Leben dort regen Anteil. »Du brauchst heute keine Kichererbsen einzuweichen«, sagte er beim Hinausgehen streng.

»Den Pilav von heute Morgen hast du sowieso fast ganz wieder heimgebracht«, gab sie bockig zurück.

Draußen fiel Süleyman erst nicht ein, wo genau er seinen Lieferwagen abgestellt hatte. Als er ihn fand, strahlte er.

»Hier solltest du nicht parken«, sagte Mevlut. »Da klauen dir Kinder den Außenspiegel weg. Oder sie kratzen das Ford-Emblem runter und verkaufen es an Ersatzteilhändler oder hängen es sich als Schmuck um den Hals. Bei einem Mercedes wärst du jetzt garantiert deinen Stern los.«

»Als ob in das Viertel hier je schon ein Mercedes reingefahren wäre.«

»Unterschätz mir dieses Viertel nicht. Hier haben früher die tüchtigsten und fleißigsten Griechen und Aramäer gelebt. Die haben in Istanbul was auf die Beine gestellt.«

Das Çardak, ein früher von Griechen betriebenes Restaurant, war nur drei Straßen weiter in Richtung Beyoğlu hinauf, aber Mevlut und

Rayiha hatten noch kein einziges Mal dort gegessen. Es war noch früh, und sie setzten sich an einen der vielen leeren Tische. Ohne Mevlut zu fragen, bestellte Süleyman für beide einen doppelten Raki und einen Vorspeisenteller mit Käse und Muscheln, dann kam er gleich zur Sache.

»Vergessen wir den Streit unserer Väter um die Grundstücke und so. Ich soll dir von Korkut einen schönen Gruß ausrichten. Wir beide wollen mit dir ernsthaft über Geschäfte reden.«

»Was für Geschäfte?«

Süleyman hob erst sein Glas und prostete Mevlut zu. Der nahm nur einen ganz kleinen Schluck und stellte das Glas wieder ab.

»Was ist? Trinkst du nichts?«

»Ich kann bei meinen Kunden nicht gut betrunken aufkreuzen. Ich gehe ja bald los auf Boza-Tour.«

»Und außerdem traust du mir nicht und meinst, wenn du was trinkst, bringe ich dich zum Reden, was? Aber hör mal, habe ich dein großes Geheimnis irgendjemandem verraten?«

Mevlut pochte das Herz.

»Welches große Geheimnis?«

»Mevlut, du vertraust mir sogar so sehr, dass du das vergessen hast. Aber du kannst mir glauben, ich habe es auch vergessen, und ich habe es niemandem erzählt. Und damit du mir noch mehr vertraust, möchte ich dich an so einiges erinnern: Als du dich auf Korkuts Hochzeit verliebt hast, habe ich dir da geholfen oder nicht?«

»Klar hast du das.«

»Und habe ich dich nach Akşehir gefahren oder nicht?«

»Nochmals vielen Dank dafür, Süleyman. Dir habe ich zu verdanken, dass ich jetzt so glücklich bin.«

»Bist du wirklich glücklich? Manchmal will man ja etwas Bestimmtes, aber man kriegt was anderes. Aber trotzdem sagt man sich, dass man glücklich ist.«

»Warum sollte sich jemand das sagen, wenn er es gar nicht ist?«

»Weil er sich schämt. Weil es ihn noch unglücklicher machen würde, das zuzugeben. Aber auf dich trifft das ja nicht zu. Du bist hochzufrieden mit deinem Leben mit Rayiha. Jetzt kannst du auch für mein Glück etwas tun.«

»Ich werde dir genauso helfen.«

»Wo ist Samiha? Glaubst du, dass sie zurückkommt? Sag mir die Wahrheit, Mevlut.«

Mevlut überlegte kurz, dann sagte er: »Schlag sie dir aus dem Kopf.«

»Ach ja, das brauche ich mir bloß zu sagen, und schon ist sie weg aus meinem Kopf? Ganz im Gegenteil, dann setzt sie sich noch mehr drin fest. Mein Bruder und du, ihr habt ihre Schwestern geheiratet, bei euch ist alles in Butter. Aber ich habe die dritte nicht gekriegt, und je mehr ich sie zu vergessen suche, umso mehr muss ich an sie denken. An ihre Augen, ihre ganze Art, ihre Schönheit. Was soll ich denn tun? Und dann noch dieser Mensch, der mich so gedemütigt hat …«

»Welcher Mensch?«

»Na, der Hurensohn, der Samiha entführt hat. Wer ist das? Sag mir die Wahrheit, Mevlut. Ich muss mich an dem Kerl rächen.«

Als Süleyman ihm zuprostete, als wollte er Frieden mit ihm schließen, musste Mevlut wohl oder übel sein Glas leeren.

»Ah, das tut gut! Nicht wahr?«, sagte Süleyman.

»Wenn ich heute nicht noch mal rausmüsste, würde ich schon mittrinken.«

»Mevlut, du hast jahrelang Nationalist und Faschist zu mir gesagt, aber wer sitzt jetzt hier und hat Angst vor Raki, als würde er eine Sünde begehen? Was ist denn mit deinem alten Kommunistenkumpel, der dich zum Weinsaufen gebracht hat? Wie heißt er noch mal, der Kurde?«

»Süleyman, jetzt lass die alten Geschichten und sag mir lieber, um was für eine Arbeit es geht.«

»Was würdest du denn gern tun?«

»Na, gib's schon zu, da ist gar keine Arbeit, oder? Du willst nur wissen, wer Samiha entführt hat.«

»Es gibt jetzt so Dreiradtransporter, mit Motor, so einen bräuchtest du«, antwortete Süleyman ungerührt. »Den kannst du abstottern. Und wenn du Geld hättest, was für einen Laden würdest du dann aufmachen?«

Mevlut wusste, dass die Frage nicht ernst zu nehmen war, trotzdem antwortete er spontan: »Einen Boza-Laden, in Beyoğlu.«

»Du hängst ja ganz schön an dem Zeug.«

»Wenn jemand gutes Boza anständig serviert bekommt, bleibt es nicht bei dem einen Mal, das weiß ich einfach«, fuhr Mevlut eifrig fort. »Als Kapitalist kann ich dir sagen, dass Boza Zukunft hat.«

»Und diese Kapitalistentipps kriegst du vom Genossen Ferhat, so hieß er doch?«

»Wenn heute nicht viel Boza getrunken wird, heißt das noch lange nicht, dass es immer so bleiben wird. Kennst du die Geschichte von den zwei Schuhfabrikanten, die nach Indien kommen? Der eine sagt: ›Die laufen ja alle barfuß rum, da ist mit Schuhen kein Geschäft zu machen.‹«

»Na, da gab's doch bestimmt auch schon vorher Schuhhersteller.«

»Der andere sagt: ›Da läuft eine halbe Milliarde Menschen barfuß herum, das ist ein Riesenmarkt‹, und er hält durch und macht ein Vermögen. Morgens, mit meinem Pilav, da mache ich nur Verlust, aber abends hole ich das mit dem Boza wieder rein.«

»Hast dich also tatsächlich zum Kapitalisten entwickelt. Darf ich dich daran erinnern, dass bei den Osmanen nur deshalb so viel Boza getrunken wurde, weil es sonst keinen Alkohol gab? Dein Vergleich mit den Schuhen in Indien hinkt. Heute braucht niemand sich mehr einzureden, dass in Boza kein Alkohol sei, denn Alkohol gibt's frei zu kaufen.«

»Mit sich was einreden hat Boza nichts zu tun. Den Leuten schmeckt es einfach. Und wenn es in einem modernen, sauberen Laden verkauft wird … Was will mir dein Bruder denn anbieten?«

»Ach, Korkut, der schwankt momentan, ob er bei den Nationalisten bleiben oder bei den Wahlen für die ANAP kandidieren soll. Aber hör zu, sag mir lieber, warum ich mir Samiha aus dem Kopf schlagen soll.«

»Na, sie ist eben durchgebrannt«, murmelte Mevlut. »Ich weiß schon, dass Liebeskummer wehtut.«

»Du hilfst mir nicht, aber ich habe schon jemanden, der mir hilft. Schau dir das mal an.«

Süleyman zog aus der Tasche ein verknittertes Schwarzweißfoto und reichte es Mevlut. Darauf war eine stark geschminkte, verlebte Frau mit dunkel umrandeten Augen zu sehen, die vor einem Mikrofon stand und sang. Sie war bedeckt gekleidet. Und nicht gerade schön.

»Süleyman, die ist ja mindestens zehn Jahre älter als wir.«

»Nein, nur vier oder fünf. Aus der Nähe wirkt sie höchstens wie fünfundzwanzig. Sie ist ein sehr guter Mensch, sehr verständnisvoll. Wir sehen uns zwei-, dreimal pro Woche. Sag aber Rayiha und Vediha nichts, und Korkut erst recht nichts. Das bleibt unser Geheimnis, ja?«

»Aber du hast doch eine zum Heiraten gesucht, oder? Mit Vediha zusammen. Was soll jetzt diese Sängerin?«

»Ich bin immer noch Junggeselle. Brauchst nicht neidisch zu sein.«

»Ich? Neidisch? Wüsste nicht, warum.« Mevlut stand auf. »Zeit für Boza.« Rayiha hatte also recht gehabt, er sollte nur ausgehorcht werden, und um eine Arbeit ging es ganz und gar nicht.

»Komm, setz dich wieder hin, nur noch ein paar Minuten. Was meinst du, wie viele Gläser Boza verkaufst du heute Abend?«

»Ich habe zwei halbvolle Kannen dabei, die werde ich bestimmt los.«

»Na schön, das kaufe ich dir alles ab. Wie viele Gläser sind das? Ich kriege doch hoffentlich eine Ermäßigung.«

»Wieso willst du das tun?«

»Damit wir hier noch schön zusammensitzen und du nicht draußen frieren musst.«

»Ich brauche keine Almosen von dir.«

»Aber ich brauche deine Freundschaft.«

»Dann zahl mir ein Drittel«, sagte Mevlut und setzte sich wieder. »Das ist der Einkaufspreis. Gewinn will ich keinen machen mit dir. Und sag Rayiha nichts davon. Was willst du mit so viel Boza anfangen?«

»Was ich damit mache? Hm. Das gebe ich jemandem. Oder ich schütte es weg.«

»Was? Wohin denn?«

»Wohin? Na hör mal, es gehört mir doch jetzt. Ins Klo.«

»Du solltest dich schämen, Süleyman.«

»Wieso? Du bist doch Kapitalist, oder? Und dein Geld kriegst du.«

»Das ganze Geld, das du in Istanbul scheffelst, soll dir Unglück bringen.«

»Ach ja, und nur Boza ist was Heiliges?«

»Boza ist tatsächlich was Heiliges.«

»Ach, hör doch auf mit dem Scheiß. Boza ist bloß erfunden worden, damit Muslime auch mal saufen können, und das weiß jedes Kind.«

»Nein, in Boza ist kein Alkohol.« Mevlut klopfte das Herz, aber erfreut merkte er, dass es ihm gelang, eine gleichgültige Miene aufzusetzen.

»Willst du mich veräppeln?«, fragte Süleyman.

In sechzehn Jahren Boza-Verkauf hatte Mevlut jene fromme Lüge vor allem bei zwei Sorten von Menschen angebracht:

Erstens: Bei Konservativen, die zwar Boza trinken, aber keine Sünde begehen wollten. Die Intelligenteren darunter wussten sehr wohl, das Boza Alkohol enthielt, doch sie taten so, als sei das Zeug, das Mevlut da verkaufte, so eine Art Erfindung wie zuckerfreies Coca-Cola, und wenn doch Alkohol drin war, lag ja wohl die Sünde bei dem unehrlichen Verkäufer.

Zweitens: Bei freigesinnten, westlich orientierten Menschen, die sowohl Boza trinken als auch den tumben Verkäufer aufklären wollten. Die Intelligenteren darunter wussten sehr wohl, dass Mevlut von dem Alkoholgehalt wusste, doch ging es ihnen darum, den doch angeblich so frommen Kerl zu beschämen, der einfach log, um mehr Geld zu verdienen.

»Nein, von Veräppeln kann keine Rede sein. Boza ist etwas Heiliges«, sagte Mevlut.

»Ich bin Muslim«, erwiderte Süleyman, »und mir kann nur was heilig sein, das mit meiner Religion in Einklang steht.«

»Heilig sind ja nicht bloß religiöse Dinge, sondern auch Traditionen unserer Vorfahren. Manchmal habe ich spät am Abend in einer dunklen Straße auf einmal eine moosbedeckte Mauer vor mir und werde plötzlich wie durchströmt vor lauter Glück. Dann gehe ich auf einen Friedhof, und obwohl ich die arabischen Inschriften auf den Gräbern nicht lesen kann, fühle ich mich, als würde ich beten.«

»Komm, Mevlut, du hast doch Schiss vor den Hunden, die auf den Friedhöfen rumlaufen.«

»Nein, habe ich nicht. Die merken schon, was ich für einer bin. Weißt du, was mein Vater immer du den Leuten gesagt hat, die behauptet haben, in Boza sei Alkohol drin?«

»Was denn?«

Mevlut machte die Stimme seines Vaters nach: »›Wenn in Boza Alkohol wäre, würde ich es nicht verkaufen, mein Herr.‹«

»Ach, die wussten bloß von dem Alkohol nichts. Und wenn Boza so gesegnet wäre wie das Zamzam-Wasser aus Mekka, würden die Leute es literweise trinken, und du wärst ein reicher Mann.«

»Nur weil es heilig ist, braucht es nicht gleich jeder zu trinken. Es lesen ja auch nicht viele Leute im Koran, aber mindestens einer liest doch immer gerade darin in dem Riesen-Istanbul, und Millionen von Menschen stellen sich diesen einen vor und fühlen sich dann besser. Es reicht schon, wenn die Menschen begreifen, dass Boza das Getränk unserer Ahnen ist. Wenn sie den Boza-Verkäufer rufen hören, fällt ihnen das wieder ein, und dann fühlen sie sich gut.«

»Und warum?«

»Weiß auch nicht. Aber sie trinken es deswegen. Zum Glück.«

»Mensch, Mevlut, du hältst also hier das Fähnlein der Tradition hoch.«

»So kann man es sagen«, erwiderte Mevlut stolz.

»Und verkaufst mir trotzdem eine Kanne zum Selbstkostenpreis. Nur das mit dem Wegschütten passt dir nicht. Hast ja auch recht, Verschwendung ist eine Sünde in unserer Religion. Ich verteil's ja gern an die Armen, aber ob die was Verbotenes mit Alkohol trinken?«

»Also, wenn du mir erst jahrelang Nationalismus predigst und dann auf einmal das Boza heruntermachst, bist du auf dem Holzweg, Süleyman.«

»Jaja, sobald man zu etwas Geld kommt, sagen die Neider gleich, man ist auf dem Holzweg.«

»Von wegen Neid. Du bist einfach mit der falschen Frau zusammen.«

»Du weißt recht gut, dass es nicht darauf ankommt, ob man mit der richtigen oder der falschen Frau zusammen ist.«

»Ich bin verheiratet und sehr glücklich«, sagte Mevlut und stand auf. »Du solltest dir schleunigst auch ein anständiges Mädchen suchen und heiraten. Also, schönen Abend noch.«

»Ich heirate nicht, bevor ich nicht den Dreckskerl abgemurkst habe, der Samiha entführt hat«, rief Süleyman ihm nach. »Das kannst du ihm sagen, diesem Kurden.«

Wie ein Schlafwandler ging Mevlut nach Hause. Rayiha hatte ihm die Kannen schon hinuntergestellt und er hätte gleich losziehen können, doch ging er zuerst in die Wohnung hinauf.

Rayiha stillte gerade Fevziye. »Hat er dich zum Trinken verleitet?«, flüsterte sie.

Mevlut spürte, wie ihm der Raki durch den Kopf rauschte.

»Ich habe gar nichts getrunken. Er hat mich ständig gefragt, mit wem Samiha abgehauen ist. Von einem Kurden hat er was gefaselt, weißt du da was?«

»Und was hast du gesagt?«

»Was soll ich schon sagen? Dass ich nichts weiß.«

»Sie ist mit Ferhat weg.«

»Was?! Das sagst du mir jetzt?!«

»Süleyman ist wie wahnsinnig. Wenn du wüsstest, was die zu Hause in Duttepe reden. Er sagt, wenn er den Kerl erwischt, bringt er ihn um.«

»Ach was. Der bringt niemanden um. Er ist bloß ein Schwätzer.«

»Und warum bist du jetzt so aufgeregt? Und so wütend?«

»Ich bin weder aufgeregt noch wütend!«, schrie Mevlut, stürmte hinaus und schlug die Tür hinter sich zu. Draußen hörte er noch, wie das Baby losweinte.

Um zu verdauen, was er da erfahren hatte, würde er abendelang im Dunkel marschieren müssen, das war ihm klar. Er ging über Feriköy nach Kasımpaşa, obwohl er wusste, dass er dort keine Kunden antreffen würde. Bald verlief er sich, und zwischen zwei Holzhäusern stieß er mit einem Mal auf einen kleinen Friedhof, dort setzte er sich zwischen die

Gräber und steckte sich eine Zigarette an. Ein osmanischer Grabstein mit einem großen Turban darauf erfüllte ihn mit Ehrfurcht. Er musste Samiha und Ferhat vergessen. Lange ging er noch umher und redete sich ein, er werde sich ganz einfach aus dieser Nachricht nichts machen. Eigentlich war da doch nichts weiter als diese Fremdheit, die er in sich fühlte. Die Hunde auf dem Friedhof behandelten ihn wie einen Freund.

9. Das Gazi-Viertel

Hier werden wir uns verstecken

SAMIHA. Stimmt, ich bin mit Ferhat weggelaufen. Seit zwei Jahren schweige ich, damit keiner merkt, wo wir sind. Dabei gäbe es so viel zu erzählen.

Süleyman war sehr in mich verliebt, aber wie so manchen Mann hat ihn das ganz töricht gemacht. Vor allem in den letzten Tagen, bevor ich abgehauen bin, ist er so seltsam geworden, dass er schon einen trockenen Mund kriegte, wenn er nur mit mir geredet hat. Lauter alberne Streiche hat er mir gespielt, wie man sie höchstens mit seinem kleinen Bruder macht. Und obwohl ich weiß, dass er gern mit mir spazieren gefahren ist, hat er immer wieder gesagt »Hoffentlich sieht uns keiner« oder »Was mich das Benzin kostet!«.

Seine Geschenke habe ich zurückgelassen, aber mein Vater kann ihm natürlich das Gebiss nicht wiedergeben, das er sich hat machen lassen. Und er hat auch noch mehr von ihm angenommen, und deshalb wird er mir besonders böse sein, weil ich weg bin. Aber ich bin erst recht wütend darüber, dass mich alle, ohne mich je zu fragen, mit Süleyman verkuppeln wollten.

Ferhat hatte mich zum ersten Mal auf der Hochzeit von Rayiha und Mevlut gesehen, aber nur aus der Ferne, und ich hatte ihn nicht einmal wahrgenommen. Danach hat er mich nicht mehr vergessen können. Eines Tages ist er nach Duttepe gekommen, hat mich dort abgepasst und mir ins Gesicht gesagt, dass er in mich verliebt ist und mich heiraten will.

Ich hatte so viele Bewerber, die sich nicht an mich herantrauten, dass mir sein forsches Auftreten gefallen hat. Er hat behauptet, er sei Student und zugleich in der Gastronomie tätig; dass er eigentlich nur Kellner ist, hat er mir zunächst verschwiegen. Irgendwo hatte er meine Telefonnummer her und hat bei uns in Duttepe angerufen. Hätten Süleyman oder Korkut ihn erwischt, hätten sie ihm alle Knochen gebrochen, aber trotzdem hat er immer wieder angerufen und wollte sich mit mir treffen. Wenn Vediha zu Hause war, konnte ich nicht selber abheben. »Hallo? … Hallo?«, hat Vediha dann gesagt und dabei mich angeschaut. »Antwortet nicht. Muss wieder der gleiche Kerl sein. Pass bloß auf, Samiha, die Stadt ist voller Abenteurer.« Darauf habe ich nichts gesagt. Dass mir ein Abenteurer lieber war als ein träger Fettwanst mit viel Geld, hat Vediha durchaus gewusst und es auch verstanden.

Wenn Vediha und Papa nicht daheim waren, bin ich selber ans Telefon. Ferhat hat es immer kurz gemacht und dann unter einem Maulbeerbaum hinter dem Ali-Sami-Yen-Stadion auf mich gewartet. Dort waren alte Pferdeställe, in denen Obdachlose schliefen. In einem kleinen Geschäft hat mir Ferhat eine Fruko-Orangenlimo gekauft, und wir haben unter dem Kronkorken nachgeschaut, ob wir nicht was gewonnen haben. Ich habe ihn weder gefragt, wie viel er in der Gastronomie verdient, noch ob er was Erspartes hat oder wo wir wohnen sollen. So bin ich eben, wenn ich mich verliebe.

Als Ferhat mich im Taxi eines Freundes abgeholt hat, sind wir nicht gleich ins Gazi-Viertel gefahren, sondern erst zum Taksim-Platz, um Süleyman in dem Verkehrsgewimmel abzuhängen. In Kabataş hatte ich den blauen Bosporus vor mir, und auf der Galata-Brücke war ich fasziniert von den vielen Schiffen, den Passanten, den Autos. Einerseits hatte ich Angst, weil ich von meinem Vater und meinen Schwestern weit fort und an einen unbekannten Ort gefahren bin, sodass ich am liebsten losgeweint hätte, aber andererseits habe ich gespürt, dass diese Stadt nun mir gehört und ich dort ein glückliches Leben führen werde.

»Ich darf doch auf die Straße raus, Ferhat, und wir gehen viel spazieren, ja?«

»So viel du willst, mein Schatz. Aber jetzt fahren wir erst mal nach Hause.«

»Glaub mir, du hast das Richtige getan«, hat Ferhats Freund gesagt, dem das Taxi gehörte. »Du hast doch keine Angst gehabt, als wir geschossen haben, oder?«

»Angst hat die keine!«, hat Ferhat geantwortet.

Wir sind durch Gaziosmanpaşa gekommen, und wie wir da auf der staubigen Straße immer weiter raufgefahren sind, ist es mir so vorgekommen, als ob die Welt mit jedem Haus, jedem Schornstein und jedem Baum älter und älter wird. Lauter niedrige Häuser, die jetzt schon verfallen ausschauen, dazwischen trostlose Brachen, Mauern aus Kohlenziegeln, Blechteilen und Holz, und überall Hunde, die einen anbellen. Die Straßen waren aus Erde, die Gärten weitläufig und die Häuser so verstreut, dass man sich vorgekommen ist wie auf dem Land, aber die Türen und Fenster und noch vieles andere stammte garantiert aus abgerissenen Stadthäusern. Die Leute haben den Eindruck gemacht, als ob sie nur in Behelfsunterkünften hausen, bevor sie bald in richtige Häuser in Istanbul ziehen. Ich habe Frauen gesehen, die wie ich über der verwaschenen blauen Hose noch einen Rock trugen, Frauen mit festgebundenem Kopftuch und Pluderhosen, Frauen mit ganz weiten Hosen, mit langen Röcken, mit Mänteln.

Das kleine Haus mit den zwei Fenstern, das Ferhat gemietet hatte, war auf halber Höhe. Vom hinteren Fenster hat man auf ein Grundstück rausgesehen, das Ferhat mit Steinen abgegrenzt hatte. Die Steine waren mit Kalk angestrichen, darum haben wir bei Vollmond von unserem Bett aus gesehen, dass sie wie ein Gespenst phosphoreszierten. »Das Grundstück ruft uns«, hat Ferhat mir zugeflüstert und mir dann erzählt, was für ein Haus wir dort bauen würden, wenn wir erst mal genug Geld beisammenhatten. Er hat mich gefragt, wie viele Zimmer wir bräuchten, ob die Küche nach oben oder nach unten rausgehen soll, und ich habe jeweils nachgedacht und dann meine Meinung gesagt.

Am ersten Abend haben wir uns angezogen ins Bett gelegt und nicht miteinander geschlafen. Diese intimen Dinge möchte ich Ihnen, liebe Leser, nicht vorenthalten, denn Sie sollen ja aus meiner Geschichte etwas lernen. Als ich in der Nacht einmal geweint habe, hat mir Ferhat durch die Haare gestrichen, und das war schön. Eine Woche lang sind wir so immer angezogen ins Bett gegangen. Eines Abends haben wir vom Fenster aus eine Möwe gesehen, und da wir weit vom Meer entfernt waren, habe ich daraus geschlossen, dass Gott uns verziehen hatte. Ferhat hat begriffen, dass ich mich ihm nun hingeben würde, das habe ich ihm an den Augen angesehen.

Dass er mich zu gar nichts gezwungen hat, hat meine Liebe und meine Achtung vor ihm nur noch anwachsen lassen. Trotzdem habe ich zu ihm gesagt: »Aber wenn du mich nicht heiratest, sobald ich achtzehn bin, bringe ich dich um.«

»Erschießen oder vergiften?«

»Das siehst du dann schon.«

Dann hat er mich geküsst, wie im Film. Da ich zum ersten Mal im Leben von einem Mann auf die Lippen geküsst worden bin, habe ich danach vor lauter Verwirrung nicht weiterreden können.

»Wann wirst du denn achtzehn?«, hat er mich gefragt.

Stolz habe ich aus dem Koffer meinen Personalausweis geholt und gesagt: »In sieben Monaten und zwölf Tagen.«

»Mit siebzehn bist du ja fast schon eine alte Jungfer, mit so einer hat Gott Mitleid, darum wird er es nicht als Sünde anrechnen, wenn wir jetzt miteinander schlafen.«

»Ob es Sünde ist, weiß ich nicht, aber Mitleid hat er wohl eher, weil wir uns hier verstecken müssen und niemanden haben außer uns selbst.«

»Von wegen«, sagte Ferhat, »ich habe hier viele Verwandte und Bekannte. Wir sind nicht allein.« Kaum habe ich das Wort »allein« gehört, habe ich losgeheult.

Da hat mir Ferhat tröstend übers Haar gestreichelt, so wie früher mein Vater, und ich habe noch mehr weinen müssen.

Auch wenn es mir anders lieber gewesen wäre, haben wir uns doch recht geschämt, als wir miteinander geschlafen haben. Danach bin ich eine Weile etwas benommen gewesen, aber insgesamt habe ich mich schnell an mein neues Leben gewöhnt. Zu gerne hätte ich gewusst, was meine Schwestern und mein Vater von mir denken. Gegen Mittag ist Ferhat immer aus dem Haus, und mit einem der Kleinbusse, die genauso staubig und klapprig waren wie der bei uns im Dorf, ist er zum Kellnern nach Gaziosmanpaşa gefahren. Vormittags hat er sich für sein Fernstudium die Kurse angesehen, die im Fernsehen liefen, und da habe ich mich manchmal dazugesetzt.

»Ich kann mich nicht konzentrieren, wenn du neben mir sitzt«, hat er dann gesagt. Doch wenn ich woanders war, hat er sich ständig gefragt, was ich wohl gerade mache, und das hat ihn erst recht abgelenkt.

Ich werde Ihnen jetzt nicht berichten, wie das so war, wenn wir miteinander geschlafen haben, und auch nicht, wie wir verhütet haben, aber hin und wieder bin ich heimlich zu Rayiha gefahren und habe es ihr erzählt, wenn Mevlut gerade unterwegs war. Manchmal ist auch Vediha dazugekommen, und während Rayiha ihr Boza zubereitet und die Hähnchen angebraten hat, haben wir mit den Kindern gespielt, ferngesehen und uns Vedihas Ratschläge angehört.

»Ihr dürft den Männern nicht trauen«, hat Vediha immer als Einstieg gesagt. Sie rauchte inzwischen. »Samiha, pass bloß auf, dass du nicht schwanger wirst, bevor ihr heiratet. Und wenn Ferhat dich mit achtzehn nicht augenblicklich heiratet, dann bleib keine fünf Minuten länger bei dem Kerl. Du hast immer noch dein Zimmer in Duttepe. Und du, Rayiha, sag ja nicht Mevlut oder Süleyman, dass wir drei uns hier treffen. Willst du eine Zigarette? Rauchen beruhigt, vor allem, wenn man wütend ist. Süleyman ist übrigens noch sehr wütend. Wir finden einfach keine passende Frau für ihn, keine will er, weil er dich nicht vergessen kann. Ständig sagt er, dass er Ferhat – Gott bewahre – umbringen will.«

»Könnt ihr bitte mal auf die Kinder aufpassen, dann gehe ich kurz raus«, hat Rayiha gesagt. »Ich war seit drei Tagen nicht aus dem Haus.«

Wenn ich zurück nach Gazi gefahren bin, ist mir das Viertel in der ersten Zeit jedes Mal wie neu vorgekommen. Ich habe eine junge Frau kennengelernt, die so wie ich Jeans getragen und das Kopftuch ganz lose geknüpft hat. Sie war auch mit einem abgehauen, um nicht irgendeinen Kerl heiraten zu müssen, den sie nicht wollte. Dann war da noch eine Kurdin aus Malatya, die gern erzählt hat, dass die Polizei hinter ihr her war. Wenn wir mit unseren Wasserkanistern vom Brunnen nach Hause zurückgegangen sind, hat sie über ihre Nierenschmerzen geklagt, über die Skorpione im Holzschuppen und dass sie sogar im Traum immer einen Hügel hinaufgelaufen ist.

Das Gazi-Viertel war an einem steilen Hügel angelegt, und unter den Menschen dort waren alle möglichen Städte, Regionen, Berufe, Clans und Sprachen vertreten. Die meisten Leute hatten allerdings keine Arbeit. Hinter dem Hügel war ein Wald und darunter ein grüner, aufgestauter See, ein Wasserreservoir für die Stadt. Allgemein hat es geheißen, wenn man sich mit den Aleviten, den Kurden und dem später zugezogenen Derwischorden nur gut genug versteht, kann es nicht so leicht passieren, dass einem das mühsam erbaute Haus wieder abgerissen wird, und so sind immer Leute gekommen, die aber nicht immer verraten haben, woher sie eigentlich stammen. Ich habe Ferhats Rat befolgt und die verschiedensten Heimatorte angegeben.

Ferhat ist nur immer bis Gaziosmanpaşa gefahren, aber aus Angst vor Süleyman nie bis nach Istanbul (dass ich schon dorthin gefahren bin, wusste er nicht, und es soll jetzt auch unter uns bleiben). Er hat behauptet, dass er Geld spart, dabei hatte er nicht mal ein Bankkonto. Wenn er aus dem Haus war, habe ich erst mal den Lehmboden gekehrt, und nach etwa einem Monat habe ich gemerkt, dass vom vielen Kehren die Zimmerdecke immer höher wurde. Bis zum Abend habe ich mich damit beschäftigt, Stellen am Dach auszubessern, denn ständig hat es irgendwo getropft, sogar wenn es nicht geregnet hat, oder ich habe versucht, die Wände, durch die der Wind hereingeblasen hat und sich Eidechsen durchgeschlängelt haben, ein wenig dichter zu machen. Nachts haben wir manchmal Wölfe heulen gehört, oder es ist auf einmal nicht einfach Regenwasser durchs Dach gequollen, sondern eine schlammige Brühe voller rostiger Nägel. Wenn an manchen Winterabenden die Möwen, die sich draußen an unserem Ofenrohr die Füße und den Hintern gewärmt haben, so laut geschrien haben, dass ich bei dem Krimi im Fernsehen die amerikanischen Gangster und Polizisten gar nicht mehr verstanden habe, habe ich mich gefürchtet, so ganz alleine, und kummervoll an meinen Vater gedacht, der längst wieder im Dorf war.

ABDURRAHMAN EFENDI. Ach, meine liebe kleine Samiha. Sogar wenn ich im Dorfkaffeehaus vor dem Fernseher döse, klingeln mir die Ohren und ich fühle, dass es dir gutgeht und du dem Kerl, der dich entführt hat, nicht böse bist, und das macht mich glücklich. Verflucht sei das verdammte Geld. Heirate, wen du willst, mein Kind, von mir aus auch einen Aleviten. Hauptsache, du kommst mit ihm ins Dorf und ihr küsst mir die Hand. Wo du wohl sein magst? Ob meine Gefühle und meine Worte dich erreichen?

FERHAT. Ich habe gemerkt, wie sehr sich Samiha zu Hause fürchtet, wenn ich bis spätabends arbeiten muss, und so habe ich ihr erlaubt, bei unseren Nachbarn Haydar und Zeliha aus Sivas am Abend fernzusehen. Haydar ist Alevit und arbeitet in einem neuen Wohnhaus in Gaziosmanpaşa als Hausmeister, und seine Frau wischt fünf Tage die Woche dort die Treppen und hilft der Bäckersfrau im ersten Stock beim Kochen und beim Abwasch. Es hat Samiha sofort gefallen, wie die beiden morgens gemeinsam aus dem Haus gehen, abends mit dem gleichen Bus zurückfahren und den ganzen Tag über zusammen sind. Eines Tages, als wir gerade zu unserem Haus hochgestiegen sind und uns vom Schwarzen Meer her ein eiskalter Wind durch die Knochen gefahren ist, hat Samiha gesagt, sie habe von Zeliha erfahren, dass in dem gleichen Haus noch eine Zugehfrau gesucht werde.

Daheim habe ich das Thema sofort vom Tisch geräumt: »Lieber verhungern wir, als dass du irgendwo als Dienstmädchen schuften musst!«

Dabei hatte ich eine verrostete Felge in der Hand, die habe ich dann zu dem Haufen aus Steinen, Eisenstangen, Blechkanistern, Ziegeln und Holzstücken gelegt, aus denen ich später einmal unser Haus bauen will.

Dass jedermann erst einmal Material ansammelte und sich dann in Nachbarschaftshilfe sein eigenes Haus baute, hatte im Gazi-Viertel etwas sechs Jahre zuvor begonnen, sobald dort Linke, Aleviten und Kurden dominierten. Davor hatte das Viertel unter der Fuchtel des Lasen Nazmi gestanden, der 1972 auf dem nur mit Gestrüpp bewachsenen kahlen Hügel mit einem anderen Mann, der wie er aus Rize stammte, einen Laden aufgemacht hatte. Zu gesalzenen Preisen verkaufte er dort Dachziegel, Zement und andere Baumaterialien an zugewanderte Anatolier, die auf Staatsgelände ein Gecekondu hinstellen wollten. Vor allem für Leute aus Sivas, Kars und Tokat wurde der Laden zum Treffpunkt, denn anfangs bekam man dort auch gute Ratschläge und einen Tee serviert (später machte Nazmi auch gleich noch ein Teehaus auf).

Rund um den Laden waren Holztüren, Geländersockel, Fenster, herausgerissene Marmor- und Parketttteile, schmiedeeiserne Balkongitter und alte Ziegel ausgestellt, die Nazmi sich bei Abrissfirmen gesichert und mit seinem allseits bekannten Pferdewagen herbeigeschafft hatte. Auch für diese hundert bis hundertfünfzig Jahre alten, oft genug verrosteten und verrotteten Teile verlangte Nazmi erstaunlich viel Geld. Wer bereit war, dies zu zahlen, durfte aber gewiss sein, dass Nazmi und seine Leute auf das Grundstück, zu dem das Material transportiert wurde, und auf das darauf erbaute Gecekondu immer wieder mal ein wachendes Auge warfen.

Wer aber schlau sein wollte und meinte, er habe keinen Aufpasser nötig und Baumaterial sei woanders durchaus billiger zu haben, dem konnte es passieren, dass sein Gecekondu eines Nachts verwüstet wurde oder irgendwann Polizisten kamen und es abreißen ließen. Ein paar Tage danach kam Nazmi vorbei und beteuerte dem in den Ruinen seines Hauses weinenden Besitzer, wie leid ihm das tue. Mit dem Hauptkommissar des Polizeireviers Gaziosmanpaşa sei er schließlich befreundet; Abend für Abend spielten sie zusammen im Kaffeehaus Karten, und hätte er Bescheid gewusst, so hätte er den Abriss selbstverständlich verhindert.

Da Nazmis Einfluss darüber hinaus auch bis zu der an der Regierung beteiligten Nationalistischen Partei reichte, bekam sein Teehaus immer mehr Zulauf. Als so viele Gecekondus gebaut wurden, dass es immer öfter zu Streitigkeiten um Grundstücksgrenzen kam, fing Nazmi 1978 an, in seinem Büro wie ein echter Katasterbeamter Buch zu führen. Wer sich bei ihm gegen Bezahlung die Erlaubnis holte, ein Grundstück einzuzäunen, bekam ein Papier ausgehändigt, das sich wie eine Grundbuchabschrift ausnahm. Um dem Dokument Glaubwürdigkeit zu verleihen, wurde es mit dem Foto des Besitzers versehen (solche Schnappschüsse konnte man ebenfalls bei Nazmi machen lassen), des Weiteren mit dem Namen des Vorbesitzers (stolz trug dort Nazmi seinen eigenen Namen ein), mit Angaben über Standort und Quadratmeterzahl sowie mit einem roten Stempel, den sich Nazmi in Gaziosmanpaşa bei einem Schreibwarenhändler hatte anfertigen lassen.

»Wenn der Staat eines Tages hier alles offiziell macht, dann auf der Grundlage meiner Dokumente«, sagte Nazmi oft im Brustton der Überzeugung. Und wie stolz und glücklich es ihn mache, einem armen Schlucker, der sich etwa aus einem Dorf bei Sivas auf den Weg nach Istanbul gemacht habe, zum rechtmäßigen Besitzer eines Grundstücks und eines Hauses werden zu lassen. Den Arbeitslosen, die in seinem Teehaus Karten spielten, hielt er regelrechte Vorträge, und wenn einer fragte, wann das Viertel ans Stromnetz angeschlossen werde, verkündete er, die Arbeiten seien schon im Gange, und er ließ ferner durchblicken, wenn das Gazi-Viertel erst einmal als Kommune anerkannt werde, könne er bei den Wahlen für die Regierungspartei kandidieren.

Eines Tages tauchte auf einem noch unparzellierten Teil des Hügels ein hochgewachsener, blasser Mann mit verträumtem Blick auf. Er hieß Ali. Weder suchte er Nazmis Laden oder Teehaus auf noch mischte er sich in irgendwelche Belange des Viertels ein, doch grenzte er ganz am Rande der Siedlung mit Ziegeln, Töpfen, Gaslampen und Betten allmählich ein Grundstück ein und lebte dort für sich. Daraufhin wollten zwei von Nazmis finster dreinblickenden Leuten ihm beibringen, dass der Grund hier schon jemandem gehörte.

»Die Erde gehört weder einem Lasen Nazmi noch einem Türken Hamdi oder einem Kurden Kadir und auch nicht dem Staat«, erwiderte Ali. »Alles hinieden gehört nur einem, und das ist Gott allein. Wir dagegen sind in dieser flüchtigen Welt nichts anderes als gewöhnliche Sterbliche.«

Wie recht er mit diesem letzten Satz hatte, wurde ihm eines Nachts von Nazmis Leuten durch eine Kugel in den Kopf bestätigt. Die Leiche wurde in der Nähe des Stausees sorgfältig vergraben, damit nicht wieder Journalisten aus der Stadt kamen und Artikel darüber schrieben, was die Leute aus den Gecekondus doch für eine Gefahr für die Sauberkeit des Trinkwassers seien. Von Hunger angelockte Wölfe und die Hunde des Viertels erschnupperten die Leiche allerdings und gruben sie aus, und darauf nahm sich die Polizei der Sache an. Sie verhaftete jedoch nicht Nazmis Finsterlinge, sondern Leute aus Sivas, die in nächster Nähe des Fundorts wohnten. Obwohl bei der Polizei anonyme Hinweise darauf eingingen, dass hinter der Angelegenheit niemand anders als Nazmi stecke, wurden die Verhafteten gewohnheitsmäßig erst der Bastonade unterzogen und danach mit primitiven elektrischen Geräten gefoltert.

Als ein Kurde aus Bingöl unter der Folter einem Herzanfall erlag, lehnten sich die Leute aus dem Viertel auf und stürmten Nazmis Teehaus. Nazmi selbst war auf einer Hochzeit in einem Dorf bei Rize, und seine Männer wussten sich nicht anders zu helfen, als ein paarmal in die Luft zu schießen und das Weite zu suchen. Als die Ereignisse ruchbar wurden, eilten aus diversen Vierteln und von den Universitäten Marxisten und Maoisten herbei, um sich an die Spitze jenes »Volksaufstandes« zu setzen.

FERHAT. Innerhalb von zwei Tagen haben die Studenten Nazmis Büro besetzt und die Besitzregister beschlagnahmt. In Windeseile hat sich insbesondere unter Kurden und Aleviten die Nachricht verbreitet, jeder, der von sich behaupten könne, er sei »arm und links« (oder wie es in den rechten Zeitungen hieß: jeder, der sich »gottlos« nenne), könne im Gazi-Viertel Grundstücksbesitzer werden. Damals, also vor sechs Jahren, habe ich dann eben mein Grundstück mit leuchtenden Steinen eingegrenzt.

Hingezogen bin ich aber nicht gleich, weil ich mich wie die anderen davor gefürchtet habe, dass Nazmi eines Tages mit staatlicher Hilfe Rache nimmt und sich die Grundstücke wieder unter den Nagel reißt. Von Beyoğlu, wo ich mit Mevlut damals gekellnert habe, war es ohnehin zu weit dort hinaus; mit dem Bus ist für Hin- und Rückfahrt der halbe Tag draufgegangen.

Als wir dann dort gewohnt haben, haben wir uns vor Süleymans Wut gefürchtet. Niemand aus der Familie Aktaş hat sich angeboten, eine Versöhnung anzubahnen (was ich vor allem Mevlut, Rayiha und Vediha angekreidet habe). So haben Samiha und ich im Gazi-Viertel eine stille Armenhochzeit gefeiert und natürlich ganz anders als Mevlut und Rayiha weder Goldstücke angesteckt bekommen noch Hundertdollarscheine. Auch habe ich Mevlut nicht einladen können. Einerseits war ich traurig, dass nicht einmal mein bester Freund auf meiner Hochzeit dabei war, andererseits war ich ihm böse, dass er sich bei den Aktaş so angewanzt und nur wegen des Profits mit Faschisten gemeinsame Sache gemacht hat.

10. Die Stadt abstauben

Mein Gott, wo kommt nur der ganze Dreck her?

SAMIHA. Nur weil Ferhat sich immer sorgt, was wohl die Leute denken werden, unterschlägt er die schönsten Teile unserer Geschichte als zu intim. Auf unserer Hochzeit mag es ärmlich zugegangen sein, aber sie war doch schön. In einem Geschäft für Hochzeitsbedarf in Gaziosmanpaşa haben wir für mich ein weißes Kleid gemietet. Weder habe ich auf der Hochzeit irgendeinen Fehler gemacht, noch habe ich mich von den hässlichen, neidischen Weibern unterkriegen lassen, die zu mir geradewegs gesagt haben »Mensch, so schön, wie du bist, ist es doch schade um dich!«, oder die mir, wenn sie sich das nicht getraut haben, zumindest mit Blicken zu verstehen gaben, wie völlig unverständlich es sei, dass ich bei all meiner Schönheit so einen armen Kerl heirate. Schaut mich nur an: Ich bin niemandes Sklavin, niemandes Leibeigene. Schaut mich an und begreift, was es bedeutet, frei zu sein. Dann habe ich mich auch noch um Ferhat kümmern müssen, der am Ende, wegen der Rakiflasche unter dem Tisch, stockbesoffen in den Seilen hing. Das habe ich aber erhobenen Hauptes und stolzen Blickes auf die eifersüchtigen Frauen und die bewundernden Männer getan (von denen allerdings manche nur da waren, um gratis an Limonade und Kekse zu kommen).

Zwei Monate später habe ich auf das Drängen von Haydar und Zeliha hin in Gaziosmanpaşa als Haushaltshilfe angefangen. Die beiden waren auf unserer Hochzeit gewesen, und Ferhat und Haydar haben manchmal zusammen einen getrunken. Zuerst war Ferhat ja dagegen, denn er wollte nicht als ein Mann dastehen, der erst ein Mädchen entführt und es dann zwei Monate nach der Hochzeit zum Arbeiten schickt. Eines verregneten Morgens sind wir aber doch alle vier nach Gaziosmanpaşa hinuntergefahren, in die Hausmeisterwohnung des Civan Apartmanı, in dem Zeliha und ein paar Verwandte von ihr gearbeitet haben. In einem furchtbar engen, fensterlosen Zimmer haben wir mit dem Hausmeisterehepaar zusammengesessen, es ist geraucht und Tee getrunken worden, dann hat Zeliha mich in die Wohnung Nummer 5 gebracht. Als ich die Treppe hinauf bin, war mir nicht wohl bei dem Gedanken, eine wildfremde Wohnung zu betreten, und das auch noch ohne Ferhat. Seit wir weggelaufen waren, haben wir ja ständig zusammengeklebt. Als ich angefangen habe zu arbeiten, hat Ferhat mich morgens immer hingebracht und abends in der stickigen Hausmeisterwohnung gewartet, bis ich heruntergekommen bin. Dann hat er mich entweder bis zum Bus oder zu Haydar und Zeliha begleitet, und wenn er mich in sicheren Händen wusste, ist er zu seinem Restaurant geeilt. Nach etwa drei Wochen aber bin ich morgens alleine hin und bald darauf auch abends alleine wieder heim.

FERHAT. Damit Sie keinen falschen Eindruck von mir gewinnen, möchte ich mich hier kurz einschalten. Ich bin ein anständiger, arbeitsamer Mann, der um seine Verantwortung weiß, und normalerweise würde ich es nicht zulassen, dass meine Frau außer Haus arbeitet. Aber Samiha hat so und so oft gesagt, dass sie sich daheim langweilt und furchtbar gern arbeiten würde, und sie hat auch oft geweint, auch wenn Sie das vor Ihnen verheimlicht. Außerdem haben wir uns mit Haydar und Zeliha sehr gut angefreundet, und die wiederum sind mit den Leuten im Civan Apartmanı so gut wie Geschwister. Ich lasse Samiha jetzt auch morgens allein aus dem Haus, denn sie sagt immer: »Sieh du dir in Ruhe deine Fernsehkurse an.« Natürlich habe ich jetzt erst recht ein schlechtes Gewissen, wenn mir die Buchhaltungslektionen nicht in den Kopf hineinwollen und ich meine Hausaufgaben nicht rechtzeitig nach Ankara schicke. Ich habe auch solche Mühe, mir all die Zahlen zu merken, die der Mathematiklehrer an die Tafel schreibt, bei dem man sogar am Fernsehen sieht, dass ihm aus seiner großen Nase und den Ohren weiße Haare herauswachsen. Überhaupt ertrage ich das alles nur, weil Samiha noch mehr als ich daran glaubt, dass ich eines Tages mein Diplom und einen Beamtenposten kriege und dann alles besser wird.

SAMIHA. Meine »Arbeitgeberin« in der Wohnung Nummer 5 ist eine traurige, nervöse Frau. »Sie sehen sich aber gar nicht ähnlich«, hat sie am ersten Tag gesagt, als Zeliha mich vorgestellt hat. Wir hatten nämlich verabredet, mich als Verwandte von Zeliha auszugeben. Die Frau hieß Nalan und hat auch bald Vertrauen zu mir gefasst, nur hatte sie anfangs ihre Zweifel, ob ich auch wirklich gründlich genug abstaube. Bis vier Jahre zuvor hatte sie das noch selbst getan, und besonders wohlhabend war sie ja auch nicht. Dann aber war ihr ältester Sohn, als Schüler noch, an Krebs gestorben, und seither führte sie gegen Staub und Mikroben einen erbarmungslosen Kampf.

»Hast du auch unter dem Kühlschrank geputzt und das Innere von der Lampe da?«, hat sie mich gefragt, auch wenn sie mir dabei zugeschaut hatte. Aus lauter Angst, ihr anderer Sohn kriegt wegen irgendwelchem Schmutz womöglich auch noch Krebs, hat sie mich vor allem kurz vor Schulschluss ganz besonders zu Gründlichkeit angehalten, und dann habe ich wie eine Besessene gewischt und am Fenster das Staubtuch mit der gleichen Inbrunst ausgeschüttelt wie die Mekkapilger den Teufel steinigen. »Gut so, Samiha, sehr gut«, hat sie mich angefeuert. Selbst beim Telefonieren hat sie dauernd auf irgendein Staubfitzelchen gedeutet, das mir entgangen war. »Wo der Dreck bloß immer herkommt!«, hat sie gejammert. Dann habe ich mich gleich schuldig gefühlt, als käme der Dreck von mir oder von dem Gecekondu-Viertel, aber eigentlich mochte ich die Frau.

Ab dem zweiten Monat hat mir Nalan so sehr vertraut, dass ich drei Tage pro Woche kommen sollte. Manchmal hat sie mich mit meinen Eimern und Scheuerlappen allein gelassen und ist zum Einkaufen oder zum Kartenspielen mit den Freundinnen gegangen, mit denen sie immer telefoniert hat. Es ist aber auch vorgekommen, dass sie unter irgendeinem Vorwand plötzlich wieder in der Wohnung stand, und wenn sie dann gesehen hat, dass ich wirklich tüchtig weiterwischte, hat sie mich gelobt. Manchmal hat sie das Foto ihres toten Sohnes, das auf dem Fernseher neben dem Hundefigürchen stand, in die Hand genommen und an den Silberrahmen hingewischt, dann sind ihr die Tränen gekommen, und ich habe mein Staubtuch weggelegt und sie getröstet.

Eines Tages ist Zeliha zu mir gekommen, als Nalan gerade aus dem Haus gegangen war. Als sie gesehen hat, wie eifrig ich arbeitete, hat sie nur gemeint »Sag mal, spinnst du?«, und sich vor den Fernseher gesetzt. Ich habe weitergearbeitet. Ab dann ist Zeliha mich jedes Mal besuchen gekommen, sobald ihre Gnädige aus dem Haus ist (die dann oft mit der meinen unterwegs war). Während ich arbeitete, hat Zeliha mir erzählt, was sie am Fernsehen sah, und sie ist auch mal zum Kühlschrank, hat sich was rausgeholt und zum Beispiel gesagt, der Spinat schmeckt ja ganz ordentlich, aber das Joghurt ist sauer (es war ja auch vom Krämer, einzeln verpackt). Zeliha hat sich auch darangemacht, in Nalans Kleiderschrank herumzuwühlen und Kommentare über ihre Slips, ihre BHs, ihre Taschentücher und noch so einiges andere abzugeben, von dem wir manchmal nicht mal wussten, was genau es eigentlich war, und da konnte ich auch nicht anders und bin hin, und wir haben uns köstlich amüsiert. In einer Schublade haben wir ganz hinten, zwischen seidenen

Kopf- und Halstüchern, ein Amulett gefunden, mit einem arabisch geschriebenen Text in winzigen Buchstaben. Woanders war zwischen alten Personalausweisen, Steuererklärungen und Fotos ein wunderbar duftendes geschnitztes Kästchen versteckt, von dem wir uns auch nicht erklären konnten, wozu es gut war. Im Nachtkästchen hat Zeliha zwischen Medizinschachteln von Nalans Mann einen dickbauchigen Flakon gefunden, auf dem eine arabische Frau mit Schmollmund abgebildet war. Die seltsame Flüssigkeit hat gut gerochen, aber wir haben uns nicht getraut, uns davon was auf die Hand zu reiben, denn es konnte ja eine Medizin sein oder, wie Zeliha vermutet hat, womöglich Gift. Als ich etwa einen Monat später allein in der Wohnung war und herumstöberte (besonders die Bilder von Nalans totem Sohn und seine alten Schulhefte hatten es mir angetan), stellte ich fest, dass der Flakon nicht mehr da war.

Zwei Wochen später hat Nalan mich beiseitegenommen und gesagt, dass Zeliha auf Wunsch ihres Gatten (ich habe nicht ganz begriffen, welcher Gatte) entlassen worden ist, und dass sie genau weiß, dass ich mir nichts habe zuschulden kommen lassen, aber dass ich unter diesen Umständen nicht länger bei ihr arbeiten kann. Mir war nicht klar, was vorgefallen ist, aber als Nalan angefangen hat zu weinen, habe ich auch losgeweint.

»Sei nicht traurig, wir haben uns was Schönes für dich ausgedacht«, hat sie schließlich im Ton einer Zigeunerin gesagt, die einem eine glänzende Zukunft weissagt. In Şişli werde bei einer sehr vornehmen, sehr reichen Familie eine so zuverlässige und fleißige Frau wie ich gesucht. Dort werde sie mich hinschicken, und ich solle mich ohne Widerspruch gleich bei denen vorstellen.

Mir war das recht, aber Ferhat nicht, denn es war dort viel weiter hin. Nun musste ich viel früher aufstehen und mit dem ersten Bus nach Gaziosmanpaşa fahren, dort eine halbe Stunde warten und in den Bus nach Taksim umsteigen. Die Fahrt dorthin hat über eine Stunde gedauert, und die Sitzplätze waren heiß umkämpft. Ich habe gern zum Fenster hinausgesehen, auf die zur Arbeit hetzenden Menschen, die Straßenverkäufer mit ihren Handkarren, die Boote auf dem Goldenen Horn und vor allem auf die Schulkinder. Aufmerksam habe ich die Schlagzeilen der Zeitungen gelesen, die Wandplakate, die riesigen Reklameschilder. Auf Autos und Lastwagen standen oft Sprüche, die mir lang im Kopf herumgegangen sind, und dann ist es mir so vorgekommen, als ob die Stadt mit mir spricht. Mir hat auch der Gedanke gefallen, dass Ferhat seine Kindheit in Karaköy, mitten in der Stadt, verbracht hat, und ich habe ihn oft gebeten, davon zu erzählen. Er ist aber abends spät nach Hause gekommen, und wir haben uns immer seltener gesehen.

Bevor ich in Taksim in den nächsten Bus gestiegen bin, habe ich mir bei einem Verkäufer vor dem Postamt einen Simit gekauft und ihn entweder im Bus gegessen oder ihn für später aufgehoben, zum Tee. Die gnädige Frau, für die ich gearbeitet habe (ich habe sie immer nur »gnädige Frau« genannt), hat manchmal zu mir gesagt »Kannst ruhig frühstücken, wenn du noch nichts gegessen hast«, dann habe ich mir aus dem Kühlschrank etwas Käse und Oliven geholt. Manchmal hat sie auch nichts gesagt. Wenn sie mittags Frikadellen gebraten hat, hat sie gesagt »Leg dir drei davon beiseite, Samiha«, und sie hat sich selber fünf Stück genommen und mir eins davon übrig gelassen, sodass jede von uns auf vier gekommen ist.

Am selben Tisch habe ich mit der gnädigen Frau aber nie gesessen, und während ihrer Mahlzeiten musste ich in Hörweite bleiben, um ihr etwa Salz oder Pfeffer zu bringen, also habe ich ihr von der Tür zum Esszimmer aus beim Essen zugesehen, aber dabei hat sie mit mir nicht geredet. Sie hat höchstens mal gefragt, wo ich denn her bin, aber die Antwort immer wieder vergessen. »Beyşehir«, habe ich anfangs gesagt, darauf hat es geheißen: »Wo ist das denn?« Daraufhin habe ich mich auf »Konya« verlegt, und da hat sie dann gesagt: »Ach, Konya, da muss ich mal hin, zum Grab von Rumi.« Nach dem Dichter Rumi bin ich auch in den beiden anderen Häusern in Şişli und Nişantaşı gefragt worden, in denen ich später gearbeitet habe. Nicht gern gesehen war es, während der Arbeitszeit zu beten, aber Zeliha hatte mir schon geraten, am besten zu sagen, dass ich die fünf täglichen Gebete nicht verrichtete.

In keinem der Häuser, in die man mich weiterempfohlen hat, durfte ich die gleiche Toilette benutzen wie die Herrschaften. Es hat immer eine extra Toilette fürs Personal gegeben, und die habe ich manchmal mit einer Katze oder einem Hund geteilt. Dort habe ich auch meine Handtasche und meinen Mantel aufgehängt. Der Katze der gnädigen Frau, die oft auf ihrem Schoß gesessen und ansonsten aus der Küche Essen stibitzt hat, habe ich manchmal einen Klaps gegeben, wenn ich mit ihr allein war; davon habe ich abends Ferhat erzählt.

Die gnädige Frau ist dann krank geworden, und ich hätte meine Stelle verloren, wenn ich nicht auch abends bei ihr geblieben wäre, und so habe ich dort in einem sauberen, aber fensterlosen Kämmerchen mit herrlich duftender Bettwäsche übernachtet. Mit der Zeit ist mir das zur Gewohnheit geworden. Um nicht jeden Tag vier bis fünf Stunden unterwegs zu sein, bin ich immer wieder mal in Şişli geblieben, habe der gnädigen Frau morgens das Frühstück serviert und bin dann zu einem anderen Haus gegangen. Ich habe mich schon nach meinem Zuhause und nach Ferhat gesehnt, aber es war auch schön, mal nachmittags nicht gleich in den Bus zu steigen, sondern in der Stadt ein bisschen spazieren zu gehen oder herumzufahren, bloß dass ich immer Angst hatte, jemand aus Duttepe sieht mich auf der Straße und sagt Süleyman Bescheid.

Wenn ich in einem Haus alleingelassen wurde, hat es manchmal vorher noch geheißen: »Geh aber gleich heim, Samiha, wenn du mit der Arbeit fertig bist, vertrödle deine Zeit nicht mit Beten oder Fernsehen.« Manchmal habe ich gearbeitet, als wollte ich die ganze Stadt abstauben, aber dann ist mein Blick wieder an irgendwas hängengeblieben, und ich bin langsamer geworden. In dem Schrank, in dem der gnädige Herr seine Hemden und Unterhemden hatte, habe ich in der untersten Schublade ganz hinten eine ausländische Zeitschrift gefunden, in der Männer und Frauen in so unanständigen Posen abgebildet waren, dass ich mich in Grund und Boden geschämt habe. Im Medizinschrank der gnädigen Frau war im linken Fach, in dem es nach Mandeln roch, eine seltsame kleine Schachtel mit einem Kamm und ausländischen Münzen darin. Spaß hat es gemacht, in alten Fotoalben zu stöbern und zu entdecken, wie die Herrschaften früher mal ausgesehen hatten.

In jedem Haus hat es irgendeine Ecke gegeben, in der verstaubte Zeitungen, leere Flaschen und ungeöffnete Schachteln lagerten, die man aber nicht anrühren durfte, als wären die irgendwie geweiht oder was. Da bin ich natürlich erst recht neugierig geworden, aber ich habe nichts von dem angerührt, was die Herrschaften dort hinterlegt haben, um mich zu testen, weder Geldscheine noch Goldstücke, seltsam duftende Seifen oder irgendwelche Schächtelchen mit Marienkäfern darauf. Der kleine Junge der gnädigen Frau hat Plastiksoldaten gesammelt und sie auf dem Bett oder dem Teppich gegeneinander antreten lassen. Mir hat das gefallen, wie er darüber alles andere vergaß, und wenn ich allein war, habe ich selber mit den Figuren gespielt. In vielen Familien sind Zeitungen nur wegen der Coupons darin gekauft worden, und die musste ich immer ausschneiden. Einmal pro Monat bin ich mit den Coupons zum Zeitungsstand geschickt worden und musste den halben Tag lang anstehen, um sie gegen eine Teekanne, ein Kochbuch, einen geblümten Kopfkissenüberzug, eine Zitronenpresse oder einen singenden Kugelschreiber einzulösen. Dieser Gratiskram ist aber genauso wenig verwendet worden wie das elektrische Küchengerät, das ich in dem Schrank mit den Wollsachen gefunden habe. Nicht mal für Gäste ist es rausgeholt worden, aber aufgehoben haben sie es doch, schließlich war es ja aus Europa. Wenn ich beim Herumstöbern auf Quittungen und Zeitungsausschnitte oder zwischen Mädchenunterwäsche auch mal auf Briefchen gestoßen bin, habe ich das Zeug manchmal angestarrt, als ob ich nach etwas Bestimmtem suchte und auch schon ganz nahe dran wäre. Und manchmal ist es mir auch so vorgekommen, als wären die Briefe an mich adressiert und als wäre auf den Fotos ich selber drauf. Wenn der Sohn der gnädigen Frau seiner Mutter einen Lippenstift geklaut und ihn in seine Schublade gesteckt hatte, habe ich mich gefühlt, als wäre ich selber daran schuld, und so verbunden ich mich mit diesen Menschen auch gefühlt habe, die mich in ihren intimsten Bereich einließen, so sehr war ich manchmal auch wütend auf sie.

Immer wieder habe ich mich mitten am Tag nach Ferhat gesehnt, nach unserem Haus, nach dem Anblick der phosphoreszierenden Begrenzungssteine. Zwei Jahre nach Beginn meiner Dienstmädchenarbeit bin ich immer öfter bei einer Herrschaft über Nacht geblieben, und allmählich war ich Ferhat böse, dass er es so gar nicht geschafft hat, mich aus dem Leben dieser Familien rauszuholen, in das ich immer mehr eingetaucht bin, aus dieser Welt der herzlosen Söhne und der verwöhnten Töchter, in der ich von jedem Krämerlehrling und jedem Hausmeisterssohn angemacht worden bin, nur weil ich schön war.

FERHAT. Nach einem Jahr im Restaurant Mürüvvet in Gaziosmanpaşa durfte ich manchmal an der Registrierkasse sitzen. Das hatte ich nicht zuletzt der auch von Samiha hochgeschätzten Tatsache zu verdanken, dass ich Student war, wenn auch nur Fernstudent. Abends aber, wenn es besonders hoch herging und durch das Lokal ein herrlicher Raki- und Suppenduft zog, hat sich der Bruder des Wirts an die Kasse gesetzt und dabei auch in die eigene Tasche gewirtschaftet. Der Wirt, der in Aksaray noch ein zweites Lokal hatte, von dem wir ein Ableger waren, gab Monat für Monat von neuem an alle Köche, Kellner und sogar die Tellerwäscher die strikte Anweisung aus, dass dem Gast nichts serviert werden durfte, bevor es nicht ordnungsgemäß in die Registrierkasse eingegeben war, und das galt für jeden Teller Pommes frites, jeden Hirtensalat, jede Frikadelle, jedes Hähnchen mit Pilav, jede Linsensuppe, jeden Raki und jedes auch noch so kleine Bierchen.

Diese eiserne Regel zu befolgen, war gar nicht so einfach, schließlich war das Mürüvvet ein alteingesessenes Lokal, dessen vier große Fenster auf die belebte Atatürk-Straße hinausgingen. Mittags war es voller Leute aus den umliegenden Geschäften, die ihr Essen ohne Alkohol einnahmen, und abends saßen fröhliche Männerrunden beim Raki zusammen. Schon mittags, wenn ich an der Kasse saß, ging es so lebhaft zu, dass ich nicht immer hinterherkam mit dem Registrieren all der Teller voller Hähnchen im Gemüsebett, Sellerie in Olivenöl, Saubohnenpüree oder gebratenem Bonito. Dann mussten entweder, wie der Wirt sich das vorstellte, die Kellner an der Kasse mit ihren Tellern Schlange stehen (worauf die Gäste meckerten: »Mensch, da wird doch das Essen kalt!«), oder aber die Regel wurde kurz ausgesetzt und die Kellner servierten zuerst und riefen mir auf dem Rückweg, wenn ich vielleicht etwas weniger ausgelastet war, schnell noch zu: »Ferhat, für die siebzehn einmal gefüllte Paprika und eine Portion Börek, und für die sechzehn zweimal Hähnchenbrust.« Damit wurde aber das Problem mit der Warteschlange nicht gelöst, sondern nur verschoben, sodass die Kellner mir nicht alles der Reihe nach ansagten, sondern eigentlich alle zugleich und durcheinander, und man kam erst recht nicht mit. Wer an der Kasse saß, vergaß also immer wieder etwas, sog sich – so wie ich – auch mal etwas aus den Fingern, oder es ging ihm wie mir manchmal mit meinen Fernsehkursen, dass er die Sache nämlich einfach an sich vorbeirauschen ließ. Die Kellner beklagten sich nicht darüber, dass diverse Portionen unter den Tisch fielen, denn sie wussten ja, dass sie mehr Trinkgeld bekamen, wenn sie dem Gast eine geringere Rechnung präsentierten. Dem Wirt wiederum kam es mit seiner Regel nicht so sehr darauf an, dass er kein Geld verlor, sondern er wollte sich vor allem nicht mit betrunkenen Gästen herumschlagen, die behaupteten, sie hätten weniger bestellt, als auf der Rechnung stand.

Da ich abends selbst kellnerte, kannte ich sämtliche Tricks und war deshalb mittags an der Kasse besonders aufmerksam. Die leichteste Übung, zu der ich abends selbst manchmal griff, bestand darin, dem Gast etwa eineinhalb Portionen Köfte zu servieren, aber nur eine Portion registrieren zu lassen, was man dem Gast dann im Vertrauen mitteilte, um ein üppigeres Trinkgeld zu kassieren. Eigentlich sollte das Trinkgeld ja zentral in einer Dose gesammelt und danach unter allen Kellnern aufgeteilt werden (als Erster bediente sich allerdings der Wirt), doch in der Praxis lieferte kein einziger Kellner sämtliche Trinkgelder ab, sondern ein Teil wurde immer in irgendeine Hosen- oder Schürzentasche gesteckt. Zu Streit führte das keineswegs, denn wer erwischt worden wäre, den hätte der Wirt sofort rausgeschmissen, und da alle Kellner sich gleich verhielten, hackte die eine Krähe der anderen kein Auge aus.

Abends hatte ich mich um die Tische am Eingang zu kümmern und sollte nebenbei dem an der Kasse sitzenden Wirt zur Hand gehen. Damit hatte ich aber weniger eine Oberkellner-, als vielmehr eine Art Kontrollfunktion: »Schau doch mal, was mit dem Schmortopf von Tisch vier los ist, die fangen an zu meckern«, sagte der Wirt, und obwohl das eigentlich der Tisch des Kellners Hadi aus Gümüşhane war, ging stattdessen ich in die Küche, und wenn ich dort sah, dass der von Fett und Rauch umgebene Koch es langsam angehen ließ, ging ich zu Tisch vier, erläuterte lächelnd, der Schmortopf werde jeden Augenblick serviert, fragte vielleicht noch, wenn es sich ergab, scheinheilig nach, ob etwas mehr Knoblauch oder eine längere Garzeit gewünscht werde, und andernfalls verwickelte ich den Tisch in ein Fußballgespräch und jammerte etwa darüber, was gegen meinen Verein für Intrigen gesponnen würden, dass die Schiedsrichter doch alle bestochen seien und dass verdammt noch mal am letzten Wochenende der eine Elfmeter unbedingt hätte gegeben werden müssen.

Wenn der stockdumme Hadi mal wieder viel zu spät oder gleich das Falsche servierte und damit einen ganzen Tisch gegen sich aufbrachte, schnappte ich mir in der Küche einen für irgendjemand anderen bestimmten Teller Pommes frites oder Krabben und stellte ihn als »kleine Aufmerksamkeit des Hauses« auf den Tisch. Manchmal war es genau umgekehrt und es stand eine liegengebliebene Portion Grillfleisch herum, die ich dann zeremoniell (»Da ist es endlich!«) an einen Tisch mit Betrunkenen brachte und ihnen auf die Rechnung setzte. Die waren meist vertieft in ihr Geschwafel über Fußball, Politik oder die hohen Preise und merkten gar nicht, dass sie das Fleisch nicht bestellt hatten. Zu später Stunde schlichtete ich so manchen Streit, hielt grölende Tischrunden zu mehr Ruhe an, versuchte zu vermitteln, wenn manche ein Fenster zu und andere es auf haben wollten (oder den Fernseher an bzw. aus), stauchte die Kellnergehilfen zusammen, die die Aschenbecher nicht rechtzeitig leerten, und scheuchte mit strengen Blicken all jene wieder an die Arbeit, die sich zum Rauchen in irgendwelche Ecken verzogen hatten.

Manchmal wurden die Mitarbeiter einer Rechtsanwaltskanzlei oder eines Architekturbüros vom Chef zusammen mit ihren Frauen zu einem Mittagessen bei uns eingeladen, oder eine Mutter mit Kopftuch wollte ihren verzogenen Bengeln Köfte und Ayran gönnen, dann setzten wir solche Leute an die für Familien bestimmten Tische. Dem Wirt als Atatürk-Anhänger (drei Bilder von ihm hatte er aufgehängt, auf zweien davon sah Atatürk streng drein, auf dem dritten lächelte er) wäre es recht gewesen, wenn mehr weibliche Gäste gekommen wären, und als große Errungenschaft hätte er es angesehen, wenn einmal abends, wenn der Raki in Strömen floss, irgendwo eine Frau mit am Tisch sitzen und – ohne angemacht zu werden und ohne dass das Ganze in Streit ausgeartet wäre – einen so ruhigen Abend hätte verbringen können, dass sie ein andermal wiedergekommen wäre, doch leider war dies in der wechselhaften Geschichte des Mürüvvet niemals vorgekommen. Wenn überhaupt mal eine Frau zu uns kam, machte der Wirt am folgenden Tag wütend nach, wie die Männer im Lokal sie angestarrt hätten, nämlich »wie Ochsen, die zum ersten Mal einen Zug sehen«. Uns Kellnern schärfte er ein, beim nächsten Mal nicht wieder um die Frau herumzuscharwenzeln, sondern so zu tun, als sei ihre Anwesenheit völlig normal, und wir sollten ferner die Männer, die an den anderen Tischen plärrten und fluchten, höflich ermahnen und die Frau vor den störenden Blicken besagter Ochsen schützen. Letzteres war am schwierigsten.

Wenn zu später Stunde die letzten Gäste noch eisern sitzen blieben, sagte der Wirt manchmal zu mir: »Na los, geh schon, du hast es ja weit.« Auf dem Heimweg dachte ich sehnsüchtig und schuldbewusst an Samiha und sagte mir immer wieder, dass es ein Fehler sei, wenn sie als Dienstmädchen arbeitete. Wenn ich morgens aufstand und sie schon lang unterwegs war, reute es mich oft, dass ich sie hatte arbeiten lassen, und ich fluchte darüber, dass ich so mittellos war. Nachmittags, während die Tellerwäscher und Kellnergehilfen, die sich jeweils zu dritt eine Junggesellenbude teilten, schwätzend beieinandersaßen und Bohnen auslasen und Kartoffeln schälten, setzte ich mich vor den Fernseher und versuchte mich auf die Sendung FERNKURS BUCHHALTUNG zu konzentrieren. Manchmal war mir zwar, als ob ich alles begriffen hätte, aber die Hausaufgabenblätter, die ich per Post bekam, konnte ich dann doch wieder nicht ausfüllen, und dann stand ich auf, ging wie ein Schlafwandler aus dem Mürüvvet hinaus, lief voller Wut im Bauch in den Straßen herum und stellte mir vor, ich würde wie im Film mit einer Pistole in der

Hand ein Taxi anhalten, mich zu dem Haus in Şişli bringen lassen, in dem Samiha arbeitete, und sie ans andere Ende der Stadt entführen, in ein nagelneues Haus, das in meinen Tagträumen in etwa so aussah wie das Haus, das ich liebend gern auf dem Grundstück im Gazi-Viertel gebaut hätte, mit vier Türen und zwölf Zimmern. Und wenn gegen fünf Uhr, bevor die Kellner sich in ihre schicke Kluft warfen, alle Mitarbeiter des Mürevvet, vom Küchenjungen bis zum Chefkellner, sich um einen langen Tisch versammelten und aus einem großen Topf Gemüsesuppe mit Fleisch löffelten und dazu frisches Brot aßen, plagte mich oft der Gedanke, wozu ich dort draußen meine Zeit vergeudete, wo ich mich doch stattdessen irgendwo im Zentrum hätte selbständig machen können.

An Abenden, an denen Samiha heimkam, wollte ich immer so früh wie möglich aus dem Mürüvvet hinaus, und wenn der Wirt das merkte, sagte er: »Mach, dass du wegkommst, Bräutigam.« Ich war ihm unendlich dankbar dafür. Samiha war ein paarmal ins Restaurant gekommen, und alle hatten gesehen, wie schön sie war, und »Bräutigam« nannten sie mich, weil sie mich beneideten. Ich aber stand an der Haltestelle, wartete auf den Bus, der mal wieder nicht kommen wollte, und sagte mir, dass ich dieses Glück eigentlich gar nicht verdiente, und wurde noch ungeduldiger und fürchtete, ich hätte irgendwie alles falsch angefangen.

Der Bus nach Gazi fuhr derartig langsam und ließ sich an den Haltestellen so viel Zeit, dass ich mit den Beinen nur so zuckte. Wenn wieder mal, als der Bus schon anfahren wollte, aus dem Dunkel einer rief: »Hallo, hallo, warten Sie bitte!«, und der Fahrer sich daraufhin gemächlich eine Zigarette anzündete, hielt ich es nicht mehr aus und stand auf. Den steilen Weg von der Haltestelle bis zu unserem Haus legte ich trotz aller Müdigkeit im Laufschritt zurück. Die Stille der Nacht, die fahlen Lichter aus den Gecekondus, die stinkenden Braunkohleschwaden aus einigen Schornsteinen, alles sah ich als Zeichen dafür an, dass Samiha zu Hause auf mich wartete. Es war Mittwoch, da musste sie daheim sein. Müde, wie sie war, hatte sie sich vielleicht schon schlafen gelegt, wie meist. Wie süß sie dann immer aussah! Allein diese Vorstellung ließ mich noch schneller laufen, als ob ich es damit erzwingen könnte, dass sie daheim war.

War sie das nicht, griff ich sofort zum Raki, um meinen Schmerz und meine Wut zu betäuben. Ich machte mir Vorwürfe. Am Tag darauf versuchte ich noch früher von der Arbeit loszukommen, ungeduldiger denn je.

»Tut mir leid«, sagte Samiha, wenn sie mich so sah. »Gestern Abend waren Gäste bei der gnädigen Frau, und sie wollte unbedingt, dass ich bleibe. Sie hat mir das da gegeben.« Sie streckte mir ein paar Geldscheine hin, die ich nahm und beiseitelegte. »Du gehst mir nicht mehr zur Arbeit. Und auch nicht mehr aus dem Haus«, sagte ich eifrig. »Wir rühren uns nicht mehr vom Fleck, für immer und ewig.«

»Und was sollen wir dann essen?«, fragte Samiha in der ersten Zeit noch. Später sagte sie bloß noch »Gut, ich gehe nicht mehr hin«, und am nächsten Morgen war sie natürlich wieder fort.

11. Mädchen, zu denen keine Brautschauerin kommt

Wir waren gerade in der Gegend

SÜLEYMAN. Gestern Abend war ich in Ümraniye, bei Asım, einem alten Freund meines Vaters. Er war früher Joghurtverkäufer, aber klug genug, dann lieber einen Krämerladen aufzumachen. Jetzt ist er in Rente. Stolz hat er mir gezeigt, wie hoch die Kastanie und die Pappeln schon sind, die er vor zwanzig Jahren gepflanzt hat, kaum dass sein Grundstück eingezäunt war. Durch die Lichter und die Geräusche von der Rohrfabrik nebenan hatte der Garten etwas ganz Eigenes. Wir waren vom Raki schon ziemlich betrunken, und Asıms Frau hatte sich längst schlafen gelegt.

»Mir wird viel angeboten für das Grundstück«, hat Asım gesagt, »aber die Preise steigen noch weiter. Ein Zipfelchen habe ich verkauft, aber das reut mich jetzt.« Geschlagene drei Mal hat er mir erzählt, wie gut er doch daran getan hat, aus der Stadt hier rauszuziehen. Einen Riecher habe er gehabt mit dem Grundstück, das jetzt so viel wert sei. Und dreimal hat er mir auch gesagt, dass seine Töchter alle verheiratet sind. Gute Kerle seien seine Schwiegersöhne, wenn auch nicht so gut wie ich. Das sollte natürlich nichts anderes bedeuten als: »Hör mal, Junge, ich habe keine ledige Tochter, warum kreuzt du da eines Abends so plötzlich bei mir auf?«

Da habe ich selbstverständlich, wie so oft, wieder an Samiha denken müssen. Zwei Jahre ist sie nun schon weg. Den Kerl, der sie entführt hat, dieses Schwein von Ferhat, kriege ich natürlich irgendwann zu fassen, und dann muss er dafür zahlen, mich so blamiert zu haben. Aber noch heute stelle ich mir manchmal vor, dass Samiha auf einmal wieder vor der Tür steht. Obwohl, da ist gleich noch eine andere Stimme in mir, und die sagt, dass das bestimmt nicht passiert. Zum Glück habe ich Melahat und Vediha, die sich redlich bemüht, eine Frau für mich zu finden.

VEDIHA. Wir sind uns einig in der Familie, dass Süleyman am besten über Samiha hinwegkommt, wenn wir ihn verheiraten. »Süleyman«, habe ich mal zu ihm gesagt, als er wieder betrunken war, »du bist ja mit Samiha viel unterwegs gewesen, und ihr habt euch auch ein wenig angefreundet, aber mit der Hochzeit ist es doch nichts geworden. Wie wär's, wenn du es mit einer probieren würdest, die du vor der Hochzeit höchstens mal kurz gesehen hast? Die Liebe kommt dann schon.« »Ja, stimmt. Hast du wieder eine?«, hat er erst freudig gefragt, aber dann hat er auch schon angefangen zu meckern: »Aber komm mir nicht mit der Tochter von einem Joghurtverkäufer aus unserem Dorf.« »Na hör mal«, habe ich da gesagt, »dein Bruder und dein Cousin haben doch auch solche Mädchen geheiratet, was soll an uns falsch sein?« »Euch drei meine ich damit nicht.« »Was meinst du dann?« Versteh mich nicht falsch, aber …« »Ich verstehe dich gar nicht, Süleyman. Aber warum meinst du überhaupt, dass es eine aus dem Dorf ist?«, habe ich streng gesagt. Süleyman mag es, wenn eine starke Frau streng zu ihm ist.

»Eine, die schon achtzehn ist und in Istanbul auf der Schule war, ist auch nichts für mich. Die krittelt an mir herum, und nichts passt ihr. Und dann tut sie auch noch so, als wären wir nicht verkuppelt worden, sondern hätten uns so kennengelernt, und will ins Kino und sonst wohin mit mir, und hat aber zugleich Angst, dass ihre Eltern uns erwischen, und es gibt nichts als Ärger. Einfach habe ich es wirklich nicht.«

Ich habe ihm gesagt, er soll sich nur keine Sorgen machen und dass es in Istanbul nur so wimmelt von Mädchen, die einen so gut aussehenden, intelligenten und erfolgreichen Mann wie ihn heiraten wollen.

»Und wo sind die alle?«

»Daheim sind sie, Süleyman, bei ihren Müttern, denn sie gehen kaum auf die Straße. Wenn du auf mich hörst, suche ich dir von denen die allerhübschesten und allerliebsten heraus, und du brauchst nur noch zu wählen, wie es dir passt.«

»Vediha, du meinst es ja gut mit mir, aber mit einem Mädchen, dass brav bei der Mama hockt, kann ich irgendwie nichts anfangen.«

»Dann hättest du dich eben um Samiha bemühen müssen. Warum hast du das nicht getan?«

»Es ging eben nicht! Immer wenn ich es versucht habe, hat sie mich bloß verspottet.«

»Süleyman, ich finde schon die Richtige für dich. Aber wenn sie dir gefällt, musst du sie auch anständig behandeln, kapiert?«

»Schon gut. Aber wenn sie frech wird, was dann?«

SÜLEYMAN. Auf Brautschau fuhr ich immer mit Vediha. Von manchen wurde mir geraten, ich solle auch meine Mutter dabeihaben, das würde unserem Auftreten mehr Gewicht verleihen, aber ich wollte das nicht, weil meine Mutter mit ihrer Kleidung und ihrer ganzen Art zu sehr ländlich daherkam. Vediha zog immer eine Jeans und darüber einen Rock an und einen langen dunkelblauen Mantel, den ich sonst nie an ihr sah. Sie wirkte wie eine Ärztin oder eine Richterin, nur eben eine mit Kopftuch. Das Rumfahren mit mir machte ihr so viel Spaß, dass sie unterwegs, wenn ich so richtig aufs Gaspedal drückte, manchmal fast vergaß, wozu wir eigentlich in dem Lieferwagen saßen. Sie konnte sich an Istanbul gar nicht sattsehen und redete in einem fort und brachte mich zum Lachen.

»Vediha, das da ist kein städtischer Bus, sondern ein privater, darum hat er ständig die Tür auf. Damit jederzeit jemand aufspringen kann«, sagte ich beim Überholen. »Pass bloß auf, dass du keinen von den Verrückten da überfährst«, antwortete sie lachend. Wenn Vediha merkte, dass ich immer stiller wurde, je näher wir dem betreffenden Viertel kamen, sagte sie: »Keine Sorge, Süleyman, die ist in Ordnung. Mir hat sie jedenfalls gefallen. Und wenn sie dir nicht gefällt, gehen wir sofort wieder, und fertig. Und auf dem Rückweg fährst du mich wieder ein bisschen spazieren.«

Durch ihr warmherziges Wesen schloss Vediha leicht Freundschaften, und so fand sie immer neue Mädchen, und wir fuhren wieder los. Die meisten Mädchen hatten so wie ich die Grundschule auf dem Dorf besucht oder aber in einem Gecekondu-Viertel, in dem es schlimmer zuging als auf dem Land. Es waren auch welche dabei, die es aufs Gymnasium geschafft hatten, und wiederum andere, die kaum lesen und schreiben konnten. Die meisten waren ohnehin noch zu jung dafür, dass sie mit dem Gymnasium schon hätten fertig sein können, und keine wollte noch so lange mit ihren Eltern in einem kalten, ärmlichen Haus zusammenwohnen. Vediha sagte immer wieder, dass die Mädchen sich über ihre Eltern beklagten und so schnell wie möglich aus dem Haus wollten, und der Gedanke gefiel mir, nur ahnte ich auch, dass das bei so manchem Mädchen nicht wirklich der Fall war.

VEDIHA. Ich konnte ja zu Süleyman nicht gut sagen, dass brave Mädchen nicht eigenständig sind und eigenständige nicht brav. Und dass er eine wie Samiha, die ihren eigenen Charakter hat, nicht zu Hause bei ihrer Mutter fand, sittsam auf einen Ehemann wartend. Genauso wenig konnte ich sagen, pass auf, Süleyman, eine, die Freunde hat und eigene Ideen, die wird dir nicht aus der Hand fressen. Und vor allen Dingen konnte ich nicht sagen, du, hör mal, wenn du eine Brave, völlig Unbescholtene findest, brauchst du dir nicht einzubilden, dass sie auf deine wilden Wünsche eingeht (na ja, schließlich war ich mit seinem Bruder verheiratet). Oder hätte ich sagen sollen, Süleyman, du bräuchtest eigentlich eine, die kein Kopftuch aufhat, aber so eine willst du auch wieder nicht? Nein, das Thema war zu heikel. Jedenfalls ließ mich Korkut am leichtesten aus dem Haus, wenn ich auf die Suche nach einer Frau für Süleyman ging. Und der wiederum gewöhnte sich allmählich daran, dass zwischen seinen Wünschen und der Wirklichkeit eine ziemliche Kluft bestand.

Wenn Familien einen Sohn oder eine Tochter verheiraten wollen, schauen sie sich ja erst mal im Kreis ihrer Verwandten und Bekannten um. Nur wenn ein Mädchen irgendeinen Makel hat, der im ganzen Viertel bekannt ist, wird sie sagen, ich heirate lieber jemanden von außerhalb, und das wird gern als Streben nach Freiheit dargestellt. Darum fühlte ich gerade denen, die viel von Unabhängigkeit schwafelten, erst recht auf den Zahn. Wobei natürlich ihre Familie umgekehrt auch uns misstrauisch unter die Lupe nahm, denn wir gingen ja auch ziemlich weit weg von zu Hause auf Suche. Wenn eine im eigenen Umfeld keinen Mann findet, hat sie nicht unbedingt einen Makel, aber sie ist vielleicht zu anspruchsvoll, sagte ich warnend zu Süleyman.

SÜLEYMAN. In Aksaray, im zweiten Stock eines Neubaus, war eine, die ist aufs Gymnasium gegangen. Nicht nur hat sie uns in ihrer Schulkluft empfangen (allerdings mit einem Kopftuch auf, das sie in der Schule nicht tragen darf), sondern sie hat sich gleich nach der Begrüßung an den Esstisch gesetzt, auf dem ein aufgeschlagenes Mathebuch lag, und da hat sie dann die ganze Zeit über Rechenaufgaben gelöst, ganz in der Art des höflichen Mädchens, das sich doch auch ein bisschen um die Verwandten kümmert, die gerade zu Besuch sind, obwohl es ganz furchtbar viele Hausaufgaben hat.

In Bakırköy haben wir es mit einem Mädchen namens Behice zu tun gehabt, die ist während unseres Besuches ganze fünf Mal aufgestanden, zum Fenster gegangen und hat durch den Store zu den Jungs hinuntergesehen, die drunten Fußball gespielt haben. »Unsere Behice schaut gern zum Fenster raus«, hat ihre Mutter erklärend gesagt, als sei das der schlagende Beweis dafür, was für eine hervorragende Ehefrau ihre Tochter mal abgibt.

In Kasımpaşa, gegenüber der Piyale-Paşa-Moschee, bei einem sehr kurzen Besuch, saßen zwei Mädchen, die andauernd gekichert haben und sich schier auf die Finger beißen mussten, um nicht lauter über uns loszulachen, aber das waren bloß, wie mir Vediha erst nachher erklärt hat, die beiden jüngeren Schwestern des Mädchens, wegen der wir eigentlich gekommen war. Die wiederum ist lediglich, als wir unseren Tee getrunken und an unserem Gebäck geknabbert haben, zur einen Tür reingekommen und wie ein Geist zur anderen wieder rausgegangen, und ich habe sie nicht einmal richtig wahrgenommen, geschweige denn, dass ich mir ein Bild davon gemacht hätte, ob sie schön oder hässlich war. »Man soll kein Mädchen heiraten, das man nicht mal bemerkt«, hat Vediha gesagt, als wir auf Umwegen wieder nach Hause gefahren sind. »Bei der habe ich mich getäuscht, die war nichts für dich.«

VEDIHA. Manche Frauen haben es ja im Blut, quasi als Gottesgeschenk, dass sie Ehen vermitteln und Menschen damit glücklich machen. Bei mir war das gar nicht so, ich habe es erst gelernt, weil die Sache mit Samiha sonst an mir hängengeblieben wäre, und auch weil Süleyman mir leidgetan hat. Und außerdem hat mir das Herumfahren Spaß gemacht.

Als Einstieg sagte ich immer, dass mein Mann einen Bruder hat, der schon mit dem Wehrdienst fertig ist. Dann erzählte ich, ohne die Miene zu verziehen, wie intelligent und gutaussehend und höflich und fleißig dieser Bruder doch sei.

Weil Süleyman das so wollte, habe ich auch erwähnt, aus was für einer frommen Familie er stammt. Den Vätern hat das vielleicht gefallen, aber bei den Mädchen war es wohl keine besonders gute Werbung. »Die sind in der Stadt reich geworden, und jetzt wollen sie nicht eine vom Land«, habe ich erklärt. Manchmal habe ich auch gesagt »In ihrem Dorf haben sie nämlich Feinde«, aber das hat manche Familien vermutlich eher abgeschreckt. Zu jedem, der mir über den Weg lief, habe ich gesagt, dass ich eine Braut suche, und ob er nicht jemanden weiß. Da Korkut mich nicht viel aus dem Haus ließ, habe ich aber nicht so viele Leute getroffen. Und obwohl fast jeder auf diese Weise zu seinem Ehemann oder seiner Ehefrau kommt, hat die Hälfte der Leute so getan, als ob dies eine Schande wäre.

Am meisten habe ich zu hören bekommen, man habe tatsächlich genau so ein Mädchen, wie ich es suchte, aber es wolle partout nicht verkuppelt werden. Bald habe ich herausgefunden, dass man in diesem Fall am besten so tut, als ob man nur zufällig vorbeikommt und sich das Mädchen eben so anschaut. Man sei gerade in der Gegend gewesen, und da wäre es doch ungehörig gewesen, nicht mal zu klingeln.

Man konnte es auch so hindrehen, dass die eine Kupplerin gerade im Haus der potentiellen Braut zu Gast war und man als Bekannter jenes Gastes wie zufällig dazustieß. Das war dann so, wie wenn zwei Makler sich bei einer Wohnungsvermietung gegenseitig behilflich sind. Bevor die oft übereifrige zweite Kupplerin je nach Lust und Laune irgendeinen Vorwand zum Besten gab, wie dieses Treffen eigentlich zustande gekommen war, hat sie der anderen Partei schon mal mit vielen Ausschmückungen erzählt, wer wir so waren. In kleinen, alten Wohnungen saß jeweils ein Frauengremium aus Schwestern, Tanten, Omas, Freundinnen und Nachbarinnen versammelt, und denen hat die verkappte Kupplerin erläutert, dass wir zu einer angesehenen Familie aus Konya gehören, dass wir erfolgreich im Baugeschäft tätig sind, besonders Süleyman, der gerade an mehreren Projekten arbeitet, und dass wir gerade zufällig in der Nähe gewesen sind und uns gedacht haben, schauen wir mal vorbei. Der Einzige, der an diese Lügen tatsächlich ein bisschen geglaubt hat, war Süleyman.

Obwohl aber jeder Bescheid wusste, hat uns keiner gefragt: »Na, wenn Sie nur zufällig hier sind, wie kommt es dann, dass Süleyman hier in Anzug und Krawatte sitzt, in einer Wolke von schwerem Männerparfüm?« Und wir haben auch zu denen nicht gesagt: »Wenn Sie nicht wussten, dass wir kommen, warum haben Sie dann alles so proper aufgeräumt? Und das gute Besteck rausgeholt?« Das Lügen war wegen des Rituals, und dass wir gelogen haben, hat keineswegs bedeutet, dass wir unehrlich gewesen wären. Wir haben Verständnis aufgebracht und den Schein gewahrt. All das Gerede diente ja auch nur als Vorspiel für das eigentliche Zeremoniell, das sich bald vollziehen würde, nämlich das Zusammentreffen der beiden jungen Leute. Würden sie Gefallen aneinander finden? Und, wichtiger noch, würde die versammelte Frauenschar zu dem Schluss kommen, dass die beiden zueinander passen? Jede hatte ja selbst schon Ähnliches erlebt.

Irgendwann ist das junge Mädchen reingekommen, im schönsten Gewand, manchmal mit einem eleganten Kopftuch auf, und hat sich schüchtern irgendwo hingesetzt. Manchmal waren mehrere gleichaltrige Mädchen im Raum, und damit wir nicht etwa die Falsche begutachten, hat die Mutter oder eine lebenserfahrene Tante uns geschickt wissen lassen, dass der eigentliche Grund unseres Besuches soeben eingetroffen war.

»Wo warst du denn? Hast noch gelernt, was? Schau, wir haben Besuch.«

Während der vier, fünf Jahre, in denen wir uns voller Bedenken und Enttäuschungen bemüht haben, ist Süleyman von zwei der fünf Gymnasiastinnen, für die er sich interessiert hat, mit der Begründung zurückgewiesen worden, dass die Mädchen lieber die Schule fertigmachen wollten, sodass er von »fleißigen« Mädchen bald nichts mehr hören wollte.

Es ist auch vorgekommen, dass ein Mädchen auf das obligatorische »Schau mal, wir haben Besuch!« schlagfertig gekontert hat: »Weiß ich, Mama, darum machst du ja den ganzen Vormittag schon rum.« Dieses Aufrichtige, Entrüstete hat sowohl Süleyman als auch mir gefallen, aber solche Mädchen hat Süleyman schnell wieder vergessen, weil er sich vor spitzen Zungen nun mal fürchtet.

Vor Mädchen, die sich der Brautschau grundsätzlich verweigerten, musste der wahre Grund unseres Besuches besonders sorgfältig verborgen werden. Ein ziemlich grobes Mädchen hat uns mal tatsächlich für Leute gehalten, die ihrem Vater (einem Kellner) nur ein Geschenkpaket überbringen sollten, und sie hat sich überhaupt nicht um uns gekümmert. Bei einer anderen sind wir umständlich als Freunde der Ärztin ihrer Mutter eingeführt worden. An einem Frühlingstag waren wir mal in einem alten Holzhaus in Edirnekapı, an der früheren Stadtmauer. Das betreffende Mädchen hatte keine Ahnung, dass die Mutter einen potentiellen Schwiegersohn eingeladen hatte, und hat draußen Völkerball gespielt. »Ich habe dir Sesamzopf mitgebracht«, hat ihre Tante zum Fenster rausgerufen. Das Mädchen, ein wunderschönes Ding, ist raufgekommen, hat uns aber keines Blickes gewürdigt. Sie hat sich vor den Fernseher gesetzt, hat zwei Stück Zopf runtergeschlungen und wollte dann gleich wieder zum Spielen hinunter. Da hat ihre Mutter gesagt: »Jetzt warte doch mal, wir haben Besuch, bleib ein bisschen hier.«

Gleichgültig hat sich das Mädchen wieder hingesetzt. Dann hat sie mich und Süleyman in seinem Anzug genauer angesehen, und wütend hat sie gerufen: »Das ist ja schon wieder so ein Kandidat! Habe ich dir nicht gesagt, ich will keinen?!«

»Schrei deine Mutter nicht so an.«

»Sind die etwa nicht auf Brautschau hier? Wer ist der Mann?«

»Ein bisschen mehr Anstand, bitte! Die haben dich gesehen, du hast ihnen gefallen, und jetzt sind sie zum Reden hergekommen, vom anderen Ende der Stadt her, und das bei dem Verkehr. Also bleib ein bisschen sitzen.«

»Was soll ich mit denen reden? Soll ich vielleicht den Fettwanst da heiraten?«

Und schon war sie draußen und schlug die Tür zu.

Im Lauf der Zeit sind wir immer seltener auf Brautschau gegangen, und jener Besuch im Frühjahr 1989 war definitiv der letzte. Hin und wieder ist Süleyman dann doch wieder zu mir gekommen und hat mich angebettelt, doch wussten wir längst über Mahinur Meryem Bescheid, und so habe ich ihn nicht mehr ernstgenommen. Auch war ich ihm böse, weil er immer noch davon redete, dass er sich an Samiha und Ferhat rächen wollte.

MAHINUR MERYEM. Bekannt bin ich nicht, aber wer in Vergnügungslokale mit Livemusik geht, mag meinen Namen schon mal gehört haben. Mein Vater war ein bescheidener Beamter, ehrlich, fleißig, nur leider etwas jähzornig. 1973, in der 9. Klasse des Taksim-Mädchengymnasiums, habe ich in der Zeitung gestanden, weil unsere Gruppe beim Popmusik-Wettbewerb von *Milliyet* ins Finale gekommen ist. Der Journalist Celâl Salik hat damals über mich geschrieben, ich hätte »die samtene Stimme eines Stars«. Das war das Schönste, was ich in meiner Musikkarriere je gehört habe. Daher mein ergebenster Dank an Celâl Salik, Gott habe ihn selig, und an alle, durch die ich hier mit meinem Bühnennamen erwähnt werde.

Eigentlich heiße ich Melahat. Mit der Musik ist es danach leider Gottes nicht so gut weitergegangen, obwohl ich mir das so sehr gewünscht hätte. Mein Vater hat mich nicht verstanden, und als ich nicht auf die Uni wollte, hat er gleich versucht, mich zu verheiraten und mich oft geschlagen, darum bin ich mit neunzehn mit einem anderen Jungen abgehauen und habe ihn geheiratet. Sein Vater war Hausmeister im Rathaus von Şişli, und er selbst genauso musikbegeistert wie ich. Die Ehe ist aber schiefgegangen, die zweite dann auch, und überhaupt alle meine Beziehungen, denn nie war genug Geld da, und alle Männer waren besser im Versprechen als darin, sie zu halten. Ich könnte Romane über diese Kerle schreiben, und dann würde ich eingesperrt, wegen Beleidigung des Türkentums. Süleyman habe ich nur wenig erzählt, und Ihnen will ich damit auch die Zeit nicht rauben.

Vor zwei Jahren habe ich mich in einer Kaschemme in Beyoğlu mit türkischer Popmusik abgemüht, aber es kam fast niemand, und ich war das letzte Rad am Wagen. Dann bin ich vom Besitzer eines anderen Lokals abgeworben worden, der hat nämlich behauptet, dass ich bei ihm mit türkischer Kunst- oder Volksmusik groß rauskommen würde, aber letztlich war ich dort wieder nur eine kleine Nummer. Dort, im Paris also, habe ich Süleyman kennengelernt, als einen der Männer, die sich einem zwischen zwei Liedern immer aufdrängen. Ins Paris kamen vor allem Männer, die in der Liebe Enttäuschungen erfahren hatten, sich aber in ihr Unglück nicht dreinschicken wollten. Zuerst habe ich Süleyman nicht beachtet, aber weil er Abend für Abend kam, und immer allein, und mir haufenweise Blumen schenkte, und überhaupt wegen seiner ganzen naiven, eindringlichen Art hat er mich schließlich für sich eingenommen.

Für meine Wohnung im vierten Stock in der Sormagir-Straße in Cihangir zahlt die Miete jetzt Süleyman. Abends trinken wir erst was, dann sagt er: »Komm, ich fahr dich spazieren.« Dass ein Lieferwagen nichts Romantisches an sich hat, begreift er nicht, aber das ist mir egal. Das mit der Kunstmusik und meinen Auftritten habe ich vor einem Jahr bleiben lassen. Mit Unterstützung von Süleyman werde ich mich wieder der leichten Musik zuwenden. Ist aber auch nicht wichtig.

Ich fahre gern mit Süleyman abends herum. Wenn wir ein paar Gläser intus haben, können wir über alles ungezwungen reden. Süleyman ist ein unterhaltsamer Mensch, sobald er nicht an seine Familie denken muss, speziell an seinen Bruder, vor dem er sich regelrecht fürchtet.

Am liebsten fährt er die Steilstraßen zum Bosporus runter und lenkt dabei wild hin und her.

»Hör auf, Süleyman, irgendwann erwischt dich die Polizei.«

»Keine Sorge, die sind alle auf unserer Seite.«

Manchmal rufe ich auch »Mensch, Süleyman, du fährst uns noch tot!«, weil ich weiß, dass er das hören will. Eine Zeitlang kam dieser Dialog jeden Abend.

»Warum hast du solche Angst, Melahat, meinst du etwa echt, wir knallen an die Wand?«

»Du, Süleyman, die bauen jetzt noch eine Bosporus-Brücke, kannst du das glauben?«

»Was soll daran so unglaublich sein? Als wir damals vom Dorf in die Stadt gekommen sind, hat es immer geheißen, die schaffen das nie dort, die Hungerleider mit ihrem Joghurt. Und die gleichen Leute, die das gesagt haben, flehen uns jetzt an, dass wir ihnen unsere Grundstücke verkaufen. Soll ich dir mal sagen, warum ich hundertprozentig sicher bin, dass die zweite Brücke genauso gebaut wird wie die erste?«

»Sag's mir, Süleyman.«

»Weil die Vurals, denen ja in Kültepe und Duttepe schon alles gehört, jetzt da Grundstücke kaufen, wo mal die Zubringerstraßen verlaufen. Der Boden, den sie in Saray und Çakmak besitzen, ist jetzt schon zehn Mal so viel wert, und dabei hat der Staat noch gar nicht angefangen, dort Grundstücke zu kaufen. So, und jetzt pass auf, jetzt heben wir ab! Brauchst dich aber nicht zu fürchten, Melahat!«

Ich habe Süleyman geholfen, über das eine Mädchen hinwegzukommen, in das er so verliebt war. Als wir uns kennenlernten, konnte er an nichts anderes denken als an sie. Mit seiner Schwägerin Vediha hat er Viertel um Viertel abgegrast, um eine zum Heiraten zu finden; das hat er mir so ungeniert erzählt, dass ich lachen musste. Meine Freundinnen haben sich über ihn lustig gemacht, und ich dachte erst, soll er doch heiraten, dann bin ich ihn los. Jetzt dagegen wäre ich ehrlich gesagt traurig, wenn er heiraten würde. Seine ganze Brautschau dagegen ist mir egal. Besoffen hat er mir mal gestanden, dass er auf eine mit Kopftuch nicht scharf sein kann.

»Mach dir nichts draus«, habe ich gesagt, »das ist weit verbreitet, gerade bei verheirateten Männern. Wo ihr doch im Fernsehen und in Zeitschriften lauter moderne, ausländische Frauen zu sehen kriegt. Das ist kein persönlicher Tick von dir, Süleyman.«

Meine Ticks wiederum verstand Süleyman nicht. »Mir gefällt es nicht, wenn du mich so rumkommandierst«, habe ich zu ihm gesagt.

»Ach so, ich dachte, du magst das.«

»Ich mag es, wenn du mit deiner Pistole rumspielst, aber nicht, wenn du so grob zu mir bist.«

»Bin ich grob, Melahat? Und gefühllos?«

»Du hast durchaus Gefühle, aber du kannst sie nicht ausdrücken, wie die meisten türkischen Männer. Zum Beispiel sagst du nie das, was ich so gern hören würde.«

»Dass wir heiraten sollen? Würdest du denn ein Kopftuch aufsetzen?«

»Nein, nicht das Thema jetzt. Das andere, was du nie sagst.«

»Ach so, verstehe!«

»Na, wenn du schon verstehst, dann sag es doch. Es ist ja nicht irgendein Geheimnis. Jeder hat es schon mitgekriegt, Süleyman, und ich weiß auch, wie sehr du mich liebst.«

»Wenn du es schon weißt, warum fragst du dann noch?«

»Ich frage ja nicht. Ich will nur, dass du es mir noch einmal sagst. Warum kannst du nicht sagen: Melahat, ich liebe dich. Hast du Angst, dass dir die Zunge abfällt? Oder dass du in Armut versinkst?«

»Melahat, wenn du so bist, kann ich's erst recht nicht sagen.«

12. In Tarlabaşı

Der glücklichste Mann der Welt

Nachts schliefen Fatma und Fevziye meist bei den Eltern im Bett. Die Wohnung war kalt, und nur unter der Bettdecke wurde es richtig warm. Manchmal waren die Mädchen schon eingeschlafen, wenn Mevlut zum Boza-Verkaufen loszog, und wenn er spät heimkehrte, lagen sie noch genauso da. Da Rayiha den Gasofen herunterdrehte, kroch sie zum Fernsehen auch schon halb ins Bett.

Neben dem Fenster stand ein Kinderbett, doch wenn die Mädchen dort hineingelegt wurden, weinten sie los, und dafür hatte Mevlut Verständnis. »Da fühlen sie sich einsam drin, so klein, wie sie sind«, sagte er zu Rayiha. So gewöhnten sich die Mädchen an das Ehebett, und wenn sie dort erst mal schliefen, hätte auch kein Kanonenschlag sie aufgeweckt, während sie in ihrem eigenen Bettchen vom leisesten Geräusch wach wurden und zu weinen anfingen. Damit hörten sie erst wieder auf, wenn Mevlut und Rayiha sie zu sich ins Bett ließen. Die wiederum sahen irgendwann ein, dass es einfach für alle das Beste war, wenn sie zusammen schliefen.

Mevlut hatte einen gebrauchten Gasofen der Marke Arçelik gekauft, der das Zimmer zwar wie ein Hamam hätte aufheizen können, dann aber furchtbar viel Gas verbraucht hätte (wenigstens ließ sich darauf auch das Essen aufwärmen). Das Gas kaufte Rayiha drei Straßen weiter unten, in Dolapdere, bei einem Kurden. Seit im Osten des Landes heftige Kämpfe tobten, waren in Tarlabaşı massenweise kurdische Flüchtlinge zugezogen, aber nicht so gemäßigte Kurden wie Ferhat, sondern hartgesottene Menschen, deren Dörfer von der Armee niedergebrannt worden waren. Boza kauften die nicht, sodass Mevlut kaum mehr in die Gegend kam, und später ging er erst recht nicht mehr hin, als sich dort immer mehr Drogenhändler und Klebstoff schnüffelnde Straßenkinder herumtrieben.

Seit Ferhat mit Samiha abgehauen war, hatte Mevlut ihn nicht mehr gesehen, also seit Jahren nicht, was ihm ganz seltsam erschien, so gut wie sie befreundet gewesen waren. Hin und wieder murmelte er dafür eine Erklärung vor sich hin: »Na ja, die sind ja so weit weg jetzt.« Nur ganz selten dachte Mevlut so richtig daran, dass der wahre Grund für diese Ferne nichts anderes als die Briefe waren, die er damals eigentlich an Samiha geschrieben hatte.

Und es stimmte ja auch, dass das unaufhaltsame Wachstum Istanbuls sie immer weiter voneinander trennte. Allein die Busfahrt hin und zurück hätte bei dem Verkehr einen halben Tag gedauert. Zum einen sehnte Mevlut sich nach Ferhat, zum anderen fand er stets neue Gründe dafür, ihm böse zu sein. Warum ruft er mich nicht an, fragte er sich. Das zeigt doch schon, dass er sich schuldig fühlt. Als Mevlut erfuhr, dass die beiden in Gazi recht glücklich miteinander waren und Ferhat in Gaziosmanpaşa als Kellner arbeitete, packte ihn der Neid.

Wenn Mevlut abends schon zwei Stunden unterwegs gewesen war, dachte er – um weiter durchzuhalten – gern daran, was ihn zu Hause für ein Glück erwartete. Er stellte sich vor, wie das Zimmer roch und das Bett, was Fatma und Fevziye im Schlaf für Geräusche von sich gaben, wie er sich an Rayiha schmiegen und ihm bei jeder Berührung ganz heiß werden würde, und dann tränten ihm die Augen vor Seligkeit. Zu Hause zog er sogleich seinen Schlafanzug an und schlüpfte ins Bett, und nie ging der Abend zu Ende, ohne dass er Rayiha beim Fernsehen über seinen Arbeitstag Bericht erstattete: wie viel er verkauft und was er so erlebt hatte. Dann überließ er sich ihren zärtlich-sorgenden Blicken.

»Zu süß, haben ein paar gesagt«, bemerkte er manchmal und meinte damit die Boza-Mischung des Tages. »Tja, was sollte ich machen, der Rest von gestern war eben ziemlich sauer«, erwiderte Rayiha, die wie immer ihre Mischung verteidigte. Oder Mevlut erzählte, dass ihm weiterhin eine Frage im Kopf umherging, die eine Frau ihm in ihrer Küche gestellt hatte. »Haben Sie die selber gekauft?«, hatte die Frau gesagt und dabei auf seine Schürze gedeutet. Was meinte sie damit? Die Schürzenfarbe? Oder dass eine Schürze nur was für Frauen war?

Zu später Stunde erschien Mevlut vor dem Fernseher die ganze Welt nur noch aus geheimnisvollen Schatten zu bestehen, gleich den finsteren, wie Felslandschaften wirkenden Straßen, durch die er zuvor noch gewandelt war: Die Autos, die sich eine Verfolgungsjagd lieferten, waren nicht weniger seltsam als die dunklen Gassen soeben noch; die fernen schwarzen Berge am linken Bildschirmrand waren in Gott weiß welcher Gegend dieser Welt. Warum lief da ein Hund? Was hatte ein Hund im Fernsehen zu suchen? Warum weinte da so einsam eine Frau?

RAYIHA. Manchmal ist Mevlut mitten in der Nacht aufgestanden, hat sich eine Zigarette angezündet, den Vorhang zurückgeschoben und auf die Straße runtergeschaut. Ich habe ihn im Schein der Straßenlaterne da stehen sehen und mich gefragt, woran er wohl denkt. Wenn er allzu lang am Fenster blieb, bin ich selber aufgestanden, habe ein Glas Wasser getrunken und die Kinder zugedeckt, dann ist Mevlut ins Bett zurückgekommen, als ob er sich seiner Gedanken schämte. »Mach dir keine Sorgen«, sagte er manchmal, »ich denke bloß nach.«

Im Sommer freute sich Mevlut, dass er abends mit uns zusammen war. Eins aber muss gesagt werden, nämlich dass wir im Sommer weniger Geld hatten als im Winter. Mevlut ließ den ganzen Tag das Fenster auf, egal wie viele Fliegen reinkamen und wie laut es war (»Draußen ist es eher leiser als hier drinnen«, sagte er), und sogar der Staub von der neuen Straße her, die weiter oben durchs Viertel gezogen wurde, schien ihn nicht groß zu stören. Er saß vor dem Fernseher, horchte aber zugleich auf die Kinder, die im Hinterhof oder auf der Straße spielten, und wenn sie zu streiten anfingen, griff er von oben aus ein. Abends hat er sich manchmal urplötzlich über irgendwas aufgeregt, ist türenschlagend hinausgestürmt (die Mädchen kannten das schon, sind aber trotzdem immer ein bisschen erschrocken), und dann ist er entweder zum Kartenspielen in eine Kneipe oder er hat sich bloß auf die Stufen vor dem Haus gesetzt und geraucht. Dann bin ich ihm manchmal nach und habe mich zu ihm gesetzt, oder wir sind auch mal zusammen mit den Kindern auf die Straße runter, und während die Mädchen mit irgendwelchen Freundinnen spielten, von denen immer welche da waren, habe ich direkt unter der Straßenlampe den Reis ausgelesen, den Mevlut in Kabataş verkaufte.

So habe ich mich auch mit unserer Nachbarin Reyhan angefreundet, die eines Abends den Kopf zu ihrem Erkerfenster rausgestreckt und gesagt hat: »Da draußen ist ja besseres Licht als in meiner Wohnung.« Schon ist sie rausgekommen und hat sich mit ihrem Stickzeug neben mich auf die Stufen gesetzt. Sie hat gesagt »Ich bin aus dem Osten, aber Kurdin bin ich keine«, doch woher genau sie stammte, hat sie genauso verschwiegen wie ihr Alter. Sie musste aber gut zehn, fünfzehn Jahre älter als ich sein. Wenn sie mir beim Reisauslesen zusah, hat sie manchmal gesagt: »Mensch, Rayiha, du hast ja Hände wie ein Kind, keine einzige Falte. Und wie flink die sich bewegen, wie Taubenflügel. Ich sag dir was, wenn du mit denen sticken würdest, könntest du damit mehr verdienen als ich, und auch mehr als dein Mann. Meinem Alten setzt es sowieso zu, dass er als Polizist weniger Geld heimbringt als ich mit meiner Stickerei.«

Sie hat erzählt, mit fünfzehn hat ihr Vater sie eines Tages, ohne jemanden zu fragen, an einen Ziegenhändler vergeben, und nur mit einem Bündel in der Hand hat sie nach Malatya ziehen müssen und ihre Eltern und den Rest der Familie nie wiedergesehen. Sie hat es nie verwunden, so schnöde verkauft worden zu sein, und dass die Familie arm war und sieben Kinder hatte, hat sie als Entschuldigung nicht gelten lassen. Wie ein Rohrspatz hat sie geschimpft, als ob sie ihren Vater vor sich hätte. »Dabei gibt es so gute Eltern, die ihre Tochter einem Mann, den sie nicht will, nicht mal aus der Ferne zeigen würden, geschweige denn, sie mit ihm zu verheiraten«, hat sie gesagt und dabei keinen Augenblick von ihrer Stickarbeit aufgeschaut. Ihrem Vater war sie außerdem böse, dass er von ihrem Mann nicht mal eine offizielle Ehe verlangt hat. Irgendwann ist sie mit einem anderen Mann wegglaufen, da hat sie dann aber auf einer Ehe bestanden, und mit Erfolg. »Hätte ich bloß auch verlangt, dass er mich nicht schlägt!«, sagte sie lachend. »Hoffentlich weißt du, was du an deinem Mevlut hast.«

Manchmal hat sie so getan, als könne sie gar nicht glauben, dass es einen Mann wie Mevlut gibt, der seine Frau nicht schlägt, und dann meinte sie, dass wohl ich daran auch meinen Anteil habe. Dann musste ich ihr von neuem erzählen, wie ich diesen »Engel von Mann« kennengelernt habe und wie er mir seinen Wehrdienst über unzählige Briefe geschrieben hat. Ihr zweiter Mann hat sie bloß geschlagen, wenn er betrunken war, darum hat sie an den Abenden, an denen sie ihm eine Raki-Tafel servieren musste, gewartet, bis er das erste Glas getrunken hatte. Bald sind dann die ersten Vorboten der Schläge gekommen, der Mann hat nämlich angefangen, von den Verhören zu schwadronieren, die er bei der Polizei durchgeführt hat, und in immer rauerem Ton hat er sich beklagt, dass seine Frau ihn nicht versteht, und da ist Reyhan aufgestanden und mit ihren Sticksachen zu mir gekommen. Dass sie abgehauen ist, habe ich immer schon daran gehört, dass der Mann (Necati hieß er) auf einmal zuckersüß geflötet hat: »Reyhan, Schätzchen, komm doch wieder rein, ich rühre keinen Tropfen mehr an, ich versprech's dir.« Dann habe ich manchmal die Mädchen mit nach unten genommen und mich zur ihr gesetzt. »Schön, dass du da bist«, sagte sie dann. »Sitzen wir ein bisschen zusammen. Bald schläft er sowieso ein.« An kalten Winterabenden, wenn Mevlut mit seinem Boza unterwegs war, ist sie zu mir in die Wohnung, hat stundenlang Sonnenblumenkerne gekaut und mit ihren Geschichten die Mädchen zum Lachen gebracht. Wenn Mevlut nach Hause gekommen ist, hat sie ihn angelächelt und gesagt: »Möge euch dieses Glück erhalten bleiben!«

Manchmal spürte Mevlut durchaus, dass ihm gerade die glücklichsten Jahre seines Lebens beschert waren, doch vermied er es, daran zu denken, da er fürchtete, sein Glück ansonsten zu verlieren. Ohnehin gab es im Leben genug, worüber man sich aufregen und dadurch vergessen konnte, wie glücklich man eigentlich war. Etwa, dass Reyhan abends stundenlang bei ihnen hocken blieb und ihre Nase in alles Mögliche steckte. Dass Fatma und Fevziye, während Mevlut in Ruhe fernsehen wollte, zu streiten und zu weinen anfingen. Dass Leute erst bei ihm acht oder zehn Glas Boza bestellten und dann, wenn er sie liefern wollte, so taten, als ob sie nicht zu Hause wären. Dass er im Fernsehen mit ansehen musste, wie eine Mutter aus Kütahya über den Tod ihres

Sohnes schluchzte, den kurdische Kämpfer bei einem Angriff auf einen Militärkonvoi in Hakkari erschossen hatten. Dass nach dem Tschernobyl-Unfall radioaktive Wolken über Istanbul zogen und kein Mensch mehr auf der Straße Pilav oder Boza kaufen wollte. Dass die Mädchen den mühsam mit Elektrodraht reparierten Puppenarm gleich wieder abrissen. Dass bei Wind die Antenne wackelte und das Fernsehbild völlig verzerrt wurde. Dass mitten in einem schönen Lied wieder der Strom ausfiel. Dass nach dem Anschlag auf Ministerpräsident Özal ausgerechnet in dem Moment, als der von Polizeikugeln getroffene Attentäter sich zuckend am Boden wand, eine Reklame für Hayat-Joghurt gezeigt wurde. Mevlut, der die Szene danach noch mindestens zwanzigmal sah, sagte zu Rayiha: »Hayat-Joghurt! Das sind die, die uns mit ihrer pasteurisierten Pampe den Straßenverkauf versaut haben!«

All diese Unbill vergaß Mevlut auf der Stelle, wenn Rayiha zu ihm sagte: »Geh doch morgen früh mit den Mädels raus, dann kann ich in Ruhe putzen.« Mit Fevziye auf dem Arm und Fatmas Patschhändchen in seiner schwieligen Pranke fühlte er sich draußen auf der Straße wie der glücklichste Mensch der Welt. Und glücklich war er auch, wenn er nachmittags nach dem Pilavverkaufen den Mädchen bei ihrem Geplapper zuhörte und dabei einnickte, wenn er danach mit den beiden irgendwelche Spiele spielte oder wenn er abends auf der Straße an diese Genüsse dachte und dabei von einem neuen Kunden angesprochen wurde: »Geben Sie mir doch ein Glas Boza!«

Dass in jenen Jahren, in denen er die Gaben des Lebens dankbar hinnahm, ohne sie weiter zu hinterfragen, die Zeit weiter dahinfloss, dass da und dort Bäume vertrockneten, manche Holzhäuser auf einmal verschwanden, dass auf Brachflächen, wo Kinder Fußball gespielt und Straßenhändler und Arbeitslose ihr Mittagsschläfchen gehalten hatten, auf einmal siebenstöckige Gebäude errichtet wurden und dass an den Straßen immer größere Werbetafeln standen, dies alles bekam er nur am Rande mit, gerade so, wie man das Wechseln der Jahreszeiten, das Welken der Blätter bemerkt. So wie er immer wieder erstaunt war, wenn die Boza-Saison plötzlich herum war oder die Fußballsaison, sodass er 1987 erst am letzten Spieltag mitbekam, dass Antalyaspor abgestiegen war. Von den vielen nach dem Putsch gebauten Fußgängerüberführungen, zu deren Benutzung man durch Leitplanken entlang der Straße sanft genötigt wurde, kriegte er auch erst dann so richtig etwas mit, als es ihm eines Tages partout nicht gelang, die Halaskargazi-Straße einfach dort zu überqueren, wo er gerade Lust dazu hatte. Vom Plan der Stadtverwaltung, den Taksim-Platz und Tepebaşı über eine breite Trasse zu verbinden, die nur fünf Straßen oberhalb seiner Gasse verlaufen sollte, hatte er zwar durch Kneipengespräche und Fernsehdiskussionen mitbekommen, aber lange nicht geglaubt, dass es damit einmal ernst würde. Überhaupt wusste er das meiste von dem, was Rayiha von geschwätzigen Nachbarinnen erfuhr, hauptsächlich schon aus Kneipen oder von den alten griechischen Frauen, die in den vermoderten alten Häusern zwischen dem Çiçek Pasaj, dem Fischmarkt und dem britischen Konsulat wohnten.

Es wollte sich keiner daran erinnern, doch war Tarlabaşı früher ein vor allem von Griechen, Armeniern, Juden und Aramäern bewohntes Viertel gewesen. Von Taksim zog sich bis zum Goldenen Horn hinunter ein Tal, in dessen Mitte früher ein Bach geflossen war, der in jedem Viertel einen anderen Namen getragen hatte (Dolapdere, Bilecikdere, Papazköprü, Kasımpaşa Deresi), aber schließlich überall mit Beton überzogen und mitsamt seinen diversen Namen vergessen worden war, und auch auf dem gegenüberliegenden Hang dieses Tals, in Kurtuluş und Feriköy, hatten bis in die zwanziger Jahre nur Griechen und Armenier gelebt. Der erste Schlag nach Gründung der Republik wurde der dortigen Bevölkerung 1942 mit der sogenannten »Vermögenssteuer« versetzt. Die Regierung – im Zweiten Weltkrieg trotz ihrer offiziellen Neutralität den Deutschen durchaus wohlgesinnt – belegte mit dieser Steuer ausschließlich Nichtmuslime, und zwar in so erheblichem Ausmaß, dass viele Armenier, Griechen, Aramäer und Juden den verlangten Betrag nicht entrichten konnten und zur Strafe in ein Arbeitslager in Aşkale im Osten des Landes geschickt wurden. Mevlut hatte viele Geschichten von Apothekern oder Schreinern gehört, deren Familien seit Jahrhunderten in jenen Vierteln ansässig waren, und die damals ihre Läden einem türkischen Lehrling überlassen oder sich, um nicht verhaftet zu werden, monatelang in ihren Wohnungen verstecken mussten. 1955 dann, als die Türkei und Griechenland sich um Zypern stritten, kam es am 6. und 7. September in Istanbul zu einem Pogrom gegen nichtmuslimische Minderheiten. Mit Prügeln und türkischen Fahnen in der Hand zogen rasende Horden durch Beyoğlu, plünderten Läden, jagten Priester davon und vergewaltigten Frauen. Wer von den Griechen nach diesem Pogrom nicht wegzog, der musste, sofern er nicht die türkische Staatsangehörigkeit besaß, 1964 nach einem Beschluss der Regierung innerhalb von vierundzwanzig Stunden Haus und Land verlassen.

Wenn es spät wurde in den Kneipen, wurde so manches gemunkelt, vor allem von Leuten, die sich über die Neuankömmlinge im Viertel beschwerten. Sätze wie »Die Griechen damals, das waren noch ganz andere Menschen als diese Kurden heute« bekam Mevlut des Öfteren zu hören. Die Regierung sehe tatenlos zu, wie Tarlabaşı von Afrikanern und anderen Hungerleidern bevölkert werde, und das sei wahrscheinlich erst der Anfang.

Wenn jedoch vertriebene Griechen nach Istanbul kamen, um nach ihren Häusern zu sehen, deren rechtmäßige Besitzer sie noch waren, wurden sie nicht besonders herzlich empfangen. Viele alte Bekannte verdrückten sich lieber, weil sie den Griechen nicht ins Gesicht sagen wollten, dass in ihren Häusern jetzt armes Volk aus Bitlis und Adana hockte. Oft genug wurden sie angefeindet, weil es hieß, die kommen doch nur zum Mietekassieren, aber es geschah auch immer wieder, dass alte Freunde sich im Kaffeehaus weinend in den Armen lagen und von früheren Zeiten schwärmten. Das Heimelige hielt aber nie lange an. Das Geschäft mit der Verteilung der leerstehenden Wohnungen und den Mieteinnahmen daraus hatten Banden an sich gerissen, die mit dem Staat und der Polizei unter einer Decke steckten und jedes Mal, wenn sich von den früheren Besitzern jemand blicken ließ, Straßenjungen anheuerten, damit den Griechen mit Steinen und Beschimpfungen ein entsprechender Empfang bereitet wurde. Erlebte Mevlut so etwas mit, hätte er den Jungen am liebsten zugerufen, sie sollten doch damit aufhören, aber dann fiel ihm wieder ein, dass zum einen die Jungen nicht auf ihn hören würden und sie zum anderen nicht zuletzt auch vom neuen Besitzer seiner eigenen Wohnung aufgestachelt wurden, und unter vager Berufung auf irgendein Unrecht – hatten die Griechen sich nicht Zypern geschnappt? – schlich er sich halb beschämt, halb zornig davon.

Als dem Bau einer sechsspurigen Straße die ersten Häuser weichen sollten, wurde dies vollmundig als moderne Maßnahme städtischer Hygiene angekündigt. Weg mit den Bruchbuden, in denen sich Kurden, Zigeuner, Diebe eingenistet hatten, Schluss mit Drogenhandel, Schmuggel und Prostitution, und Platz für die neue Straße, über die man in fünf Minuten von Tepebaşı zum Taksim-Platz hinaufkommen sollte.

Den Griechen, die sich gerichtlich gegen Enteignungen wehrten, und den paar Studenten und Architekturvereinen, die jahrhundertealte Gebäude vor dem Abriss bewahren wollten, gelang es kaum, sich Gehör zu verschaffen. Der Bürgermeister, der die Presse auf seiner Seite wusste, setzte sich demonstrativ ins Führerhaus eines Bulldozers, auf dem die türkische Fahne wehte, und rammte damit höchstpersönlich ein altes Gebäude, bei dem die gerichtliche Abbruchgenehmigung zu lange auf sich warten ließ. Die Arbeiten zogen Schaulustige an, Passanten, Kinder, Arbeitslose, und das, obwohl der aufgewirbelte Staub sogar in Mevluts fünf Straßen weiter unten liegender Wohnung noch durch die geschlossenen Fenster drang.

Um sich vor dem Staub zu schützen, hielt Mevlut sich während der jahrelangen Bauarbeiten von dem Geschehen möglichst fern. Am meisten leid tat es ihm um die sechzig, siebzig Jahre alten großen Wohnhäuser in der Nähe des Taksim-Platzes, von deren Fassaden früher über sechs, sieben Stockwerke hinweg eine freundliche braunhaarige Frau mit blassem Teint Mevlut Lux-Seifen und Tamek-Tomatenketchup angepriesen hatte. Auf ihr Lächeln und ihr stummes, aber doch eindringliches Gebaren freute sich Mevlut schon immer, wenn er zu dem Platz unterwegs war.

Zusammen mit dem Gebäude, über das die Frau sich erstreckte, ging es aber auch mit dem berühmten Imbiss im Erdgeschoss zu Ende. Nirgendwo anders wurde so viel Ayran verkauft wie im Kristal Büfe. Die scharf zubereiteten Hamburger dort waren geradezu Kreationen, und auch Mevlut hatte zweimal welche gegessen, einmal davon auf Kosten des Hauses. Das Joghurt für den Ayran lieferte aber nicht er, sondern zwei Brüder aus İmren, einem Nachbardorf von Cennetpınar. Abdullah und Nurullah hießen die beiden kantigen Burschen, die den Spitznamen Beton-Brüder weghatten. Sie belieferten eine ganze Reihe anderer Imbissstuben und Restaurants in Taksim, Osmanbey und Beyoğlu, und bis zum Aufkommen der übermächtigen Konkurrenz der Joghurtfirmen scheffelten sie so viel Geld, dass sie in Kültepe, Duttepe und auch auf dem anatolischen Bosporus-Ufer zu zahlreichen Grundstücken kamen. Danach verschwanden sie mit dem Rest der Joghurtverkäufer innerhalb von zwei Jahren von der Straße. Aus Neid darauf, dass die beiden geschickter waren als er und auch nie darauf angewiesen, abends noch Boza zu verkaufen, empfand Mevlut den Abriss des Kristal Büfes als eine gerechte Strafe.

Seit zwanzig Jahren war Mevlut nun in Istanbul. Zum einen mochte er bedauern, dass durch die neuen Straßen, Gebäude, Läden und die vielen Unter- und Überführungen das alte, ihm vertraute Gesicht Istanbuls sich veränderte, mehr noch aber freute er sich, dass in der Stadt etwas für ihn getan wurde. Er sah die Stadt nicht als etwas vor seiner Ankunft Entstandenes, wohin er nur kam und seinen Platz einnahm, sondern stellte sich Istanbul gerne als einen Ort vor, der sich weiterentwickelte, während er dort lebte, und immer schöner, sauberer und moderner wurde. Er vergaß durchaus nicht, dass er gerade in den altehrwürdigen Häusern mit den Aufzügen und den hohen Decken, die schon standen, als er noch gar nicht auf der Welt war, immer besonders gut behandelt worden war. Gerade in jenen Häusern fühlte er jedoch zu Anfang auch am allermeisten, wie fremd er in Istanbul noch war, und da die Pförtner und Hausmeister dort immer ein wenig hochmütig wirkten, hatte er immer Angst, etwas falsch zu machen. Dabei hatte er für das Alte sehr wohl etwas übrig. Wenn er beim Boza-Verkaufen in alten Vierteln unterwegs war, erfreute er sich an der Atmosphäre der dortigen Friedhöfe, an moosüberwachsenen Moscheemauern und an den unverständlichen osmanischen Inschriften auf alten Brunnen.

Wenn ihm manchmal der Gedanke kam, dass jeder in Istanbul reich wurde, Grundstück auf Grundstück kaufte und nur er allein auf keinen grünen Zweig kam und mit dem Pilavverkauf eigentlich nichts verdiente, dann zieh er sich gleich der Undankbarkeit dafür, sich nicht mit dem Glück zu bescheiden, dass der Herr ihm schenkte. Und manchmal, noch seltener dies, sah er Störche am Himmel ziehen und merkte, dass die Jahreszeit wechselte und er allmählich alt und älter wurde.

13. Süleyman mischt alle auf

War das so oder war das nicht so?

RAYIHA. Hin und wieder bin ich mit Fatma und Fevziye mit dem Bus zu Vediha gefahren, damit die zwei im Garten frei herumlaufen und nach Herzenslust Maulbeeren essen können, aber das geht jetzt nicht mehr. Das letzte Mal, vor zwei Monaten ungefähr, hat Süleyman mich nach Mevlut gefragt, und ich habe gesagt, dem geht es gut. Dann ist er in seiner flachsenden Art auf Ferhat und Samiha zu sprechen gekommen.

»Glaub mir, Süleyman, wir haben die nicht mehr gesehen, seit sie weg sind«, habe ich geantwortet und ihm damit die übliche Lüge aufgetischt.

»Das glaube ich dir sogar. Mevlut will die beiden ja nicht mehr sehen. Und weißt du auch, warum?«

»Nein, warum?«

»Ach komm, du weißt es doch. Weil Mevlut all die Briefe eigentlich an Samiha geschrieben hat.«

»Was?!«

»Ich sollte sie immer an Vediha übergeben, und ein paarmal habe ich reingeschaut. Und die Augen, die Mevlut da beschrieben hat, das waren nicht deine Augen, Rayiha.«

Dabei hat er gegrinst, als sollten wir darüber jetzt gemeinsam lachen, so wie immer. Ich habe sogar ein Lachen ausgestoßen, als wäre das Ganze ein Scherz. Und mit Gottes Hilfe war ich sogar schlagfertig genug, um zu fragen: »Wenn Mevlut die Briefe an Samiha geschrieben hat, warum hast du sie dann mir gebracht?«

SÜLEYMAN. Eigentlich wollte ich die arme Rayiha nicht unglücklich machen. Aber ist es nicht das Wichtigste, dass man die Wahrheit erfährt? Rayiha hat an dem Tag kein Wort mehr mit mir gesprochen. Sie hat sich von Vediha verabschiedet und ist mit den Kindern weg. Manchmal habe ich sie noch schnell nach Mecidiyeköy zur Bushaltestelle gebracht, damit sie schneller daheim sind und Mevlut keinen Krach schlägt, weil keiner zu Hause ist, und die beiden Mädchen lieben diese Autofahrten. Diesmal aber hat Rayiha nicht mal auf Wiedersehen zu mir gesagt. Ich glaube kaum, dass sie Mevlut zu Hause fragt, ob das mit den Briefen tatsächlich so war. Höchstens weint sie ein bisschen, und wenn sie dann nachdenkt, kommt sie zu dem Schluss, dass ich ihr die Wahrheit gesagt habe.

RAYIHA. Obwohl ich auf der Heimfahrt im Bus nichts gesagt habe, haben Fevziye und Fatma mir angemerkt, dass ich unglücklich war. »Sagt Papa ja nicht, dass wir bei Tante Vediha waren!«, habe ich den beiden eingeschärft. Vielleicht wollte Mevlut deshalb nicht, dass ich nach Duttepe fuhr, weil er mich von Süleymans Lügen fernhalten wollte. Und dass es Lügen waren, habe ich sofort wieder gespürt, als ich zu Hause Mevluts grundgutes Gesicht sah. Als am nächsten Morgen die Mädchen zum Spielen raus sind, ist mir plötzlich eingefallen, wie Mevlut mich damals am Bahnhof von Akşehir angesehen hat, und mir ist ganz anders geworden. Und den Lieferwagen damals hat doch Süleyman gefahren.

Ich habe die Briefe herausgezogen, und je mehr ich darin las, umso ruhiger bin ich geworden, denn wenn Mevlut allein mit mir zu Hause war, redete er genauso mit mir wie damals in jenen Briefen. Da habe ich mich ganz schlecht gefühlt, dass ich auf Süleymans Lügen hatte hereinfallen können. Aber trotzdem: Hatte nicht Süleyman mir die Briefe gebracht? Und hatte nicht er auf Vediha eingewirkt, damit ich mich auf die Entführung einlasse? »Ich fahre da nicht mehr hin, nach Duttepe«, sagte ich mir.

VEDIHA. Eines Mittags, als ich wusste, dass Mevlut unterwegs war, bin ich aus dem Haus, ohne jemandem Bescheid zu sagen, und bin zu Rayiha nach Tarlabaşı gefahren. Sie hat sich so gefreut, mich zu sehen, dass ihr die Tränen kamen. Mit hochgebundenen Haaren hat sie gerade in einer einzigen Rauch- und Dampfwolke Hähnchenschlegel angebraten und nebenbei noch mit ihren Töchtern geschimpft, die lauter Unfug anstellten. Ich habe die beiden Mädchen geherzt, dann hat Rayiha sie in den Hof rausgeschickt. »Die waren nacheinander krank, deswegen sind wir nicht gekommen. Und Mevlut darf ja auch nichts erfahren.«

»Ach, Rayiha, Korkut lässt mich auch kaum noch raus, und nach Beyoğlu schon gar nicht. Wie sollen wir uns da noch sehen?«

»Und deine Jungs haben die Mädchen neulich ganz schön geplagt«, hat sie gesagt. »Da wo sie Fatma an einen Baum gebunden und ihr mit einem Pfeil die Augenbraue blutig geschossen haben. Seither haben die Mädchen Angst vor Bozkurt und Turan.«

»Die habe ich windelweich geprügelt, die tun ihnen bestimmt nichts mehr, das habe ich sie schwören lassen. Außerdem haben sie jetzt immer bis vier Uhr Schule. Sag mir die Wahrheit, Rayiha, du kommst doch nicht deswegen nicht mehr? Lässt Mevlut dich nicht zu uns?«

»Mit Mevlut hat das nichts zu tun. Aber dieser Süleyman, der versucht immer, Zwietracht zu säen. Weißt du, was er behauptet hat? Dass Mevlut seine Briefe nicht an mich, sondern an Samiha geschrieben hat.«

»Ach, Rayiha, hör doch nicht auf solchen Blödsinn.«

Da griff sich Rayiha aus dem Nähkästchen einen Stapel Briefe, zog einen aus dem vergilbten Umschlag und las vor: »Vielgeliebte, einzigartige, schönäugige Rayiha …« Dann fing sie an zu weinen.

SÜLEYMAN. Am meisten regt mich auf, wenn Mahinur über meine Familie lästert, von wegen dass wir bis vor kurzem noch auf dem Dorf gelebt haben. Als wäre sie nicht ein Animiermädchen und die Tochter eines kleinen Angestellten, sondern Ärztin und ihr Vater General. Wenn sie zwei Gläser getrunken hat, schaut sie mich manchmal ganz ernst an und fragt: »Hast du dort das Vieh gehütet?«, und dann sage ich: »Hör auf zu saufen.«

»Was, ich? Du säufst viel mehr als ich, und dann verlierst du wieder die Beherrschung. Wenn du mich noch einmal schlägst, ziehe ich dir die Ofenzange über den Kopf.«

Ich bin nach Hause. Meine Mutter und Vediha haben sich im Fernsehen angesehen, wie Bush und Gorbatschow sich abgeküsst haben. Korkut war nicht daheim. Ich wollte noch einen letzten Schluck trinken, da hat Vediha mich in der Küche abgepasst.

»Jetzt hör mal gut zu, Süleyman, wenn Rayiha wegen dir nicht mehr zu uns kommt, verzeihe ich dir das nicht. Das arme Ding nimmt deine blöden Scherze ernst und weint sich die Augen aus.«

»Na schön, dann rede ich eben nicht mehr mit ihr darüber. Aber bevor wir weiterlügen, damit nur ja niemand gekränkt wird, sollten wir doch einmal der Wahrheit ins Auge sehen.«

»Süleyman, stellen wir uns mal vor, Mevlut hätte tatsächlich Samiha gesehen, sich aber in den Namen vertan und deshalb alle Brief mit Rayiha begonnen.«

»Genau so muss es gewesen sein.«

»Nein, höchstwahrscheinlich hast du ihn ganz bewusst auf die falsche Fährte gesetzt.«

»Ich habe ihm lediglich dabei geholfen, dass er eine Frau abkriegt.«

»Und was bringt es, das jetzt alles aufzuwärmen? Das tut nur der armen Rayiha weh.«

»Vediha, du hast dich doch sehr bemüht, die richtige Frau für mich zu finden. Sieh jetzt der Wahrheit ins Auge.«

»An dem, was du da behauptest, ist überhaupt nichts dran«, hat sie streng gesagt. »Und das sage ich auch deinem Bruder. So, und damit ist die Sache gegessen. Kapiert?«

Wie Sie vielleicht bemerkt haben, sagt Vediha, wenn sie mir drohen will, nicht »Korkut«, sondern »dein Bruder«.

RAYIHA. Manchmal bin ich tagsüber mit irgendwas beschäftigt und bereite etwa für Fatma einen heißen Wickel vor, weil sie Ohrenschmerzen hat, und dann vergesse ich plötzlich alles und hole aus dem Nähkästchen die Briefe hervor und lese, dass Mevlut über meine Augen geschrieben hat, sie sind so »traurig wie die Berge von Kars«. Oder ich warte abends auf Mevlut, höre mit einem Ohr auf das Geplapper von Reyhan, mit dem anderen auf das röchelnde Atmen der schlafenden Mädchen, und dann stehe ich auf einmal wie im Traum auf und lese Mevluts Worte »Keine anderen Augen will ich mehr und keine andere Sonne«. Und wenn ich morgens in Balıkpazarı zusammen mit den Mädchen zusehe, wie der Hähnchenverkäufer Hamdi die Tiere zerteilt, ihnen die Haut abzieht und sie räuchert, was ganz erbärmlich stinkt, schweife ich mit meinen Gedanken ab an einen der Briefe Mevluts, in dem er mich »zartduftend, rosenduftend, moschusduftend« genannt hat. Und wenn an Tagen, an denen der Lodos-Wind die Stadt nach Kloake und Algen stinken lässt und der Himmel nach faulen Eiern aussieht, mir der Mut sinken will, lese ich bei Mevlut, dass meine Augen »so dunkel sind wie geheimnisvolle Nächte und so klar wie sprudelnde Quellen«.

ABDURRAHMAN EFENDI. Seit meine Töchter verheiratet sind, hat das Leben auf dem Dorf keinen Reiz mehr für mich, und sobald es sich ergibt, fahre ich nach Istanbul. Dann sitze ich im rüttelnden Bus und frage mich bang, ob ich überhaupt willkommen bin. Ich wohne immer bei Vediha, und soweit es mir möglich ist, halte ich mich fern von dem griesgrämigen Korkut und seinem Vater, der immer mehr wie ein Geist aussieht. Ich bin ein müder alter Mann und war mein Lebtag noch in keinem Hotel. Mir will nicht einleuchten, teures Geld dafür zu bezahlen, dass man sich in einem Eckchen hinlegt und schläft.

Es stimmt überhaupt nicht, dass ich von Süleyman und Korkut Geld und Geschenke angenommen habe, damit Samiha Süleyman heiratet, und dass ich die Brüder somit betrogen habe. Mein Gebiss ist tatsächlich von Korkut bezahlt worden, aber das habe ich als reine Großzügigkeit aufgefasst und nie und nimmer als Brautgeld für meine Tochter. So etwas auch nur anzunehmen, ist an sich schon eine Frechheit.

Das letzte Mal bin ich vor allem dem armen Süleyman aus dem Weg gegangen, für den das Thema immer noch nicht abgeschlossen ist, aber als ich mir eines Nachts noch was aus der Küche geholt habe, hat er mich erwischt. Komischerweise sind wir uns wie Vater und Sohn um den Hals gefallen. Da sein Vater längst schlief, hat er verschmitzt hinter der Kartoffelkiste eine halbvolle Flasche Raki hervorgeholt. Es ist ziemlich spät geworden, und irgendwann habe ich gemerkt, dass Süleyman schon eine Weile immer wieder das Gleiche auf mich einredete: »Abdurrahman, du bist doch ein grundehrlicher Mensch, dann sag mir doch bitte, ob es stimmt oder nicht, dass Mevlut seine Briefe eigentlich an Samiha geschrieben hat?«

»Süleyman«, habe ich gesagt, »pass auf, Junge, wichtig ist erst mal nicht, wer gerade in wen verliebt ist. Von Bedeutung ist in einer Ehe, dass man nach dem Heiraten glücklich ist. Darum hat auch unser Prophet im Koran verboten, dass Jungen und Mädchen sich schon vor der Hochzeit kennenlernen und sich austoben und dass junge Mädchen mit unverhülltem Kopf herumlaufen.«

»Genau«, hat Süleyman gesagt, aber wohl nicht, weil er mir recht geben wollte, sondern weil er nichts dagegen sagen konnte, wenn man ihm mit dem Propheten und mit dem Koran kam.

»Vor allem in unseren Kreisen«, habe ich gesagt, »wo Jungen und Mädchen sich vor der Ehe überhaupt nicht kennen, spielt es keine Rolle, an wen Liebesbriefe zu Anfang eigentlich gerichtet waren. Ein Brief ist nur eine Form, was aber zählt, ist das Herz.«

»Dass Mevlut Samiha gemeint hat, aber zufällig an Rayiha geraten ist, macht also nichts aus?«

»So ist es.«

»Für Gott ist es aber sehr wichtig, was hinter der Tat eines Menschen für eine Absicht steckt«, hat Süleyman mit ernster Miene gesagt. »Das Fasten eines Gläubigen hat dann einen Wert, wenn es absichtlich geschieht, und nicht, wenn der Betreffende nur nichts zu essen hat. Gott dem Herrn geht es also um die Absicht.«

»Keine Sorge, dem Herrn gelten Mevlut und Rayiha als gute Gläubige. Gott gefällt es, wenn jemand sich mit wenig begnügt und trotzdem glücklich ist. Und jemand ist ja auch nur glücklich, weil der Herr ihn liebt, nicht wahr? Wenn die beiden also glücklich sind, steht es uns nicht an, daran herumzukritteln, findest du nicht auch, Süleyman?«

SÜLEYMAN. Wenn Rayiha wirklich meint, die Briefe sind an sie geschrieben worden, warum hat sie Mevlut dann nicht gebeten, beim Vater um ihre Hand anzuhalten? Dann hätte es keine Entführung gebraucht, und die beiden hätten einfach geheiratet. Andere Bewerber hatte sie ja nicht. Trotzdem heißt es, Abdurrahman hätte viel Geld verlangt. So wäre er Rayiha aber nicht losgeworden und hätte dann auch die schöne Samiha nicht verkaufen können (obwohl: dass die ihr Geld auch nicht wert ist, sollte sich ja noch herausstellen; aber das ist ein anderes Thema).

ABDURRAHMAN EFENDI. Ich bin zu meiner jüngsten Tochter gefahren, ans andere Ende der Stadt, ins Gazi-Viertel. Da Süleyman noch immer so empfindlich reagierte, habe ich so getan, als würde ich ins Dorf zurückfahren, und mich von Vediha so herzlich und tränenreich verabschiedet, als würde es bald mit mir dahingehen. In Mecidiyeköy bin ich in den Bus nach Taksim gestiegen. Er war völlig überfüllt und ist im dichten Verkehr kaum vorwärts gekommen. Immer wieder wollten Leute unterwegs aussteigen, aber der Fahrer hat stur nur an den Haltestellen die Tür aufgemacht. Stumm habe ich verfolgt, wie es darüber ständig zu Streit kam. Im Bus nach Gaziosmanpaşa bin ich dann schier erdrückt worden und mir beim Aussteigen so dünn vorgekommen wie ein Blatt Papier. Als ich mit einem Kleinbus im Gazi-Viertel angekommen bin, dämmerte es schon.

Es schien dort draußen kälter und dunkler zu sein als sonst wo, und die Wolken haben tiefer und dräuender am Himmel gehangen. Ich habe mich den steilen Weg hinaufgeplagt; das ganze Viertel war ja ein einziger Steilhang. Unterwegs habe ich keinen einzigen Menschen getroffen. Es hat nach Wald und See gerochen, und zwischen den gespenstisch anmutenden Häusern war es so still wie in den Bergen.

Als mir meine Kleine die Tür geöffnet hat, haben wir uns umarmt und beide gleich losgeweint. Mir war sofort klar, dass sie weinte, weil sie dort einsam und unglücklich war. Auch an jenem Abend ist Ferhat erst sehr spät nach Hause gekommen und hat sich todmüde augenblicklich schlafen gelegt. Die beiden arbeiteten so viel, dass sie froh sein konnten, es abends mit dem Bus überhaupt noch bis dort hinaus ans Ende der Welt zu schaffen. Ferhat hatte sein Fernstudium endlich beendet und hat mir sein Diplom gezeigt, das ihnen eine bessere Zukunft erlauben sollte. Ich habe trotzdem in der Nacht vor lauter Sorge nicht schlafen können. Dieser Ferhat konnte meine arme kleine Samiha nicht glücklich machen. Nicht dass er sie entführt hatte, habe ich ihm vorgeworfen, wohlgemerkt, sondern dass er sie als Dienstmädchen arbeiten ließ.

Samiha wollte aber nicht zugeben, dass sie deswegen unglücklich war. Als ihr Mann am Morgen aus dem Haus ist (zu welcher Arbeit auch immer), hat sie so getan, als wäre sie mit ihrem Leben ganz zufrieden. Sie hatte sich für mich freigenommen und hat mir Rühreier gemacht. Durch das hintere Fenster hat sie mir das Grundstück gezeigt, das ihr Mann eingezäunt hatte. Vom kleinen Garten aus hat man lauter Hügel voller schachtelartiger weißer Gecekondus gesehen. In der Ferne hat die Silhouette der Stadt durch all den Fabrikrauch hindurch ganz verschwommen gewirkt, wie ein im Schlamm kriechendes Geschöpf. »Die Hügel da drüben«, hat Samiha mit zitternder Stimme gesagt, »die waren vor fünf Jahren, als wir hierhergekommen sind, noch ganz kahl und leer.« Schon hat sie wieder losgeweint.

RAYIHA. »Ihr könnt heute Abend zu Papa sagen, dass Opa Abdurrahman und Tante Vediha zu Besuch waren, aber nicht, dass Tante Samiha auch dabei war, verstanden?«, habe ich gesagt, und Fatma hat in ihrer siebengescheiten Art gefragt: »Und warum nicht?« Ich brauchte aber bloß mal kurz so zu schauen, wie ich es immer tue, wenn mir der Geduldsfaden reißt und es Ohrfeigen setzt.

Als mein Vater gekommen ist, ist ihm sofort das eine Mädchen an den Hals gehüpft, und das andere hat sich Samiha auf den Schoß gesetzt. Papa hat mit Fatma Fingerspiele gespielt, seinen Taschenspiegel, die Westentaschenuhr und das schon lang nicht mehr funktionierende Feuerzeug herausgeholt und Fatma alle möglichen Rätsel aufgegeben. Samiha wiederum hat Fevziye so fest an sich gedrückt und sie so innig geküsst, dass ich mir gedacht habe, so eine Einsamkeit kann sie nur dadurch lindern, dass sie drei, vier Kinder auf die Welt bringt und in einem Haus voller Trubel lebt. »Mein Gott, das niedliche Händchen!«, hat sie ausgerufen, oder »Und dieser Schönheitsfleck da!«, sodass ich selber richtig neugierig wurde und mir auch Fevziyes Händchen und Fatmas Schönheitsfleck angesehen habe.

VEDIHA. »So, jetzt geht ihr mal mit Tante Samiha mit und zeigt ihr den sprechenden Baum draußen und den schönen Hof der aramäischen Kirche, da wo die Fee wohnt«, habe ich gesagt, und die drei sind hinausgegangen. Gerade wollte ich zu Rayiha sagen, dass sie mit den Mädchen wieder zu uns kommen konnte, weil Bozkurt und Turan sich gebessert hatten und sie sich vor Süleyman nicht zu fürchten brauchten, da hat mein Vater ein ganz anderes Thema auf den Tisch gebracht, das uns sehr verärgert hat …

ABDURRAHMAN EFENDI. Ich verstehe nicht, warum sie mir so böse sind. Was gibt es denn Natürlicheres, als dass ein Vater an das Glück seiner Töchter denkt? Als Samiha mit den Mädchen in den Garten raus ist, habe ich zu Rayiha und Vediha gesagt, dass ihre Schwester dort draußen am Ende der Welt einsam und kreuzunglücklich ist und in ihr armseliges Gecekondu nichts anderes reinkommt als Kälte, Traurigkeit und Gespenster. »Nach fünf Tagen ist es dort nicht mehr auszuhalten gewesen, und darum fahre ich jetzt wieder heim ins Dorf. Ich will ja nichts gesagt haben, aber eure Schwester bräuchte einen richtigen Ehemann, der sie glücklich macht.«

RAYIHA. Ich weiß gar nicht, warum, aber auf einmal war ich so wütend, dass mir was rausgerutscht ist, das meinen Vater schwer getroffen hat. »Papa, mach diese Ehe bloß nicht kaputt. WIR SIND ALLE DREI NICHT ZU VERKAUFEN!« Dabei habe ich doch selbst gemerkt, wie recht er hatte, und dass Samiha nicht mal mehr die Kraft aufbrachte, zu verbergen, wie unglücklich sie eigentlich war. Und noch einen Gedanken hatte ich auf einmal ganz unwillkürlich im Kopf: Unsere ganze Kindheit und Jugend über hatte es immer geheißen, Samiha sei die »Allerschönste von euch, das schönste Mädchen der Welt, das tausend Herzen brechen wird«, und nun saß ausgerechnet sie ohne Geld und ohne Kinder da, während ich mit Mevlut so glücklich war. War das nun eine von Gott gesandte Prüfung, um unseren Glauben auf die Probe zu stellen, oder ganz einfach ausgleichende Gerechtigkeit?

ABDURRAHMAN EFENDI. WAS BIST DU BLOSS FÜR EIN VATER?, hat Vediha sogar gesagt. »Hat je irgendein Vater eine Ehe zerstört, damit er seine Tochter verkaufen und Brautgeld kassieren kann?« Diese Worte haben mir so wehgetan, dass ich am liebsten so getan hätte, als hätte ich sie gar nicht gehört, aber das ging nicht. »Ihr solltet euch schämen«, habe ich gesagt. »Jahrelang habe ich mich allein abgemüht, aber doch nicht, um euch zu verkaufen und abzukassieren, sondern um einen guten Ehemann für euch zu finden, der euch ein schönes Leben bieten kann. Und mit dem Geld, das man als Vater von diesem Mann verlangt, kriegt man ja nur das zurück, was man vorher ausgegeben hat, um eine Tochter aufzuziehen, zur Schule zu schicken und eine gute Mutter aus ihr zu machen. Das ist das einzige Geld, das in dieser Gesellschaft in die Erziehung von Mädchen investiert wird. Außerdem sieht man daran, wie viel dem Bewerber seine zukünftige Ehefrau wert ist. Begreift ihr jetzt? In diesem Land rennt sogar der modernste Mann von Moschee zu Moschee und betet und fleht, dass er nur ja keine Tochter, sondern einen Sohn bekommt. Und ich dagegen? Habe ich nicht bei jeder Geburt vor Freude getanzt? Habe ich je einer von euch irgendein Härchen gekrümmt? Habe ich euch angeschrien, euch beleidigt oder auch je nur ein Wörtchen gesagt, das euren zarten Seelen wehgetan hätte? Und jetzt sagt ihr mir, dass ihr euren Vater nicht liebt? Dann kann ich genauso gut sterben!«

RAYIHA. Draußen im Garten haben Fatma und Fevziye ihrer Tante Samiha die verzauberte Mülltonne gezeigt, den kaputten Blumentopf, durch den der Regenwurmzug fährt, und das Blechschloss der traurigen Blechprinzessin, die immer zittert und weint, sobald man bei ihr anklopft. »Wenn ich so ein böser Mann bin, der seine Töchter einsperrt, sodass keiner sie zu Gesicht bekommt, wie kann es dann sein, dass sie vor meiner Nase mit hergelaufenen Typen jahrelang Briefe wechseln?«, sagte mein Vater.

ABDURRAHMAN EFENDI. Einen ehrenhaften Vater wie mich haben solche Worte natürlich zutiefst getroffen, darum habe ich schon am frühen Nachmittag einen Raki gebraucht. Rayiha hat den Kühlschrank aufgemacht und gesagt: »Mevlut trinkt keinen Raki, Papa.« Dann hat sie den Kühlschrank wieder zugemacht. »Ich kann dir aber eine Flasche Raki holen.«

»Du brauchst dich für deinen Kühlschrank nicht zu schämen«, habe ich gesagt. »Der von Samiha ist noch viel leerer.«

»Was wir vor allem drin haben, sind die Reste, die Mevlut nicht losgeworden ist. Und Boza, sonst verdirbt es.«

Ich habe mich in einen Sessel fallen lassen und blind vor mich hin gestarrt, wie von einer seltsamen Erinnerung gepackt. Dann muss ich eingeschlafen sein. Im Traum bin ich auf einem Schimmel durch eine Schafherde geritten, dann waren die Schafe plötzlich Wolken, und auf einmal hat mir die Nase wehgetan und ist so groß geworden wie die Nüstern des Pferdes unter mir, und da bin ich wach geworden. Fatma hat mir nämlich die Nase zugehalten und daran gezogen.

»Was tust du denn da?«, hat Rayiha geschimpft.

»Komm, Papa, wir gehen zum Krämer und kaufen dir eine Flasche Raki«, hat Vediha gemeint, das gute Kind.

»Können Fatma und Fevziye mitkommen? Die sollen ihrem Opa zeigen, wo der Krämer ist.«

SAMIHA. Rayiha und ich haben unserem Vater nachgesehen, wie er, buckliger denn je, an der Hand der beiden Mädchen davongegangen ist. Bevor sie um die Ecke gebogen sind, haben sie unseren Blick wohl gespürt, denn sie haben sich umgedreht und gewinkt. Danach haben Rayiha und ich uns wortlos zusammengesetzt wie damals als Kinder, als wir trotz unseres Schweigens das Gefühl hatten, uns zu verstehen. Wenn wir es damals recht bunt getrieben haben und Vediha mit uns geschimpft hat, haben wir uns nur angeschaut und uns zwinkernd verständigt, aber das ging jetzt nicht mehr, die Zeit war vorbei.

RAYIHA. Auf einmal hat Samiha sich eine Zigarette angezündet und gesagt, das hat sie nicht von Ferhat, sondern von den reichen Leuten, für die sie arbeitet. »Macht euch wegen Ferhat keine Sorgen. Jetzt, wo er sein Diplom hat, kann er bei der Stadt anfangen, als Stromableser, da hat er Beziehungen. Bald wird es uns gutgehen. Papa soll nur ja nicht wieder zu diesem Süleyman. Mir geht es gut.«

Da habe ich geantwortet: »Weißt du, was dieser Spinner von Süleyman neulich zu mir gesagt hat?«, und habe aus dem Nähkästchen das Bündel Umschläge herausgeholt. »Die Briefe da, die Mevlut mir vom Wehrdienst geschickt hat … Süleyman behauptet, die waren gar nicht für mich, sondern für dich.«

Bevor sie etwas antworten konnte, habe ich den erstbesten Brief herausgezogen und ihr daraus vorgelesen. Das hatte ich schon damals manchmal getan, wenn Papa nicht zu Hause war, dann haben wir uns immer angelächelt. Diesmal aber habe ich schnell gemerkt, dass weder ihr noch mir zum Lächeln zumute war. Ganz im Gegenteil, als ich vorgelesen habe, dass jedes meiner schwarzen Augen wie eine traurige Sonne scheint, hätte Samiha fast losgeweint. Ich musste schlucken. Es war ein Fehler gewesen, ihr von Süleymans Lüge überhaupt zu erzählen.

Sie hat zwar gesagt »Ach, Rayiha, so ein Unsinn«, aber zugleich hat sich mich angesehen, als ob das wahr sei, was ich gesagt hatte. Und als ich noch ein bisschen weitergelesen habe, habe ich gespürt, wie Samiha auf einmal ganz stolz gewirkt hat, als sei in den Briefen tatsächlich sie gemeint. Da habe ich aufgehört. Ich sehnte mich nach Mevlut. In ihrem Viertel da draußen musste Samiha einen Hass auf uns haben, auch auf mich. Um sie abzulenken, habe ich gesagt, dass Mevlut bald heimkommt.

SAMIHA. Erst dieser Hinweis, dass Mevlut bald heimkommt, dann Vedihas Bemerkung, dass sie und Papa sowieso auch gleich gehen … Mir hat das wehgetan. Jetzt sitze ich trübe im Bus nach Gaziosmanpaşa und wische mir mit dem Kopftuchzipfel die Augen ab. Ich habe deutlich gespürt, dass ich gehen sollte, bevor Mevlut nach Hause kommt. Weil Mevlut diese Briefe angeblich mir geschrieben hat! Und daran soll ich schuld sein? Hätte ich das angesprochen, hätten alle bloß gesagt: »Aber ich bitte dich! Wie kannst du nur so etwas denken, wir lieben dich doch alle!« Und sie würden meinen, ich bin nur so leicht beleidigt, weil Ferhat kein Geld verdient und ich keine Kinder habe und als Dienstmädchen arbeiten muss. Ist mir aber auch egal, ich mag sie trotzdem alle. Und doch geht mir durch den Kopf, ob Mevlut die Briefe nicht tatsächlich an mich geschrieben hat. Ich schäme mich für den Gedanken, aber er lässt mich nicht los. Über seine Träume hat man als Frau ja auch keine Macht, und mit den Gedanken ist es ähnlich, die schwirren umher wie ein Dieb, der in ein dunkles Haus einsteigt und auf einmal in Panik gerät.

In meiner Dienstbotenkammer in Şişli, in der ich nachts die Tauben draußen seufzen hörte, habe ich darüber nachgedacht, was Ferhat wohl sagen würden, wenn er von alledem erfahren würde. Auch ist mir in den Sinn gekommen, dass die gute Vediha die Sache nur behauptet hatte, um mich irgendwie aufzumuntern. Als ich eines Abends todmüde nach Hause gekommen bin und Ferhat wie ein Toter vor dem Fernseher saß, habe ich ihn angestupst.

»Weißt du, was Rayiha neulich gesagt hat? Du weißt doch, die Briefe, die Mevlut an Rayiha geschickt hat … Mit denen soll er eigentlich mich gemeint haben.«

»Von Anfang an?«

»Ja, von Anfang an.«

»Die ersten Briefe hat gar nicht Mevlut geschrieben, sondern ich.«

»Was?!«

»Woher sollte Mevlut denn wissen, wie man einen Liebesbrief schreibt? Vor seinem Wehrdienst ist er zu mir gekommen und hat gesagt, er ist verliebt, und darauf habe ich die Briefe geschrieben.«

»Die hast also du mir geschrieben?«

»Nein, ich sollte sie natürlich an Rayiha schreiben. Wie verliebt er in die war, hat er mir ausführlich erzählt.«

14. Mevlut sucht sich eine andere Straßenecke

Den hol ich mir morgen früh zurück

Im Winter 1989, im siebten Jahr seiner Laufbahn als Pilavverkäufer, fiel Mevlut immer mehr auf, wie sehr die jüngere Generation ihn befremdete. Zu manchen Leuten sagte Mevlut: »Wenn es Ihnen nicht geschmeckt hat, kriegen Sie Ihr Geld zurück«, doch von den Wohlsituierteren verlangte das keiner. Dagegen gab es weniger bemittelte Kunden der ungehobelten Art, oft einsame, für Scham kaum empfängliche Menschen, die die Hälfte übrig ließen und dafür auch die Hälfte ihres Geldes zurückwollten, worauf Mevlut sich auch einließ. Was von Pilav und Hähnchen noch unangetastet war, beförderte Mevlut mit raschem Griff auf die entsprechenden Teller zurück, so unauffällig, dass niemand es merkte, ja nicht einmal er selbst so richtig. Der Rest kam in einen Kübel, und das verteilte Mevlut später an Katzen oder warf es weg, bevor er nach Hause ging. Dass Leute von seinem Essen etwas zurückgehen ließen, sagte er zu Hause nicht. Rayiha traf ja keine Schuld, sie gab sich mit dem Zubereiten so viel Mühe wie eh und je. Mevlut zerbrach sich den Kopf, warum den Leuten sein Essen nicht mehr so zu schmecken schien wie früher, und ihm fielen dafür mehrere Gründe ein.

Zum einen verbreitete sich, über Fernsehen und Presse, in der Gesellschaft immer mehr der Gedanke, Straßenverkäufer hätten etwas Schmutziges an sich. In der Fernsehwerbung wurde von Milch-, Joghurt-, Wurst- und Soßenherstellern derart darauf herumgeritten, wie »blitzsauber« und »berührungslos« es bei ihnen in der Produktion zugehe, dass Mevlut abends manchmal wütend losplärrte und Fatma und Fevziye erschraken, weil ihnen der Fernseher dann wie ein Lebewesen erschien. Es gab Kunden, die erst dann etwas bestellten, wenn sie mit raschem Blick kontrolliert hatten, ob Teller und Besteck auch wirklich sauber waren. Mevlut wusste genau, dass dieselben Menschen, wenn sie unter sich waren, unter Verwandten und Freunden, bedenkenlos gemeinsam von einem großen Teller aßen. Das hieß doch nichts anderes, als dass sie ihn nicht zu den Menschen zählten, denen man in puncto Sauberkeit vertrauen konnte.

Dann merkte Mevlut auch immer mehr, dass es irgendwie als ärmlich galt, nicht richtig zum Mittagessen zu gehen, sondern im Stehen seinen Pilav in sich hineinzustopfen. Pilav mit Kichererbsen, das war zwar nicht nur ein kleiner Happen wie etwa ein Sesamkringel, aber eben doch auch keine vollwertige Mahlzeit. Und leider auch nichts Exotisches wie zum Beispiel die gefüllten Muscheln mit Rosinen und Zimt, die es bis vor wenigen Jahren nur in besonderen Lokalen und dort zu so gesalzenen Preisen gegeben hatte, dass Mevlut sie sich kein einziges Mal gegönnt hatte, während sie jetzt, da Zuwanderer aus Mardin sich der Sache angenommen hatten, spottbillig an jeder Straßenecke zu haben waren. Auch war überhaupt die Zeit vorbei, als sich viele Betriebe noch regelmäßig bei Straßenverkäufern verproviantierten. Der moderne Angestellte hatte ein Faible für Wegwerfbesteck, aber keines für schon zu Osmanenzeiten auf der Straße verkaufte Gerichte wie Albanische Leber, Lammkopf oder gegrillte Köfte. Früher war es noch so gewesen, dass ein Straßenverkäufer, der jahrelang vor einer größeren Firma seine Köfte feilgeboten hatte, sich schließlich leisten konnte, ein Köfte-Lokal aufzumachen, in das wiederum dieselben Stammkunden kamen.

Jahr für Jahr kaufte Mevlut vor dem Beginn der Boza-Saison, wenn es kühler wurde, im Großhandel einen Riesensack Kichererbsen, mit dem er durch das ganze Jahr kam. Diesmal aber reichte ihm dafür ganz einfach das Geld nicht. Zwar verdiente er wohl nicht weniger mit dem Pilavverkauf, aber was die Mädchen an Essen und Kleidung brauchten, ging immer mehr ins Geld. Ganz zu schweigen von all dem Firlefanz, für den im Fernsehen so viel Werbung betrieben wurde, oft mit seltsamen europäischen Namen, die allein Mevlut schon in Wallung brachten. Mal aus Überzeugung, um den Mädchen eine Freude zu bereiten, mal eher aus dem Schuldgefühl heraus, ihnen sonst nichts bieten zu können, kaufte Mevlut also Tipitip-Kaugummi, Golden-Schokolade, Süper-Eis, blumenförmige Süßigkeiten, batteriebetriebene Plüschbären, für die man aus der Zeitung Coupons ausschneiden musste, bunte Haarspangen, kleine Spiegel und Spielzeuguhren. Ohne den Boza-Verdienst, die Mieteinnahmen aus dem Haus seines Vaters in Kültepe und die von Reyhan vermittelten Stickarbeiten, die Rayiha für ein Aussteuergeschäft besorgte, hätten sie es kaum geschafft, die eigene Miete und das Öl für den mühsam mit einem Trichter zu befüllenden Ofen zu bezahlen.

Nach der Mittagszeit wurde es in Kabataş ziemlich ruhig, und daher suchte sich Mevlut für die Stunden zwischen zwei und fünf einen anderen Verkaufsplatz. Die Straße, in der sie wohnten, war durch den Bau des Tarlabaşı-Boulevards nicht etwa näher an die İstiklal-Straße und Beyoğlu herangerückt, sondern hatte sich gleichsam davon entfernt, ja war deklassiert worden. Im oberhalb des Boulevards liegenden Teil von Tarlabaşı schossen Bars, Restaurants und Nachtclubs aus dem Boden. Die Gegend gehörte schnell zum größten Vergnügungszentrum Istanbuls, und ärmere Leute konnten sich dort aufgrund der steigenden Immobilienpreise bald nichts mehr leisten. Unterhalb des Boulevards vollzog sich eine ganz andere Entwicklung, denn durch die sechsspurige Straße war man vom oberen Teil nun wie abgeschnitten. Durch niedrige Gitter und Betonwände entlang der Gehsteige und in der Straßenmitte war dafür gesorgt worden, dass Fußgänger den Boulevard nicht an beliebigen Stellen überquerten, und so war das Viertel bald eher zum armseligen Kasımpaşa gehörig, zu den Arbeitervierteln zwischen den Überresten der früheren Werften.

Da mit dem Karren keine Überführung zu bewältigen war, konnte

Mevlut auf dem abendlichen Heimweg nicht mehr die Abkürzung über die İstiklal-Straße nehmen, sondern musste das Wägelchen bis Talimhane schieben. Abgesehen von der sogenannten »nostalgischen« Straßenbahn (ein Wort, das Mevlut überhaupt nicht mochte) sollte die İstiklal-Straße für den gesamten Verkehr gesperrt werden. Die Vorbereitungen dafür zogen sich ewig hin, und währenddessen eröffneten immer mehr Filialen internationaler Ketten. Leute, die auf der Straße Simits, Kassetten, Muscheln, Köfte, Mandeln und Feuerzeuge feilboten, waren der Stadtverwaltung mehr denn je ein Dorn im Auge. Die blaugekleideten Ordnungsbeamten mit ihren schwarzen Sonnenbrillen taten alles, um die Straßenhändler zu vertreiben. Von einem Leberverkäufer, der kein Hehl aus seinen Verbindungen zum Polizeirevier Beyoğlu machte, erfuhr Mevlut, dass alle, die sich in der Umgegend noch halten konnten, regelmäßig Spitzeldienste für die Polizei leisteten oder gleich direkt Polizisten in Zivil waren.

Wie Flussarme, die mit der Zeit ihr Bett und ihre Fließgeschwindigkeit ändern, nahmen die Menschenmengen, die sich durch Beyoğlu wälzten, immer wieder neue Wege und sammelten sich an anderen Ecken, anderen Kreuzungen. Als Erstes waren immer Straßenhändler zur Stelle, die man nach einer Weile verscheuchte, damit Imbisse eröffnen konnten, Kebap-Stände, Kioske, kleine Läden, vor denen bis in die Nacht hinein Eis und Döner verkauft wurde, während im Hintergrund türkische Popmusik plärrte. Immer mehr entwickelte Mevlut ein Gespür dafür, dass sich aus unscheinbaren kleinen Veränderungen mit der Zeit eine Gelegenheit ergeben konnte.

In einer Straße in Talimhane fand er zwischen dem Bretterhaufen einer Baustelle und einem verlassenen Griechenhaus eine Stelle, an der er seinen Karren abstellen konnte. Gegenüber hatte er das Verwaltungsgebäude der Elektrizitätsgesellschaft ausgemacht, vor dem die Leute Schlange standen, um ihre Stromrechnung zu bezahlen, die Aufhebung einer Stromsperre zu beantragen oder einen Zähler anbringen zu lassen. Mevlut glaubte dort zur Mittagszeit mehr Geschäft zu machen als in Kabataş und gewährte dem Baustellenwächter als Schweigegeld eine

Gratismahlzeit, musste sich aber von jenem schon nach ein paar Tagen anhören, seine Chefs wollten Mevlut hier nicht haben.

So zog Mevlut zweihundert Meter weiter, neben die Überreste des zwei Jahre zuvor niedergebrannten Şan-Theaters. In der kalten Winternacht des Jahres 1987, in der das altehrwürdige, einer armenischen Stiftung gehörende Theater in Flammen aufgegangen war, hatte Mevlut auf seiner Boza-Tour von Taksim aus das Feuer gesehen und war herbeigeeilt. Es ging das Gerücht um, das Gebäude, in dem früher vor allem westliche Musik zu hören war, sei von Islamisten angezündet worden, aus Rache für ein Theaterstück, in dem über Religion gespottet worden sei, doch konnte eine Brandstiftung nicht nachgewiesen werden. Die Bezeichnung Islamisten hörte Mevlut damals zum ersten Mal. Eine Schmähung des Islams war natürlich ungehörig, doch hatte Mevlut es übertrieben empfunden, dafür das schöne alte Gebäude gleich niederzubrennen. Als er dort in der Kälte auf Kunden wartete, kamen ihm die Geschichten in den Sinn, die man sich so erzählte, von dem Wächter, der im Theater bei lebendigem Leib verbrannt sei und nun als Geist dort herumspuke, von dem Fluch, durch den jeder, der in dem Theater einmal glücklich gewesen sei, frühzeitig sterben müsse, und davon, dass sowohl am jetzigen Taksim-Platz als auch in jener Gegend in Talimhane früher einmal armenische Friedhöfe gewesen seien. Da konnte er es den Leuten nicht übelnehmen, dass sie an so einem unscheinbaren und zugleich beklemmenden Ort nicht unbedingt Hähnchen mit Pilav verzehren wollten. Fünf Tage hielt er durch, dann suchte er sich wieder einen neuen Standort.

Er probierte es in Elmadağ, in den Straßen, die nach Dolapdere hinunterführten, in Harbiye. In dieser Gegend hatte er abends noch Stammkunden für Boza, doch tagsüber wirkten die Straßen ganz anders. Um auf seiner Suche zwischen Ersatzteilhändlern, Krämerläden, Garküchen, Maklerbüros, Sesselflickern und Elektroläden rascher voranzukommen, vertraute er seinen Wagen manchmal dem Friseur neben dem Theater an. Auch wenn er in Kabataş stand, ließ er hin und wieder den Wagen bei einem Kollegen stehen, wenn er auf die Toilette musste oder sich ein wenig die Füße vertreten wollte, aber er kam immer schnell zurück, um keine Kunden zu verpassen. Diesmal aber hatte er eher das Gefühl, er liefe von dem Gefährt regelrecht weg, als wollte er es vergessen. Wie im Traum kam er sich vor, und fühlte sich schuldig.

Als er eines Tages in Harbiye Neriman erblickte, schlug ihm gleich das Herz schneller, und das wunderte ihn. Ihm war, als würde er auf der Straße seiner eigenen Jugend begegnen. Noch dazu war die Frau gar nicht Neriman, wie er plötzlich erkannte, als sie sich zur Seite drehte. Im gleichen Augenblick merkte er aber, dass er in der letzten Zeit, wenn er in Harbiye an den Reisebüros vorbeigekommen war, doch immer irgendwie an Neriman gedacht hatte, und im Nebel der Erinnerung tauchten Bilder aus der Zeit vor fünfzehn Jahren auf, als er die Hoffnung, die Schule doch einmal abzuschließen, noch nicht ganz aufgegeben hatte. Er dachte an die damals noch viel ruhigeren Straßen Istanbuls, an das stille Glück beim Masturbieren, an die tiefen Gefühle seines so einsamen Herzens, an das dichte Kastanien- und Platanenlaub im Herbst, an die Kunden damals, für die er noch der kleine, liebe Joghurtverkäufer gewesen war. Und da er sich nicht daran erinnerte, wie sehr ihm damals oft der Kummer in Herz und Eingeweide gefahren war, glaubte er fest daran, vor fünfzehn Jahren vollkommen glücklich gewesen zu sein. Eine seltsame Reue packte ihn, als ob er seither ganz umsonst gelebt hätte. Dabei war er doch mit Rayiha glücklich.

Als er einmal zu dem verbrannten Theater zurückkehrte, war sein Wagen nicht mehr da. Mevlut traute seinen Augen nicht. Er eilte in den Friseurladen, in dem an dem bewölkten Wintertag schon das Licht brannte.

»Den hat die Polizei mitgenommen«, sagte der Friseur. »Ich habe gesagt, der kommt doch gleich wieder, aber die haben nicht auf mich gehört.«

Es war das erste Mal in seinem Verkäuferdasein, dass Mevlut so etwas passierte.

FERHAT. Als Mevlut das Pech mit seinem Verkaufswagen passiert ist, war ich schon Stromableser und deshalb oft in dem Gebäude der Elektrizitätsgesellschaft, das fast so imposant aussieht wie das Hilton. Begegnet sind wir uns aber nie. Wenn ich gewusst hätte, dass er dort irgendwo stand, hätte ich ihn dann wohl gesucht? Ich weiß es nicht. Als das Gerücht aufkam, dass Mevlut jene Liebesbriefe nicht seiner eigenen, sondern meiner Frau geschrieben hatte, habe ich jedenfalls das Gefühl gehabt, dass ich mir sowohl über meine private als auch über meine offizielle Einstellung dazu erst einmal klar werden muss.

Da ich weiß, dass Mevlut auf Korkuts Hochzeit die anderen Töchter Abdurrahman Efendis nur kurz aus der Ferne gesehen hat, hat es für mich keine Bedeutung, wem die Liebesbriefe wirklich zugedacht waren. Dass Mevlut eigentlich Samiha entführen wollte, wusste ich nicht, denn aus Scham hat er mir das verschwiegen. Persönlich gesehen ist da also nichts, was mich bekümmern müsste. Was unsere offizielle Haltung zu der Sache angeht, wird unsere Freundschaft allerdings auf eine harte Probe gestellt, da Mevlut einem Mädchen Liebesbriefe geschrieben hat, das später meine Frau geworden ist. Und weil ich mir wiederum das Mädchen geschnappt habe, in das Mevlut verliebt war und das er nicht kriegen konnte. Egal wie wir also privat dazu stehen, leben wir nun mal in einem Land, in dem ein solcher »offizieller« Sachverhalt es uns nicht nur schwermacht, Freunde zu bleiben und uns die Hand zu geben, sondern wo wir nicht einmal davor gefeit sind, uns bei einer zufälligen Begegnung die Köpfe blutig zu schlagen.

An dem Tag, als sein Verkaufswagen beschlagnahmt wurde, kam Mevlut zur üblichen Zeit nach Hause. Rayiha merkte erst gar nicht, dass er den Wagen nicht an den Mandelbaum angekettet hatte. Sie sah ihrem Mann allerdings sofort an, dass etwas passiert war.

»Nicht weiter schlimm«, wehrte Mevlut ab. »Den hol ich mir morgen früh zurück.«

Seinen Töchtern gegenüber, die zwar nicht verstanden, worum es ging, aber auch ohne Worte immer gleich wussten, was los war, behauptete er, an einem der Räder sei eine Schraube abgegangen, darum habe er den Wagen zum Reparieren gebracht. Dann gab er jeder einen Kaugummi mit einem Abziehbild drin. Zum Abendessen stellte Rayiha die schon für den nächsten Tag vorbereiteten Hähnchenschlegel mit Pilav auf den Tisch, an denen sie sich so richtig satt essen konnten.

»Das da heben wir für übermorgen auf«, sagte sie und verräumte die Reste im Kühlschrank.

An jenem Abend meinte eine alte Stammkundin zu Mevlut: »Wissen Sie, nach all dem Raki heute wollten wir eigentlich kein Boza, aber dann haben wir gehört, wie Sie draußen so traurig gerufen haben, und da haben wir es uns sofort anders überlegt.«

»Boza verkauft sich über die Stimme des Boza-Verkäufers«, sagte Mevlut sein tausendfach wiederholtes Sprüchlein auf.

»Wie geht es Ihnen so? Kommt nicht die eine Ihrer Töchter bald in die Schule?«

»Es geht uns sehr gut, Gott sei Dank. Unsere Große kommt im Herbst in die Grundschule.«

»Sehr gut. Und dass Sie mir die beiden ja nicht verheiraten, bevor sie mit der Schule fertig sind, ja?«, sagte die alte Frau noch zum Abschied.

»Ich werde sie beide auf die Universität schicken«, erwiderte Mevlut, während die Tür schon langsam zuging.

Dass Mevlut an jenem Abend zufällig von seinen Stammkunden verwöhnt wurde, ließ ihn aber nicht einen Augenblick lang den Schmerz über seinen Wagen vergessen. Er stellte sich vor, wo jener wohl sein mochte, womöglich draußen im Regen. Bestimmt wurde er unsanft behandelt. Oder der Gaskocher kam weg. Gar nicht auszudenken, was alles passieren konnte, wenn Mevlut nicht dabei war.

Am nächsten Morgen ging er zur Ordnungspolizei von Beyoğlu, die in einem herrschaftlichen, aber heruntergekommenen Holzgebäude aus der Osmanenzeit untergebracht war. Es standen schon ein paar andere Verkäufer herum, denen man ihre Wagen oder Tische beschlagnahmt hatte. Ein Trödler, den Mevlut aus Tarlabaşı kannte, wunderte sich über das, was Mevlut widerfahren war, da doch Verkäufer mit einem gut ausgestatteten Wagen und einem festen Standort kaum je behelligt wurden, weil sie die Ordnungspolizisten regelmäßig schmierten.

Weder Mevlut noch sonst jemand bekam aber an jenem Tag sein Hab und Gut zurück. »Den haben die bestimmt schon kurz und klein geschlagen«, fasste ein alter Lahmacun-Verkäufer in Worte, was Mevlut sich nicht einmal vorzustellen wagte.

Da die Straßenverkäufer sich weder von Hygienebestimmungen noch von den wegen der Inflation lächerlich gering ausfallenden Geldbußen abschrecken ließen, war die Stadtverwaltung dazu übergegangen, Exempel zu statuieren. Sie zerstörte beschlagnahmte Verkaufswagen kurzerhand, während die Produkte aus Hygienegründen vernichtet wurden. Deswegen kam es immer wieder zu Streit, es flogen die Fäuste, und sogar Messer wurden gezückt, und in Einzelfällen traten Verkäufer in Hungerstreik oder versuchten gar, sich vor dem Gebäude anzuzünden. Zurückgegeben wurden Gefährte nur, wenn jemand über Beziehungen verfügte oder gerade Wahlen anstanden. Der erfahrene Lahmacun-Verkäufer verkündete beim Weggehen, er werde sich am nächsten Tag eben eine neue Verkaufskiste zulegen.

Dass der Mann sich so einfach geschlagen gab, konnte Mevlut nicht gutheißen. Er selbst, Mevlut, hatte nicht das Geld für einen neuen Verkaufswagen und einen Gaskocher. Und selbst wenn er das Geld zusammengekratzt hätte, glaubte er nicht mehr daran, dass die Sache sich überhaupt lohnte. Doch meinte er einfach, wenn er seinen Wagen zurückbekomme, könne er sein altes Leben weiterführen, und wie eine Ehefrau, die einfach nicht glauben will, dass ihr Mann nicht mehr aus dem Krieg heimkommt und schon lange tot ist, sträubte er sich gegen den Gedanken, sein Wagen könne zerstört worden sein. Wie auf einem eingebildeten Foto sah er sogar vor sich, wie der Wagen in einem stacheldrahtbewehrten Stadtdepot auf ihn wartete.

Am nächsten Tag ging er wieder zur Ordnungspolizei. »Wo ist der Wagen denn beschlagnahmt worden?«, fragte ein Beamter und beschied Mevlut daraufhin, für jene Gegend sei nicht Beyoğlu zuständig, sondern Şişli, und augenblicklich schöpfte Mevlut wieder Mut, denn bei der Verwaltung von Şişli konnte er über Korkut oder die Vurals einen Bekannten finden. In jener Nacht sah er seinen Verkaufswagen im Traum.

15. Der Spirituelle Meister

Mir ist ein großes Unrecht widerfahren

RAYIHA. Zwei Wochen lang haben wir über den Verkaufswagen nichts erfahren. Mevlut hat bis nach Mitternacht Boza verkauft, ist morgens lange im Bett liegen geblieben und hat bis Mittag im Schlafanzug mit den Mädchen Verstecken oder Fangen gespielt. Da im Haus nicht mehr dauernd Hähnchen und Pilav gekocht wurde und auch der Verkaufswagen weg war, den die Mädchen gerne mochten, haben die beiden gespürt, dass was nicht stimmt. Als wollten sie ihren Vater über seine Arbeitslosigkeit hinwegtrösten, sind sie bei allen Spielen so richtig mitgegangen. Wenn es wieder mal allzu laut geworden ist, habe ich gerufen: »Mevlut, nimm die beiden doch mit in den Park, dann kriegen sie ein bisschen frische Luft.«

»Ruf du inzwischen Vediha an«, hat Mevlut kleinlaut erwidert. »Vielleicht gibt's ja was Neues.«

Und eines Tages hat Korkut tatsächlich gesagt: »Mevlut soll zur Stadtverwaltung von Şişli gehen. Dort hockt im zweiten Stock einer aus Rize, ein Mann der Vurals, der wird ihm helfen.«

Vor lauter Freude konnte Mevlut in jener Nacht fast nicht schlafen. Am Morgen stand er früh auf, zog den guten Anzug an und ging zu Fuß nach Şişli. Wenn er seinen Wagen erst mal zurückhatte, würde er ihn neu anstreichen, ihn verzieren und ihn ganz bestimmt nicht mehr aus den Augen lassen.

Der Mann aus Rize hatte im zweiten Stock der Gemeindeverwaltung die höchst wichtige Aufgabe, die Schlange stehenden Bürger zusammenzustauchen. Erst ließ er Mevlut eine halbe Stunde warten, dann winkte er ihn zu sich. Mevlut folgte ihm eine dunkle Treppe hinab. Sie kamen durch enge Korridore, in denen es nach Scheuerseife roch, durch ungelüftete Räume voller Zeitung lesender Beamter, durch eine Kantine, aus der sich über das ganze Erdgeschoss Schwaden von Spülwasserdampf und ranzigem Fett verbreiteten, und schließlich gingen sie in einen Hof.

Erfreut erblickte Mevlut in einer Ecke des dunklen Hofes eine ganze Reihe von Verkaufswägelchen. Daneben waren zwei Beamte damit beschäftigt, einen Wagen kurz und klein zu hauen und die Einzelteile aufzustapeln.

»Na, welchen nimmst du?«, fragte der Mann aus Rize.

»Meiner ist nicht dabei.«

»Deiner ist schon einen Monat weg, oder? Wir hauen die immer am nächsten Tag kaputt. Tut mir leid, deiner ist schon lange zerlegt. Die da sind gestern beschlagnahmt worden. Jeden Tag machen wir das nicht, sonst gibt es einen Aufstand, aber wenn wir es gar nicht machen, kommt halb Anatolien her und verkauft auf dem Taksim-Platz Kartoffeln, und dann ist es aus mit Beyoğlu. Zurückgeben können wir die Wagen nicht, sonst ziehen die Leute gleich wieder los damit. Also komm schon, such dir einen aus, bevor sie alle hinüber sind.«

Mevlut begutachtete die Wagen. Einer hatte Glasscheiben wie sein eigener und war aus gutem Holz, mit stabilen Rädern. Der Gaskocher fehlte. Bestimmt gestohlen. Es war ein neuerer, gepflegterer Wagen als seiner. Mevlut fühlte sich schuldig.

»Ich will meinen eigenen Wagen.«

»Hör mal, du hast an einer verbotenen Stelle ohne Erlaubnis dein Zeug verkauft, also ist dein Wagen beschlagnahmt und zerschlagen worden. Wegen deiner Beziehungen kriegst du jetzt einen anderen, also nimm ihn gefälligst, damit deine Kinder nicht Hunger leiden müssen.«

»Ich will nicht«, sagte Mevlut.

An die Scheiben des gepflegten Wägelchens hatte der Besitzer neben die üblichen Ansichtskarten mit Atatürk und der türkischen Fahne auch ein Bild der Erotiktänzerin Seher Şeniz geklemmt. Die mochte Mevlut nicht.

»Bist du sicher?«

»Ja.«

»Du bist mir einer. Woher kennst du eigentlich Hadschi Hamit Vural?«

»Ich kenne ihn eben«, erwiderte Mevlut geheimnistuerisch.

»Na, wenn du schon Beziehungen zu Hadschi Hamit hast, dann lass doch den Straßenverkauf und arbeite für ihn. Als Vorarbeiter auf dem Bau verdienst du in einem Monat mehr als mit der Verkauferei in einem ganzen Jahr.«

Draußen empfing Mevlut das übliche Istanbuler Durcheinander aus lauten Bussen, einkaufenden Hausfrauen, lärmenden Schülern, Straßenverkäufern, Polizisten ... Gleich einem Mann, der nicht fassen kann, dass nach dem Tod der geliebten Frau das Leben ganz normal weitergeht, empfand Mevlut einen Hass auf all diese Menschen. Noch dazu hatte der Kerl aus Rize ihn von oben herab behandelt.

Wie seinerzeit als Schüler streifte Mevlut ziellos durch die Straßen, und irgendwann setzte er sich in Kurtuluş frierend in eine Kneipe und blieb dort drei Stunden rauchend und fernsehend sitzen. Mit dem Geld würde es knapp werden. Rayiha würde noch mehr sticken müssen.

Nach Hause kam er später als sonst. Rayiha und die Kinder sahen ihm gleich an, dass er das Wägelchen nicht zurückbekommen hatte, ja dass es kaputt war, gestorben. Mevlut gab keinerlei Erklärung ab. Im Haus herrschte Trauerstimmung. Schweigend aßen sie, was Rayiha für den folgenden Tag vorbereitet hatte. Hätte ich doch bloß den einen Wagen genommen!, dachte Mevlut. Dessen Besitzer musste jetzt auch gerade irgendwo in Istanbul düster vor sich hin brüten.

Ihm wurde ganz eng in der Brust. Als ob eine große dunkle Welle auf ihn zurollen und ihn verschlingen würde. Um von ihr nicht erwischt zu werden, griff er schon früh, noch bevor es dämmerte, zum Tragjoch und den Boza-Kannen und verließ Haus. Es würde ihm guttun, schnell zu gehen und seinen melancholischen Boza-Ruf auszustoßen.

Seit sein Wagen beschlagnahmt war, ging er immer schon lange vor den Abendnachrichten aus dem Haus. Über den neuen Boulevard gelangte er rasch zur Atatürk-Brücke und versuchte jenseits des Goldenen Horns neue Kunden zu gewinnen. Mal ging er aufgeregt dahin, mal sinnierend, mal wütenden Schrittes.

In jene Gegend war er damals in den ersten Jahren gekommen, als er mit dem Vater zusammen das Boza bei Vefa abholte. In Seitengassen ging er damals nicht, und nachts erst recht nicht. In den zweistöckigen, ungestrichenen Holzhäusern mit den vielen Erkern wurden schon früh die Vorhänge zugezogen und die Lampen ausgemacht, und Boza trank dort niemand. Nach zehn Uhr abends gehörten die Straßen den Hundemeuten, die dort seit jeher, schon unter den Osmanen, ihr Unwesen trieben.

Gleich nach der Atatürk-Brücke ging Mevlut nach Zeyrek hoch und von dort nach Fatih, Çarşamba und Karagümrük. Wenn er »Boo-zaaa!« rief, fühlte er sich gut. Die meisten alten Holzhäuser, die dort vor fünfundzwanzig Jahren noch gestanden hatten, waren verschwunden, und an ihrer Stelle hatte man vier-, fünfstöckige Betonbauten hochgezogen wie in Feriköy, Kasımpaşa oder Dolapdere. Ganz selten ging dort mal ein Vorhang oder ein Fenster auf, und Mevlut wurde empfangen wie ein seltsamer Botschafter aus der Vergangenheit.

»Wir wohnen hier so nahe an Vefa, aber noch nie ist uns in den Sinn gekommen, dort auch mal hinzugehen. Aber jetzt, wo wir Ihre traurige Stimme gehört haben … Was kostet denn ein Glas? Und wo sind Sie eigentlich her?«

Dass hier noch so viele Hunde herumstreunten, war auch insofern erstaunlich, als die alten Friedhöfe irgendwie alle verschwunden waren und überall große Mülltonnen standen, in denen die Tiere nicht herumwühlen konnten wie früher in den Müllhaufen an jeder Straßenecke.

Mevlut begriff nicht, warum die Hunde ihn oft so feindselig empfingen. Gerade noch dösten sie gelangweilt vor sich hin, doch kaum hörten sie seine Schritte oder seinen Boza-Ruf, richteten sie sich auf und drängten sich wie zur Schlachtordnung zusammeneilende Soldaten aneinander, und sie knurrten und zeigten die Zähne. Mevlut konnte sich das nur so erklären, dass hier eben nie ein Boza-Verkäufer unterwegs war.

Eines Abends fiel Mevlut ein, dass sein Vater ihn damals in jene Gegend gebracht hatte, um ihn bei einem alten Mann von seiner Hundefurcht kurieren zu lassen. Mevlut konnte sich noch an den Linoleumboden erinnern und dass der langbärtige Mann, der wohl längst tot sein musste, Zaubersprüche gemurmelt und Mevlut Ratschläge gegeben hatte, die tatsächlich gewirkt hatten.

Mevlut wurde allmählich klar, dass er mindestens ein-, zweimal in der Woche seine Zeit ganz dieser Gegend jenseits des Goldenen Horns widmen musste, um jene Leute dort, die um den Preis feilschten, ständig nach dem Alkoholgehalt fragten und Mevlut überhaupt wie ein verdächtiges Subjekt betrachteten, vom Boza zu überzeugen.

Immer wieder musste er an sein weißes Verkaufswägelchen denken. Es war schöner gewesen als die anderen, die er so sah, und hatte irgendwie Charakter besessen. Noch immer konnte er nicht glauben, dass es schnöde zerschlagen worden sei. Vielleicht war es ja einem anderen Verkäufer gegeben worden, der auch über Beziehungen verfügte. Einem Menschen aus Rize womöglich, denn die hielten immer sehr zusammen.

An einem Abend, an dem er nichts verkauft hatte und ihm die Stadt mit ihren Holzhäusern, ihren verrauchten Straßen, ihren verfallenen Mauern wie eine vage Erinnerung erschien und er sich fragte, wo er sich überhaupt befand und wie er dorthin gekommen war, ging auf einmal in einem dreistöckigen Haus ein Fenster auf und ein junger Mann rief hinunter: »He, Boza-Verkäufer! Kommen Sie doch rauf zu uns.«

Er wurde in eine Wohnung eingelassen. Als er sich die Schuhe auszog, hörte er, dass drinnen mehrere Personen beisammensaßen. Es brannte ein gelbliches, warmes Licht, das ihn anheimelte. Zu seiner Überraschung sah er sechs, sieben Männer, die auf zwei Tische verteilt wie in einem Büro über Papiere gebeugt waren. Sie blickten zu Mevlut auf und lächelten ihn an, wie die meisten Menschen, die zum ersten Mal seit langem wieder einen Boza-Verkäufer sahen.

»Wir haben uns so über deinen Anblick gefreut«, sagte ein alter Mann mit einem silbrig weißen Bart und guten Augen.

Die anderen schienen eine Art Schüler von ihm zu sein. Es herrschte eine ernste, aber zugleich entspannte Atmosphäre.

»Wir sind zu siebt«, sagte der alte Mann. »Schenk jedem ein Glas ein.«

Jemand führte Mevlut in die Küche, wo er sorgsam die sieben Gläser füllte. »Will jemand keinen Zimt oder kein Leblebi?«, fragte er ins Zimmer hinüber.

Als der Schüler den Kühlschrank öffnete, sah Mevlut, dass darin kein

Alkohol war. Auch schienen sich in der Wohnung weder Frauen noch Kinder aufzuhalten.

Der alte Mann kam in die Küche und fragte Mevlut, wie viel er ihm schuldig sei, und noch bevor Mevlut antworten konnte, sah der Mann ihm in die Augen und sagte: »Da war so viel Traurigkeit in deiner Stimme, das ist uns durch und durch gegangen.«

»Mir ist ein großes Unrecht widerfahren«, brach es da aus Mevlut heraus. »Man hat mir meinen Verkaufswagen weggenommen und vermutlich kaputtgeschlagen oder jemand anderem gegeben. Und der Beamte aus Rize auf der Gemeindeverwaltung von Şişli hat mich gedemütigt. Aber ich will Sie mit meinen Sorgen nicht belästigen, so spät am Abend.«

»Nein, nein, erzähl nur«, sagte der Mann. In seinen Augen las Mevlut: »Das tut mir leid für dich, und ich höre dir interessiert zu.« So erzählte Mevlut, wie traurig das arme Wägelchen sein müsse, so ganz allein in fremden Händen. Den finanziellen Aspekt erwähnte er gar nicht, aber er merkte, dass der alte Mann von selbst begriff. Viel wichtiger war ja auch, dass der Beamte aus Rize und überhaupt Leute, sie sich ungeheuer wichtig fühlten (»jene Herren« nannte der alte Mann sie spöttisch) einen nicht für voll nahmen. Der alte Mann rückte zwei Stühle heran, und die beiden setzten sich in der Küche einander gegenüber.

»Der Mensch ist die schönste Frucht des Schöpfungsbaumes«, sagte der Mann. Er brabbelte nicht betend vor sich hin, wie fromme alte Menschen das oft taten, sondern sah Mevlut freundlich in die Augen und sprach eher wie ein Weiser.

»Die Krone der Schöpfung ist der Mensch. Das Juwel, das du in deinem Herzen trägst, darf niemand beschädigen. Möge Gott geben, dass du deinen Wagen zurückbekommst.«

Mevlut war stolz, dass ein so bedeutender Mensch ihm so viel Zeit widmete und seine Schüler inzwischen warten ließ, zugleich aber fürchtete er, das geschehe nur aus Mitleid, und wurde ganz unruhig.

»Ihre Schüler warten schon. Ich will Sie nicht länger stören.«

»Die sollen nur warten«, erwiderte der alte Mann und sagte dann noch ein paar Dinge, die sich Mevlut einprägten. Dass die verschlungensten Knoten durch den Willen des Herrn gelöst würden und seine Kraft jede Schwierigkeit überwinde. Und noch vieles andere Bedeutende hätte er wohl gesagt, doch merkte er, wie nervös Mevlut mittlerweile schon war (Mevlut ärgerte sich über seine fahrigen Bewegungen), und so stand er auf und griff in seine Tasche.

»Nein, nein, ich möchte nichts annehmen«, wehrte Mevlut ab.

»Kommt nicht in Frage. Das wäre nicht im Sinne des Herrn, also auch nicht in meinem.«

Beim Hinausgehen überboten sie sich an Höflichkeit, wem der Vortritt gebühre, dann sagte der alte Mann: »Boza-Verkäufer, nimm dieses Mal mein Geld bitte an. Ich verspreche dir aber, dass ich dir nächstes Mal nichts mehr aufdrängen werde. Wir treffen uns hier jeden Donnerstagabend.«

»Gott möge es Ihnen lohnen«, erwiderte Mevlut, dachte sich aber dabei, das sei wohl nicht die ganz passende Antwort gewesen. Spontan küsste er dem Mann die große, faltige Hand, die mit Altersflecken übersät war.

Auf dem Nachhauseweg wurde Mevlut klar, dass er Rayiha von dieser Begegnung nicht erzählen würde. In den folgenden Tagen hätte er Rayiha liebend gerne gesagt, dass ihm die Worte des gütigen alten Mannes nicht aus dem Sinn gingen und er seinen Schmerz über den Verlust des Wagens nur deshalb aushielt. Er beherrschte sich aber, denn wenn von Rayiha Spott gekommen wäre, hätte ihm das sehr wehgetan.

Das gelbliche Licht in der Wohnung des alten Mannes in Çarşamba hatte es ihm angetan, immer wieder musste er daran denken. Was hatte er dort noch gesehen? An den Wänden hingen schöne alte Kalligraphien. Und der Ernst hatte ihm gefallen, mit dem die Schüler bei der Sache waren.

Die ganze Woche über hatte er noch öfter als sonst das Gefühl, auf einmal seinen Verkaufswagen zu sehen. Einmal, auf einer gewundenen Steilstraße in Tepebaşı, war er sich so sicher, dass er Wagen und Mann schon hinterherrannte, bis er dann doch erkannte, dass sein eigenes

Gefährt viel schöner und schlanker war und nicht so grob zusammengezimmert wie jenes.

Am Donnerstagabend zog er wieder vor das Haus in Çarşamba, rief »Boo-zaa!« und wurde sofort hinaufgerufen. Diesmal blieb er nur kurz, erfuhr aber einiges: Der alte Mann wurde mit »Spiritueller Meister« angesprochen, und die Schüler, die mit Feder und Tinte an den Tischen saßen und aussahen, als malten sie, schrieben eigentlich in arabischen Lettern Verse aus dem Koran. Mevlut bemerkte in der Wohnung ein paar alte Gegenstände, die ihm gefielen: eine ziselierte Kaffeekanne, Schrifttafeln an den Wänden, einen Turbanständer mit Einlegearbeiten, eine laut tickende Standuhr, gerahmte Fotos von Atatürk und anderen Persönlichkeiten, die ähnlich ernst dreinsahen wie er, aber im Gegensatz zu ihm alle einen Bart trugen.

Mevlut erzählte am Küchentisch, dass er seinen Wagen noch nicht gefunden habe, aber noch immer eifrig danach suche, und dass er vormittags noch keine Arbeit habe. Er fasste sich dabei kurz, denn es sollte nicht den Anschein haben, als bitte er um Hilfe. Von den vielen Themen, die er gerne angesprochen hätte, brachte er nur eines vor, nämlich dass es ihm mittlerweile zum Bedürfnis geworden war, vor allem abends lange durch die Straßen zu gehen. Wenn er nicht lange zur Abendstunde unterwegs sei, fühle er sein ganzes Denken und seine Einbildungskraft dahinschwinden.

Der Spirituelle Meister legte ihm den Gedanken nahe, dass die Arbeit eine Art Gottesdienst darstelle. Mevluts Wunsch, bis zum Jüngsten Tag immer nur weiterzugehen, sei nichts anderes als ein Zeichen dafür, dass in dieser Welt Hilfe nur von Gott kommen und nur von IHM erbeten werden könne. Mevlut indessen interpretierte dies so, dass die seltsamen Gedanken, die er beim Dahinmarschieren hatte, auch von IHM gesandt würden, was ihn eher beunruhigte.

Als der Spirituelle Meister das Boza bezahlen wollte (diesmal waren neun Schüler zugegen), erinnerte Mevlut ihn an ihre Verabredung.

»Wie heißt du eigentlich?«, fragte der Mann darauf mit anerkennender Miene.

»Mevlut.«

»Was für ein gesegneter Name!« Sie gingen auf die Wohnungstür zu. »Bist du etwa ein Mevlidhan?«, fragte der Meister so, dass auch die Schüler es vernehmen konnten.

Mevlut wusste nicht, was das Wort bedeutete, und zuckte bedauernd die Schultern. Die Schüler lächelten über Mevluts schlichte Offenheit.

Der Meister erklärte, jeder wisse ja, dass man als Mevlit die langen Gedichte bezeichne, die zu Ehren des Geburtstags von Prophet Mohammed aufgesagt würden. Mevlidhan wiederum hießen die Musiker, die jene Gedichte begleiteten. Sollte Mevlut einmal ein Sohn geboren werden und er diesen Mevlidhan nennen, werde dem Jungen dies Glück bringen. Mevlut solle nun ganz gewiss jeden Donnerstagabend kommen, und dazu brauche er auch gar nicht mehr zu rufen.

SÜLEYMAN. Nachdem Mevlut seinen Verkaufswagen verloren und auch die Hilfe der Vurals abgelehnt hat, wollte er von seinem Mieter in Kültepe, den ich ihm besorgt hatte, auf einmal mehr Geld oder zumindest eine Vorauszahlung. Das hat mir Vediha erzählt, und kurz darauf hat Mevlut auch schon angerufen.

»Hör mal zu«, habe ich geantwortet, »dein Mieter ist ein Bekannter der Vurals, ein armer Kerl aus Rize, einer von uns also, und wenn du zu dem sagst, er soll gehen, dann ist er auch schon weg. Vor Hamit hat er allerhöchsten Respekt. Die Miete ist auch ziemlich hoch, und er zahlt sie jeden Monat bar auf die Hand, ich gebe sie ja immer Vediha mit. Keine Steuern, kein Ärger, kein gar nichts, was willst du eigentlich mehr?«

»Weißt du, Süleyman, zu Leuten aus Rize habe ich momentan kein Vertrauen. Er soll gehen.«

»Was bist du bloß für ein rücksichtsloser Vermieter? Der Mann hat geheiratet und ein Kind gekriegt, sollen wir ihn jetzt auf die Straße jagen?«

»Hat mit mir vielleicht jemand Mitleid gehabt in Istanbul? Na ja, schon gut, schmeiß ihn meinetwegen nicht raus.«

»Wir haben immer mit dir mitgefühlt«, habe ich da voller Nachdruck zu ihm gesagt.

Mit der Mieteinnahme kam Mevlut immer höchstens eine Woche über die Runden. Nach dem Telefongespräch zwischen Mevlut und Süleyman brachte Vediha aber nicht nur die Märzmiete nach Hause, sondern auch gleich die für April und Mai, und der Betrag war auch höher als bisher. Mevlut machte nicht viel Aufhebens davon, dass er mit Hilfe von Süleyman und Korkut die Miete so leicht hatte erhöhen können, sondern legte das Geld sofort in einen gebrauchten Eiswagen mit Eismaschine an, um den Sommer 1989 über Eis zu verkaufen.

Zum Abholen des Wagens gingen Fatma und Fevziye mit, und die drei kamen so fröhlich damit zurück, dass Reyhan am Fenster schon meinte, der alte Verkaufswagen sei wiedergefunden worden, worauf niemand ihr die unbändige Freude darüber verderben wollte. Während Mevlut im Hof zusammen mit den Mädchen den Eiswagen herrichtete und anstrich, wurden im Fernsehen wieder Bilder aus Peking gezeigt, von den Aufständischen am Platz des Himmlischen Friedens. Mevlut war voller Bewunderung für den Straßenverkäufer, der sich Anfang Juni ganz allein, mit zwei Tüten in der Hand, vor die Panzer gestellt hatte. Was der Mann wohl verkaufte? Wahrscheinlich Pilav, so wie ich, dachte Mevlut. Aber die Chinesen kochten Reis nicht wie Rayiha, mit Kichererbsen und Hähnchenfleisch, sondern ganz anders, und vor allem viel länger, das hatte Mevlut im Fernsehen gesehen. Mevlut wünschte den Aufständischen zwar viel Glück, aber allzu sehr durfte man sich dem Staat doch auch nicht entgegenstellen, vor allem in so armen Ländern, in denen doch niemand außer dem Staat die kleinen Leute beschützen konnte. In China hatten arme Menschen und Verkäufer es wohl relativ gut; das Problem dort waren nur diese gottlosen Kommunisten.

Im Lauf der sieben Jahre seit Mevluts und Rayihas Hochzeit hatten die großen Milch-, Schokolade- und Süßigkeitenhersteller, die sich gegenseitig Konkurrenz machten, an so gut wie alle Istanbuler Lebensmittelläden, Konditoreien und Imbissbuden kostenlos Tiefkühltruhen geliefert. Ab Mai wurden diese vor die Läden gestellt, und niemand kaufte sein Eis mehr bei einem Straßenhändler. Wenn also Mevlut fünf Minuten lang an ein und demselben Platz blieb, hieß es gleich, er stelle den

Gehsteig voll und man werde ihm den Wagen wegnehmen und kaputtmachen, aber gegen die riesigen Kühltruhen, die einem allenthalben im Weg standen, hatte der Staat anscheinend nichts einzuwenden. Und die komischen Namen der verschiedenen Eissorten wurden in einer Tour aus dem Fernseher hinausgeplärrt, sodass die Kinder Mevlut fragten, ob er nicht ein »Flinta« habe, oder ein »Roket«.

War Mevlut gutgelaunt, sagte er etwa »Mein Eis fliegt viel höher als euer Raketeneis«, und mit solchen Antworten kurbelte er den Verkauf ein wenig an. Meist aber kam er abends schon früh und recht verzagt zurück und fuhr gleich die arme Rayiha an, die noch immer sofort herunterkam, um ihm zu helfen: »Was, die Kinder treiben sich um die Zeit noch auf der Straße rum?«, und während Rayiha sich auf die Suche nach den Töchtern machte, ließ Mevlut den Eiswagen einfach stehen, ging hinauf und setzte sich vor den Fernseher. In seiner Niedergeschlagenheit sah er einmal auf dem Bildschirm eine Riesenwelle auf sich zukommen, die nur seiner Phantasie entsprungen sein konnte. Sollte er im Herbst keine anständige Arbeit finden, würde er den Kindern keine Kleidung und keine Schulbücher mehr kaufen können und auch nichts mehr zum Essen und zum Heizen.

16. Binbom Büfe

Lass dich ja nicht runterhandeln

Ende August sagte Rayiha zu ihrem Mann, ein Bekannter der Vurals aus Trabzon suche für sein Lokal jemanden wie Mevlut. Mevlut wurde klar, dass seine Geldnöte bei der Familie Aktaş wieder Tischgespräch waren.

RAYIHA. »Die suchen einen, der ehrlich ist und was von der Gastronomie versteht, und so einer findet sich in Istanbul heutzutage nicht leicht«, habe ich zu Mevlut gesagt. »Lass dich ja nicht runterhandeln beim Gehalt, die Kinder haben es nötiger denn je«, habe ich noch hinzugefügt, denn Fatma hat damals gerade mit der Schule angefangen. Zum ersten Schultag sind Mevlut und ich mitgegangen. Eltern und Kinder haben sich in der Piyalepaşa-Grundschule in Kasımpaşa an der Hofmauer entlang aufstellen müssen, und dann hat der Direktor erzählt, das Schulgebäude ist vierhundertfünfzig Jahre alt und damals die Residenz des großen osmanischen Admirals Piyale gewesen, der den Franzosen und Italienern zahlreiche Mittelmeerinseln entrissen hat. Einmal ist er in einer Seeschlacht verschwunden, und man hat schon gedacht, er ist in Gefangenschaft geraten, dabei hat er vielmehr ganz allein ein feindliches Schiff gekapert. Die Schüler haben nicht zugehört, sondern miteinander geschwätzt oder sich an ihre Eltern geschmiegt, weil sie Angst vor dem hatten, was da auf sie zukam. Als die Kinder Hand in Hand in das Schulgebäude gegangen sind, haben einige geweint, auch Fatma. Wir haben ihr bis zuletzt hinterhergewinkt. Es war ein kühler, bewölkter Tag, und auf dem Heimweg habe ich gesehen, dass Mevlut Tränen in den Augen hatte. Er ist dann direkt zu dem Imbiss gegangen, in dem er als »Geschäftsführer« gearbeitet hat. Nur an dem Tag habe ich Fatma am Mittag wieder von der Schule abgeholt. Am meisten beeindruckt hatten sie der Schnurrbart des Lehrers und das große Fenster der Klasse. Danach hat sie den Schulweg immer mit anderen Mädchen aus dem Viertel zurückgelegt.

Die Bezeichnung »Geschäftsführer«, deren Rayiha sich halb liebevoll, halb spöttisch bediente, hatte nicht Mevlut sich ausgedacht, sondern Tahsin, der Besitzer des Lokals. Für den waren seine drei Angestellten nicht einfach Angestellte, sondern »Mitarbeiter«, und er selbst wäre am liebsten nicht »Chef«, sondern »Käpt'n« genannt worden, wie es sich für einen Mann vom Schwarzen Meer geziemte, was aber lediglich dazu führte, dass die Angestellten erst recht »Chef« zu ihm sagten.

Mevlut kam schnell dahinter, dass er seinen Posten vor allem dem Misstrauen verdankte, das der Chef gegenüber seinen Angestellten hegte. Tahsin aß jeden Abend erst zu Hause mit seiner Familie und wollte danach von seinem »Geschäftsführer« für die letzten beiden Stunden die

Kasse übernehmen und am Ende selbst den Laden zusperren. Im Gegensatz zur İstiklal-Straße, wo in manchen Imbissen rund um die Uhr Betrieb war, verirrten sich in die Nebenstraße, in der das Binbom Büfe gelegen war, in den späten Abendstunden nur noch Betrunkene und Leute auf der Suche nach Alkohol und Zigaretten.

Mevluts Aufgabe bestand darin, sich morgens um zehn Uhr an die Kasse zu setzen und bis abends um halb acht oder acht das Geld und den ganzen Geschäftsgang zu verwalten. Dafür, dass es so klein und abgelegen war, lief das Binbom Büfe gar nicht mal so schlecht. Die Gäste rekrutierten sich aus den in den Nebengassen ansässigen Betrieben, Werbefirmen, Fotolabors und Nachtclubs und aus ein wenig Laufkundschaft. Nur war es eben so, dass der argwöhnische Chef seine Leute im Verdacht hatte, ihn irgendwie zu betrügen.

Mevlut kam auch schnell darauf, dass dahinter mehr steckte als das übliche Grundgefühl aller Wohlhabenden, von ihrem Personal ausgenommen zu werden. Von Anfang an warnte der Chef ihn vor einer Methode, die darin bestand, dass die Angestellten aus einer bestimmten Menge Brot, Käse, Hackfleisch, Essiggemüse, Wurst und Tomatensauce erheblich mehr Sandwichs machten als vorgesehen und den Mehrverdienst in die eigene Tasche steckten. Gegen diesen Trick hatte Käpt'n Tahsin allerdings eine Gegenmaßnahme entwickelt, die er Mevlut stolz erläuterte: Von dem Bäcker Tayfun aus Rize, der den Imbiss mit dem Brot für die Sandwichs und die Hamburger belieferte, ließ Käpt'n Tahsin sich jeden Tag telefonisch die genaue Stückzahl durchgeben, sodass die Angestellten es nicht mehr so leicht hatten, mehr zu verkaufen, als sie offiziell angaben. Mit den Getränken hätte im Grund genauso verfahren werden können, nur dass der Chef eben keinen befreundeten Lieferanten hatte, der ihm die genaue Anzahl an zu verkaufenden Gläsern Orangen- oder Granatapfelsaft hätte sagen können, sodass Geschäftsführer Mevlut da besonders aufpassen musste.

Vor allem aber hatte er darauf zu achten, dass nichts ohne Ausgabe eines Bons aus der Registrierkasse verkauft wurde. Fünf Jahre zuvor hatten jene Kassen sich als große Neuheit über ganz Istanbul verbreitet, und im Prinzip hätten die Angestellten so viel Käse abzweigen und den Orangensaft mit so viel Zuckerwasser vermischen können, wie sie nur wollten: Wenn am Ende ein Beleg ausgegeben wurde, hatte Käpt'n Tahsin keinen Schaden. Und um wiederum sicherzugehen, dass dies geschah, schickte der Chef hin und wieder einen Freund zum Imbiss, den keiner der Angestellten kannte, und dieser verkappte Kontrolleur machte es wie zahllose Istanbuler, nämlich dass er beim Bezahlen sagte, er brauche keinen Beleg, was nichts anderes hieß als »Dann zahl ich auch weniger«. Wenn der »Geschäftsführer« an der Kasse sich darauf einließ, bedeutete dies, dass er in die eigene Tasche wirtschaftete, und er wurde auf der Stelle entlassen, so wie es eben bei Mevluts Vorgänger geschehen war.

Mevlut sah die Angestellten nicht als Leute an, die ihren Chef bei der erstbesten Gelegenheit übers Ohr hauen wollten, sondern eher so, als säßen sie eben alle im selben Boot und hätten im Sinn, dieses gemeinsam flottzumachen. Er war jederzeit freundlich und lobte jeden, wo er nur konnte. Sätze wie »Mensch, der Toast ist ja perfekt!« oder »Also, wie du den Döner da hingekriegt hast!« waren bei ihm grundehrlich gemeint. Und wenn das Geschäft gut gelaufen war und sie ordentlich Umsatz gemacht hatten, berichtete er das abends seinem Chef mit dem Stolz eines Gefreiten, der dem Hauptmann vermelden kann, die Kompanie sei vollzählig angetreten.

Nach der Übergabe eilte Mevlut gleich nach Hause, löffelte die Linsen- oder Kohlsuppe, die Rayiha ihm hinstellte, und schielte dabei auf den Fernseher, was er den ganzen Tag über im Imbiss auch schon gemacht hatte. Er durfte sich bei der Arbeit nach Herzenslust verköstigen und schenkte daher dem Essen zu Hause keine sonderliche Beachtung mehr. Gerührt las er in Fatmas Schulbüchern und bewunderte die zierliche Schrift, mit der sie Zahlen und Wörter in ihre blütenweißen Hefte schrieb, die zu Mevluts Zeit noch aus Holzpapier gewesen waren. Und wie immer ging er nach den Abendnachrichten aus dem Haus und bot bis zehn, halb elf Uhr sein Boza feil.

Mit seinem Gehalt als Geschäftsführer in der Tasche fühlte er weder den Zwang, möglichst viel Boza zu verkaufen, noch zog es ihn sonderlich in die Viertel jenseits des Goldenen Horns, wo er von Hunden angeknurrt wurde. Im Sommer besuchte er mit seinem Eiswagen aber einmal doch den Spirituellen Meister und seine Schüler, und nachdem er die auf einem Tablett herabgelassenen Teegläser unten mit Eis befüllt hatte, ging er dann doch die Treppe hoch und klopfte an, weil er Bedürfnis nach einem Gespräch hatte, und im Winter führte er diese Besuche unter dem Vorwand des Boza fort. Dass es ihm nicht ums Geschäft ging, sondern um die menschliche Nähe, unterstrich er dadurch, dass er jedes dritte Mal eine Bezahlung verweigerte, was ein Besucher dort einmal als »Spende an die Bruderschaft« bezeichnete.

Mevlet brauchte fast ein Jahr, bis er begriff, dass in der Wohnung nicht nur Kalligraphie-Kurse abgehalten wurden, sondern sich auch eine Art kleine Derwisch-Bruderschaft traf, lauter Bewunderer des Spirituellen Meisters. So spät kam er nicht nur wegen der stillen, geheimnisvollen Art aller Teilnehmer drauf, sondern auch, weil er in diese Geheimnisse gar nicht weiter eindringen wollte. Dass der Meister sich jeden Donnerstag kurz Zeit für ihn nahm, und seien es auch nur fünf Minuten, bedeutete Mevlut so viel, dass er dieses Glück auf keinen Fall gefährden wollte. Als er erfuhr, dass beim Meister jeden Dienstagabend regelmäßig an die fünfundzwanzig, dreißig Leute zu einer Unterhaltung zusammenkamen und jeder empfangen wurde, der nur wollte, ging er dort bewusst nicht hin, obwohl er dazu eingeladen wurde.

Wenn Mevlut sich hin und wieder Sorgen machte, er könnte da in was Illegales hineingezogen werden, tröstete er sich mit dem Gedanken an das riesige Atatürk-Bild an der Wand. »So eines würden sie doch nicht aufhängen, wenn es böse Menschen wären, die böse Dinge tun.« Bald aber kam er darauf, dass das Bild dort die gleiche Funktion erfüllte wie das Foto von Atatürk mit seiner Lammfellmütze, das im Eingang des Kommunistenvereins in Kültepe hing, in dem Ferhat und er als Gymnasten ein und aus gingen: Im Fall einer Polizeirazzia sollte man darauf deuten und sagen können: »Meine Herren, da muss ein Missverständnis vorliegen, sehen Sie doch, wir lieben Atatürk!« Der Unterschied war nur, dass die Kommunisten zwar an Atatürk glaubten, aber ständig an ihm herumkritisierten (was Mevlut gar nicht gefiel), während die fromme Fraktion überhaupt nicht an Atatürk glaubte, aber nie etwas gegen ihn sagte. Zweiteres war Mevlut lieber, und so hörte er auch nicht hin, wenn spitzzüngige Studenten sich darüber ausließen, mit seiner den Westen nachäffenden Schriftreform habe Atatürk der fünfhundert Jahre alten türkischen Kalligraphie-Tradition den Garaus gemacht.

Mevlut hatte auch nichts für die Studenten übrig, die sich in Gegenwart des Meisters ganz besonders eifrig gaben, aber sofort über Klatsch und Fernsehen redeten, sobald der Mann ihnen den Rücken kehrte. Dass er in der ganzen Wohnung nirgends einen Fernsehapparat sah, wertete Mevlut übrigens als Zeichen dafür, dass dort doch etwas vor sich gehen musste, das dem Staat nicht ganz gefallen konnte, und das beunruhigte ihn schon. Sollte es wieder einmal zu einem Putsch kommen und man unter den Kommunisten, den Kurden und den Frömmlingen aufräumen, konnte man als Gast der Bruderschaft ins Zwielicht geraten. Andererseits erlebte Mevlut kein einziges Mal, dass der Meister irgendetwas sagte, was man als politische Propaganda hätte werten können.

RAYIHA. Als Mevlut als Geschäftsführer angefangen hat und Fatma eingeschult worden ist, habe ich auf einmal mehr Zeit für meine Handarbeiten gehabt. Die habe ich nun nicht mehr in der ständigen Sorge betrieben, dass uns am Monatsende das Geld ausgehen kann, sondern einfach aus Spaß und höchstens noch wegen des angenehmen Nebenverdienstes. Die Leute haben mir entweder ein Muster aus einer Zeitschrift gegeben, wo gezeigt wurde, zu welchem Teil eines Vorhangs welches Motiv passt, oder sie haben einfach gesagt: »Machen Sie es so, wie Sie meinen.« Gerade dann ist mir meist erst mal gar nichts eingefallen, und ich habe den Vorhang nur angestarrt. Oder aber ich hatte gleich eine Idee: Ornamente, Blumen, sechseckige Wolken, Rehe, die von einem Feld weglaufen. Ich habe alles Mögliche bestickt, von Vorhängen über Kissenbezüge und Tischdecken bis hin zu Servietten.

»Mensch, Rayiha, mach doch mal eine Pause, du bist ja nicht zu bremsen«, hat Reyhan manchmal zu mir gesagt.

Zwei-, dreimal in der Woche nahm Rayiha am frühen Nachmittag die Kinder bei der Hand und brachte sie zum Imbiss ihres Vaters, denn abgesehen von der einen Stunde, in der er abends seine Suppe löffelte und mit ihnen zusammensaß, sahen sie Mevlut tagsüber kaum einmal. Wenn Fatma morgens zur Schule ging, schlief Mevlut noch, und wenn er abends gegen zehn oder halb elf nach Hause kam, waren wiederum die beiden Mädchen schon im Bett. Fatma und Fevziye wären gerne viel öfter zum Imbiss gegangen, aber alleine durften sie dort sowieso nicht hin, das hatte Mevlut ihnen strengstens verboten, und auch wenn die Mutter dabei war, durften sie nur ja deren Hand nicht loslassen. Rayiha sollte auch nicht nach Beyoğlu hinaufgehen, und erst recht nicht in die İstiklal-Straße. Wenn sie mit den Mädchen dann doch vom einem bis zum anderen Ende durch die ganze İstiklal-Straße hetzte, merkten sie alle drei, dass sie sich nicht nur wegen des Verkehrs so beeilten, sondern auch, um so schnell wie möglich all den Männerblicken zu entgehen.

RAYIHA. Ich möchte doch mal festhalten, dass ich Mevlut während der fünf Jahre, in denen er Geschäftsführer war, abends nicht nur Suppe vorgesetzt habe. Er hat auch Gemüseomelett bekommen, geröstete Kartoffeln, frittierte Teigröllchen, weiße Bohnen mit Karotten. Und dass er gerne gegartes Hähnchen mit Kartoffeln isst, wissen Sie ja schon; das hat er jetzt einmal im Monat bekommen, denn ich habe das Hähnchen recht billig in dem Laden gekriegt, in dem wir immer eingekauft hatten, als er noch seinen Pilav verkaufte.

Auch wenn das nicht so offen angesprochen wurde, genossen die Mädchen die Besuche im Imbiss vor allem deswegen, weil sie dort Wurst- und Käsetoasts, Döner-Sandwichs, Ayran und Orangensaft bekamen.

In der ersten Zeit fühlte Rayiha sich noch bemüßigt zu sagen: »Wir waren gerade in der Gegend, da haben wir uns gesagt, schauen wir doch mal vorbei.« Dann sagte immer irgendeiner: »Na, das war doch eine gute Idee.« Mit der Zeit wurde den Mädchen gleich hingestellt, was sie am liebsten aßen. Rayiha selbst nahm nie etwas an, auch wenn ihr noch so oft etwas angeboten wurde. Sie sagte immer, sie habe gerade zu Hause gegessen. Mevlut war stolz auf diese prinzipientreue Haltung seiner Frau, und nie sagte er, wie die Angestellten das eigentlich erwartet hätten: »Ach komm, iss doch was!«

Dass für die Sandwichs der Mädchen nie etwas gezahlt wurde, begann Mevluts Gewissen erst zu belasten, als er den Angestellten dahinterkam, dass sie ihren Chef Käpt'n Tahsin tatsächlich übers Ohr hauten.

17. Die Verschwörung der Angestellten

Misch dich in gar nichts ein

Anfang 1990 entdeckte Mevlut, was für eine im Grunde genommen einfache List die Angestellten ausgeheckt hatten. Aus einer gemeinsamen Kasse – also mit ihrem eigenen Geld – kauften sie jeden Morgen in einer anderen Bäckerei Brot, füllten dieses mit wiederum in anderen Läden beschafften Zutaten und verkauften so unter der Hand ihre eigenen Sandwichs, ohne dass der Chef es merkte. Um die Mittagszeit schickten sie diese fertig verpackt in umliegende Betriebe, fast schon wie Drogenkuriere. Das Geld dafür kam nicht in die von Mevlut verwaltete Kasse, sondern wurde von Vahit eingesammelt, der jeweils die Runde machte und dabei zugleich die Bestellungen für den nächsten Tag aufnahm. Es bedurfte Mevluts ganzer Aufmerksamkeit, bis er dieses wie geschmiert laufende Geschäft überhaupt bemerkte, und dann noch einmal eines ganzen Winters, bis die Angestellten kapierten, dass Mevlut zwar alles durchschaut hatte, sie aber trotzdem nicht verpfiff.

In den ersten Monaten war Mevlut der Meinung gewesen, wenn schon irgendein Betrug laufe, dann könne ihn am ehesten der jüngste

Angestellte Mikrobe anleiern (der natürlich nicht wirklich so hieß, aber seinen echten Namen benutzte nie jemand). Der junge Kerl, frisch vom Wehrdienst zurück, war für die unterirdische Küche zuständig, einen zwei mal zweieinhalb Meter großen abstoßenden Ort, an dem er Ayran, Saucen und Köfte zusammenmischte, Pommes frites anbriet und die Gläser und Aluminiumteller spülte, oder besser gesagt sie kurz unters Wasser hielt. War oben viel Betrieb, kam er zur Verstärkung hinauf und servierte selbst. Dass mehr Brote im Umlauf waren als die bei der ursprünglichen Bäckerei gekauften, fiel Mevlut erstmals in Mikrobes von Kakerlaken und Ratten heimgesuchter Wirkungsstätte auf.

Den zweiten Übeltäter, Vahit, mochte Mevlut sowieso nicht, weil er jede auch nur halbwegs hübsche Frau ungeniert anstarrte. Es hatte sich aber zwischen den beiden ein Band herausgebildet, das Mevlut immer mehr irritierte. Wenn keine Kunden da waren und sie zum Zeitvertreib auf den Fernseher schauten, passierte es an die fünf-, sechsmal am Tag, dass bei besonders gefühlvollen Stellen ihre Blicke sich unwillkürlich kreuzten. So kam es Mevlut bald so vor, als würde er Vahit schon jahrelang kennen. Jener Gefühlsaustausch störte Mevlut ganz besonders, da Vahit doch gewissermaßen der Buchhalter der ganzen Betrugsgeschichte war. Zwar dachte Mevlut manchmal auch, Vahit sei zu solcher Feinfühligkeit gar nicht imstande, aber dann räsonierte er auch wieder als Geschäftsführer und hegte den Verdacht, der Mann wolle sich aus seiner Schuld heraus über jene Fernsehgemeinschaft bei ihm nur einschleimen.

Als Mevlut die ersten Verdachtsmomente vorlagen, ließ er sein Auge (komischerweise nur eines und nicht zwei) auf Vahit und den anderen Angestellten ruhen, und dann war ihm immer wieder so, als ob dieses Auge aus eigenem Antrieb auch ihn selbst, Mevlut, beobachten würde. Er fühlte sich manchmal zwischen den anderen richtig eingezwängt, und dann sah ihm das Auge zu. Ganz unnatürlich kam er sich vor. Bei manchen Kunden beobachtete er übrigens, dass sie sich beim Essen im Spiegel des Imbisses ansahen.

Beim Pilavverkaufen hatte er sich über die Kälte und das stundenlange Stehen beklagt und beim Eisverkaufen über das schlechte Geschäft, aber wenigstens war er damals frei gewesen. Er konnte denken, an was er wollte, sich ganz seinen Gefühlen hingeben, und der Welt durfte er so böse sein, wie er nur gerade Lust darauf hatte. Jetzt dagegen war er an diesen Laden wie angekettet. Wenn er es schaffte, die Augen vom Fernseher abzuwenden, tröstete er sich mit dem Gedanken an seine Töchter und seine abendliche Boza-Tour. Beim Boza-Verkaufen hatte er seine netten Kunden, ach was, hatte er alle Menschen der ganzen Stadt. Er wusste nun, dass die Bilder, die er im Kopf hatte, während er »Boo-zaaa« rief, zugleich bei den Menschen wach wurden, die ihn hörten, und dass sie ihn deshalb zu sich riefen und Boza bei ihm kauften.

So wurde Mevlut in seinen Jahren als Geschäftsführer zu einem leidenschaftlicheren Boza-Verkäufer denn je. Wenn er in den dämmrigen Straßen »Boo-zaaa« rief, erging dieser Ruf nicht nur an die Fenster mit den zugezogenen Vorhängen, an die unverputzten, ungestrichenen Hauswände, an die wohl im Dunkel lauernden teuflischen Hunde und die Familien hinter jenen Fenstern, sondern auch an die ganz eigene Welt, die er im Kopf mit sich herumtrug, das fühlte er ganz genau. Denn wenn er »Boo-zaa« rief, kamen die bunten Bilder wie Sprechblasen aus seinem Mund und zogen wie Wolken durch die maroden Straßen. Worte waren nämlich Dinge und Dinge wiederum Bilder. Die Straßen, durch die er zog, und die Welt in seinem Kopf waren dann auf einmal eins. Diese erschütternde Tatsache erschien ihm wie eine ureigene Entdeckung von ihm selbst oder wie ein ganz besonderes Licht, mit dem Gott nur ihn allein erleuchtete. Wenn Mevlut also an Abenden, an denen er den Imbiss ganz verwirrt verlassen hatte, zum Boza-Verkauf durch die Straßen ging, entdeckte er die Welt in sich zwischen den Schatten der Stadt.

Und als er wieder einmal so unterwegs war und darüber grübelte, wie den Betrügereien im Binbom Einhalt zu bieten war, ging im Dunkel plötzlich ein Fenster auf, und ein warmes Licht strahlte heraus. Und ein großer schwarzer Schatten bat ihn hinauf.

Es war ein altes Griechenhaus in Feriköy. Mevlut erinnerte sich, dass er ganz zu Anfang, als er noch mit dem Vater Joghurt verkaufte, einmal in dem Haus gewesen war, im zweiten Stock (gleich vielen Verkäufern hatte er ein gutes Gedächtnis für Häusernamen und Schilder). SAVANORA hieß das Haus. Es roch darin noch immer genauso nach Staub, Feuchtigkeit und ranzigem Fett. Im zweiten Stock ging eine Tür auf, und er betrat einen hellerleuchteten Raum: Die Wohnung war in ein Nähatelier umfunktioniert worden. An die zehn, zwölf Mädchen saßen an Nähmaschinen. Einige waren noch Kinder, doch die meisten in etwa im Alter von Rayiha, und von der lockeren Art, wie ihr Kopftuch gebunden war, bis hin zu ihrem ernsten und zugleich versonnenen Gesichtsausdruck kamen sie Mevlut allesamt furchtbar bekannt vor. Der zwielichtige Typ am Fenster war ihr Chef: »Boza-Verkäufer, diese fleißigen Mädchen hier sind wie meine Kinder. Sie müssen eine Bestellung fertigkriegen, für England, und bis sie am Morgen nach Hause abgeholt werden, werden sie heldenhaft durchhalten. Also gib ihnen Boza vom Allerfeinsten, mit viel Leblebi darin, ja? Wo bist du eigentlich her?« Obwohl Mevlut sich genau ansah, was vom Besitz der griechischen Familie, die hier mal gewohnt hatte, noch übrig war – der Stuck, der große Spiegel mit Blattgold, der Kristalllüster –, würde er später, und über Jahre hinweg, jedes Mal, wenn er sich an das Zimmer zurückerinnerte, das Gefühl haben, dass sein Gedächtnis ihn trog und dass dieser Lüster und dieser Spiegel da wohl gar nicht gewesen waren, denn die Gesichter der Mädchen an den Nähmaschinen erschienen ihm jedes Mal unweigerlich als die Gesichter von Fatma und Fevziye.

Schließlich war es so weit, dass auch Fevziye zur Schule ging und die beiden Mädchen sich Morgen für Morgen gegenseitig ihre schwarzen Schuluniformen mit den stets wie frisch gestärkt wirkenden Kragen aus Synthetik und Baumwolle zuknöpften, sich ihre Spangen in die Haare steckten, zu den im Laden eines Bekannten ermäßigt erstandenen Schultaschen griffen und jeweils um sieben Uhr fünfundvierzig, wenn Mevlut gerade erst aufstand, aus dem Haus gingen.

Sobald die Mädchen unterwegs waren, schliefen Mevlut und Rayiha erst einmal miteinander. Seit Fevziye schon einigermaßen groß war, hatten sie fast nie wieder, wie damals im ersten Ehejahr, ein Zimmer ganz für sich gehabt, um sich zu lieben. Damit sie in der Wohnung einmal ungestört sein konnten, mussten die Mädchen schon bei einer Nachbarin sein oder waren von Vediha oder Samiha morgens abgeholt worden und verbrachten dort den Tag. An Sommertagen konnte es auch vorkommen, dass die Mädchen draußen mit ihren Freundinnen stundenlang in irgendein Spiel versunken waren. Dann fragte Mevlut etwa »Wo sind sie denn?«, und Rayiha antwortete »Draußen, beim Spielen«, und Mevlut sagte »Und wenn doch eine plötzlich kommt?«, und wieder fanden sie nicht zum Glück ihrer ersten Ehetage zurück.

Seit sechs, sieben Jahren konnten Mevlut und Rayiha nur dann so richtig miteinander schlafen, wenn die Mädchen in der anderen Zimmerecke in tiefstem Schlaf lagen. Wenn Mevlut spät vom Boza-Verkaufen zurückkam und Rayiha noch auf war und nicht den Fernseher anstarrte, sondern Mevlut liebevolle Worte zuflüsterte, dann sah jener dies als Aufforderung zu Zärtlichkeiten an, und wenn sie sich vergewissert hatten, dass die Mädchen wirklich schlummerten, löschten sie leise das Licht und schliefen dann miteinander, aber nicht allzu lange, da Mevlut wirklich müde war. Manchmal schmiegten sie sich auch mitten in der Nacht im Halbschlaf aneinander und gingen dann zu leisem, aber nicht weniger innigem Liebesspiel über. Insgesamt aber schliefen sie wegen all der Umstände immer weniger miteinander und sahen dies als natürlichen Verlauf einer Ehe an.

Nun aber, da sie mehr Zeit und Gelegenheit hatten und Mevlut als Geschäftsführer eine weniger ermüdende Arbeit, keimte wieder die Lust der ersten Tage in ihnen auf. Auch kannten sie sich jetzt besser und hatten ihre Scham voreinander überwunden. Zu Hause wieder öfter allein zu sein, brachte sie einander noch näher, und von neuem empfanden sie unglaubliches Vertrauen und das Riesenglück, einander gefunden zu haben.

Über dieser Glückseligkeit konnte Rayiha zwar das von Süleyman gestreute Gerücht nicht ganz vergessen, aber doch weitgehend verdrängen. Wenn wieder Zweifel sie plagten, holte sie aus dem Bündel ein, zwei Briefe heraus und konnte dann wieder nicht anders, als Mevluts schönen Worten einfach Glauben zu schenken.

Das um eine kleine Tee- und Kaffeestunde erweiterte morgendliche

Glück dauerte nicht länger als eineinhalb Stunden, denn um zehn Uhr musste Mevlut im Binbom sein, wo er dann erst richtig frühstückte. Und während dieser zärtlichen Stunden war es dann auch, dass Mevlut Rayiha allmählich von den Betrügereien im Binbom erzählte.

RAYIHA. »Misch dich in gar nichts ein«, habe ich zu ihm gesagt. »Lass dir nichts entgehen, aber tu so, als ob du nichts gesehen hättest, denn was geht uns das an?« Völlig zu Recht hat Mevlut aber geantwortet: »Der Chef hat mich gerade dazu eingestellt, dass ich so etwas merke und es ihm sage. Und er gehört zu den Leuten der Vurals. Nicht dass es hinterher heißt, da wäre vor meiner Nase gestohlen worden und ich hätte nichts gemerkt.« »Pass auf«, habe ich da gesagt, »die stecken doch alle unter einer Decke. Wenn du einen von denen dem Chef meldest, werden alle behaupten, der eigentliche Betrüger bist du, und der Chef wird ihnen glauben und dich rausschmeißen. Und vor den Vurals stehst du dann erst recht dumm da.« Wenn ich so was gesagt habe, hat es mir immer gleich wieder leidgetan, weil ich gesehen habe, wie Mevlut da erschrak.

18. Die letzten Tage im Binbom

Zwanzigtausend Schafe

Am 14. November 1991 stieß in der Nacht an der engsten Stelle des Bosporus, vor Anadoluhisarı, ein nach Süden fahrendes libanesisches Schiff mit einem philippinischen Frachter zusammen, der mit einer Ladung Mais ins Schwarze Meer unterwegs war. Fünf Seeleute kamen dabei um. Wie Mevlut am nächsten Morgen erfuhr, als er im Binbom zusammen mit den anderen auf den Fernseher starrte, hatte das libanesische Schiff zwanzigtausend Schafe an Bord gehabt.

Viele Istanbuler wurden auf den Unfall durch die vielen Schafskadaver aufmerksam, die es in Rumelihisarı, Kandilli, Bebek, Vaniköy oder

Arnavutköy ans Bosporus-Ufer schwemmte. Vereinzelte Tiere schafften es auch lebendig an Land und gelangten über die Bootshäuser von Villen, über Anlegestege von Restaurants und über Gärten in die Straßen der Stadt. Sie waren erschöpft und völlig verstört. Manche hatte Ölflecken auf dem verschlammten Fell, und die vor Anstrengung zitternden Beine war mit einer rostfarbenen Flüssigkeit beschmiert, die von der Konsistenz in etwa an Boza erinnerte. Es starrte ihnen ein Entsetzen aus den Augen, das sich auf Mevlut übertrug, als er am Fernsehen in zwei Schafsaugen sah, die fast den ganzen Bildschirm ausfüllten.

Manche Schafe wurden von Leuten gerettet, die noch in der Nacht von dem Unfall erfuhren und mit Booten hinausfuhren, um zu helfen, doch nur die wenigsten der geborgenen Tiere überlebten die Nacht. Am folgenden Tag kamen viele hilfsbereite Istanbuler so wie Mevlut ans Bosporus-Ufer, trafen aber in Gärten und Teehäusern und überall nur noch Kadaver an.

Bald waren die verschiedensten Gerüchte im Umlauf, über Schafe, die in der Stadt Menschen angegriffen hätten, über andere, die plötzlich tot umgefallen oder in Moscheehöfe, Friedhöfe und Heiligengräber eingedrungen seien, und nicht zuletzt darüber, dass die Vorhersagen des wegen seiner Kolumnen erschossenen Journalisten Celâl Salik über den im Jahr 2000 bevorstehenden Weltuntergang vielleicht doch zuträfen. Noch oft, wenn Mevlut im Binbom auf den Fernseher sah, fiel ihm wieder das Schicksal jener armen Schafe ein. Gleich den Fischern, die in ihren Netzen immer wieder aufgedunsene Schafskadaver vorfanden, war auch Mevlut der Meinung, die Tiere seien ein böses Omen.

Zum Alptraum wurde das Thema für die Stadt auch durch die Behauptung, die meisten der zwanzigtausend Schafe seien bei dem Unfall gar nicht ins Freie gelangt, sondern noch immer im Schiffsbauch eingeschlossen, und warteten dort auf Hilfe. Mevlut verfolgte aufmerksam die Berichte über die Taucher, über die man sich Gewissheit zu verschaffen versuchte, doch vermochte er sich nicht vorzustellen, wie es den Tieren dort ergehen mochte. War es stockfinster dort und stank es, oder hatte man sich eher eine Traumwelt vorzustellen? Ihm fiel dabei das Schicksal von Jonas in seinem Walfisch ein. Hatten die Schafe dort unten eine Schuld auf sich geladen? Waren sie dem Paradies näher oder der Hölle? Gott der Herr hatte Abraham einen Widder geschickt, damit er seinen Sohn nicht zu opfern brauchte. Wozu aber hatte er nach Istanbul zwanzigtausend Schafe gesandt?

Rind- oder Lammfleisch kam Mevlut ohnehin nur selten ins Haus, aber nun aß er erst mal überhaupt kein Döner-Sandwich mehr. Er behielt das jedoch für sich und machte keinen moralischen Standpunkt daraus, und als eines Tages im Binbom knuspriges Döner-Fleisch übrigblieb und unter den Angestellten aufgeteilt wurde, war es mit seinem Prinzip schon wieder vorbei.

Er merkte, wie schnell die Zeit verfloss und er über die Monate hinweg, in denen er den Betrügereien auf der Spur war, allmählich zu einem anderen Menschen wurde. In seinem dritten Jahr als Geschäftsführer, im Winter des Jahres 1993, begriff er schließlich, dass er die Betrüger nicht verpfeifen würde. Über die Verantwortung, die er damit trug, hatte er sich ein paarmal mit dem Spirituellen Meister unterhalten wollen, von diesem aber keine Antwort bekommen, die ihn irgendwie beruhigt hätte.

Erstaunlich und zugleich bedrückend fand Mevlut, dass trotz der nicht wenigen Angestellten, die kündigten, weil sie zum Wehrdienst mussten, woanders mehr verdienten oder sich mit jemandem zerstritten, das Betrugssystem auch mit den neuen Mitarbeitern ungehindert weiterlief.

Wen Mevlut dem Chef als Allerersten hätte melden müssen, das war Muharrem, genannt »der Dicke«, die Drehscheibe des ganzen Schwindels. Muharrem war gewissermaßen die abgeschwächte Gassenversion jener Helden, die das Imbisswesen auf der İstiklal-Straße immer wieder hervorbrachte. Er war die Vitrine des Binbom, das Antlitz, das Symbol. Er waltete am Döner-Spieß seines Amtes, und beim Abschneiden des Fleisches vollführte er mit dem langen Messer ähnlich theatralische Gesten wie die Maraş-Eisverkäufer mit ihren Spateln zum Anlocken von Passanten und vor allem von Touristen. Mevlut war solches Gebaren völlig fremd. Und Touristen verirrten sich in die Gasse ohnehin kaum.

Dass der Dicke Muharrem für so wenig Ertrag einen solchen Aufwand betrieb, führte Mevlut manchmal darauf zurück, dass er eben der Obergauner war und jedermann und womöglich auch sich selbst darüber hinwegtäuschen wollte. Da Mevlut aber in seinem Verkäuferdasein noch wenig Menschen getroffen hatte, die wegen ihrer Schummeleien unter Gewissensbissen litten, vermutete er manchmal auch genau das Gegenteil, nämlich dass Muharrem den Chef raffiniert über den Tisch zog und ihm dabei nicht einmal in den Sinn kam, daran könne irgendetwas Falsches sein. Als während der politisch aufgeladenen Zeit nach dem Mord an dem Journalisten Uğur Mumcu der Dicke Muharrem dahinterkam, dass Mevlut Bescheid wusste, stellte er sein Vorgehen als eine gerechtfertigte Maßnahme dar, über die die gnadenlos ausgebeuteten und ohne Versicherung arbeitenden Imbiss-Angestellten zu ihrem Recht kämen, ohne dass ihr Chef bewusst darunter leide.

Mevlut war ganz beeindruckt von dieser kraftvollen linken Aussage, und Muharrem stieg in seiner Achtung. Mochte er auch ein Betrüger sein, Mevlut würde ihn weder an den Chef noch an Polizei oder Staat verraten.

Als im Juli religiöse Fanatiker das Madımak-Hotel in Sivas anzündeten und fünfunddreißig vorwiegend alevitische Intellektuelle verbrannten, sehnte sich Mevlut nach Ferhat, mit dem er gerne wie damals über Politik geredet und über bestimmte Halunken geschimpft hätte. Von Rayiha hatte er erfahren, dass Ferhat zuerst bei der Elektrizitätsgesellschaft gearbeitet habe und nach der Privatisierung der Strombranche zu einer Firma gewechselt sei, bei der er viel Geld verdiene. Letzteres konnte er sich bei Ferhat nicht so recht vorstellen, und wenn ihn der Neid packte, verachtete er Ferhat dafür, wusste er doch gut genug, dass man an viel Geld eigentlich nur kam, wenn man (wie eben im Binbom) zu unehrlichen Mitteln griff. Leute, die als junge Menschen Kommunisten gewesen und als Verheiratete zum Kapitalismus übergeschwenkt waren, hatte Mevlut zur Genüge gesehen. Die redeten am Ende dann noch gescheiter daher als die Kommunisten.

Im Herbst machte sich Vahit an Mevlut heran und gab in halb klagendem, halb drohendem Ton alles Mögliche von sich: Er selbst sei schon mal unschuldig. Mevlut dürfe ihn beim Chef nicht anschwärzen, sonst würde er wiederum mit Mevlut das Gleiche tun. Kaum war das in aller Offenheit gesagt, setzte Vahit den gleichen gemütvoll-leidenden Blick auf, mit der sich in den Tagen davor schon am Fernsehen die Bilder von der Zerstörung der alten Brücke im bosnischen Mostar angesehen hatte, gerade so, als wollte er sagen »Ach, so ist das Leben nun mal!« Vahit wollte heiraten, und dazu brauchte er Geld. Ausgebeutet werde er außerdem nicht nur vom Chef, sondern auch vom dicken Muharrem und von den anderen, denn die zahlten ihm von der Gaunerei nur einen geringen Anteil. Wenn er nicht zu seinem Recht komme, werde er zum Chef gehen und ihm alles über den von Muharrem angefangenen Betrug erzählen.

Mevlut konnte sich nur wundern. Vahit traf ihn an seinem wundesten Punkt, nämlich seiner Verbindung zu den Vurals. Dass der Chef Mevlut in überzogener Weise als unbestechlichen Mann ausgegeben hatte, um das Personal damit einzuschüchtern, kehrte sich jetzt gegen Mevlut. Wenn der Chef abends die Kasse übernahm, lobte er Mevlut manchmal über den grünen Klee. So was Grundehrliches wie diesen Mevlut aus Konya, das gebe es eben nur in Anatolien. Der Chef redete über die Anatolier, als habe er höchstpersönlich sie in Istanbul als Erster entdeckt. Habe ein Anatolier einen erst mal liebgewonnen, gebe er sein Leben für ihn. Auch die Vurals seien höchst ehrenwerte Leute.

Den Angestellten war somit eingetrichtert worden, Mevlut als einer von Vurals Leuten würde nie und nimmer ein krummes Ding drehen, dagegen aber jeden, der so etwas doch tue, zusammen mit den Vurals unerbittlich bestrafen. Aus der Art, in der Vahit nun daherredete, schloss Mevlut, dass jener überzeugt war, die eigentlichen Besitzer des Binbom-Imbisses seien die Vurals, und der vermeintliche Chef sei genauso wie Mevlut nur einer von deren Handlangern. Mevlut wunderte sich darüber nicht weiter, denn als Verkäufer war er in Istanbul mit Zehntausenden von Menschen in Kontakt gekommen und hatte gemerkt, dass die große Mehrheit von ihnen grundsätzlich hinter jedem Geschäft und jedem Streit immer irgendeinen Hintermann witterte.

Als Mevlut an einem kalten Februarmorgen länger ausschlief als sonst und daher mit zwanzig Minuten Verspätung zum Imbiss kam, fand er dessen Tür geschlossen vor. Auch war das Schloss ausgewechselt worden, sodass er nicht mal hineinkonnte. In einem Laden nebenan erfuhr er, am Vorabend sei es im Binbom zu einem Streit gekommen, in den sich schließlich die Polizei eingemischt habe. Die Angestellten hätten sich mit dem Chef und ein paar von ihm mitgebrachten Männern geprügelt, und alle seien aufs Revier verfrachtet worden. Zu später Stunde hätten die Streithähne sich auf Drängen der Polizei einigermaßen versöhnt, doch der Chef habe danach einen Schlosser aufgetrieben, das Schloss auswechseln lassen und ans Schaufenster ein Schild mit der Aufschrift WEGEN UMBAU GESCHLOSSEN gehängt.

Das ist die offizielle Version, dachte Mevlut. Irgendwie beschäftigte ihn aber der Gedanke, er sei als Geschäftsführer entlassen worden, weil er an jenem Tag zu spät zur Arbeit gekommen sei. Nun, höchstwahrscheinlich war der Chef den Angestellten auf die Schliche gekommen, aber auch das war nur eine Annahme. Am liebsten wäre Mevlut gleich nach Hause, um mit Rayiha alles zu besprechen und sich für den Fall, dass er nun wieder arbeitslos war, bemitleiden zu lassen; das tat er aber nicht.

Er ging ziellos umher, setzte sich in Kneipen, in denen er noch nie gewesen war, und rechnete herum. Zwar fühlte er sich schuldig und niedergeschlagen, aber nach einer Weile keimte auch unverhohlene Freude in ihm auf. Er empfand wieder das Gefühl empörter Freiheit wie damals zur Schulzeit, wenn er blaumachte. Schon ewig war er nicht mehr um die Mittagszeit einfach so in der Stadt herumspaziert. Es trieb ihn bis Kabataş hinunter, und da sah er an seinem alten Stammplatz wieder ein Wägelchen stehen, von dem aus Pilav mit Kichererbsen verkauft wurde. Der Verkäufer saß am alten Brunnen, aber Mevlut wollte nicht näher herangehen. Kurz kam er sich vor, als beobachtete er aus der Ferne sein eigenes Leben. Ob der Mann wohl genug verdiente? Es war auch so ein dünner Kerl wie er selbst.

Der Park daneben war endlich fertig geworden. Mevlut setzte sich auf eine Bank und empfand so richtig, wie bedrückend seine Lage war.

In der Ferne ragten die Silhouette des Topkapı-Palasts und die bleiernen Phantome der Moscheen auf, große blechfarbene Schiffe glitten lautlos vorbei, und die Möwen hatten andauernd kreischend etwas auszudiskutieren. Mevlut spürte, wie die Verzweiflung so unbarmherzig auf ihn zurollte wie die riesigen Ozeanwellen, die er im Fernsehen gesehen hatte. Nur Rayiha konnte ihn nun trösten. Ohne Rayiha konnte er nicht leben.

Zwanzig Minuten später war er auch schon zu Hause in Tarlabaşı. Rayiha fragte nicht einmal, was er um die Zeit daheim verloren habe. Mevlut tat so, als hätte er sich kurz vom Imbiss davongemacht, um mit Rayiha zu schlafen (wie es ein paarmal tatsächlich schon geschehen war). Vierzig Minuten lang vergaßen sie alles um sich herum, sogar ihre Kinder.

Danach musste Mevlut erfahren, dass Rayiha schon im Bilde war, durch Vediha, die am Morgen zu ihr gekommen war. Erst hatte Vediha geschimpft, sie sollten sich endlich mal ein Telefon anschaffen, dann erzählte sie, einer der Angestellten habe dem Chef hinterbracht, er werde im großen Stil hintergangen. Daraufhin habe Käpt'n Tahsin ein paar Kumpels aus Trabzon zusammengetrommelt, um in dem Laden für Ordnung zu sorgen. Nach einem scharfen Wortwechsel zwischen dem Chef und dem Dicken Muharrem sei die Sache in eine Prügelei ausgeartet, und die Polizei habe eingreifen müssen. Der betreffende Angestellte habe behauptet, Mevlut sei über die Betrügereien auf dem Laufenden gewesen und habe sogar Schweigegeld kassiert. Das habe Käpt'n Tahsin geglaubt und sich bei Hadschi Hamit Vural über Mevlut beschwert.

Korkut und Süleyman hätten Hadschi Hamits Söhnen gegenüber natürlich beteuert, dass Mevlut viel zu ehrlich sei, um sich auf so etwas einzulassen, und dass sie die Familienehre nicht durch so eine infame Anschuldigung in den Schmutz ziehen ließen. Dennoch seien sie auf Mevlut böse, weil ihr Verhältnis zu Hadschi Hamit damit getrübt sei. Und Mevlut war nun böse auf Rayiha, weil sie das alles so schonungslos heruntererzählte, als hätten Korkut und Süleyman tatsächlich recht.

Darauf lenkte sie gleich ein. »Mach dir keine Sorgen, das kriegen wir schon hin. In Vorhang- und Aussteuergeschäften gibt es eine Riesennachfrage nach Stickereien.«

Am meisten leid tat es Mevlut wegen Fatma und Fevziye, die nun keine Käsetoasts und Döner-Sandwichs mehr bekommen würden. Die Angestellten im Imbiss mochten die beiden und schäkerten mit ihnen herum, und der Dicke Muharrem brachte sie zum Lachen, indem er wild mit seinem Döner-Messer herumfuchtelte. In der Woche darauf bekam Mevlut Wind davon, dass Muharrem und Vahit sehr wütend auf ihn seien, weil er angeblich sowohl bei dem Schwindel mitkassiert als auch die anderen beim Chef hingehängt habe, doch auf diese Gerüchte ging er einfach nicht ein.

Ein paarmal ertappte er sich dabei, wie er davon träumte, mit Ferhat wieder befreundet zu sein, ihn etwas fragen zu können und von Ferhat eine zwar ruppige, aber letztlich doch befriedigende Antwort zu bekommen. Ferhat hätte ihm auch am besten raten können, wie mit den Schwindeleien im Binbom umzugehen war. Doch waren solche Freundschaftsträume nichts als Schäume. Mit seinen über dreißig Jahren hatte Mevlut auf der Straße zur Genüge erfahren, dass man als Mann einsam war wie ein Wolf. Wer Glück hatte, dem stand eine Wölfin wie Rayiha zur Seite. Und gegen die Einsamkeit der Straße half natürlich nur eins, nämlich wiederum die Straße. In den fünf Jahren, in denen Mevlut fern der Straße im Binbom gearbeitet hatte, war er zu einem melancholischen Menschen geworden.

Sobald morgens die Mädchen in der Schule waren, schlief Mevlut mit Rayiha, dann ging er auf der Suche nach Arbeit von Lokal zu Lokal, und abends zog er schon früh mit seinem Boza los. Zweimal schaute er in der Bruderschaft in Çarşamba vorbei. Der Spirituelle Meister war innerhalb der letzten fünf Jahre sichtlich gealtert und saß nicht mehr am Tisch, sondern in einem Sessel direkt am Fenster, wo er einen Knopf neben sich hatte, mit dem sich der elektrische Haustüröffner bedienen ließ. Damit er nicht aufstehen musste, um zu sehen, wer unten an der Tür stand, hatte man ihm an der Hauswand einen Lastwagenrückspiegel befestigt. So war Mevlut denn auch beide Male die Tür geöffnet worden, noch bevor er »Boo-zaa« rufen musste. Es waren neue Schüler und neue Besucher da, und zum Reden war Mevlut nicht viel gekommen. Beide Male nahm er für sein Boza kein Geld, was aber niemand bemerkte, auch der Meister nicht. Dass er nicht mehr Geschäftsführer war, erwähnte Mevlut nicht.

Warum hatte er immer wieder das Verlangen, nachts im Mondschein zwischen den Zypressen eines einsamen Friedhofs zu sitzen? Warum war manchmal eine riesige schwarze Welle hinter ihm her, und warum entkam ihr Mevlut meistens nicht und erstickte unter seinem wellenartigen Kummer? Nicht nur jenseits des Goldenen Horns, sondern auch in Kurtuluş, in Şişli und in Cihangir knurrten und bellten ihn nun kleine Hundemeuten an und zeigten ihm die Zähne. Warum hatte Mevlut auf einmal Angst vor ihnen, und warum merkten sie das und knurrten ihn an? Oder warum hatten die Hunde angefangen, ihn anzuknurren, sodass Mevlut dies gemerkt und angefangen hatte, sich zu fürchten?

Wieder einmal standen Wahlen bevor. Die ganze Stadt war mit Parteiwimpeln beflaggt, und den Verkehr blockierten Wahlkampfgefährte, aus deren Lautsprechern unerträglich laute Musik dröhnte. In Kültepe würde alle Stimmen bekommen, wer dem Viertel Straßen, Strom, Wasser und Busse zuschanzte. Welcher Partei das zuzutrauen war, beschloss für das gesamte Viertel Hadschi Hamit Vural.

Mevlut hatte sich bisher an Wahlen nicht beteiligt, weil es geheißen hatte, wer sich in die Wählerlisten eintragen lasse, für den interessiere sich bald auch das Finanzamt. Ohnehin stand er allen Parteien gleichgültig gegenüber und hatte lediglich den einen Wunsch, dass sie es gut mit Straßenverkäufern meinten. Bei den ersten Wahlen nach dem Putsch hatten die Militärs jedoch angedroht, eine Ausgangssperre zu verhängen, Haus für Haus jeden in die Wählerlisten aufzunehmen und danach alle, die nicht wählen gingen, ins Gefängnis zu werfen; daher war Rayiha mit seinem und ihrem Ausweis ins Rathaus gegangen und hatte sie beide eintragen lassen.

In ihrem Viertel standen die Wahlurnen zu den Kommunalwahlen 1994 in der von den Mädchen besuchten Piyalepaşa-Grundschule, die sie daher am Wahltag frohgemut aufsuchten. In Fatmas Klasse wurde gewählt, aber Fevziyes Klasse war leer, und so setzten sie sich in die Bänke dort und schmunzelten darüber, wie Fevziye die Lehrerin nachmachte. Gemeinsam bewunderten sie ein von Fevziye gemaltes Bild, das die Lehrerin in der Klasse aufgehängt hatte. Es stellte ihr Haus dar, und auf das rote Dach hatte Fevziye neben die beiden Schornsteine eine türkische Flagge gemalt. Im Garten stand neben dem Mandelbaum der längst verschollene Verkaufswagen, nur die Kette war weggelassen.

Als am nächsten Tag in der Zeitung stand, in Istanbul hätten die religiösen Parteien die Wahl gewonnen, dachte Mevlut: Die werden wohl die Tische vor den Kneipen wegräumen lassen, dann kommt man als Straßenverkäufer leichter durch, und es wird mehr Boza verkauft. Dann aber, zwei Tage später, wurde Mevlut abends von Hunden angegriffen, und noch dazu raubte man ihm sein Geld und seine Schweizer Uhr; da beschloss er, das mit dem Boza aufzugeben.

Teil V
März 1994 – September 2002

Im Paradies sind die Absicht des Herzens
und die Absicht der Zunge eins.
Ibn Zerhani, »Verschollene Weisheiten«

1. Boza bei den Schwagern

Ein ehrbares Geschäft,
und noch dazu ein patriotisches

Da die Geschichte nun wieder am gleichen Punkt angelangt ist, empfehle ich dem werten Leser, sich den zweiten Teil des Romans kurz noch einmal zu Gemüte zu führen. Dass Mevlut am Mittwoch, dem 30. März 1994, nicht nur von Hunden angegriffen, sondern danach auch noch überfallen und der Uhr beraubt wurde, die er zwölf Jahre zuvor von Hadschi Hamit Vural zur Hochzeit bekommen hatte, nahm ihn außerordentlich mit. Als er am darauffolgenden Morgen mit Rayiha darüber sprach, war er nach wie vor davon überzeugt, es sei eine richtige Entscheidung, den Boza-Verkauf bleiben zu lassen. Mit lauter Angst vor Hunden im Herzen konnte er schließlich nicht durch dunkle Straßen ziehen.

Davon abgesehen fragte er sich, ob jener doppelte Angriff wirklich nur Zufall war. Wäre er zuerst überfallen und danach von den Hunden angegriffen worden, hätte er sich sagen können, bei dem Überfall sei er furchtbar erschrocken, und das hätten die Hunde eben gerochen und ihn daraufhin angegriffen. Es war aber genau umgekehrt gewesen. Als Mevlut zwischen den beiden Vorfällen einen Zusammenhang suchte, fiel ihm der Artikel ein, den er einst in der Schulbücherei darüber gelesen hatte, ob Hunde in den Gedanken von Menschen wohl lesen konnten. Besonders weiterhelfen würde der Artikel ihm aber auch jetzt nicht.

RAYIHA. Als Mevlut wegen seiner Hundeangst kein Boza mehr verkauft hat, bin ich bei der erstbesten Gelegenheit zu Vediha gefahren.

»Meine Leute sind Mevlut wegen der Imbissgeschichte böse«, hat Vediha gesagt. »Die suchen ihm keine Arbeit mehr, und auch sonst helfen sie ihm nicht.«

»Mevlut ist ihnen auch böse«, habe ich geantwortet. »Sowieso habe ich nicht an Korkut und Süleyman, sondern an Ferhat gedacht. Der macht bei seiner Stromfirma angeblich viel Geld, vielleicht findet ja er was für Mevlut. Aber solange er nicht klein beigibt und sich bei Mevlut meldet, geht der ganz bestimmt nicht zu ihm hin.«

»Und warum nicht?«

»Du weißt schon, warum ...«

Vediha hat verständnisvoll genickt.

»Ach, Vediha«, habe ich da gesagt, »am besten könntest du auf Samiha und Ferhat einwirken. Ferhat und Mevlut waren mal so gut befreundet, und wenn Ferhat schon darauf aus ist zu zeigen, wie viel er verdient, könnte er seinem Freund doch behilflich sein.«

»Früher waren Samiha und du immer gemeinsam gegen mich«, sagte Vediha. »Und jetzt soll ausgerechnet ich euch wieder zusammenbringen.«

»Zwischen Samiha und mir ist gar nichts«, habe ich gesagt. »Es geht nur um diesen verdammten Männerstolz.«

»Nur dass die das nicht Stolz nennen«, hat Vediha gesagt, »sondern Ehre. Und dann gleich immer so böse werden.«

Eine Woche später teilte Rayiha ihrem Mann mit, sie seien am Sonntag mit den Kindern bei Samiha und Ferhat eingeladen. Samiha werde Beyşehir-Kebab machen.

»Beyşehir-Kebab ist nichts anderes als Fladenbrot mit Fleisch, nur dass Walnüsse drin sind«, sagte Mevlut. »Das habe ich zum letzten Mal vor zwanzig Jahren gegessen. Was soll das auf einmal?«

»Na, Ferhat hast du zum letzten Mal vor zehn Jahren gesehen!«, versetzte Rayiha.

Mevlut wusste nicht, was er mit sich anfangen sollte. Seit dem Überfall war er viel empfindlicher als zuvor. Abends ging er nicht mehr auf seine Boza-Tour, und tagsüber suchte er in Lokalen in Tarlabaşı und Beyoğlu nach einer geeigneten Arbeit, aber voller Grimm und ohne Überzeugung.

Als sie an einem sonnigen Sonntagmorgen in Taksim in den Bus stiegen, waren nur ein paar Menschen darin, die wohl genauso wie sie am anderen Ende der Stadt Leute aus ihrer Heimat besuchten. Mevlut erzählte den Töchtern, was sein Jugendfreund Onkel Ferhat für ein lustiger Kerl sei, und das war Rayiha eine Beruhigung.

Das seit zehn Jahren vermiedene Wiedersehen mit Samiha und Ferhat verlief denn auch dank Fatma und Fevziye ohne größere Peinlichkeiten. Nach der ersten Umarmung schnappte sich Ferhat die beiden Mädchen und zeigte ihnen draußen das Grundstück, das er fünfzehn Jahre zuvor mit weißen Steinen eingegrenzt hatte, und es wirkte, als diente der ganze Besuch nur dem einen Zweck, den Ort zu besichtigen, an dem später einmal ein Haus gebaut werden sollte.

Dort am Rande der Stadt, wo der Wald begann und Istanbul nur in diesiger Ferne zu sehen war, liefen die beiden Mädchen fröhlich zwischen Hunden, Küken und gackernden Hühnern umher. Mevlut wurde bewusst, dass Fatma und Fevziye noch nie im Leben ein nach Mist riechendes Feld, ein Dorfhaus oder einen Obstgarten gesehen hatten. Zufrieden beobachtete er, wie sich die beiden an allem erfreuen konnten, an den Bäumen, dem Ziehbrunnen, dem Bewässerungsschlauch, ja sogar an einem alten, müden Esel und an den aus alten Istanbuler Häusern herausgerissenen und dort draußen beim Bau von Gartenmauern verwendeten Blechteilen und schmiedeeisernen Gittern.

Richtig froh aber war er darum, dass er – ohne sich in seinem Stolz verletzt zu sehen – Rayiha den Wunsch nicht abgeschlagen hatte, dort hinauszufahren, sodass er nun an die Freundschaft mit Ferhat wieder anknüpfen konnte. Er ärgerte sich nur, sich jahrelang völlig umsonst mit der Frage abgeplagt zu haben, wem er seine Briefe eigentlich geschrieben hatte. Dennoch achtete er darauf, mit Samiha keinen Augenblick lang allein zu sein.

Als Samiha das Beyşehir-Kebab servierte, setzte er sich daher ans andere Ende des Tisches. Er fühlte sich leicht, seiner Sorgen um Geld und Arbeit ein wenig enthoben. Und je mehr ihm von dem lachenden und scherzenden Ferhat Raki eingeschenkt wurde, umso ruhiger wurde er.

Um aber ja nichts Falsches zu sagen, hielt er sich im Gespräch sehr zurück.

Als sich ihm schließlich der Kopf schon drehte, sagte er lieber gar nichts mehr, lauschte nur den anderen, die über die Quizsendung im Fernsehen redeten, und stillte sein Redebedürfnis dadurch, dass er leise Selbstgespräche führte.

Auf einmal dachte er: Ja, ich habe die Briefe immer an Samiha geschrieben. Das waren schon ihre Augen, die mich so beeindruckt haben! Er sah nicht zu ihr hin, aber doch, sie war sehr schön, und ihre Augen waren sogar so schön, dass man jedem von Mevluts Briefen recht geben musste.

Aber gut, dass Süleyman ihn hintergegangen und Mevlut alle Briefe an Rayiha geschrieben hatte, obwohl er dabei an Samiha dachte. Denn glücklich werden konnte Mevlut nur mit Rayiha. Gott hatte die beiden füreinander erschaffen. Schöne Frauen wie Samiha waren furchtbar anspruchsvoll und konnten einem aus den nichtigsten Gründen das Leben zur Hölle machen. Nur wenn sie einen reichen Mann heirateten, kamen sie zur Ruhe. Eine Frau wie Rayiha dagegen konnte ihren Mann auch lieben, wenn er nicht reich war. Nachdem Samiha jahrelang als Dienstmädchen gearbeitet hatte, machte sie nun, da Ferhat zu Geld gekommen war, einen recht zufriedenen Eindruck.

Und was wäre wohl, wenn ich als Anrede damals nicht Rayiha, sondern Samiha geschrieben hätte?, dachte Mevlut. Wäre Samiha wohl mit mir weggelaufen?

Betrunken, eifersüchtig und realistisch, wie er war, musste er sich sagen, dass sie nicht mitgekommen wäre.

»Trink nicht so viel«, flüsterte Rayiha ihm ins Ohr.

»Ich trinke ja gar nichts«, zischte er zurück. Dass Rayiha so daherredete, hätten Samiha und Ferhat falsch auffassen können.

»Lass ihn doch, Rayiha, soll er trinken, so viel er will«, sagte Ferhat. »Er hat endlich mit dem Boza aufgehört, das muss gefeiert werden.«

»Auf der Straße treiben sich jetzt Leute rum, die sogar einen Boza-Verkäufer überfallen«, sagte Mevlut. »Da gibt es nichts zu feiern.« Beschämt vermutete er, dass Rayiha die beiden über seine Lage ins Bild gesetzt hatte und dass sie eigentlich gekommen waren, um für ihn eine neue Arbeit zu finden. »Am liebsten hätte ich bis an mein Lebensende Boza verkauft.«

»Na gut, Mevlut, dann tun wir das doch«, erwiderte Ferhat. »In der İmam-Adnan-Straße ist ein kleiner Laden, da wollte ich eigentlich eine Döner-Bude draus machen. Aber ein Boza-Laden ist eine noch bessere Idee. Der bisherige Besitzer kann seine Schulden nicht zahlen.«

»Für einen Imbiss ist Mevlut ein guter Geschäftsführer«, sagte Rayiha. »Mit Erfahrung.«

Dieses Beflissene, mit dem Rayiha für ihren Mann eine Arbeit organisierte, störte Mevlut. Allerdings brachte er nicht die Kraft auf, sich über vermeintliche Macken anderer zu empören, und so hielt er den Mund. Ihm wurde klar, dass Rayiha, Samiha und Ferhat sich schon im Voraus abgesprochen hatten, und eigentlich war ihm das gar nicht unrecht. Würde er eben wieder Geschäftsführer sein. Und er sah auch ein, dass es, noch dazu in seinem betrunkenen Zustand, wenig Sinn hatte zu hinterfragen, wie Ferhat eigentlich an so viel Geld gelangt war, dass er ganz nebenbei einen Laden aufmachen konnte.

FERHAT. Sobald ich mein Diplom in der Tasche hatte, hat mich ein Verwandter, ein Alevit aus Bingöl, in der Elektrizitätsgesellschaft untergebracht. 1991 ist der Stromsektor dann privatisiert worden, da haben sich einem ganz neue Chancen eröffnet, wenn man ein bisschen fleißig und unternehmerisch veranlagt war. Manche haben sich eine Abfindung auszahlen lassen und sind in Frührente gegangen, andere haben gedacht, sie können in alter Beamtenmanier weiter vor sich hin wursteln, aber die sind schneller entlassen worden, als sich schauen konnten. Die Ehrgeizigen wiederum, so wie ich, haben sich erst mal umgesehen, was sich so tut.

Der Staat hatte jahrelang in jede Ecke Istanbuls Stromleitungen verlegt, bis in die verrufensten Gegenden. Und die Leute hatten den Strom verbraucht und sich redlich bemüht, ihn möglichst nicht zu zahlen. Bis der Staat, weil er sein Geld nicht kriegte, die ganze Chose privatisiert und die nicht eingetriebenen Schulden auf die neugegründete Firma abgewälzt hat, zu der ich daraufhin gegangen bin. Dann wurden Stromschulden auch noch per Gesetz mit Wahnsinnszinsen belegt, sodass die Leute, die bis dahin vor Stromablesern keine Angst hatten, ja sie verspotteten, sich nun zweimal überlegten, was sie taten.

Der Mann aus Samsun, der in dem Laden in der İmam-Adnan-Straße bisher Zeitungen, Zigaretten und Sandwichs verkauft hatte, war gewieft, aber nicht gewieft genug. Eigentlich gehörte der Laden einem nach Athen fortgejagten Griechen, sodass der Mann aus Samsun weder Eigentümer noch Mieter war, sondern sich einfach dort eingenistet hatte. Er ließ zwar einen Stromzähler einbauen, zapfte aber seinen Strom illegal woanders an und betrieb damit seinen Toaster und zwei riesige elektrische Öfen, mit denen er den Laden aufheizte wie eine Sauna. Als ich ihn erwischt habe, waren bei ihm zusammen mit den Zinsen so viele Stromschulden aufgelaufen, dass er seine Wohnung in Kasımpaşa hätte verkaufen müssen, um die Schulden zu zahlen. Da hat er lieber alles liegen- und stehenlassen und sich davongemacht.

Der Laden war nicht mal halb so groß wie das Binbom, und es konnten darin gerade mal zwei Gäste an einem Tisch sitzen und Boza trinken. Sobald die Kinder in der Schule waren, zuckerte Rayiha nun wie früher das Boza, reinigte die Kannen und tätigte für den Laden, der ihr ein Anliegen war, diverse Einkäufe. Mevlut öffnete den Laden um elf Uhr, und da um diese Zeit noch kaum jemand Boza trank, räumte er ein wenig auf und stellte, so wie er das bei Vefa gesehen hatte, die Gläser, die Karaffen und die Zimtstreuer sorgfältig gereiht auf das zur Straße hinausgehende Tischchen.

Als ihnen in den Sinn gekommen war, den Laden aufzumachen, ging die Boza-Saison schon ihrem Ende zu, aber es blieb noch eine ganze Weile kalt, sodass sie seit ihrer überstürzten Eröffnung fünf Tage zuvor über mangelnden Zuspruch nicht klagen konnten. Nach diesem ersten Geschäftserfolg tätigte Ferhat einige Investitionen. Er tauschte den Kühlschrank aus, der ihnen als Vitrine diente, brachte von zu Hause einen Spiegel mit, ließ die Tür und die Außenwand streichen (und zwar auf Mevluts Wunsch hin bozafarben), und über der Tür ließ er eine Lampe anbringen, die abends Kundschaft anlocken sollte.

Auch einen Namen brauchten sie. Mevlut hätte es genügt, wenn auf dem Laden in großen Lettern BOZA gestanden hätte, doch der Schildermaler, der auch für moderne Geschäfte in Beyoğlu arbeitete, meinte gleich, ein solcher Name sei alles andere als geschäftsfördernd. Er fragte die beiden ein wenig aus, und als er erfuhr, dass sie mit zwei Schwestern verheiratet waren, hatte er gleich einen Namen parat:

BOZA BEI DEN ZWEI SCHWAGERN

Mit der Zeit wurde einfach »Bei den Schwagern« daraus. Wie bei dem langen, mit Raki begossenen Mittagessen im Gazi-Viertel damals vereinbart, steuerte Ferhat das Einstiegskapital bei (einen leeren Laden in Beyoğlu ohne Strom- und Mietkosten), und Mevlut übernahm die laufenden Betriebskosten (Boza, Zucker, Leblebi, Zimt) und setzte seine und Rayihas Arbeitskraft ein. Der Gewinn sollte unter den beiden Freunden aufgeteilt werden.

SAMIHA. Nach meinen vielen Dienstmädchenjahren wollte Ferhat nicht, dass ich in Mevluts Laden arbeite. »Ach komm, Boza in einem Laden, das läuft doch sowieso nicht«, hat er manchmal gesagt, und das tat mir richtig weh. Er selbst war aber doch neugierig und ist in der ersten Zeit immer wieder zum Aushelfen hin und dann erst spät nach Hause gekommen. Da bin ich eben an anderen Tagen heimlich hin. Von zwei Frauen mit Kopftuch wollte aber niemand Boza kaufen. Also hat es sich so eingespielt, dass sich die Männer um die Kundschaft gekümmert haben und wir im Hintergrund mit dem Ofen und dem Abwasch beschäftigt waren, wie es in Tausenden von Istanbuler Imbissen auch der Fall war. Nur dass wir eben Boza verkauften.

Zehn Tage nach der Eröffnung sind wir endlich aus dem Gazi-Viertel weggezogen, und zwar in eine Wohnung mit Zentralheizung in Çukurcuma. Es war ein Krankenhaus in der Nähe, ein paar Apotheken, und viele Trödlerläden und Sesselflicker. Vom Fenster habe ich ein Stück der Sıraselviler Straße gesehen und die vielen Leute, die nach Taksim unterwegs waren. Wenn mir nachmittags langweilig war, bin ich zu den Schwagern gegangen. Um fünf musste Rayiha immer nach Hause, zum Kochen, und damit die Mädchen bei Dunkelheit nicht allein daheim waren, und ich bin dann auch weg, um mit Mevlut nicht allein zu sein. Ein paarmal bin ich doch noch geblieben, aber Mevlut hat mir dann den Rücken zugekehrt und mich nur hin und wieder über den Spiegel angeschaut. Ich habe auch in unseren Spiegel gesehen, aber geredet haben wir nicht. Als Ferhat dahintergekommen ist, dass ich in den Laden gehe, hat er sich schnell damit abgefunden und ist manchmal auch dazugestoßen. Besonders hat mir gefallen, wenn wir dort nur zu zweit waren und uns bemüht haben, alle Kunden zugleich zu bedienen, denn zum ersten Mal haben wir da als Eheleute zusammengearbeitet. Sobald ein Gast weg war, hat Ferhat seine Kommentare abgegeben. Dass der eine doch tatsächlich auf sein Boza geblasen hat, weil er gemeint hat, das ist ein Heißgetränk. Und dass der andere in dem Schuhgeschäft an der Hauptstraße arbeitet, bei dem Ferhat den Strom angeschlossen habe. Einem dritten wiederum, der sein Boza gar so gierig hinuntergetrunken hatte, hat er gleich noch ein zweites spendiert und sich von ihm dann Schnurren aus seiner Wehrdienstzeit erzählen lassen.

Nach etwa zwei Monaten war ihnen klar, dass die Sache nicht genügend Gewinn abwarf, aber darüber redeten sie nicht. An einem ganzen Tag verkauften sie allerhöchstens dreimal so viel wie Mevlut damals an einem Abend als Straßenverkäufer. Damit ließ sich gerade mal die Hälfte der Lebenskosten eines kinderlosen Ehepaares bestreiten. Und das, obwohl sie für den Laden nicht einmal Miete bezahlten und dank Ferhats Beziehungen zu den Behörden ringsum von Schmiergeldforderungen verschont blieben. An so einer vielfrequentierten Stelle in unmittelbarer Nähe der İstiklal-Straße ließ sich normalerweise verkaufen, was immer man auch anbot, da konnte gar nichts schiefgehen.

Mevlut verlor nicht die Hoffnung. So mancher Passant blieb stehen und trank ein Glas, nur weil er im Vorbeigehen das Schild gesehen hatte, und die meisten lobten Mevlut für die Idee, so einen Laden überhaupt aufgemacht zu haben. Und Mevlut liebte die Gespräche mit jeder Art von Kunden, ob es Betrunkene, Besserwisser, Nörgler oder Mütter waren, die ihre Kinder zum ersten Mal Boza kosten ließen:

»Boza ist ja ein Abendgetränk, was machen Sie da vormittags?« »Fabrizieren Sie das zu Hause?« »Das ist aber teuer, für so kleine Gläser. Und mehr Leblebi sollten Sie auch reintun.« (Rasch fiel Mevlut auf, dass die Leute hier nicht mit Bemerkungen geizten, mit denen sie einen Straßenverkäufer eher verschonten.) »So ist's recht, das ist ein ehrbares Geschäft, und noch dazu ein patriotisches.« »Ich habe schon eine kleine Flasche Raki intus, ob ich da jetzt noch ein Glas Boza trinke oder nicht …« »Sagen Sie mal, dieses Boza, trinkt man das vor dem Essen oder eher so als Nachtisch?« »Wissen Sie eigentlich, dass das Wort Boza aus dem Englischen kommt, von ›booze‹?« »Liefern Sie auch nach Hause?« »Sind Sie nicht der Sohn vom Joghurtverkäufer Mustafa Efendi? Sie sind doch damals mit Ihrem Vater rumgezogen, ja? Respekt!« »Zu uns ins Viertel ist früher auch ein Boza-Verkäufer gekommen, aber jetzt schon lang nicht mehr.« »Wenn jetzt Boza schon in einem Laden verkauft wird, was soll dann aus den Straßenverkäufern werden?« »Könnten Sie bitte ›Boo-zaa‹ rufen, damit die Kinder das mal hören?«

Wenn Mevlut gut aufgelegt war, schlug er den Kunden diesen Wunsch nicht ab, vor allem, wenn eben Kinder dabei waren. »Boo-zaa!«, rief er lachend. Die meisten Kunden, die ihn über den grünen Klee lobten und von den guten alten osmanischen Traditionen salbaderten, sah er nie wieder. Immer wieder wunderte es Mevlut, wie viele Leute mit eigenen Augen sehen wollten, ob die Gläser auch richtig gespült wurden, oder fragten, ob die Zutaten auch wirklich unbedenklich seien. Dagegen überraschte ihn nicht, wenn einer zum ersten Mal im Leben Boza probierte und nach dem ersten Schluck gleich »Bäh!« rief, oder wenn

Leute die Hälfte stehenließen, weil ihnen die Sache »zu sauer« oder »zu süß« war. Manche rümpften die Nase und sagten »Bei meinem Straßenverkäufer kriege ich viel echteres Boza«, und wieder andere tranken nicht aus, weil sie gedacht hatten, sie kriegten etwas Warmes.

Einen Monat nach der Eröffnung kam Ferhat jeden zweiten Tag gegen Abend vorbei und machte sich ein wenig nützlich. Während des Krieges zwischen dem Militär und der Kurdenguerilla im Osten des Landes war nun auch sein Heimatdorf zwangsgeräumt worden, und Ferhats Großmutter, die kein Türkisch konnte, war nach Istanbul gekommen. Ferhat erzählte, wie er sich radebrechend mit ihr auf Kurdisch unterhielt. Immer mehr Kurden, deren Dörfer niedergebrannt worden waren, ließen sich in Istanbul nieder, und es bildeten sich erste Banden. Über den neuen Bürgermeister von einer religiösen Partei hieß es, er werde Kneipen schließen lassen, die Tische auf den Gehsteig stellten. Als es allmählich Sommer wurde, verkauften sie auch Eis.

RAYIHA. Wir haben dann auch einen Spiegel in den Laden gebracht, so wie Ferhat und Samiha. Nachmittags habe ich manchmal gemerkt, dass Mevlut nicht zur Straße hinausgesehen hat, sondern in unseren Spiegel. Da ist mir ein Verdacht gekommen. Als Mevlut mal draußen war, habe ich mich auf seinen Platz gesetzt und von da in den Spiegel geschaut, und da habe ich direkt das Gesicht und die Augen von Samiha gesehen. Eifersüchtig habe ich mir von da an eingebildet, die beiden suchten hinter meinem Rücken über den Spiegel Blickkontakt.

Ich mochte mich ja täuschen, aber nun hatte ich mal diesen Gedanken im Kopf. Außerdem brauchte Samiha nachmittags ja gar nicht in den Laden zu kommen, wo wir sowieso schon zu zweit waren. Als ob sie das Geld nötig gehabt hätte, wo Ferhat doch nun so gut verdiente. Wenn ich gegen Abend heim zu den Kindern musste, ist Samiha meistens auch gleich gegangen, aber manchmal war sie so in die Arbeit versunken, dass sie nicht daran gedacht hat. Mindestens viermal ist sie mit Mevlut im Laden allein gewesen.

Eigentlich liegt Samiha ja viel mehr an ihrer neuen Wohnung in

Cihangir als an dem Laden. Eines Abends sagte ich mir, ich nehme mal die Kinder mit und gehe zu ihr. Als sie nicht zu Hause war, habe ich mich nicht beherrschen können und bin in den Laden. Dort war Mevlut, aber Samiha nicht. »Was kommst du denn um die Zeit?«, hat Mevlut gemurrt. »Habe ich dir nicht gesagt, du sollst die Kinder nicht hierherbringen?« Das hat sich gar nicht wie mein alter engelsgleicher Mevlut angehört, sondern wie ein böser Mann. Beleidigt bin ich davongezogen und drei Tage nicht mehr in den Laden gekommen. Da konnte Samiha natürlich auch nicht hin, und so hat sie mich zu Hause besucht. »Was ist denn los mit dir?«, hat sie mich gefragt, anscheinend ehrlich besorgt. Ich habe mich meiner Eifersucht geschämt und geantwortet: »Krank bin ich.« »Nein, bist du nicht, ich weiß schon. Zu mir ist Ferhat auch manchmal böse.« Das hat sie nicht gesagt, um mich auszuhorchen, sondern weil mein kluges Schwesterchen schon lang begriffen hatte, dass Frauen wie wir hauptsächlich mit unseren Ehemännern geschlagen waren. Ach, wenn es den Laden doch bloß nicht gäbe und Mevlut und ich wie früher allein wären.

Ab Mitte Oktober verkauften sie wieder Boza. Mevlut in seinem unerschütterlichen Optimismus war dafür, Sandwichs, Schokoladenriegel und sonstiges Zeug aus dem Sortiment zu entfernen und wieder nur Boza mit Zimt und Leblebi anzubieten, aber damit setzte er sich nicht durch. Ein, zwei Abende die Woche überließ Mevlut den Laden Ferhat und belieferte ein paar alte Stammkunden. Infolge der kriegerischen Auseinandersetzungen in der Osttürkei kam es in Istanbul hier und da zu Bombenexplosionen, es wurde demonstriert, und in der Nacht wurden Anschläge auf Zeitungen verübt, doch in Beyoğlu ging es zu wie eh und je.

Ende November erfuhr Mevlut von dem frommen Schlüsselmacher gegenüber, in der Zeitung *İrşad* sei über den Laden ein Artikel erschienen. Sofort rannte er zum nächsten Kiosk in der İstiklal-Straße. Dann ging er mit Rayiha die ganze Zeitung durch.

Unter der Überschrift »Drei neue Läden« standen zunächst lobende Worte über den Boza-Laden der beiden Schwager, dann wurden ein neueröffneter Dürüm-Laden in Nişantaşı und ein Geschäft in Karaköy vorgestellt, das nur Güllaç und Aşure verkaufte. Anstatt den Westen nachzuäffen, sollten wir uns auf vergessene Gewohnheiten besinnen, denn das sei eine ebenso heilige Pflicht, wie sich der Ahnen zu erinnern. Wollten wir als Zivilisation unserem Volkscharakter, unseren Idealen und unserem Glauben verbunden bleiben, so sollten wir lernen, unseren alten Ess- und Trinkgepflogenheiten treu zu sein.

Als am Abend Ferhat den Laden betrat, hielt Mevlut ihm gleich die Zeitung hin und verkündete, der Artikel werde ihnen jede Menge neue Kunden einbringen.

»Hör bloß auf«, versetzte Ferhat. »Kein Mensch kommt zu uns, weil er *İrşad* gelesen hat. Nicht mal unsere Adresse steht da. Wir sind ausgenutzt worden, von einem religiösen Propagandablatt.«

Mevlut hatte weder gemerkt, dass es eine religiöse Zeitung war, noch dass Propaganda darin stand.

Ferhat ärgerte sich über Mevluts Begriffsstutzigkeit. Er griff sich die Zeitung. »Dann schau dir doch mal die Überschriften an: Der Heilige Hamza und der Kampf am Berg Uhud … Absicht, Schicksal und Wille im Islam … Warum die Mekka-Wallfahrt religiöse Pflicht ist …«

Waren das etwa schlechte Themen? Der Spirituelle Meister sprach immer sehr schön über solcherlei, und Mevlut hörte ihm gern zu dabei. Nur gut, dass er Ferhat davon nie erzählt hatte, sonst hätte der ihn nun einen »frommen Sack« geheißen.

»Wie Wüstenlöwe Fahrettin Pascha sich dem perversen Spion Lawrence widersetzte … Die Freimaurer, die CIA und die Roten … Englischer Menschenrechtler als Jude entlarvt …«, las Ferhat zornig weiter aus *İrşad* vor.

Gut auch, dass Mevlut dem Meister nie erzählt hatte, dass sein Geschäftspartner Alevit war. Sobald der Meister auch nur am Rande auf die Aleviten, die Schiiten im Iran oder den heiligen Ali zu sprechen kam, lenkte Mevlut ihn ab, damit der Meister sich nur ja nicht negativ äußerte.

»Für nur dreißig *İrşad*-Coupons eine fünffarbige gebundene Koranauslegung«, las Ferhat vor. »Pass auf, wenn die mal ans Ruder kommen, werden sie als Erstes die Straßenverkäufer verbieten, so wie im Iran. Und gleich mal ein paar von euch aufknüpfen.«

»Ach was«, wehrte Mevlut ab. »Im Boza ist ja Alkohol, aber das stört die anscheinend nicht.«

»Na ja, gegen das bisschen Alkohol haben sogar die nichts.«

»Dein Raki schlägt da ganz anders zu Buche.«

»Was denn, was denn, drückt dich auf einmal da der Schuh? Wenn Alkohol tatsächlich eine Sünde ist, spielt die Prozentzahl keine Rolle. Und den Laden hier können wir dann zusperren.«

Das saß. Schließlich war der Boza-Laden mit Ferhats Geld eröffnet worden.

»Hast du etwa auch diese religiöse Bande gewählt?«, fragte Ferhat.

»Nein«, log Mevlut.

»Ach, wähl doch, wen du willst«, versetzte Ferhat in herrischem Ton.

Die Stimmung war auf dem Nullpunkt. Eine Weile kam Ferhat gar nicht mehr in den Laden, sodass Mevlut auch nicht abends zu seinen Stammkunden gehen konnte.

Wenn sich zu später Stunde kaum ein Kunde blicken ließ, langweilte sich Mevlut, was ihm dagegen nicht passierte, wenn er mit seinem Boza unterwegs war, auch dann nicht, wenn niemand ihm etwas abkaufte und kein einziges Fenster aufging. Dann arbeitete seine Phantasie, und durch den Anblick von Moscheemauern, Friedhöfen und verfallenden Holzhäusern wurde ihm suggeriert, dass sich hinter dem Anschein der Welt noch eine zweite Welt verbarg.

Und von der war ausgerechnet in jener Ausgabe von *İrşad* eine Darstellung abgebildet, allerdings natürlich mit einer anderen Absicht, nämlich zur Bebilderung einer Artikelreihe zum Thema »Das Jenseits«. Wenn Mevlut spätabends im Laden allein war, schlug er die Zeitung auf, die über »Die Schwager« berichtet hatte, und sah sich auf einer anderen Seite jenes Bild an.

Warum standen die Gräber da so schief? Was hatte es zu bedeuten, dass jedes in eine andere Richtung wegstand, und manches davon auf gar so trübsinnige Art? Was war das Weiße, das da wie ein Licht herabschien? Warum riefen Zypressen und alte Dinge bei Mevlut so schöne Gefühle hervor?

2. Zwei Frauen in einem kleinen Laden

Andere Stromzähler, andere Familien

RAYIHA. Samiha ist immer noch sehr schön. Wenn sie Wechselgeld herausgibt, erdreisten sich manche Männer, ihre Finger zu berühren, sodass wir das Geld jetzt immer auf die Glastheke legen. Meistens serviere den Ayran und das Boza jetzt ich, denn ich werde nicht belästigt. Manchmal kommt vormittags gar niemand, nur immer die gleiche alte Frau, die sich neben den Elektroofen sitzt und ihren Tee trinkt. Tee servieren wir jetzt nämlich auch. Eine Weile ist öfters auch eine elegante Frau gekommen, die jeden Tag in Beyoğlu zum Einkaufen unterwegs war, und die hat einmal schmunzelnd gesagt: »Sie sind doch Schwestern, oder? So ähnlich, wie Sie sich sehen! Na, wer von Ihnen hat einen guten Ehemann und wer einen schlechten?«

Einmal ist morgens ein schmieriger Typ hereingekommen, mit einer Zigarette in der Hand, der hat drei Glas Boza getrunken und dann Samiha angemacht: »Ist da etwa Alkohol drin, oder wird mir von was anderem schwindlig?« Den Laden ohne die Männer zu schmeißen, ist nicht einfach. Wir haben aber weder Ferhat noch Mevlut davon erzählt.

Manchmal sagte Samiha mitten am Tag: »So, Rayiha, ich gehe jetzt. Kümmere du dich um die Frau am Tisch, und räum die leeren Gläser weg.« Ganz so, als würde der Laden ihr gehören und ich wäre eine Kellnerin. Merkte sie überhaupt, wie sie die reichen Frauen nachmachte, für die sie früher gearbeitet hatte? Manchmal bin ich auch zu ihr in die Wohnung. Ferhat ging immer schon früh aus dem Haus. Dann hat sie gesagt »Komm, gehen wir ins Kino«, oder wir haben ferngesehen. Manchmal hat sie sich vor ihren neugekauften Frisiertisch gesetzt und sich geschminkt, und ich habe ihr dabei zugesehen. »Komm schon, schmink dich auch ein bisschen«, sagte sie lachend. »Keine Sorge, ich sage Mevlut schon nichts.« Worauf hat sie damit angespielt? Etwa darauf, dass sie mit Mevlut im Laden immer redete? Womöglich über mich? Ich wurde immer empfindlicher und habe oft geweint.

SÜLEYMAN. Als ich mal abends die İmam-Adnan-Straße runter bin, ist mein Blick auf einen Laden gefallen, und ich konnte gar nicht glauben, was ich da sah.

Manchmal kam Ferhat abends schon ziemlich angeheitert in den Laden und sagte zu Mevlut: »Na, weißt du noch, früher? Das waren Zeiten! Das Plakatekleben! Die vielen Kämpfe!« Mevlut kam das übertrieben vor, er erinnerte sich lieber an das gemeinsame Verkaufen der Kismet-Briefchen. Korrigieren wollte er Ferhat aber auch nicht, denn anstatt sich von diesem anzuhören, was für ein frommer Sack er sei, spielte er doch lieber eine ansehnliche Rolle in Ferhats jetzt schon verklärten Jugenderinnerungen.

Manchmal plauderten sie auch einfach stundenlang, über die frommen Kriegsfreiwilligen, die nach Bosnien zogen, über die Ministerpräsidentin Tansu Çiller oder über die Bombe, die im Weihnachtsbaum der Konditorei des Marmara-Hotels explodiert war (erst gab die Polizei den religiösen Fundamentalisten die Schuld, am nächsten Tag dann den Kurden). Wenn sich manchmal abends zur eigentlichen Stoßzeit dreißig, vierzig Minuten lang kein einziger Kunde blicken ließ, redeten sie über irgendwelche aberwitzigen Themen, wie zum Beispiel, ob die Fernsehansager ihren Text auswendig wussten oder nur zum Playback die Lippen bewegten wie manche Sänger, oder ob die Polizisten, die am Taksim-Platz auf Demonstranten eindroschen, mit scharfer Munition unterwegs waren oder nur mit Spielzeugpistolen.

Wie das in anderen Lokalen in Beyoğlu auch üblich war, hatte Mevlut den Artikel über ihren Laden (und auch das Bild über das »Jenseits«) eingerahmt und aufgehängt. (Eigentlich schwebte ihm auch vor, wie in manchen Döner-Läden in der İstiklal-Straße ausländische Geldscheine zu einem Bild geformt einzurahmen, doch leider hatte sie noch kein einziger ausländischer Tourist beehrt.) Mevlut fragte sich, ob Ferhat deshalb so selten in den Laden kam, weil er den aufgehängten Artikel gesehen hatte. Es setzte Mevlut doch zu, dass Ferhat sich als der eigentliche Chef ansah.

Manchmal ging ihm auch durch den Kopf, Ferhat habe den Laden überhaupt nur aufgemacht, um ihm einen Gefallen zu tun. Und in besonders schwachen Momenten sagte er sich: »Ferhat hat es aus Schuldgefühlen heraus getan, weil er das Mädchen entführt hat, dass ich heiraten wollte.« Im Zorn aber dachte er eher: Von wegen mir was Gutes getan! Der ist eben Kapitalist geworden und hatte Geld, und dass Boza eine gute Investition ist, weiß er von mir.

Als Ferhat an einem verschneiten, windigen Tag Ende Januar 1995 nach zweiwöchiger Abwesenheit wieder mal auftauchte, hörte er gar nicht zu, als Mevlut ihm berichten wollte, wie das Geschäft so lief. »Hör zu, Mevlut, du weißt ja, dass ich abends oft gar nicht komme. Sag das bitte Samiha nicht. Du verstehst schon …«

»Was? Setz dich doch.«

»Keine Zeit. Am besten sagst du auch Rayiha nichts. Schwestern tratschen ja doch.« Da nahm er auch schon wieder seine Stromablesertasche und ging.

»Stets zu Diensten!«, rief Mevlut ihm hinterher. Nicht mal für einen Plausch mit einem alten Freund hatte Ferhat also mehr Zeit. Keine Reaktion auch auf das »Stets zu Diensten«, das Mevlut so herausgerutscht war. Mevluts Vater hatte das zu seinen respektabelsten, reichsten Kunden gesagt, doch Mevlut selbst benutzte den Ausdruck nie. Dass er nun als ironische Spitze gedacht war, bekam Ferhat wohl gar nicht mit, dachte Mevlut, vor lauter Schürzenjägerei und Umgang mit Betrügern und Mafiatypen.

Zu Hause sah Mevlut seine schlafenden Töchter und Rayiha, die vor dem leise gestellten Fernseher saß, und da merkte er erst, warum er Ferhat am meisten böse war, nämlich weil der sich nun wer weiß wo herumtrieb, obwohl er doch daheim eine anständige und noch dazu schöne Frau hatte. Der Spirituelle Meister hatte schon recht, wenn er sagte, dass so etwas auch von Wein und Raki komme. In Istanbul wimmele es von Ukrainerinnen, von afrikanischen Immigranten, von allen möglichen Blutsaugern, die Stadt sei ein Sumpf der Unmoral und der Korruption, und die Regierung sehe tatenlos zu.

Nun begriff Mevlut auch, warum Samiha einen so betrübten Eindruck machte, obwohl ihr Mann doch so viel Geld verdiente. Im Spiegel beobachtete er sie nämlich, und da war ihm das Traurige an Samiha schon lange aufgefallen.

FERHAT. Mevlut als Leser von einem Käseblatt wie *İrşad* denkt vielleicht, dass ich trotz meiner wunderschönen, klugen Frau als Schürzenjäger herumlaufe und also zugleich dumm und unmoralisch bin. Aber das stimmt nicht. Ich bin kein Schürzenjäger.

Ich habe mich lediglich verliebt. Und die Frau, in die ich mich verliebt habe, ist verschwunden. Irgendwann werde ich sie in Istanbul schon wiederfinden. Aber zunächst möchte ich berichten, was sich einem Stromableser seit der Privatisierung so für Gelegenheiten bieten, damit etwas klarer wird, warum ich mich gerade so und nicht anders entschieden habe.

SÜLEYMAN. Ich bin noch oft in Beyoğlu unterwegs, aber nicht mehr, um meine Trübsal wegzusaufen, sondern zum Arbeiten. Mein Liebeskummer ist vorbei. Mir geht es gut, und dieses Dienstmädchen habe ich längst vergessen. Ich habe das Glück, in eine reife Frau verliebt zu sein, in eine Sängerin, eine Künstlerin.

FERHAT. Als das Stromablesen und Kassieren privaten Firmen übertragen wurde, habe ich mich nicht etwa auf die eingeschossen, die aus Armut irgendwo illegal Strom abzapfen, sondern ganz im Gegenteil auf schamlose Reiche. Von Gecekondu-Vierteln habe ich mich nach Möglichkeit ferngehalten, und wenn ich irgendwo Leute sah, die im Winter ansonsten schier erfroren wären, von Wasser und Brot lebende Arbeitslose mit drei Kindern, die nichts hatten, um ihre armselige Unterkunft und ihr armseliges Leben zu erwärmen, als einen mit abgezweigtem Strom laufenden elektrischen Ofen, blickte ich eben diskret woandershin.

Wer aber in einem Haus mit Blick auf den Bosporus lebte, mit acht Zimmern, Koch und Chauffeur, und dann seine Rechnung nicht zahlte, dem habe ich augenblicklich den Strom abgestellt. Und ich kannte auch keine Gnade, wenn einer in einer Altbauwohnung sechzig junge Mädchen aus armen Familien eingezwängt wie die Sardinen bis in den Morgen hinein Reißverschlüsse nähen ließ. Der Ofen eines Luxusrestaurants mit Blick auf ganz Istanbul, die Textilmaschine eines Rekordexporteurs von Vorhangstoffen, der Kran eines lasischen Bauunternehmers, der sich rühmte, als armer Schlucker vom Land nach Istanbul gekommen zu sein und jetzt vierzehnstöckige Gebäude hochzuziehen: ihnen allen habe ich erbarmungslos den Saft abgedreht, ohne dass mir dabei die Hand gezittert hätte. Strom weg, und dann her mit dem Geld. In der Yeditepe Elektrik AG gab es außer mir noch einige andere Idealisten, die bei Reichen abkassierten und bei Armen lieber wegschauten; von denen konnte ich einiges lernen.

SÜLEYMAN. Ich verhandle gerade mit Nachtclubs, die es mit der Musik ernst meinen, damit Mahinurs Talent mal richtig zur Geltung kommt. Der beste ist der Güneş Pavyon. Und manchmal kann ich nicht anders und muss wieder am Laden unserer Boza-Helden vorbei. Aber nicht etwa, um vor Liebeskummer zu weinen, sondern um die beiden müde zu belächeln.

FERHAT. So verwöhnte Reiche zahlen ihren Strom entweder deshalb nicht, weil sie sich einfach nicht darum kümmern, oder weil die Rechnung nicht mit der Post gekommen ist oder sonst wie verlorengeht. In die Schulden, die da auflaufen können, wird die Inflation hineingerechnet, sodass manchmal einiges zusammenkommt. Um die Leute schnell zur Räson zu bringen, schaltet man ihnen am besten ohne jede Vorwarnung den Strom ab. Als das Stromkassieren noch Sache des Staates war, musste den Leuten vorher umständlich geschrieben werden, und wer Geld oder Ansehen besaß, zuckte nur die Schultern (»Schau an, muss ich vergessen haben«) und scherte sich um keinerlei Drohung. Gelang es tatsächlich mal einem gewissenhaften Beamten, solchen Leuten nach langer Prozedur den Strom abzuschalten, dann gingen diese Gauner nicht etwa zur Verwaltung in Taksim und zahlten ihre Schulden, sondern riefen sofort einen hochgestellten Bekannten an und sorgten dafür, dass der betreffende Beamte hochkant flog. Zu fürchten begannen solche Leute uns erst nach der Privatisierung, als sie nämlich merkten, dass die Schulden nun nicht mehr vom Staat eingetrieben wurden, sondern von ebenso gnadenlosen Kapitalisten, wie sie selbst es waren. Unsere Chefs stammen aus Kayseri und scheren sie nicht um die Tränen oder das vornehme Getue reicher Pinkel aus Istanbul. Vor der Privatisierung durfte ein Ableser den Strom nicht abschalten. Ich darf es jetzt. Und am effektivsten bringt man die Leute dadurch zum Nachdenken, dass man ihnen den Strom am Freitagabend abstellt, kurz vor dem Wochenende. Zwei volle Tage ohne Strom, da kommt man schnell zur Besinnung. Als letztes Jahr zwischen Neujahr und dem Opferfest zehn Tage lang so gut wie alles geschlossen war, habe ich mir vorgenommen, diesen Umstand für einen Härtefall auszunutzen.

Kurz vor dieser längeren Urlaubszeit bin ich am späten Nachmittag in den Keller eines Hauses, in dem lauter bessergestellte Herrschaften wohnten. In einem engen, staubigen Gang fand ich die Stromzähler der zwölf Wohnungen, die alle tickten wie früher die alten Waschmaschinen. »Welcher gehört zur Nummer elf?«, fragte ich den Hausmeister.

»Die Dame ist aber zu Hause«, sagte der. »Sie werden ihr doch nicht den Strom abstellen!«

Ich ignorierte ihn einfach. Wenn man Schraubenzieher, Zange und den erforderlichen Spezialschlüssel zur Hand hat, dauert das Stromabstellen keine hundert Sekunden. Schon blieb der Zähler der Nummer elf stehen.

»In zehn Minuten gehen Sie da rauf und sagen der Frau, dass ich noch im Viertel bin und dass sie mich holen kann, wenn sie will. Ich bin im Café an der Ecke.«

Eine Viertelstunde später kam der Hausmeister ins Café und meldete, der gnädigen Frau tue das alles sehr leid, und sie erwarte mich in ihrer Wohnung. »Sagen Sie ihr, ich bin noch mit anderen Zählern beschäftigt, aber wenn ich Zeit finde, versuche ich zu kommen.« Ich überlegte mir, ob ich nicht besser warten wollte, bis es stockfinster war. Dann können die Leute sich besser vorstellen, was es heißt, zehn Tage ohne Strom dazusitzen, wenn es im Winter so früh dunkel wird. Manche gehen dann einfach ins Hotel. Soll ich Ihnen vielleicht die Geschichte von dem Geizkragen erzählen, der mit seinen vier Kindern und seiner Frau mit dem Riesenhut vier Monate im Hilton geblieben ist, weil er die ganze Zeit noch auf seine Beziehungen gehofft hat?

»Die gnädige Frau ist aber ganz aufgeregt«, sagte der Hausmeister. »Sie gibt heute Abend einen Empfang.«

Ja, wem der Strom abgesperrt wird, der ist aufgeregt. Frauen rufen ihre Männer an, manche Leute werden aggressiv, andere eher unterwürfig. Der eine versucht es ohne Umschweife mit Bestechung, der andere bringt auch das nicht hin. »Herr Beamter«, sagen die meisten, weil sie nicht wissen, dass wir seit der Privatisierung keine Beamten mehr sind, »wenn ich Ihnen die Strafe jetzt gleich zahle, bar auf die Hand, machen Sie dann den Strom wieder an?« Früher oder später lernt in unserem Land auch der Dümmste das Bestechen. Wenn man das Geld nicht annimmt, bieten einem manche einfach mehr an, andere verlegen sich aufs Drohen (»Wissen Sie eigentlich, wer ich bin?«), die meisten sind einfach verwirrt. Bei der Dame auf der Nummer elf war wegen der Inflation die Strafe ums Zwanzigfache erhöht; ein hübsches Sümmchen. So viel hatte sie bestimmt nicht im Haus. Wenn es ihr nicht innerhalb einer Stunde gelang, mich zu überzeugen, würde sie die zehn kältesten Tage des Jahres mit ihrem Mann und ihren Kindern ohne Strom verbringen.

Wenn man gewissen Geschichten Glauben schenken darf, sollen in manchen üblen Vierteln die Frauen mit dem Stromableser schließlich sogar ins Bett gehen. Mir ist so was nie passiert. Glauben Sie solches Geschwätz nicht.

Auf den staubigen Straßen armer Viertel erkennt man den Stromableser schon an seiner Tasche und an seinem Gang. So wie man es mit Dieben oder überhaupt mit Fremden macht, werden dann erst mal Kinder auf ihn losgeschickt. Die schmeißen mit Steinen nach ihm und plärren »Hau gefälligst ab!«, das schüchtert schon mal ein. Dann wird der

Dorfidiot auf ihn losgelassen, der ihn ohne Umschweife mit dem Tod bedroht. Schließlich kommt noch ein Betrunkener zum Einsatz und grölt: »Was hast du hier verloren, du Saukerl?!« Marschiert der Stromableser dennoch unverdrossen auf die Kabel zu, mit denen von der Hochspannungsleitung Strom abgezapft wird, schneiden ihm verwegene junge Kerle mit Hunden den Weg ab. Es werden politische Parolen gerufen, und Schritt für Schritt gehen ihm Leute nach und setzen ihm zu. Wagt er sich in das Haus einer armen Frau, die ihre Schulden nicht zahlen kann, darf er ja keine Tür hinter sich zumachen, denn draußen im Garten stehen lauter Kinder, die alles und jedes augenblicklich im ganzen Viertel verbreiten. Wenn ein Stromableser, der mit einer Frau allein ist und die Tür hinter sich zumacht, danach mit heiler Haut aus dem Viertel kommt, ist ein Wunder geschehen.

Das erwähne ich hier nur, um keine falschen Erwartungen zu wecken, denn Sie warten ja hier auf eine Liebesgeschichte. Liebe ist in diesen Breitengraden meist etwas recht Einseitiges. Eine Dame in Gümüşsuyu in einer Wohnung mit Blick auf den Bosporus hätte einen Stromableser früher nicht einmal wahrgenommen. Jetzt dagegen tat sie das sehr wohl. Sobald nur der Strom weg war.

Ich verließ das Café und ging zu dem Haus. Als ich in dem knarzenden alten Holzaufzug nach oben fuhr, war ich doch etwas aufgeregt.

SÜLEYMAN. Ende Februar habe ich an einem eiskalten Nachmittag doch endlich mal bei den »Schwagern« als ganz normaler Kunde vorbeigeschaut.

»Na, Boza-Verkäufer, ist dein Boza süß oder sauer?«

Mevlut hat mich auf der Stelle erkannt. »Mensch, Süleyman! Komm doch rein!«

»Hallo, Mädels«, habe ich gesagt, innerlich völlig ruhig, wie ein alter Freund, der eben mal vorbeischaut. Samiha hatte ein rosafarbenes Kopftuch mit Blattmuster auf.

»Hallo, Süleyman«, hat Rayiha mich begrüßt, sichtlich darauf gefasst, dass ich einen Skandal machen würde.

»Samiha, gratuliere, du sollst geheiratet haben. Meinen Glückwunsch.«

»Danke, Süleyman.«

»Das ist jetzt Jahre her«, hat Mevlut beschützerisch gesagt. »Da fällt es dir jetzt ein zu gratulieren?«

Mevlut schien mit den zwei Frauen in dem Laden glücklich zu sein. Fast hätte ich gesagt »Pass bloß auf, dass der Laden hier nicht auch pleitegeht, so wie das Binbom«, aber ich habe mich beherrscht und einen versöhnlichen Ton angeschlagen.

»Vor zehn Jahren waren wir alle noch jung, und als junger Mensch bildet man sich Dinge ein, von denen man zehn Jahre später nicht mehr weiß, wie man überhaupt darauf gekommen ist. Eigentlich wollte ich zum Gratulieren auch ein Geschenk mitbringen, aber Vediha ist mit eurer Adresse nicht herausgerückt. Sie hat nur gesagt, ihr wohnt weit weg, im Gazi-Viertel.«

»Jetzt sind sie nach Cihangir umgezogen«, hat Mevlut in seinem Unverstand gesagt. Von wegen Cihangir, habe ich gedacht, in Çukurcuma wohnen sie, da geht es ärmlicher zu. Laut sagen wollte ich das nicht, sonst wäre herausgekommen, dass ich Ferhat durch unsere Jungs beobachten ließ. »Schmeckt hervorragend, euer Boza.« In eine große Flasche habe ich mir ein Kilo abfüllen lassen. Durch meinen Besuch hatte ich bewiesen – und zwar sogar meiner verblassten Liebe höchstpersönlich –, dass ich meinen Liebeswahn überwunden hatte. Vor allem aber wollte ich Mevlut vor etwas warnen. Als er mich nach draußen begleitet hat, habe ich ihn umarmt und gesagt »Richte ihm aus, er soll bloß aufpassen«, als Gruß an seinen geliebten Freund.

»Wie meinst du das?«

»Er weiß schon Bescheid.«

3. Ferhats elektrische Liebe

Gehen wir weg von hier

KORKUT. Auf dem Grundstück, das Onkel Mustafa 1965 mit meinem Vater eingezäunt hat, hat er nur dieses eine Haus mit einem einzigen Zimmer gebaut. Obwohl Mevlut dann zu ihm gekommen ist, haben sie es nicht weitergebracht. Wir dagegen haben in Duttepe zuerst ein Haus mit zwei Zimmern errichtet, und die Pappeln, die mein Vater damals im Garten gepflanzt hat, so wie bei uns auf dem Dorf, die kann man wohl bald von Şişli aus sehen. Als 1969 meine Mutter nachgezogen ist, haben wir in einer Nacht ein schönes Zimmer angebaut, und dann noch eins, in dem ich am Radio immer Pferderennen gehört habe. Als Vediha und ich geheiratet haben, haben wir noch ein großes Zimmer mit Bad und ein Gästezimmer dazugebaut, sodass allmählich aus dem Haus ein Palast geworden ist. Im Palastgarten sind von selbst zwei Maulbeerbäume und ein Feigenbaum gewachsen. Wir haben die Gartenmauer erhöht und eine Haustür aus Stahl eingesetzt.

Als wir vor sechs Jahren gesehen haben, dass die Geschäfte anständig laufen, haben wir im Vertrauen auf unseren Grundbucheintrag (denn einen solchen hatten wir inzwischen auch) noch eine Etage draufgesetzt, mit einer Außentreppe, damit unsere Mutter sich nicht tagaus, tagein Sorgen machte, wohin Vediha gerade geht und wo die Kinder sind. Erst sind unsere Eltern und Süleyman freudig nach oben gezogen, weil die Etage ja neu war und man von dort eine bessere Aussicht hat, aber bald wollten die Eltern wieder runter, wegen der Treppensteigerei und weil es dort oben angeblich so groß und so leer und so kalt war. Also bin ich mit Vediha rauf und habe für sie ein neues Bad mit blauen Kacheln und allen Schikanen machen lassen, aber trotzdem hat sie nicht aufgehört zu jammern, dass sie lieber in die Stadt will. Ich konnte noch so sehr auf sie einreden, dass wir bei uns draußen jetzt praktisch auch in der Stadt wohnen, also auch in Istanbul, aber es war nichts zu wollen. In der Schule in Şişli sollen ein paar reiche Dummköpfe Bozkurt und Turan damit aufgezogen haben, dass sie in einem Gecekondu wohnen. »Meine Eltern würden nie nach Şişli mitziehen«, habe ich gesagt. »Die würden ihren schönen Garten nicht aufgeben und den Krämerladen, die Hühner und die Bäume. Sollen wir sie etwa hier alleinlassen?«

Hin und wieder beklagt sich Vediha, dass ich abends immer so spät und manchmal auch gar nicht nach Hause komme und dass ich manchmal zehn Tage am Stück beruflich unterwegs bin, und sie nervt mich auch mit ihrem Gerede über die blondgefärbte Sekretärin mit dem Silberblick, die wir in unserem Büro in Şişli haben.

Stimmt schon, manchmal bin ich zehn Tage oder zwei Wochen unterwegs, aber nicht wegen des Baugeschäfts. Dann bin ich vielmehr in Aserbaidschan. Tarık von unserem früheren Nationalistenverein und ein paar Freunde von ihm haben zu mir gesagt: »Der Staat hat uns dort eine heilige Mission anvertraut, aber Geld gibt er uns dafür keines.« Sie sollten sich an die Privatwirtschaft wenden, hatte es in Ankara geheißen. Da konnte ich doch nicht nein sagen? In Russland ist der Kommunismus am Ende, aber Präsident Aliyev ist vom KGB und noch immer Mitglied des Politbüros der Kommunistischen Partei der Sowjetunion. Angeblich ist er Türke, aber er versucht noch immer, die Türken an die Russen anzubinden. In Baku haben wir uns heimlich mit Milizenführern getroffen. Das edle aserbaidschanische Volk (eigentlich sind es alles Türken, aber es haben sich auch Russen und Perser daruntergemischt) hatte als ersten demokratischen Präsidenten Abülfez Elçibey eingesetzt, der aber durch einen KGB-gesteuerten Putsch gestürzt worden war und sich daraufhin beleidigt in sein Dorf zurückgezogen hatte. Er hatte die Nase voll von den Verrätern und Taugenichtsen, durch die der Krieg mit Armenien verlorengegangen war, und von den russischen Agenten, die ihn gestürzt hatten. Für Agenten hat er uns leider auch gehalten und wollte sich deshalb nicht mit uns treffen, sodass Tarık und ich in Baku meistens in Hotels und Bars herumgegessen und die Zeit totgeschlagen haben. Bevor wir noch in Elçibeys Dorf fahren, dem Mann die Hand küssen und ihm sagen konnten »Die Amerikaner unterstützen uns auch, die Zukunft Aserbaidschans liegt im Westen«, ist die Nachricht gekommen, dass unser Putsch »alla turca« in die Hose gegangen war. In Ankara hatte jemand Schiss bekommen und Aliyev gesteckt, dass wir zum Putschen gekommen waren. Und als wir über Elçibey erfahren habe, dass der sich nicht mal in den eigenen Garten raustrauen konnte, geschweige denn, dass er sich an einem Putsch beteiligt hätte, sind wir direkt zum Flughafen gefahren und nach Istanbul zurückgekehrt.

Dieses Abenteuer hat uns Folgendes gelehrt: Ja, die ganze Welt ist den Türken feind, aber der größte Feind der Türken sind die Türken selber. Und die Frauen in Baku haben von den Russen, die sie eigentlich verabscheuen, zwar so einiges an freiem Benehmen gelernt, aber letztendlich sind ihnen aserbaidschanische Männer lieber. Wenn das so ist, liebe Frau, hat es auch keinen Sinn, dass ich mich für dich in Gefahr stürze. Dass ich mich auf ein bloßes Wort hin in dieser Sache engagiert habe, hat mir aber in der Regierung und in der Partei einen guten Stand verschafft. Was Süleyman auch gleich ausnutzt, um aus der Reihe zu tanzen.

TANTE SAFIYE. Als weder Vediha noch ich für Süleyman eine Frau gefunden haben, hat er sich selbst eine gesucht. Jetzt kommt er gar nicht mehr heim. Uns ist das peinlich, und wir fürchten, dass er einen ganz großen Bock schießt.

RAYIHA. Wenn an kalten Winterabenden das Geschäft gut gelaufen ist, ist auch Ferhat gekommen. Dann sind Samiha und ich mit Fatma und Fevziye oft zu denen nach Hause gegangen. Die Mädchen haben es toll gefunden, wie ihre Tante herumalberte, alle Fernsehstars kannte und erzählte, wer mit wem was hatte, und wie sie mal der einen meiner Töchter sagte, wie sie sich die Haare machen soll, mal der anderen empfahl, eine Haarspange herzunehmen, und wie sie dann wieder über einen Mann auf dem Bildschirm sagte: »Bei dem zu Hause habe ich auch mal gearbeitet. Seine Frau hat ständig geweint.« Daheim haben die zwei versucht, genauso zu reden wie Samiha, da ist es mir einmal zu bunt geworden, und fast hätte ich schon gesagt »Werdet bloß nicht wie eure Tante!«, dann habe ich meine Eifersucht gerade noch beherrschen können. Andauernd habe ich mich gefragt, ob Samiha und Mevlut, wenn sie allein im Laden sind, sich wohl in die Augen schauen, oder ob sie nur so tun, als hätten ihre Blicke sich im Spiegel zufällig getroffen. Wenn ich merkte, wie mir die Eifersucht die Seele zerfraß, habe ich wieder zu den Briefen gegriffen, die Mevlut mir damals geschrieben hatte.

Wenn ich mich zum Beispiel gefragt habe, ob Mevlut am Vortag beim Verlassen des Ladens wohl mir so lieb zugelächelt hatte oder eher doch meiner Schwester, habe ich einen Brief aufgemacht und gelesen: »Ich sehe kein Auge als nur das deine, lächle in kein anderes Gesicht, und nur dir allein gilt mein Flehen.« Oder: »Wie ein Magnet haben deine Blicke mich an dich gefesselt. Ich bin dein Gefangener, Rayiha, und nichts anderes sehe ich als dich.« Oder auch: »Durch einen Blick von dir bin ich dein Sklave geworden, der nimmermehr frei sein möchte.«

Manchmal sagt Mevlut zu einer von uns beiden »Räum die schmutzigen Gläser da weg«, wie ein Chef zu seinem Lehrling. Wenn er es zu mir sagt, bin ich ihm böse, weil er diese Drecksarbeit nicht Samiha aufträgt. Und wenn er es zu Samiha sagt, bin ich eifersüchtig, weil ihm als Erste sie in den Sinn kommt.

Mevlut merkt schon, wie eifersüchtig ich bin, deshalb achtet er darauf, mit Samiha möglichst nicht allein im Laden zu sein und ihr keine besondere Beachtung zu schenken. Dann denke ich mir erst recht: »Aha, er hat also was zu verbergen!« Einmal hat Samiha den Mädchen eine Wasserpistole mitgebracht, gerade so, als ob sie Jungs wären. Als Mevlut abends heimgekommen ist, haben er und die Mädchen damit gespielt. Am nächsten Morgen wollte ich das Ding (mit dem sie mich genügend bespritzt hatten) gleich wegwerfen, habe es aber nicht gefunden, weil Fatma es in die Schule mitgenommen hatte. Als Fatma abends geschlafen hat, habe ich die Pistole aus ihrer Schultasche geholt und sie versteckt. Bald darauf ist Samiha mit einer Puppe angekommen, die die Augen aufschlagen und sprechen konnte. Fatma war fast dreizehn, sollte sie etwa noch mit Puppen spielen? Ich habe aber nichts gesagt, und die Mädchen haben sich kaum um die Puppe gekümmert und sie bald verschlampt.

Am meisten aber tut mir immer der Gedanke weh, Mevlut und

Samiha könnten gerade allein miteinander im Laden sein, auch wenn ich haargenau weiß, dass das nicht der Fall ist. Diesen Wahn kriege ich einfach nicht aus dem Kopf heraus, denn von Süleyman, der über jeden Beyoğlu-Klatsch Bescheid weiß, hat Vediha erfahren, dass Ferhat immer sehr spät nach Hause kommt und wie die Männer in den Filmen seinen Liebesschmerz im Alkohol ertränkt.

FERHAT. Der alte hölzerne Aufzug ist stehengeblieben. In alter Zeit ist das geschehen, so alt wie die Träume, doch die Liebe kommt einem ja immer vor, als sei sie erst gestern gewesen. Habe ich irgendwo den Strom abgestellt, läute ich dort nicht, sondern klopfe lieber an – bum, bum, bum –, wie sich in historischen Filmen drohend die Musketiere ankündigen.

Ein Dienstmädchen hat geöffnet und gesagt, die Tochter der gnädigen Frau liege mit Fieber im Bett (eine Lüge, die ich mir öfter anhören musste), aber die gnädige Frau komme gleich. Ich habe mich auf den Stuhl gesetzt, den das Dienstmädchen mir zugewiesen hat, und auf den Bosporus hinausgesehen. Auf einmal empfand ich tiefen inneren Frieden, und gerade meinte ich noch, dieser Frieden gehe von dem majestätischen Anblick aus, da trat, wie eine Lichtgestalt, der wahre Grund dafür ins Zimmer und trug eine schwarze Jeans und eine weiße Bluse.

»Bitte schön, Herr Beamter, unser Hausmeister Ercan hat mir gesagt, dass Sie mich sprechen wollten?«

»Wir sind keine Beamten mehr.«

»Kommen Sie denn nicht von der Elektrizitätsgesellschaft?«

»Das ist alles privatisiert worden.«

»Verstehe.«

»Das ist mir jetzt unangenehm«, habe ich stockend gesagt, »aber ich habe Ihnen den Strom abstellen müssen. Da ist nämlich eine unbezahlte Rechnung.«

»Aber ich bitte Sie, das ist doch nicht Ihre Schuld. Ob Ihr Chef nun der Staat ist oder eine Privatfirma, Sie selbst sind ja nur ausführendes Organ.«

Auf diesen bissigen und doch so wahren Satz hin ist mir keine passende Antwort eingefallen. Ich war nämlich gerade dabei, mich wahnsinnig zu verlieben, und wurde mir zugleich dessen bewusst. Ich riss mich zusammen und sagte, auch wenn es ganz und gar nicht der Wahrheit entsprach: »Leider habe ich den Zähler jetzt schon versiegelt. Wenn ich gewusst hätte, dass Ihre Tochter krank ist, hätte ich den Strom natürlich niemals abgestellt.«

»Es ist nun mal geschehen, Herr Beamter«, hat sie erwidert und eine strenge Miene aufgesetzt, wie Richterinnen in türkischen Filmen. »Keine Sorge, tun Sie nur Ihre Pflicht.«

Wir schwiegen. Sie hatte nichts von dem gesagt, was ich im Aufzug noch erwartet hatte, sodass ich auch mit meinen vorbereiteten Antworten nicht weiterkam. Ich sah auf die Uhr. »In zwanzig Minuten beginnen offiziell die zehn Tage langen Ferien«, sagte ich schließlich.

»Herr Beamter, leider habe ich im Leben noch nie jemanden bestechen oder so etwas auch nur dulden können. Ich möchte meiner Tochter ein Vorbild sein.«

»Sie sollten aber auch begreifen«, habe ich erwidert, »dass die Leute, die Sie etwas abschätzig als Beamte bezeichnen, grundehrliche Menschen sind.«

Darauf habe ich mich zur Tür gewandt und war mir doch voller Wut bewusst, dass die Frau, in die ich mich verliebt hatte, mir nicht zurufen würde: »Halt, bleiben Sie doch!«

Stattdessen hat sie aber zwei Schritte auf mich zugetan, und ich habe gefühlt, dass zwischen uns beiden alles möglich war. Doch auch in dem Augenblick habe ich gewusst, dass es eine unmögliche Liebe war.

Aber lebendig bleibt eine Liebe doch gerade, wenn sie unmöglich ist.

»Herr Beamter, sehen Sie sich doch mal diese Leute an«, hat sie gesagt und aus dem Fenster gedeutet. »Was diese zehn Millionen Menschen in Istanbul zusammenführt, sind Rechnungen, Zinsen, die Sorge ums tägliche Brot, das wissen Sie ja besser als ich. In diesem Gewimmel gibt es nur eins, was die Menschen aufrechterhält, und das ist die Liebe.«

Bevor ich noch antworten konnte, hat sie sich abgewandt und ist gegangen. In jenen alten Gebäuden ist es Verkäufern und Stromablesern verboten, mit dem Aufzug nach unten zu fahren. Die ganze Treppe hinab habe ich nachgedacht.

Im stickigen Keller bin ich bis ans Ende des Gangs und habe schon die Hand ausgestreckt, um den abgestellten Zähler zu versiegeln. Was aber taten stattdessen meine Finger? Geschickt haben sie die Kabel wieder angeschlossen, und der Zähler der Nummer elf hat sich wieder gedreht.

»Gut, dass Sie das getan haben«, hat der Hausmeister gesagt.

»Warum?«

»Der Mann der gnädigen Frau ist in Beyoğlu sehr einflussreich. Überall hat er Beziehungen. Der hätte Ihnen ganz schön Schwierigkeiten gemacht. Er ist aus Sürmene, und das sind ja alles Mafiosi am Schwarzen Meer.«

»Eine kranke Tochter haben die wohl nicht, was?«

»Von wegen Tochter, die sind ja nicht mal verheiratet. Auf dem Dorf bei Sürmene hat der Kerl eine Ehefrau und erwachsene Söhne. Die Söhne wissen von der Frau hier, aber sie halten den Mund.«

RAYIHA. Eines Abends habe ich mit den Mädchen bei Samiha gesessen, und als wir nach dem Essen noch ferngesehen haben, ist Ferhat heimgekommen und hat sich sichtlich gefreut, dass wir da waren. »Mensch, deinen Töchtern kann man ja beim Wachsen zuschauen. Fatma, du bist schon ein richtiges junges Mädchen.« Als ich gesagt habe »Kommt, Mädels, es ist schon spät, gehen wir heim«, hat er abgewehrt. »Bleib noch sitzen, Rayiha. Mevlut harrt noch lange im Laden aus, ob nicht doch noch ein paar Besoffene Boza wollen.«

Es hat mir gar nicht gefallen, dass er über Mevlut in Gegenwart unserer Töchter so hergezogen ist. »Du hast recht, Ferhat«, habe ich gesagt. »Womit wir unseren Lebensunterhalt verdienen, ist anderen Leuten bloß ein Gespött. Kommt, wir gehen.«

Mevlut hat geschimpft, als wir so spät nach Hause gekommen sind. »Habe ich dir nicht gesagt, du sollst mit den Mädchen nicht auf die İstiklal-Straße? Wenn es dunkel ist, gehst du mir gar nicht mehr raus.«

»Weißt du eigentlich, dass deine Töchter bei ihrer Tante Köfte, Koteletts und Hähnchen kriegen?«, ist es mir da herausgerutscht. Normalerweise sagte ich so etwas nicht, weil Mevlut sich dann furchtbar ärgerte.

Prompt war er mir böse und hat drei Tage nicht mit mir geredet, und wir sind auch abends nicht mehr zu Samiha gegangen, sondern haben zu Hause gehockt. Wenn ich gerade eifersüchtig war, bestickte ich die Aussteuersachen, die ich in Auftrag hatte, nicht mit aus Zeitschriften ausgeschnittenen Vogelmotiven, sondern mit lauter unbarmherzigen Augen, die einen mit einem einzigen Blick gefangen nahmen, einem wie Straßenräuber den Weg abschnitten, mit Augen also, wie ich sie aus Mevluts Briefen kannte, die ich mittlerweile auswendig wusste. Die Augen hingen wie riesige Früchte von Bäumen herab, und dazwischen flatterten eifersüchtige Vögel herum. In die Zweige stickte ich narzissenartig in sich selbst gekehrte schwarze Augen. Eine große Decke bestickte ich mit einem Fabelbaum, bei dem hinter jedem Blatt Hunderte von Augenblüten hervorlugten. Zwischen den Blättern meines Herzens bahnte ich neue Wege. Ich stickte Augen wie lauter Sonnen und verfolgte, wie hinter jeder Wimper schwarze Lichtpfeile hervorschossen und sich zwischen den verschlungenen Ästen von Feigenbäumen dahinwanden. Aber das alles stillte nicht meine Wut!

»Samiha, zu euch lässt uns Mevlut nicht mehr«, habe ich eines Abends gesagt, »komm du doch zu uns, wenn Mevlut im Laden ist.«

So ist meine Schwester abends immer öfter zu uns gekommen und hat Köfte und Lahmacun mitgebracht. Nur dass ich mich nach einer Weile zu fragen begann, ob sie nicht nur wegen der Mädchen kam, sondern auch in der Hoffnung, manchmal auch Mevlut zu sehen.

FERHAT. Draußen auf der Straße hatte ich das Gefühl, dass mein Selbstbewusstsein einen ziemlichen Knacks bekommen hatte. Innerhalb von zwanzig Minuten hatte ich mich nicht nur verliebt, sondern war auch ganz schön übers Ohr gehauen worden. Nun reute es mich, der »gnädigen Frau«, wie der Hausmeister sie nannte, den Strom nicht doch abgesperrt zu haben. Auf ihrer Rechnung stand, dass sie Selvihan hieß.

Von da an habe ich mir Selvihan in der Hand eines Mafiatypen vorgestellt, vor dem ich sie beschützen musste. Damit jemand wie Süleyman sich in eine Frau verlieben kann, muss er erst in einer Zeitschrift ein aufreizendes Bild von ihr sehen und sie dann mit seinem Geld herumkriegen und an sich binden. Bei Mevlut ist es wichtig, dass er die Frau nur ganz kurz zu Gesicht bekommt und seiner Phantasie freien Lauf lassen kann. Leute wie ich aber müssen, um sich zu verlieben, das Gefühl haben, dass sie mit der betreffenden Frau eine Art Lebensschach spielen. Nun, bei den ersten Zügen hatte ich mich ungeschickt angestellt. Im Archiv unserer Firma bin ich aber mit Hilfe eines älteren Buchhalters, der einem Gespräch bei Raki nicht abgeneigt war, an alle Rechnungen und Zahlungsauszüge gelangt, die ich nur wollte.

Ich weiß noch, wie ich abends oft meine wunderhübsche Samiha angeschaut und mir gedacht habe: »Wenn einer so eine Frau hat, was will er dann mit einer, die sich in einer Wohnung mit Aussicht auf den Bosporus aushalten lässt?« Wenn wir gemeinsam Raki getrunken haben, habe ich manchmal zu Samiha gesagt, dass wir zwar so einiges mitgemacht hätten, jetzt aber mitten in der Stadt wohnten, wie wir uns das gewünscht hätten.

»Jetzt haben wir Geld und können tun und lassen, was wir wollen. Na, was sollen wir machen?«

»Gehen wir weg von hier«, hat Samiha geantwortet. »Irgendwohin weg, wo uns keiner kennt und keiner findet.«

Da habe ich erst begriffen, dass Samiha in unseren ersten Monaten im Gazi-Viertel gerade deshalb glücklich gewesen ist, weil wir dort so einsam waren. Ich hatte ein paar alte Bekannte, Maoisten und so, die sich nach vielen Entbehrungen etwas zusammengespart hatten und es auch müde waren, in der Stadt zu leben. »Ein bisschen was müssen wir noch dazuverdienen, dann könnten wir abhauen und uns irgendwo im Süden niederlassen«, haben die immer gesagt. Wie ich waren sie noch nie im Leben am Mittelmeer gewesen, träumten aber davon, dort irgendwo zwischen Olivenbäumen und Weingärten auf dem Land zu leben. Falls wir dort unten einen Bauernhof hätten, würde Samiha vielleicht auch endlich schwanger werden.

»Wenn wir noch ein bisschen sparen und die Zähne zusammenbeißen, können wir uns im Süden einen großen Hof leisten.«

»Mir ist abends zu Hause langweilig«, hat Samiha gesagt. »Nimm mich doch mal mit ins Kino.«

Eines Abends habe ich es nicht mehr mit Mevlut im Laden ausgehalten, habe mich irgendwo betrunken und bin dann zu dem Haus in Gümüşsuyu. Wie ein Polizist bei einer Razzia habe ich zuerst beim Hausmeister geklingelt.

»Ich dachte schon, da läutet ein Boza-Verkäufer. Ist was los?« Als ich auf die Zähler zuging, hat der Mann geseufzt: »Ach ja, die auf Nummer elf, die sind ausgezogen.«

Der Zähler der Nummer elf rührte sich nicht, aber mir war es so, als sei die ganze Welt stehengeblieben.

Am nächsten Tag bin ich wieder in unser Archiv. Der Buchhalter, der so gern ein Schwätzchen hielt, hat mich mit zwei alten Schreibern bekannt gemacht, die über die handgeschriebenen Karteikarten aus achtzig Jahren Stromverwaltung wachen. Sie sind längst in Pension, der eine ist fünfundsechzig, der andere einundsiebzig, doch haben sie mit der Firma noch einmal einen Arbeitsvertrag abgeschlossen und es sich zur Aufgabe gemacht, in den Büros, in denen sie vierzig Jahre ihres Lebens verbracht haben, die neue Generation von Stromablesern in all die Tricks einzuführen, mit denen die Istanbuler über achtzig Jahre hinweg versucht haben, beim Stromzahlen zu betrügen. Da ich jung und strebsam war, haben sie mir ausführlich erzählt, was sie alles schon erlebt hatten. Hinter den Tricks steckten Geschichten, steckten bestimmte Viertel, steckten Frauen und sogar Liebesgerüchte, an die sie sich samt und sonders erinnerten. Natürlich musste ich nicht nur Archivmaterial durchgehen, sondern auch die neuesten Anmeldungen. Ich wusste, dass ich Selvihan finden würde, irgendwo in Istanbul, hinter irgendeiner Tür. Denn jeder hat in dieser Stadt ein Herz und jeder einen Stromzähler.

RAYIHA. Ich bin schon wieder schwanger und weiß nicht, was ich tun soll. Gegenüber meinen Töchtern ist mir das in dem Alter peinlich.

4. Kinder sind etwas Heiliges

Am besten ich sterbe,
dann kannst du Samiha heiraten

Mevlut ging eine Anekdote nicht aus dem Kopf, die ihm Ferhat eines Abends im Laden erzählt hatte:

»In der schlimmsten Zeit nach dem Putsch, als die Bewohner von Diyarbakır aus dem Gefängnis Folterschreie mit anhören mussten, kam aus Ankara ein seriös gekleideter Mann in die Stadt. Den Taxifahrer, der ihn vom Flughafen ins Hotel brachte, fragte der geheimnisvolle Mann, wie das Leben in Diyarbakır denn so sei. Der Taxifahrer antwortete, die Kurden seien mit dem Militärregime sehr zufrieden, sie glaubten an keine andere Fahne als an die türkische, und jedermann sei froh, dass die Separatisten alle im Gefängnis seien. Da erklärte der Besucher aus Ankara, er sei Rechtsanwalt und wolle die armen Menschen verteidigen, die man im Gefängnis gefoltert oder Hunden zum Fraß vorgeworfen habe, nur weil sie kurdisch gesprochen hätten. Darauf redete der Taxifahrer auf einmal ganz anders daher und erzählte, wie Kurden im Gefängnis gefoltert, zu Tode geprügelt oder bei lebendigem Leib in Kloaken geworfen würden. Da unterbrach ihn der Rechtsanwalt: »Aber zuvor haben Sie doch genau das Gegenteil gesagt.« »Ja, stimmt schon. Aber das vorher war meine offizielle Meinung, und das jetzt meine private.«

Jedes Mal, wenn Mevlut diese Anekdote einfiel, musste er von neuem lachen. Er hätte mit Ferhat gerne noch mal darüber gesprochen, doch der war immer beschäftigt oder geistig abwesend. Überhaupt kam er nur noch selten in den Laden, was vielleicht an den Moralpredigten lag, die Mevlut ihm ab und an hielt. Immer wieder konnte Mevlut nicht anders und ließ sich über die Folgen von Alkohol und Schürzenjägerei aus und über die Verantwortung, die man als verheirateter Mann nun mal habe, worauf Ferhat eingeschnappt reagierte und fragte, ob er das wohl in *İrşad* gelesen habe. Da konnte Mevlut ihm noch so oft versichern, dass er diese Zeitung überhaupt nicht lese und sie allein des Artikels wegen gekauft habe, Ferhat hörte ihm gar nicht zu und schüttelte nur verächtlich den Kopf. Einmal hatte Ferhat auch über das Bild mit den Grabsteinen gespottet. Warum Mevlut denn so ein Faible für Friedhöfe und altes Zeug habe, das sei doch nur was für Alte, oder etwa nicht?

Mevlut spürte, dass Ferhat gleich vielen Linken und Aleviten vom Erstarken der religiösen Parteien beunruhigt wurde, ja sich richtig fürchtete. »Na ja, die verbieten dann den Alkohol, und wir mit unserem Boza kommen ganz groß raus«, sagte Mevlut halb im Scherz, halb im Ernst. Diese Meinung, die gestandene Atatürk-Anhänger auf die Palme brachte, behielt er meist für sich, auch wenn das Thema in Kneipen angeschnitten wurde, doch wenn man ihm gar zu sehr zusetzte, gab er sie eben doch zum Besten.

Mevlut dachte sich, dass Ferhat wohl auch wegen der Briefe kaum mehr in den Laden kam. »Wenn einer drei Jahre lang meiner Frau Liebesbriefe geschrieben hätte, würde ich den Kerl auch nicht jeden Tag sehen wollen.« Wenn er spätabends im Laden saß und ihm klar wurde, dass Ferhat nicht mehr kommen würde, musste er aber daran denken, dass sein Freund ja wohl nicht mal zu Hause war und Samiha deshalb abends oft bei Rayiha saß.

Als Mevlut wieder einmal abends mutterseelenallein war, sperrte er verärgert den Laden zu und ging früher nach Hause als sonst. Als er dort eintraf, war Samiha gerade gegangen. Entweder sie benutzte jetzt ein Parfüm, oder was Mevlut in die Nase stieg, war etwas, das Samiha den Mädchen mitgebracht hatte.

Rayiha freute sich nicht etwa, wie Mevlut sich das vorgestellt hatte, sondern sie wurde von Eifersucht gepackt. Zweimal fragte sie ihn, warum er schon da sei, und irgendwie fiel ihm selbst keine befriedigende Antwort ein. Er konnte sich diese Eifersucht nicht recht erklären, wo er doch im Laden immer so aufpasste, damit sie alle drei (also auch Samiha) guter Dinge waren. Er achtete darauf, mit Samiha möglichst nicht allein zu sein, und wenn er Anordnungen gab, tat er dies Rayiha gegenüber mit betont sanfter Stimme, während er im Umgang mit Samiha eher einen geschäftsmäßigen Ton an den Tag legte, etwa so, wie mit den Angestellten im Binbom. Anscheinend hatte das nichts gefruchtet. Mevlut fühlte sich in einem Teufelskreis gefangen: Wenn er so tat, als gäbe es nicht den geringsten Grund zur Eifersucht, stand er wie jemand da, der etwas zu verbergen hatte, und das machte seine Frau noch eifersüchtiger. Und wenn er Rayiha zugestand, dass ihre Eifersucht nicht ganz unberechtigt war, gab er damit eine nicht vorhandene Schuld zu. Da die Mädchen noch nicht schliefen, beherrschte Rayiha sich, und ein größerer Streit konnte an dem Abend noch einmal abgewendet werden.

RAYIHA. Beim gemeinsamen Sticken habe ich Reyhan ganz verschämt ein bisschen was von meiner Eifersucht erzählt. Sie hat mir recht gegeben. Jede Frau werde eifersüchtig, wenn ihr Mann oft mit einer Schönheit wie Samiha zusammen sei, da treffe mich gar keine Schuld. Das hat mich natürlich noch eifersüchtiger gemacht. Reyhan hat mir empfohlen, die Eifersucht nicht in mich hineinzufressen, sondern mit Mevlut darüber zu sprechen und ihn zu mahnen, doch besser aufzupassen. Als am Tag danach die Mädchen in der Schule waren, habe ich Mevlut darauf angesprochen. Er hat sich aber gleich aufgeregt. »Was? Ich kann also nicht mehr nach Hause kommen, wann ich will?«

Ich glaube ja nicht alles, was Reyhan so von sich gibt, und dass schöne, kinderlose Frauen grundsätzlich eine Gefahr seien, denke ich natürlich nicht über meine liebe Schwester Samiha. Reyhan hat auch behauptet, wenn Samiha mit Fatma und Fevziye spielt und ihnen Geschichten erzählt, will sie nicht nur den Schmerz darüber stillen, dass sie keine eigenen Kinder bekommen kann, sondern auch EIFERSUCHT säen. »Nimm dich vor unfruchtbaren Frauen in Acht, Rayiha, denn hinter ihrem stillen Wesen verbirgt sich eine große Wut. Wenn Samiha deinen Töchtern Köfte spendiert, ist das nicht nur einfach gut gemeint.« Irgendwann habe ich Mevlut ein paar von diesen Sachen ins Gesicht geschrien. »Red nicht so über deine Schwester«, hat Mevlut da gesagt.

Aha, sie hatte den dummen Mevlut also schon rumgekriegt, dass er gleich für sie Partei ergriff. »Die ist doch UNFRUCHTBAR!«, habe ich noch lauter geschrien. »Wenn du schon für sie bist, dann hör dir das auch an!«

Mevlut hat eine abschätzige Handbewegung gemacht und das Gesicht verzogen, als hätte er ein abscheuliches Insekt vor sich.

Du Idiot hast ihr Briefe geschrieben und dann mich geheiratet! Nein, das habe ich nicht gesagt. Aber plötzlich hatte ich das Paket Tee in der Hand, das auf dem Tisch stand, und habe es ihm an den Kopf geworfen. Dazu habe ich gerufen: »AM BESTEN, ICH STERBE, DANN KANNST DU SAMIHA HEIRATEN. Aber meine Töchter überlasse ich keiner Stiefmutter. Ich sehe genauso wie ihr alle, dass Samiha die zwei schon jetzt zu locken versucht, mit ihren Geschenken und ihren Geschichten, ihrer Schönheit und ihrem Geld, aber wenn ich was sage, wird es gleich heißen: ›Aber Rayiha, wie kommst du denn darauf? Die Mädchen werden doch mit ihrer Tante ein bisschen spielen und lachen dürfen!‹«

Da wollte Mevlut der Sache ein Ende bereiten: JETZT REICHT'S ABER! KOMM WIEDER ZU DIR!

»Gerade weil ich zu mir komme, gehe ich nicht mehr in den Laden. Dort stinkt es.«

»Was soll da stinken?«

»Euer Boza. ES STINKT. Mir wird schlecht dort.«

»Dir wird schlecht von meinem Boza?«

»Ich habe die Nase voll von deinem Boza.«

Mevlut hat derart entsetzt dreingeschaut, da habe ich es mit der Angst zu tun gekriegt. ICH BIN NÄMLICH SCHWANGER Das hatte ich eigentlich nicht sagen wollen. Ich hatte vor, mir die Sache rauskratzen zu lassen, so wie Vediha, aber jetzt konnte ich nicht zurück.

»Ich habe ein Kind von dir im Bauch, Mevlut, und ich schäme mich so vor Fatma und Fevziye, in meinem Alter. Du hast aber auch nicht aufgepasst.« Kaum hatte ich das gesagt, hat es mir auch schon leidgetan, aber zum Glück hat Mevlut gleich eine sanfte Miene aufgesetzt.

Tja, lieber Mevlut, im Laden kannst du von deiner Schwägerin träumen und sie dümmlich angrinsen, aber jetzt wird jeder sehen, was du zu Hause treibst, sobald die Kinder in der Schule sind. »Unser Mevlut gibt aber auch gar keine Ruhe«, wird es heißen, und Samiha wird vor Neid platzen, dass ich ein drittes Kind kriege, wo sie noch gar keins hat.

Mevlut hat sich zu mir auf den Bettrand gesetzt, mir den Arm um die Schultern gelegt und mich zu sich herangezogen. »Meinst du, es wird ein Junge oder ein Mädchen?«, hat er zärtlich gefragt. »Du gehst mir aber nicht mehr in den Laden, in deinem Zustand. Und weißt du was, ich gehe auch nicht mehr hin. Worüber streiten wir denn dauernd? Über den Laden. Das Boza auf der Straße zu verkaufen ist viel schöner, und einträglicher noch dazu.«

Eine Weile ist es hin und her gegangen: Doch, geh hin, wirklich, nein, ich gehe nicht hin, doch, nein; und dann haben wir beide so was Ähnliches gesagt wie: Du hast mich bloß falsch verstanden, ich habe es gar nicht so gemeint.

»Schuld ist eigentlich Samiha«, hat Mevlut schließlich gesagt. »Die soll besser nicht mehr in den Laden kommen. Überhaupt sind Ferhat und sie nicht so wie wir. Allein schon das Parfüm, das sie da hat …«

»Was für ein Parfüm?«

»Na, gestern Abend, als ich heimgekommen bin, da hat doch die ganze Wohnung danach gerochen«, hat er gesagt und dazu auch noch gelacht.

»Du bist also gestern früher heim, nur damit du ihren Geruch noch mitkriegst!«, habe ich da gerufen und wieder angefangen zu weinen.

VEDIHA. Die arme Rayiha ist schwanger. Gestern Morgen ist sie zu mir gekommen und hat gesagt: »Ach, Vediha, wir schämen uns vor den Kindern, hilf mir bitte und bring mich ins Krankenhaus.«

»Rayiha, deine Töchter sind heiratsfähig, und du bist bald dreißig und Mevlut fast vierzig. Was ist denn los mit euch? Wisst ihr immer noch nicht, wie man es anfangen muss?«

Darauf hat sie mir so einiges Intime erzählt, über das sie bisher noch nie gesprochen hatte, und irgendwie ist sie dann auf Samiha übergeschwenkt und hat sich über sie beklagt. Ich habe aus alledem geschlossen, dass an der Schwangerschaft nicht Mevlut schuld war, weil er nicht aufgepasst hatte, sondern eher Rayiha, die hat wohl zu einer List gegriffen. Das habe ich aber wohlweislich für mich behalten.

»Hör mal, Rayiha, Kinder machen eine Familie fröhlich, sind den Frauen ein Trost und überhaupt das größte Glück im Leben. Bring doch einfach noch eins auf die Welt. Du weißt ja, wie ich mich über Bozkurt und Turan oft aufrege, allein schon, was sie deinen Töchtern alles angetan haben. Glaub mir, von all den Ohrfeigen, die sie von mir gekriegt haben, damit endlich was Ordentliches aus ihnen wird, tut mir schon der Arm weh, aber trotzdem lebe ich nur für sie, und wenn ihnen was zustoßen würde, wäre das mein Tod. Inzwischen rasieren sie sich schon und drücken an ihren Pickeln herum, und weil sie sich so groß vorkommen, darf ich sie nicht mal mehr umarmen. Hätte ich noch zwei Kinder auf die Welt gebracht, könnte ich die jetzt knuddeln und küssen und wäre glücklicher und würde mich über Korkut nicht so ärgern. Jetzt reut es mich, dass ich jahrelang abgetrieben habe. Frauen, die das bereuen, gibt es zu Tausenden, aber kaum eine bereut, dass sie ihre Kinder auf die Welt gebracht hat. Rayiha, bereust du etwa, dass du Fatma geboren hast? Oder Fevziye?«

Sie hat angefangen zu weinen und gesagt, dass Mevlut nicht genug Geld verdient und als Geschäftsführer nicht erfolgreich ist, und jetzt haben sie beide Angst, dass der Boza-Laden pleitegehen könnte, und wenn sie die Stickarbeiten für die Aussteuerläden in Beyoğlu nicht hätte, würden sie gar nicht über die Runden kommen, und mit Gottvertrauen allein will sie nicht ein weiteres Kind in die Welt setzen, dazu ist sie fest entschlossen, hat sie gesagt, und dass sie sowieso schon zu viert in dem einen Zimmer leben wie die Sardinen und da nicht für noch einen Platz ist.

»Liebe Rayiha«, habe ich da gesagt, »in schwierigen Zeiten hilft dir deine Schwester natürlich, wie sie nur kann. Aber Kinder sind etwas Heiliges, eine Verantwortung. Geh jetzt heim und denk noch mal drüber nach. Nächste Woche rufe ich Samiha an, dann reden wir alle drei über die Sache.«

»Nein, nicht mit Samiha, die geht mir sowieso auf die Nerven. Die soll gar nicht wissen, dass ich schwanger bin. Da wird sie nur neidisch, weil sie kein Kind kriegen kann. Außerdem ist das schon beschlossene Sache, da gibt es nichts mehr zu überlegen.«

Da habe ich Rayiha erzählt, dass Putschgeneral Kenan Evren drei Jahre nach dem Staatsstreich wenigstens einmal was Segensreiches getan und ledigen Frauen das Recht zugestanden hat, bis zur zehnten Schwangerschaftswoche im Krankenhaus abzutreiben. Am meisten haben davon resolute Frauen in Großstädten profitiert, die damit schon vor der Ehe mit einem Mann schlafen konnten. Bei verheirateten Frauen war es dagegen so, dass sie erst ihren Ehemann überzeugen und diesem eine schriftliche Einverständniserklärung abluchsen mussten. In Duttepe haben sich viele Männer gesagt, ach was, erstens ist es eine Sünde, und zweitens kann der später mal für uns sorgen, und so haben sie nicht unterschrieben, und ihre Frauen haben nach langem Gezänk das vierte oder fünfte Kind gekriegt. Andere wiederum haben sich irgendwelche primitiven Methoden beibringen lassen und damit selbst abgetrieben. »Wenn Mevlut nicht unterschreibt, dann lass dir ja nicht von irgendeiner Frau ein dubioses Mittel einreden, hörst du, Rayiha, sonst bereust du es später«, habe ich sie ermahnt.

Es gab auch Männer wie Korkut, die so eine Erklärung bedenkenlos unterschrieben haben, auch das habe ich Rayiha erzählt. Das war ja auch leichter, als zu verhüten, und so wurden deren Frauen eben immer wieder schwanger. »Was soll's, dann treibt sie eben ab.« So hat Korkut mich, seit es dieses Gesetz gibt, dreimal geschwängert, und alle drei Mal habe ich im Etfal-Krankenhaus abtreiben lassen. Als wir später zu etwas Geld gekommen sind, hat mich das erst recht gereut. Jedenfalls habe ich damals gelernt, was man zum Doktor sagen muss und von wem man sich dann welches Papier zu besorgen hat.

»Rayiha, erst brauchst du von der Gemeinde eine Bestätigung, dass du mit Mevlut verheiratet bist, dann holen wir uns im Krankenhaus eine von zwei Ärzten unterschriebene Bescheinigung, dass du schwanger bist, und das Formular, das Mevlut unterschreiben muss, okay?«

So ging der Streit zwischen Mevlut und Rayiha mit gleicher Heftigkeit weiter, drehte sich aber um die weniger von Eifersucht geprägte Frage, ob Rayiha das Kind behalten sollte oder nicht. Da sie weder im Laden noch im Beisein der Kinder darüber sprechen konnten, blieb ihnen dafür nur der Vormittag. Mehr denn ein Streitgespräch spielte sich hingegen ein Akt gegenseitiger mimischer Missbilligung ab. Da wurde die Nase gerümpft, das Gesicht verzerrt, die Augenbrauen wurden hochgezogen und hasserfüllte Blicke getauscht. Und bald musste Mevlut bekümmert einsehen, dass seine Unentschlossenheit, sein Hin und Her, von der immer ungeduldiger und kratzbürstiger werdenden Rayiha so aufgefasst wurde, dass er sie damit nur hinhalten wollte.

Dabei ließ der Gedanke, das Kind könne ein Junge sein, Mevluts Phantasie auf Hochtouren laufen. Mevlidhan würde er ihn nennen. Hatte nicht der Mogul Babur damals Indien nur deshalb erobern können, weil er über drei unerschrockene Söhne verfügte? Und war nicht Dschingis Khan dank seiner vier ihm treu ergebenen Söhne zum gefürchtetsten Herrscher der Welt geworden? Immer wieder erzählte Mevlut, sein Vater habe damals in Istanbul keinen Erfolg gehabt, weil ihm kein Sohn zur Seite gestanden habe. Und als er selbst nachgekommen sei, sei es leider schon zu spät gewesen. Bei »zu spät« musste jedoch Rayiha immer daran denken, dass eine Abtreibung nur in den ersten zehn Wochen erlaubt war.

Statt der früheren vormittäglichen Liebesstunden, bei denen sie so glücklich gewesen waren, gab es also nur noch Reibereien. Wenn Rayiha weinte, fühlte Mevlut sich schuldig, nahm sie tröstend in die Arme und sagte »Wir finden schon eine Lösung«, worauf Rayiha ganz unsicher wurde und erwiderte »Vielleicht sollte ich es ja doch zur Welt bringen«, was sie gleich darauf wieder bereute.

Mevlut hatte das Gefühl, mit ihrer Entschlossenheit, das Kind abtreiben zu lassen, wolle Rayiha ihm deutlich zu verstehen geben – ja ihn dafür bestrafen –, dass er es im Leben zu nichts gebracht habe und für den Unterhalt einer Familie nicht aufkommen könne, und das traf ihn sehr. Sollte er sie dazu überreden können, das Kind auszutragen, erschien ihm dies hingegen ein Beweis dafür, dass in ihrem Leben doch nicht alles schiefgelaufen war. Dann würden sie sogar besser und glücklicher dastehen als die Aktaş, denn Korkut und Vediha hatten ja nur zwei Kinder.

Und die arme Samiha gar keins. Wer glücklich war, hatte viele Kinder. Die unglücklichen Reichen (genauso wie die Europäer, die immer darauf drängten, die Türkei solle mit der Geburtenkontrolle Ernst machen) waren den Armen um ihre Kinder ja nur neidisch.

Eines Morgens aber gab Mevlut sich angesichts von Rayihas Tränen und ihrer Unbeugsamkeit geschlagen und ging zum Gemeindevorsteher, um sich eine Eheurkunde zu holen. Der Mann, der eigentlich als Makler arbeitete, war nicht in seinem Büro, und um nicht gleich mit leeren Händen zurückzukehren, ging Mevlut eine Weile in Tarlabaşı herum. Mit dem geübten Blick, den er sich als Arbeitsloser angeeignet hatte, hielt er Ausschau nach einem etwa feilgebotenen Verkaufswagen, einem befreundeten Ladenbesitzer, bei dem er arbeiten könnte, oder nach irgendeinem Gebrauchsgegenstand, der vielleicht günstig zu erstehen war. In den Straßen von Tarlabaşı hatte sich im Verlauf der letzten zehn Jahre die Zahl der Verkaufswagen ständig vermehrt, doch stand gut die Hälfte davon leer irgendwo angekettet herum. Da Mevlut aufgehört hatte abends unterwegs zu sein, hatte er für das Leben auf der Straße nicht mehr das gleiche Gespür wie früher und auch nicht mehr den Antrieb, alles in sich aufzusaugen.

Er ging zu dem kurdischen Schrotthändler, der ihn und Rayiha dreizehn Jahre zuvor getraut hatte, ließ sich einen Tee kredenzen und sprach mit dem Mann über religiöse Themen, über den neuen Bürgermeister, über die Kneipen in Beyoğlu, die immer öfter Tische auf die Gehsteige hinausstellten, und schließlich auch über Abtreibung. Der Kurde erläuterte ausführlich, dass von Abtreibung im Koran durchaus die Rede sei und sie dort als Sünde verdammt werde. Letzteres wollte Mevlut nicht einleuchten. Wenn es eine so große Sünde wäre, würden dann so viele Frauen abtreiben?

Etwas anderes aber blieb in seinem Gedächtnis haften, nämlich dass die Seelen von Kindern, die aus dem Mutterleib entfernt worden seien, im Paradies wie verwaiste kleine Spatzen ungeduldig von Baum zu Baum hüpften; diese Vorstellung war ihm doch unheimlich. Rayiha erzählte er nichts davon, sonst hätte sie ihm womöglich nicht geglaubt, dass der Gemeindevorsteher tatsächlich nicht in seinem Büro gewesen war.

Als er jenen vier Tage später beim zweiten Versuch antraf, erfuhr er, dass die Papiere seiner Frau nicht mehr gültig seien und diese, falls sie beim Staat um eine Dienstleistung vorstellig würde (dass es sich dabei um eine Abtreibung handeln sollte, hatte Mevlut natürlich für sich behalten), wie jedermann einen richtigen Ausweis beantragen müsse. Das gefiel Mevlut gar nicht. Der wichtigste Ratschlag seines Vaters hatte gelautet, sich vom Staat so wenig wie möglich registrieren zu lassen. Steuern hatte Mevlut noch nie gezahlt. Sein Kontakt mit dem Staat hatte sich darauf beschränkt, dass dieser ihm seinen Verkaufswagen beschlagnahmt und zertrümmert hatte.

Als Rayiha schließlich überzeugt war, dass Mevlut mit der für die Abtreibung nötigen Unterschrift herausrücken würde, wollte sie ihn im Laden nicht mehr alleine lassen und kam ab und zu hin. Eines Nachmittags aber musste sie sich dort übergeben und konnte dies vor Mevlut nicht verbergen. Mevlut wischte das Erbrochene fort, ohne dass ein Kunde etwas bemerkte. In diesen letzten Tagen ihres Lebens kam Rayiha dann allerdings nie mehr in den Laden.

Die beiden verständigten sich darauf, dass Fatma und Fevziye nach der Schule im Laden etwas aufräumen und die Gläser spülen sollten. Rayiha wusste nur nicht, wie sie den Mädchen erklären sollte, dass sie selber Mevlut im Laden nicht mehr half. Damit sie ihre Schwangerschaft loswerden konnte, sollten so wenig Leute wie möglich davon erfahren, und ihre Töchter schon gar nicht.

Mevlut setzte die Mädchen nach Art der Köche oder Krankenschwestern ein, die ihren Dienst weit hinter der Front tun. Mal kam Fatma in den Laden, mal Fevziye. Die beiden sollten weder Kunden bedienen noch das Geld von ihnen entgegennehmen und schon gar nicht mit ihnen sprechen, da war Mevluts väterliche Eifersucht vor. Zwischen ihm und seinen Töchtern kam es aber zu vielen Gesprächen, und er fragte sie, wie es ihnen in der Schule ging, was für Filme und Serien sie am liebsten sahen oder wer ihr Lieblingskomiker war.

Fatma war die intelligentere, ernsthaftere, stillere der beiden. Sie wusste über die Preise von Kleidung und Lebensmitteln Bescheid, über alles, was im Laden verkauft wurde, über die Kunden, über die Straße vor dem Laden, den Bettler an der Ecke, den Hausmeister, der was Illegales verhökerte, und sogar über die Zukunft des Ladens machte sie sich Gedanken, ebenso über ihre Mutter zu Hause, und auch ihrem Vater gegenüber hegte sie eine Art Beschützergefühl, was dieser sehr wohl wahrnahm. Mevlut sagte denn auch zu Hause voller Stolz zu Rayiha, für den Fall, dass er mal einen gutgehenden Laden hätte, könnte er diesen bedenkenlos der zwölfjährigen Fatma anvertrauen (allerdings nur unter der Voraussetzung, dass sie ein Junge wäre).

Die elfjährige Fevziye dagegen war viel kindlicher. Sie mochte überhaupt nichts, was irgendwelche Mühe bereitete, also Aufgaben wie Putzen, Abwischen oder Geschirrtrocknen, betrieb stets nur den allergeringsten Aufwand und machte sich davon, sobald es ging. Oft war Mevlut danach, sie zu schimpfen, aber er wusste, dass sie dann nur lachte und sich nichts sagen ließ. Dagegen redete Mevlut gern mit ihr über die Kunden, die so kamen.

Wenn etwa einer von seinem Boza nur zwei Schluck trank und sich dann unflätig darüber ausließ und nicht den vollen Betrag zahlen wollte, redeten Mevlut und seine Töchter darüber noch tagelang. Gern belauschten sie Leute wie die zwei Männer, die darüber sprachen, was sie mit dem Kerl anfangen würden, der ihnen einen ungedeckten Scheck gesandt hatte, oder die zwei Freunde, die sich über Pferdewetten unterhielten, oder einfach Menschen, die nur in den Laden kamen, weil es regnete, und dann über den gerade gesehenen Film redeten. Am liebsten war es Mevlut, wenn Gäste eine Zeitung vergessen hatten, die drückte er dann der Tochter in die Hand, die gerade da war, und als könnte er selber nicht lesen, sollte sie ihm daraus vorlesen (so wie ihrem Großvater Mustafa, der fast nichts mehr sah), während er dabei lauschend zum Fenster hinaussah. Manchmal unterbrach er die betreffende Tochter und sagte etwa »Na, da siehst du's wieder mal« und erteilte dem Mädchen eine kleine Lektion in Sachen Leben, Moral und Verantwortung.

Hin und wieder teilte eines der Mädchen dem Vater verschämt eine seiner Sorgen mit, dass zum Beispiel der Erdkundelehrer immer so garstig zu ihr sei, oder dass sie neue Schuhe brauchte, weil die alten an der Seite schon aufplatzten, oder dass über ihren alten Mantel immer gelacht werde, und wenn Mevlut merkte, dass er keine Lösung parat hatte, sagte er einfach »Keine Sorge, das wird schon wieder« oder »Wer sein Herz rein hält, dem wird eines Tages alles zuteil, was er nur will.« Eines Abends musste er feststellen, dass die Mädchen diese Sprüche im Chor sagten und dann losprusteten, doch anstatt sich über den Spott zu ärgern, freute er sich, wieder mal zu sehen, wie klug und schlagfertig seine Töchter doch waren.

Bevor es abends dunkel wurde, ließ Mevlut den Laden jedes Mal ein paar Minuten unbeaufsichtigt, nahm die Tochter, die gerade da war, an der Hand, eilte mit ihr die İstiklal-Straße entlang, bis zu einer Stelle, wo sie es nicht mehr weit bis nach Hause hatte, dann sagte er »So, nichts wie heim mit dir«, sah ihr nach, bis sie um die Ecke verschwand, und hetzte wieder in den Laden zurück.

Als er eines Abends zurück war, saß Ferhat im Laden und rauchte. »Die Leute, die uns den Laden gegeben haben, arbeiten jetzt für die andere Seite«, sagte er. »Jetzt wird Miete fällig, Mevlut. Verkauf hier lieber Socken, Kebab, Unterwäsche, Schuhe, was du willst, damit verdienst du zehnmal mehr als mit dem Boza.«

»Wir verdienen ja sowieso nichts.«

»So ist es. Ich steige aus.«

»Wie meinst du das?«

»Wir müssen den Laden zumachen.«

»Kann ich nicht allein weitermachen?«, fragte Mevlut zögerlich.

»Die Bande, die die alten griechischen Häuser vermietet, kommt irgendwann auch zu dir. Dann knöpfen sie dir ab, was sie nur wollen. Und wenn du nicht zahlst, fliegst du.«

»Warum haben sie von dir nichts verlangt?«

»Weil ich mich bei denen um die Stromsachen kümmere. Wenn eine verlassene Wohnung auf einmal Strom hat, steigt sie im Wert. Also, räumt den Laden am besten gleich leer, dann ist das schon mal gerettet. Verkauft das Zeug oder macht damit, was ihr wollt.«

Mevlut sperrte den Laden sofort zu, kaufte sich eine kleine Flasche Raki und aß mit Rayiha und den Töchtern zu Abend. Jahrelang hatten sie nicht mehr zu viert beim Abendbrot zusammengesessen. Sie sahen fern, scherzten herum, und irgendwann sagte Mevlut, ganz so, als überbringe er eine frohe Botschaft, dass er sein Boza von nun an wieder auf der Straße verkaufen werde, dass Ferhat und er den Laden zumachen würden und dass er deshalb an jenem Abend zu Hause bleiben und Raki trinken werde. Hätte Rayiha daraufhin nicht »Gott steh uns bei!« gesagt, wäre keiner auf die Idee gekommen, gerade eine schlechte Nachricht vernommen zu haben. Deshalb nahm Mevlut das seiner Frau auch krumm.

»Komm mir jetzt nicht mit Gott, wenn ich meinen Raki trinke. Es wird sich schon alles einrenken.«

Am nächsten Morgen brachte er mit Fatma und Fevziye alle Küchengerätschaften aus dem Laden nach Hause. Für die Theke, den Tisch und die Stühle wollte ein Trödler in Çukurcuma so wenig hergeben, dass Mevlut sie voller Zorn lieber zu einem Schreiner schleppte, doch auch da brachte das alte Gerümpel nicht einmal den Preis für das Holz wieder herein. Den kleineren der beiden Spiegel holte er nach Hause, den größeren, schwereren mit dem Silberrand, den Ferhat gekauft hatte, ließ er von seinen Töchtern dorthin zurückbringen. Den gerahmten Zeitungsausschnitt aus *İrşad* und das Bild mit dem Friedhof und den Zypressen hängte er bei sich neben dem Fernseher auf. Der Blick auf das »Jenseits« wirkte auf Mevlut beruhigend.

5. Mevlut als Parkplatzwächter

Halb schuldbewusst, halb verwirrt

Nach dem Misserfolg mit dem Laden wusste Mevlut genau, dass er Korkut und Süleyman jetzt nicht gut um eine neue Arbeit bitten konnte. Und auf Ferhat war er böse. Zwar hätte er das schnell überwinden und Ferhats Schuldgefühl ausnutzen können, doch tat er das wegen Rayiha nicht, für die Ferhat nun ein abgrundtief schlechter Mensch war.

Abends verkaufte Mevlut sein Boza, und tagsüber klapperte er auf Arbeitssuche seine Bekannten ab. Er tat so, als zöge er ernsthaft in Erwägung, was ihm in Lokalen an Kellner- und Kassenjobs so angeboten wurde, doch insgeheim spekulierte er auf eine Arbeit, bei der er (so wie Ferhat) leichter Geld verdienen könnte und abends auch noch Zeit und Energie hätte, um auf seine Boza-Tour zu gehen. Von Mohini, der Mevlut nach Kräften unterstützte, bekam er schließlich Mitte April den Tipp, er solle sich bei ihrem alten Schulkameraden, dem »Bräutigam«, mal im Büro von dessen Werbeagentur in Pangaltı melden.

Als Mevlut in seinem Feiertagsstaat dort eintraf, umarmten die beiden alten Schulfreunde sich nicht etwa, sondern der Bräutigam hielt ihm förmlich die Hand hin. Zu seiner hübschen, lächelnden Sekretärin (Mit der hat er was, dachte Mevlut sogleich) sagte der Bräutigam dann jedoch, Mevlut sei »ein sehr kluger, sehr guter und sehr besonderer Mensch«, und nicht nur das, sondern auch ein sehr guter Freund. Daraufhin grinste die Sekretärin, als könnte es nur ein Scherz sein, dass ihr Chef mit diesem armselig wirkenden Menschen befreundet war. Instinktiv wollte Mevlut mit dem Bräutigam so wenig zu tun haben wie möglich und überhaupt nicht ständig solchen Krawattenmenschen zu Diensten sein, und so lehnte er das Angebot, im vierten Stock die Teeküche zu betreiben, sofort ab. Genauso schnell aber sagte er zu, als der Bräutigam aus dem Fenster auf den Parkplatz im Hinterhof zeigte, für den ein Wächter benötigt werde.

Seine Arbeit sollte darin bestehen, den Parkplatz vor unbefugt Parkenden und vor der sogenannten »Parkplatzmafia« zu schützen.

Krakenartig hatte sich vor allem in den letzten fünfzehn Jahren im Zentrum Istanbuls die Unsitte verbreitet, dass Kleinbanden aus fünf, sechs rauen Burschen in einer Straße, in der das Parken nicht verboten war, irgendein Eckchen oder eine Gehsteigseite auf einmal für sich beanspruchten, als sei das ihr verbrieftes Recht, das sie mit Fäusten oder auch Messern verteidigten. Wer von da an dort parken wollte, hatte ihnen eine Gebühr zu entrichten, und tat er das nicht, war auf einmal das Seitenfenster kaputt oder ein Reifen zerstochen, oder an dem teuer aus Europa importierten Wagen zog sich ein hässlicher Kratzer entlang. Manche Autobesitzer protestierten, die Gebühr sei zu hoch, oder riefen empört »Was, jetzt wohne ich seit vierzig Jahren hier, und auf einmal soll ich fürs Parken zahlen?«, und wieder andere verlangten für ihr Geld wenigstens eine Quittung, und so wurde Mevlut in den sechs Wochen seiner Tätigkeit als Parkwächter Zeuge zahlreicher Streitfälle, von denen einige in Handgemenge ausarteten. In so etwas hineinziehen ließ er sich allerdings nicht, denn von Anfang an gelang es ihm mit einer Mischung aus Diplomatie und Demut, zwischen dem Parkplatz der Werbeagentur und dem Tätigkeitsbereich der Parkplatzmafia eine klare Grenze zu ziehen.

Die unzähligen Parkplatzbanden leisteten im Übrigen, trotz ihres frechen Auftretens und ihrer Gewaltanwendung, den Reichen der Stadt, die sich um Regeln nicht scherten, unschätzbare Dienste. In Gegenden, in denen man sich mühsam durch den Verkehr quälte und kaum einen Parkplatz fand, drückte man einem »Valet« den Autoschlüssel in die Hand, der stellte den Wagen irgendwo ab, und gegen einen kleinen Aufpreis wischte er einem die Windschutzscheibe sauber oder putzte gleich das ganze Auto. Ein paar junge Bandenmitglieder erfrechten sich sogar, Autos auf dem von Mevlut bewachten Parkplatz abzustellen, aber da der Bräutigam »keinen Ärger« wollte, ließ Mevlut das geschehen. Insgesamt war seine Arbeit ohnehin leicht zu bewältigen, denn er musste nur morgens, wenn die Mitarbeiter eintrafen, und abends, wenn sie wieder wegfuhren, mit der selbstsicheren Geste eines Verkehrspolizisten den Verkehr aufhalten und mit seinen Anweisungen dafür sorgen, dass die

Leute beim Parken nicht zu viel Platz in Anspruch nahmen. Wichtigeren Persönlichkeiten hielt er auch die Autotür auf, was er beim Bräutigam stets mit der gebotenen kameradschaftlichen Nonchalance tat. Auch beantwortete er Fragen, ob etwa dieser oder jener schon im Haus sei. Vom Bräutigam erwirkte er die Erlaubnis, an der Grenze zwischen Gehsteig und Parkplatz – »am Hoftor« sagten manche, dabei war da gar kein Tor – einen Stuhl aufstellen zu dürfen. Dort saß er die meiste Zeit, sah dem spärlichen Verkehr zu, dem Bettler, der hin und wieder zur Hauptstraße hinaufging, um seinen verkrüppelten Fuß zur Schau zu stellen, den Krämerlehrling, der ständig zu Kunden unterwegs war, den Passanten, den Katzen, den Hunden, oder er unterhielt sich mit Kemal, dem jüngsten Mitglied der Parkplatzbande.

Obwohl der aus Zonguldak stammende Kemal nicht sonderlich intelligent war und in einem fort quasselte, fand Mevlut etwas Faszinierendes an ihm, und zwar, dass der Junge keinerlei Scheu hatte, jedem das Intimste aus seinem Leben zu erzählen, was von seinen sexuellen Gewohnheiten bis zu der am Vortag gegessenen Wurst reichte, und von der Art, wie seine Mutter im Dorf ihre Wäsche wusch oder wie er sich mit seinem Vater prügelte bis hin zu dem, was er zuletzt genau empfunden hatte, als er in einem Film diese oder jene Liebesszene sah. Dazu ließ er sich über alles mögliche andere aus, über die Werbefirma, über den Staat, über Politik, über alles: Die Hälfte der Werbefritzen seien doch Schwule und die Frauen bestimmt alle Lesben, und ganz Pangaltı habe früher den Armeniern gehört, und mit Hilfe der Amis würden die sich eines Tages alles zurückholen, und die neuen Ziehharmonikabusse aus Ungarn habe der Bürgermeister doch bloß deswegen bestellt, weil er an der Firma dort beteiligt sei.

Wenn Kemal davon erzählte, was seine Bande so alles draufhabe – also »wir«, wie er immer betonte –, hörte Mevlut auch manchen bedrohlichen Ton heraus. Wenn ein reicher Pinkel seinen schweineteuren Mercedes an dem von ihnen bewachten Gehsteig parkte und sie mit einem Trinkgeld abspeiste, von dem sich nicht mal eine Suppe kaufen ließ, dann hätten sie ihm die Karre auch zerlegen können, ohne dass irgendjemand was gesagt hätte, so Kemal. Und die Geizkragen, die über den Preis lamentierten, obwohl sie doch nicht mehr zahlten als für eine Schachtel Marlboro, und die dann krakeelten, sie würden die Polizei holen, ob die wohl wüssten, dass das Geld sowieso zur Hälfte an die Bullen ging? Manche Nervensägen waren zwar in der Lage, den Kerl, der auf ihr Auto aufpasste, nach allen Regeln der Kunst zusammenzustauchen, aber dass in den drei Stunden bei ihrem nagelneuen BMW der Akku, das Getriebe und die Klimaanlage ausgetauscht worden waren, das merkten die Deppen nicht. Eine Bande in Ünyeli arbeite mit einer diskreten Werkstatt in Dolapdere Hand in Hand, und da sei es schon mal vorkommen, dass bei einem Mercedes Baujahr 1995 innerhalb eines Nachmittags der Motor so picobello ausgebaut und durch einen schrottreifen ersetzt worden sei, dass der Besitzer mit der Bemerkung »Mensch, so sauber war der schon lang nicht mehr« ein Extratrinkgeld herausgerückt habe. Aber Mevlut solle sich bloß keine Sorgen machen, denn ihm und den bei ihm abgestellten Wagen werde seine Bande nichts tun. Wenn auf dem Parkplatz der Agentur Plätze frei waren, stellte Kemal auch mal Autos von sich dort ab, und Mevlut drückte ein Auge zu, meldete aber dergleichen hin und wieder dem Bräutigam.

Manchmal herrschte im Hinterhof und draußen auf der Straße für Istanbuler Verhältnisse eine solche Stille und Bewegungslosigkeit, dass Mevlut sich wieder bewusst wurde, dass er im Leben, abgesehen von Rayiha und den Töchtern, nichts so sehr liebte, wie die Menschen auf der Straße zu beobachten, über sie nachzudenken und sich darüber dann mit jemandem zu unterhalten. Der Bräutigam zahlte ihm nicht viel, aber dennoch pries Mevlut sich glücklich, seine Arbeit nicht in einem Büro zu verrichten, sondern quasi auf der Straße. Noch dazu schloss die Agentur gegen sechs Uhr, und sobald alle Autos weg waren (und der Parkplatz nachts der Bande gehörte), konnte Mevlut nach Hause gehen und hatte noch Zeit für die Boza-Tour.

Als Mevlut nach etwa einem Monat eines Mittags einem Schuhputzer zuschaute, der von Tür zu Tür ging und die Schuhe putzte, die ihm aus den oberen Stockwerken heruntergelassen wurden, fiel ihm auf einmal ein, dass die zehn Wochen, innerhalb deren eine Abtreibung durchgeführt werden durfte, bei Rayiha nunmehr abgelaufen waren. Mevlut war ganz ehrlich der Meinung, sie seien bei dem Thema nicht nur deshalb nicht vorangekommen, weil er sich gegen die Abtreibung sperrte, sondern auch, weil sich Rayiha selbst ihrer Sache nicht sicher war. Und eine Abtreibung war auch gefährlich, selbst wenn sie im Krankenhaus stattfand. Ein neugeborenes Kind dagegen brachte Freude ins Haus und schweißte eine Familie noch mehr zusammen. Fatma und Fevziye hatten sie von der Schwangerschaft noch immer nichts gesagt, doch sobald die mal Bescheid wüssten, würden sie sich bestimmt auf das Kleine freuen.

Lange dachte Mevlut an seine Frau zu Hause. Wie sehr er sie doch liebte, und wie sehr er sie brauchte! Fast kamen ihm die Tränen. Es war erst zwei, die Mädchen waren noch nicht von der Schule zurück. Auf einmal fühlte Mevlut sich frei wie damals zu Schulzeiten. Er vertraute den Parkplatz Kemal an und eilte fast im Laufschritt nach Tarlabaşı. Er wollte mit Rayiha allein zu Hause sein und wieder anknüpfen an die glückliche Zeit ihrer ersten Ehejahre, als sie sich noch überhaupt nicht stritten. Er empfand auf einmal ein Schuldgefühl, als ob er irgendetwas vergessen hätte. Vielleicht beeilte er sich deshalb so.

Als er durch die Wohnungstür kam, begriff er, dass niemand anderer als Gott ihn so zur Eile angetrieben hatte. Rayiha hatte versucht, selbst abzutreiben, doch es war grässlich missglückt, und sie lag halb bewusstlos in ihrem Blut.

Mevlut hob sie auf und rannte mit ihr zu einem Taxi. Dabei wusste er, dass er jene Augenblicke sein Leben lang nicht mehr vergessen würde. Inständig betete er darum, dass sein Lebensglück nicht zu Ende sei und Rayiha kein Leid geschehe. Er streichelte seiner Frau über die verschwitzten Haare und erschrak über ihr papierweißes Gesicht. Während der fünf Minuten Fahrt bis zum nächsten Krankenhaus hatte Rayiha wieder diesen halb schuldbewussten, halb verwirrten Blick wie damals, als er sie entführt hatte.

Als sie durch die Krankenhaustür kamen, erlag Rayiha ihrem Blutverlust, in ihrem dreißigsten Lebensjahr.

6. Nach Rayiha

Wenn man weint,
kann einem keiner böse sein

ABDURRAHMAN EFENDI. Bei uns im Dorf gibt es jetzt ein Gästehaus mit Telefon. »Komm schnell, deine Tochter ruft an, aus Istanbul!« Es war Vediha: Rayiha hat eine Fehlgeburt gehabt und liegt im Krankenhaus. Bevor ich in Beyşehir in den Bus gestiegen bin, habe ich auf nüchternen Magen noch schnell zwei Glas Raki getrunken. Ich habe eine ganz böse Ahnung gehabt und wäre vor Kummer fast erstickt, denn der Mutter meiner armen Halbwaisen ist es ähnlich ergangen. Das Weinen stillt den Schmerz.

VEDIHA. Meine liebe kleine Schwester Rayiha, sie ruhe in Frieden, aber sowohl mich als auch Mevlut hat sie angelogen, das begreife ich erst jetzt. Zu mir hat sie gesagt, dass Mevlut für die Abtreibung war, und das stimmte nicht. Und zu Mevlut hat sie gesagt, dass es wieder ein Mädchen wird, aber das konnte sie gar nicht wissen. Unser Schmerz ist aber so groß, dass wohl niemand darauf eingehen wird.

SÜLEYMAN. Ich habe Angst gehabt, dass Mevlut meint, ich sei nicht besonders traurig. Dann ist es ganz anders gekommen. Als ich gesehen habe, wie mitgenommen Mevlut war, habe ich angefangen zu weinen, und er daraufhin auch. Und dann meine Mutter. Am Ende ist es mir vorgekommen, als ob ich gar nicht mehr wegen Rayiha weine, sondern einfach, weil alle geweint haben. Sogar Korkut, der früher immer gesagt hat, »Wein doch nicht wie ein Weib«, hat diesmal den Mund gehalten. Aber als ich später im Gästezimmer allein vor dem Fernseher saß, ist Korkut reingekommen und hat gesagt: »Du weinst dir hier die Augen aus, aber du wirst sehen, dass dieser Mevlut es am Ende doch wieder schafft, glücklich zu werden.«

KORKUT. Süleyman und ich haben Rayihas Leiche aus dem Krankenhaus abgeholt. Dort ist uns gesagt worden: »Die beste Leichenwaschung gibt es bei der Barbaros-Moschee in Beşiktaş, mit Schwamm und Seifen- und Rosenwasser. Am besten das Trinkgeld schon vorher geben.« Das haben wir dann auch getan, und während Rayiha gewaschen wurde, haben Süleyman und ich draußen gestanden und geraucht. Zur Friedhofsverwaltung ist auch Mevlut mitgekommen, aber ohne seinen Ausweis, sodass wir alle drei nach Tarlabaşı zurückgefahren sind. Zu Hause hat er den Ausweis zuerst nicht gefunden und sich auf einmal weinend aufs Bett geworfen, aber dann ist er aufgestanden, hat weitergesucht und den Ausweis schließlich gefunden. So sind wir wieder hingefahren. Es war viel Verkehr.

TANTE SAFIYE. Beim Helvamachen sind mir Tränen in den Topf gekullert. Ich habe ihnen zugesehen, wie sie im Helva verschwunden sind, und mir war, als ob ich mit jeder verschwundenen Träne etwas vergesse. Ob wohl das Gas in der Flasche reicht? Und muss nicht mehr Fleisch ins Gemüse? Wer vom Weinen erschöpft war, ist zu mir in die Küche gekommen, hat einen Deckel hochgehoben und in den Topf gestarrt. Als ob man nach vielem Weinen auf einmal nachschauen darf, was es zum Essen geben wird.

SAMIHA. Die armen Mädchen Fatma und Fevziye haben bei mir übernachtet. Dann ist Vediha zu mir gekommen und hat gesagt: »Bring die zwei auch mit.« So bin ich elf Jahre nach meiner Flucht von dort zum ersten Mal wieder in das Haus der Aktaş nach Duttepe gekommen. Ferhat hatte mir eingeschärft, mich vor Süleyman in Acht zu nehmen, aber der war gar nicht da. Vor elf Jahren hatte jedermann gedacht, dass ich Süleyman heirate, sogar ich selber habe es gedacht! Aus Neugier bin ich in das Zimmer gegangen, in dem ich damals mit Papa schlief. Viel kleiner ist es mir vorgekommen, aber es riecht noch immer nach Wachs. Sie haben das Haus um zwei Etagen aufgestockt. Ich habe es nicht leicht hier, aber alle denken nur an Rayiha. Ich habe wieder geweint. Wenn man weint, kann einem keiner böse sein und auch keiner Fragen stellen.

TANTE SAFIYE. Erst sind Fatma und Fevziye gekommen, dann Vediha, ganz müde geweint alle, und sie haben die Töpfe und den Kühlschrank angeschaut, als wären sie vor dem Fernseher. Dann ist Samiha gekommen. Für die habe ich immer noch was übrig. Ich bin dem Mädchen nicht gram, dass sie Süleyman mit ihrer Schönheit erst trunken gemacht hat und dann gegangen ist.

VEDIHA. Gott sei Dank dürfen Frauen nicht auf Beerdigungen mit. Das hätte ich nicht ausgehalten. Als die Männer zur Moschee sind, haben wir Frauen in der Küche zusammen geweint. Mal hat mehr die eine Ecke geweint, und als es da stiller geworden ist, hat die andere Ecke losgeheult. Ich habe nicht gewartet, bis die Männer zurück waren, sondern schon mal an alle Frauen Helva verteilt, und da haben sie mit dem Weinen aufgehört. Fatma und Fevziye haben beim Essen zum Fenster rausgeschaut, und da haben wir im Garten den schwarzweißen Fußball von Turan und Bozkurt gesehen. Danach ist wieder losgeweint worden, aber irgendwann ist man zum Weinen zu erschöpft.

HADSCHI HAMIT VURAL. Bei den Aktaş ist die Frau ihres Neffen in jungen Jahren abberufen worden. Die Moschee war voll alter Joghurtverkäufer aus Konya, von denen die meisten mir ihre Grundstücke verkauft haben, die sie in den sechziger und siebziger Jahren eingezäunt hatten. Jetzt sagen sie alle, hätte ich doch später verkauft und mehr Geld dafür bekommen; Hadschi Hamit hat mein Grundstück spottbillig gekriegt. Und keiner sagt, wir haben uns damals irgendwo weit draußen staatlichen Grund unter den Nagel gerissen, ganz illegal, aber Hadschi Hamit hat uns Gott sei Dank trotzdem einen Haufen Geld dafür gegeben. Wenn die Leute auch nur ein Hundertstel von dem Geld dem Moscheeverein überlassen würden, müsste ich die Reparatur der Regenrinnen und der Bleiverkleidung und die Tür für den Koranschulraum nicht aus eigener Tasche bezahlen. Aber ich habe mich an diese Menschen gewöhnt, ich lächle ihnen huldvoll zu, und wenn sie wollen, halte ich ihnen die Hand hin und sie küssen sie. Der Mann der Verstorbenen war in kläglichem

Zustand. Ich habe gefragt, was Mevlut nach seinem Joghurtverkäuferdasein gemacht hat, und es mir betrübt angehört. Mensch ist nicht gleich Mensch, der eine wird reich, der andere weise, ein dritter lebt im Paradies, ein vierter in der Hölle. Vor Jahren war ich auf der Hochzeit dieser Leute und habe dem Bräutigam eine Uhr geschenkt, das ist mir jetzt wieder eingefallen, als man mich daran erinnert hat. Neben der Treppe zum Moscheehof liegen lauter leere Schachteln. »Die Moschee ist doch kein Abladeplatz«, habe ich gesagt; die sollen das gefälligst wegräumen. Der Imam ist gekommen, und alle haben sich versammelt. Bei unserem Propheten heißt es: »Am meisten ziemt es sich, beim Totengebet ganz hinten zu stehen.« Ich komme gern zu Beerdigungen, weil ich so gern mit ansehe, wie die ganze Gemeinde erst nach rechts grüßt und dann nach links. Falls die Verstorbene ein guter Mensch war, soll Gott der Herr sie ins Paradies schicken, und falls sie eine Sünderin war, möge er ihr verzeihen. Wie hieß sie noch mal, der Imam hat es gerade gesagt, ach ja, Rayiha. Sie muss klein und dünn gewesen sein, denn ich habe an ihrem Sarg mitgetragen, und er war federleicht.

SÜLEYMAN. Korkut hat gesagt, pass auf Mevlut auf, und so habe ich die ganze Zeit neben dem armen Kerl gestanden. Als er Erde ins Grab geschaufelt hat, wäre er fast reingefallen, und ich habe ihn von hinten gehalten. Auf einmal hat er sich nicht mehr auf den Beinen halten können, und ich habe ihn auf ein anderes Grab gesetzt, da ist er geblieben, bis Rayihas Grab zugeschaufelt war und die Trauernden gegangen sind.

Am liebsten wäre Mevlut da, wo Süleyman ihn hingesetzt hatte, einfach geblieben. Er spürte, dass Rayiha Hilfe von ihm erwartete. Solange die Leute da waren, fielen ihm keine Gebete ein, doch wenn er allein wäre, kämen sie ihm alle wieder, und Rayiha wäre damit geholfen. Es hieß ja, dass es Toten Erleichterung verschaffe, wenn man für sie bete, während ihre Seele dem Grab entfleuche. Und die Grabsteine um ihn herum, die Zypressen dahinter, die anderen Bäume und Sträucher, das Licht, alles hatte noch dazu eine frappierende Ähnlichkeit mit dem Bild, das er mit Rayiha aus *İrşad* ausgeschnitten und im Laden aufgehängt hatte. Er kam sich vor, als ob er jenen Augenblick schon einmal erlebt hätte. Beim nächtlichen Boza-Verkaufen auf der Straße waren ihm solche Illusionen schon widerfahren, und amüsiert hatte er sie als Streiche hingenommen, die sein Verstand ihm eben spielte.

Auf Rayihas Tod reagierte sein Verstand auf drei verschiedene Arten, die er mal als Täuschung, mal als Realität erlebte:

Die erste und am längsten währende Reaktion bestand darin, dass er Rayihas Tod einfach nicht akzeptierte. Obwohl seine Frau in seinen Armen gestorben war, stellte er sich oft vor, das sei ganz einfach nicht geschehen. Rayiha sei nebenan, und gerade habe sie etwas gesagt, was Mevlut nur nicht gehört habe. Gleich würde sie herüberkommen, und das Leben würde weitergehen wie immer.

Die zweite Reaktion war, dass er auf alles und jeden wütend war. Auf den Taxifahrer, der es nicht rechtzeitig ins Krankenhaus geschafft hatte, auf die Beamten, die mit ihrem Ausweis so lange gebraucht hatten, auf den Gemeindevorsteher, auf die Ärzte, auf alle Menschen, die ihn im Stich ließen, auf die Inflation, die Terroristen, die Politiker. Und am meisten auf Rayiha. Weil sie ihn allein zurückließ. Und ihm seinen Mevlidhan nicht geboren hatte. Weil sie vor der Mutterschaft geflüchtet war.

Aus einer dritten Reaktion heraus wollte er Rayiha auf ihrer Reise nach dem Tod zur Seite stehen. Zumindest im Jenseits sollte ihr Gutes von ihm widerfahren. In ihrem Grab war sie nun ganz allein. Wenn Mevlut mit seinen Töchtern auf den Friedhof ging und das Totengebet für sie sprach, würde das ihre Schmerzen lindern. Zwar kam er mit dem Gebet immer wieder durcheinander, da es ja auf Arabisch war, doch tröstete er sich mit dem Gedanken, dass vor allem die Absicht zählte.

In den ersten Monaten gingen Mevlut und seine Töchter nach jedem Friedhofsbesuch nach Duttepe zu den Aktaş. Tante Safiye kochte für die Mädchen, gab ihnen Schokolade und Kekse, und danach sahen sie sich zu viert im Fernsehen einen Film an.

Zweimal begegneten sie dabei auch Samiha. Wenn sie sich auch vor Süleyman nicht mehr fürchtete, mochten ihr diese Besuche schwerfallen, und Mevlut ahnte, dass sie sie nur ertrug, um ihre Nichten zu sehen, sie zu trösten und darin wiederum selber Trost zu finden.

Eines Tages sagte Vediha zu Mevlut, falls er im Sommer mit den Mädchen ins Dorf fahre, werde sie mitkommen. In Cennetpınar sei eine alte Schule in ein Gästehaus umgewandelt worden, und Korkut lasse dem Dorfverein seine Unterstützung zukommen. Von jenem Verein, von dem noch oft die Rede sein sollte, hörte Mevlut da zum ersten Mal. Er überlegte, dass er im Dorf weniger Geld ausgeben würde.

Als er mit Fatma und Fevziye in den Bus nach Beyşehir stieg, kam ihm in den Sinn, dass sie vielleicht ihr Leben lang nicht nach Istanbul zurückkehren würden. Nach kaum drei Tagen aber war ihm klar, dass ein Leben im Dorf ein leerer Traum war, nur aus dem Schmerz um Rayihas Tod heraus geboren. Dort gab es kein Brot für sie, und sie konnten höchstens als vorübergehende Gäste bleiben. Er wollte nach Istanbul zurück. Sein Lebenszentrum, seine Wut, sein Glück, Rayiha, alles war in Istanbul.

Durch den Zuspruch ihrer Großmutter und ihrer Tanten vergaßen Fatma und Fevziye zwar ein wenig den Schmerz über den Tod ihrer Mutter, doch was es am Dorfleben sonst noch für Freuden gab, war schnell erschöpft. Das Dorf war immer noch arm. Für das Interesse und die Scherze ihrer männlichen Altersgenossen dort hatten die beiden Mädchen nichts übrig. Abends schliefen sie im Zimmer ihrer Großmutter und ließen sich von ihr Dorflegenden erzählen, uralte Streitfälle, und erfuhren, wer dem anderen feind war oder gar gegen ihn prozessierte. Das lenkte sie einerseits ab, doch wurden sie manchmal von einer seltsamen Furcht gepackt, und dann fiel ihnen erst recht wieder ein, wie allein sie jetzt waren. Mevlut wiederum begriff erst nun, dass er seiner Mutter gram war, weil sie seinerzeit nicht nach Istanbul mitgegangen war und stattdessen ihn und seinen Vater alleingelassen hatte. Wären die Mutter und die Schwestern damals mitgezogen, wäre Rayiha vermutlich nicht in eine so ausweglose Lage geraten.

Dennoch war es Mevlut nicht unrecht, wenn die Mutter »Ach, Mevlut« seufzte und ihn küsste und streichelte. Nach solchen gefühlvollen Momenten wollte Mevlut sich am liebsten irgendwo verstecken und kehrte dann doch meist unter einem Vorwand wieder zur Mutter zurück. Ihre Liebkosungen hatten wohl nicht allein mit dem Tod Rayihas zu tun, sondern auch damit, dass er es in Istanbul zu nichts gebracht hatte und immer noch auf die Unterstützung seiner Cousins angewiesen war. Außerdem schämte er sich, weil er im Gegensatz zu seinem Vater all die Jahre über seiner Mutter kein Geld geschickt hatte.

Mehr Freude als an der Mutter und den Schwestern empfand Mevlut, wenn er dreimal in der Woche mit seinen Töchtern zu Fuß nach Gümüşdere ging und sich dort mit seinem Schwiegervater Abdurrahman Efendi unterhielt, der dann jeweils, ohne dass die Mädchen das mitbekamen, zum Essen Raki einschenkte und sich danach, wenn Fatma und Fevziye im Garten waren, in doppeldeutigen Bemerkungen erging: Ihnen beiden, sagte er, sei doch die Frau in jungen Jahren weggestorben, und jeweils, ohne ihnen einen Stammhalter zu gebären. Beide würden sie nun den Rest ihres Lebens ihren Töchtern widmen, und beide würden auch beim Anblick einer dieser Töchter, welcher auch immer, voller Kummer an deren Mutter erinnert.

In den letzten Tagen nahm Mevlut seine Töchter noch öfter ins Dorf ihrer Mutter mit. Wenn sie auf dem baumbestandenen Weg dahingingen, sahen sie alle drei gern hinunter auf die fernen kleinen Dörfer mit ihren schlanken Minaretten, auf das Grün zwischen den kahlen Felsen, die gelben, zwischen die Wolken hindurch von der Sonne beschienenen Felder, die Friedhöfe mit ihren Zypressen, und dann entstand zwischen ihnen oft eine lange Stille. In der Ferne bellten Hunde. Und auf der Rückfahrt im Bus begriff Mevlut, dass der Anblick eines Dorfes ihn immer an Rayiha erinnern würde.

7. Das Gedächtnis des Stromverbrauchs

Süleyman in der Tinte

FERHAT. Im Sommer 1995 habe ich viel Zeit in den Archiven von Yeditepe Elektrik verbracht, auf der Suche nach meiner elektrifizierenden Liebe Selvihan. Mit den beiden pensionierten Archivaren habe ich Tee um Tee getrunken, Zigarette um Zigarette geraucht, umgeben von Regalen voller Akten aller Art und voller vergilbter Umschläge, in denen siebzig, achtzig Jahre alte Papierstapel lagerten. Mochte die Einrichtung im Lauf der Jahre auch mehrfach den Namen gewechselt haben, so war das Archiv von Yeditepe Elektrik doch das große Gedächtnis von Stromerzeugung und -vertrieb in Istanbul, die 1914 mit dem Kraftwerk Silahtarağa ihren Anfang genommen hatten. In dieser Stadt Strom kassieren zu wollen, ohne sich dieses Gedächtnis zu eigen zu machen und alle Tricks zu studieren, die die Istanbuler in den letzten achtzig Jahren entwickelt hatten, um den Staat zu betrügen, war laut meinen beiden Gewährsmännern vergebliche Liebesmüh.

Bald aber mussten wir erfahren, dass die aus Anatolien stammenden neuen Geschäftsführer von Yeditepe Elektrik in dieser Hinsicht anders dachten. Sie wollten allen Ernstes das Archivmaterial zum Altpapierpreis an Trödler verhökern oder es gar verbrennen. »Dann sollen sie uns mitverbrennen!«, rief einer der beiden Archivare aus, als er gerüchteweise zum ersten Mal von diesem Ansinnen hörte. Der andere stieß wütend aus, das Schlimmste sei gar nicht der Kapitalismus an sich, sondern diese Provinzler aus Anatolien, diese Emporkömmlinge, die nun Istanbul heimsuchten. Dann aber verlegten sie sich auf eine andere Strategie und bauten darauf, dass vielleicht ich den Chefs aus Kayseri erläutern könne, wie unersetzlich das Archiv für ein effektives Kassieren der Stromgelder sei, damit dieser sowohl in menschlicher als auch technischer Hinsicht äußerst wertvolle Schatz gerettet werde.

Wir begannen mit den allerersten Akten, mit dicken, wohlriechenden Heften aus weißem Papier, die vor der Gründung der Republik und damit vor der Schriftreform handschriftlich geführt worden waren, und zwar zum Teil auf Osmanisch, zum Teil auf Französisch. Dann fuhren die Archivare mit Akten aus den dreißiger Jahren fort, aus denen hervorging, über welche Viertel die Elektrifizierung fortschritt und wo damals am meisten Strom verbraucht wurde. In Historikermanier wiesen sie darauf hin, wie viele Nichtmuslime es damals in Istanbul noch gegeben hatte. In den fünfziger Jahren war man dazu übergegangen, Stromableser jeweils mit einem bestimmten Gebiet zu betrauen, so wie dies in osmanischen Zeiten mit den Steuereinnehmern geschehen war. Wo sie zuständig waren, übten sie ganz nebenbei auch eine Art polizeiliche Überwachung aus und notierten auf die Blätter, die wir nun zu hundert, fünfhundert oder gar neunhundert Stück zusammengeheftet vorfanden, alle möglichen Details und von den Kunden angewandte Tricks.

Die fleckigen, abgegriffenen Blätter gab es in drei Farben: weiße für Wohnungen, violette für Läden, rote für Industriebetriebe. Am betrügerischsten gingen violette und rote Abonnenten vor, doch beim Studieren der von den heldenhaften Beamten verfassten Rubrik »Anmerkungen« sollte ich feststellen, dass sich ab den siebziger Jahren auch Gecekondu-Viertel wie Zeytinburnu, Taşlıtarla oder Duttepe zu wahren Stromdiebstahlparadiesen auswuchsen. Mit Kopierstift, an dem man erst lecken musste, später mit Kugelschreiber, mal in großzügig geschwungener Schrift, mal in winzig kleinem Gekrakel, waren die verschiedensten Einzelheiten über die Abonnenten, die Stromuhren und die diversen Betrügereien festgehalten, und mir war, als ob das alles mich Selvihan näherbrächte.

Anmerkungen wie »Kühlschrank gekauft« oder »Zweiter Elektroofen« sollten dem Stromableser Hinweise darauf geben, wie viel Glauben er dem Kunden schenken durfte. Wie die Archivare stolz vermeldeten, ging aus den Eintragungen mit beachtlicher Präzision hervor, wo und wann in Istanbul Gerätschaften wie Kühlschränke, Bügeleisen, Waschmaschinen oder Elektroöfen Einzug hielten. Ferner gaben Bemerkungen wie »Sind zurück in ihr Dorf«, »Wegen Hochzeit zwei Monate nicht daheim«, »Sind in ihrem Sommerhaus« oder »Haben zwei Gäste aus der Heimat« in vielfältiger Weise Auskunft über die Bewegungen, die sich in der Stadt vollzogen. Manchmal stieß ich auf ein von jenem Sami aus Sürmene betriebenes Lokal – eine Bar oder einen Kebab-Laden –, und dann vertiefte ich mich in die diesbezüglichen Akten und vergaß darüber den Rest. Da kamen mir die Archivare sogleich mit besonders amüsanten oder lehrreichen Beispielen daher: »Rechnung auf Nagel am Türgriff spießen«, »Vom Brunnen aus die Mauer entlang zum Feigenbaum gehen; Stromuhr hinter Baum«, »Der große Mann mit Brille ist verrückt. Nicht ansprechen!«, »Im Garten ist ein Hund. Hört auf den Namen Graf. Solang er knurrt, beißt er nicht«, »Lampen im ersten Stock des Nachtclubs von innen und außen angeschlossen«.

Die Archivare sagten, um so eine Anmerkung wie Letztere zu schreiben, müsse man besonders diensteifrig, ja ein wahrer Held sein. Wer als Stromableser einer größeren Sache auf die Spur kam, einem geschickt eingefädelten Betrug in einem Nachtclub oder einer illegalen Spielhölle (von denen auch Sami aus Sürmene welche zu haben schien), der meldete in den meisten Fällen davon nichts, dann musste er nämlich das Bestechungsgeld, das er dafür einschob, mit niemandem teilen. Wenn ich an eine solche Information gelangte, stellte ich mir gleich vor, wie ich dem Kerl, der meine Selvihan gefangen hielt, den entscheidenden Schlag versetzte und meine Geliebte wiederfand, und dann notierte ich mir die entsprechenden Adressen und zog los, um Razzien durchzuführen.

MAHINUR MERYEM. Mit knapp vierzig bin ich von Süleyman schwanger geworden. Eine alleinstehende Frau in meinem Alter muss sehen, wo sie bleibt. Seit zehn Jahren sind wir jetzt zusammen. Ich selber mag ja drauf reingefallen sein, wie Süleyman mich ständig hingehalten hat, aber mein Körper hat schon gewusst, was zu tun ist.

Ich hatte keinen Zweifel, dass Süleyman das nicht gut aufnehmen würde. Erst hat er gedacht, ich will ihn bloß wieder beschwatzen, dass wir endlich heiraten. Als wir in der Wohnung in Cihangir getrunken und uns immer lauter angeschrien haben, hat er irgendwann kapiert, dass ich wirklich sein Kind unter dem Herzen trage, und da ist er erst mal erschrocken. Er hat noch mehr gesoffen und sich fürchterlich aufgeführt. Aber ich habe gemerkt, dass er sich irgendwie auch freut. Jedes Mal, wenn er seither kommt, fängt er wieder an zu streiten, aber ich gehe nicht drauf ein. Er droht und säuft immer mehr. Und sagt, dass ich mir das mit der türkischen Popmusik abschminken kann. Dass er mich da nicht mehr unterstützt.

»Süleyman, für das Baby würde ich nicht bloß die Musik aufgeben, sondern mein ganzes Leben.«

Wenn ich so was sage, wird er gleich ganz sanft. Aber auch wenn er nicht sanft wird, schlafen wir miteinander.

»Meinst du, eine Frau, mit der du so schläfst, kannst du einfach im Stich lassen?«

Da sieht er ganz verlegen drein. Aber manchmal geht er aus der Wohnung raus und sagt, dass ich ihn jetzt das letzte Mal gesehen habe.

»Na dann tschüss«, sage ich und mache die Tür zu, und mir schießen die Tränen in die Augen. Inzwischen kommt er jeden Tag, und das Baby in meinem Bauch wird immer größer. Ein paarmal wollte er mich schon schlagen.

»Na los, schlag zu, Süleyman. Dann werdet ihr mich genauso leicht los wie Rayiha.«

Dann sieht er mich wieder so hilflos an, dass er mir gleich wieder leidtut. Wenn er ganz bedröppelt dasitzt, aber wenigstens STILL und MANIERLICH seinen Raki süffelt, sage ich ihm, dass wir zusammen glücklich werden können und ich das Juwel sehe, das in ihm steckt, und dass es gar nicht so leicht ist, so eine Verbundenheit und Freundschaft wie zwischen uns beiden noch einmal zu finden.

»Dein Bruder hat dich unterdrückt. Wenn du dich von dem fernhältst, kannst du ein ganz anderer Mensch werden. Wir brauchen uns vor niemand zu fürchten.«

So sind wir langsam auf das Thema Kopftuch gekommen. »Ich tu, was ich kann«, habe ich gesagt. »Aber manches kann ich eben, und manches nicht.«

»Ist bei mir auch so«, hat der arme Süleyman erwidert. »Sag mal, was du tun kannst.«

»Manche Frauen lassen sich neben der standesamtlichen Trauung auch noch vom Imam trauen, damit der Mann mit seiner Familie keinen Ärger kriegt. Das kann ich tun. Aber erst muss deine Familie zu meinen Eltern nach Üsküdar kommen und offiziell um meine Hand anhalten.«

Als Mevlut im Herbst 1995 mit seinen Töchtern nach Istanbul zurückkehrte, bekam er ohne weiteres seinen Platz als Parkplatzwächter wieder, denn der Bräutigam hatte es ganz natürlich gefunden, dass Mevlut nach dem Tod seiner Frau erst mal in sein Dorf gefahren war. In der Zwischenzeit hatte Kemal mit zwei Blumentöpfen und ein paar Pflastersteinen die Grenze zum Parkplatz ein wenig zu seinen Gunsten verschoben und sich, schlimmer noch, in den drei Monaten einen noch raueren Umgangston angewöhnt (»Fahr endlich den BMW da weg!«), aber das machte Mevlut nichts aus. Seit Rayihas Tod konnte es ihm zwar niemand irgendwie recht machen, aber diesem Kemal, der nun ein schickes blaues Sakko trug, konnte er irgendwie nicht böse sein.

Er verkaufte wieder abends sein Boza und widmete sich ansonsten seinen Töchtern. Über banale Fragen wie »Hast du deine Hausaufgaben gemacht?«, »Bist du satt?« und »Wie geht's dir?« kam er jedoch kaum hinaus. Durchaus bewusst war ihm, dass nach der Mutter nun auch die Mädchen oft zu Samiha gingen, ihm aber davon nur ungern berichteten. Als eines Morgens Ferhat bei ihm klingelte, meinte er daher, er komme wegen der Mädchen zu ihm.

»Du, in dieses Viertel kann man sich unbewaffnet kaum noch trauen«, sagte Ferhat. »Drogenhändler, Nutten, Transvestiten, alle möglichen Banden … Wir sollten uns nach einer anderen Wohnung für euch umsehen.«

»Wir sind aber gern hier. Hier hat schließlich Rayiha gelebt.«

Ferhat erwiderte, er habe mit Mevlut ein ernstes Thema zu besprechen, und nahm ihn mit in ein neues Café am Taksim-Platz. Vor der

Kulisse der vorbeiziehenden Menschenmassen unterhielten sie sich lange miteinander, und Mevlut hörte sich an, wie sein Freund ihm vorschlug, als eine Art Stromableserlehrling bei ihm anzufangen.

»Und was ist dazu deine private Meinung?«, fragte Mevlut.

»Hier sind meine private und meine offizielle Meinung eins. Mit dieser Arbeit tust du dir und deinen Töchtern einen Gefallen und nicht zuletzt auch Rayiha, die sich im Jenseits um euch Sorgen macht. Und gutes Geld verdienst du dabei auch.«

Ganz offiziell würde er dort eigentlich nicht so viel verdienen, zwar etwas mehr als beim Bräutigam, doch was Ferhat »gutes Geld« nannte, würde er nur bekommen, wenn er einen Teil der bei den Abonnenten eingetriebenen Stromschulden in die eigene Tasche abzweigte, so viel hatte er schon mitbekommen.

»Dass da manchmal auch bei uns was hängenbleibt, wissen unsere Chefs«, sagte Ferhat. »Also, du bringst uns dein Schulzeugnis, eine Wohnbescheinigung, deinen Ausweis und sechs Ausweisfotos, und drei Tage später kannst du anfangen. Am Anfang gehen wir gemeinsam los, da bringe ich dir alles bei. Wir wollen dich unbedingt haben, weil du ein ehrlicher Kerl bist, der niemand übers Ohr haut.«

»Gott möge es dir lohnen«, sagte Mevlut, und auf dem Weg zum Parkplatz dachte er, dass Ferhat wohl die Ironie in diesem Satz gar nicht mitbekommen hatte. Drei Tage später rief er die Nummer an, die Ferhat ihm gegeben hatte.

»Da hast du endlich mal eine richtige Entscheidung getroffen«, sagte Ferhat.

Zwei Tage später trafen sie sich in Kurtuluş an einer Bushaltestelle. Mevlut trug sein gutes Sakko und eine einwandfreie Hose. Ferhat hatte die alte Tasche dabei, mit der einer der beiden Archivare früher den Strom abgelesen hatte. »Für dich werden wir auch so eine auftreiben«, sagte er. »Damit lässt sich Eindruck schinden.«

Sie bogen in eine Seitenstraße ab. Mevlut kam abends manchmal in dieses Viertel, doch im Lichtschein der Straßenlampen und der Fernseher wirkte es moderner als jetzt am Vormittag, wo Mevlut sich dort vorkam wie vor fünfundzwanzig Jahren als Schüler. Bis zum Mittag lasen sie fast zweihundertfünfzig Stromzähler ab, die in ein und demselben Register verzeichnet waren.

Erst gingen sie immer nach unten zur Hausmeisterwohnung, daneben befanden sich meist die Zähler. »Hier, auf der Nummer sieben, die haben schon einiges an Schulden. In den letzten fünf Monaten haben wir schon zwei Mal gemahnt, und die zahlen immer noch nicht. Aber schau bloß, wie schnell der Zähler sich dreht«, sagte Ferhat oberlehrerhaft. Er zog einen Hefter aus der Tasche, blätterte darin, kniff beim Lesen der Zahlen die Augen zusammen. »Bei der Nummer sechs sind noch zwei große Rechnungen vom letzten Jahr fällig, gegen die haben sie Einspruch eingelegt. Wir haben ihnen den Strom nicht abgesperrt, aber schau mal, der Zähler rührt sich nicht. Da müssen wir mal nachsehen.«

Erst gingen sie durch das muffige Treppenhaus in den dritten Stock zur Wohnung Nummer sieben und läuteten dort. Unmittelbar danach rief Ferhat »Strom!«, was sich aber weniger erläuternd anhörte als vielmehr selbstsicher und streng, nach Art eines Staatsanwalts.

Wenn der Stromableser vor der Tür stand, wurden die Leute ohnehin schon nervös. Ferhats autoritär-modernes Auftreten hatte zudem etwas an sich, das an der Familienintimität kratzte; dafür hatte Mevlut noch ein Gespür aus der Zeit, als er mit seinem Joghurt von Tür zu Tür gezogen war. So dachte er, Ferhat habe ihn wohl nicht nur wegen seiner Ehrlichkeit engagiert, sondern eben auch, weil er sich darauf verstand, mit den Frauen des Hauses zu reden, ohne dabei irgendwie belästigend zu wirken.

Mal ging bei einem Stromschuldner die Tür auf, mal nicht. Wenn nicht, horchte man, ob sich in der Wohnung was tat. Wo sich nach dem Klingeln Schritte näherten, die auf das »Strom!« hin augenblicklich verstummten, hieß das natürlich, dass der Schuldner einfach nicht zahlen wollte. Meist aber ging die Tür doch auf, und es stand eine ältere Frau da, die sich rasch das Kopftuch zuband, oder eine Hausfrau mit rosafarbenen Spülhandschuhen, eine junge Mutter mit ihrem Kind auf dem

Arm, ein leicht weggetretener alter Opa oder ein zorniger junger Müßiggänger.

»Strom!«, rief Ferhat noch einmal beamtenhaft. »Bei Ihnen ist eine Rechnung nicht beglichen.«

»Kommen Sie morgen wieder, ich hab's gerade nicht passend«, hieß es dann etwa, oder »Ich habe leider gar kein Geld daheim.« Manche versuchten es auch mit »Von wegen nicht beglichen, wir zahlen das Monat für Monat bei der Bank ein, erst gestern wieder«, oder sie sagten »Wir zahlen das immer dem Hausmeister, zusammen mit der Miete.«

»Hier steht aber, dass die Rechnung unbezahlt ist«, erwiderte Ferhat dann ungerührt. »Wissen Sie, das geht jetzt alles über EDV, ganz automatisch. Und weil Sie nicht gezahlt haben, sperren wir jetzt den Strom ab.«

Dann warf er Mevlut einen belehrenden Blick zu, aus dem auch die Genugtuung sprach, seine grenzenlose Macht demonstrieren zu können. Manchmal ging er wortlos weg, und die Leute an der Tür sahen fragend Mevlut an, ob das nun wirklich ernst gemeint sei und ihnen der Strom abgedreht werde.

Meist aber blieb Ferhat stehen und gab einen positiven Bescheid: »Ich will's noch mal gut sein lassen. Aber passen Sie bloß auf, wir sind jetzt eine Privatfirma, beim nächsten Mal sind Sie dran.« Oder er sagte: »Überlegen Sie sich das gut, denn wenn ich Ihnen den Strom sperre, müssen Sie hinterher fürs Wiederanschließen extra zahlen.« Oder: »Na ja, wenn hier eine Schwangere wohnt, will ich mal nicht so sein, aber das ist das letzte Mal.« Oder: »Wenn Sie Ihren Strom nicht zahlen können, müssen Sie eben sparsamer sein.« Sobald die Leute kapierten, dass es noch mal gutgegangen war, überschütteten sie einen mit Dankesworten. Manchmal zeigte Ferhat etwa auf ein verrotztes Kind, das neben seiner Mutter stand, und sagte: »Ich tu's für den da. Aber nur dieses eine Mal, ja?«

Manchmal öffnete ein kleiner Junge die Tür und sagte, es sei niemand daheim. Oft war solchen Kindern die Aufregung förmlich anzusehen, während andere den Satz mit der Abgebrühtheit eines Erwachsenen herunterspulten. Obwohl Ferhat an der Tür gehorcht hatte und genau wusste, dass ihm eine Lüge aufgetischt wurde, wollte er den Jungen nicht bloßstellen.

»Na schön«, meinte er onkelhaft, »aber sag heute Abend deinen Eltern, dass sie ihren Strom zahlen müssen, ja? Wie heißt du denn?«

»Talat!«

»Talat? Gut. So, aber jetzt mach die Tür wieder zu, damit dich die Wölfe nicht zu fressen kriegen.«

So umgänglich zeigte sich Ferhat, um Mevlut am ersten Tag den Eindruck zu vermitteln, die Arbeit sei locker zu bewältigen. So gab er keinerlei brüske Antworten, auch nicht, wenn ein Betrunkener rief »Ich schulde nur einem was, und das ist Gott«, oder wenn jemand zornig klagte »Das sind doch Wucherer beim Staat, man kommt ja mit dem Zahlen gar nicht mehr nach!«, oder wenn ein alter Mann mit künstlichem Gebiss rief »Bei dem ganzen Schmiergeld, dass ihr kassiert, werdet ihr in der Hölle braten!« und ihnen die Tür vor der Nase zuschlug, oder wenn jemand es auf die naive Tour versuchte: »Woher soll ich denn wissen, dass Sie wirklich Stromableser sind?« Ebenso ließ Ferhat an dem Tag die diversesten Lügen durchgehen: »Meine Mutter liegt dadrinnen auf dem Totenbett.« »Papa macht seinen Wehrdienst.« »Wir sind hier gerade eingezogen, das muss noch eine Rechnung von den Vormietern sein.« Beim Hinausgehen klärte Ferhat Mevlut jeweils auf, wie es sich tatsächlich verhielt, nämlich dass etwa der Mann, der gesagt hatte, er komme mit dem Zahlen nicht nach, jedes Mal behauptete, er habe doch einem anderen Stromableser schon was zugesteckt, und dass der Mann mit dem Gebiss gar nicht so fromm sei, wie er immer tue, denn er habe den Kerl schon oft am Kurtuluş-Platz in einer Kneipe beim Saufen gesehen.

»Weißt du, wir möchten diese Leute ja nicht drangsalieren, sie sollen lediglich ihren Strom zahlen«, sagte Ferhat, als sie später in einem Kaffeehaus saßen. »Es hat keinen Sinn, jemanden zu bestrafen, weil er nicht zahlen kann, und seine Frau und seine Kinder gleich mit. Du musst herauskriegen, wer wirklich nicht zahlen kann, wer ein bisschen was zahlen könnte, und wer sehr wohl zahlen könnte, dir aber die Hucke volllügt, also wer ehrlich ist und wer ein Schwindler. Von meinen Chefs habe ich die Befugnis, darüber wie ein Richter zu befinden, tja, und die hast du jetzt auch. Verstehst du?«

»Ja.«

»Aber pass auf, zweierlei ist absolut verboten. Zum einen darfst du dir keine Zahlen aus den Fingern saugen und so tun, als hättest du den Strom wirklich abgelesen. Wenn so was rauskommt, fliegst du auf der Stelle. Und das zweite brauche ich dir eigentlich nicht zu sagen, aber natürlich dürfen wir nie in irgendeiner Weise eine Frau belästigen oder sie auch nur ungebührlich anschauen, da will ich nicht die mindeste Klage hören. Davon hängt das ganze Ansehen unserer Firma ab. So, wie wär's, darf ich dich zur Feier des Tages heute Abend in einen Nachtclub einladen?«

»Heute Abend verkaufe ich mein Boza.«

»Was, heute auch? Aber du verdienst doch ab jetzt genug?«

»Mein Boza verkaufe ich jeden Abend.«

Ferhat deutetet eine leichte Verbeugung an und lächelte ergeben.

8. Mevlut in den entlegensten Vierteln

Hunde merken gleich, wer nicht zu uns gehört

ONKEL HASAN. Als ich erfahren habe, dass Süleyman eine Sängerin geschwängert hat, die älter ist als er, habe ich nichts gesagt. Die Sache mit Mevlut tut uns auch sehr leid. Wenn ich all das Unglück mit ansehe, sage ich zu Safiye, dass ich froh bin, mir nie was anderes eingebildet zu haben als meinen Krämerladen. Sogar das Tütenfalten mache ich gern.

VEDIHA. Vielleicht ist es für Süleyman wirklich das Beste, denn so wie es bisher gelaufen ist, hätte er wohl nie geheiratet. Nur Süleyman, Korkut und ich sind nach Üsküdar gefahren, um bei Melahats Vater um die Hand seiner Tochter anzuhalten. Süleyman hat sich mehr in Schale geworfen als bei jedem unserer bisherigen Versuche, allein das hat mich schon beeindruckt. Seinem zukünftigen Schwiegervater, einem pensionierten Beamten, hat er ehrfürchtig die Hand geküsst. Ganz offensichtlich liebt er diese Melahat wirklich. Warum, das weiß ich noch nicht ganz. Schließlich ist Melahat selbst ins Wohnzimmer gekommen, sehr schick und gepflegt und ganz ernst. Mit ihren gut vierzig Jahren hat sie uns den Mokka genau so serviert, wie das ansonsten fünfzehnjährige Mädchen tun müssen, wenn offiziell um sie angehalten wird. Dann hat sie sich selbst eine Tasse Kaffee genommen und aus ihrer Handtasche ein Päckchen Samsun gezogen. Sie hat ihrem Vater, mit dem sie sich erst vor kurzem wieder versöhnt hat, eine Zigarette angeboten und sich dann selbst eine angesteckt und den Rauch ganz ungeniert in den Raum geblasen. Da mussten wir schon schlucken. Aber ich habe auch gemerkt, dass Süleyman sich nicht etwa geschämt hat, nun heiraten zu müssen, weil Melahat schwanger war, sondern dass er stolz war, gerade so eine Frau zu heiraten. Und den Rauch, den Melahat ausstieß, hat er wohl so empfunden, als würde er selbst ihn Korkut ins Gesicht blasen. Ganz anders ist mir da geworden.

KORKUT. Das sind natürlich jetzt keine Leute, die etwas von uns verlangen oder Ansprüche an uns stellen könnten. Einfache Menschen, ehrlich, aus bescheidenen Verhältnissen. Mit der Religion scheint es bei ihnen aber nicht weit her zu sein. So neugierig, wie die Nachbarn in Duttepe nun mal sind, haben wir uns gedacht, wir machen die Hochzeit lieber nicht in Mecidiyeköy, sondern recht weit weg, und wir haben uns für einen kleinen, aber ganz ansehnlichen Hochzeitssaal in Aksaray entschieden. Danach habe ich zu Süleyman gesagt, »Komm jetzt trinken wir noch einen Raki unter Brüdern«, und wir haben uns in Kumkapı in eine Kneipe gesetzt. »Süleyman«, habe ich nach dem zweiten Glas zu ihm gesagt, »als dein älterer Bruder muss ich dich jetzt was Ernstes fragen. Diese Frau ist uns ja ganz recht, aber am wichtigsten ist uns die Ehre. Bist du dir sicher, dass Melahat sich an unsere Lebensart anpassen kann?«

»Mach dir mal keine Sorgen«, hat er da geantwortet. »Aber was genau verstehst du unter Ehre?«

FERHAT. Während die Süleyman verheiratet haben, bin ich wie ein ganz normaler Gast in den Nachtclub Güneş gegangen und habe dort eine Art Feldforschung betrieben. Das ist unter anderem das Schöne an unserem Beruf: Man genehmigt sich ein paar Glas Raki, schaut sich dabei unauffällig um, mit welchen Mitteln eventuell Stromdiebstahl begangen wird, und ganz nebenbei lernt man auch noch den Chef des Ladens kennen, dem man bald darauf ganz gehörig wehtun wird. Allmählich haben die Damen des Etablissements ihre Plätze eingenommen, und es ist ein ziemlich langer Abend geworden. Bei mir am Tisch saßen noch Demir aus Dersim, zwei Unternehmer, ein früherer Linker und noch so ein junger fleißiger Stromableser wie ich.

Jeder Nachtclub hat seinen eigenen Geruch aus gegrilltem Fleisch, Raki, Muff, Parfüm und Atemluft, und weil oft jahrelang konsequent kein einziges Fenster aufgemacht wird, reift dieses Aroma heran wie alter Wein und setzt sich in den Teppichen und Vorhängen fest. Man gewöhnt sich an den Geruch, sehnt sich nach ihm, und wenn man ihn nach langer Zeit zum ersten Mal wieder einsaugt, schlägt einem das Herz höher. An jenem Abend haben wir einer der Perlen der türkischen Kunstmusik gelauscht, nämlich der samtenen Stimme von Muhterem Mavi. Danach ist das Komikerpaar Ali und Veli aufgetreten, mit seinen Politiker- und Werbeimitationen, und schließlich die auch in Europa bekannte Bauchtänzerin Mesrure. Viele bekannte Lieder haben wir zu hören bekommen, viel Melancholie lag in der Luft, doch hinter allen Worten und allen Melodien war immer Selvihan.

Zwei Tage darauf haben Mevlut und ich uns zu einem weiteren Schulungsstag mittags in Beşiktaş getroffen. »Heute fangen wir mal mit einem theoretischen Teil an. In dem Lokal war ich schon mal, komm, da setzen wir uns jetzt rein. Keine Sorge, wir trinken keinen Raki, wir sind ja bei der Arbeit. Wirst schon keinen Ärger kriegen mit deinen Freunden von *İrşad*.«

»Ich lese *İrşad* doch gar nicht, bloß diesen einen Artikel und das Bild habe ich ausgeschnitten«, hat Mevlut da schon wieder protestiert.

»Jetzt hör mir mal gut zu, Mevlut«, habe ich gesagt, ganz entwaffnet von Mevluts Naivität. »Das Wichtigste in diesem Beruf ist Menschenkenntnis. Du musst ständig auf der Hut sein. Diese Leute, die sofort zu jammern anfangen, sobald sie mich sehen, spielen mir bloß was vor, um mich zu testen. Das muss man nur erst mal begreifen. Und je nach Fall muss man entweder einen auf verständnisvoll machen oder auch mal durchgreifen und einer armen Witwe mir nichts, dir nichts den Strom abstellen. Wo es nötig ist, muss man auch mal so *tun*, als ob man ein ehrenhafter Beamter der türkischen Republik wäre, der sich nie und nimmer bestechen ließe. Jetzt schau mich nicht so an. Ich bin kein Beamter, und du wirst auch keiner sein. Und was du von den Leuten annimmst, ist kein Bestechungsgeld, sondern nichts anderes als das, was Yeditepe Elektrik sowieso zusteht. Du wirst von mir noch einige Feinheiten dieses Berufes lernen. So mancher Kunde hat auf der Bank ein prallvolles Konto und noch dazu Dollarbündel unter der Matratze, aber sobald er einen armen Stromableser erblickt, fängt er an zu jammern. Und da steigert er sich derart rein, dass er irgendwann selber dran glaubt und noch herzzerreißender heult, als du deiner Rayiha je hinterhergeweint hast. Irgendwann kriegt man tatsächlich seine Zweifel, und während du versuchst, aus seinem Gesicht und dem seiner Kinder die Wahrheit rauszulesen, liest er genauso in dir und will rauskriegen, ob er nun lieber gleich zahlen soll, und wenn ja, wie viel, oder ob er lieber weiterlügen soll. Pass auf, in diesen zwei-, dreistöckigen Häusern wohnen kleine Angestellte, Straßenverkäufer, Kellner, Verkäuferinnen, Studenten, da gibt es nicht immer einen Hausmeister, und weil Vermieter und Mieter häufig darüber streiten, wer was an Heizöl oder Kohle zahlt und von wann bis wann die Heizperiode ist, wird die Zentralheizung oft aufgegeben und jeder heizt, wie es ihm gerade einfällt, aber meistens eben mit einem elektrischen Ofen, für den man den Strom am liebsten klaut. Solche Sachen musst du herauskriegen, damit du deine Arbeit richtig tun kannst. Und vor allem darfst du dir nicht in die Karten schauen lassen. Wenn man dir am treuherzigen Gesicht schon ansieht, dass du einem nie und nimmer den Strom abdrehen würdest, kriegst du von den Leuten nichts. Oder sie sagen sich zumindest, lieber lege ich das Geld erst mal an, und je später ich meine Schulden zahle, umso besser komme ich weg. Und es ist weder gut, wenn sie dich für einen stolzen, wohlhabenden Kerl halten, dem es rein gar nichts bedeutet, wenn ein Mütterchen ihm ein paar Kröten in die Hand drückt, noch wenn sie denken, dass du furchtbar habgierig bist und jedem Schmiergeld hinterherläufst. Verstehst du, was ich meine? So, und jetzt sag mir mal, wie sie in diesem Lokal hier heizen.«

»Gut heizen sie.«

»Ja schon, aber mit was? Mit einem Ofen oder einem Heizkörper?«

»Mit einem Heizkörper.«

»Ja? Tatsächlich?«

Mevlut hat den Heizkörper neben sich berührt und gemerkt, dass der nicht warm genug ist.

»Dann muss da auch noch ein Ofen sein«, hat er gesagt.

»Und wo ist der? Siehst du ihn irgendwo? Nein. Weil es nämlich ein elektrischer Ofen ist, für den sie den Strom irgendwo abzapfen, also stellen sie ihn nicht mitten in den Raum. Und damit man nicht gleich was merkt, lassen sie den Heizkörper wenigstens lauwarm werden. Ich habe vorhin schon nachgeschaut, der Stromzähler läuft ganz langsam. Garantiert werden in anderen Räumen auch noch Öfen und Kühlschränke mit geklautem Strom betrieben.«

»Und was machen wir jetzt?«, hat Mevlut wie ein kleiner Junge gefragt, der ganz aufgeregt ist, weil er einen Überfall beobachtet hat.

Ich habe in den violetten Seiten des Hefters geblättert und Mevlut die entsprechende Stelle gezeigt. »Lies doch mal den Kommentar da.«

»Der Zähler ist neben der Tür«, hat Mevlut vorgelesen. »Eismaschine angeschlossen.«

»Das heißt also, dass die hier im Sommer Eis verkaufen. Und mehr als die Hälfte der in Istanbul betriebenen Eismaschinen laufen mit geklautem Strom. Der Kollege hatte einen Verdacht, aber unser technisches Team hat nichts gefunden. Oder aber sie haben was gefunden, aber der bullige Typ da an der Kasse hat jedem von ihnen einen größeren Schein zugesteckt. Manche gehen beim Stromabzapfen derart raffiniert vor, dass sie sich einbilden, sie werden nie erwischt, und deshalb keinen roten

Heller springen lassen, nicht mal zum Erhalten der Freundschaft. Hallo, Kellner! Sagen Sie mal, die Heizung ist ja nur lauwarm, wir frieren hier.«

»Ich sag's dem Chef.«

»So ein Kellner kann auf dem Laufenden sein oder auch nicht«, sagte ich zu Mevlut. »Versetz dich mal in die Lage von so einem Chef. Wenn der Kellner Bescheid weiß, kann er einen hinhängen. Also kann man ihn nicht so leicht entlassen oder ihm vorwerfen, dass er faul ist oder zu viel Trinkgeld einsteckt. Am besten also, der Chef überlässt das ganze Restaurant oder die Fabrik eine Nacht lang, wenn niemand da ist, einem Spezialisten. Die sind so was von gewieft, dass du echt deinen Hut ziehst. Mit denen spielen wir so eine Art Schach. Die verstecken das Zeug, und wir müssen es finden.«

»So, jetzt wird's gleich wärmer«, rief der bullige Wirt herüber.

»Hast du gemerkt«, flüsterte Mevlut, »wie neutral er das formuliert hat? Was machen wir jetzt? Drehen wir ihm den Strom ab?«

»Nein, Junge. Lektion zwei: Man identifiziert den Betrug und merkt sich das Ganze. Aber zum Geldeintreiben wartet man einen günstigen Zeitpunkt ab. Hier haben wir's noch gar nicht eilig.«

»Mensch, Ferhat, du bist ja ein richtiger Fuchs.«

»Ja, aber ich muss auch so ein Lämmchen wie dich dabeihaben, so einen grundehrlichen Menschen«, habe ich gesagt, um ihm Mut zu machen. »Deine aufrichtige, arglose Art ist wie ein Schatz für unsere Firma, ach was, für die ganze Welt.«

»Ja, schon, aber mit so Chefs, die im großen Stil betrügen, kann ich's nicht aufnehmen. Lass mich lieber in ärmere Viertel gehen, in Gecekondus.«

Den Winter und Frühling über war Mevlut zusammen mit Ferhat unterwegs und lernte seine Lektionen, und zwei, drei Tage in der Woche zog er allein in Gecekondu-Viertel oder ärmere Straßen im Zentrum los, um auf eigene Faust Strombetrüger aufzuspüren. Gerade im Zentrum war es um die Zahlungsmoral immer schlechter bestellt. Die baufälligen Häuser in Beyoğlu, wo Mevlut vor zwanzig Jahren zu seiner Zeit als Kellner untergekommen war, hatten sich zum Stromklauparadies entwickelt. Ferhat hielt ihn von jener Gegend fern, teils um ihn zu schützen, teils auch, weil er wusste, dass Mevlut dort auf Granit beißen und die fälligen Schulden nicht würde eintreiben können. So ging Mevlut eher nach Kurtuluş, Feriköy, Beşiktaş, Şişli, Mecidiyeköy, manchmal auch über das Goldene Horn ins Viertel des Spirituellen Meisters, nach Çarşamba, Karagümrük, Edirnekapı, und dort kassierte er nach Art der früheren höflichen Beamten das Stromgeld von Hausfrauen und Rentnern.

Schon vom Boza-Verkaufen her machte es ihm nichts aus, ohne größere Gewissensbisse von den Leuten mal ein kleines Geschenk anzunehmen, ein paar Strümpfe oder ein Trinkgeld. So sah er dann auch das Geld, das er einstecken durfte, wenn er jemandem den Strom nicht abstellte, als billige Gegenleistung für einen erbrachten Service an. Mit jenen Vierteln und den Menschen dort kannte er sich aus. (Die Leute allerdings erkannten Mevlut nicht, denn dass es sich bei dem Boza-Verkäufer, der im Winter einmal alle vierzehn Tage durch ihre Straße zog, und bei dem Stromableser, der auftauchte, wenn man seine Rechnung nicht zahlte, um ein und denselben Menschen handeln könne, kam ihnen nicht in den Sinn. Was vielleicht auch daran lag, dass die guten Menschen, die abends Boza kauften, und die schlechten Menschen, die Strom klauten, sich erheblich voneinander unterschieden.) In diesen zentrumsnahen Vierteln fiel Mevlut wieder auf, wie sehr die Hunde ihn anknurrten. Das abendliche Boza-Verkaufen hielt er in jener Zeit recht kurz.

Nach Kültepe oder Duttepe konnte er als Stromableser natürlich nicht, denn dort war er bekannt wie ein bunter Hund, doch nahm er sich die anderen Hügel vor, Kuştepe, Harmantepe, Gültepe, Oktepe und andere Viertel, die sich ähnlich entwickelt hatten. Als Gecekondus konnte man sie gar nicht mehr bezeichnen. Fünfundzwanzig Jahre nach ihrem Entstehen waren die einstöckigen, aus Kohlenziegeln errichteten Primitivbauten längst neueren Häusern gewichen, und die Viertel waren gleich Zeytinburnu, Gaziosmanpaşa oder Ümraniye der Stadt einverleibt worden. Wo seinerzeit die erste Bushaltestelle gewesen war, hatte sich um eine Moschee, eine Atatürk-Büste und einen staubigen Park herum ein Ortskern herausgebildet. Von dort ging auch die Hauptstraße aus, die bis ans Ende der Welt führte. Zu beiden Seiten dieser Straße standen fünf-, sechsstöckige Betonhäuser, in deren Erdgeschoss Kebab-Läden, Lebensmittelgeschäfte oder Banken untergebracht waren. Die dort nach Gratisstrom gierenden Familien, Hausfrauen, Opas oder Krämer (viele erwischte Mevlut nicht) verhielten sich auch nicht viel anders als irgendwo im Zentrum von Istanbul. Die gleichen Tricks, die gleichen Lügen, die gleiche Naivität ... Man mochte sich dort vor Mevlut ein wenig mehr fürchten, aber man kümmerte sich auch inniger um ihn.

Es gab dort keine geheimnisvollen, halbverfallenen Friedhöfe mit Turbanen und anderen Kopfbedeckungen auf den Gräbern. Diese Friedhöfe waren baumlos, von hohen Betonmauern umgeben wie Fabriken, Kasernen oder Krankenhäuser, und grundsätzlich außerhalb des Viertels. Da mussten die Hunde, die dem armen Mevlut verschlagen hinterherstrichen, nachts eben woanders schlafen, zum Beispiel im Park vor der Atatürk-Büste.

Am meisten setzten die Hunde Mevlut in den neuentstandenen Gecekondu-Vierteln zu. In jenen Gegenden, in denen die Stromzähler frisch angeschlossen waren, verbrachte Mevlut mit seinem nagelneuen Hefter freudlose Stunden. Die Orte, zu denen er mit dem Bus, unter mehreren Umgehungsautobahnen hindurch, gute zwei Stunden brauchte, kannte er meist nicht mal dem Namen nach. Sobald er aus dem Bus ausstieg, fielen ihm schon die Kabel auf, die man dort völlig ungeniert an die Überlandleitung angeschlossen hatte, oder auch der notdürftige Behelf, mit dem sich der Döner-Verkäufer gleich gegenüber der Haltestelle mit Strom versorgte, aber darüber sah er erst mal gnädig hinweg. Er bekam schnell das Gefühl, dass in solchen Vierteln jeweils eine Art Oberhaupt herrschte und dass er beobachtet wurde. Durch sein entschlossenes, offenes und prinzipientreues Auftreten wollte Mevlut den Leuten kundtun, dass er sich nur um das Ablesen der offiziellen Stromzähler kümmere. »Von mir habt ihr nichts zu befürchten.« Aber die Hunde ließen ihm trotzdem keine Ruhe, und Mevlut hatte Angst.

Die Häuser dort draußen waren besser gebaut als die Gecekondus in Mevluts Kindheit. Statt Kohlenziegeln wurde richtige Ziegel verwendet, statt Blech Plastik, und alle Dachrinnen und Rohre waren aus haltbarerem Material. Da an die Häuser aber ständig angebaut wurde, befand sich der Stromzähler immer irgendwo im Inneren, sodass Mevlut zum Ablesen oder Stromabsperren klingeln musste. Da traten dann immer wieder aggressive Hunde auf den Plan. In manchen Vierteln führte die Stromleitung bis zu einem kleinen Platz und endete dort an einem Mast, einem Betonblock, einer Mauer oder einfach einer großen Platane, und die Stromzähler waren nicht in den Häusern selbst untergebracht, sondern an ebenjenem Ort. Jene kleinen Stromzentralen erinnerten an die osmanischen Brunnen, aus denen sich früher das ganze Dorf versorgt hatte, und sie waren unweigerlich von einer Hundemeute umgeben.

Auf dem Steinflur vor einem Haus wurde Mevlut eines Tages von einem Hund angefallen. Mevlut sah eilig in seinem Hefter nach, wo sein Vorgänger tatsächlich eine Notiz hinterlassen hatte, und rief den Hund darauf bei seinem Namen, auf den aber hörte Karabaş nicht, sondern trieb Mevlut bellend immer weiter zurück. Einen Monat später konnte sich Mevlut gerade noch vor einem wild gewordenen Hofhund retten, den im letzten Moment seine lange Kette zurückriss. Da fiel Mevlut immer Rayiha ein. So etwas passierte doch nur, weil sie nicht mehr da war.

Im gleichen Viertel wurde Mevlut bald darauf angebellt, als er auf den Bus wartete und im Park nach einer Sitzgelegenheit suchte. Schon schlichen ein zweiter und ein dritter Hund herbei. Schlammgrau waren die drei. In der Ferne sah Mevlut schemenhaft noch einen schwarzen Hund. Und alle vier fingen auf einmal zu bellen an. Ob er sie mit seiner Stromablesertasche wohl abwehren konnte? Noch nie hatte Mevlut sich vor einer Hundemeute derart gefürchtet.

Eines Dienstagabends ging er daher wieder nach Çarşamba zum Spirituellen Meister. Der war lebhafter als früher und hatte nicht mehr die vielen Leute um sich, die ihn so in Anspruch nahmen. Als Mevlut merkte, dass er Gehör fand, erzählte er kurz, wie die Furcht vor Hunden ihn siebenundzwanzig Jahre zuvor zum ersten Mal gepackt hatte. Er berichtete auch von dem Derwisch, zu dem sein Vater ihn damals, 1969, gebracht hatte. Eine ältere, eher dörflich geprägte Spielart von Spirituellem Meister war das gewesen, ein Mann mit einem weißen Bart und einem ungeheuer dicken Bauch. Der hatte Mevlut Bonbons gegeben und ihm erläutert, Hunde seien taubstumme, blinde Geschöpfe. Dann hatte er seine Arme zum Gebet ausgebreitet, und Mevlut musste es ihm nachtun und neunmal den Koranspruch wiederholen, den der Derwisch ihm auf Arabisch vorsagte: SUMMUN, BUKMUN, UMYUN FAHUM LÂ YARJIUNA.

Immer wenn Mevlut von Hunden angegriffen wurde, sollte er seine Furcht vergessen und dreimal jenen Spruch aufsagen. Wer sich vor Hunden, vor dem Teufel oder vor Geistern fürchtete, sollte als Allererstes den Gegenstand seiner Furcht aus dem Gedächtnis verbannen. Wenn Mevlut damals mit dem Vater unterwegs war und jener merkte, dass sein Sohn vor einem Hund Angst bekam, sagte er: »Du brauchst dich nicht zu fürchten, tu einfach, als hättest du ihn nicht gesehen!« Dann forderte er ihn auf, schnell den Spruch aufzusagen, und Mevlut wollte das ja auch, aber er brachte ihn nie richtig zusammen, worauf der Vater sich aufregte und ihn schimpfte.

Nun stellte Mevlut dem Meister folgende Frage: Konnte man sich einen Gedanken oder eine Furcht ganz bewusst aus dem Kopf schlagen? Je mehr man etwas zu vergessen suchte, umso lästiger blieb es im Gedächtnis haften, das wusste Mevlut aus Erfahrung. (In seiner Jugend etwa wollte er an Neriman irgendwann nicht mehr denken, aber dann kam erst recht der Wunsch in ihm auf, ihr wieder einmal nachzugehen; doch davon berichtete er dem Meister lieber nicht.) Wollte man also etwas vergessen, war es offensichtlich keine gute Methode, sich DAS VERGESSEN VORZUNEHMEN. Den Derwisch in Kasımpaşa hatte er das damals nicht fragen können, und nun freute es ihn umso mehr, die Frage einem Mann wie dem Spirituellen Meister stellen zu dürfen.

»Ob ein Gläubiger vergessen kann, hängt von der REINHEIT SEINES HERZENS, DER LAUTERKEIT SEINER ABSICHTEN UND VON SEINEM WILLEN ab«, sagte der Meister. Er war über Mevluts Frage erfreut und gab daher eine Antwort darauf, wie sie den Gesprächen, die bei ihm geführt wurden, so richtig würdig war.

Da fasste Mevlut erst recht Mut und erzählte schuldbewusst, wie er in einer verschneiten Vollmondnacht, in der die Straßen wie eine Kinoleinwand strahlten, einmal mit angesehen hatte, wie eine Hundemeute eine Katze vor ein fahrendes Auto getrieben hatte. Mevlut und sein Vater waren still weitergegangen, als ob sie nichts gesehen und auch den Todesschrei des Kätzchens nicht gehört hätten. Inzwischen war die Stadt auf das Zehnfache angewachsen, doch Mevlut hatte, obwohl er die Gebete und Sprüche vergessen hatte, nie mehr vor Hunden Angst gehabt. Erst jetzt, vor etwa zwei Jahren, habe das wieder angefangen, und die Tiere spürten das wohl und bellten ihn an und bedrängten ihn. Was sollte er dagegen tun?

»NICHT UM GEBETE ODER SPRÜCHE GEHT ES, SONDERN UM DES MENSCHEN ABSICHT«, sagte der Meister. »Sag mal, Boza-Verkäufer, hast du in letzter Zeit irgendetwas Falsches getan?«

»Nein«, erwiderte Mevlut. Dass er unter die Stromableser gegangen war, erwähnte er nicht.

»Vielleicht hast du doch so etwas getan und weißt es nur nicht«, sagte der Meister. »Hunde merken gleich, wer nicht zu uns gehört. Das ist bei denen eine Gottesgabe. Darum fürchtet sich auch vor Hunden, wer die Europäer nachahmen will. Sultan Mahmut II., der die Janitscharen, das Rückgrat des Osmanischen Reiches, hinschlachten ließ und uns in lauter Niederlagen gegen die Europäer führte, wollte Istanbul von Straßenhunden befreien, und da er nicht alle umbringen konnte, ließ er den Rest auf die Insel Hayırsızada verbannen. Da verfassten die Istanbuler eine Bittschrift und verlangten ihre Hunde zurück. Und während der Besatzung Istanbuls nach dem Ersten Weltkrieg sollten die Straßenhunde wieder beseitigt werden, weil die Engländer und die Franzosen sich durch sie gestört fühlten, doch unser braves Istanbuler Volk wehrte sich dagegen. So wissen denn heute die Hunde tief im Inneren, wer ihnen Freund und wer ihnen Feind ist.«

9. Einen Nachtclub ruinieren

Ist es recht und billig?

FERHAT. Ein halbes Jahr später, im Winter 1997, hatte Mevlut sich an sein Dasein als Stromableser gewöhnt, keine Sorge. Und Geld hat er auch verdient. Wie viel? Das wusste er wohl selber nicht genau. Aber wie er schon als Junge seinem Vater jeden Abend vorrechnete, wie viel Joghurt er verkauft hatte, hat er auch mir immer Bericht abgestattet. Abends hat er dann sein Boza verkauft, und er hat nichts getan, wofür er sich hätte schämen müssen.

Das mit dem Schämen traf viel eher auf mich zu. Ich hatte läuten hören, dass Selvihan tatsächlich noch mit jenem Sami zusammen war. Das konnte ich ganz einfach nicht glauben, aber indem ich mich diesem Gedanken verweigerte, erschien mir Selvihan nur noch ferner und unerreichbarer. Sowohl im Archiv als in der ganzen Stadt suchte ich nach ihr und kam abends sehr spät nach Hause, manchmal erst, als der Tag schon graute, aber immerhin kam ich noch heim.

Als ich eines Abends im Nachtclub Mehtap mit Freunden zusammensaß, ist einer der Besitzer zu uns an den Tisch gekommen. Solche Etablissements verbrauchen ja ziemlich viel Strom, und deshalb wanzen sich ihre Besitzer gerne bei uns an. Wir konsumieren dort zu reduzierten Preisen, und ständig werden uns Gratisportionen von Vorspeisen, Obst oder Muscheln aufgetischt. Von so einem Tisch voller Schmarotzer aus diversen Milieus, wie es sie in jedem Nachtclub gab, der auf sich hielt, wurde im Allgemeinen erwartet, dass man dort eher unauffällig saß, ohne etwa den Sängerinnen Blumen schicken zu lassen und bestimmte Lieder von ihnen zu verlangen, doch an jenem Abend war das anders. Der als die rechte Hand des Chefs geltende »Herr Schnurrbart« (seine breite Oberlippe wurde nämlich von einem ausgesucht dünnen Schnurrbar geziert) hat die Sängerinnen an unseren Tisch geladen und uns aufgefordert, wir sollten uns doch Lieder wünschen.

Bald darauf habe ich mich mit Herrn Schnurrbart in einem Café in

Taksim getroffen. Ich dachte mir, er sei wohl auf einen ganz gewöhnlichen Gefallen aus, auf das Vertuschen einiger stromtechnischer Unregelmäßigkeiten im Mehtap. Dabei wollte er viel höher hinaus: Wir sollten den Nachtclub Güneş in den Ruin treiben.

Das nämlich war in der Gastronomie eine neue Methode, sich unliebsame Konkurrenten vom Hals zu schaffen. Die Grundlagen dafür waren durch die Privatisierung des Stromsektors und die inflationsbedingt in die Höhe schießenden Geldbußen gelegt. Der Besitzer eines Nachtclubs machte mit ein paar Stromablesern gemeinsame Sache und sorgte dafür, dass einem Konkurrenten nicht nur der Strom abgedreht wurde, sondern durch horrende Strafzahlungen auch gleich der Kragen. Nach ein paar Wochen erzwungener Betriebslosigkeit brach der Club unter den Schulden zusammen und verschwand von der Bildfläche. So war es im letzten halben Jahr mehreren Bars in Beyoğlu, zwei Hotels in Aksaray und Taksim und einem großen Döner-Betrieb in der İstiklal-Straße ergangen.

Da größere Etablissements oft genug mit der Polizei, einem Staatsanwalt oder einer Schutzgeldmafia unter einer Decke steckten, war mir bewusst, dass man sie nicht einfach mit Stromschulden in den Ruin treiben konnte. Selbst wenn ein Ableser sämtliche Vergehen und alle aufgelaufenen Schulden lückenlos vorweisen konnte, daraufhin den Strom abdrehte und den Zähler ganz offiziell versiegelte, kümmerte das einen von der Mafia protegierten Besitzer erst mal nicht weiter. Er schloss kurzerhand den Strom eigenhändig wieder an, und es konnte natürlich auch noch passieren, dass der wagemutige Stromableser eines Nachts irgendwo übel verdroschen wurde. Daher war eine koordinierte Zusammenarbeit mit der Staatsanwaltschaft, der Polizei (oder wenigstens einem Teil davon) und der Mafia nötig, damit der Konkurrent danach auch wirklich nicht wieder auf die Beine kam. Als Herr Schnurrbart mir eröffnete, die aus Cizre stammenden kurdischen Besitzer des Mehtap wollten dem Güneş den Garaus machen, sagte er mir ganz offen, das sei insgesamt eine Kampfansage an Sami aus Sürmene.

Ich fragte ihn, warum sie für so eine gefährliche Aufgabe ausgerechnet mich gewählt hatten.

»Na ja, aus dem, was du am Tisch so redest, haben wir mitgekriegt, dass du diesen Sami nicht gerade magst«, sagte Herr Schnurrbart. »Außerdem heißt es, du warst schon mal im Güneş und hast dir den Laden genauer angeschaut.«

»Diesem Cezmi aus Cizre entgeht aber auch gar nichts. Aber ungefährlich ist das nicht. Lass mich erst mal darüber nachdenken.«

»Ach was. Nicht nur die Politiker sind jetzt zivilisierter, sondern auch die Mafiabanden. Man wird jetzt nicht mehr einfach auf der Straße über den Haufen geknallt, nur weil man eine andere Meinung hat.«

SAMIHA. »So kann's nicht weitergehen«, habe ich neulich zu Ferhat gesagt. »Jede Nacht kommst du wahnsinnig spät heim und schläfst sofort ein. Wenn das nicht aufhört, verlasse ich dich.«

»Bloß nicht«, hat er da gesagt. »Ohne dich gehe ich zugrunde. Ich lebe doch nur für dich. Wir haben es fast geschafft. Ich bin an einer großen Sache, die muss ich noch hinkriegen, dann können wir uns im Süden gleich zwei Bauernhöfe kaufen und nicht bloß einen.«

Ich habe ihm so halb geglaubt und halb nur so getan. Seit Rayihas Tod sind schon zwei Jahre vergangen. Jetzt bin ich ein Jahr älter, als sie damals war, und habe weder ein Kind noch einen richtigen Ehemann. Irgendwann habe ich es nicht ausgehalten und mit Vediha geredet.

»Ferhat ist ein guter Ehemann, Samiha, lass dir das von mir gesagt sein«, hat sie gemeint. »Die meisten Männer sind doch ständig übelgelaunt und schreiben einem noch dazu alles vor. Dein Ferhat ist gar nicht so. Und geizig sind sie oft, gerade wenn ihre Frau irgendwas will. Bei dir in deiner tollen Wohnung dagegen springt einem doch ins Auge, wie teuer das alles war. Und dann schlagen viele Männer auch noch zu, und du sagst, dass Ferhat so was eben nicht tut. Außerdem weiß ich, dass er dich liebt. Mach ja keinen Fehler. Ferhat ist im Grunde ein guter Mensch. Und man läuft auch nicht so einfach von Mann und Wohnung weg. Komm, gehen wir ins Kino. Und überhaupt, wo würdest du denn hinwollen?«

Alles versteht meine Schwester, aber nicht, dass man auch mal hart bleiben muss.

Am Abend habe ich Ferhat gedroht, diesmal wirklich zu gehen. Da hat er bloß verächtlich gesagt: »Ich lasse das Imperium von diesem Sami zusammenkrachen, und du kommst mir mit so was!«

Noch mehr aber kränkt mich, dass Mevlut mit Fatma und Fevziye schimpft, weil sie so oft zu mir kommen. Dadurch wird mir die Wohnung in Çukurcuma erst recht verleidet. Ich weiß ja nicht, welche der beiden gepetzt hat, aber Mevlut passt es auf jeden Fall nicht, dass seine Töchter bei mir lernen, wie man sich schminkt und sich richtig anzieht.

»Dieser verdammte Mevlut!«, hat Vediha da gerufen. »Der ist immer noch nicht über die Sache mit den Briefen weg. Sag doch mal zu Ferhat, er soll ihm den Kopf waschen. Er ist doch jetzt Mevluts Chef, oder?«

Ich habe zu Ferhat nichts gesagt. Mein Entschluss war gefasst, aber ich habe alles noch mal genau durchdacht und dann den günstigen Tag abgewartet.

FERHAT. Um einen großen Nachtclub, ein Luxusrestaurant oder ein kleines Hotel in den Ruin zu treiben, gibt es zwei Methoden: Erstens: Man freundet sich dort mit jemandem an, kriegt heraus, wo und wie dort betrogen wird, und gibt schließlich Tipps, wie noch geschickter illegale Leitungen verlegt werden könnten. Dann verständigt man sich mit einem Konkurrenten und veranstaltet eine Razzia. Zweitens: Man macht den Elektriker ausfindig, der in dem Etablissement seinerzeit den Stromklau technisch ins Werk gesetzt hatte, und schmiert ihn. Dann erklärt er einem haarklein, welche Leitung durch welche Wand verläuft und welche wirklich in Betrieb ist und welche nur zum Schein verlegt wurde. Das ist natürlich nicht ungefährlich, denn so ein Mann (meist ein Beamter) gibt seine Geheimnisse nicht so ohne weiteres preis, und vielleicht warnt er sogar den Chef des Etablissements, dass da ein Maulwurf sich für die illegalen Leitungen interessiert. Wussten Sie, dass der Rohstoff von Porzellan oder Zement im Grunde der Strom ist? Wo viel Geld gemacht wird, fließt auch viel Blut.

Die beiden Archivare von Yeditepe Elektrik haben mich denn auch vor solchen Gefahren gewarnt. Ich habe ihnen gesagt, dass im Güneş auch nach der Privatisierung noch genauso Strom geklaut werde wie zuvor. Den Hefter mit den Stromzetteln des Nachtclubs und einiger umliegender Häuser und Betriebe hatte ein Beamter gehabt, den sie wegen seiner Unnachgiebigkeit »Soldat« nannten. Dieser »Soldat« war den Archivaren aufgefallen, weil er nach Einführung der neuen Bußgelder gleich noch fleißiger zu Werke ging. An einem Wochenende habe ich mich mit den beiden alten Kämpen im Archiv getroffen, und wir haben uns sowohl die früheren als auch die aktuellen Güneş-Akten gegriffen. Gemeinsam haben wir untersucht, wie dort über vierzig Jahre hinweg gelogen und betrogen worden war. Aufmerksam habe ich den Archivaren gelauscht, wie sie darüber redeten, wo eine geheime Leitung war und wie viele Kabel wiederum davon abgingen, und wie zuverlässig doch die früheren Stromableser gewesen waren, deren Anmerkungen wir da lasen.

»Also die müssen wirklich aufpassen, dass es ihnen nicht an den Kragen geht«, hat einer der beiden gesagt. Keineswegs haben sie damit versucht, mich auszuhorchen, denn sie hatten mich ja so gut wie vergessen. Aber die Konkurrenz unter Nachtclubs war nun mal beinhart. Wenn früher Clubbesitzer zusammen mit Banden einander den Krieg erklärten, entführten sie sich gegenseitig die Sängerinnen und Bauchtänzerinnen und hielten sie gefangen oder schossen ihnen gar unter irgendeinem Vorwand zur Strafe ins Bein. Manchmal überfiel eine Bande die andere, und es wurde dort alles kurz und klein geschlagen. Verbreitet war auch die Unsitte, dass man sich wie ein normaler Gast in einen Nachtclub setzte, sich gegen Bezahlung ein Lied wünschte und gleich darauf einen Streit vom Zaun brach, weil das Lied angeblich nicht gesungen worden war. Danach sorgte man dafür, dass über solche Auseinandersetzungen in den Zeitungen berichtet wurde, und schon blieben dem Club die Gäste weg. Daraufhin kam es zu Rachefeldzügen, bei denen die Waffen sprachen und wieder Blut floss. Ach, ich liebte es, den Archivaren zuzuhören.

Eine Woche lang habe ich meine Erkundungen fortgesetzt und mich dann wieder mit den Besitzern des Mehtap getroffen und ihnen gesagt, ich könne ihnen einen genauen Lageplan mit allen erforderlichen Einzelheiten liefern.

»Sprich aber mit niemandem darüber so, wie du es mit uns gerade tust«, hat Herr Schnurrbart gesagt. »Wir haben auch einen Plan. Wo wohnst du? Unsere Leute sollen lieber zu dir kommen und dir alles erläutern. Zu Hause ist es doch sicherer.«

Bei dem Wort »zu Hause« habe ich nicht an Selvihan gedacht, sondern an Samiha. Ich wollte an dem Abend schnell heim zu ihr und ihr mitteilen, dass unsere lange Mühsal nun beendet war. »Wir zwingen einen Nachtclub in die Knie!«, wollte ich zu ihr sagen, und sie sollte sich freuen, dass wir endlich reich waren und es noch dazu den Großmäulern der Familie mal so richtig zeigen konnten. Ich bin dann doch recht spät nach Hause gekommen, aber gleich auf dem Sofa eingeschlafen. Erst am nächsten Morgen habe ich gemerkt, dass Samiha mich verlassen hatte.

Der Spirituelle Meister hatte Mevlut nicht etwa ein Zaubergebet gelehrt, mit dem sich Hunde vertreiben ließen wie Fliegen mit einem Spray ... Und stimmte überhaupt, dass Hunde vor allem Menschen anbellten, die nicht hierhergehörten, nicht in dieses Land? Falls Hunde aus so einem Grund bellen würden, hätte Mevlut gewiss seine Ruhe gehabt, denn selbst in den entlegensten Vierteln fühlte er sich zwischen Betonblöcken, Krämerläden, aufgehängter Wäsche, Paukstudio- und Bankreklamen, Bushaltestellen, um Schuldaufschub bettelnden Opas und frechen, verrotzten Kindern alles andere als fremd. Und dann war es ja auch so, dass Mevlut nach seinem Besuch beim Spirituellen Meister im Februar 1997 ohnehin weniger angeknurrt wurde. Diese glückliche Wendung führte er auf zwei Gründe zurück.

Zum einen hatten Hundemeuten es in jenen Gegenden immer schwerer. Weil es keine solchen Friedhöfe mehr gab wie auf dem Bild aus *İrşad*, konnten die Hunde sich vor allem tagsüber nicht mehr an einen ruhigen Ort zurückziehen, um die Nacht abzuwarten, und sie konnten auch keine richtigen Meuten mehr bilden. Auch wurden dort von der Gemeindeverwaltung große, stabile Mülltonnen auf Rädern aufgestellt. Die Hunde auf Nahrungssuche konnten diese metallenen Ungetüme nicht umwerfen.

Zum anderen fürchtete Mevlut sich weniger vor Hunden, weil er in jenen armen Vierteln für Leute, die ihre Schulden nicht zahlen konnten, so viel Verständnis aufbrachte. Er gebärdete sich eben nicht wie ein gieriger Stromableser, der absolut alles aufzuspüren suchte. Wenn etwa von einer Hochspannungsleitung her in völlig offensichtlicher Manier zu einem etwas außerhalb liegenden Haus ein illegales Kabel führte, gab Mevlut seinem Gesprächspartner dort, ob es nun ein Rentner war, eine vor dem Krieg geflohene Kurdin, ein nervöser Arbeitsloser oder eine wütende Mutter, entweder mit Blicken oder manchmal auch über Fragen deutlich zu verstehen, dass er den Betrug durchaus wahrgenommen hatte. Dann aber tat er so, als würde er den Leuten tatsächlich Glauben schenken, wenn sie das mit dem Kabel dennoch rundweg leugneten. Und die hielten sich dann für wahnsinnig klug und fingen an, auch jede andere List, die Mevlut schon wahrgenommen hatte, genauso abzustreiten. Da aber zeigte Mevlut an, dass er eben nicht glaubte, da sei keine kurze Extraleitung zwischen dem Stromzähler und dem Haus, oder der Stromzähler sei nicht mit einem Plastikfilm frisiert worden, oder nicht die Leute selbst hätten den Stromzähler zurückgedreht, sondern irgendjemand anders. Ohne den Zorn der Bewohner oder der jeden feindlichen Fremden erschnüffelnden Hunde auf sich zu ziehen, schaffte es Mevlut mit dieser Methode, bis in die entlegensten und heruntergekommensten Straßen vorzudringen und die unverschämtesten Betrügereien zu entlarven, sodass er Ferhat bei jedem ihrer Treffen immer noch mehr Geld auszahlen konnte.

»Bravo, Mevlut, jetzt hast du dich über die Kluft zwischen privater und offizieller Meinung endlich mal hinweggesetzt«, sagte Ferhat einmal, als Mevlut ihm erzählte, wie gut er nun mit Hunden auskam. »Du bist hinter das Geheimnis unseres ganzen Volkes gekommen. Jetzt muss ich dich aber um was bitten, aber nichts Offizielles, sondern etwas Persönliches.«

Er berichtete, dass seine Frau zu Vediha gegangen sei und nicht nach Hause zurückwolle. Mevlut wusste noch mehr, nämlich dass ihr gemeinsamer Schwiegervater Abdurrahman Efendi, kaum hatte er die Nachricht erfahren, sich mit unverhohlener Freude in einen Bus gesetzt hatte und nach Duttepe gefahren war, um seiner Tochter dort beizustehen. Das behielt Mevlut lieber für sich.

»Ich habe ja auch meine Schuld«, sagte Ferhat. »Aber ich werde mich ändern. Ich gehe ins Kino mit ihr. Wenn sie nur wieder zurückkommt. Du kannst ja nicht gut direkt mit ihr reden, aber Vediha soll es tun.«

Warum er selbst lieber nicht mit Samiha reden sollte, darüber grübelte Mevlut in den folgenden Tagen noch lange nach, aber vorläufig ließ er sich nichts anmerken.

»Vediha ist eine vernünftige Frau«, sagte Ferhat. »Von den ganzen Aktaş und Karataş hat sie den meisten Verstand. Sie könnte Samiha überreden. Geh hin zu ihr und sag ihr …«

Er erzählte auch von der großen Sache, an der er dran sei. Genauere Angaben über Ort und Namen machte er nicht, doch das Grundsätzliche sollte Mevlut Vediha mitteilen und diese wiederum Samiha. Und ja, es stimme schon, er habe seine Frau wegen der Arbeit vernachlässigt.

»Darüber hat Samiha sich doch beklagt, oder? Und dir war es nicht recht, wenn deine Töchter nachmittags zu ihrer Tante gegangen sind.«

»Das ist gelogen«, log Mevlut.

»Na ja, egal, richte ihr auf jeden Fall aus, dass ich ohne sie nicht leben kann«, sagte Ferhat von oben herab.

Mevlut kam das nicht sehr überzeugend vor, und bekümmert dachte er, dass sie einander eben nur noch Offizielles mitzuteilen hatten. Dabei hatte ihre Freundschaft in der Zeit, als sie mit der Kismet-Schachtel umhergezogen waren, doch gerade darauf gegründet, dass sie stets darauf gebaut hatten, sich rückhaltlos alles Persönliche sagen zu können.

Sie verabschiedeten sich voneinander wie zwei gewöhnliche Stromableser nach einem Arbeitsgespräch. Es sollte ihr letztes Treffen gewesen sein.

VEDIHA. Ist es recht und billig, dass am Ende immer ich an allem Unglück schuld sein soll, obwohl ich doch in dieser Familie seit gut zwanzig Jahren damit beschäftigt bin, Streit zu schlichten, Risse zu kitten und

Verfehlungen zu kaschieren? Dass ich mich erst so darum bemühe, die Ehe zwischen Samiha und Ferhat zusammenzuhalten, und dann doch geschimpft werde, wenn Samiha auf einmal mit einem Koffer in der Hand bei uns vor der Haustür steht? Dass ich mir den Hintern aufreiße, um für Süleyman eine anständige Frau zu finden, und der Kerl dann eine alte Sängerin heiratet? Dass Korkut und mein Schwiegervater mich immer so finster anschauen, nur weil mein armer Vater und Samiha etwas mehr als einen Monat bei uns im dritten Stock gewohnt haben? Dass Süleyman nie zu seinen Eltern kommt, weil Samiha bei uns ist, und dass meine arme Schwester und ich uns deswegen alles Mögliche anhören müssen? Dass Korkut jahrelang nicht auf mich hört, wenn ich sage, wir haben doch genug Geld, wir könnten in Şişli wohnen, und dann Süleyman mit seiner Frau ausgerechnet dorthin zieht? Dass Süleyman uns nie zu sich nach Hause einlädt? Dass Melahat auf uns herabsieht, weil in Duttepe die Straßen ungeteert sind und es keinen Friseur gibt? Dass Melahat, wenn sie mir aus dem Kaffeesatz liest, mir so überheblich bescheinigt, ich sei »natürlich von den Männern mein Leben lang unterdrückt« worden? Dass eine Mutter, nur weil ein Dienstmädchen da ist, sich drei Stunden lang überhaupt nicht um ihr Neugeborenes kümmert und in der Zeit mit Gästen schwatzt und betrunken Lieder trällert? Dass ich mit meiner armen Schwester Samiha nicht mal nach Şişli ins Kino darf? Dass Korkut mich nicht aus dem Haus lässt, und wenn doch mal, dann nicht aus Duttepe raus? Dass seit zwanzig Jahren immer ich meinem Schwiegervater das Essen in seinen Laden bringen muss? Dass, egal, was ich ihm mache, ob es nun sein geliebtes Bohnenfleisch ist oder mal eine Besonderheit wie Gemüseeintopf mit Okraschoten, ich mir jedes Mal anhören muss »Schon wieder!«, oder »Was soll das denn sein?« Dass Korkut, nur weil Samiha bei uns wohnt, ihr alles Mögliche verbietet und ihr Befehle erteilt, als wäre sie seine Frau? Dass er mich oft so heruntерputzt, wenn die Kinder dabei sind? Dass er oft sagt »Hast du das wieder nicht verstanden?!«, obwohl er mich eigentlich wegen allem fragen muss? Dass ich abends beim Fernsehen nie die Fernbedienung kriege? Dass Bozkurt und Turan nach dem Vorbild ihres Vaters so frech zu mir sind? Dass sie in meinem Beisein die übelsten Flüche ausstoßen? Dass sie von ihrem Vater so verzogen werden? Dass sie beim Fernsehen einfach »Mama, Tee!« rufen, ohne mich dabei auch nur anzuschauen? Dass sie für ihre Mutter, die alles für sie tut, nie auch nur das geringste Dankeschön haben? Dass sie zu ihrer Mutter »Ach, hör doch auf!« oder »Spinnst du?« sagen? Dass sie in ihren Zimmer diese unanständigen Zeitschriften haben? Dass ihr Vater jeden zweiten Abend so spät nach Hause kommt? Dass er als Sekretärin diese aufgetakelte Blondine eingestellt hat und so große Stücke auf sie hält, weil sie angeblich ach so wichtig für das Geschäft ist? Dass die Jungs bei jedem Essen, das ich ihnen vorsetze, das Gesicht verziehen? Dass sie trotz ihrer vielen Pickel nichts als Pommes essen wollen? Dass sie zu den Hausaufgaben ständig fernsehen? Dass sie, wenn ich aufwendige Fleischpasteten mache, nur immer meckern, dass nicht genug Fleisch drin ist? Dass sie ihrem Großvater, wenn er vor dem Fernseher eingeschlafen ist, Coca-Cola ins Ohr schütten? Dass sie über jeden, der ihnen nicht passt, genau wie ihr Vater »Schwuler« oder »Jude« sagen? Dass sie jedes Mal, wenn sie vom Laden ihres Großvaters Brot holen sollen, ewig darüber streiten, wer gehen muss? Dass sie immer, wenn ich von ihnen etwas will, gleich sagen, dass sie lernen müssen, obwohl sie beide stinkfaul sind? Dass immer dann, wenn man ihren Vater schon mal dazu bringt, dass wir gemeinsam auswärts essen, sofort gesagt wird, »Nein, da ist ein Fußballspiel!«? Dass sie ihren Onkel Mevlut abschätzig den »Boza-Verkäufer« nennen? Dass sie zu Mevluts Töchtern, von denen sie eigentlich so viel halten, immer so böse sind? Dass sie genau wie ihr Vater sagen »Du bist doch auf Diät, warum stopfst du dich dann mit Böreks voll«? Dass sie sich genau wie ihr Vater über die Serien lustig machen, die ich nachmittags anschaue? Dass sie behaupten, sie gehen ins Paukstudio, und eigentlich sind sie im Kino? Dass sie ihren Lehrer einen Deppen nennen und die Schuld nicht bei sich selbst suchen, wenn sie durchfallen? Dass sie schon Auto fahren, obwohl sie noch keinen Führerschein haben? Dass sie ihre Tante Samiha sofort beim Vater verpetzen, wenn sie sie mal alleine in Şişli sehen? Dass ihr Vater in ihrer Gegenwart »Tu das ja nicht!« zu mir sagt? Dass Korkut mich so fest am Handgelenk packt, dass ich einen blauen Fleck davon bekomme? Dass die Jungs mit ihrem Luftgewehr auf Tauben und Möwen schießen? Dass sie mir auch nicht ein einziges Mal beim Tischabräumen helfen? Dass ich mir solche Mühe gebe, sie zum Lernen zu bringen, und ihr Vater dann wieder und wieder erzählt, wie er mal in der Klasse seinen Chemielehrer verprügelt hat? Dass sie bei Prüfungen immer abschreiben? Dass, wenn ich mich auch nur ein bisschen über so etwas beklage, meine Schwiegermutter Safiye sagt, »Na, ein bisschen bist du da auch selber schuld, Vediha«? Ist es etwa billig und recht, dass alle immer von Gott und Vaterland und Moral reden, aber eigentlich an nichts anderes denken als ans Geldverdienen?

10. Mevlut bei der Polizei

Ich habe in diesen Straßen
mein ganzes Leben verbracht

FERHAT. Wie in zahlreichen Restaurants, Imbissbuden oder Hotels, die irgendwo Strom abzapften, gab es auch im Güneş »offiziellen Schwarzstrom«, also kleinere, unaufwendige Einrichtungen, die dazu da waren, im Fall einer (meistens sowieso abgesprochenen) Kontrolle »entdeckt« zu werden. Sie dienten also als Deckmäntelchen für die Hauptleitung, mit der Strom gestohlen wurde. Herr Schnurrbart merkte schon, dass ich vorhatte, auf der Suche nach dieser Hauptleitung hinter den Kulissen des Güneş zu fahnden, wo die Sängerinnen und Barfrauen sich aufhielten, und daher warnte er mich: Für den Fall, dass die Operation mit Hilfe geschmierter Polizisten und Staatsanwälte tatsächlich von Erfolg gekrönt sei, könne man sich leicht ausrechnen, dass Sami aus Sürmene, um seine Ehre zu retten, zu einem Gegenschlag ausholen würde. Dabei könne es durchaus zu Blutvergießen kommen. Ich solle mich dort also lieber nicht mehr blicken lassen, damit mein Gesicht ihnen nicht allzu bekannt vorkomme. Auch vor dem erfahrenen Kassierer »Soldat« solle ich mich in Acht nehmen. Die Güneş-Akten lägen in seiner Hand, und natürlich spiele er ein doppeltes Spiel.

So habe ich also meine Besuche im Güneş bleiben lassen. Da mich zu Hause aber niemand mehr erwartete und ich mich an die Nachtclubatmosphäre gewöhnt hatte, bin ich in andere Lokale gegangen. Im dem Club Tan bin ich so eines Abends dem »Soldaten« begegnet. Wir haben einen besonderen Tisch bekommen. Eigentlich war das Tan ziemlich fürchterlich, mit seinem Phantomdekor, seinen seltsame Geräusche produzierenden Toiletten und den grimmig dreinschauenden Gorillas, doch der »Soldat« war zu seinem jungen Kollegen von ausgesuchter Freundlichkeit. Er hat das Gespräch auf Sami aus Sürmene gebracht und ihn zu meiner Überraschung als wackeren, guten Menschen geschildert.

»Wenn du ihn und sein Familienleben kennen würdest und auch wüsstest, wie er über Beyoğlu und über das ganze Land denkt, würdest du auf das Geschwätz über ihn nichts mehr geben und nichts Schlechtes mehr von ihm halten.«

»Ich denke weder über Sami schlecht noch über sonst jemanden«, habe ich zurückgegeben.

Ich habe gefühlt, dass meine Worte irgendwie bis zu Selvihan gelangen würden. Und ich habe getrunken und getrunken, denn von »Samis Familienleben« zu hören, hatte mir arg zugesetzt. Warum hat Samiha das Vertrauen in unser Familienleben verloren? Hat sie meine über Mevlut übermittelte Bitte, nach Hause zurückzukehren, überhaupt erhalten? »Man darf im Leben NIE durchblicken lassen, was man für Absichten hat«, hat der »Soldat« gesagt. LASS DICH JA NICHT AUF KRIEGE ZWISCHEN NACHTCLUBS UND BANDEN EIN. Hm, Mevlut lässt sich nie auf was ein, habe ich gedacht. Mevlut ist ein guter Freund von mir. Warum kommt Samiha nicht wieder heim? Auf einmal habe ich gemerkt, dass der »Soldat« mit den Kellnern anscheinend gut bekannt war. Sie haben zusammen geflüstert. Verbergt bitte nichts vor mir, dann verberge ich auch nichts vor euch. DIE TIEFE DES STADTLEBENS KOMMT VON DER TIEFE ALL DESSEN, WAS WIR VERBERGEN. Ich bin in dieser Stadt geboren und habe in diesen Straßen mein ganzes Leben verbracht.

Auf einmal war der »Soldat« weg. Habe ich mit ihm etwa darüber gestritten, warum Fenerbahçe dieses Jahr nicht Meister werden kann? Immer leerer wird es in dem Nachtclub, von irgendwo hinten tönt Kassettenmusik. Da fühlst du plötzlich, dass du in einer Zehnmillionenstadt einer der wenigen Menschen bist, die nicht schlafen und auf ihre Einsamkeit stolz sind. Beim Rausgehen triffst du noch so einen wie dich. Na, plaudern wir ein bisschen? Ich hätte so viel zu erzählen. Hast du Feuer, Kamerad? Da, steck dir auch eine an. Warum rauchst du keine Samsun? Ich rauche keine amerikanischen Zigaretten, von denen muss ich husten, und Krebs kriegt man auch davon. Dann bin ich mit dem Kerl durch die leeren Straßen gegangen und habe mir gedacht, am Morgen würde ich den nicht wiedererkennen. Am Morgen ist vor den Geschäften und den Lokalen alles voll von dem Dreck, den wir weggeworfen und kaputtgemacht haben, und die Lehrlinge, die das alles wegkehren müssen, verfluchen uns. Was wir wirklich wollen, ist doch bloß ein Freund, mit dem wir uns unterhalten können, nicht wahr, dem wir offen und ehrlich alles sagen können. Verstehst du mich? Ich habe mir im Leben viel Mühe gegeben, habe viel gearbeitet, aber auf meine Ehe habe ich leider nicht genug aufgepasst. Was meinst du? Meine Ehe! Die ist wichtig. Pass auf, ich erzähl dir das. Du hast recht, Kumpel, sogar hier kriegt man um die Zeit keinen Alkohol mehr. Alles ist zu, aber klar suchen wir weiter, ich lass dich nicht im Stich. In der Nacht ist die Stadt noch schöner, weißt du das? In der Nacht sagen die Menschen nämlich die Wahrheit. Der Hund da? Keine Angst, der tut dir nichts. Bist du kein Istanbuler? Hast du Selvihan gesagt? Nein, von der Kneipe habe ich noch nie gehört. Das soll eine Musikbar sein, die bis zum Gebetsruf am Morgen aufhat. Gehen wir da hin, wenn du willst, und singen wir zusammen. Wo bist du eigentlich her? Siehst du, hier ist auch zu. Mein Leben, sage ich dir, habe ich hier verbracht. Um die Zeit kriegt man jetzt auch in Cihangir nichts mehr. Die Puffs und die Transvestiten werden sie auch von hier fortschaffen. Nein, dort ist auch zu. Ganz schön fies sieht der Kerl manchmal drein. Wenn meine Freunde den sehen würden, die würden sagen, Mensch, Ferhat, wo hast du den aufgelesen? Entschuldige, bist du eigentlich verheiratet? Versteh mich nicht falsch … Jedem sein Privatleben. Soso, vom Schwarzen Meer, aber ein Schiff hast du keins, oder? Um die Zeit fängt man fast jeden Satz mit »Versteh mich nicht falsch« an. Warum redest du dann so viel Blödsinn? Warum rauchst du amerikanische Zigaretten und nicht unsere guten Samsun? Da ist mein bescheidenes Heim, im zweiten Stock. Meine Frau hat mich verlassen. Bis sie wiederkommt, schlafe ich auf dem Sofa. Jetzt trinken wir noch was von dem Raki im Kühlschrank, und dann ist Schluss. Morgen früh, weißt du, da sitze ich nämlich wieder mit den zwei Archivaren zusammen, und dann schauen wir, was ihr alle so angestellt habt. Versteh mich nicht falsch, ich bin ja glücklich. Ich habe mein ganzes Leben in dieser Stadt verbracht und kann mich immer noch nicht von ihr trennen.

Da Mevlut nun ein regelmäßiges Einkommen bezog, ging er abends erst lang nach den Nachrichten aus dem Haus und war vor elf Uhr wieder zurück. Als Stromableser spürte er zum ersten Mal seit fünfundzwanzig Jahren den finanziellen Druck nicht mehr gar so sehr. Auch hatte er nicht mehr viele Stammkunden, die er zwei-, dreimal in der Woche mit Boza belieferte. Abends aßen sie zu dritt vor dem Fernseher, was die Mädchen gekocht hatten, und er scherzte dabei viel mit ihnen. Wenn er von seiner Tour zurückkam, sahen sie manchmal noch fern, und dann setzte er sich wieder zu ihnen.

Was er an Geldern eintrieb, zählte er bis auf die letzte Lira Ferhat hin. Der konnte eines Tages nicht an sich halten und fragte ihn spöttisch: »Sag mal, Mevlut, wenn du das große Los ziehen würdest, was würdest du dann machen?«

»Zu Hause mit meinen Töchtern fernsehen, mehr wünsche ich mir nicht«, erwiderte Mevlut lächelnd.

Darauf sah Ferhat ihn halb verwundert, halb verächtlich an, als wollte er sagen: »Ach je, bist du naiv!« Das war so dieser Blick, den Mevlut seit jeher von all den Schlaubergern und Schlitzohren geerntet hatte, die sich ihm überlegen fühlten. Aber niemals von Ferhat; der verstand Mevlut doch. Dass jetzt auch er ihn so ansah, der doch all die Zeit über für seine Ehrlichkeit etwas übriggehabt hatte, das verletzte Mevlut sehr.

Auf einsamer Tour in nächtlichen Straßen dämmerte ihm manchmal, dass auch Ferhat, wie so viele, das Boza-Verkaufen als »Verrücktheit« ansah. Vielleicht dachte auch Samiha so. Aber die hatte Ferhat schließlich verlassen, und so etwas war Mevlut noch nie passiert.

Als er Anfang November auf dem Nachhauseweg in der Nähe seiner Wohnung ein Polizeiauto stehen sah, fiel ihm spontan Ferhat ein. Nicht im Traum wäre ihm eingefallen, die Polizei sei wegen ihm selbst in die Straße gekommen. Dann aber sah er die Beamten im Treppenhaus, die offene Wohnungstür, die helle Aufregung seiner Töchter. Es konnte also nur etwas mit einer von Ferhats Strommauscheleien zu tun haben.

»Euer Papa muss bloß eine Aussage machen«, beschwichtigte ein Polizist die weinenden Mädchen.

Mevlut wusste genau, wie irreführend diese Worte waren, egal ob sich es um ein Drogendelikt, ein Verbrechen oder etwas Politisches handelte. Wer nur wegen einer Aussage abgeholt wurde, kam manchmal jahrelang nicht mehr nach Hause. Und nur wegen einer Aussage wären die Polizisten auch nicht mit dem Auto gekommen, wo das Revier doch nur fünf Minuten weit weg war.

Im Streifenwagen sagte Mevlut sich immer wieder vor, dass er sich nichts hatte zuschulden kommen lassen. Nun ja, er nicht, aber vielleicht Ferhat, und das konnte als Mittäterschaft gelten, zumindest vom Ansatz her. Nach Art eines Bauchgrimmens machte sich ein Schuldgefühl in ihm breit.

Auf der Polizeiwache beschied man ihn, dass er nicht gleich verhört werde. Das hatte er sich zwar schon fast gedacht, aber enttäuscht war er dennoch. Man steckte ihn in eine größere, von draußen nur kaum beleuchtete Zelle. Schemenhaft erkannte er, dass außer ihm noch zwei Männer dort waren, von denen einer schlief und der andere, ein Betrunkener, leise vor sich hin lallte. Mevlut krümmte sich in einer Ecke auf dem kalten Fußboden zusammen und legte ein Ohr auf die Schulter, um vom Gelalle möglichst wenig zu hören.

Bekümmert stellte er sich vor, wie nun Fatma und Fevziye zumute sein musste. Am besten flüchtete er sich in den Schlaf, wie als kleiner Junge. Was würde wohl Rayiha sagen, wenn sie ihn so sähe? »Habe ich dir nicht gesagt, du sollst dich von diesem Ferhat fernhalten?« Ihm fiel ein, wie sie mädchenhaft ihre Haare zurechtstrich, wie sie wütend werden konnte oder wie sie verschmitzt lachte, wenn sie sich mit irgendeinem Trick die Kocharbeit erleichterte. Ach, wie schön sie doch oft gelacht und gescherzt hatten. Wäre Rayiha noch am Leben gewesen, hätte Mevlut sich nicht so vor dem gefürchtet, was ihm bevorstand. Am Morgen würden sie ihn bei dem Verhör bestimmt schlagen, ihn vielleicht sogar mit der Bastonade oder mit Stromstößen quälen. Wie grausam die Polizei so war, hatte Ferhat ihm schon hinreichend erzählt, und nun war er diesen Leuten in die Hände gefallen. »Na ja, wird schon nicht so schlimm!«, versuchte er sich zu trösten. Vor dem Wehrdienst hatte er sich auch vor den Schlägen so gefürchtet, und dann war er gut damit zurechtgekommen. Die ganze Nacht konnte er nicht schlafen. Beim ersten Gebetsruf dachte er, wie schön es doch war, wenn man auf die Straße hinausgehen und sich ins Gewimmel der Stadt mischen konnte.

Als er in den Verhörraum gebracht wurde, tat ihm vor lauter Sorge und Schlaflosigkeit der Bauch weh. Was sollte er tun, wenn sie ihn schlagen würden? Von seinen linken Freunden hatte er viele Geschichten von heldenhaften Genossen gehört, die lieber unter der Folter gestorben waren, als etwas zu verraten. So wie die wäre er gern gewesen, aber was hatte er eigentlich zu verbergen? Bestimmt hatte Ferhat etwas ausgefressen und dabei seinen, Mevluts, Namen angegeben. Sich auf das Stromablesen einzulassen, war ein Riesenfehler gewesen.

»Glaubst du vielleicht, du bist hier daheim?«, herrschte ihn ein Beamter in Zivil an. »Wer hat gesagt, dass du dich hinsetzen sollst?«

»Entschuldigung … Ich dachte nur …«

»Wir kriegen hier sowieso alles raus, also am besten sagst du gleich die Wahrheit.«

»Das werde ich tun«, erwiderte Mevlut mit fester Stimme und merkte gleich, dass das Eindruck machte.

Zuerst fragten sie ihn, was er zwei Tage zuvor abends gemacht hatte. Mevlut erzählte von seiner üblichen Boza-Tour und konnte genauestens angeben, zu welcher Stunde er in welcher Straße und welchem Haus gewesen war.

Als das Verhör sich immer mehr dahinschleppte, sah Mevlut auf einmal durch die offengebliebene Tür, wie draußen auf dem Gang von einem Polizisten Süleyman vorbeigeführt wurde. Was hatte der hier zu suchen? Bevor Mevlut sich noch fassen konnte, wurde ihm gesagt, Ferhat sei vor zwei Tagen bei sich zu Hause ermordet worden. Aufmerksam registrierten die Beamten, wie Mevlut auf diese Nachricht reagierte. Sie fragten ihn nach Ferhats Arbeit als Stromableser. Benommen erzählte Mevlut alles, was er wusste. Dabei sagte er nichts, was Ferhat oder Süleyman irgendwie belastet hätte. Sein Freund war tot.

»Waren Süleyman und Ferhat verfeindet?«, wurde er inständig gefragt. Mevlut sagte, dass seien alte Geschichten, Süleyman sei nun verheiratet, habe ein Kind und sei glücklich, und nie und nimmer würde er so etwas tun. Die Beamten wiesen darauf hin, dass Ferhats Frau doch davongelaufen sei und sich in Süleymans Haus geflüchtet habe. Daran sei Süleyman nicht schuld, wehrte Mevlut ab, und außerdem komme Süleyman gar nicht mehr in dieses Haus. Mevlut hatte alles von Vediha erfahren. Unablässig beteuerte er die Unschuld seiner Freunde. Wer Ferhat getötet haben könne, wurde er gefragt. Ob er jemanden im Verdacht habe? Nein, habe er nicht. Ob er selbst etwas gegen Ferhat gehabt habe? Sei da was gewesen, eine Geld- oder eine Frauengeschichte? Nein. Ob er sich schon gedacht habe, dass Ferhat einmal umgebracht würde? Nein, habe er nicht.

Manchmal schienen die Polizisten ihn regelrecht zu vergessen und redeten über etwas anderes. Sie scherzten mit jemand, der den Kopf hereinstreckte, oder flachsten über Fußball. Daraus schloss Mevlut, dass sein Fall nicht ganz so schlimm sein könne.

Auf einmal hörte er den Satz: »Die waren alle drei in das gleiche Mädchen verliebt.« Darauf lachten die Beamten, als ginge es dabei gar nicht um ihn. Ob Süleyman wohl die Geschichte mit den Briefen erzählt hatte? Mevlut sank der Mut.

Als er wieder in die Zelle gebracht wurde, dachte er verzweifelt, man würde bestimmt aus ihm herausprügeln, wie Süleyman ihn mit den Briefen hereingelegt hatte, und da schämte er sich so, dass er am liebsten gestorben wäre. Aber dann fand er seine Befürchtungen doch übertrieben. Ja, es stimmte schon, sie waren alle drei in Samiha verliebt gewesen, doch wenn er angeben würde, er habe die Briefe eigentlich an Rayiha geschrieben, würden die Beamten bestimmt nur lachen.

Er legte sich zurecht, was er alles sagen würde, da wurde er am Nachmittag plötzlich freigelassen. Draußen auf der Straße dachte er betrübt an Ferhat. Ein wichtiger Teil seiner Erinnerungen, ja seines Lebens, war auf einmal wie weggewischt. Dann aber freute er sich so sehr darauf, seine Töchter wieder zu umarmen, dass er beim Einsteigen in den Bus nach Taksim richtig zitterte.

Die Mädchen waren nicht daheim, und die leere Wohnung wirkte trostlos. Fatma und Fevziye hatten nicht mal abgewaschen, bevor sie gegangen waren. Die Boza-Ausrüstung, die er seit dreißig Jahren benutzte, der von Rayiha auf dem Fensterbrett platzierte Basilikumtopf, die großen Kakerlaken, die nach zwei Tagen schon frech herumspazierten, all das flößte Mevlut nicht nur Melancholie, sondern einen Schrecken ein. Ihm war, als ob der Raum sich innerhalb kürzester Zeit verwandelt hätte und alle Gegenstände irgendwie anders seien.

Er eilte wieder auf die Straße hinaus. Ganz ohne Zweifel waren die Mädchen bei ihrer Tante in Duttepe. Und dort würden sie alle auf Mevlut schimpfen, weil er mit Ferhat befreundet gewesen war. Wie sollte er Samiha zu Ferhats Tod kondolieren? Im Bus nach Mecidiyeköy starrte er grübelnd aus dem Fenster.

Bei den Aktaş ging es zu wie nach einem Feiertagsgebet. Süleyman war etwa zur gleichen Zeit freigelassen worden wie Mevlut. Irgendwann traf es sich, dass Mevlut mit Süleyman und Melahat zusammen vor dem Fernseher saß, den sie schweigend anstarrten. Dabei dachte er, dass dieser zurückhaltenden Frau doch von allen unrecht getan wurde. Ihm ging es nun darum, so schnell wie möglich mit seinen Töchtern nach Hause zu gehen, ohne irgendwie beschimpft oder beschuldigt zu werden. Allein schon die allgemeine Freude über Süleymans Freilassung empfand er als eine Art Vorwurf. Zum Glück umfasste das Haus mittlerweile vier Stockwerke, und es standen drei laufende Fernseher herum. Mevlut rührte sich nicht vom Erdgeschoss weg und kam somit nicht in die Verlegenheit, der weinenden Samiha kondolieren zu müssen. Nun war also auch Samiha Witwe. Vielleicht hatte sie ja geahnt, dass es mit Ferhat ein böses Ende nehmen würde, und war deshalb weggelaufen.

Zur Beerdigung kamen Ferhats alevitische Verwandte, seine Kollegen von der Stromgesellschaft und ein paar alte Freunde aus Beyoğlu, aber Samiha nicht. Als Mevlut und Mohini aus dem Friedhof traten, wussten sie nicht recht, was sie nun anfangen sollten. Über Istanbul spannte sich ein aschgrauer Himmel. Zum Trinken hatten sie eigentlich beide keine Lust. Schließlich gingen sie ins Kino, und danach eilte Mevlut nach Hause und wartete auf seine Töchter.

Dass die Beerdigung an jenem Tag war, hatte er Fatma und Fevziye gar nicht gesagt. Die beiden taten so, als glaubten sie, ihr amüsanter Onkel Ferhat habe irgendetwas Böses getan und sei deshalb umgebracht worden, und Fragen stellten sie dazu keine. Was erzählte ihnen wohl Samiha, was flüsterte sie ihnen ein? Mevlut machte sich Sorgen um ihre Zukunft, und er wünschte sich, dass sie über Ferhat einfach das Gleiche dachten wie die Aktaş. Zwar schämte er sich dieses Gedankens, aber was zählte das schon, wenn es um das Wohl seiner Kinder ging. Nach Ferhats Tod hatte er in seinem Existenzkampf in der Stadt doch keine anderen Gefährten mehr als Korkut und Süleyman.

Mevlut hatte Korkut sogleich erzählt, was er schon der Polizei gesagt hatte, nämlich dass er von Ferhats Stromintrigen wirklich nichts wusste. Außerdem sei diese Arbeit nichts für ihn, und er werde damit aufhören. Er habe ja ein bisschen etwas angespart. Als er in das Gebäude von Yeditepe Elektrik ging, um seinen Entschluss mitzuteilen, stellte er fest, dass ihm schon gekündigt worden war. Wegen der vielen Unregelmäßigkeiten, zu denen es seit der Privatisierung gekommen war, scheuten sich die neuen Besitzer vor jedem Gerücht, das sie mit Korruption in Verbindung brachte. Es schmerzte Mevlut, mit anhören zu müssen, wie Ferhat von Kollegen als Mensch bezeichnet wurde, der ihren Beruf mit Schande überzogen habe. Dabei hatten doch die gleichen Kollegen einen der ihren, der bei der Aufdeckung von Stromdiebstahl aus ähnlichen Gründen zu Tode gekommen war, als wahren Helden ihres Berufszweigs herausgestellt.

Wie und warum Ferhat getötet worden war, blieb über Monate hinweg unbekannt. Zunächst war die Polizei von einem homosexuellen Motiv ausgegangen, worüber sich sogar Korkut und Süleyman empört hatten. Aufgekommen war der Verdacht, weil der Mörder ohne Gewaltanwendung in die Wohnung gelangt war und mit Ferhat sogar Raki getrunken hatte, also eindeutig ein Bekannter gewesen sein musste. Auch Samiha war verhört worden. Dass sie mit ihrem Mann zerstritten war und bei ihrer Schwester lebte, galt der Polizei anscheinend als unverdächtig. Sie sollte lediglich in der Wohnung feststellen, was gestohlen worden war. Daraufhin wurden zwei der Einbrecher, die in Çukurcuma und Cihangir ihr Unwesen trieben, in Untersuchungshaft genommen und durchgeprügelt. Über die laufenden Ermittlungen wurde Mevlut von Korkut informiert, der seine Beziehungen hatte.

Wenn in der Stadt mit ihren mittlerweile neun Millionen Einwohnern kein Foto einer prominenten oder wenigstens halbnackten Frau im Spiel war, schaffte es ein gewöhnlicher Mord aus Eifersucht, Trunkenheit oder Zorn kaum mehr in die Zeitung. Die Eigentümer der großen Zeitungen, die bei der Stromprivatisierung auch hier und da abgesahnt hatten, wollten außerdem zu dem Thema keine negativen Artikel mehr veröffentlicht sehen. Nach einem halben Jahr erschien in einer von Ferhats alten Freunden herausgebrachten linken Monatszeitschrift ein Artikel über Stromschiebereien, in dem unter anderem auch der Name Ferhat Yılmaz vorkam. Darin wurde Ferhat als braver Stromableser geschildert, der den Verteilungskämpfen mafiöser Strukturen zum Opfer gefallen sei.

Mevlut kannte die Zeitschrift nicht mal dem Namen nach, aber zwei Monate später wurde ihm die Ausgabe von Süleyman gebracht. Süleyman sah Mevlut zu, wie er den Artikel las, sprach ihn dann aber nicht darauf an. Er hatte vor kurzem einen zweiten Sohn bekommen, sein Baugeschäft lief gut, und er war mit seinem Leben zufrieden.

»Du weißt doch, wie sehr wir dich mögen, oder?«, fragte Süleyman. »Von Fatma und Fevziye haben wir erfahren, dass du keine so gute Arbeit findest, wie du sie verdienen würdest.«

»Uns geht es nicht schlecht. Und ich weiß nicht, warum die Mädchen sich beklagen.«

Im Verlauf von acht Monaten wurde Ferhats Erbe aufgeteilt. Mit Hilfe eines von den Aktaş besorgten Anwalts bekam Samiha zwei der kleinen Wohnungen in Çukurcuma und Tophane zugesprochen, die Ferhat mit dem bei der Stromgeschichte verdienten Geld billig erstanden hatte. Die alten, heruntergewohnten Unterkünfte wurden von der Baufirma der Vurals renoviert und dann vermietet. Fatma und Fevziye übernachteten nun jedes Wochenende bei ihren Tanten in Duttepe, sodass Mevlut genauestens informiert war, was dort gegessen und gespielt wurde und wie Korkut und Vediha sich stritten. Die Mädchen kamen oft genug mit neuen Pullovern, Jeans, Taschen oder anderen Geschenken nach Hause und führten sie ihrem Vater aufgeregt vor. Samiha bezahlte Fatma das Paukstudio zur Vorbereitung auf die Aufnahmeprüfung an der Uni, und auch sonst steckte sie ihr Geld zu. Fatma wollte Touristik studieren. Mevlut bekam feuchte Augen, wenn er den Eifer seiner Tochter sah.

»Du weißt ja, wie Korkut es mit der Politik hat«, sagte Süleyman eines Tages zu ihm. »Und ich bin überzeugt, dass er irgendwann für das belohnt wird, was er für das Land schon getan hat. Wir selber sind ja weg aus dem Dorf, aber damit wir die Unterstützung der Leute aus Beyşehir kriegen, ob sie noch dort wohnen oder in Istanbul, gründen wir jetzt einen Verein. Es machen noch ein paar andere Betuchte aus Duttepe, Kültepe, Nohut und Yören mit.«

»Von Politik verstehe ich nichts.«

»Ach was, wir sind jetzt um die vierzig, da versteht man von allem was. Und um Politik geht es ja gar nicht. Wir machen Abendveranstaltungen. Ausflüge und Essen gibt es sowieso schon, jetzt kommen eben feste Räumlichkeiten dazu. Da könntest du doch tagsüber Tee ausschenken und mit Leuten aus unserer Gegend plaudern. Wir haben Geld gesammelt und eine Wohnung in Mecidiyeköy angemietet, die sperrst du morgens auf und abends wieder zu. Und verdienst dabei dreimal so viel wie als armer Straßenverkäufer. Mindestens. Dafür steht Korkut ein. Abends um sechs machst du zu und gehst dein Boza verkaufen. Haben wir alles schon eingeplant.«

»Lass mich ein paar Tage nachdenken.«

»Nichts da, entscheide dich gleich«, sagte Süleyman, aber so unentschlossen, wie Mevlut aussah, ließ er ihn gewähren.

Eine Arbeit in Beyoğlu wäre ihm lieber gewesen, draußen auf der Straße, bei den Menschen. Mit Kunden scherzen, an Türen anklopfen, ewig auf holprigen Gehsteigen dahinmarschieren, das war es, was er konnte und liebte, und nicht irgendein Bürojob. Aber er war sich nur allzu sehr bewusst, dass er sein Leben lang auf Süleyman und Korkut angewiesen war. Das Trinkgeld, das er als Stromableser bekommen hatte, neigte sich dem Ende zu. Zudem hatte er so manchen Boza-Kunden verloren, als er abends nicht mehr so oft losgezogen war. An manchen Abenden kam es ihm nun vor, als würde überhaupt kein Vorhang mehr zurückgezogen und überhaupt kein Kunde ihm mehr zurufen. Er spürte die Härte der Stadt, den Beton, das Grauen. Hunde bedrohten ihn keine mehr. Die metallenen Müllcontainer, die in den Außenbezirken aufgekommen waren, standen inzwischen an allen Orten, die Mevlut so liebte, in Beyoğlu, Şişli, Cihangir, überall. Und darin wühlte eine neue Klasse von Armen. Die Straßen, die Mevlut neunundzwanzig Jahre lang abgeschritten war, bis sie sich in seine Seele eingebrannt hatten, änderten sich immer schneller. Zu viel Werbung, zu viele Menschen, zu viel Lärm. Mevlut sah mit an, wie man sich immer mehr für die Vergangenheit interessierte, merkte aber zugleich, dass Boza davon nicht viel abbekam. Auf den Straßen gab eine härtere, gereiztere Händlergeneration den Ton an. Da wurde betrogen, wurde laut geplärrt, wurden dauernd die Preise gedrückt. Gierige und doch eigentlich ungeschickte Leute. Während die alte Verkäufergeneration im Gewimmel der Stadt allmählich unterging.

So freundete Mevlut sich doch mit dem Gedanken an, sich stattdessen zu Leuten aus der alten Heimat zu gesellen. Abends würde er nach Herzenslust Boza verkaufen können. Er nahm also die Arbeit an. Die kleine Wohnung war im Erdgeschoss, und davor hatte ein Maroniverkäufer seinen Standplatz. Die ersten Monate über beobachtete Mevlut durchs Fenster, worauf beim Maroniverkaufen so zu achten war, und insgeheim dachte er manchmal, da ließe sich dieses oder jenes besser machen. Hin und wieder ging er vor die Tür und fing mit dem Mann unter irgendeinem Vorwand ein Gespräch an. Manchmal ließ er auch zu, dass der Verkäufer sein Tischchen im Gebäudeinneren aufstellte (was im Grunde verboten war), und gemeinsam gingen die beiden zum Freitagsgebet.

11. Die Absicht des Herzens und die Absicht der Zunge

Fatma studiert schon

Seine Vereinstätigkeit empfand Mevlut schon bald als schönen Ausgleich zum Boza-Verkauf. Meist überließ er um sechs Uhr das »Vereinsheim« den Leuten, die an dem betreffenden Abend etwas veranstalteten. Außer ihm hatten noch sieben, acht Mitglieder einen Schlüssel zu der Wohnung. Manchmal war diese einen Abend lang für lauter Menschen aus einem bestimmten Dorf reserviert, aus Göçük oder Nohut etwa, und am folgenden Morgen fand Mevlut die Wohnung und insbesondere die Küche in einem unbeschreiblichen Zustand vor. Wenn Mevlut zu Hause mit seinen Töchtern früh zu Abend gegessen und sich überzeugt hatte, dass Fatma wirklich lernte, um ihre Aufnahmeprüfung zu schaffen (nein, das war bestimmt nicht nur gespielt), ging er mit seinem Boza auf die Straße hinaus und fühlte sich richtig wohl.

Im Herbst 1998 schaute Mevlut wieder öfter beim Spirituellen Meister vorbei. Allerdings traf er dort viele recht aufdringliche Menschen an. Er konnte sie nicht leiden und fühlte deutlich, dass auch sie ihn nicht mochten und ihn als überflüssig ansahen. Vor lauter Anhängern und Bewunderern, von denen viele den üppigen Bart trugen, den man jetzt immer öfter sah, kam Mevlut einfach nicht an die Reihe. Dabei hatte der Meister wegen diverser körperlicher Beschwerden und allgemeiner Erschöpfung die Kalligraphie-Kurse aufgegeben, zu denen früher jene zwar schwatzhaften, aber doch zumindest fröhlichen Schüler gekommen waren. Die Leute, die nun wartend dastanden, während der Meister in seinem Sessel am Fenster saß, schüttelten zumeist leise den Kopf, als ob irgendetwas sie über Gebühr bedrückte (Eine Krankheit? Die politischen Entwicklungen? Etwas, von dem Mevlut nichts wusste?). So setzte denn Mevlut beim Betreten der Wohnung eine ähnlich betrübte Miene auf und redete wie die anderen nur noch flüsternd. Wie anders war das noch gewesen, als es bei seinen ersten Besuchen geheißen hatte »He, da ist ja wieder Boza-Verkäufer mit dem Kindergesicht!« oder »Direktor Mevlut!«, und man ihm jedes Mal wieder gesagt hatte, wie rau und heiser doch von der Straße herauf seine Stimme klinge. Jetzt hingegen kam es vor, dass Leute sein gratis ausgeschenktes Boza tranken und nicht einmal merkten, dass kein anderer als er der Verkäufer war.

Eines Abends aber gelang es ihm, die Aufmerksamkeit des Meisters zu erregen und daraufhin ganze zehn Minuten mit ihm zu reden. Dass es dennoch kein erfreuliches Gespräch war, merkte Mevlut erst so recht beim Hinausgehen, doch während es stattfand, sahen ihn alle so neidisch und eifersüchtig an, dass ihn allein das schon mit Glück erfüllte. Jenes Gespräch jedenfalls war zugleich das innigste, das er dort jemals führte, und dasjenige, das ihm am meisten wehtat.

An jenem Abend hatte er schon gedacht, es würde wieder einmal nichts werden, als der Meister, der gerade mit ein paar Leuten in leiser Unterhaltung begriffen war, sich auf einmal an alle Versammelten wandte und wie ein Lehrer laut fragte: »Wer von euch hat ein ledernes Uhrarmband, und wer eines aus Plastik?« Für derlei Fragen, die oft in Rätsel oder religiöse Gleichnisse mündeten, hatte der Meister eine besondere

Vorliebe. Und als jeder der Reihe nach diszipliniert Antwort gab, merkte der Meister ganz am Schluss, dass auch Mevlut zugegen war.

»Da ist ja unser Boza-Verkäufer mit dem heiligen Namen!«

Unter Lobesworten rief er Mevlut zu sich, und als dieser ihm die mit noch zahlreicheren und größeren Malen bedeckte Hand küsste, stand inzwischen der danebensitzende Herr auf und überließ ihm den Platz. Der Spirituelle Meister sah Mevlut tiefer in die Augen denn je und fragte ihn in altertümlicher Ausdrucksweise nach seinem Ergehen. Seine Worte waren so schön wie die Kalligraphien an der Wand.

Mevlut fiel als Erstes Samiha ein und zürnte dem Teufel, der ihn durcheinanderbrachte, während so viele Leute zusahen. Eigentlich hatte er sich schon lange vorgenommen, dem Meister mit geeigneten Worten zu gestehen, dass er an Rayiha Briefe geschrieben und dabei an Samiha gedacht hatte. Und wie sehr er sich das vorgenommen hatte, merkte er daran, dass ihm die über Jahre hinweg ausgefeilte Argumentation nun auf einen Schlag in allen Einzelheiten vor Augen stand. Zuerst würde er von dem Begriff der Absicht sprechen, so wie der Islam diesen auffasste. Danach würde er nach den feinen Unterschieden fragen, die es zwischen jemandes persönlicher Absicht und seiner offiziellen Absicht gab. Dann würde er die grundlegende Fremdheit seines Lebens zum ersten Mal mit den Augen jenes grundgütigen Menschen sehen und vielleicht durch das daraufhin Vernommene von seiner inneren Not befreit werden.

Das Gespräch aber nahm einen gänzlich anderen Verlauf. Bevor Mevlut irgendetwas sagen konnte, stellte ihm der Meister eine weitere Frage:

»Erfüllst du deine religiösen Pflichten?«

Wie darauf korrekt zu antworten war, hatte Mevlut schon des Öfteren beobachtet. Man musste Bericht erstatten, wie oft man in letzter Zeit gebetet und Almosen gegeben hatte, und danach schuldbewusst zugeben, dass man leider seinen Pflichten in ungenügendem Maße nachkomme. Der Meister störte sich daran nicht groß und tröstete einen damit, dass man »reiner Absicht« sei. Da aber Mevlut irgendwie der Teufel ritt oder er fürchtete, eine völlig ehrliche Antwort werde schlecht aufgenommen werden, stockte er zunächst und sagte dann, Gott komme es nur auf die Absicht an, die man im Herzen trage. Das war nämlich etwas, was der Meister oft sagte. Wie unangebracht es war, diese Worte nun selbst auszusprechen, merkte Mevlut augenblicklich.

»Das Wichtige ist nicht, sich den Gottesdienst vorzunehmen, sondern der Gottesdienst selbst«, erwiderte der Meister, mit sanfter Stimme zwar, doch wer ihn kannte, begriff sofort, dass dies eine Mahnung war.

Mevlut lief hochrot an.

»Natürlich ist es so, dass eine Angelegenheit danach beurteilt wird, was für eine Absicht dahintersteckt«, fuhr der Meister fort.

Mevlut starrte reglos vor sich hin. NICHT DIE FORM IST ENTSCHEIDEND, SONDERN DAS HERZ, sagte der Meister. Spottete er etwa darüber, dass Mevlut sich gar nicht mehr rührte? Ein paar Umstehende lachten.

Mevlut sagte, in jener Woche sei er jeden Tag zum Mittagsgebet gegangen. Was allerdings nicht stimmte. Und er fühlte, dass jedem das sofort klar war.

Womöglich, weil er Mevluts Beschämung sah, wich der Meister in höhere Sphären ab. »Es gibt zwei Arten von Absicht«, dozierte er. Da lauschte Mevlut nun ganz genau und prägte sich die beiden Begriffe ein: die ABSICHT DES HERZENS und die ABSICHT DER ZUNGE. Die Absicht des Herzens sei das Eigentliche und bilde die Grundlage des ganzen Islam. Ähnliches hatte der Meister ja auch schon oft gesagt. (Wenn aber die Absicht des Herzens das Eigentliche war, wie war es dann um Mevluts Briefe an Samiha bestellt?) Aber auch die Absicht der Zunge war dem Propheten Mohammed wohlgefällig. Auch der Prophet selbst hatte ja seine Absicht mit der Zunge ausgedrückt. Während bei den Hanafiten die Absicht des Herzens ausreichend sei, gelte im weltlichen Leben, wie von Ibni Zerhani dargestellt (Mevlut war sich nicht ganz sicher, ob er den Namen richtig verstanden hatte), dass DIE ABSICHT DER ZUNGE UND DIE ABSICHT DES HERZENS EINS seien.

Oder »eins sein sollten«? Das hatte Mevlut nicht genau mitbekommen, denn in dem Moment hatte draußen jemand ganz laut gehupt. Der Meister hatte innegehalten und Mevlut angesehen und mit einem

Blick begriffen, dass Mevlut sich schämte, ihm allerhöchste Achtung entgegenbrachte und so schnell wie möglich wegwollte. WESSEN AUGE NICHT BEIM GEBET IST, DESSEN OHR IST AUCH NICHT BEIM GEBETSRUF, sagte der Meister, mehr an alle Anwesenden gerichtet, und einige lachten darauf wieder.

In den folgenden Tagen sollte Mevlut noch oft voller Schmerz an diese Worte denken: »Wessen Auge nicht beim Gebet ist«, wer war damit gemeint? Etwa Mevlut, der nicht oft genug betete und manchmal log? Der Rüpel, der da mitten in der Nacht so hupte? Oder ganz allgemein all die schwachen, bösen Menschen, die das Gegenteil von dem machten, was sie als ihre Absicht kundtaten? Und über wen hatten die Umstehenden gelacht?

Was mit der Absicht des Herzens und der Absicht der Zunge gemeint war, beschäftigte Mevlut noch lange. Vergleichbar war es wohl mit dem, was Ferhat als private Meinung und offizielle Meinung bezeichnet hatte, doch das Wort »Absicht« kam menschlicher daher. Das Duo Herz und Zunge sprach Mevlut mehr an als das Private und das Offizielle. Da lag irgendwie mehr Ernst dahinter.

»Tja, Schicksal«, sagte eines Tages im Vereinsheim ein alter, mittlerweile zu Grundbesitz gekommener Joghurtverkäufer, mit dem Mevlut plauderte, während er dem Maronihändler draußen zuschaute, und groß wie ein Reklameschild am Straßenrand blieb jenes Wort auf einmal in Mevluts Gedächtnis haften.

Lange war das Wort, zusammen mit den Erinnerungen an Ferhat, in ein fernes Eckchen verdrängt worden, nun aber begleitete es Mevlut wieder auf allen seinen Wegen. Auf den Bäumen regten sich die Blätter und murmelten alle das gleiche Wort. Natürlich: Die Brücke zwischen der Absicht des Herzens und der Absicht der Zunge war nichts anderes als das SCHICKSAL. Der Mensch kann etwas beabsichtigen und etwas anderes zum Ausdruck bringen, und beides wird durch das Schicksal vereint. Selbst jene Möwe dort, die sich auf den Müllhaufen setzen wollte, nahm sich etwas vor, tat es kreischend kund, doch verwirklicht wurden die Absicht ihres Herzens und die Absicht ihrer Zunge erst durch vom SCHICK-

SAL abhängige Dinge wie den Wind, den Zufall, die Zeit. Das Glück, das Mevlut mit Rayiha erlebt hatte, war das größte SCHICKSAL in seinem Leben, und er musste es auf immer achten. Er war ein wenig verärgert über den Spirituellen Meister und doch froh, zu ihm gegangen zu sein.

Die beiden folgenden Jahre über sorgte Mevlut sich darum, dass Fatma einen guten Schulabschluss zustande brachte und es auf die Universität schaffte. Weder konnte er ihr beim Lernen helfen noch auch kontrollieren, ob sie wirklich fleißig genug war. Dennoch verfolgte er eifrig ihr Streben, und wenn er mit ansah, wie sie manchmal unwillig ein Schulbuch aufschlug und bald darauf finster zum Fenster hinausstarrte, fühlte er sich daran erinnert, wie wütend und lustlos er selbst als Schüler oft gewesen war. Sie war aber dennoch viel standfester als er. Er fand sie sowohl klug als auch hübsch.

Wenn ihre Schwester nicht da war, zog er mit Fatma gerne los, kaufte ihr Schulsachen, ging mit ihr in eine schicke Konditorei in Şişli und unterhielt sich mit ihr. Sie war ihrem Vater gegenüber nie aufsässig wie manch andere Mädchen, war nie kratzbürstig oder pflichtvergessen. Er konnte sie nie so richtig schimpfen, weil es bei ihr nichts zu schimpfen gab. Hinter ihrer Entschlossenheit und ihrem Selbstvertrauen witterte er allerdings einen heimlichen Zorn. Er scherzte mit ihr herum, machte sich lustig darüber, wie sie beim Lesen die Augen zusammenkniff, sich oft überflüssigerweise die Hände wusch oder immer alles ganz durcheinander in ihre Tasche warf, aber zu weit ging er mit seinen Bemerkungen nie, denn er hatte große Achtung vor ihr.

Wenn er einen Blick in das Chaos ihrer Tasche warf, wurde ihm klar, dass sie zu den Menschen und Institutionen der Stadt in einer viel innigeren Beziehung stand, als ihm das je gelungen war, und dass sie mit vielen Leuten redete, die er nur als Verkäufer kennengelernt hatte. Ausweise, Papiere, Haarnadeln, Täschchen, Bücher, Hefte, Eintrittskarten, Kaugummis, Schokolade. Manchmal stieg aus der Tasche ein Duft auf, wie Mevlut ihn noch nirgends gerochen hatte. Er kam nicht von den Büchern, an die Mevlut manchmal in Gegenwart seiner Tochter halb scherzhaft hinschnüffelte, aber etwas Buchhaftes hatte er doch an sich.

Es spielte der Geruch von Keksen mit hinein, von den Kaugummis, die Fatma nur kaute, wenn ihr Vater nicht dabei war, und auch ein Vanilleduft war dabei, dessen Ursprung er nicht ausmachen konnte, und insgesamt rief der Geruch bei Mevlut den Eindruck hervor, dass Fatma leicht in ein ganz anderes Leben hätte wechseln können. Er wollte ja sehr, dass sie studierte, doch immer wieder ertappte er sich auch bei dem Gedanken, wen sie wohl mal heiraten würde. Das Thema war ihm unangenehm, denn er ahnte, dass Fatma von zu Hause weg und ihr Leben dort vergessen wollte.

Im Frühjahr 1999 sagte er manchmal zu ihr »Ich hole dich vom Paukstudio ab«. Sie kam oft ziemlich zur gleichen Zeit dort heraus wie Mevlut aus dem Vereinsheim, doch wollte sie gar nicht abgeholt werden. Nicht etwa, um sich noch herumtreiben zu können, denn sie kam brav nach Hause und kochte zusammen mit Fevziye dem Vater das Abendessen.

Die beiden Mädchen baten ihren Mevlut inständig, er solle doch einen Telefonanschluss beantragen. Das war nun nicht mehr so teuer, und nach drei Monaten Wartezeit hatte man sein Telefon. Mevlut schob die Sache hinaus, denn er scheute nicht nur die Kosten, sondern wollte auch nicht, dass die Mädchen den ganzen Tag herumtelefonierten. Vor allem sollte Samiha nicht jederzeit anrufen und den beiden sagen können, was sie tun sollten. Er wusste, dass Fatma und Fevziye, wenn sie angeblich nach Duttepe fuhren, stattdessen manchmal in Şişli mit ihrer Tante Samiha in Kinos, Cafés und Kaufhäuser gingen. Hin und wieder schloss sich ihnen auch Vediha an, natürlich ohne dass Korkut davon wusste.

Im Sommer 1999 verkaufte Mevlut kein Eis. An Orten wie Şişli kam ein Eisverkäufer alten Stils mit seinem dreirädrigen Karren kaum noch durch die Menschenmengen, geschweige denn, dass er ein Geschäft gemacht hätte. Nur in den Außenbezirken, wo die Kinder noch auf der Straße Fußball spielten, war an Sommernachmittagen so einem Eisverkäufer noch etwas Erfolg beschieden, doch hatte Mevlut da keine Zeit, weil ihn die Arbeit im Verein immer mehr in Anspruch nahm.

Im Juni schloss Fatma die vorletzte Schulklasse ab, und kurz darauf kam eines Tages Süleyman allein in den Verein, nahm Mevlut in ein neues Lokal in Osmanbey mit und bat unseren Helden um etwas sehr Unangenehmes.

SÜLEYMAN. Bozkurt hat erst mit neunzehn mühsam die Schule geschafft, und das auch nur, weil Korkut einer Privatschule einen Haufen Geld hingeblättert hat. Letztes Jahr und dieses Jahr wieder ist er bei der Uni-Aufnahmeprüfung durchgefallen, und seither treibt er sich bloß noch rum. Zweimal hat er einen Autounfall gebaut, und einmal hat er besoffen bei einer Schlägerei mitgemischt und musste zur Polizei mit, darauf wollte sein Vater ihn mit zwanzig zum Wehrdienst schicken. Da ist er erst recht aufsässig geworden, hat die Krise gekriegt und kaum mehr was gegessen. Und irgendwann hat er zu seiner Mutter gesagt, dass er in Fatma verliebt ist. Und dass sie bei Mevlut um ihre Hand anhalten soll. Im Frühjahr hatten Fatma und Fevziye, als sie in Duttepe waren, wieder mal mit Bozkurt und Turan gestritten, und darauf sind sie da nicht mehr hin. (Wovon Mevlut gar nichts weiß.) Als Bozkurt Fatma nicht mehr gesehen hat, ist er schwermütig geworden. Und Korkut hat gesagt, »Den müssen wir vor dem Wehrdienst schnell noch verloben, sonst wird er uns noch fahnenflüchtig«. Vediha hat sich überreden lassen; zu Samiha haben wir lieber gar nichts gesagt. Korkut und ich haben mit Bozkurt geredet. »Ich will die heiraten«, hat er gesagt, und uns dabei nicht angeschaut. Und jetzt muss ich den Vermittler spielen.

»Fatma geht noch zur Schule«, hat Mevlut geantwortet. »Und ob sie ihn überhaupt will? Die hört nicht unbedingt auf mich.«

»Pass auf, Mevlut, ich habe ein einziges Mal im Leben bei der Polizei Prügel gekriegt, und das war wegen dir.« Mehr habe ich nicht gesagt.

Dass Süleyman all die Unterstützung, die Mevlut seit so vielen Jahren von den Aktaş erfuhr, mit keinem Wort erwähnte, gab Mevlut zu denken. Stattdessen hatte er die Schläge ins Feld geführt, die ihm nach der Ermordung Ferhats von der Polizei verabreicht worden waren. Aus irgendeinem Grund war Süleyman beim Verhör geprügelt worden, während man Mevlut kein Haar gekrümmt hatte. Mevlut musste immer schmunzeln, wenn er daran zurückdachte. Korkuts ganze Beziehungen hatten Süleyman nichts genützt.

Inwieweit war er den Aktaş verpflichtet? Ihm fielen die alten Grundstücksgeschichten wieder ein. Fatma sagte er lange Zeit erst mal gar nichts. Umso intensiver dachte er nach und konnte sich nur wundern, dass Fatma tatsächlich schon heiratsfähig war, und auch, dass Korkut und Süleyman mit einem solchen Angebot überhaupt gekommen waren. Sein Vater und sein Onkel hatten zwei Schwestern geheiratet und seine Cousins aus der folgenden Generationen auch. Wenn jetzt auch noch die dritte Generation untereinander heiratete, würden ihre Kinder entweder schielen oder stottern oder verblöden.

Noch mehr lastete der Gedanke auf ihm, wie einsam er bald sein würde. Wenn er an den Sommerabenden stundenlang mit seinen Töchtern ferngesehen hatte und sie dann schliefen, ging er manchmal noch hinaus und spazierte lange herum. Dann sprachen zu ihm die Schatten der Baumblätter, die endlosen Mauern, die neonbeleuchteten Schaufenster, die Wörter aus den Reklameschildern.

Als eines Abends Fevziye beim Krämer war und Mevlut mit Fatma vor dem Fernseher saß, kamen sie wie von selbst auf Duttepe zu sprechen. »Warum fahrt ihr eigentlich nicht mehr zu euren Tanten?«, fragte Mevlut.

»Mit denen treffen wir uns schon noch, aber nach Duttepe fahren wir ganz selten. Wenn Bozkurt und Turan nicht da sind. Die kann ich nicht leiden.«

»Haben sie zu dir was gesagt?«

»Ach, Kindereien. Dieser Holzkopf von Bozkurt.«

»Anscheinend tut es Bozkurt sehr leid, dass ihr euch gestritten habt. Jetzt isst und trinkt er nichts mehr und soll gesagt haben, dass …«

»Papa, der ist einfach nur blöd«, machte Fatma kurzen Prozess.

Mevlut sah, was für eine Wut in ihren Augen loderte. »Dann fahrt da einfach gar nicht mehr hin«, sagte er in dem frohen Bewusstsein, seiner Tochter den Rücken zu stärken.

Das Thema wurde fortan nicht mehr angeschnitten. Da Mevlut nicht wusste, wie er die endgültige Absage schonend übermitteln sollte, rief er Süleyman lieber gar nicht an. Mitte August aber, an einem heißen Abend, als er drei Leuten aus İmrenler, die über die Veranstaltung einer Bosporus-Tour debattierten, gerade beim Krämer gekauftes Fertigeis brachte, stand auf einmal Süleyman vor ihm.

»Fatma will einfach nicht«, sagte Mevlut, sobald sie unter sich waren. Auf einmal verlockte es ihn, Süleyman und Korkut ein wenig zu reizen. »Außerdem will sie studieren, soll ich sie da etwa von der Schule nehmen? Sie ist eben fleißiger als Bozkurt.«

»Der muss doch sowieso erst zum Militär, habe ich dir gesagt. Na ja. Wenigstens antworten hättest du können. Wenn ich nicht nachgefragt hätte, wäre von dir wahrscheinlich nichts gekommen.«

»Ich habe bloß abgewartet, ob sie sich's nicht doch noch anders überlegt.«

Mevlut merkte, dass Süleyman ihm gar nicht böse war, ja ihm wohl sogar recht gab. Sein Problem war wohl bloß, wie Korkut reagieren würde. Das machte auch Mevlut selbst etwas Sorge, doch wollte er einfach nicht, dass Fatma heiratete, bevor sie mit ihrem Studium fertig war. So hatte er noch gute fünf, sechs Jahre vor sich, in denen ihr schönes Vater-Tochter-Verhältnis weiterging. Wenn Mevlut mit Fatma redete, hatte er wie früher mit Rayiha das Gefühl, sich mit jemand Vernünftigem zu unterhalten.

Fünf Tage später wurde Mevlut mitten in der Nacht von einem gewaltigen Rütteln aus dem Schlaf gerissen. Irgendwo aus der Tiefe ertönte ein unheimliches Heulen, Mevlut hörte Schreie, hörte bei sich in der Wohnung Gläser zerspringen und bei einem Nachbarn eine Fensterscheibe. Sogleich waren Fatma und Fevziye bei ihm im Bett und schmiegten sich an ihn. Das Erdbeben dauerte überraschend lang. Als es aufhörte, war der Strom ausgefallen. Fevziye weinte.

»Zieht euch schnell was an, wir gehen raus«, sagte Mevlut.

Alles drängte auf die dunklen Straßen hinaus. Ganz Tarlabaşı schien wie aus einem Mund zu rufen. Betrunkene grölten, manche Menschen weinten, andere brüllten wütend umher. Mevlut und seine Töchter waren wenigstens angezogen, aber viele waren schon während des Erdbebens in Schlafanzug oder Unterwäsche auf die Straße gestürzt. Als einige wieder in ihre Wohnungen wollten, um sich etwas überzuziehen, ihr Geld zu holen oder die Tür zuzusperren, wurden sie durch ein Nachbeben schnell wieder herausgetrieben, und das Geschrei ging von neuem los.

Beim Anblick der lauten Menschenmasse sahen Mevlut und seine Töchter erst, wie viele Leute in den nur zwei- bis dreistöckigen Häusern in Tarlabaşı überhaupt wohnten. Zwischen alten Männern im Schlafanzug, Frauen in langen Röcken und Kindern in Unterhose und Schlappen gingen sie etwa eine Stunde lang umher und ließen die Erdbebenstimmung auf sich wirken. Als gegen Morgen die Nachbeben immer seltener und schwächer wurden, kamen sie zu dem Schluss, dass ihr Haus schon nicht einstürzen würde, und legten sich wieder schlafen. Eine Woche darauf kamen Gerüchte auf, ein erneutes Erdbeben werde diesmal die ganze Stadt verwüsten, und wieder übernachteten viele Leute auf der Straße oder in Parks. Mevlut und seine Töchter gingen hinaus, um sich das Schauspiel dieser furchtsamen und zugleich abenteuerlustigen Menschen anzusehen, aber zu später Stunde gingen sie ins Bett und schliefen in aller Ruhe ein.

SÜLEYMAN. Bei dem Erdbeben waren wir in Şişli, in unserer neuen Wohnung im siebten Stock. Es hat ganz schön gewackelt, und der Küchenschrank ist einfach von der Wand gekracht. Da habe ich Melahat und die Kinder mitgenommen, und wir sind mit Zündhölzern die Treppe hinunter und dann mit den Kindern auf dem Arm eine Stunde lang zu Fuß bis nach Duttepe gegangen.

KORKUT. Das Haus hat hin und her geschwankt, als wäre es aus Gummi. Als das Wackeln vorbei war, ist Bozkurt wieder rein und hat das Bettzeug von allen rausgeholt, und wer wollte, konnte sich gleich hinlegen und weiterschlafen. Auf einmal ist Süleyman mit seiner Frau und den

Kindern gekommen. Da habe ich zu ihm gesagt: »Mensch, das neue Betonhaus in Şişli ist doch viel sicherer als der dreißig Jahre alte Kasten hier. Wozu seid ihr denn hergekommen?« »Weiß ich auch nicht«, hat Süleyman gesagt. Am Morgen haben wir gesehen, dass das Haus ganz verzogen war und der dritte und der vierte Stock zur Straße vorgeragt sind wie früher die alten Holzhäuser mit ihren Erkern.

VEDIHA. Zwei Tage nach dem Erdbeben war ich gerade dabei, das Abendessen zu servieren, da hat auf einmal der Tisch gewackelt, und die Jungs haben geschrien: »Ein Erdbeben!« Ich bin in Panik nichts wie raus in den Garten, und da habe ich erst gemerkt, dass gar kein Erdbeben war. Bozkurt und Turan haben bloß Spaß gemacht und heimlich den Tisch hin und her gerückt. Vom Fenster aus haben sie mich ausgelacht. Ich habe auch gelacht, aber oben habe ich gesagt: »Das eine sage ich euch: Wenn ihr so was noch mal macht, kriegt ihr eine geschmiert, ganz egal, wie alt ihr seid.« Drei Tage später hat Bozkurt es tatsächlich noch mal gemacht, und ich bin wieder reingefallen, aber danach habe ich ihm ordentlich eine gescheuert. Seither redet er nicht mehr mit mir. Er ist unglücklich verliebt, und jetzt soll er auch noch zum Militär. Ich mache mir Sorgen um ihn.

SAMIHA. In der Erdbebennacht ist gegen Morgen Süleyman zu uns gekommen, mit Frau und Kindern, und da habe ich so richtig gemerkt, wie zuwider mir der Kerl ist. Ich bin rauf in den dritten Stock, obwohl der ganz windschief war, und bin nicht mehr runter, bis die lärmende Bande nach zwei Tagen bei uns im Garten wieder nach Şişli abgezogen ist. Dort droben bin ich auch geblieben, als es nach ein paar Tagen geheißen hat, dass wieder ein Erdbeben kommt, und alle draußen geschlafen haben.

Noch wütender bin ich auf Süleyman geworden, als ich mitbekommen habe, dass er sich von Korkut hat losschicken lassen, damit er für Bozkurt um Fatmas Hand anhält. Das haben die mir zuerst verheimlicht, damit ich nicht dazwischengehe. Dummheit ist keine Entschuldigung für Bosheit. Dass da irgendwas im Busch ist, habe ich gemerkt, als Fatma und Fevziye bloß noch gekommen sind, wenn Bozkurt nicht da war. Nach einer Weile ist Vediha mit der Sprache rausgerückt. Ich war natürlich stolz, dass Fatma nein gesagt hat. Am Samstag und Sonntag habe ich sie immer ins Paukstudio gebracht, und danach bin ich mit den Mädchen und Vediha ins Kino.

Den Winter über habe ich so gehofft, dass Fatma die Aufnahmeprüfung schafft. Vediha war ein wenig beleidigt, dass Fatma ihrem Sohn einen Korb gegeben hat, und je mehr sie versucht hat, das zu verbergen, umso deutlicher ist es geworden. Ich habe mich mit den Mädchen in Cafés und bei McDonald's getroffen und habe sie in Einkaufszentren mitgenommen, da sind wir meist von Laden zu Laden gegangen, ohne was zu kaufen, und trotzdem haben wir das Gefühl gehabt, dass sich in unserem Leben jederzeit was tun kann, und wenn wir müde waren, haben wir gesagt, okay, noch eine Etage, dann gehen wir runter und essen einen Döner.

An Silvester haben Fatma und Fevziye den ganzen Abend vor dem Fernseher gehockt und auf ihren Vater gewartet. Um elf ist er heimgekommen, sie haben gegessen und weiter ferngesehen. Von ihrem Vater haben sie sonst nie geredet, aber den Abend hat Fatma mir erzählt.

Anfang Juni war die Aufnahmeprüfung, in der ehemaligen Kaserne Taşkışla. Zusammen mit lauter wartenden Eltern und Geschwistern habe ich auf dem Mäuerchen gegenüber dem Eingang mit den Säulen gesessen und mit Blick auf den Dolmabahçe-Palast eine Zigarette geraucht. Fatma ist erschöpft aus der Prüfung rausgekommen, aber optimistischer als die meisten anderen.

Mevlut war stolz, dass seine Tochter nicht nur das Abitur geschafft hatte, ohne zu einer Nachprüfung antreten zu müssen, sondern auch einen Studienplatz in Touristik bekommen hatte. Im Vereinsheim hängten Väter manchmal Fotos von irgendeinem Abschluss ihrer Kinder ans Schwarze Brett, und Mevlut hätte das liebend gerne auch getan, aber für ein Foto von einem Mädchengymnasium kam das natürlich nicht in Frage. Unter den alten Joghurtverkäufern, die in den

Verein kamen, machte die Nachricht von Fatmas Erfolg dennoch die Runde. Süleyman kam extra vorbei, um Mevlut zu gratulieren; ein Kind mit einer guten Ausbildung sei in der Stadt das größte Vermögen.

Zu Semesteranfang Ende September brachte Mevlut seine Tochter bis ans Tor der Universität. An der ersten staatlichen Hochschule für Touristik in Istanbul gab es sowohl eine gastronomische als auch eine betriebswirtschaftliche Ausbildung. Untergebracht war die Hochschule in einer ehemaligen Karawanserei in Laleli. Mevlut kam gleich in den Sinn, in diesem alten Viertel Boza zu verkaufen. Eines Abends ging er auf dem Heimweg vom Spirituellen Meister eine Stunde lang zu Fuß bis zur Hochschule seiner Tochter. Dort war es noch so still wie früher.

Vier Monate später, im Januar 2001, beichtete Fatma ihrem Vater, dass sie sich mit einem Kommilitonen angefreundet hatte, der schon im dritten Studienjahr war. Es sei etwas Ernstes. Aus Izmir sei der Junge, sagte sie, worauf Mevlut sich ein wenig das Herz zusammenzog, galt Izmir doch als recht freizügige Stadt. Ihrer beider Ziel jedenfalls sei es, fertigzustudieren und im Tourismus zu arbeiten.

Mevlut war erstaunt, wie schnell es mit Fatma so weit gekommen war. Andererseits würde sie dennoch in der Familie diejenige sein, die am spätesten heiratete. »Deine Mutter und deine Tante hatten in dem Alter schon zwei Kinder, du bist ganz schön spät dran!«, scherzte er bitter.

»Darum will ich ja auch gleich heiraten«, erwiderte Fatma schlagfertig, und Mevlut musste einsehen, dass sie entschlossen war, so schnell wie möglich von zu Hause auszuziehen.

Im Februar kam die Familie des Jungen aus Izmir. Für die Verlobung reservierte Mevlut das Vereinsheim und lieh sich aus dem Café gegenüber Stühle aus. Mit Ausnahme von Korkut und seinen Söhnen kamen aus Duttepe sämtliche Freunde und Bekannten. Mevlut war sich im Klaren, dass zur Hochzeit, die im Sommer in Izmir stattfinden sollte, keiner mehr hinfahren würde, auch Samiha nicht. Samiha sah er im Verein zum ersten Mal. Ihr Kopftuch und ihr Mantel waren nicht in so blassen Farben gehalten wie bei den anderen Frauen, sondern leuchtend blau und sichtlich neu und von weitem Schnitt. Vielleicht will sie gar kein Kopftuch mehr tragen, dachte Mevlut. Fatma setzte manchmal eines auf und manchmal nicht, und beim Betreten der Uni musste sie es ohnehin abnehmen. Ob sie das nun betrübte oder erfreute, wusste Mevlut nicht zu sagen, darüber redete sie nur mit ihren Kommilitoninnen.

Von der Familie aus Izmir trug keine Frau ein Kopftuch. Mevlut sah seiner Tochter an, wie sehr sie sich freute, bald in dieser Familie zu leben. Zu Hause umarmte sie ihren Vater immer wieder, küsste ihn ab und vergoss auch ein paar Tränen, doch fünf Minuten später ertappte er sie schon wieder dabei, wie sie aufgeregt von ihrem baldigen Eheleben schwärmte. Dabei erfuhr er auch, dass die beiden einen Antrag auf einen Studienortwechsel gestellt hatten, um gemeinsam in Izmir weiterstudieren zu können. Zwei Monate darauf kam die Nachricht, dass der Antrag durchgegangen war. Somit war klar, dass Fatma und Burhan (das nämlich war der unschöne Name des elend langen Schwiegersohns mit dem ausdruckslosen Gesicht) nach der Hochzeit im Sommer in Izmir bleiben und in eine der Familie gehörige Wohnung ziehen würden.

Zur Hochzeit fuhren aus Istanbul lediglich Mevlut und Fevziye nach Izmir. Mevlut gefiel die Stadt. Sie kam ihm vor wie eine kleinere Ausgabe von Istanbul, nur wärmer und mit Palmen. Zu beiden Seiten der Bucht gab es weithin sichtbare Gecekondus. Als Fatma bei der Hochzeit ihren Mann umarmte und wie in amerikanischen Filmen mit ihm tanzte, war Mevlut das ein wenig peinlich, zugleich aber war er zu Tränen gerührt. Bei der Rückfahrt im Bus sprachen Mevlut und Fevziye kein Wort miteinander. Als Fevziye einschlief, sank ihr Kopf auf Mevluts Schulter, der glücklich den Duft ihrer Haare einsog. Seine geliebte ältere Tochter aber, von der er irgendwie gehofft hatte, sie würde bis an sein Lebensende bei ihm bleiben, hatte sich innerhalb eines halben Jahres ganz von ihrem Vater abgenabelt.

12. Fevziye läuft weg

Die beiden sollen mir
die Hand küssen

Am 11. September sahen Mevlut und Fevziye sich im Fernsehen immer wieder an, wie das Flugzeug den Wolkenkratzer rammte und die beiden Türme wie in einem Film rauchend und brennend in sich zusammenstürzten. Irgendwann sagte Mevlut, ohne die Stimme zu heben, »Dafür werden die Amerikaner sich rächen«, und weiter redeten sie darüber nicht.

Dabei hatte sich ein gutes Verhältnis zwischen ihnen entwickelt, seit Fatma nicht mehr da war. Mit Witzen, Imitationen und verrückten Geschichten brachte Fevziye ihren Vater gern zum Lachen. Von ihrer Mutter hatte sie diese Art, allem eine seltsame, lustige Seite abzugewinnen. Sie konnte gut nachmachen, wie eine Nachbarin beim Reden immer zischte, wie eine Tür knarrend aufging oder wie ihr Vater, wenn er die Treppe hochstieg, ächzte und stöhnte. Im Schlaf krümmte sie sich wie ihre Mutter s-förmig zusammen.

Als Mevlut fünf Tage nach dem Einsturz der Zwillingstürme abends aus dem Verein nach Hause kam, fiel ihm gleich auf, dass der Fernseher nicht an war. Auch der Tisch war nicht gedeckt. Fevziye war nicht daheim. Auf den Gedanken, sie könnte weggelaufen sein, kam er zunächst gar nicht, und so vermutete er verärgert, mit ihren siebzehn Jahren treibe sie sich draußen noch ein wenig herum. Obwohl sie vor dem letzten Schuljahr noch zwei Nachprüfungen in Mathematik und Englisch ablegen musste, hatte Mevlut sie den ganzen Sommer über kein einziges Mal lernen sehen. Er blickte aus dem Fenster auf die dunkle Straße hinunter und bekam es allmählich mit der Angst zu tun.

Er stellte fest, dass von ihren Sachen und ihren Kleidern manches nicht an seinem Platz war. Nun, sie mochte zu den Aktaş gefahren sein. Als es an der Tür klingelte, schöpfte er Hoffnung.

Es war Süleyman. Fevziye sei mit einem Jungen weggelaufen, aus guter Familie, sein Vater betreibe drei Taxis. Am Nachmittag habe der Vater angerufen, und Süleyman sei gleich hin. Wenn Mevlut ein Telefon hätte, hätte der Mann sich selbst gemeldet. Fevziye gehe es gut.

»Wenn es ihr gutgeht, warum läuft sie dann weg?«, fragte Mevlut. »Um ihrem Vater Schande zu machen und sich selber zu blamieren?«

»Warum hast du dann Rayiha entführt?«, erwiderte Süleyman. »Der Bucklige Abdurrahman hätte sie dir ohne weiteres gegeben.«

Da begriff Mevlut erst, dass Fevziye es ihrer Mutter ganz einfach nachgetan hatte. »Er hätte sie mir nicht gegeben«, sagte er und erinnerte sich voller Stolz an die Entführung damals. »Und ich gebe meine Tochter diesem Taximenschen nicht. Fevziye hat mir versprochen, dass sie das Abitur macht und auf die Uni geht.«

»Sie hat keine ihrer beiden Nachprüfungen geschafft«, sagte Süleyman. »Damit ist sie durchgefallen. Wahrscheinlich hat sie sich nicht getraut, dir das zu sagen. Und von Vediha weiß ich, was du für einen Druck auf sie ausübst, damit sie nur ja auch studiert wie ihre Schwester.«

Ach so, also nicht nur bei den Aktaş, sondern auch bei irgendeinem unbekannten Taxifahrer und seiner Familie zerriss man sich also das Maul über das, was er mit seiner Tochter zu Hause besprach, und er stand als strenger, reizbarer Vater da.

»Ich habe keine Tochter namens Fevziye mehr!«, rief er zornig aus. Und bereute es auf der Stelle. Denn noch während Süleyman vor ihm stand, spürte er auch schon die Verzweiflung in sich hochkriechen, die jeden Vater packt, dessen Tochter wegläuft. Wenn er ihr nicht gleich verzieh und also nicht so tat, als ob ihm der künftige Schwiegersohn (ein Taxifahrer womöglich? Das fiel ihm jetzt erst ein!) eigentlich ganz recht wäre, würde sich die Nachricht verbreiten, dass seine Tochter weggelaufen war und mit jemandem in wilder Ehe zusammenlebte, was ein Schandfleck auf Mevluts Ehre war. Und wenn er stattdessen dem Mistkerl doch verzieh, sah es so aus, als ob er selbst hinter der Sache steckte und klammheimlich ein stattliches Brautgeld eingesackt hatte. Doch wenn er nicht als einsamer Griesgram enden wollte wie sein Vater, tat er gut daran, sich schleunigst für die zweite Lösung zu entscheiden.

»Süleyman, ohne meine Töchter kann ich nicht leben. Ich werde Fevziye verzeihen. Aber sie soll mit dem Kerl zu mir kommen, und die beiden sollen mir die Hand küssen. Nachdem ich Rayiha entführt habe, bin ich immerhin ins Dorf zu Abdurrahman und habe ihm respektvoll die Hand geküsst.«

»So viel Respekt, wie du damals gezeigt hast, wirst du bestimmt auch von deinem Taxi-Schwiegersohn bekommen«, sagte Süleyman grinsend.

Mevlut merkte nicht einmal den Spott hinter diesen Worten. Er war ganz durcheinander, fürchtete sich vor der Einsamkeit, brauchte Trost. »Früher gab es noch so etwas wie Respekt!«, rief er aus, und auch darüber musste Süleyman lachen.

Der zweite Schwiegersohn hieß Erhan. Als Mevlut ihn am folgenden Tag sah, konnte er gar nicht begreifen, was seine engelsgleiche Tochter, für die er sich die schönste Zukunft ausgemalt hatte, an dem kurzhalsigen Kerl mit der schmalen Stirn nur fand. Wahrscheinlich war er ziemlich hintertrieben, und sein dummes Kind war auf ihn hereingefallen.

Als aber Erhan ihm die Hand küsste und sich dabei fast bis zum Boden vor ihm verneigte, gefiel Mevlut das dann doch.

»Sie soll unbedingt die Schule fertigmachen«, betonte er, »das musst du mir versprechen.«

»So sehen wir das auch«, antwortete Erhan. Im Gespräch stellte sich aber bald heraus, dass Fevziye nicht einfach ihre Ehe verheimlichen und mir nichts, dir nichts weiter zur Schule gehen konnte.

Und Mevlut musste sich eingestehen, dass ihn weniger der Gedanke plagte, Fevziye werde nicht studieren können, als vielmehr die Angst vor der Einsamkeit. Verlassen zu werden schmerzte ihn mehr, als dass sein Kind keine richtige Ausbildung bekam.

Als sie einmal unter sich waren, sagte Mevlut vorwurfsvoll: »Warum bist du weggelaufen? Wenn die ganz zivilisiert um deine Hand angehalten hätten, hätte ich da vielleicht nein gesagt?«

Fevziye wandte rasch den Blick ab, und Mevlut wusste gleich, was sie dachte, dass er nämlich sehr wohl nein gesagt hätte.

»Wir haben immer so schön zusammengesessen«, sagte Mevlut. »Jetzt werde ich ganz allein sein.«

Fevziye umarmte ihn, und Mevlut kämpfte mit den Tränen. Wenn er nun abends vom Boza-Verkaufen nach Hause kam, würde ihn niemand mehr erwarten. Und wenn er schweißgebadet aus einem Alptraum hochschreckte, in dem in einem dunklen Zypressenwald Hunde hinter ihm herjagten, würde er keinen Trost mehr in den ruhigen Atemzügen seiner schlafenden Tochter finden.

Die Furcht vor dem Alleinsein ließ ihn wenigstens geschickt verhandeln. Er brachte seinen Schwiegersohn so weit, dass dieser aus einer Gemütsbewegung heraus hoch und heilig schwor, Fevziye werde nicht nur das Abitur machen, sondern auch studieren. Und Fevziye blieb an jenem Abend bei Mevlut. Dieser freute sich, dass seine Tochter doch weitgehend zur Vernunft gekommen war, musste ihr aber noch ein paarmal sagen, wie sehr sie ihn mit ihrer Flucht gekränkt hatte.

»Du hast doch Mama auch entführt!«, versetzte Fevziye.

»Aber was du heute gemacht hast, hätte sie bestimmt nicht getan.«

»Hätte sie wohl!«

Einerseits war Mevlut stolz auf die trotzige Antwort seiner eigenwilligen Tochter, zum anderen aber wurde ihm erst recht klar, dass Fevziye ihre Mutter tatsächlich einfach nachgeahmt hatte. An Feiertagen ging er mit Fevziye und manchmal auch mit Fatma und ihrem Tölpel von Mann, wenn diese aus Izmir zu Besuch waren, auf den Friedhof, zum Grab von Rayiha. Wenn es dort allzu traurig zuging, erzählte er zu Hause wieder mit allerlei Ausschmückungen, wie er damals Rayiha entführt hatte, wie er zuvor alles minutiös geplant hatte, wie auf jener Hochzeit Rayiha und er sich zum ersten Mal in die Augen geschaut hatten und er diesen Blick nie wieder hatte vergessen können.

Als Erhan am nächsten Tag Fevziyes Koffer zurückbrachte, war auch sein Vater Sadullah dabei, und Mevlut merkte gleich, dass er mit dem Mann mehr würde anfangen können als mit seinem Sohn. Sadullah war etwa zehn Jahr älter als er und ebenfalls Witwer. Seine Frau war vor drei Jahren ganz plötzlich an einem Herzinfarkt gestorben. Um das zu veranschaulichen, setzte Sadullah sich hin und demonstrierte, wie seine Frau beim Suppenessen den Löffel hatte sinken lassen und den Kopf sacht auf den Tisch gelegt hatte.

Sadullah war aus Düzce. Sein Vater war während des Zweiten Weltkriegs nach Istanbul gekommen und hatte in der Gedikpaşa-Straße bei einem armenischen Schuhmacher als Lehrling angefangen und sich zum Teilhaber hochgearbeitet. Als der Laden beim Pogrom vom 6. und 7. September 1955 geplündert wurde, gab der Armenier ihn auf und überließ ihn ganz seinem Teilhaber, der ihn allein fortführte. Sein Sohn Sadullah aber, ein »Rumtreiber und Taugenichts«, sei trotz aller Prügel des Vaters nicht Schuhmacher geworden, sondern »Istanbuls bester Taxifahrer«. Damals seien die Taxis amerikanische Limousinen gewesen, da habe man als Taxifahrer noch was hergemacht, sagte Sadullah mit einem Zwinkern, und Mevlut war sogleich klar, dass der tumbe, kurzgewachsene, durchtriebene Erhan, der seine Tochter entführt hatte, das eher Lebenslustige von seinem Vater hatte.

Zum Erörtern der Hochzeitsdetails besuchte Mevlut Sadullah in seinem dreistöckigen Steinhaus in Kadırga, und daraus entwickelte sich nach der Hochzeit eine Freundschaft, über die Mevlut im gesetzten Alter von mehr als vierzig Jahren die Freuden einer Raki-Tafel entdeckte, auch wenn er sich mit dem Trinken zurückhielt.

Sadullah hatte drei Taxis, in denen sechs Fahrer in je zwölfstündigen Schichten für ihn fuhren. Es waren zwei Fiat 124 vom Baujahr 1996 und 1998 und ein 58er Dogde, den er zum Spaß noch manchmal selber fuhr und hingebungsvoll pflegte. Ausgiebig ließ er sich über die in Istanbul nur in begrenzter Anzahl ausgegebenen Taxilizenzen aus, für die immer mehr Gebühren verlangt würden. Sein Sohn Erhan fuhr eines der Taxis und kümmerte sich zusätzlich um die Kontrolle der Kilometerzähler und der Taxameter in den anderen Fahrzeugen. Da Erhan den Fahrern nicht genug auf die Finger sehe, werde er von dem einen beschissen, ein anderer baue ständig Unfälle, ein dritter werde immer frecher und wieder ein anderer sei ganz einfach ein Dummkopf. Er, Sadullah, wolle sich aber nicht die gute Laune verderben, indem er mit den Fahrern herumstreite, um mehr Geld aus ihnen herauszuholen, und so überlasse er alles seinem Sohn. Er zeigte Mevlut das Dachgeschoss, wo Erhan und Fevziye nach ihrer Hochzeit wohnen würden, und deutete selbstzufrieden auf die neuen Schränke, die Aussteuersachen und das große Bett, wobei er zu Mevluts Beruhigung betonte, als Fevziye bei ihnen zu Gast gewesen sei, habe Erhan die Wohnung selbstredend nicht betreten.

Mevlut ließ sich von Sadullah das Viertel zeigen, in dem er sein ganzes Leben verbracht hatte, und hörte ihm gerne zu, wenn er alle möglichen Anekdoten und Geschichten erzählte, die immer köstlicher wurden, solange man den Mann nur nicht unterbrach. So bekam Mevlut Sadullahs ehemalige Schule in Cankurtaran zu sehen, einen wesentlich älteren osmanischen Bau als die Atatürk-Knabenschule in Duttepe, und erfuhr, dass Tagesschüler wie Sadullah von den unverfrorenen Internatsschülern regelmäßig verprügelt wurden. Ferner sah er den Schuhmacherladen, den Sadullahs Vater damals innerhalb von zehn Jahren zugrunde gerichtet hatte (es war nun ein Imbiss von der Art des Binbom darin), und einen Park mit einem netten Teehaus davor. Dass an der Stelle des Parks vor dreihundert Jahren noch das Meer gewesen sei und Hunderte von osmanischen Galeeren dort auf ihren Kriegseinsatz gewartet hätten, mochte Mevlut nicht so recht glauben, auch wenn im Teehaus Bilder jener Schiffe an der Wand hingen. Eine Gewissheit aber drängte sich ihm auf: Hätte er seine Kindheit und Jugend in solch einem Viertel, zwischen lauter von ehrwürdigen osmanischen Würdenträgern errichteten alten Brunnen, längst nicht mehr benutzten Hamams und Derwischklöstern voller Spinnen, Staub und Gespenstern verbracht, wäre also sein Vater von Cennetpınar aus nicht ausgerechnet nach Kültepe gegangen, sondern wie manch glücklicherer anatolischer Auswanderer direkt in ein solches Viertel diesseits des Goldenen Horns, in das alte Istanbul also, so wären aus ihm und seinen Töchtern ganz andere Menschen geworden. Er verspürte sogar so etwas wie Reue, als sei es seine Entscheidung gewesen, nach Kültepe zu gehen. Allerdings kannte er niemanden, der damals, in den sechziger und siebziger Jahren, von Cennetpınar aus gerade hier gelandet wäre. Wenigstens kam ihm in den

Sinn, in dieser zu Wohlstand gelangten Gegend müsse sich abends gut Boza verkaufen lassen.

Bald darauf lud Sadullah ihn noch einmal zum Abendessen ein, und um Mevlut in seiner knapp bemessenen Zeit zwischen der Arbeit im Vereinsheim und der Boza-Tour mehr Raum für ihre wachsende Freundschaft zu verschaffen, bot er ihm an, ihn samt seinen Boza-Gerätschaften vom Verein abzuholen und ihn nach dem Essen in das jeweilige Viertel zu fahren, das er sich ausersehen hatte. So kamen der Vater der Braut und der Vater des Bräutigams sich immer näher und sprachen ausführlich über die Hochzeitsvorbereitungen.

Die Kosten für die Hochzeit übernahm natürlich der Vater des Bräutigams. Daher hatte Mevlut auch nichts dagegen einzuwenden, dass die Feier nicht in einem gewöhnlichen Hochzeitssaal, sondern in einem Hotel in Aksaray stattfinden sollte. Als störend dagegen empfand er, dass Alkohol ausgeschenkt werden sollte, denn die Gäste aus Duttepe und insbesondere die Aktaş sollten sich auf der Hochzeit nicht fremd fühlen.

Sadullah konnte ihn da beruhigen: Die von zu Hause mitgebrachten Raki-Flaschen würden in der Küche verstaut sein, und wer Raki bestelle, dem würde das Getränk von einem Kellner zubereitet und sodann diskret an den Tisch gebracht. Die Taxifahrerfreunde seines Sohnes, die Leute aus dem Viertel, die Fußballmannschaft von Kadırga und ihre Vereinsoffiziellen, all diese Menschen würden natürlich keinen Aufstand machen, wenn es keinen Alkohol gäbe, doch falls welcher ausgeschenkt wurde, würden sie ihn gerne trinken. Sowieso wählten sie alle die Volkspartei Atatürks.

»Ich ja auch«, sagte Mevlut anbiedernd, ohne überzeugend zu wirken.

Das Hotel in Aksaray war ein neues Gebäude. Bei der Aushebung des Fundaments waren Reste einer kleinen byzantinischen Kirche entdeckt worden, und um den Fortgang der Bauarbeiten nicht zu gefährden, hatte der Bauunternehmer die Überreste sofort verschwinden lassen und die Stadtverwaltung großzügig geschmiert, sich aber dadurch schadlos gehalten, dass er gleich noch eine Etage tiefer bauen durfte. In dem Saal, der sich am Hochzeitstag rasch mit Menschen und blauem Zigarettenrauch füllte, zählte Mevlut zweiundzwanzig Tische. Sechs davon waren Männern vorbehalten, dort saßen vor allem junge Taxifahrer und Freunde des Bräutigams. Die meisten waren Junggesellen, doch weil es dort lustiger zuging, setzte sich auch so mancher Ehemann dazu und ließ Frau und Kinder an den »Familientischen«. Mevlut sah, dass bei den Männern schon früh ziemlich getrunken wurde. Die Kellner kamen mit den Raki-Gläsern und den Eiswürfeln kaum nach. Aber auch an den gemischten Tischen tranken viele ganz offen Alkohol, und manche, die nicht schnell genug zu ihrem Getränk kamen, schimpften lautstark über die Kellner und holten sich ihren Raki in der einen Stock höher gelegenen Küche gleich selbst.

Mevlut hatte sich sorgfältig überlegt, wie Fevziye und die Aktaş zur Hochzeit kommen sollten. Bozkurt war inzwischen beim Militär, also würde wenigstens keiner betrunken randalieren. Korkut dagegen konnte, weil sein Sohn verschmäht worden war, unter einem Vorwand wegbleiben, oder aber doch kommen und klagen, dass so viel Alkohol getrunken werde und wie sehr ihm das zuwider sei. Über Samiha hatte Fevziye allerdings in Erfahrung gebracht, dass bei den Aktaş das Stimmungsbarometer gar nicht so schlecht sei. Die eigentliche Gefahr waren nicht Bozkurt oder Korkut, sondern es war vielmehr Samiha, weil sie auf Korkut und Süleyman eine solche Wut hatte.

Zum Glück reisten Abdurrahman Efendi aus seinem Dorf und Fatma und ihr stocksteifer Mann aus Izmir an. Fevziye hatte für sie organisiert, dass sie zusammen mit Samiha mit einem Taxi abgeholt wurden. Als Mevlut zu Anfang weder jenes Taxi noch die Aktaş aufkreuzen sah, machte er sich Sorgen. Alle anderen Bekannten aus Duttepe waren mit ihren Hochzeitsgeschenken schon eingetroffen. Von den für die Angehörigen der Braut vorgesehenen fünf großen Tischen waren bis auf einen schon alle voll besetzt (Reyhan und ihr Mann waren im Übrigen sehr schick). Mevlut ging in die Küche hinauf, trank heimlich ein Glas Raki, schlich dann in der Hotelhalle herum, aber die Leute kamen und kamen nicht.

Als er in den Saal zurückging, war auf einmal der fünfte Tisch auch komplett besetzt. Wann waren die denn hereingekommen? Mevlut setzte sich am Tisch des Bräutigams neben Sadullah und sah lange zum Tisch der Aktaş hinüber. Süleyman hatte seine beiden Söhne mitgebracht, die nun fünf und drei Jahre alt waren. Melahat wirkte sehr apart, und Abdurrahman Efendi sah mit seiner Krawatte aus der Ferne aus wie ein distinguierter Beamter im Ruhestand. Wenn Mevluts Auge auf den violetten Fleck in der Mitte des Tisches fiel, durchfuhr ihn jeweils ein Schauer, und er wandte den Blick schnell ab.

SAMIHA. Meine liebe Fevziye in ihrem hübschen Brautkleid hat mit ihrem Mann in der Mitte des Saals gesessen, und ich habe mich richtig in sie hineinversetzen können, wie aufgeregt und glücklich sie sein musste, und ständig habe ich zu den beiden hingeschaut. Wie schön es doch ist, jung und glücklich zu sein. Außerdem hat es mich gefreut, dass Fatma mit ihrem Mann in Izmir auch glücklich ist und von seiner Familie unterstützt wird. Ihr Studium läuft gut, ihr Englisch wird immer besser, und in den Sommerferien machen sie zusammen in einem Hotel auf Kuşadası ein Praktikum. Als Rayiha gestorben ist, habe ich tagelang nichts als geweint, aber nicht nur, weil ich meine Schwester verloren hatte, sondern auch, weil die zwei lieben Mädchen so jung schon ohne Mutter aufwachsen mussten. Dann habe ich angefangen, mich darum zu kümmern, was für ein Essen die beiden kriegen und was für Kleider und wie es ihnen in der Schule geht und mit wem sie Umgang haben. Aus der Ferne habe ich versucht, ihnen eine Art Muttterersatz zu sein. Gestunken hat mir, dass Mevlut, dieser Feigling, mich bei sich zu Hause nicht sehen wollte, weil er immer Angst hatte, dass Ferhat was erfahren könnte, aber ich habe mich nicht abschrecken lassen. Als ich mich vorhin wieder zu Fevziye umgedreht habe und Fatma auf einmal gesagt hat, »Das steht dir echt gut, das violette Kleid«, hätte ich beinahe losgeweint. Ich bin aufgestanden und natürlich nicht zu Mevluts Tisch gegangen, sondern in die entgegengesetzte Richtung, in die Küche rauf, dort habe ich mich beschwert, dass mein Vater schon so lange auf seinen Raki wartet, darauf haben sie mir sofort ein Glas Raki in die Hand gedrückt, und ich bin damit zum Fenster, habe das Glas in mich hineingekippt und bin dann schnell wieder runter zu meinem Vater.

ABDURRAHMAN EFENDI. Einmal ist Vediha an unseren Tisch gekommen, hat zu ihrem Schwiegervater, der immer dasitzt und den Mund nicht aufkriegt, gesagt, »Komm, Papa, ich sehe doch, dass dir hier langweilig ist«, und hat ihn zum Tisch seiner Söhne geführt. Verstehen Sie mich nicht falsch: Mich kränkt einzig und allein, dass meine Vediha zu diesem unscheinbaren Männchen nur deshalb, weil sie mit seinem missratenen Sohn verheiratet ist, in Gegenwart ihres leiblichen Vaters »Papa« sagt. Darauf bin ich zum Vater des Bräutigams gegangen und habe den Leuten am Tisch dort ein Rätsel aufgegeben: »Was haben Sadullah, Mevlut und ich gemeinsam?« Da hat es dann geheißen, dass wir alle drei mal Joghurt verkauft haben, alle drei noch jung sind, alle drei gern Raki trinken … »Nein«, habe ich gesagt, »uns ist allen dreien die Ehefrau jung weggestorben und hat uns alleingelassen.« Dann konnte ich mich nicht mehr beherrschen und habe losgeweint.

SAMIHA. Als Vediha und Süleyman sich bei meinem Vater untergehakt und ihn zu unserem Tisch zurückgeführt haben, hat Mevlut nur zugeschaut. Warum hat er sich um den Vater seiner verstorbenen Frau nicht ein bisschen bemüht und mal was Nettes zu ihm gesagt? Er denkt wohl, wenn er zu mir an den Tisch kommt, werden die Leute tratschen und ihnen wird einfallen, dass er die Briefe damals eigentlich an mich geschrieben hat … Ach, Mevlut, was bist du doch für ein Feigling! Er sieht dauernd zu mir rüber und tut dabei so, als würde er nicht schauen. Aber dem habe ich es gegeben, ich habe einfach so zurückgeschaut, wie ich damals bei Korkuts Hochzeit angeblich geschaut habe und wie er es in seinen Briefen beschrieben hat, nämlich aus »magischen Augen«, als wollte ich ihn mit meinem »Blick versklaven« oder »wie ein Räuber über ihn herfallen und sein Herz stehlen«. Und dann habe ich ihn so angeschaut, dass er im Spiegel seiner Seele sich selbst sehen konnte.

»Samiha, du starrst da ganz umsonst rüber«, hat mein Vater gesagt, der langsam betrunken wurde. »Wer der einen Frau Briefe schreibt und eine andere heiratet, von dem kann nichts Gutes kommen.«

»Ich schau ja gar nicht rüber«, habe ich gesagt, aber ich habe es erst recht wieder getan, und die ganze Hochzeit über habe ich gesehen, wie Mevlut immer wieder zu mir hergesehen hat.

13. Mevlut ist einsam

Wie zwei Menschen so zueinander passen können

Als Mevlut in der Wohnung, in der er so lange mit seiner Frau und seinen Töchtern eng auf eng zusammengelebt hatte, auf einmal mutterseelenallein war, fühlte er sich lustlos wie ein Kranker, und es fiel ihm sogar schwer, morgens überhaupt aufzustehen. Er dachte manchmal, auch in schlimmen Tagen sei immer seine größte Stärke das gewesen, was manche ihm als »Naivität« auslegten, nämlich seine Fähigkeit, alles eher auf die leichte Schulter zu nehmen. Daher wertete er seine Lustlosigkeit als Anzeichen für etwas Schlimmeres und fürchtete sich trotz seiner erst fünfundvierzig Jahre vor dem Tod.

Seine Einsamkeitsängste packten ihn nur nicht, wenn er vormittags im Verein war oder in einem Kaffeehaus mit alten Bekannten plauderte. (Er war nun viel umgänglicher und freundlicher.) Abends auf den Straßen aber fürchtete er sich.

Seit Rayiha tot war und die Mädchen verheiratet, kam es ihm so vor, als ob die Istanbuler Straßen irgendwie länger wären und auf dunkle Brunnenlöcher endeten. Wenn er zu später Stunde in einem abgelegenen Viertel seine Glocke schwenkte und »Boza« rief, wurde ihm manchmal bewusst, dass er in jene Straße und jenes Viertel noch nie gekommen war, und das weckte in ihm dieses schreckliche Gefühl, das ihn als

Kind und Jugendlichen überkommen war, wenn er einen verbotenen Ort betrat und sich sagte, er würde gleich erwischt und bestraft werden und sei überhaupt ein schlechter Mensch. An manchen Abenden war die Stadt einfach geheimnisvoller als sonst, bedrohlicher, und Mevlut wusste nicht, ob das nur daran lag, dass ihn zu Hause niemand mehr erwartete, oder ob jene neuen Straßen nicht vor lauter Zeichen wimmelten, die ihm unbekannt waren. Wenn eine neue Betonmauer ihn beharrlich anschwieg, unablässig wechselnde Plakate ihn seltsam bedrängten oder eine Straße, die schon zu Ende schien, auf einmal einen Schlenker machte, wie um ihn zu verspotten, und dann gar nicht mehr enden wollte, fürchtete er sich mehr denn je. Und wenn er manchmal in einer stillen Straße dahinging, in der kein Fenster aufging und kein Vorhang sich rührte, und er eigentlich wusste, dass er hier zum ersten Mal durchkam, fühlte er, dass er in märchenhaft alter Zeit schon einmal hier gewesen war, und genoss es, jenen Augenblick wie eine Erinnerung wiederzuerleben, und wenn er dann »Boo-zaa!« rief, kam es ihm vor, als riefe er in jene Vergangenheit zurück. Manchmal wurde seine Angst vor Hunden neu angeregt, weil er sich phantasievoll in sie hineinsteigerte oder ein echter Hund an einer Moscheemauer ihn plötzlich anbellte, und dann begriff er, wie mutterseelenallein er auf der Welt war. (Es tat ihm dann gut, sich Samiha und ihr violettes Kleid vorzustellen.) Und einmal schnappte er bei zwei großen Männern, die achtlos an ihm vorbeigingen, ein paar Worte auf (Schloss, Schlüssel, verantwortlich), die ihm wie Botschaften von irgendwoher erschienen, und zwei Tage später musste er in einer anderen Straße zu seinem Entsetzen feststellen, dass zwei andere Männer (zwei kleine dicke in schwarzen Anzügen) im Vorbeigehen genau die gleichen Worte sagten.

Es war, als wären die alten moosbewachsenen Mauern, die mit schönen Inschriften versehenen Brunnen und die windschief aneinandergelehnten Holzhäuser samt und sonders abgebrannt und abgerissen worden und als habe man an ihrer Stelle lauter neue Straßen, Betonklötze, grell beleuchtete Läden und Hochhäuser errichtet, durch die alles nur furchtbarer und unbegreiflicher geworden war. Als ob die Stadt aus einem vertrauten, weitläufigen Heim zu einem gottlosen Ort geworden war, an dem jeder Dahergelaufene noch mal ein Betonhaus hinzufügen könnte, noch mal eine Straße, einen Hof, eine Mauer, einen Gehsteig, einen Laden.

Da Mevlut die Stadt durch ihr ständiges Anwachsen entglitt und er nach langem Wandern durch die dunklen Gassen niemanden mehr hatte, der ihn zu Hause erwartete, empfand er immer mehr das Bedürfnis, sich an Gott zu wenden. Nicht nur freitags, sondern wann immer ihm danach war, ging er auf dem Weg in den Verein in eine Moschee, sei es in Şişli, etwas weiter weg in Duttepe oder in irgendeine andere Moschee, und verrichtete dort das Mittagsgebet. Ihm gefiel, dass das Rauschen der Stadt ebenso wie das Licht, das fein gewirkten Spitzen glich, dort nur gefiltert eindrang. Er teilte dann mit zurückgezogen lebenden Alten und mit alleinstehenden Männern, wie er selbst einer war, den gleichen Raum, und er sah darin ein Mittel gegen seine Einsamkeit. Abends wiederum ging er aus demselben Gefühl heraus in leere Moscheehöfe, in die er zu glücklichen Zeiten keinen Schritt getan hätte, oder er setzte sich auf einem Friedhof auf ein Grab und rauchte. Er las Inschriften und stand ehrfürchtig vor alten Gräbern mit arabischen Inschriften. Immer öfter murmelte er Gottes Namen vor sich hin und wünschte sich manchmal vom Herrn, er möge ihn von seinem einsamen Leben erlösen.

Er sah, wie um ihn herum verwitwete Männer seines Alters mit Hilfe von Freunden und Verwandten wieder neu verheiratet wurden. Vahap zum Beispiel, ein Klempner aus İmrenler, den er aus dem Verein kannte, war kurz nachdem seine Frau und sein einziger Sohn auf dem Weg zu einer Hochzeit bei einem Busunfall ums Leben gekommen waren, durch die Vermittlung von Verwandten mit einer Frau aus seinem Dorf verheiratet worden. Und Hamdi aus Gümüşdere, dessen Frau bei der Entbindung von ihrem ersten Kind gestorben war, wäre aus Kummer darüber beinahe krepiert, wenn ihm sein Onkel nicht eine lebensfrohe, schwatzhafte neue Frau vermittelt hätte, die ihm wieder Freude schenkte.

An Mevlut aber trat niemand heran, der ihm – und sei es nur beiläufig im Gespräch – von einer früh verwitweten (und kinderlosen) Frau berichtet hätte, die für ihn in Frage gekommen wäre. Seine ganze Familie war nämlich der Meinung, die passende Ehefrau sei für ihn ganz einfach Samiha. »Die ist genauso einsam wie du«, sagte Korkut einmal zu ihm. Zumindest war Mevlut so, als ob alle so dächten. Er selbst gestand sich ja ein, dass Samiha die beste Wahl gewesen wäre, und wenn er zurückdachte, wie Samiha in ihrem violetten Kleid ihm auf Fevziyes Hochzeit immer wieder direkt in die Augen geschaut hatte, schwebte ihm allerlei vor, doch verbot er sich, an eine neue Ehe überhaupt zu denken. Es erschien ihm ja schon als Frevel gegenüber Rayiha, dass er bei der Hochzeit seiner Tochter so oft zu Samiha hingesehen hatte. Andere schienen das ähnlich aufzufassen, denn wenn sie mit ihm über Samiha sprachen, wurden sie ganz verlegen.

Irgendwann dachte er, es sei wohl am besten, sich Samiha aus dem Kopf zu schlagen (»So oft fällt sie mir ja ohnehin nicht ein«, sagte er sich) und eine andere Frau in Betracht zu ziehen. Da sich zu der Zeit der Verein, wie viele andere landsmannschaftliche Vereine auch, eher zu einem gewöhnlichen Kaffeehaus hin entwickelte, in das Frauen nicht mal mit ihren Ehemännern kommen konnten, beschloss der Vorstand, zu dem auch Korkut gehörte, dort Kartenspiele und Ähnliches zu verbieten. Um den Verein für Frauen und Familien attraktiver zu machen, wurden nun Abende veranstaltet, für die Frauen zu Hause gemeinsam Essen kochten, zum Beispiel Fleischpasteten, die sie mitbrachten, wenn sie mit ihren Männern, Brüdern und Kindern in den Verein kamen. Bei einem dieser Essen stand Mevlut in seiner Teeküche aufmerksamer da als sonst: Es war nämlich mit ihrer Schwester und ihrem Schwager eine Witwe aus dem Dorf Eren da, eine hochgewachsene, aufrechte Frau mit gesunder Ausstrahlung, und zu der sah Mevlut immer wieder hin. Auch eine jüngere Frau um die dreißig fiel ihm auf, die Tochter einer Familie aus İmrenler. Sie hatte sich gerade von ihrem Mann in Deutschland getrennt und war nach Istanbul zurückgekehrt. Unter ihrem Kopftuch standen ihr kräftige pechschwarze Haare heraus. Wenn sie sich einen Tee holte, sah sie Mevlut aus ihren dunklen Augen lange an. Hatte sie das in Deutschland so gelernt? Die Frauen sahen Mevlut viel ungenierter in sein hübsches kindliches Gesicht, als Samiha das damals auf Korkuts Hochzeit oder kürzlich bei Fevziyes Hochzeit getan hatte. Eine fröhliche, rundliche Witwe aus Gümüşdere unterhielt sich mit Mevlut sowohl bei einem der Abendessen als auch bei einem vom Verein organisierten Picknick. Mevlut gefiel die eigenwillige Art der Frau, und auch, dass sie nach dem Picknick, als viele sich bemüßigt fühlten, einen Bauchtanz aufzuführen, nur schmunzelnd am Rande stand.

Obwohl bei solchen Picknicks kein Raki getrunken wurde, auch heimlich nicht, kam meist eine so fröhliche Stimmung auf, dass zu Musik aus Beyşehir sowohl Frauen als Männer sich tanzend hin und her wiegten. Laut Süleyman wollte Korkut deshalb auch nicht, dass Vediha zu solchen Veranstaltungen ging, und ohne Vediha kam natürlich auch Samiha nicht.

Im Verein kam es zwischen den konservativen Kräften und den Anhängern der Volkspartei immer häufiger zu Diskussionen über bestimmte Themen, ob etwa mehr Frauen zu den Veranstaltungen kommen sollten, welche Sänger man für Abende engagieren sollte, ob das Kartenspielen verboten werden sollte, ob man Koranlesungen veranstalten oder an gute Studenten aus den umliegenden Dörfern Stipendien vergeben sollte. Politische Rangeleien wurden manchmal nach den Veranstaltungen oder nach gemeinsam verfolgten Fußballspielen in einer nahe gelegenen Kneipe fortgesetzt, und eines Abends, als sich einige Männer wieder einmal dorthin aufmachten, legte Süleyman Mevlut die Hand auf die Schulter und sagte: »Komm, gehen wir mit.«

Als sie dort eintrafen, merkte Mevlut, dass es die Kneipe in Mecidiyeköy war, in der der liebeskranke Süleyman einst mit Abdurrahman Efendi zusammengesessen und getrunken hatte. Bei Käse, Melone, gerösteter Leber und Raki wurde zunächst über den Verein und über gemeinsame Bekannte aus dem Dorf geredet. (Der eine gehe überhaupt nicht mehr aus dem Haus, der andere habe sich ganz dem Glücksspiel hingegeben, und ein Dritter renne mit seinem kranken Sohn von Krankenhaus zu Krankenhaus.)

Dann kamen sie auf die Politik zu sprechen. Die am Tisch versammelten Raki-Trinker mochten Mevlut bezichtigen, ein verkappter Islamist zu sein, oder aber ihm ganz im Gegenteil vorwerfen, er lasse sich nie beim Freitagsgebet blicken. Auf Politisches jedenfalls ließ Mevlut sich niemals ein. Süleymans Ankündigung, Abgeordnete und Kandidaten würden dem Verein ihre Aufwartung machen, nahm er zwar überrascht zur Kenntnis, doch fragte er nicht wie die anderen nach, wer da komme und von welcher Partei. Wie üblich ging es gleich wieder darum, ob die Islamisten durch ihren wachsenden Stimmenanteil das ganze Land an sich reißen würden oder ob man sich da gar keine Sorgen zu machen brauchte. Einer behauptete, das Militär werde mit einem Putsch die Regierung hinwegfegen. Es war der gängige Schlagabtausch, wie er ständig im Fernsehen geboten wurde.

Nach dem Essen schweiften Mevluts Gedanken vom Tischgespräch ab. Süleyman, der ihm gegenüber gegessen hatte, nahm auf dem frei werdenden Stuhl neben ihm Platz und begann im Flüsterton von seinen Söhnen zu erzählen. Der ältere, Hasan, sei nun sechs und dieses Jahr eingeschult worden. Der kleine, Kazım, habe mit seinem Bruder das Lesen mitgelernt und lese schon Lucky-Luke-Hefte. Mevlut war es peinlich, dass Süleyman so leise sprach und die anderen damit ausschloss. Süleyman wollte wohl nichts weiter, als Familiendinge privat besprechen, doch so mancher hatte noch im Kopf, dass die Umstände von Ferhats Tod nach wie vor ungeklärt waren. Obwohl fünf Jahre vergangen waren, wusste Mevlut, dass über die Sache noch kein Gras gewachsen war. Wenn die beiden sich weiter so geheimnistuerisch unterhielten, konnte Mevlut als Mitwisser von Süleyman gelten.

»Jetzt muss ich dir was Wichtiges sagen«, verkündete Süleyman auf einmal. »Du darfst mich aber nicht unterbrechen.«

»Na gut.«

»Ich habe bei ein paar Frauen miterlebt, dass der Mann recht jung bei einem Streit oder einem Verkehrsunfall ums Leben gekommen ist und die Frau dann wieder geheiratet hat. Wenn solche Frauen keine Kinder haben und noch jung und hübsch sind, fehlt es nicht an Heiratskandidaten. Genau so eine hübsche, intelligente junge Frau kenne ich, der Name spielt jetzt keine Rolle. Sie hat noch dazu viel Persönlichkeit und einen ganz eigenen Willen. Und da sie schon auf jemanden ein Auge geworfen hat, schaut sie keinen anderen Bewerber an.«

Mevlut war erfreut zu hören, dass Samiha – zumindest nach Süleymans Darstellung – auf ihn warte. Die beiden waren am Tisch inzwischen allein, und Mevlut bestellte noch ein Glas Raki.

»Der Mann, den die Frau sich ausersehen hat, ist auch als junger Mensch auf unglückliche Weise Witwer geworden«, fuhr Süleyman fort. »Er soll ehrlich und zuverlässig sein und von offenem, gutartigem Wesen.« (Schön zu hören, dachte Mevlut.) »Aus seiner ersten Ehe hat er zwei Töchter, die aber schon verheiratet und ausgezogen sind, sodass der Mann ganz allein ist.«

Mevlut wusste nicht so recht, wann genau er sagen sollte: »Schon gut, du redest von Samiha und mir«, und das nutzte Süleyman aus. »Noch dazu war der Mann schon mal in die Frau verliebt und hat ihr jahrelang Briefe geschrieben.«

»Und warum haben sie dann nicht geheiratet?«

»Das spielt jetzt keine Rolle. Es hat da ein Missverständnis gegeben. Aber jetzt, zwanzig Jahre später, passen sie gut zusammen.«

»Und warum heiraten sie dann jetzt nicht?«, setzte Mevlut nach.

»Tja, das fragt sich auch jeder. Wo sie sich doch seit Jahren kennen und der Mann ihr die ganzen Liebesbriefe geschrieben hat …«

»Dann will ich dir mal sagen, warum die beiden tatsächlich nicht geheiratet haben«, unterbrach ihn Mevlut. »Die Liebesbriefe hat der Mann nämlich nicht dieser Frau geschrieben, sondern ihrer Schwester, in die er verliebt war. Dann hat er die Schwester entführt, sie haben geheiratet und sind glücklich geworden.«

»Warum tust du das, Mevlut?«

»Warum tue ich was?«

»Die ganze Familie weiß doch, dass die Briefe nicht für deine Rayiha, sondern für Samiha bestimmt waren.«

Mevlut gab ein Geräusch von sich, als würde er vor Süleyman ausspucken. »Diese Lüge hast du nur verbreitet, um Ferhat und mich auseinanderzubringen, und du hast Rayiha damit unglücklich gemacht. Die arme Rayiha hat dir das nämlich geglaubt.«

»Und was soll die Wahrheit sein?«

»Die Wahrheit …« Mevlut dachte zurück an das Jahr 1978, an Korkuts Hochzeit. »Die Wahrheit ist, dass ich auf der Hochzeit damals jenes Mädchen gesehen und mich in ihre Augen verliebt habe. Und dass ich drei Jahre lang geschrieben habe. Und jeder Brief hat mit ihrem Namen begonnen.«

»Ja, du hast ein Mädchen mit schönen Augen gesehen, aber ihren Namen wusstest du nicht«, versetzte Süleyman. »Weil ich dir einen falschen gesagt habe.«

»Aber du bist doch mein Cousin und mein Freund. Warum hättest du mir so was antun sollen?«

»Es war ja nicht böse gemeint. Als wir jung waren, haben wir doch allen möglichen Blödsinn getrieben.«

»Das soll also bloß ein Scherz gewesen sein?«

»Nein. Um ehrlich zu sein, dachte ich, dass Rayiha besser zu dir passt und sie dich glücklicher machen kann.«

»Solange die Zweitälteste nicht verheiratet war, hätte die Jüngste nicht heiraten können, und auf die hattest du es abgesehen.«

»Ja, stimmt, ich habe dich betrogen«, sagte Süleyman. »Entschuldige bitte. Aber schau, Mevlut, das ist jetzt zwanzig Jahre her, und ich will meinen Fehler wiedergutmachen.«

»Und warum soll ich dir jetzt glauben?«

»Ich bitte dich«, sagte Süleyman, als würde ihm unrecht getan. »Diesmal ist kein dummer Scherz im Spiel und keine Lüge.«

»Warum soll ich dir vertrauen?«

»Warum? Weil du mir damals, damit ich das mit dem Mädchen organisiere, das Papier von dem Gemeindevorsteher über das Haus in Kültepe gegeben hast und ich es nicht angenommen habe. Weißt du das noch?«

»Ja.«

»Du hältst mich vielleicht an dem schuldig, was Ferhat passiert ist.« (Er sagte nicht »an Ferhats Tod«.) »Aber da täuschst du dich. Wütend war ich schon auf Ferhat, sogar verdammt wütend. Aber nicht mehr. Jemandem den Tod zu wünschen und sich das vorzustellen, ist das eine, aber ihn umzubringen oder umbringen zu lassen, ist etwas ganz anderes.«

»Was meinst du, was schlimmer ist?«, fragte Mevlut. »Glaubst du, am Jüngsten Tag wird Gott uns nach unseren Absichten beurteilen oder nach unseren Taten?«

»Nach beidem«, sagte Süleyman kurz angebunden. Aber dann sah er Mevluts ernste Miene und fügte hinzu: »Ich habe wahrscheinlich an Böses gedacht, aber im Endeffekt habe ich mein Leben lang nichts Böses getan. Viele Leute richten mit ihren guten Absichten nur Schlechtes an. Trotzdem hoffe ich, dass du mir heute Abend meine gute Absicht glaubst. Ich bin mit Melahat glücklich, und du sollst mit Samiha auch glücklich werden. Wenn man selber glücklich ist, will man auch das Glück anderer. Und dann ist da noch was anderes, und zwar, dass ihr zwei so gut zusammenpasst. Wer Samiha und dich nur aus der Ferne sieht, der sagt auf der Stelle: ›Mensch, die zwei muss man zusammenbringen!‹ Stell dir vor, du kennst zwei Menschen, und wenn du sie zusammenbringst, sind sie bis an ihr Lebensende glücklich. Das nicht zu tun wäre eine Sünde. Und es zu tun eine gute Tat.«

»Ich habe diese Briefe an Rayiha geschrieben«, insistierte Mevlut.

»Wie du meinst.«

14. Neue Viertel, alte Bekannte

Ist das das Gleiche?

Seit Fevziyes Hochzeit brachte Sadullah mit seinem Dogde einmal in der Woche Mevlut in eines der neuerschlossenen Viertel, auf die sie beide neugierig waren. Dort nahm Mevlut das Tragjoch und die Kannen aus dem Kofferraum und zog mit seinem Boza durch unbekannte Straßen, während Sadullah ein wenig umherspazierte oder rauchend in einem Café saß. Manchmal holte er Mevlut auch von zu Hause oder vom Verein ab, und sie aßen in Kadırga zusammen mit dem jungen Brautpaar das von Fevizye zubereitete Abendessen. (Wozu Mevlut sich nun ab und an ein Glas Raki gönnte.) Nach den Abendnachrichten ging Mevlut in Kadırga, Sultanahmet, Kumkapı oder Aksaray, also im alten Istanbul, sein Boza verkaufen. Sadullah brachte ihn nicht nur in die Gegenden jenseits der Stadtmauer, sondern manchmal auch in so alte Viertel wie Edirnekapı, Balat, Fatih und Karagümrük, und an drei von solchen Abenden hatte Mevlut auch beim Spirituellen Meister in Çarşamba vorbeigeschaut, dort etwas Boza spendiert, aber jeweils gemerkt, dass er mit dem Meister nicht mehr recht warm wurde, sodass er rasch wieder gegangen war und sich mit Sadullah im verabredeten Café getroffen hatte, ohne diesem von seinem Besuch etwas zu erzählen.

Sadullah war ein Mann, der sich mindestens zwei-, dreimal in der Woche an eine reichgedeckte Tafel setzte und seinen Raki trank. Gegen Religion an sich hatte er nichts, doch hätte Mevlut ihm erzählt, dass er regelmäßig einen Derwisch aufsuchte, hätte er ihn wohl als einen Islamisten abgestempelt und sich womöglich vor ihm gefürchtet. Darüber hinaus konnte Sadullah, wie vor ihm auch schon Ferhat, es Mevlut übelnehmen, dass dieser, obwohl sie sich immer mehr anfreundeten und allmählich über so gut wie alles reden konnten, dennoch das Bedürfnis empfand, seine Seelennöte mit einem anderen Menschen zu besprechen.

An die Freundschaft, die ihn in jungen Jahren mit Ferhat verbunden hatte, fühlte Mevlut sich bei Sadullah sehr erinnert. Er redete furchtbar gern mit ihm über alles, was er tagsüber im Verein erlebte oder abends im Fernsehen sah. Und merkte auch, dass hinter Sadullahs Gefälligkeiten, also den Einladungen zum Essen und dem Taxidienst in entlegene Viertel, nichts anderes steckte als menschliche Nähe und Hilfsbereitschaft.

Jene Viertel, die damals, als Mevlut nach Istanbul gekommen war, als »außerhalb der Stadt« gegolten hatten, glichen einander dreißig Jahre später immer mehr: acht- bis zehngeschossige, viel zu nah aneinandergebaute minderwertige Hochhäuser mit Riesenfenstern, holprige Straßen, Baustellen, breitflächige Werbetafeln (größer noch als im Stadtzentrum), Kaffeehäuser voller fernsehender Männer, waggonartige stählerne Müllcontainer, in die kein Hund mehr hineinkam, Fußgängerüberführungen mit Eisengittern, baumlose Plätze und Friedhöfe und Hauptstraßen, an denen niemand Boza kaufte. In jedem Viertel gab es eine Atatürk-Büste und eine Moschee und an jeder Hauptstraße eine Akbank und eine İş-Bank, ein, zwei Bekleidungsgeschäfte, einen Arçelik-Haushaltsgeräteladen, einen Dörrobsthändler, einen Migros, ein Möbelgeschäft, eine Konditorei, eine Apotheke, einen Zeitungskiosk, ein Restaurant sowie eine Einkaufspassage mit einem Juwelier-, einem Socken-, einem BH-Laden sowie einem Copy-Shop, einer Glaserei und einer Wechselstube darin. Mevlut hörte sich gern an, wie Sadullah jeweils über das Viertel urteilte. »Lauter Leute aus Sivas und Elazığ«, sagte Sadullah etwa auf dem Rückweg im Auto. Oder: »Die Umgehungsautobahn hat dem Viertel hier den Garaus gemacht. Da brauchen wir gar nicht mehr herzukommen.« Oder: »Hast du die riesige Platane gesehen? Und das Teehaus gegenüber? Herrlich!« Oder: »Hier waren wir das letzte Mal! So junge Typen haben mich angehalten und gefragt, was ich hier zu suchen habe.« Oder: »Das alte Bauernhaus ist jetzt ein Kebab-Lokal.« Oder: »Vor lauter Autos ist hier kein Platz mehr für Menschen.« Oder: »Das ganze Viertel ist in der Hand einer religiösen Sekte, ich weiß bloß nicht, welcher. Haben sie wenigstens Boza gekauft?«

Das taten sie meistens nicht. Und wenn doch, war es so, dass die meisten Leute das Getränk nur vom Hörensagen kannten und mal aus Neugier was kauften, oder weil die Kinder es probieren wollten. Kam Mevlut eine Woche später wieder in jene Straßen, rief ihn niemand mehr zu sich. Aber die Stadt wuchs ja so schnell an und wurde so wild entschlossen immer reicher, dass das bisschen Verdienst Mevlut schon reichte, zumal er nun ganz allein war.

Eines Abends ließ Mevlut sich von Sadullah ins Gazi-Viertel fahren, bis vor das Haus, in dem Ferhat und Samiha die ersten zehn Jahre ihrer Ehe verbracht hatten und wo er mit Rayiha und den Mädchen vor acht Jahren einmal zu Besuch gewesen war. Das von Ferhat mit leuchtenden Steinen eingegrenzte Grundstück lag noch immer brach. Samiha hatte nach Ferhats Tod alles geerbt. Es war ganz still. Mevlut rief nicht »Bozaa«, und es hätte auch niemand welches gekauft.

In einem anderen Viertel wurde Mevlut eines Abends aus einer der unteren Etagen eines sage und schreibe vierzehnstöckigen Hochhauses nach oben gerufen. Ein Ehepaar und zwei bebrillte Jungen sahen Mevlut in der Küche aufmerksam zu, wie er in vier Gläser Boza füllte und Zimt und Leblebi daraufstreute. Die Kinder probierten sofort davon.

Als Mevlut schon gehen wollte, holte die Frau des Hauses aus dem Kühlschrank eine Plastikflasche und fragte: »Ist das das Gleiche?«

So sah Mevlut zum ersten Mal in seinem Leben, dass Boza von einer Firma in Plastikflaschen verkauft wurde. Ein halbes Jahr zuvor hatte er von einem in Rente gegangenen Kollegen gehört, ein Kekshersteller habe eine darniederliegende Boza-Fabrik aufgekauft und angekündigt, über Lebensmittelläden Boza in Flaschen zu vertreiben, doch hatte Mevlut das nicht ernst genommen. »Kein Mensch kauft Boza im Laden«, hatte er gesagt, genauso wie sein Vater dreißig Jahre früher lachend gesagt hatte, »Kein Mensch kauft Joghurt im Laden«, und kurz darauf seine Arbeit losgeworden war. Neugierig war Mevlut aber doch: »Darf ich mal kosten?«

Die Frau goss von der weißlichen Flüssigkeit zwei Finger hoch in ein Glas. Unter den Blicken der ganzen Familie probierte Mevlut davon und verzog augenblicklich das Gesicht. »Das schmeckt ja überhaupt nicht«, sagte er lächelnd. »Und ist jetzt schon sauer. Kaufen Sie so was bloß nicht.«

»Aber das wird maschinell gemacht«, sagte der ältere der beiden Jungen. »Und Sie machen das Ihre doch selbst, oder?«

Mevlut gab keine Antwort. Er war aber so betrübt, dass er auf der Rückfahrt die Begebenheit nicht mal erwähnte.

»Ist was los, Meister?«, fragte Sadullah. So nannte er Mevlut manchmal leicht spöttisch (was Mevlut auch merkte) und manchmal (was Mevlut dann überging) aus aufrichtiger Achtung vor dem Geschick und der Beharrlichkeit, mit der Mevlut sein Boza-Geschäft noch immer betrieb.

»Ach, lass mal, das ist doch unkultiviertes Volk hier. Morgen regnet es, glaube ich«, sagte Sadullah, um das Thema zu wechseln. Selbst wenn er nur übers Wetter redete, hatte er eine gewinnende Art. Mevlut saß im Dogde gerne lauschend auf dem Beifahrersitz, starrte hinaus auf die Hunderte und Tausende von Autos, die vorbeifuhren, auf die samtene Istanbuler Nacht, auf die neonbeleuchteten Minarette, und versank in seinen Gedanken. Wo er früher bei Regen auf den schlammigen Straßen nur mühsam vorwärts gekommen war, glitt er nun einfach dahin. So floss auch das Leben mit der Zeit immer schneller davon.

Mevlut war sich bewusst, dass er bei Sadullah die glücklichsten Stunden der Woche verlebte. Was ihm ansonsten die Lebensfreude vergällte, wollte er in dem Haus in Kadırga nicht ansprechen. Woche um Woche nahm er, wie damals bei Rayiha, Anteil daran, wie Fevziyes Bauch anschwoll. Als das Kind im Mai 2002 geboren wurde, war er überrascht, dass es ein Junge war. Obwohl dies aus der Ultraschalluntersuchung schon deutlich hervorgegangen war, hätte er schwören können, es würde ein Mädchen werden, und er hatte auch schon darüber nachgedacht, ob nicht Rayiha ein passender Name wäre. Der Junge wurde nach İbrahim benannt (seinem Großvater, einem Schuhmacher), und Mevlut beschäftigte sich viel mit ihm und half Fevziye dabei, ihn zu wickeln (wobei er stolz auf das Pimmelchen blickte) und ihm sein Fläschchen zu machen.

Manchmal hätte er sich gewünscht, Fevziye, die ihn sehr an Rayiha erinnerte, etwas glücklicher zu sehen. Es störte ihn, dass Fevziye, die doch gerade erst einen Jungen geboren hatte, noch immer die Raki-Tafel herrichten musste, was sie allerdings ohne jegliches Murren tat, anscheinend zufrieden sogar, ein Ohr dabei immer bei dem Baby im anderen Zimmer. Nun, auch Rayiha hatte sich zu Hause allein um alles gekümmert. Fevziye war zwar daheim ausgezogen, besorgte aber auch bei Sadullah wieder den ganzen Haushalt. Mevlut sollte sich auch an diesem Ort wie daheim fühlen, wie Sadullah immer sagte.

Als Fevziye und Mevlut dort eines Tages allein zusammensaßen und Fevziye gedankenverloren auf den Pflaumenbaum im Nachbarsgarten starrte, sagte Mevlut: »Es sind doch gute Menschen hier. Bist du glücklich?«

Die alte Wanduhr tickte. Fevziye lächelte nur, als hätte Mevlut nichts gefragt, sondern nur etwas festgestellt.

Bei seinem folgenden Besuch fühlte Mevlut wieder eine besondere Verbundenheit mit Fevziye. Er wollte sie nach ihrem Glück fragen, doch heraus kam ein ganz anderer Satz.

»Ich bin sehr, sehr einsam.«

»Tante Samiha ist auch einsam«, erwiderte Fevziye.

Da erzählte Mevlut ihr von Süleymans Besuch und ihrem langen Gespräch. Über jene Briefe damals hatte er mit Fevziye noch nie offen gesprochen, doch zweifellos hatte Samiha den beiden Mädchen die Geschichte längst erzählt. (Wie mochten sie wohl darauf reagiert haben?) Beruhigt nahm Mevlut nun zur Kenntnis, dass Fevziye gar nicht näher darauf eingehen wollte, wie er von Süleyman damals betrogen worden war. In die Länge zog sich das Gespräch nur, weil Fevziye immer wieder nebenan nach dem Baby schaute.

»Und was hast du zu Süleyman schließlich gesagt?«, fragte sie.

»Dass ich die Briefe an Rayiha geschrieben habe. Aber dann habe ich mich gefragt, ob ich Samiha nicht wehtue, wenn ich so etwas sage.«

»Nein, Papa, sie ist dir doch nicht böse, wenn du die Wahrheit sagst. Die versteht dich schon.«

»Wenn du sie wieder mal siehst, dann sag ihr doch, dass es mir leidtut.«

»Mache ich«, erwiderte Fevziye mit wissendem Blick.

Samiha hatte ihr verziehen, dass sie mit jemandem abgehauen war, ohne das mit ihrer Tante vorher zu besprechen. Mevlut wusste, dass sie hin und wieder nach Kadırga kam, um das Baby zu sehen. Doch weder an jenem Tag noch bei Mevluts nächstem Besuch drei Tage später wurde das Thema noch einmal erwähnt. Mevlut schöpfte Hoffnung daraus, dass Fevziye einer Vermittlerrolle anscheinend nicht abgeneigt war, und so bremste er sich lieber, um nichts kaputtzumachen.

Auch im Verein lief alles zu seiner Zufriedenheit. Die Lokalitäten wurden immer öfter stunden- und tageweise für Henna-Nächte, kleinere Verlobungsgesellschaften, Abendessen, Koranlesungen oder Fastenbrechen reserviert, während sie für Hochzeiten nicht groß genug waren. Nachdem die Honoratioren aus dem Dorf Göçük die Vorreiterrolle übernommen hatten, kamen immer mehr Leute, die aus den Dörfern des Landkreises stammten, und zahlten auch Mitgliedsbeiträge. Der Zulauf erstreckte sich auch auf Menschen aus Nohut, Yören oder Çiftekavak, Dörfern, die etwa acht bis zehn Kilometer von Cennetpınar entfernt waren und in denen es noch ärmer zuging. Mit der Zeit wollte jedes Dorf sein eigenes Schwarzes Brett und durfte mit Mevluts Zustimmung auch eines aufhängen. Mevlut schaffte in dem Wirrwarr aus Annoncen von Busgesellschaften, Hochzeits- und Beschneidungsanzeigen und Fotos aus dem Dorf ein wenig Ordnung und freute sich, im Verein Joghurtverkäufer aus seiner Generation und sogar alte Schulkameraden begrüßen zu dürfen.

Die Reichsten der Reichen, die legendären »Beton-Brüder« Abdullah und Nurullah aus İmrenler, ließen sich nur selten blicken, zahlten aber gutes Geld. Korkut zufolge ließen sie ihre Söhne in Amerika studieren. Ihre ganzen Einkünfte als alleinige Joghurtzulieferer einer ganzen Reihe von Restaurants und Imbissen in Beyoğlu hatten sie in Grundstücke investiert, und nun hieß es, sie hätten Geld wie Heu.

Zwei Familien aus Çiftekavak hatten ebenfalls als Joghurtverkäufer angefangen, sich dann selber Häuser gebaut und nach und nach aufgestockt und sich dabei so sehr mit dem Bauen vertraut gemacht, dass sie schließlich in Duttepe, Kültepe und auf anderen Hügeln Verwandten und Bekannten Häuser hinstellten und dadurch wohlhabend wurden. Auf ihren Baustellen arbeiteten einige, die aus einem der umliegenden Dörfer nach Istanbul kamen und sich erst als ungelernte Arbeiter verdingten und später Maurer, Hausmeister oder Wächter wurden. So mancher, der aus Mevluts Grundschulklasse plötzlich verschwunden war, weil er irgendwo als Lehrling anfing, war nun Automechaniker, Karosseriebauer oder Schmied. Reich war keiner damit geworden, doch standen sie alle besser da als Mevlut. Ihnen ging es nun darum, ihre Kinder studieren zu lassen.

Viele alte Bekannte Mevluts waren aus Duttepe weggezogen und kamen nie in den Verein, doch wenn Fußballspiele oder Picknicks organisiert wurden, trieben sie jemanden auf, der sie dorthin chauffierte: Der Junge, der damals mit seinem Vater auf einem Pferdewagen Trödel gesammelt hatte, kam aus dem Dorf Höyük, war immer noch ziemlich arm, und Mevlut wusste immer noch nicht seinen Namen. Manche waren in den vergangenen fünfunddreißig Jahren frühzeitig gealtert, waren in die Breite gegangen, bucklig geworden, kahl, oder ihre Gesichter waren anders geworden, birnenförmig bei manchen, die Augen kleiner, Nasen und Ohren größer, und Mevlut erkannte sie oft nicht wieder, sodass sie sich vorstellen mussten. Mevlut sah, dass die meisten von ihnen finanziell nicht bessergestellt waren als er, doch da ihre Frauen noch lebten, fühlte er, dass sie glücklicher waren als er. Doch sollte er wieder heiraten, würde er noch glücklicher werden können als sie.

Bei seinem nächsten Besuch in Kadırga sah er seiner Tochter sofort an, dass sie Neuigkeiten hatte. Sie hatte sich mit Samiha getroffen, die von Süleymans Besuch bei ihm drei Wochen zuvor nichts gewusst hatte. So begriff sie auch nicht gleich, worum es ging, als Fevziye ihr sagte, ihr Vater entschuldige sich bei ihr. Und als sie dahinterkam, war sie sowohl Fevziye als auch Mevlut böse. Sie habe Süleyman nie irgendwie um Hilfe gebeten, und überhaupt sei ihr das ganze Thema noch nie in den Sinn gekommen.

Fevziye war sichtlich bedrückt, dass es mit ihrer Vermittlung nicht lief.

»Da haben wir wohl einen Fehler gemacht«, sagte Mevlut bekümmert.

»Ja«, meinte Fevziye nur.

Lange kamen sie auf die Sache nicht mehr zu sprechen. Während Mevlut darüber nachdachte, wie von nun an vorzugehen sei, musste er sich eingestehen, dass er auch ein Wohnungsproblem hatte. Nicht nur bei sich zu Hause fühlte er sich einsam, sondern zunehmend im ganzen Viertel. Er sah, dass die Straßen, in denen er vierundzwanzig Jahre lang gewohnt hatte, sich geradezu in ein anderes Land verwandelten und im Tarlabaşı der Zukunft kein Platz mehr für ihn war.

Dass Tarlabaşı mit seinen verwinkelten Gassen und seinen über hundertjährigen Ziegelhäusern ein wertvolles historisches Kulturgut sei, hatte Mevlut schon mal gehört, in den achtziger Jahren, als durch das Viertel der Tarlabaşı-Boulevard gezogen worden war, doch geglaubt hatte er davon nichts. Damals hatten lediglich ein paar linke Architekten und Studenten gemurrt, nun aber taten dies auch Politiker und Bauunternehmer: Tarlabaşı sei ein Schmuckstück und müsse geschützt werden. Gerüchteweise sollten dort Hotels, Einkaufszentren, Vergnügungsstätten und Wolkenkratzer errichtet werden.

Mevlut hatte sich dem Viertel noch nie so richtig zugehörig gefühlt, aber durch die Veränderungen der letzten Jahre hatte dieses Gefühl noch zugenommen. Seit seine Töchter verheiratet waren, gelangte er auch nicht mehr an die Nachrichten, die in der Welt der Frauen zirkulierten. Die alten armenischen und griechischen Schreiner, Schmiede, Mechaniker und Ladenbesitzer, die vielen fleißigen Familien, die jede Arbeit übernahmen, um sich in der Stadt halten zu können, waren nach und nach fortgezogen, zuletzt nun auch die Aramäer, und abgelöst wurden sie durch Drogenhändler, Zuwanderer, Obdachlose, Kleingangster und Zuhälter, die sich in zunehmend verfallende Häuser einnisteten. Wenn Mevlut gefragt wurde, wie er dort überhaupt noch leben könne, antwortete er: »Die sind im oberen Teil, nach Beyoğlu hin.« Eines Abends fragte ihn ein gutangezogener junger Mann aufgeregt, wo er »Gras« bekommen könne, was Mevlut erst verwirrte. Mit der Zeit aber erkannte er sogar im Dunkeln, wen er vor sich hatte, wenn sich nach einer Polizeirazzia Dealer, die ihre Ware in den Radkappen geparkter Autos versteckten, oder aufgetakelte Transvestiten in den unteren Teil des Viertels flüchteten.

Schon immer hatte es in Tarlabaşı und Beyoğlu Banden gegeben, die lukrative illegale Geschäfte betrieben, aber inzwischen fochten Banden aus Mardin und Diyarbakır den Kampf um die Marktanteile auf offener Straße aus. Mevlut war denn auch der Ansicht, Ferhat sei einem solchen Bandenkrieg zum Opfer gefallen. Einmal sah er verblüfft mit an, wie der berüchtigtste all jener Gangster, nämlich Cezmi aus Cizre, gefolgt von seinen Schergen und einer lärmenden, zu ihm aufsehenden Kinderschar geradezu triumphierend durchs Viertel gezogen war.

Von Fenster zu Fenster war draußen nun so viel Unterwäsche aufgespannt, dass man sich vorkam wie in einer Wäscherei, und auch das war für Mevlut ein Zeichen, dass er nicht mehr hierhergehörte. So viele Verkaufskarren hatte es früher in Tarlabaşı auch nicht gegeben. Mevlut mochte diese neuen Händler nicht. Daneben merkte er aber schon, dass viele der halbseidenen Menschen, die sich als »Hausbesitzer« ausgaben (und alle fünf, sechs Jahre wechselten), sich allmählich zurückzogen und das Feld für Immobilienhaie, Spekulanten und Banden räumten. Es mochte auch sein, dass sie sich einfach die steigende Miete nicht mehr leisten konnten. Das Viertel, auf das jahrelang kein Mensch geachtet hatte, war auf einmal zu einem Ort geworden, auf den sich die allgemeine Unruhe der Stadt und ein tiefsitzender Zerstörungswunsch konzentrierten. Zwei Häuser weiter unten wohnte im zweiten Stock eine iranische Familie, die auf ein Visum des amerikanischen Konsulats wartete. Als in der Erdbebennacht drei Jahre zuvor alles auf die Straße gestürzt war, hatte Mevlut erstaunt beobachtet, dass in der kleinen Wohnung fast zwanzig Iraner lebten. Er machte sich damit vertraut, dass Tarlabaşı inzwischen eher als Durchgangsort galt.

Wo sollte er selbst nun hin? Darüber dachte er mal ganz ernsthaft und mal eher träumerisch und in Bildern nach. Wenn er sich in Kadırga eine Wohnung suchte, würde er in der Nähe von Fevziye leben und sich nicht so einsam fühlen. Aber würde Samiha an so einem Ort wohnen wollen? Zudem waren selbst dort die Mieten ziemlich hoch. Niemand würde ihn dann mehr einladen, und nach Mecidiyeköy zum Verein würde er es sehr weit haben.

Um weite Wege zu vermeiden, musste er etwas in der Gegend von Mecidiyeköy finden. Am günstigsten lag natürlich das Haus in Kültepe, in dem er früher mit seinem Vater gewohnt hatte. Er dachte sich, mit Hilfe Süleymans würde er den dortigen Mieter aus dem Haus bringen und selbst einziehen, und mehrfach stellte er sich vor, wie Samiha dort leben würden.

Bei einem kleinen Fußballturnier, das zwischen den zum Verein gehörigen Dörfern organisiert wurde, erlebte er bald darauf etwas, das ihn sehr glücklich machte und ihn dazu ermutigte, Samiha wieder einmal anzurufen.

Als Junge hatte Mevlut kaum Fußball gespielt, weil er kein Geschick dafür und auch keine große Lust hatte. Seine Schüsse verfehlten meist ihr Ziel, sodass er in keine Mannschaft gewählt wurde. In Istanbul wiederum hatte er weder Zeit noch überhaupt ein zweites Paar Schuhe für so etwas gehabt und deshalb nie mitgemacht und Fußball nur wie jedermann im Fernsehen gesehen. Zu den letzten Spielen jenes Turniers, das Korkut sehr wichtig war, da es die Dörfer einander näherbringen sollte, ging Mevlut dann doch, weil eben jedermann dabei war.

Zu beiden Seiten des umzäunten Sportplatzes standen Tribünen. Mevlut kam sich vor, als habe er es gerade noch zu einer Hochzeit geschafft, bei der er sämtliche Gäste kannte, doch erst setzte er sich still in ein Eckchen und sah zu.

Gümüşdere spielte gegen Çiftekavak. Die jungen Spieler von Çiftekavak nahmen die Sache ziemlich ernst, und wenn auch ein paar von ihnen in langen Hosen herumliefen, trugen sie alle ein Trikot in der gleichen Farbe. Die Spieler von Gümüşdere hingegen waren zumeist Erwachsene in Alltagskleidung. Einen Mann im Alter von Mevluts Vater, einen früheren Joghurtverkäufer mit Buckel und Bauch (der jedes Mal, wenn er den Ball traf, heftig beklatscht wurde), und seinen Sohn, der sich ganz besonders hervortun wollte, kannte Mevlut sowohl von den Straßen her, wo sie ihr Joghurt verkauft hatten, als auch aus Duttepe und von zahlreichen Hochzeiten her (unter anderem von denen Korkuts und Süleymans). Der Sohn, der vor fünfunddreißig Jahren genau wie Mevlut nach Istanbul gekommen war, um Joghurt zu verkaufen und auf die höhere Schule zu gehen, was er auch bis zum Abitur tat, hatte nun zwei Lieferwagen, mit denen er Lebensmittelgeschäfte mit Oliven und Käse belieferte, zwei Söhne, die ihrem Vater applaudierten, zwei Töchter und eine Frau mit einem Kopftuch auf den blondgefärbten Haaren, die mitten im Spiel aufstand und ihrem Mann ein Taschentuch reichte, damit er sich den Schweiß abwischen konnte, und wie Mevlut später beim Fortgehen sah, besaß der Mann auch einen nagelneuen Fiat, in den die ganze Familie passte.

Mevlut begriff nun, warum solche nachts beleuchteten Sportplätze mit Kunstrasen derart um sich griffen, dass kaum mehr ein Grundstück vor ihnen sicher war: Wenn auch mancher sich zum Lachen eher zwingen musste, war ein solches Fußballspiel unter Erwachsenen doch eine lustige Sache. Am liebsten machten die Zuschauer nach, was sie vom Fernsehen her kannten. Ständig forderten sie Elfmeter und gelbe Karten, und wenn ein Tor fiel, schrien sie wie verrückt und küssten sich ab, während die Spieler der erfolgreichen Mannschaft sich ausgiebig umarmten. Oft rief die Menge auch »Hier, hier!« und winkte einen beliebten Spieler zu sich.

Mevlut war ganz in das Spiel vertieft, als er auf einmal seinen Namen hörte. Erst konnte er es gar nicht glauben, aber die Leute hatten den Teekocher und Verwalter ihres Vereins entdeckt und jubelten ihm doch tatsächlich zu. »Mevlut, hier … Mevlut … Mevlut …« Er stand auf, winkte ungelenk und verbeugte sich schließlich wie die echten Fußballer im Fernsehen. »Mevlut lebe hoch!«, riefen manche. Unter großem Applaus setzte Mevlut sich wieder hin. Fast wären ihm die Tränen gekommen.

15. Mevlut und Samiha

Ich habe die Briefe dir geschrieben

An dem Beifall bei dem Fußballturnier richtete Mevlut sich auf. Als er das nächste Mal bei Fevziye war, gab er sich kämpferisch.

»Ich fahre nach Duttepe und rede selber mit deiner Tante. Dann entschuldige ich mich, dass ich ihr wegen Süleymans Blödsinn wehgetan habe. Dazu muss ich aber mit ihr allein sein. Geht sie nie aus dem Haus?«

»Doch, manchmal geht sie mittags auf den Markt von Duttepe.«

»Wir tun doch jetzt das Richtige, oder? Willst du auch, dass ich mit ihr rede?«

»Ja, tu das.«

»Und das ist nicht respektlos gegenüber deiner Mutter?«

»Papa, du kannst nicht allein leben.«

So begann Mevlut, sein Mittagsgebet in der Moschee von Hadschi Hamit Vural zu verrichten. Abgesehen von den Freitagen waren dort nicht viele junge Betende versammelt. Es kamen ehemalige Verkäufer, Maurermeister und Mechaniker aus der Generation seines Vaters, die immer schon lange vor der Gebetszeit eintrafen und danach schwatzend in das Café in der Passage unter der Moschee schlurften. Viele hatten das typische grüne Strickkäppchen auf, trugen Bart, gingen am Stock. Da Mevlut nicht vergessen konnte, dass er ja nur da war, um danach auf dem Markt Samiha zu treffen, wurde er allzu leicht vom Murmeln der alten Männer abgelenkt, von der auffälligen Stille in der Moschee, vom Gedanken daran, wie abgewetzt die Teppiche schon waren, und so kam er sich beim Beten unaufrichtig vor. Was war davon zu halten, wenn ein Gläubiger, obwohl er doch das Bedürfnis verspürte, sich der Kraft und der Güte des Herrn anzuvertrauen, sich dennoch auf sein Gebet nicht konzentrieren konnte? Was sollte ein Mensch tun, der trotz der Reinheit seines Herzens in Gottes Gegenwart nicht er selbst sein konnte? Diese Fragen hätte er gerne dem Spirituellen Meister gestellt, und dessen Antwort hätte er sich ungefähr vorstellen können.

»Der Herr weiß, was in jedem von euch vorgeht«, hätte der Meister den ehrfürchtig Lauschenden gesagt. »Und da ihr wisst, dass er das weiß, wünscht ihr euch, euer Inneres und euer Äußeres seien eins.«

Nach dem Gebet trieb er sich noch ein wenig auf dem Platz herum, an dem vor dreißig Jahren die ersten Kaffeehäuser eröffnet hatten, der erste Krämerladen, der erste Trödler, und wo auch zum ersten Mal ein Bus gehalten hatte. Inzwischen sah es dort auch nicht mehr anders aus als sonst wo in Istanbul. Überall Beton, Werbung, Banken und Döner-Kebab. Auch als er bereits zum dritten Mal in Duttepe war, hatte er Samiha immer noch nicht getroffen. Er überlegte sich schon, ob er das Fevziye überhaupt sagen sollte, da sah er vor der Bäckerei der Vurals auf einmal Samiha stehen.

Abrupt wechselte er die Richtung und ging in die Passage unter der Moschee. Nein, er hatte sich getäuscht. Diese Frau war nichts für ihn.

Er betrat das Café am Ende der Passage, in dem alle auf den Fernseher glotzten, und ging schnell wieder hinaus. Wenn er einen Stock weiter hochstieg und sich durch die Hintertür und den Moscheehof davonmachte, würde er zum Verein gelangen können, ohne von Samiha gesehen zu werden.

Doch schon erfüllte ihn tiefe Reue. Sollte er etwa den Rest seines Lebens alleine verbringen? Ein Zurück gab es jetzt aber auch nicht mehr. Er stieg in den zweiten Stock hinauf.

Kaum betrat er den Moscheehof, stand ihm Samiha gegenüber. Wie damals bei Korkuts Hochzeit sahen sie sich aus zwei Schritten Abstand in die Augen. Natürlich waren das dieselben Augen, die Mevlut damals gesehen hatte. Für diese schwarzen Augen hatte er die Briefe geschrieben, für diese Augen Ratgeber und Wörterbücher gewälzt. Gedanklich fühlte er sich Samiha daher verbunden, aber als Mensch war sie ihm fremd.

»Mevlut, hierher kommst du schon, aber zu uns nicht, und bei uns melden tust du dich auch nicht«, brachte Samiha schließlich heraus.

»Gut, ich komme mal wieder. Aber da ist noch was anderes. Kannst du morgen Mittag um zwölf ins Restaurant Konak kommen?«

»Wozu?«

»Hier vor allen Leuten ist nicht so gut reden. Da wird gleich getratscht. Verstehst du?«

»Ja.«

Ungelenk winkten sie einander zum Abschied zu, doch war beiden anzusehen, wie froh sie waren, ein Treffen verabredet zu haben. Wenn Mevlut nichts sagte, was er eigentlich nicht wollte, und auch nichts tat, wofür er sich schämen musste, würde jenes Treffen problemlos verlaufen. Plaudernde Ehepaare hatte Mevlut im Konak schon oft gesehen, und für so ein Ehepaar würde man sie halten. Kein Grund zur Sorge also.

Die ganze Nacht tat Mevlut kein Auge zu. Ja, doch, für ihre sechsunddreißig Jahre war Samiha immer noch sehr schön, aber Mevlut hatte das Gefühl, sie gar nicht richtig zu kennen. Abgesehen von gegenseitigen Besuchen, von der Zeit bei den »Schwagern«, als ihre Blicke sich im Spiegel getroffen hatten (weil Mevlut ihr immer den Rücken zukehrte), und von diversen Hochzeiten und Feiertagen hatte Mevlut Samiha sehr wenig gesehen, und er wusste auch, dass er bis an sein Lebensende niemandem mehr so verbunden sein würde wie Rayiha. Mit Rayiha hatte er fünfzehn Jahre lang auf engstem Raum zusammengelebt, und sogar wenn sie tagsüber nicht zusammen waren, waren sie es irgendwie doch. Solch eine Nähe war nur durch Jugend und Liebe möglich. Wozu also sollte er zu dem Treffen überhaupt hingehen?

Am nächsten Morgen rasierte er sich sorgfältig, zog sein neuestes weißes Hemd und sein bestes Sakko an. Um Viertel vor zwölf betrat er das Restaurant. Das Konak war ein großes Lokal am Şişli-Platz, in der Nähe von Bushaltestelle, Moschee, Rathaus und Justizgebäude. Es gab dort zu jeder Tageszeit kleinere Gerichte wie Spiegeleier, Linsensuppe, Käsepasteten, Tomatenreis oder Döner. Wer aus Kültepe oder Duttepe her kommend in Şişli umsteigen musste oder ohnehin in Şişli zu tun hatte, ging gerne in das Lokal mit den vielen Spiegeln und dem großen Atatürk-Bild an der Wand. Da der Mittagsandrang noch nicht eingesetzt hatte, fand Mevlut wie erhofft einen Tisch in einer ruhigeren Ecke. Von dort aus beobachtete er genüsslich das Hin und Her der Kellner und freute sich darauf, bald Samiha durch die Tür herein auf ihn zukommen zu sehen.

Da stand sie auf einmal schon vor ihm. Er wurde rot, stieß eine Plastikflasche um, fing sie aber auf, bevor viel Wasser vergossen war. Sie mussten beide lachen. Dann bestellten sie zwei Teller Döner mit Pilav.

Sie hatten sich noch nie so richtig gegenübergesessen, und zum ersten Mal sah Mevlut lange und aus der Nähe in Samihas schwarze Augen. Samiha holte aus ihrer Handtasche eine Zigarette, zündete sie mit ihrem Feuerzeug an und blies den Rauch an Mevluts Gesicht vorbei. Dass sie zu Hause in ihrem Zimmer rauchte, hatte Mevlut sich vorstellen können, nicht aber, dass sie das auch in einem vollbesetzten Restaurant in Gegenwart eines Mannes tun würde. Mevlut drehte sich ein wenig der Kopf, und es schoss ihm ein Gedanke ins Gehirn, der ihre Beziehung vergiften konnte, nämlich dass Rayiha so etwas nie getan hätte.

Dann erzählte Mevlut von Süleymans Besuch bei ihm und entschuldigte sich für das Missverständnis, das daraus entstanden war. Süleyman habe sich da zu etwas bemüßigt gefühlt und damit nur Unfug angerichtet.

»Nein, so ist es auch wieder nicht«, sagte Samiha und ließ sich darüber aus, dass Süleyman nicht nur dumm, sondern auch böse sei, und sie ließ sich sogar dazu hinreißen, ihn mit Ferhats Ermordung in Verbindung zu bringen. Mevlut entgegnete ihr, ihren Hass auf Süleyman müsse sie irgendwann überwinden.

Da regte sie sich erst recht auf. Mitten im Essen legte sie die Gabel ab und zündete sich wieder eine Zigarette an. Mevlut hätte nicht erwartet, dass sie so unruhig und nervös sein könnte. Ihm schwante, dass Samiha umso glücklicher sein würde, je mehr sie beide ihr Zusammensein als etwas gestalteten, das gegen Süleyman gerichtet war.

»Hast du mich eigentlich am Ende eurer Hochzeit, als ich da mit Rayiha stand, wirklich nicht wiedererkannt, oder war das nur gespielt?«

»Ich habe wegen Rayiha so getan«, erwiderte er und dachte an die Hochzeit vor zwanzig Jahren zurück. Ob Samiha ihm seine Lüge abnahm, sah er ihr nicht an. Sie schwiegen eine Weile und horchten beim Essen auf das Stimmengewirr im Lokal. Schließlich fragte Samiha: »Hast du die Briefe damals an mich geschrieben oder an meine Schwester?«

»An dich.«

Einen Augenblick lang sah Mevlut, wie ein zufriedenes Lächeln Samihas Lippen umspielte. Sie schwiegen lange. Samiha wirkte immer noch angespannt, doch Mevlut war der Ansicht, für ein erstes Rendezvous sei das Erreichte schon genug. Er redete nur noch vage vom Altern, vom Alleinsein und davon, wie wichtig es doch sei, einen Lebensgefährten zu haben.

Samiha lauschte ihm aufmerksam, aber dann unterbrach sie ihn auf einmal. »Du hast also die Briefe mir geschrieben, aber jahrelang hast du zu jedermann gesagt, dass sie für Rayiha waren, und obwohl alle Bescheid wussten, haben sie so getan, als ob sie dir glaubten. Und jetzt, wo du das Gegenteil sagst, werden sie wieder so tun, als ob sie dir glaubten.«

»Ich habe sie wirklich dir geschrieben. Wir haben uns damals angeschaut, und darauf habe ich drei Jahre lang Briefe über deine Augen geschrieben. Süleyman hat mich hintergangen, darum stand auf den Briefen immer der falsche Name. Aber dann bin ich mit Rayiha glücklich geworden, wie du ja weißt. Doch wir beide können auch glücklich werden.«

»Was die anderen meinen, ist mir egal«, sagte Samiha. »Aber sag mir noch ein letztes Mal ganz deutlich, dass die Briefe für mich waren, sonst heirate ich dich nicht.«

»Ich habe sie an dich geschrieben, voller Liebe«, erwiderte Mevlut. Und noch während er das aussprach, merkte er, wie schwer es sein konnte, die Wahrheit zu sagen und dabei zugleich ehrlich zu sein.

16. Das Haus

Wir haben uns einander vorsichtig angenähert

SAMIHA. Das Haus war ein altes Gecekondu, und seit Mevlut mit seinem Vater dort gelebt hatte, war nichts angebaut worden. Bei unserer zweiten Verabredung im Konak hat Mevlut mir das alles ausführlich erzählt. Genauso wie sein Vater damals sagte Mevlut zu dem Haus, das ich noch nie gesehen hatte, liebevoll »Haus« und nicht Gecekondu.

Bei dem zweiten Treffen haben wir beschlossen, zu heiraten und in dem Haus in Kültepe zu leben. Aus meinem Haus in Çukurcuma würde ich sowieso die Mieter nur schwer rausbringen, und dann waren wir auf die Miete ja auch angewiesen. Das klingt jetzt, als wäre es nur um Wohnungsfragen gegangen, doch Mevlut hat auch allerlei Zärtliches gesagt, das Sie aber nicht zu wissen brauchen. Das Andenken an Rayiha ist uns ja beiden viel wert, also haben wir uns einander vorsichtig angenähert.

Wenn wir keine Miete zahlen mussten, würden wir von den Mieteinnahmen aus den zwei von Ferhat geerbten Wohnungen recht gut leben können. Und Mevlut verdiente ja auch noch was. Auch das haben wir bei dem zweiten Treffen erörtert, diesmal bei Hähnchen mit Pilav. Mevlut hat weitgehend selbstsicher, hin und wieder aber doch ein wenig verschüchtert gewirkt, was ich aber nicht als Schwäche angesehen habe. Im Gegenteil, das hat mir gefallen.

Schon vor dem Treffen haben wir Fevziye Bescheid gesagt, und so haben ihr Mann und ihr Schwiegervater es noch vor den Aktaş erfahren. Sadullah hat uns zusammen mit Fevziye und dem kleinen İbrahim in seinem Dogde auf eine Bosporus-Tour mitgenommen. Den Leuten, die uns für ein Taxi gehalten und zu sich gewinkt haben und manchmal direkt auf uns zugelaufen sind, hat Mevlut auf der Rückfahrt fröhlich zugerufen: »Mensch, seht ihr nicht, das Taxi ist besetzt!«

Um den Mieter in Kültepe loszuwerden, wollte Mevlut gleich Süleyman anrufen, aber davon habe ich ihn abgehalten, denn ich wollte denen in Duttepe die Nachricht selber mitteilen. Vediha hat sehr gut reagiert und mich gleich herzlich umarmt. Dann aber hat sie gesagt, dass jeder das sowieso wollte, und das hat mich geärgert. Lieber hätte ich Mevlut gegen den Willen aller anderen geheiratet.

Am liebsten wäre Mevlut hingefahren, um Süleyman und Korkut persönlich zu informieren. Ich habe ihn aber gewarnt: Wenn er die Sache übertrieb und zu einer Zeremonie ausarten ließ, konnten Süleyman und Korkut meinen, wir würden sie für die Hochzeit um ihre Erlaubnis bitten, und das hätte mir die ganze Freude verdorben.

»Was soll's«, hat Mevlut darauf gesagt. »Sollen sie doch denken, was sie wollen. Wir kümmern uns bloß um uns selbst.«

Mevlut teilte Süleyman die Nachricht dann doch per Telefon mit, doch der hatte ohnehin von Vediha schon alles erfahren. Der Mann aus Rize, der nun schon lange in Mevluts Haus wohnte, weigerte sich, sofort auszuziehen. Süleymans Anwalt gab zu bedenken, dass ein Prozess gegen einen Mieter ohne Mietvertrag in einem Haus ohne Grundbucheintrag sich über Jahre hinziehen könne. Schließlich schickte der älteste Sohn der Vurals einen für seine rabiaten Methoden bekannten Handlanger los, dem es auf Anhieb gelang, den Mieter ein notariell beglaubigtes Papier unterschreiben zu lassen, laut dem er binnen drei Monaten ausziehen werde. Die drei Monate Wartezeit machten Mevlut einerseits ungeduldig, andererseits waren sie auch eine Art Erleichterung. Es ging ja alles so schnell. Manchmal fragte sich Mevlut, ob sich die Sache nicht zu einer einzigen Peinlichkeit entwickeln würde, und er stellte sich vor, wie die Leute, sobald sie hörten, dass er Samiha heiratete, die arme Rayiha bedauern und ihn verurteilen würden. Und damit würde es nicht getan sein, denn Übelwollende würden garantiert die alte Geschichte, die nach Rayihas Tod in Vergessenheit geraten war, wieder aufwärmen, und wieder würde es heißen: »Na, das ist doch der, der erst der jüngeren Schwester geschrieben und dann die ältere geheiratet hat.«

Aus der entschlossenen Art, in der Samiha die Sache mit der Heirat anging, ersah Mevlut sofort, dass sie vor der Hochzeit nicht miteinander in Cafés, ins Kino, ja nicht einmal mehr zu einem gewöhnlichen Mittagessen ins Restaurant würden gehen können. An seiner Enttäuschung merkte er, was er sich da schon alles ausgemalt hatte. Andererseits empfand er es so anstrengend, Ehemodalitäten aushandeln zu müssen, heimliche Rendezvous zu organisieren, den richtigen Grad an Galanterie zu treffen und sich darauf zu einigen, wie viel Geld ausgegeben und welche Notlügen verbreitet werden sollten, dass er zu schätzen begann, was arrangierte Ehen doch für Vorteile hatten.

Samiha konnte er nur alle zwei Wochen sehen, wenn sie nachmittags bei Sadullah zu Besuch kam. Sie redeten dann kaum miteinander. Fevziye musste einsehen, dass trotz ihrer Bemühungen, die beiden einander näherzubringen, zwischen ihrem Vater und ihrer Tante nicht schon vor der Hochzeit eine Freundschaft entstehen würde.

Als im September 2002 der Mieter in Kültepe auszog, war Mevlut froh, dass Samiha und er nun etwas hatten, woran sie gemeinsam arbeiten konnten. Sie gingen die gewundenen Gassen von Duttepe nach Kültepe hinauf und besahen sich das Haus, in dem Mevlut einen Teil seiner Kindheit verbracht hatte.

Im Konak hatte Mevlut so eifrig davon erzählt, doch nun stellte sich heraus, dass es eigentlich eine Bruchbude war. Der Fußboden war auch nach dreißig Jahren noch aus gestampftem Lehm, und die Toilette neben dem einzigen Wohnraum bestand schlicht und einfach aus einem Loch im Boden. Durch das kleine Toilettenfenster war das Rauschen der Umgehungsautobahn zu hören. Neben dem gleichen alten Holzofen stand nun ein elektrischer Ofen. Mevlut fand keine illegale Stromleitung, wusste aber aus Erfahrung, dass ohne eine solche in einem Viertel wie Kültepe niemand einen Elektroofen kaufte. Der Tisch, an dem er abends in ständiger Angst vor bösen Geistern seine Hausaufgaben gemacht hatte, wackelte wie eh und je, und auch dasselbe Bett stand noch da, und sogar die Töpfe, in denen er vor dreiunddreißig Jahren Suppe gekocht hatte. Genauso wie sein Vater und er hatten die Mieter all die Jahre über nie etwas Neues hinzugekauft.

Alles rundherum dagegen hatte sich von Grund auf geändert. Der früher halbkahle, matschige Hügel war nun mit lauter drei- bis vierstöckigen Betonhäusern bedeckt. Die Straßen, 1969 nichts als Erdwege, waren alle geteert. Aus manchen Gecekondus waren Anwaltskanzleien, Wirtschaftsprüfer- und Architektenbüros geworden. Durch die auf allen Dächern angebrachten Satellitenantennen und Werbetafeln hatte man nun einen völlig anderen Ausblick als damals Mevlut, wenn er von seinen Hausaufgaben aufsah. Nur die Minarette der Moschee von Hadschi Hamit und die Pappeln waren noch dieselben.

Mit seinem Ersparten ließ Mevlut in dem Gecekondu (wie er es nun selber nannte) einen Fußboden legen, das Dach reparieren, eine anständige Toilette installieren und die Wände streichen. Dazu fuhr ein paarmal ein Lastwagen von Süleymans Baufirma vor, doch Samiha gegenüber erwähnte Mevlut diese Unterstützung lieber nicht. Er sehnte sich danach, mit jedermann gut auszukommen, und niemand sollte über seine Ehe die Nase rümpfen.

Allmählich kam ihm merkwürdig vor, dass Fatma so gar nichts von sich hören ließ und den ganzen Sommer über kein einziges Mal nach Istanbul kam. Er suchte das zu verdrängen, doch als die Einzelheiten der Hochzeit besprochen wurden, konnte Fevziye die Wahrheit vor ihrem Vater nicht mehr verbergen: Fatma war schlichtweg gegen eine Ehe zwischen ihrem Vater und ihrer Tante und würde auch nicht zur Hochzeit kommen. Sie weigerte sich sogar, mit Mevlut oder Samiha am Telefon zu sprechen.

An einem heißen Sommertag kam Abdurrahman Efendi nach Istanbul, und Mevlut ging nach Duttepe hinüber und hielt im seit dem Erdbeben windschiefen dritten Stock des Hauses offiziell um Samihas Hand an. Wie einundzwanzig Jahre zuvor, als er im Dorf um Rayiha anhielt, küsste er dem Schwiegervater die Hand. Ob Abdurrahman Efendi und Samiha nicht nach Izmir fahren und Fatma überreden konnten, doch zur Hochzeit zu kommen? Als Fatma auch einen solchen Besuch ablehnte, wollte Mevlut ihr böse sein, ja sie vergessen. Schließlich kehrte sie ihrer Familie den Rücken zu.

Er konnte ihr aber nicht böse sein. Irgendwie gab er ihr sogar recht.

Und er sah, dass Samiha von ähnlichen Gewissensbissen geplagt wurde. Trotzdem fiel es ihr ebenso schwer wie Mevlut, Fatmas Haltung zu akzeptieren, wo sie doch so viel dafür getan hatte, dass Fatma studieren konnte, und sich insbesondere nach Rayihas Tod so intensiv um das Mädchen gekümmert hatte. Als aber Mevlut vorschlug, eine Hochzeit im allerengsten Kreis zu gestalten, war Samiha strikt dagegen.

»Nein, wir machen das irgendwo bei Duttepe, und jeder soll kommen und uns sehen und sich das Maul über uns zerreißen, aber dafür ist das Geschwätz auch umso schneller wieder vorbei.«

Mevlut konnte sie für diese Entschlossenheit nur bewundern und auch für den Mut, mit ihren sechsunddreißig Jahren noch in ein weißes Brautkleid zu schlüpfen. Sie entschieden sich dafür, die Feier im Verein abzuhalten, denn das war nahe bei Duttepe und kostete nicht viel. Wegen der beschränkten Räumlichkeiten dort tranken die Gäste nur kurz ihre Limonade (beziehungsweise den diskret unter dem Tisch ausgeschenkten Raki), gaben ihr Hochzeitsgeschenk ab und blieben nicht lange in den stickigen Zimmern.

Ihr Brautkleid hatte Samiha zusammen mit Vediha in einem Laden in Şişli ausgesucht und die Leihgebühr dafür aus der eigenen Tasche bezahlt. Mevlut fand Samiha die ganze Hochzeit über wunderschön. Ein Mann, der plötzlich einer solchen Schönheit gegenüberstand, schrieb ihr natürlich drei Jahre lang Liebesbriefe.

Süleyman merkte endlich, wie lästig er Samiha war. Weder er noch ein anderes Mitglied der Familie Aktaş tat sich während der Hochzeit irgendwie hervor. Als Süleyman ging, war er allerdings betrunken. Er nahm Mevlut noch beiseite und sagte: »Vergiss nicht, Junge, deine beiden Ehen habe ich arrangiert. Bloß weiß ich nicht, ob das richtig war.«

»Das war sogar sehr richtig«, erwiderte Mevlut.

Nach der Feier nahm Sadullah Braut und Bräutigam, Fevziye und ihren Mann sowie Abdurrahman Efendi an den Bosporus mit, in ein Lokal in Büyükdere. Mevlut und Samiha, die ihr Brautkleid mit sichtlichem Gefallen trug, tranken dort keinen Alkohol. Als sie zu Hause waren, löschten sie das Licht, gingen ins Bett und liebten sich. Mevlut hatte schon lange das Gefühl gehabt, mit Samiha zu schlafen würde in keiner Weise ein Problem sein. Die beiden wurden noch glücklicher miteinander, als sie es sich vorgestellt hatten.

In den folgenden Monaten saß Mevlut abends, während seine Frau schon schlief, am Fenster seines Gecekondus, sah auf die Moschee von Hadschi Hamit hinüber, auf die Hügel voller Wohnblöcke, und musste sich sehr beherrschen, um nicht an Rayiha zu denken. In den ersten Monaten seiner Ehe hatte er immer wieder das Gefühl, einen bestimmten Augenblick schon einmal erlebt zu haben. Er wusste nicht, ob das nun daran lag, dass er nach Jahren wieder geheiratet hatte, oder ob es eine Sinnestäuschung war, weil er ins Haus seiner Jugend zurückgekehrt war.

Teil VI
Mittwoch, 15. April 2009

Mit der Familie an einem Regentag etwas auszuhandeln
führt zu nichts Gutem.
Byron Pascha, »Apologie und Ironie«

Ein zwölfstöckiges Hochhaus

Du hast ein Recht auf Gewinn in dieser Stadt

»Du hast mir geschworen, dass du nicht unter zweiundsechzig gehst, ja?«, sagte Samiha, als sie ihren Mann an der Tür verabschiedete. »Du brauchst dich vor denen nicht zu fürchten.«

»Wieso sollte ich mich fürchten?«

»Hör nicht auf Süleymans Unsinn, und reg dich nicht auf. Hast du den Grundbuchauszug dabei?«

»Ja, das Papier vom Gemeindevorsteher«, sagte Mevlut und ging die Straße hinunter. Am Himmel standen bleierne Regenwolken. In Onkel Hasans Laden in Duttepe sollten sich alle treffen und ein letztes Mal miteinander verhandeln. Das große Bauunternehmen der Vurals nutzte das kürzlich erlassene Gesetz zur Stadterneuerung aus, um in Duttepe und Kültepe sechzehn Hochhäuser zu errichten. Auf dem Grundstück von Mevluts Gecekondu, in dem er mit Samiha nun seit sieben Jahren lebte, sollte den Plänen zufolge ein zwölfstöckiges Hochhaus entstehen. Dazu musste Mevlut sich aber mit den Vurals einigen, wie auch andere es schon getan hatten. Mevlut zögerte jedoch und zog die Verhandlungen in die Länge, was Korkut und Süleyman immer mehr erzürnte.

Obwohl er noch nicht unterschrieben hatte, waren von dem künftigen Hochhaus schon einige Wohnungen verkauft worden. Manchmal ging Mevlut in den Garten, zeigte auf den Himmel und konnte sich nur wundern über die reichen Menschen, die den Vurals schon jetzt Geld für eine Wohnung zahlten, die sie da oben irgendwann einmal bekommen würden. Er machte seine Witze darüber, die Samiha allerdings nicht zum Lachen fand. Und den Realitätssinn seiner zweiten Frau respektierte er schließlich.

Ein Modell des geplanten Hochhauses war im Verkaufsbüro der Vurals in der Çarşı-Straße zwischen Duttepe und Kültepe ausgestellt. Dort zeigte eine blonde Angestellte in hochhackigen Schuhen die verschiedenen Wohnungstypen und die für Bad und Küche in Frage kommenden Materialien und Einrichtungen, und sie hielt immer ein bisschen inne, bevor sie den Besuchern erklärte, ab dem sechsten Stock sei von der Südseite aus der Bosporus zu sehen. Allein der Gedanke, dass sechs Etagen über dem Garten des vierzig Jahre alten Hauses ein Blick auf den Bosporus möglich war, ließ Mevlut schwindlig werden. Bevor er zum letzten Mal mit den Aktaş feilschte, wollte er sich das Modell noch einmal anschauen.

Als 2006 zum ersten Mal ruchbar wurde, der Stadt habe in Istanbul neben einer ganzen Anzahl anderer Viertel auch Duttepe und Kültepe zum Stadterneuerungsgebiet erklärt und werde dort den Hochhausbau fördern, war die Freude unter den Einwohnern groß. Während bis dahin eine Beschränkung auf drei bis vier Etagen galt, durften nun bis zu zwölfstöckige Häuser errichtet werden. Das war gleichbedeutend mit einem Geldsegen für alle. Jedermann wusste, dass hinter der auch von Ankara genehmigten Maßnahme nicht zuletzt die Familie von Hadschi Hamit Vural steckte, die der Regierungspartei AKP sehr nahestand, und so verzeichnete denn auch die in Duttepe und Kültepe ohnehin schon stark vertretene AKP bei den Kommunalwahlen nochmals einen massiven Anstieg der Wählerstimmen. Anfangs war es sogar so, dass selbst Gewohnheitsnörgler nichts zu beanstanden hatten.

Dann kamen die ersten Klagen, und zwar von Seiten der Mieter, denn sowohl Grundstückspreise als auch Mieten zogen auf einmal kräftig an. Leute wie Mevluts früherer Mieter aus Rize, die nur schwer über die Runden kamen, mussten allmählich von den Hügeln wegziehen. Sie empfanden wohl ähnlich wie Mevlut, als er Tarlabaşı verließ, nämlich dass ihnen hier keine Zukunft beschieden war und in den bald entstehenden Hochhäusern Menschen leben würden, die erheblich mehr Geld hatten als sie.

Dem neuen Gesetz zufolge mussten für den Bau eines Hochhauses erst die Grundstücke von knapp sechzig Gecekondu-Eigentümern zu einer sogenannten »Insel« zusammengeschlossen werden. Innerhalb eines Jahres teilte somit die Stadtverwaltung die beiden Viertel in kleinere Gebiete auf. Sobald festgelegt war, wer eines Tages in einem Hochhaus zusammenleben würde, begannen die betreffenden Menschen sich abends zu versammeln, um bei Tee und Zigaretten über die Modalitäten zu diskutieren und aus ihrer Reihe jemanden zu erwählen, der sie gegenüber dem Staat und der Baufirma möglichst geschickt vertreten sollte. Dabei mangelte es nicht an Kandidaten, und bald schon kamen auch die ersten Streitigkeiten auf. Mevlut wurde von Samiha dreimal zum Besuch einer solchen Versammlung genötigt. Wie alle anderen Männer lernte er dabei sogleich die Bedeutung des Wortes Rendite kennen und benutzte es bald selbst. Einmal meldete er sich zu Wort und erzählte, wie viel Mühe es seinen Vater damals gekostet hatte, sich ein Haus zu bauen. Doch anstatt abends die Diskussionen über Prozentzahlen und Anteile zu verfolgen, bei denen er doch nicht richtig mitkam, ging er viel lieber draußen sein Boza verkaufen.

Um in den Besitz einer Hochhauswohnung zu gelangen, mussten die Eigentümer kleiner Grundstücke ihre Anteile zunächst an den betreffenden Bauunternehmer verkaufen. Obwohl sich an der Ausschreibung auch andere türkische Baugesellschaften beteiligten, zogen sie gegen den sowohl in der Hauptstadt als auch lokal solide verankerten Hadschi Hamit Vural allesamt den Kürzeren. Wer also das Modell seines künftigen Hochhauses sehen und sich informieren wollte, wie genau er in den Besitz einer Wohnung dort gelangen konnte, machte sich auf in das Büro in der Çarşı-Straße, wo er mit dem jüngsten Sohn von Hadschi Hamit Vural in Verhandlungen treten musste.

Bei anderen Bauvorhaben ähnlicher Größenordnung in Istanbul war es üblich, dass zwischen den Gecekondu-Eigentümern und dem Bauunternehmer fünfzig zu fünfzig geteilt wurde. Wenn aber die Eigentümer geschlossen auftraten und sich einen fähigen Vertreter gewählt hatten, konnten sie diesen Prozentsatz zu ihren Gunsten bis auf fünfundfünfzig oder gar sechzig hinaufschrauben. Meist gelang dies aber nicht, da es unter den bisherigen Gecekondu- und künftigen Hochhausnachbarn oft zum Streit darüber kam, welchen Prozentsatz und welchen Einzugstermin man fordern sollte. Süleyman erzählte schmunzelnd, manche Vertreter ließen sich vom Bauunternehmer bestechen. Da Süleyman und Korkut nicht nur als Grundstückseigentümer auftraten, sondern zudem als Teilhaber von Hadschi Hamits Baufirma, waren sie über sämtliche Gerüchte, Streitigkeiten und Feilschereien auf dem Laufenden.

Wer sein ehemaliges Gecekondu zu einem drei- oder vierstöckigen Haus ausgebaut hatte, das offiziell ins Grundbuch eingetragen war, konnte mit dem Staat und dem Bauunternehmer ebenbürtig verhandeln. Leute wie Mevlut dagegen, die in einer besseren Hütte hausten und nichts weiter vorzuweisen hatten als den vierzig Jahre alten Schrieb eines Gemeindevorstehers, bekamen vom Bauunternehmer oft genug zu hören, sie könnten froh sein, wenn der Staat ihr Grundstück nicht beschlagnahme.

Ein weiterer Zankapfel waren die Übergangsmieten. In den Sondergesetzen für derlei Bauvorhaben war festgelegt, dass für die Unterbringung der Menschen vom Abriss ihrer Häuser bis zur Übergabe der Hochhauswohnungen jeweils der Bauunternehmer aufzukommen habe. Mancherorts war dafür vertraglich eine Zeit von zwei Jahren bestimmt worden, doch als die Bauarbeiten in Verzug gerieten, hatten die Leute irgendwann auf der Straße gestanden. Da solche Gerüchte sich in Istanbul rasch verbreiteten, kamen viele zukünftige Wohnungsbesitzer zu dem Schluss, es sei vorteilhafter, mit dem Bauunternehmer erst ganz zuletzt zu verhandeln. Und um mehr Druck ausüben zu können, ließen manche sich ganz besonders viel Zeit, wodurch der Baubeginn sich verzögerte.

Auf solche »Pfropfen«, wie er sie nannte, hatte Korkut eine ganz besondere Wut. Das seien abgefeimte Profiteure, die es nur darauf abgesehen hätten, sich auf Kosten anderer einen größeren Anteil zu sichern. Mevlut hatte gehört, in sechzehn-, siebzehnstöckigen Hochhäusern, in denen jedem Teilhaber zwei kleine Wohnungen zustanden, hätten sich solche Leute bis zu sieben Wohnungen angeeignet. Meist verkauften sie diese sogleich und zogen in ein anderes Viertel oder gar eine andere Stadt, denn durch die künstliche Bauverzögerung verärgerten sie nicht nur den Staat und den Bauunternehmer, sondern auch ihre alten Nachbarn und Freunde, die nicht an die lang erwartete Wohnung kamen. Mevlut hatte gehört, in Oktepe, Zeytinburnu und Fikirtepe sei es zwischen solchen »Pfropfen« und ihren Nachbarn zu Handgemengen und sogar Messerstechereien gekommen, über die in den Zeitungen berichtet worden sei. Es hieß allerdings auch, solche Streitereien würden manchmal unter der Hand von den Bauunternehmern angefacht, damit die Grundstücksbesitzer gespalten würden. Mevlut war das Thema umso vertrauter, als Korkut bei ihrer letzten Verhandlungsrunde gesagt hatte: »Mensch, Mevlut, bist etwa du auch so ein Pfropfen?«

Das Büro in der Çarşı-Straße war leer. Mevlut hatte hier schon an diversen Treffen zwischen Hausbesitzern und Bauunternehmern teilgenommen, sich mit Samiha die weißen Modelle mit den seltsamen Balkons angesehen und sich vorzustellen versucht, wie wohl die kleine, nach Norden hinausgehende Wohnung aussehen würde, die ihm selbst zustand. Im Büro hingen Fotos von anderen in Istanbul errichteten Bauten der Vurals und eine Aufnahme, die den jungen Hadschi Hamit zeigte, wie er mit einer Schaufel in der Hand auf einer seiner ersten Baustellen arbeitete. An Wochenenden war die Straße vollgeparkt mit Autos potentieller Käufer aus wohlhabenderen Stadtteilen, aber jetzt um die Mittagszeit war niemand da. Mevlut schlenderte noch ein wenig über den Markt, sah ins Schaufenster der Läden unter der Moschee von Hadschi Hamit Vural und stieg allmählich die gewundene Straße nach Duttepe hinauf, um rechtzeitig bei der Versammlung zu sein.

Als er noch ein Junge war, hatten hier nach den ersten Häusern die stinkenden Holzbaracken gestanden, in den Hadschi Hamits Leute untergebracht waren. Mevlut erinnerte sich, wie er im Vorbeigehen manchmal in den dunklen, feuchten Räumen wie tot schlafende Arbeiter gesehen hatte. Inzwischen gab es hier immer mehr leerstehende Häuser, denn die Mieter gingen weg, und wer wollte schon hier einziehen, wo doch sowieso bald alles niedergerissen würde. Duttepe wirkte immer desolater. Der Himmel über Mevlut war dunkel und Mevlut voller Sorgen. Er fühlte sich, als ob er zum Himmel hinaufmarschierte.

Warum hatte er bloß nicht nein gesagt, als Samiha von ihm verlangte, nicht unter zweiundsechzig zu gehen? So würde er mit den Aktaş nie zu einem Kompromiss kommen. Das letzte Mal hatte er von Korkut fünfundfünfzig gefordert, und selbst das hatte der schon zu hoch gefunden, doch hatten sie vereinbart, noch einmal darüber zu reden. Korkut und Süleyman waren zu dem Gespräch in den Verein gekommen, hatten danach aber lange nicht mehr angerufen. Mevlut sorgte sich zwar, doch irgendwie gefiel ihm auch, dass Korkut ihn als »Pfropfen« ansah, denn dadurch ließ sich vielleicht mehr herausschlagen.

Einen Monat zuvor waren Duttepe und Kültepe zum erdbebengefährdeten Gebiet erklärt worden, und Mevlut war beileibe nicht der Einzige, der darin einen Winkelzug der Vurals sah. Nach dem großen Erdbeben 1999 war ein Gesetz verabschiedet worden, laut dem alte, unsichere Wohngebäude abgerissen werden konnten, sobald sich eine Zweidrittelmehrheit ihrer Besitzer dafür entschied. Von der Regierung und den Bauunternehmern wurde das Gesetz allerdings dazu ausgenutzt, Kleineigentümer auszumanövrieren, die sich dem Bau von Hochhäusern widersetzen wollten. Als »Pfropfen« aufzutreten war nun erheblich erschwert, und daher wusste Mevlut wirklich nicht, wie er Korkut das mit den zweiundsechzig Prozent vermitteln sollte, auf denen Samiha nun mal bestand.

Sieben Jahre waren sie jetzt verheiratet, und Mevlut war mit Samiha glücklich. Es hatte sich eine schöne Kameradschaft zwischen ihnen herausgebildet, die allerdings weniger auf die bunten, fröhlichen Seiten des Lebens ausgerichtet war, sondern vielmehr darauf, den Alltag zu bewältigen und ihn in all seiner Gewöhnlichkeit zu bejahen. Mevlut lernte Samiha allmählich als entschlossene, eigenwillige Frau kennen, die auf ein gutes Leben aus war, und das gefiel ihm auch an ihr. Nur schoss sie in ihrem Schwung auch übers Ziel hinaus und mischte sich mehr ein, als Mevlut lieb war, ja dirigierte ihn geradezu.

Mevlut selbst war längst bereit, sich auf fünfundfünfzig Prozent einzulassen. Damit standen ihm in den unteren Etagen des Hochhauses drei Wohnungen ohne besondere Aussicht zu. Da auch seine Mutter und die Schwestern vom Vater geerbt hatten, würde ihm selbst davon etwas weniger als eine Wohnung zufallen. Den Rest würden sie über die Mieteinnahmen aus Samihas Wohnungen in Çukurcuma innerhalb von fünf Jahren abbezahlen (beziehungsweise in drei Jahren, wenn er das mit den zweiundsechzig Prozent durchbrachte). So würden Samiha und er gemeinsam eine Wohnung besitzen. Monatelang hatten sie zu Hause all jene Berechnungen angestellt. Da Mevlut vierzig Jahre nach seiner Ankunft in Istanbul die Hoffnung auf den Besitz einer Wohnung (eigentlich einer halben Wohnung) nur ja nicht verlieren wollte, betrat er das bunte Durcheinander von Onkel Hasans Laden voller Befürchtungen.

Es war darin so wenig Licht, dass Mevluts Augen sich erst an das Dunkel gewöhnen mussten.

»Mevlut, red du doch mal mit unserem Vater«, sagte Süleyman. »Er macht mich noch wahnsinnig. Vielleicht hört er ja auf dich.«

Onkel Hasan saß wie eh und je an seiner Ladentheke. Mevlut fiel auf, wie sehr er doch seinem Vater ähnelte. In der Kindheit hatte er das gar nicht gemerkt. Er umarmte ihn und küsste ihn auf die fleckige Wange mit dem spärlichen Bart.

Was Süleyman so aufregte, von Korkut hingegen nur belächelt wurde, war ganz einfach, dass Onkel Hasan seine Ware noch immer in Papiertüten ausgab, die er aus Zeitungspapier faltete. Wie das schon in den fünfziger und sechziger Jahren jeder Krämer in ganz Istanbul gemacht hatte, sammelte er alte Zeitungen und setzte sich in jedem freien Moment zum Tütenfalten hin. »Das schadet doch keinem«, sagte er zu seinem Sohn. Mevlut setzte sich seinem Onkel gegenüber, wie er das jedes Mal tat, wenn er in den Laden kam, und faltete ebenfalls los.

Süleyman wiederholte, dass es im Viertel eben anders zugehe als früher und heute kein Kunde mehr in einen Lebensmittelladen wolle, in dem die Tüten aus dreckigem Zeitungspapier seien.

»Dann sollen sie es bleiben lassen«, antwortete Onkel Hasan. »Und außerdem ist das hier kein Lebensmittel-, sondern ein Krämerladen.« Er zwinkerte Mevlut zu.

Süleyman klagte, dass sein Vater sich sogar selber schade: Ein Kilo Plastiktüten sei inzwischen viel billiger als ein Kilo alte Zeitungen. Da Mevlut sich vor dem Feilschen fürchtete, war es ihm nur recht, dass der Streit sich hinzog und sich somit an der Front der Aktaş von selbst ein Riss auftat. Als Onkel Hasan sagte, »Junge, Geld ist im Leben nicht alles«, nickte Mevlut daher zustimmend und fügte hinzu, nicht jede einträgliche Arbeit bringe auch wirklich etwas Nützliches hervor.

»Papa, Mevlut verkauft noch immer sein Boza«, sagte Süleyman. »Wir haben ja was für ihn übrig, aber übers Geschäft denken wir anders.«

»Mevlut bringt seinem Onkel jedenfalls mehr Achtung entgegen als ihr«, entgegnete Onkel Hasan. »Und schau nur, er sitzt nicht untätig herum, sondern faltet Tüten.«

»Wie viel Achtung Mevlut vor uns hat, werden wir schon sehen, wenn er uns sagt, was sein letztes Angebot ist«, sagte Korkut. »Also, Mevlut?«

Aufgeregt wollte Mevlut loslegen, doch es kam ein kleiner Junge herein und verlangte ein Brot. Der über achtzigjährige Onkel Hasan holte aus dem Brotschrank einen Laib und legte ihn auf die Ladentheke. Der vielleicht zehnjährige Junge verzog das Gesicht, weil ihm das Brot nicht knusprig genug war. »Du sollst das Brot mit dem Auge auswählen, nicht mit der Hand«, sagte Onkel Hasan und holte dem Jungen ein anderes Brot.

Da fiel Mevlut etwas ein, und er ging vor die Tür. Vor einem Jahr hatte Samiha ihm ein Handy geschenkt, auf dem sie ihn manchmal anrief, während er selbst das Telefon nie benutzte. Jetzt aber rief er sie an, um ihr zu sagen, dass zweiundsechzig Prozent zu viel seien und sie heruntergehen müssten, weil die Sache sonst in Streit ausarten werde.

Samiha hob aber nicht ab. Es fing an zu regnen, der Junge kam mit seinem Brot heraus, und Mevlut ging wieder hinein und faltete weiter Tüten. Süleyman und Korkut erzählten ihrem Vater schimpfend von den Schlaubergern, die ihre Zusage kurz vor der Unterschrift wieder zurückzogen und neu verhandeln wollten, und von abgefeimten Kerlen, die vom Bauunternehmer heimlich Geld dafür verlangten, dass sie ihren Nachbarn zum Unterschreiben überredeten. Mevlut ahnte, dass sie hinter seinem Rücken über ihn wohl genauso redeten. An den Fragen, die Onkel Hasan seinen Söhnen stellte, merkte Mevlut erstaunt, dass der Mann über die Verhandlungen und den Baufortgang recht gut auf dem Laufenden war und die beiden Jungen immer noch zu lenken suchte. Mevlut hatte gedacht, Onkel Hasan kümmere sich bloß mehr um seinen Laden und betreibe auch den nur noch aus Liebhaberei.

Da sah er auf einmal in der Zeitung vor sich ein bekanntes Gesicht, unter der Überschrift TOD EINES KALLIGRAPHIEMEISTERS. Betrübt musste er zur Kenntnis nehmen, dass der Spirituelle Meister gestorben war. Unter dem Foto aus jungen Jahren stand, einige Werke des »letzten großen Kalligraphen« seien in europäischen Museen ausgestellt. Vor einem halben Jahr war Mevlut zuletzt bei dem Mann gewesen, der – von Bewunderern umgeben – so weit weg saß, dass er nicht einmal seine Worte verstanden hatte. Das Umfeld dort hatte sich stark verändert, es liefen immer mehr Männer diverser Sekten in arabischen oder iranischen Gewändern herum. Es schreckte Mevlut ab, wenn das Religiöse sich mit dem Politischen vermischte, und so war er schließlich nicht mehr in das Viertel gegangen. Nun reute es ihn, den Meister nicht noch ein letztes Mal gesehen zu haben. Um an den Mann denken zu können, verschanzte er sich hinter der Zeitung.

»Mevlut, Tüten falten kannst du mit unserem Vater später«, sagte Korkut. »Jetzt machen wir endlich diesen Vertrag perfekt. Wir haben noch was anderes zu tun. Überall heißt es, warum hat euer Cousin noch immer nicht unterschrieben? Wir haben Samiha und dir gegeben, was ihr wolltet.«

»Wir wollen aber nicht in Hadschi Hamits Wohnheim, wenn unser Haus abgerissen ist.«

»Okay. Schreiben wir in den Vertrag tausendzweihundertfünfzig Lira Monatsmiete rein, für drei Jahre. Damit könnt ihr wohnen, wo ihr wollt.«

Das war ein hübsches Sümmchen. »Und wir wollen zweiundsechzig Prozent Anteil«, wagte Mevlut daraufhin zu sagen.

»Zweiundsechzig? Wie kommst du denn darauf?« (»Weil Samiha darauf besteht!«, hätte Mevlut am liebsten gesagt.) »Wir hatten uns doch auf fünfundfünfzig geeinigt!«

»Das haben wir so beschlossen«, erwiderte Mevlut so bestimmt, dass er sich selbst nur wundern konnte.

»Unmöglich«, versetzte Korkut. »Wir haben schließlich eine Ehre im Leib. Du kannst uns hier nicht so einfach bescheißen. Schämen solltest du dich! Weißt du eigentlich, was du da tust, Mevlut? Papa, siehst du, was unser Mevlut für ein Mensch ist?«

»Nur ruhig, Junge«, sagte Onkel Hasan. »Mevlut ist ein vernünftiger Kerl.«

»Dann soll er bei fünfundfünfzig einschlagen, und die Sache ist geritzt. Wenn er nicht unterschreibt, werden wir uns anhören müssen, warum wir es nicht mal schaffen, unseren eigenen Cousin zu überzeugen. Jeden Abend hocken die Leute zusammen und reden sich die Köpfe heiß, wie sie am besten verhandeln sollen. Und unser schlauer Mevlut will das ausnutzen und uns erpressen. Also, Mevlut, ist das dein letztes Wort?«

»Das ist mein letztes Wort.«

»Gut. Süleyman, wir gehen.«

»Moment mal«, hakte Süleyman nach. »Mevlut, pass mal auf. Seit diesem Beschluss mit dem Erdbebengebiet brauchen sich nur zwei Drittel der Leute zusammenzutun, und dann schert sich kein Mensch mehr, ob du dagegen bist. Dann schmeißen sie dich raus aus deinem Haus. Und damit du für dein Grundstück was kriegst, muss es im Grundbuch stehen, und das tut es nicht. Du hast nur diesen Wisch vom Gemeindevorsteher, und auf dem steht nicht nur dein Vater drauf, sondern auch unserer, das weißt du ganz genau. Wenn die Sache vor Gericht geht, zieht sich das zehn Jahre hin, und am Ende kriegst du nicht mal die Hälfte von dem, was wir dir jetzt anbieten. Willst du da immer noch den Trotzkopf spielen?«

»Junge, so redet man nicht mit den Leuten«, sagte Onkel Hasan.

»Ich bleibe dabei«, sagte Mevlut.

»Komm, Süleyman«, sagte Korkut. Der Ältere vorneweg, der Jüngere hinterdrein, rauschten sie aus dem Laden und gingen im Regen eiligen Schrittes davon.

»Jetzt sind sie schon über fünfzig, aber immer noch heißblütig, meine Jungs«, seufzte Onkel Hasan. »Aber das gehört sich nicht, so zu streiten. Na ja, die kommen schon wieder. Geh du doch ein bisschen runter.«

Das konnte Mevlut leider nicht zusagen. Wäre es nur nach ihm gegangen, hätte er sofort bei fünfundfünfzig unterschrieben, wenn die beiden Brüder nur einen etwas sanfteren Ton angeschlagen hätten. Aber Samiha bestand nun mal auf zweiundsechzig. Allein der Gedanke, nach zehn Jahren Prozess würde er vor dem Nichts stehen, ließ ihm den Schweiß ausbrechen. Er wandte sich wieder der Zeitung zu.

Der Tod des Meisters war vor vier Monaten gemeldet worden. Mevlut las die kurze Notiz noch einmal durch. Dass der Mann nicht nur Kalligraph, sondern auch Derwisch gewesen war, wurde mit keinem Wort erwähnt.

Was sollte Mevlut jetzt tun? Wenn er einfach ging, war die Sache geplatzt, und danach noch einen Kompromiss zu finden, würde noch viel schwerer sein. Vielleicht wollte ja Korkut gar nichts anderes. Vor Gericht würden sie erklären, ihr Vater habe ebenfalls ein Anrecht auf das Grundstück (und dabei tunlichst verschweigen, wie sie sich das Grundstück in Duttepe angeeignet und dasjenige in Kültepe verhökert hatten), und damit würden sie Mevlut schließlich alles abgeknöpft haben. Mevlut wusste nicht, wie er Samiha das alles beibringen sollte, und so faltete er weiter Tüten. Es kamen Frauen und Kinder in den Laden, wollten Reis, Seife, Kekse, Kaugummi, Schokolade, und gingen wieder.

Manche Kunden ließ Onkel Hasan noch immer anschreiben. Da er nicht mehr gut sah, sollten die Kunden selbst in das Heft schreiben, was sie gekauft hatten. Als ein Kunde ihm den Rücken kehrte, zeigte er Mevlut das Heft, ob auch das Richtige dastand. Als deutlich wurde, dass seine Söhne nicht wiederkommen würden, um die Sache gütlich beizulegen, sagte er zu Mevlut in tröstlichem Ton: »Weißt du, dein Vater und ich, wir waren nicht nur Brüder, wir waren Freunde. Wir haben die Grundstücke hier gemeinsam eingezäunt und gemeinsam darauf Häuser gebaut. Und den Gemeindevorsteher haben wir gebeten, auf die Papiere immer unsere beiden Namen zu schreiben, weil wir uns ja nie voneinander trennen wollten. Wir haben damals zusammen Joghurt verkauft, zusammen gegessen, sind zusammen zum Freitagsgebet gegangen und zusammen in den Park zum Rauchen. Hast du das Papier eigentlich dabei?«

Mevlut zog das vierzig Jahre alte, verschrumpelte Dokument heraus und legte es auf die Theke.

»Aber dann hat uns doch etwas getrennt. Und zwar dass Mustafa deine Mutter und deine Schwestern nicht nach Istanbul geholt hat. Dein Vater und du, ihr habt geschuftet wie die Tiere. Auf diese Wohnungen hat keiner so viel Anrecht wie du. Deine Schwestern haben bei weitem nicht so gearbeitet wie du, also müssten die drei Etagen, die ihr vom Bauunternehmer kriegt, eigentlich alle dir gehören. Solche Papiere vom Gemeindevorsteher damals habe ich noch ein paar hier, unausgefüllte, und einen Stempel habe ich auch. Der Gemeindevorsteher war ein Freund von mir und hat mir ein paar davon gelassen, die habe ich alle aufgehoben. Komm, zerreißen wir das alte Papier und füllen wir ein neues aus, mit einem schönen Stempel drauf. Dann brauchen euch die Vurals nicht mehr zu bezahlen, und Samiha und du, ihr habt eine Etage für euch.«

Mevlut begriff sehr wohl, dass er damit den Anteil seiner Mutter und seiner Schwestern drastisch beschnitten hätte, und winkte ab.

»Lehn nicht gleich ab«, sagte Onkel Hasan. »Den Schweiß hast du hier vergossen, also hast du auch ein Recht auf Rendite.«

Da klingelte Mevluts Handy, und er ging hinaus in den Regen. »Du hast angerufen, was ist?«, fragte Samiha. »Es läuft nicht gut«, antwortete Mevlut. »Lass dich ja nicht unterkriegen«, bekam er zu hören.

Wütend legte er auf und ging wieder hinein. »Ich muss los, Onkel Hasan«, sagte er.

»Du musst es wissen, Junge«, sagte dieser und faltete weiter seine Tüten. »Am Ende wird das geschehen, was dem Herrn gefällt.«

Viel lieber wäre Mevlut gewesen, wenn Onkel Hasan gesagt hätte: »Bleib noch sitzen, die Jungs beruhigen sich schon wieder.« Er war deshalb wütend auf ihn, und erst recht auf Samiha, die ihn in diese Situation überhaupt gebracht hatte. Genauso wütend war er auf Korkut und Süleyman und auf die Vurals, am allermeisten aber auf sich selbst. Wäre er auf Onkel Hasans Vorschlag eingegangen, so hätte er die redlich verdiente Wohnung doch noch bekommen. So hingegen war gar nichts mehr sicher.

Als er im Regen über die gewundene Teerstraße (vormals ein schlammiger Weg) am kleinen Supermarkt vorbei (wo früher der Trödler war) und dann die Treppe hinunter (die es früher nicht gab) zu der breiten Straße nach Kültepe ging, musste er, wie so oft, wieder an Rayiha denken. Immer öfter träumte er von ihr. Es waren schmerzliche, schlimme Träume. Stets waren zwischen ihm und Rayiha reißende Flüsse, Brände oder völlige Finsternis. Dann wuchs aus der Finsternis, ähnlich wie die hässlichen Hochhäuser neben ihm, ein wilder Urwald hoch, und Mevlut wusste, dass dort Hunde waren, aber auch Rayihas Grab, und darauf ging er trotz seiner Furcht vor den Hunden zu, fühlte aber zugleich, dass Rayiha ihn von der anderen Seite, also von hinten her beobachtete, und er freute sich, dass sie lebte, und wachte auf, glücklich und zugleich schmerzlich berührt.

Wäre Rayiha noch da gewesen, hätte sie ihm gut zugeredet und ihn irgendwie wieder beruhigt. Wenn dagegen Samiha sich etwas in den Kopf gesetzt hatte, sah sie nur mehr das, und davon wurde Mevlut noch nervöser. Nur abends, wenn er Boza verkaufte, konnte er noch er selbst sein.

An den Gartenzäunen manch leerstehender Häuser stand jetzt »Dieses Grundstück ist Eigentum der Firma Vural«. Links und rechts der nach Kültepe hinaufführenden Straße war damals noch alles unbebautes Gelände gewesen, und der Vater hatte Mevlut dorthin zum Brennholzsammeln geschickt. Jetzt standen zu beiden Seiten hässliche sechs- bis siebenstöckige Gecekondu-Bauten. Man hatte sie allesamt mit zwei oder drei Geschossen begonnen und nach und nach auf das schwache Fundament die weiteren Etagen draufgebaut, sodass es sich jetzt nicht lohnte, das Ganze abzureißen und Hochhäuser hinzustellen. Die Bauunternehmer versuchten nicht mal, mit den Wohnungseigentümern dort zu verhandeln. Korkut sagte, diese furchtbaren Häuser, bei denen jeder Stock in einem irgendwie anderen Stil gebaut war, verschandelten die ganze Gegend und bedeuteten für die neuen Hochhäuser eine Wertminderung. Am besten sei es, sie würden vom nächsten Erdbeben weggefegt.

Nach dem Beben von 1999 hatten Wissenschaftler vorausgesagt, es würde bald zu einem noch größeren Erdbeben mit verheerenden Zerstörungen kommen, und Mevlut ertappte sich manchmal, dass er, wie im Übrigen alle Istanbuler, voll Sorge daran dachte. Dabei wurde ihm jeweils bewusst, wie vergänglich doch die Stadt war, in der er vierzig Jahre lang durch so viele tausend Türen in so viele tausend Wohnungen getreten war, und wie vergänglich auch sein Leben und seine Erinnerungen. Die Hochhäuser, die nun an die Stelle der von seiner Generation errichteten Gecekondus traten, würden eines Tages ebenso verschwinden, und mit ihnen die Menschen darin. Jenen Tag stellte sich Mevlut manchmal vor wie in einem Traum, und dann wollte er überhaupt nichts mehr tun und hatte an das Leben keinerlei Erwartung mehr.

In den glücklichen ersten Ehejahren mit Rayiha hatte er noch gedacht, die Stadt werde sich nie ändern, und er werde sich darin mit Zähnen und Klauen einen Platz erobern und sich ihr anpassen. Letzteres hatte er im Grunde geschafft, doch waren seit damals noch zehn Millionen Menschen nachgekommen, hatten so wie er von irgendeinem Eckchen her auf die Stadt eingewirkt und sie somit vollkommen verwandelt. Es hieß, nun lebten in Istanbul ganze dreizehn Millionen Menschen.

Regentropfen kullerten ihm in den Nacken hinein. Ein schnelleres Gehen wollte er seinem zweiundfünfzigjährigen Herzen nicht zumuten, also suchte er sich einen Unterschlupf. Direkte Herzprobleme hatte er nicht, aber in letzter Zeit rauchte er zu viel. Am rechten Rand sah er den Platz, auf dem früher Hochzeiten und Beschneidungen gefeiert wurden und das Derya-Kino im Sommer Freiluftaufführungen anbot. Inzwischen war daraus ein umzäunter Fußballplatz geworden, auf dem die von Mevlut organisierten kleinen Turniere stattfanden. Er stellte sich unter das Vordach des Vereinsheims, steckte sich eine Zigarette an und sah die Regentropfen auf den grünen Rasen platschen.

Es gab ihm zu viel Aufregung in seinem Leben. In seinem Alter war ihm danach, einfach mal die Beine auszustrecken, aber dazu hatte er nicht die innere Ruhe. Das Ungenügen, das er schon empfunden hatte, als er damals in die Stadt gekommen war, hatte nach Rayihas Tod noch zugenommen, insbesondere in den letzten fünf Jahren. Was sollte er jetzt Samiha berichten? Er sehnte sich nach einer Wohnung, in der er bis an sein Lebensende bleiben konnte, ohne je Gefahr zu laufen, hinausgeworfen zu werden. Da dies nun in weite Ferne gerückt war, hätte Samiha ihn eigentlich trösten müssen, aber er wusste genau, dass sie selbst noch viel trostbedürftiger sein würde. Er beschloss, ihr nur den gelungenen Teil der Verhandlungen mittzuteilen. Vorerst mal.

Die Kanalisationsrohre von Kültepe reichten nicht aus, um das den Hang herunterrauschende Regenwasser aufzunehmen. Am herüberklingenden Hupen erkannte Mevlut, dass die Çarşı-Straße mal wieder überschwemmt war und der Verkehr sich staute.

Klatschnass kam er zu Hause an. Samihas fragenden Blicken wich er durch eine Notlüge aus: »Alles in Ordnung. Wir kriegen tausendzweihundertfünfzig Lira pro Monat, damit können wir uns einmieten, wo wir wollen.«

»Mevlut, warum lügst du mich an? Ich weiß schon, was los ist.«

Vediha hatte angerufen. Korkut sei außer sich vor Wut und stockbeleidigt. Sie wollten mit Mevlut nichts mehr zu tun haben.

»Was hattest du mir denn gesagt?«, klagte Mevlut. »Ich sollte nicht unter zweiundsechzig gehen, das habe ich dir sogar schwören müssen.«

»Tut es dir vielleicht leid?«, fragte Samiha und zog dabei spöttisch eine Augenbraue hoch. »Meinst du etwa, Korkut und Süleyman würden mich besser behandeln, wenn ich vor ihnen kusche?«

»Ich habe mein Leben lang vor denen gekuscht«, sagte Mevlut. Als Samiha darauf schwieg, fasste er Mut. »Wenn ich mich jetzt groß aufspiele, geht uns die Wohnung durch die Lappen«, sagte er. »Willst du dafür die Verantwortung übernehmen? Ruf deine Schwester zurück und bring das in Ordnung. Ich habe Angst vor den beiden.«

»Das kann ich nicht tun.«

»Dann rufe ich Vediha an«, sagte Mevlut, tat aber nichts dergleichen. Er fühlte sich allein und wusste genau, dass er ohne Samihas Unterstützung an dem Tag keine große Entscheidung würde treffen können. Er zog sich trockene Sachen an und sah dabei zum Fenster hinaus, wo es ganz anders aussah als damals, als er vor diesem Ausblick noch seine Hausaufgaben gemacht hatte. Neben die orangefarbene Atatürk-Knabenschule, mitten in den Pausenhof, in dem auch der Turnunterricht stattgefunden hatte, war ein so großes neues Gebäude hinzugekommen, dass Mevlut jedes Mal meinte, ein Krankenhaus vor sich zu haben.

Das Telefon klingelte. Samiha hob ab und sagte nur: »Ja, wir sind da.« Dann wandte sie sich wieder zu Mevlut. »Vediha kommt. Du sollst dich nicht vom Fleck rühren.«

Samiha vermutete, Vediha wolle Mevlut davon überzeugen, dass er einen Fehler begehe und lieber nachgeben solle, und so schärfte sie Mevlut ein, nur ja keinen Rückzieher zu machen.

»Vediha ist ein guter Mensch«, sagte Mevlut. »Die würde nicht mit einem Angebot kommen, das für uns schlecht wäre.«

»Du solltest ihr nicht so sehr vertrauen. Die schlägt sich eher auf die Seite von Süleyman. Hat sie das nicht schon immer so gehalten?«

War das etwa eine Anspielung auf die Briefgeschichte? Dabei war es die ganzen sieben Jahre ihrer Ehe noch nie vorgekommen, dass sie sich daran gerieben hätten. Schweigend lauschten sie auf den Regen.

Es klopfte laut an der Tür, als würde jemand mit der Faust dagegenschlagen. »Ich bin so was von nass«, murrte Vediha beim Eintreten, dabei hatte sie einen riesigen violetten Regenschirm, und es waren lediglich ihre Schuhe nass. Während Samiha ihr trockene Strümpfe und Pantoffeln holte, legte Vediha ein Papier auf den Tisch.

»Mevlut, unterschreib das jetzt, damit endlich Ruhe ist. Du hast mehr verlangt, als dir zustehen würde, und es hat mich einige Mühe gekostet, die Sache zu arrangieren.«

Mevlut hatte das gleiche Formular schon bei anderen Leuten gesehen und wusste genau, wohin er schauen musste. Als er die Zahl 62 sah, freute er sich wahnsinnig, ließ sich aber nichts anmerken. »Wenn ich kein Recht darauf habe, unterschreibe ich auch nicht.«

»Mevlut«, sagte Vediha lächelnd, »hier in der Stadt geht es nicht ums

Recht, sondern um den Gewinn, hast du das immer noch nicht kapiert? Was du gewinnst, darauf hast du zehn Jahre später auch ein Recht. Unterschreib das. Du hast gekriegt, was du wolltest, also zier dich jetzt nicht.«

»Erst müssen wir das durchlesen«, sagte Samiha, aber als Mevlut auf die Zahl wies, beruhigte auch sie sich. »Wie ist das zugegangen?«, fragte sie ihre Schwester.

Mevlut griff zu einem Stift und unterschrieb, worauf Vediha sogleich Korkut anrief. Dann hielt sie Samiha die Schachtel mit Böreks hin, die sie mitgebracht hatte. Die verzehrten sie zum Tee, und während Vediha noch abwartete, bis sich der Regen legte, erzählte sie genüsslich, Korkut und Süleyman seien stinksauer gewesen, und es habe wirklich schon danach ausgesehen, als würde es zum Prozess kommen und Mevlut schließlich alles verlieren, da habe auf einmal Hadschi Hamit Vural persönlich angerufen, dem die Sache zu Ohren gekommen sei.

»Es ist so«, sagte Vediha, »dass Hadschi Hamit vorhat, gegenüber von unserem Hochhaus noch ein viel höheres zu bauen. Deshalb hat er zu Korkut gesagt, wir sollen dir geben, was du verlangst, denn solange die Sache mit den zwölfstöckigen Häusern nicht durch ist, kann er das andere Projekt nicht angehen.«

»Wollen wir hoffen, dass da nicht was faul ist«, kommentierte Samiha.

Sie legte den Vertrag später einem Anwalt vor und bekam bestätigt, dass alles rechtens sei. Mevlut und sie zogen in eine Wohnung in Mecidiyeköy, die nicht weit vom Verein entfernt war. Mevlut musste aber an sein kleines altes Haus zurückdenken und fuhr immer wieder hin, ob nicht jemand sich dort eingenistet oder was gestohlen hatte. Aber zu stehlen gab es dort ohnehin nichts mehr, denn bis hin zu den Türklinken und dem Wasserhahn hatte Mevlut alles verkauft, was noch irgendeinen Wert hatte.

Als gegen Sommerende die Planierraupen der Vurals anrückten, sah Mevlut jeden Tag bei den Abrissarbeiten zu. Am ersten Tag wurde eine offizielle kleine Feier veranstaltet, bei der der Bürgermeister vor Journalisten eine Rede schwang. Wer da noch applaudiert hatte, tat es aber nicht mehr (und auch dann nicht, wenn er mit den Vurals noch so vorteilhaft abgeschlossen hatte), wenn in den folgenden Tagen sein eigenes Haus niedergewalzt wurde und in einer Staubwolke verschwand. Manche weinten, andere lachten, wieder andere konnten gar nicht hinschauen, und Mevlut sah sogar welche, die bei dem Anblick auf einmal einen Wutanfall bekamen. Als sein eigenes kleines Häuschen an der Reihe war, zog es Mevlut das Herz zusammen. Feuchten Auges sah er mit an, wie die Abrissbirne mit einem einzigen Schlag seine ganze Kindheit zunichtemachte, die vielen Mahlzeiten, die er dort gegessen hatte, seine Hausaufgaben, die Gerüche in dem Haus, das Schnarchen seines Vaters, Hunderttausende von Erinnerungen.

Teil VII
Donnerstag,
25. Oktober 2012

… die Gestalt einer Stadt
wechselt rascher, ach! als
das Herz eines Sterblichen.
Baudelaire, »Der Schwan«

Ich kann nur beim Gehen nachdenken.
Bleibe ich stehen, tun dies auch meine Gedanken;
mein Kopf bewegt sich im Einklang mit meinen Beinen.
Jean-Jacques Rousseau, »Die Bekenntnisse«

Wie schnell stirbt eine Stadt

Ich kann nur beim Gehen nachdenken

Nun wohnten sie alle zusammen in demselben zwölfstöckigen Hochhaus, das insgesamt achtundsechzig Wohnungen umfasste. Nur Mevlut und Samiha hatten eine Wohnung auf der nach Norden gehenden Seite, ohne Ausblick, im ersten Stock. Onkel Hasan und Tante Safiye wohnten im Erdgeschoss, Korkut und Vediha im neunten Stock und Süleyman und Melahat ganz oben im zwölften Stock. Wenn sie sich im Aufzug trafen oder in der Eingangshalle, wo der ständig rauchende Hausmeister seine Fußball spielenden Kinder schimpfte, lachten und scherzten sie und taten so, als ob es ganz und gar natürlich wäre, alle zusammen in so einem Hochhaus zu wohnen, aber eigentlich empfanden sie ihre Situation als befremdlich.

Am meisten galt das für den im Grunde glücklich vor sich hin lebenden Süleyman, denn dem hatte vorgeschwebt, in einer der oberen Etagen des dreißigstöckigen Hauses zu wohnen, das Hadschi Hamit Vural in seinen letzten Lebensjahren noch hatte vollenden können. Von dort hatte man einen wunderbaren Ausblick auf Istanbul. Dem alten Hadschi Hamit war das ganz recht gewesen. »Dein Bruder soll auch da wohnen und dein Vater auch!«, hatte er gesagt, doch als er vor zwei Jahren gestorben war, zwar mit neunzig erst, aber dennoch recht plötzlich (zu seinem Begräbnis kam übrigens auch der Wohnungsbauminister), überlegten die Leiter des Bauunternehmens es sich anders und schlossen Korkut und Süleyman aus dem Kreis der potentiellen Bezieher aus. Vor allem Süleyman kränkte das sehr, und während der vielen Diskussionen, die sie im Lauf des Jahres 2010 über das Thema führten, kamen sie hauptsächlich auf zwei mögliche Gründe für jenen Sinneswandel: Zu einen hatte

Korkut sich während einer Jahresversammlung über die vielen Bestechungsgelder beschwert, die für die Baugenehmigungen gezahlt werden mussten, und dabei hatte er gesagt: »Verlangen die tatsächlich so viel?« Hadschi Hamits Söhne hatten das persönlich genommen, nämlich als Anspielung darauf, dass die Minister vielleicht gar nicht so viel wollten, aber einiges direkt in die Taschen der Vurals floss. Dabei hatte Korkut das gar nicht so gemeint. Als zweiter Grund kam in Frage, dass Korkut wegen seiner erfolglosen Unternehmung in Baku als »Militärputschist« abgestempelt war, allerdings auch nur, weil jemand das Ganze irgendwann wieder aufgewärmt hatte. Unter nationalistisch gesinnten Regierungen wurde derlei große Toleranz entgegengebracht, während die gegenwärtigen Machtinhaber da keinen Spaß verstanden.

Später würden die beiden den wahren Grund erfahren, nämlich dass ihr Vater zu den Unternehmensvertretern gesagt haben sollte: »Wenn wir nicht alle im selben Haus wohnen, unterschreibe ich nicht!« Es hatte Korkut und Süleyman Mühe genug gekostet, ihre Eltern aus dem Haus zu bringen, in dem sie vierzig Jahre verbracht hatten. Letztendlich hatte die durch das Erdbeben verursachte Schieflage der oberen Etagen den Ausschlag gegeben.

Als Mevlut am Morgen des Opferfestes in der Hadschi-Hamit-Vural-Moschee betete, sah er in der Menschenmenge weder Süleyman und Korkut noch ihre Söhne, dabei hatten sie doch früher, als sie noch in verschiedenen Vierteln wohnten, sich unweigerlich vor dem Gebet getroffen und sich dann gemeinsam einen Weg nach vorne gekämpft, um Hadschi Hamit die Hand zu küssen.

Und nun besaß zwar jeder ein Handy, aber keiner hatte Mevlut angerufen, sodass dieser sich wie schon seit einigen Jahren in der betenden Menge recht einsam fühlte. Zwar grüßte er ein paar alte Bekannte aus Duttepe und Kültepe und Mitbewohner aus seinem Hochhaus, aber insgesamt wurde ihm durch die eher ruppige, ungeduldige Art der Menschen das Gefühl vermittelt, er verrichte sein Gebet in einem Viertel, zu dem er gar nicht gehörte. Wer von den Anwesenden wusste schon noch, dass Mevlut vor Jahr und Tag bei seiner Hochzeit mit Rayiha eine

Armbanduhr von Hadschi Hamit Vural bekommen hatte, von dem Mann also, den der Prediger bei der Erwähnung der »verdienstvollen Menschen, die uns so ein schönes Land, ja die uns Leben schenken«, an vierter oder fünfter Stelle hinter Atatürk nannte.

Als Mevlut aus der Moschee zurückkehrte, war Samiha nicht zu Hause. Bestimmt war sie bei Vediha, im neunten Stock, wo Abdurrahman Efendi sich über die Feiertage aufhielt. Dort oben waren auf der Seite, von der aus man keine Aussicht hatte, Zimmer genug, sodass Korkut und sein Schwiegervater sich aus dem Weg gehen konnten. Vediha und Samiha verbrachten den größten Teil des Tages zusammen mit ihrem Vater vor dem Fernseher. Süleyman hatte wohl früh schon seine Familie ins Auto gepackt und war zum Feiertagsbesuch bei den Schwiegereltern nach Üsküdar gefahren, zumindest schloss Mevlut das daraus, dass Süleymans Ford Mondeo nicht an seinem Platz stand.

Mevluts Wohnung ging ja auf den Parkplatz hinaus, und an seinem Fensterbrett meditierte Mevlut über das Leben der diversen Hausbewohner, die er von dort sah: Rentnerehepaare, junge, furchtbar laut redende Spießer, Paare, von denen er keine Ahnung hatte, was sie eigentlich so trieben, studierte Enkel früherer Joghurtverkäufer, und ständig Fußball spielende Jungs. Zu den lautesten Fußballern gehörten die Söhne Süleymans, der sechzehnjährige Hasan und der vierzehnjährige Kazim. Wenn der Ball über den Parkplatz hinausflog und den Abhang hinunterkullerte, liefen ihm die faulen jungen Fußballer nicht etwa nach, sondern plärrten alle im Chor, »Der Ball! He, der Ball!«, damit ihn jemand wieder zu ihnen hinaufschoss. Mevlut, der sein Leben lang auf den Beinen gewesen war, konnte sich darüber nur aufregen.

Dennoch war ihm in den acht Monaten, seit er dort wohnte, nie in den Sinn gekommen, aus dem Fenster auf die Fußball spielenden Jungs zu schimpfen. Sechsmal die Woche ging er vormittags um halb elf ins Vereinsheim in Mecidiyeköy, und von Mitte Oktober bis Mitte April verkaufte er abends regelmäßig Boza. Dazu suchte er sich alte, vornehme Viertel wie Şişli, Nişantaşı oder Gümüşsuyu aus. Gar nicht mehr kam er nach Tarlabaşı, wo im Zuge der Stadterneuerung die meisten alten griechischen Häuser schon geräumt waren und schicke kleine Hotels, Einkaufszentren und touristische Einrichtungen gebaut werden sollten.

An jenem Opferfesttag sah Mevlut, als er sich seinen Morgentee zubereitete, auf den Parkplatz hinunter, wo schon die ersten Opfertiere geschlachtet wurden (Süleymans Schafböcke waren allerdings nicht dabei). Dann blätterte er in dem Büchlein *Gespräche,* das der Spirituelle Meister verfasst hatte. Dass ein solches Buch erschienen war, hatte er ein halbes Jahr zuvor der Zeitung *İrşad* entnommen, die bei einem Krämer aushing. Darauf sammelte er geduldig die zwanzig nötigen Zeitungscoupons und bekam so das Bändchen, dessen Rückseite ein hübsches Jugendfoto des Meisters zierte. Zu dem Kapitel »Absicht des Herzens und Absicht der Zunge« hatte Mevlut, so schien ihm, vielleicht sogar einen Beitrag geleistet. Immer wieder vertiefte er sich in ein paar Seiten aus dem Buch.

Früher waren sie beim Opferfest nach dem Gebet stets gemeinsam fröhlich schwatzend nach Duttepe hinaufgezogen, sein Vater, sein Onkel, seine Cousins und er, und dann wurden zum Frühstück die von Tante Safiye gebackenen Böreks verzehrt. Nun, da sie alle getrennt wohnten, gab es keinen Ort mehr, an dem sie auf ganz natürlich Weise zusammengekommen wären. Um die alten Traditionen hochzuhalten, hatte Tante Safiye alle zum Mittagessen eingeladen, doch da Süleyman zu Melahats Eltern gefahren war, machten sich auch die Kinder davon, sobald sie ihr Feiertagsgeld eingeheimst hatten. Mit ihren Großeltern hätten sie sich nur gelangweilt.

Als sich auch Korkut nicht gleich blicken ließ, schimpfte Tante Safiye wieder auf die geldgierigen Politiker und Bauunternehmer los, die ihre Söhne verführt hatten und ihr daher als Ursache allen Übels galten. »Wie oft habe ich euch gesagt, reißt unser Haus von mir aus ab, aber erst wenn wir tot sind, könnt ihr hier einen Wolkenkratzer hinstellen, aber es hat ja keiner auf mich gehört. Ständig ist auf mich eingeredet worden, dass das Haus beim nächsten Erdbeben sowieso einstürzt, und wie schön ich es doch in einer Wohnung haben werde. Darauf bin ich nie reingefallen. Aber man will ja seinen Söhnen nicht im Weg stehen. Die haben mir geschworen, dass vor dem Haus ein Garten sein wird und dass ich vom Fenster aus Pflaumen und Maulbeeren pflücken kann. Von wegen. Weder Pflaumen noch Maulbeeren, kein Huhn und kein Küken, kein Garten und kein gar nichts. Ohne ein paar Tiere und ein bisschen Grünzeug können wir nicht leben, drum ist mein Hasan auch krank geworden. Man sieht ja nicht mal mehr einen Hund oder eine Katze draußen. Und es kommen bloß noch die Kinder und holen sich schnell ihr Feiertagsgeld ab, und sonst lässt sich keiner blicken. Da drüben ist mein schönes Haus abgerissen worden, in dem ich vierzig Jahre lange gewohnt habe, und wenn ich stattdessen diesen Riesenkasten sehe, muss ich immer weinen, Mevlut. Schau, das Hähnchen habe ich für dich gekocht, und nimm dir noch Kartoffeln, die magst du doch so.«

Samiha ließ auch keine Gelegenheit aus, Geschichten darüber zu verbreiten, wie unglücklich die Menschen in diesen neuen, hässlichen Häusern seien. Das tat sie natürlich auch, um Süleyman und Korkut, die sich zusammen mit den Vurals so vehement auf den öffentlichen Wohnungsbau gestürzt hatten, direkt bei ihrer Mutter schlechtzumachen. Sie berichtete von Leuten, die genau wie die Aktaş vierzig Jahre lang im selbstgebauten Haus mit Garten gelebt hatten und nun, wegen des Geldes oder wegen der Erdbeben oder weil sie keinen Grundbucheintrag hatten, in ein Hochhaus gezogen und dort unglücklich waren. Frauen wurden schwermütig und mussten ständig zum Arzt laufen, manche Menschen konnten beim Bauunternehmer ihre Schulden nicht abzahlen, andere standen auf der Straße, weil ihre Wohnung nicht rechtzeitig fertig geworden war, wieder andere hatten bei der Verteilung der Wohnungen ein schlechtes Los gezogen und bereuten nun ihre Entscheidung, und alle sehnten sich nach ihren Gärten zurück. Des Weiteren klagte Samiha, dass die alte Likörfabrik abgerissen worden sei, das Fußballstadion, das Gemeindehaus, das früher mal ein Pferdestall gewesen sei, und die ganzen Maulbeerbäume hätten sie auch gefällt. (Nicht erwähnte sie, dass sie sich unter diesen Bäumen damals heimlich mit Ferhat getroffen hatte.)

Vediha sagte, die armen Leute wollten eben nicht mehr in einem eiskalten, staubumwehten Gecekondu leben, sondern in einer sauberen, modernen, bequemen Wohnung, und verteidigte somit ihren Mann und

Süleyman. Mevlut wunderte das nicht. Wenn die beiden Schwestern sich mindestens zweimal am Tag in einer der beiden Wohnungen auf ein Plauderstündchen trafen, beteuerte Vediha ihrer Schwester gegenüber immer wieder, wie froh sie doch sei, in das Hochhaus gezogen zu sein. Seit sie nicht mehr alle zusammenlebten, musste Vediha nicht mehr die ganze Familie bekochen und mit Tee versorgen und aufpassen, ob nicht jemand mit löchrigen Strümpfen herumlief oder seine Medizin einzunehmen hatte, kurz, sie war nicht mehr – wie sie das manchmal wütend nannte – »jedermanns Dienstmädchen«. (Und hatte, wie Mevlut erschien, wohl deshalb in den letzten Jahren zugenommen.) Da ihre beiden Söhne geheiratet hatten und Korkut abends spät nach Hause kam, fühlte Vediha sich manchmal einsam, beklagte sich aber keineswegs über ihr Leben in einer Wohnung. Wenn sie nicht gerade mit Samiha ein Schwätzchen hielt, fuhr sie ihre Enkel in Şişli besuchen. Nach vielerlei Bemühungen und nicht wenigen Fehlschlägen war es ihr schließlich gelungen, Bozkurt mit der Tochter eines aus Gümüşdere stammenden Klempners zu verheiraten. Die Schwiegertochter plauderte gern mit ihr, und wenn sie auf die Straße musste, überließ sie ihr oft ihre beiden kurz hintereinander geborenen Töchter. Manchmal trafen sie sich auch in Şişli in der Wohnung von Turan, der vor einem Jahr sein erstes Kind bekommen hatte, und dorthin kam hin und wieder auch Samiha mit.

Mevlut nahm es Abdurrahman Efendi irgendwie krumm, dass er ein so gutes Verhältnis zu seinen Töchtern hatte. Weil er eifersüchtig war? Oder weil er an die von Samiha hinterbrachten Sticheleien dachte, die Abdurrahman Efendi alkoholisiert über ihn losgelassen hatte? (»Mir ist ein Rätsel, warum meine Töchter in dem riesigen Istanbul keinen anderen gefunden haben als diesen Mevlut.«) Oder etwa, weil sein achtzigjähriger Dauerschwiegervater schon mittags zu trinken anfing und Vediha schön langsam damit ansteckte?

Tante Safiye hatte über ihre üblichen Feiertags-Böreks hinaus Pommes frites für die Enkel gemacht, aber da die nicht da waren, aß Vediha alles alleine. Mevlut war sich so gut wie sicher, dass Abdurrahman Efendi, bevor er zum Essen heruntergekommen war, längst im neunten Stock seinen Mittagsraki gesüffelt hatte, und Samiha hatte bestimmt ein Glas mitgetrunken, und Vediha womöglich auch. Als Mevlut sich am Nachmittag zum Vereinsheim aufmachte, stellte er sich vor, wie Samiha oben mit ihrem Vater weitertrank. Und als er den Vereinsmitgliedern ein frohes Fest wünschte und hin und wieder läutende Kinder fortscheuchte, die sich einen feiertäglichen Geldsegen erhofften (»Das ist ein Verein hier!«), schwebte ihm wieder das Bild einer Samiha vor, die zu Hause dem Raki zusprach.

Vom ersten Jahr ihrer Ehe an hatten Mevlut und Samiha ein Spiel entwickelt, das immer wieder zwischen ihnen ablief. Es war gewissermaßen ihre Art, mit der Frage umzugehen, wem jene Briefe geschrieben worden waren. Über das Grundsätzliche waren sie sich rasch einig geworden, denn Mevlut hatte ja schon im Konak zugegeben, die Briefe an Samiha geschrieben zu haben. Sowohl seine offizielle als auch seine private Haltung dazu waren einfach. Bei Korkuts Hochzeit war er Samiha begegnet und hatte sich in ihre Augen verliebt. Dann aber hatte jemand ihn hinters Licht geführt, und er hatte Rayiha geheiratet. Bereut hatte er das überhaupt nicht, denn er war mit Rayiha glücklich geworden. Gegenüber den glücklichen Jahren mit Rayiha und der Erinnerung an seine erste Frau konnte und wollte er es nicht an Respekt fehlen lassen, und Samiha sah das durchaus ein.

Ungemütlich wurde es, wenn sie nach einem Glas Raki aufs Geratewohl einen der Briefe öffnete und ihn etwa fragte, was er damit gemeint habe, dass ihre Augen »wie Räuber« seien, »die einem den Weg abschneiden«. Samiha vertrat die Meinung, eine solche Frage verstoße nicht gegen den Geist ihrer Übereinkunft, denn Mevlut habe diese Worte ja ihr selbst geschrieben und müsse sie daher auch erklären können. Das gab Mevlut zu, doch weigerte er sich ganz einfach, sich in seinen damaligen Seelenzustand zurückzuversetzen.

»Das brauchst du auch gar nicht. Erklär mir nur, was du damals empfunden hast.«

Mevlut nahm einen Schluck Raki und bemühte sich ehrlich, seiner Frau zu schildern, was mit dreiundzwanzig in ihm vorgegangen war, doch kam er damit nicht weit. »Du kannst also nicht wiederholen, was du damals gefühlt hast«, sagte sie einmal wütend zu ihm, als er wieder herumdruckste.

»Ich bin eben nicht mehr der Gleiche wie damals«, erwiderte er.

Es trat eine Stille ein, und beiden wurde deutlich, dass nicht einfach die vergangenen Jahre und sein graues Haar Mevlut zu einem anderen Menschen gemacht hatten, sondern seine Liebe zu Rayiha. Samiha begriff, dass sie Mevlut zu innigen Worten nicht zwingen konnte, und Mevlut fühlte sich deswegen schuldig. So bildete sich allmählich eine Art Ritual zwischen ihnen heraus, ein gutgemeintes Spiel. Wenn sie gerade in Stimmung waren, griff einer der beiden einen der vergilbten Briefe heraus, las einen Satz daraus vor, und Mevlut erläuterte, warum und wie er jene Zeilen damals geschrieben hatte.

Entscheidend war, dass Mevlut dabei nicht sentimental wurde und von dem jungen Mann, der die Briefe geschrieben hatte, beinahe so sprach, als sei das nicht er selbst gewesen. So beging er zum einen gegenüber Rayiha keine Respektlosigkeit und schmeichelte dennoch Samihas Eitelkeit, indem er davon sprach, wie verliebt er damals in sie war. Und da Mevlut dabei auch über ihre gemeinsame Vergangenheit Neues erfuhr, über jene Zeit damals, die zur intensivsten seines Lebens gehört hatte, machte es ihm nichts weiter aus, in scherzhafter Diskussionsfreudigkeit jene alten Briefe zu erörtern.

Als er in der Dämmerung nach Hause kam, sah er Samiha am Esstisch sitzen und Tee trinken. Sie hatte wieder einen solchen Brief vor sich. Er war froh, dass auf dem Tisch kein Raki mehr stand.

Warum, so fragte sie, habe er in dem Brief, der aus der Garnison in Kars abgeschickt war, ihre Augen mit Narzissen verglichen? Mevlut musste zugeben, dass er sich damals von einem Kameraden hatte beraten lassen, der im Zivilberuf Literaturlehrer war. In der alten Literatur habe die Narzisse für das Auge gestanden. Da die Frauen damals weitgehend verschleiert gewesen seien, habe man überhaupt sowohl in der Hoch- als auch in der Volksliteratur viel mit dem Auge gearbeitet. Mevlut erzählte seiner Frau ganz aufgeregt, was der Lehrer ihm beigebracht hatte und was ihm damals zusätzlich noch alles in den Sinn gekommen war. Wenn man von so einem Auge, einer so unwiderstehlichen Anziehungskraft gefesselt sei, vergesse man sich ganz und gar und wisse nicht mehr, was man tue. »Ich war damals nicht mehr ich selbst.«

»Aber das, was du jetzt sagst, steht gar nicht in dem Brief.«

Im Taumel seiner Jugenderinnerungen fiel ihm ein, wie wichtig jener Brief damals für ihn gewesen war. Er erinnerte sich nicht nur an den leidenschaftlichen jungen Mann, der er gewesen war, sondern es stand ihm beim Erzählen auch das schöne Mädchen vor Augen, an das er den Brief geschrieben hatte. Damals, beim Schreiben, hatte er Samihas hübsches Gesicht nur mehr sehr vage in Erinnerung. Jetzt dagegen stellte er sich ein junges Mädchen mit einem noch fast kindlich lieben Gesicht vor, doch was ihm dabei auch jetzt noch das Herz höher schlagen ließ, war nicht das Gesicht von Samiha, sondern das von Rayiha.

Vor lauter Furcht, Samiha könne das bemerken, fing er hastig an, von der Sprache des Herzens zu reden, und salbaderte sogar über die Rolle von ABSICHT und SCHICKSAL im Leben. Wenn Samiha manchmal aus einem Brief von »geheimnisvollen Blicken« und »versklavenden Augen« vorlas, fiel Mevlut ein, wie Rayiha sich davon beim Besticken von Vorhängen für ihre Aussteuer hatte inspirieren lassen. Samiha wusste über die Gespräche Bescheid, die Mevlut mit dem Spirituellen Meister geführt hatte, und manchmal spielte sie darauf an, dass ihre Begegnung nicht nur Schicksal gewesen sei, sondern auch eine Absicht dahintergestanden habe. In ihrem Briefspiel kam sie darauf immer wieder zu sprechen. Als es an jenem Feiertagsabend dunkelte, fügte sie ihrer Argumentation etwas Neues und durchaus Überzeugendes hinzu.

Sie sagte nämlich, Mevlut und sie seien sich nicht bei Korkuts Hochzeit im Jahre 1978 zum ersten Mal begegnet, sondern genau sechs Jahre zuvor, im Sommer 1972, als Mevlut sich auf seine Englisch-Nachprüfung vorbereiten musste (seine Englischlehrerin Nazlı hatte er nie erwähnt). Zur Nachhilfe beim Sohn eines Deutschtürken war er damals jeden Tag zu Fuß von Cennetpınar nach Gümüşdere gegangen. Mevlut und der Junge hatten jeweils unter der großen Platane gegessen und in ein Buch geschaut, und Rayiha und Samiha hatten aus einiger Entfernung zu ihnen hinübergesehen, denn ein Buch zu lesen war im Dorf etwas Seltsames. Schon damals habe Samiha gemerkt, dass Rayiha sich für den lesenden Mevlut interessierte. Und als sie Jahre später von Vediha erfuhr, dass Mevlut ihrer Schwester Liebesbriefe schrieb, habe sie Rayiha nicht gesagt, dass es in den Briefen eigentlich um ihre, um Samihas Augen ging.

»Und warum hast du ihr nicht die Wahrheit gesagt?«, fragte Mevlut nachdrücklich.

Dass Samiha von Anfang an Bescheid gewusst hatte, irritierte Mevlut immer wieder, und zwar vor allem, weil er das durchaus für plausibel hielt. Und es bedeutete ja, dass Samiha, wären die Briefe an sie gerichtet gewesen (oder genauer gesagt, hätte jeweils ihr Name draufgestanden), sie keiner Antwort gewürdigt hätte, da sie an Mevlut gar nicht interessiert war. Daher wurde er von Samiha immer dann wieder schmerzlich daran erinnert, wenn diese das Gefühl hatte, Mevlut liebe sie weniger als Rayiha. Das sollte dann heißen, »Du liebst mich jetzt weniger, aber damals habe ich dich weniger geliebt«. Lange schwiegen die beiden sich an.

»Warum ich das nicht gesagt habe? Weil ich wie alle anderen auch wirklich wollte, dass ihr zwei heiratet und glücklich werdet.«

»Dann hast du was Gutes getan«, erwiderte Mevlut, »denn es war tatsächlich eine glückliche Ehe zwischen Rayiha und mir.«

An diesem heiklen Punkt schwiegen sie wieder, standen aber nicht vom Tisch auf. Sie konnten die auf dem Parkplatz manövrierenden Autos und die Jungen sehen, die in der Ecke neben den Müllcontainern Fußball spielten.

»In Çukurcuma wird es besser sein«, sagte Samiha.

»Hoffentlich.«

Die beiden hatten nämlich beschlossen, aus Kültepe wegzuziehen, in eine von Samihas Wohnungen in Çukurcuma. Die Mieteinnahmen von dort brauchten sie nicht mehr, denn die Wohnung in Kültepe war abbezahlt, und seither wollte Samiha weg. Nicht nur von der Wohnung als solcher, sondern weg von den Aktaş, das war Mevlut schon klar.

Mevlut rechnete sich aus, dass sie es in Çukurcuma leichter haben würden. Von Taksim nach Mecidiyeköy konnte er mit der neuen U-Bahn fahren, und in den Straßen von Cihangir ließ sich abends noch Boza verkaufen, da wurde man tatsächlich noch nach oben in Wohnungen gerufen.

Es war nun gänzlich dunkel, aber an den Scheinwerfern erkannte Mevlut, dass Süleyman auf den Parkplatz einbog. Mevlut und Samiha sahen schweigend mit an, wie Süleyman, Melahat und die beiden Söhne mit Einkaufstaschen beladen schwatzend auf die Haustür zugingen.

»Da ist ja niemand da bei Mevlut«, hörten sie Süleyman sagen, der in der Wohnung kein Licht sah.

»Keine Sorge, die kommen schon«, entgegnete Melahat.

Süleyman hatte die ganze Familie zum Abendessen zu sich geladen. Samiha hatte zuerst nicht kommen wollen, doch Mevlut hatte sie überreden können. »Wenn wir sowieso wegziehen, brauchen wir jetzt niemanden zu beleidigen.« Mevlut achtete immer mehr darauf, dass sie es sich wegen seiner Frau nicht mit den Aktaş oder mit Fevziye und Sadullah verdarben, denn je älter er wurde, umso mehr fürchtete er, sich in der Stadt einsam zu fühlen.

Seit dreiundvierzig Jahren war er nun in Istanbul. Die ersten fünfunddreißig Jahre über hatte er sich in der Stadt immer mehr eingelebt, jetzt dagegen entfremdete er sich ihr. Lag das an dem unaufhörlichen Strom neuer Menschen, an den vielen Hochhäusern, den großen Einkaufszentren? Es wurden ja nicht nur Gecekondus abgerissen, sondern auch respektable Häuser in Taksim und Şişli, die gerade mal vierzig Jahre auf dem Buckel hatten. Und die Leute darin schienen die Zeit, die ihnen in der Stadt zugemessen war, schon verbraucht zu haben. Sie verschwanden zusammen mit den alten Häusern, und während an deren Stelle immer höhere und entsetzlichere Betonkästen traten, zogen dort auch lauter neue Menschen ein. Und wenn Mevlut sich dreißig, vierzig Stock hohe Häuser anschaute, fühlte er, dass er zu diesen neuen Menschen nicht gehörte.

Und doch hatten diese Hochhäuser, die nicht nur auf entfernten Hügeln, sondern in ganz Istanbul aus dem Boden schossen, für Mevlut auch etwas Faszinierendes. Er rümpfte beim Anblick eines neuen Hochhauses nicht gleich die Nase wie die reichen Kunden, die sich über alles Neue erst mal beklagen, als wäre daran automatisch etwas faul. Mevlut interessierte sich vor allem dafür, wie von dort droben die Welt wohl aussah. Darum hatte er Süleymans Einladung auch gleich angenommen, um die herrliche Aussicht beim ihm genießen zu können.

Da Samiha so getrödelt hatte, trafen sie als Letzte ein, und Mevlut konnte von seinem Platz nicht nach draußen sehen, sondern nur auf Melahats verspiegelten Wohnzimmerschrank, der vor drei Monaten erst eingetroffen war. Die Kinder hatten längst gegessen. Außer Korkut, Vediha, Süleyman und Melahat saß noch ein stiller Abdurrahman Efendi am Tisch. Tante Safiye hatte wegen Onkel Hasans Zustand abgesagt. Korkut und Süleyman schleppten ihren Vater von Arzt zu Arzt, aber durch keine Untersuchung war herauszubekommen, was der Mann wirklich hatte. Onkel Hasan hatte von den Ärzten die Nase voll und wäre am liebsten gar nicht mehr aus seinem Bett aufgestanden. Wenn er schon aus dem vermaledeiten Hochhaus hinausmusste, wollte er nicht schon wieder in ein Krankenhaus, sondern in seinen Krämerladen, an den er ständig denken musste. Hinter dem Laden, der auch nach vierzig Jahren noch aussah wie eh und je, war ein großes Grundstück, das Onkel Hasan vor fünfundvierzig Jahren eigenhändig eingezäunt hatte, und Mevlut konnte sich gut vorstellen, dass da bald ein achtstöckiges Haus mit je fünf Wohnungen pro Etage stehen würde.

Schweigend sahen sie beim Essen die Abendnachrichten (der Staatspräsident war zum Feiertagsgebet nach Istanbul gekommen, in die Süleymaniye-Moschee). Obwohl Onkel Hasan nicht dabei war, stand die Raki-Flasche nicht auf dem Tisch, und Korkut und Süleyman gingen ab und an in die Küche, um sich nachzuschenken.

Auch Mevlut wollte Raki. Zwar gehörte er nicht zu denen, die im Alter immer weniger in die Moschee gingen und immer mehr Raki tranken, doch auf das hin, was Samiha zuvor im Dunkel ihrer Wohnung zu ihm gesagt hatte, konnte er einen Raki vertragen.

In die Küche folgte ihm die stets nachdenklich wirkende Melahat. »Der Raki ist im Kühlschrank«, sagte sie. Leicht verlegen trat nun auch Samiha ein und sagte lächelnd: »Schenk mir auch was ein.«

»Nein, nicht das Glas, nehmt lieber so eins. Bisschen Eis?« Mevlut war wieder einmal angetan von Melahats zuvorkommender Art. Im offenstehenden Kühlschrank sah er in einer grünen Plastikschüssel blutrote Fleischstücke liegen.

»Süleyman hat heute die zwei Schafböcke schlachten lassen«, erläuterte Melahat. »Wir haben schon was an Bedürftige verteilt, aber es ist immer noch so viel übrig. Je eine Schüssel haben wir bei Vediha und bei den Schwiegereltern im Kühlschrank deponiert, aber auf dem Balkon steht noch eine. Dürften wir die eine Weile bei euch in den Kühlschrank stellen?«

Süleyman hatte die Schafböcke vor drei Wochen gebracht und sie auf dem Parkplatz angebunden, wo Mevlut sie vom Fenster aus sehen konnte. In der ersten Zeit hatte er sich noch um sie gekümmert und ihnen Heu gebracht, aber dann hatte er, so wie auch Mevlut, die Tiere so gut wie vergessen. Manchmal landete ein Fußball auf einem der Böcke, dann ruckten sie aufgeregt hin und her und wirbelten Staub auf, und die Kinder lachten. Einmal war Mevlut hinuntergegangen, hatte einem der Schafböcke, die nun auf vier Schüsseln verteilt in Kühlschränken lagen, tief in die Augen geschaut und dabei traurig der einundzwanzigtausend im Bosporus ertrunkenen Schafe gedacht.

»Natürlich dürft ihr das«, sagte Samiha. Die Aussicht auf ihren Raki hatte sie milde gestimmt, aber Mevlut sah ihr an, dass ihr die Sache nicht passte.

»Frisches Fleisch riecht so streng«, sagte Melahat. »Süleyman will in der Firma welches verteilen, aber … Kennt ihr nicht noch ein paar bedürftige Leute?«

Mevlut dachte angestrengt nach: Auf der anderen Seite von Kültepe und auf anderen Hügeln standen noch alte Gecekondus, weil es wegen Besitzstreitigkeiten noch nicht zum Bau der ersehnten Hochhäuser gekommen war, und dort waren neue, seltsame Menschen eingezogen.

Doch die meisten wirklich Armen lebten nun noch viel weiter außerhalb, jenseits der zweiten Umgehungsautobahn. Aus jenen Vierteln, in die auch Mevlut noch keinen Fuß gesetzt hatte, kamen die Leute, die mit armseligen Handkarren von Müllcontainer zu Müllcontainer zogen und darin herumwühlten. Die Stadt war so sehr gewachsen und so sehr in die Breite gegangen, dass man selbst mit dem Auto ewig lang bis in solche Gegenden brauchte. Noch mehr erstaunten Mevlut die dort allmählich entstehenden gespenstisch großen Hochhäuser, die selbst vom anderen Bosporus-Ufer zu sehen waren. Fasziniert blickte Mevlut zu ihnen hinüber.

Ihm war es aber nicht lange vergönnt, im Esszimmer die Aussicht zu genießen, denn er musste auf eine Geschichte horchen, die Süleyman ihnen erzählte. Als vor zwei Monaten die Wohnungen verkauft wurden, die Mevluts Schwestern und seiner Mutter gehörten, waren die Schwestern zusammen mit ihren über sechzig Jahren alten Männern angereist, die ihr Lebtag lang kaum mal aus ihrem Dorf herausgekommen waren. Fünf Tage lang hatten sie bei Tante Safiye gewohnt, und Süleyman hatte sie in der Stadt herumgefahren und hinterher viele leicht spöttische Anekdoten darüber erzählt, wie sie die großen Bosporus-Brücken, die Hochhäuser, die ehrwürdigen Moscheen und die Einkaufszentren angestaunt hätten. Höhepunkt seiner Erzählungen war immer, wie die Schwager, die wie jedermann, um Steuern zu umgehen, sich das Geld hatten bar auszahlen lassen, ihre mit Dollars vollgestopften Taschen keine Sekunde lang aus den Augen ließen. Süleyman stand vom Tisch auf und machte nach, wie sie am letzten Tag mit den schweren Taschen bucklig zum Bus gewatschelt waren. »Du bist schon einer, Mevlut!«, sagte er zum Abschluss, und alle wandten sich lachend Mevlut zu, dem daraufhin die Laune gründlich verdorben war.

Sie lachten ja nur, weil sie ihn für ähnlich naiv hielten wie die alten Schwager, doch nicht etwa, weil er ihnen noch als Provinzler gegolten hätte, sondern weil er mit einer List selbst in den Besitz jener Wohnung hätte gelangen können, dies aber aus Ehrlichkeit nicht getan hatte. Die Schwager waren umsichtige Leute, die Mevlut etwa aus dem Dorf den

Grundbuchauszug für das kleine von seinem Vater geerbte Grundstück mitgebracht hatten, und sie ließen sich nicht leicht um etwas bringen, das ihnen zustand, doch wenn Mevlut vor drei Jahren auf Onkel Hasan gehört und sich ein neues Besitzpapier von ihm hätte ausstellen lassen, hätte er mehr Anteile bekommen und seither gar nicht mehr zu arbeiten brauchen. Der Gedanke daran ließ ihn nun Trübsal blasen.

Eine Weile sagte er gar nichts mehr. Er versuchte sich einzureden, dass er Samihas Kränkungen einfach nicht beachten sollte. Im Vergleich zu den alt aussehenden, dicken, griesgrämigen Frauen der anderen war seine Samiha noch wunderhübsch, und sie war lebhaft und klug. Noch dazu würden sie am nächsten Morgen alle zusammen nach Kadırga fahren und seine Enkel besuchen, denn Mevlut hatte sich mit Fatma ausgesöhnt. Er hatte ein schöneres Leben als alle anderen und hätte glücklich sein müssen, und das war er doch auch, oder? Als Melahat zum Dessert Baklava auf den Tisch brachte, stand Mevlut auf einmal auf. »Jetzt will ich auch mal was von der Aussicht haben«, sagte er und drehte seinen Stuhl herum.

»Na ja, wenn du außer dem Hochhausturm noch was siehst«, bemerkte Korkut.

»Mensch, wir haben dich auf den falschen Platz gesetzt«, sagte Süleyman.

Mevlut setzte sich mit seinem Stuhl auf den Balkon. Im ersten Augenblick wurde ihm ganz schwindlig von der Höhe und der unglaublichen Aussicht. Jener Hochhausturm war Hadschi Hamit Vural in seinen letzten fünf Lebensjahren eine Herzensangelegenheit gewesen, ganz so wie damals die Moschee in Duttepe. Zu seinem Leidwesen hatte es nicht einer der höchsten Wolkenkratzer von Istanbul werden können, aber zumindest stand (auch wenn darin weder ein Engländer noch ein Amerikaner wohnte) in großen Lettern »Tower« darauf, so wie auf den meisten solcher Hochhaustürme Istanbuls.

Es war das dritte Mal, dass Mevlut von dort oben hinuntersah. Die beiden Male zuvor war ihm gar nicht aufgefallen, dass der HADSCHI HAMİT VURAL TOWER Süleyman so viel von seiner Aussicht wegnahm.

Erst nachdem die Wohnungen in den zwölfstöckigen Hochhäusern in Kültepe alle verkauft waren, hatte Hadschi Hamit den Turm in Duttepe bauen können.

Mevlut merkte, dass der Blickwinkel, aus dem er nun auf die Stadt sah, in etwa der gleiche war wie damals, als sein Vater ihn zum ersten Mal auf die Spitze des Hügels mitgenommen hatte. Damals hatte er noch die einzelnen Hügel mit den darauf entstehenden Gecekondus und Fabriken unterscheiden können, während er jetzt nur noch ein Meer aus Häusern verschiedener Größen vor sich hatte. Ein Unterscheidungsmerkmal zwischen den Hügeln waren damals noch die großen Strommasten gewesen, doch wie die längst unter Beton und Straßen vergrabenen Bäche, deren Namen man schon nicht mehr wusste, verschwanden die Hügel unter Tausenden von Häusern. »Das muss Oktepe sein und das die Minarette der Moschee von Harmantepe.« So tastete Mevlut sich mühsam voran.

Er hatte eine Art aus Fenstern bestehendes Mauergewebe vor sich. Die Wucht, die von der Stadt ausging, die furchteinflößende Wirklichkeit, die Wildheit, ließen selbst einen gestandenen Mann wie Mevlut an eine harte Mauer denken. Die Zehntausende, ja Hunderttausende von Fenstern darauf sahen Mevlut an wie lauter Augen. Die morgens noch dunklen Augen änderten im Verlauf des Tages ihre Farbe, und abends, wie Mevlut sie nun vor sich hatte, ließen sie die Nacht über Istanbul fast taghell leuchten. Als Junge hatte Mevlut gern von weitem auf die Lichter der Stadt geschaut, denn das hatte etwas Verzauberndes an sich, etwas zugleich Schauriges und Schönes. Mevlut schreckte vor der Stadt zurück, und doch wollte er sich trotz seiner nunmehr fünfundfünfzig Jahre in den vor Augen wimmelnden Häuserwald hineinstürzen.

Wer aus solcher Entfernung auf die Stadt blickte, sah nach einer Weile doch auch, dass sich da unten etwas regte. Die Arznei- und Glühbirnenfirmen von damals waren längst abgerissen, und an ihre Stelle waren entsetzliche Türme mit Einkaufszentren darin getreten. Hinter dieser Art Betonvorhang aus neuen, hohen Gebäuden ließ sich der Schatten des alten Istanbuls erfühlen, das schon bei Mevluts Ankunft da gewesen war.

Und aus diesem Schatten schossen wiederum vereinzelt weiße Türme empor. Am meisten aber erstaunten Mevlut die Hochhäuser und Wolkenkratzer, die noch weiter dahinter entstanden. Manche waren so weit weg, dass Mevlut nicht einmal hätte sagen können, ob sie nun auf der asiatischen oder der europäischen Seite waren.

Die Gebäude waren alle so aufwendig beleuchtet wie die Süleymaniye-Moschee, sodass abends über der Stadt ein mal honigfarbener, mal rostgelber Lichthof lag. Wenn tiefe Wolken über der Stadt lagen und von unten zitronengelb angestrahlt wurden, sah es vielmehr so aus, als ob seltsame große Leuchten die Stadt von oben beleuchteten. Der Bosporus ließ sich in diesem Lichterknäuel nur noch ausmachen, wenn mal in der Ferne ein Schiffsscheinwerfer aufblinkte (wie die Flugzeugscheinwerfer, die von weitem immer so schick aussahen). Mevlut kam es so vor, als ob die Lichter und Schatten in seinem Kopf etwas mit dem Anblick der nächtlichen Stadt zu tun hatten. Und wohl deshalb ging er seit vierzig Jahren abends sein Boza verkaufen, egal ob ihm das noch etwas einbrachte oder nicht.

Nun begriff er so recht, was er all die Jahre über schon irgendwie geahnt hatte, nämlich dass er auf seinen Streifzügen durch die Stadt das Gefühl hatte, sich im eigenen Kopf zu bewegen. Wenn er mit den Mauern, den Reklamen, den Schatten, den im Dunkel kaum auszumachenden geheimnisvollen Dingen sprach, war ihm deshalb auch so, als redete er mit sich selbst.

»Was schaust du denn so?«, fragte ihn Süleyman, der zu ihm auf den Balkon hinaustrat. »Suchst du etwas?«

»Nein, ich schaue nur.«

»Schön, nicht? Und da ziehst du fort nach Çukurcuma.«

Als Mevlut wieder hineinging, sah er, wie Samiha ihren Vater zur Wohnungstür führte. Der altersschwache Schwiegervater redete kaum mehr und saß nach zwei Glas Raki nur noch brav neben seinen Töchtern. Mevlut konnte sich nur wundern, wie der Mann überhaupt allein mit dem Bus nach Istanbul gekommen war.

»Papa fühlt sich nicht gut, wir gehen«, sagte Samiha.

»Ich komme mit«, erwiderte er.

Aber da waren die beiden schon zur Tür hinaus.

»Soso, Mevlut, du verlässt uns also«, bemerkte Korkut.

»An so einem kalten Festtagsabend wollen viele Leute Boza«, erwiderte Mevlut.

»Das meine ich nicht. Ich habe gehört, du ziehst weg, nach Çukurcuma.« Als Mevlut keine Antwort gab, setzte Korkut nach: »Du kannst nicht einfach weg von uns.«

»Doch.«

Im Aufzug, in dem wie immer Musik dudelte, hatte Mevlut Mitleid mit Abdurrahman Efendi, der nur noch ein Schatten seiner selbst war. Auf Samiha aber war er noch immer böse, darum nahm er in der Wohnung wortlos seine Boza-Ausrüstung und ging hinaus, wo es ihm gleich leichter ums Herz wurde.

Eine halbe Stunde später war er mitten in Feriköy und spürte schon, dass die Straßen sich an dem Abend angeregt mit ihm unterhalten würden. Samihas Worte, dass sie ihn früher nicht geliebt hatte, setzten ihm zu. In solchen Momenten, oder wenn manchmal der Gedanke an all seine Unzulänglichkeiten in ihm hochstieg wie ein Schuldgefühl, dachte Mevlut wie von selbst an Rayiha.

»Boo-zaa!«, rief er die leere Straße hinauf.

Wenn er in letzter Zeit von Rayiha träumte, stand er immer vor dem gleichen Problem: Rayiha wartete in einem schlossartigen Holzpavillon auf ihn, doch obwohl er durch viele Straßen kam und immer wieder Türen öffnete, kam er ihr nicht näher und drehte sich nur im Kreis. Straßen, die er schon bewältigt hatte, erstanden ihm wieder in neuem Gewand, und an die entscheidende Tür kam und kam er nicht heran. An manchen Abenden wusste er in einsamen Straßen wirklich nicht mehr zu sagen, ob das nun Wirklichkeit war oder Teil jenes Traums.

»Boo-zaa!«

Schon als Junge hatte er gedacht, die Seltsamkeiten, die ihm auf der Straße auffielen, seien seinem Kopf entsprungen, doch damals stellte er sich diese ja auch ganz bewusst vor, während er später eher so empfand, als würden jene Traumgebilde und Gedanken ihm von einer fremden Kraft erst eingepflanzt. Und in den letzten Jahren sah er zwischen dem, was er draußen wahrnahm, und seinen Vorstellungen überhaupt keinen Unterschied mehr: alles aus demselben Stoff. Zu diesem schönen Gefühl trug das bei Süleyman getrunkene Glas Raki nicht unwesentlich bei.

Dass Rayiha in dem Holzschloss auf ihn wartete, konnte also etwas sein, was er sich ausgedacht hatte, aber genauso gut konnte es wahr sein. Auch das Auge, das seit vierzig Jahren von irgendwo oben über Mevlut wachte, wenn er in einsamen Straßen unterwegs war, konnte tatsächlich existieren oder eben nur eine Ausgeburt seiner Phantasie sein. Dass die Wolkenkratzer, die er von Süleymans Balkon aus in der Ferne sah, den Grabsteinen aus dem Bild in *İrşad* ähnelten, konnte natürlich Einbildung sein, und ebenso, dass seit dem Tag vor achtzehn Jahren, als ihm seine Uhr geraubt worden war, die Zeit irgendwie schneller verging …

Mevlut wusste auch, dass es eine Tatsache, zugleich aber auch nur ein süßer Traum war, dass seine Gefühle sich auf die Menschen in den Häusern übertrugen, wenn er dort vorbeiging und »Boo-zaa!« rief. Es mochte auch sein, dass in dieser Welt noch eine andere Welt verborgen war und er jene nur dann begehen und erdenken konnte, wenn er aus sich die zweite Persönlichkeit herausholte, die wiederum in ihm steckte. Mevlut verweigerte sich nun einer Entscheidung zwischen diesen beiden Welten. Sowohl die offizielle Meinung galt als auch die private, und sowohl die Absicht des Herzens hatte recht als auch die Absicht der Zunge. Das bedeutete nichts weniger, als dass auch stimmte und der Wahrheit entsprach, was Mevlut über all die Jahre hinweg von den Reklamen, den Plakaten, den aushängenden Zeitungen und den Graffiti erzählt worden war. Seit vierzig Jahren sandte die Stadt ihm Zeichen und Worte, und wie schon als Junge fühlte Mevlut in sich den Drang, darauf auch eine Antwort zu geben. Es war ihm gewissermaßen das Wort erteilt. Was wollte Mevlut der Stadt sagen?

Wie damals beim Schreiben der politischen Parolen war er sich unsicher, was für eine Meinung er der Stadt mitteilen sollte. Vielleicht sollte es lieber wie schon damals nicht die offizielle Meinung sein, sondern die private. Oder aber eine sehr profunde, die beide miteinander zu versöhnen wüsste.

»Boo-zaa!«

»He, Boza-Verkäufer, bleib mal stehen.«

Mevlut musste schmunzeln, als aus einem Fenster wie aus einer fernen Zeit ein Korb heruntergelassen wurde.

»Boza-Verkäufer, du weißt doch, wie das geht, oder?«

»Natürlich.«

Rasch füllte er eine gläserne Schüssel mit Boza, nahm sein Geld, und als er zufrieden weiterging, widmete er sich wieder der Frage, was er der Stadt für eine Meinung mitzuteilen habe.

Seit Jahren fürchtete er sich immer mehr davor, alt zu werden, zu sterben, zu verschwinden und vergessen zu werden. Er hatte niemandem etwas Böses getan und immer versucht, ein guter Mensch zu sein, und wenn er sich bis zum Ende seines Lebens in dieser Hinsicht keine Schwäche leistete, würde er wohl ins Paradies kommen. Und doch nagte an ihm eine Furcht, die er in jungen Jahren nicht gekannt hatte, nämlich dass er – obwohl er doch mit Samiha noch so manches Jahr vor sich hatte – ein leeres Leben geführt haben mochte und deshalb vergessen würde. Mevlut wusste nicht, was er der Stadt dazu sagen sollte.

Er ging an der Friedhofsmauer entlang. Obwohl er sich früher vor Toten und vor Friedhöfen so fürchtete, hatte ihn die Fremdheit in seinem Kopf doch immer wieder dazu getrieben, Friedhöfe zu betreten, während nun, wo ihm Totenschädel viel weniger Angst machten, ihn eher der Gedanke abschreckte, in so einem schönen alten Friedhof würde er zu sehr an den eigenen Tod erinnert. Aus kindlicher Neugier lugte er aber doch an einer niedrigen Mauerstelle ins Friedhofsdunkel und erschrak sogleich, als sich raschelnd etwas bewegte.

Es war ein schwarzer Hund, und schon kam ein zweiter herbeigetrottet, aber sie verschwanden im Friedhofsinneren. Mevlut kehrte um und ging raschen Schrittes davon. Es gab nichts zu befürchten. An so einem Festtagsabend waren gutangezogene, freundliche Menschen auf den Straßen, die ihm zulächelten. Ein Mann in seinem Alter hielt ihm vom Fenster eine große Karaffe hin. Mevlut füllte sie mit zwei Kilo Boza, ging vergnügt weiter und vergaß die Hunde.

Zwei Straßen weiter aber versperrten ihm die Hunde den Weg. Und gleich darauf merkte er, dass er auch hinter sich zwei Hunde hatte und ihm also der Rückweg abgeschnitten war. Das Herz klopfte ihm so schnell, dass ihm weder eines der Gebete einfiel, die der Derwisch ihm damals beigebracht hatte, noch einer der Ratschläge des Spirituellen Meisters.

Als Mevlut zitternd an den Hunden vorbeiging, knurrten diese nicht und verhielten sich auch sonst in keiner Weise bedrohlich. Sie schnüffelten nicht einmal an ihm, ja beachteten ihn gar nicht. Mevlut atmete auf, denn er wusste, dass dies ein sehr gutes Zeichen war. Sogleich wurde der Wunsch in ihm wach, sich mit jemandem zu unterhalten. Die Hunde mochten ihn.

Ein paar Straßen voller gutgelaunter, freigebiger Kunden weiter sah Mevlut erstaunt, dass die eine Kanne schon fast leer war, da ging in einem alten Haus ein Fenster auf und eine Männerstimme rief: »He, Boza-Verkäufer, kommen Sie doch rauf zu uns!«

Zwei Minuten später stand er im dritten Stock des aufzuglosen Hauses mit seiner Kanne vor einer Wohnungstür und wurde hineingelassen. Drinnen roch es stark nach Raki und nach dem Dunst, der sich entwickelt, wenn man nur wenig heizt, dafür aber nicht oft lüftet. Mevlut fand jedoch keine Ansammlung streitender Betrunkener vor, sondern eine Großfamilie in Festtagsstimmung. Bedächtige Väter, geschwätzige Mütter, Opas, Omas und zahllose Kinder. Während die Erwachsenen sich unterhielten, liefen die Kinder durch die Wohnung, versteckten sich unter dem Tisch und schrien herum. Mevlut erfreute sich am Glück dieser Menschen. Dafür waren die Menschen doch geschaffen worden, dass sie glücklich wurden und offen und ehrlich durchs Leben gingen. Am goldfarbenen Licht, dass aus dem Wohnzimmer drang, ersah Mevlut, wie menschlich warm es dort drinnen zuging. Unter den Blicken neugieriger Kinder füllte Mevlut von seinem besten Boza insgesamt fünf Kilo in

Gläser ab. Da kam aus dem lauten Wohnzimmer eine Dame zu ihm in die Küche. Sie hatte bemalte Lippen, trug ihr Haar offen und sah ihn aus großen schwarzen Augen an.

»Das ist aber schön, dass Sie zu uns hochgekommen sind. Und wie Sie da draußen auf der Straße gerufen haben, das hat mir so richtig gutgetan. Ich finde es schön, dass Sie Boza verkaufen. Und dass Sie nicht denken, wer soll mir hier schon was abkaufen, zwischen all dem Beton und den Hochhäusern.«

Mevlut stand schon an der Tür. »Das würde ich nie tun«, sagte er. »Ich verkaufe Boza, weil ich das einfach gerne mache.«

»Hören Sie nur ja nie damit auf. Und kommen Sie wieder mal in unsere Straße.«

»Ich werde Boza verkaufen bis zum Jüngsten Tag.«

Die Frau gab ihm viel mehr Geld als für die fünf Kilo Boza und bedeutete ihm mit einer Geste, den Rest solle er behalten. Leise ging Mevlut die Treppe hinunter, legte sich draußen das Tragjoch auf die Schultern und stellte die Kannen hinein.

»Boo-zaa!« Als er eine endlos währende Straße zum Goldenen Horn hinunterging, kam ihm auf einmal die Aussicht in den Sinn, die er von Süleymans Balkons aus gehabt hatte. Und da wusste er plötzlich, was er der Stadt sagen und auf ihre Mauern schreiben wollte. Es war dies seine offizielle als auch seine private Meinung; es war die Absicht seines Herzens und die Absicht seiner Zunge.

Und so murmelte er: »Ich habe Rayiha mehr geliebt als irgendetwas sonst auf der Welt.«

2008–2014

Anhang

Personenverzeichnis

Das Personenverzeichnis entspricht dem der türkischen Originalausgabe. Es verweist auf ausgewählte Stellen im Buch, kursiv gedruckte Ziffern stehen für den jeweiligen Figuren zugeordnete Passagen.

Chronologie

1954 Zum ersten Mal ziehen aus dem Umland von Beyşehir im größeren Stil Menschen nach Istanbul und verdingen sich dort vor allem als Joghurtverkäufer.

6./7. September 1955 In Istanbul Progrom gegen nichtmuslimische Minderheiten. Geschäfte werden geplündert, Kirchen verwüstet.

1957 Mevlut Karataş kommt im Dorf Cennetpınar (Landkreis Beyşehir, Provinz Konya) als Mevlut Aktaş zur Welt.

27. Mai 1960 Militärputsch.

17. September 1961 Der frühere Ministerpräsident Adnan Menderes wird hingerichtet.

1963 Die Brüder Hasan und Mustafa Aktaş gehen zum Arbeiten nach Istanbul.

1964 Wegen der Zypern-Krise werden Tausende von Istanbuler Griechen des Landes verwiesen. In Tarlabaşı stehen daraufhin zahlreiche Häuser leer.

1965 Hasan und Mustafa ziehen in das einzimmrige Gecekondu, das sie in Kültepe gebaut haben. Hasans älterer Sohn Korkut kommt zu seinem Vater und seinem Onkel nach Istanbul. Mit seiner Hilfe zäunen Hasan und Mustafa in Duttepe und Kültepe jeweils ein Grundstück ein.

1965 Baubeginn der Moschee von Duttepe.

1965 Gerüchte über eine Bauamnestie. Frenetische Bau- und Gecekondu-Tätigkeit. Die Parlamentswahlen werden von der Gerechtigkeitspartei Süleyman Demirels gewonnen.

1966 Der Bucklige Abdurrahman gibt das Yoghurtverkaufen auf und kehrt in sein Dorf Gümüşdere zurück.

1968 Süleyman, der jüngere Sohn von Hasan Aktaş, kommt nach Istanbul zu seinem Vater, seinem Bruder und seinem Onkel.

Dezember 1968 Hasan, Korkut und Süleyman ziehen aus dem Haus, in dem sie mit Mustafa gelebt hatten, in ein selbstgebautes Gecekondu auf einem Grundstück, das sie 1965 in Duttepe eingezäunt hatten.

Sommer 1969 Mustafa Aktaş lässt in Beyşehir den Namen seiner Familie in Karataş umändern.

Sommer 1969 In Duttepe eröffnet das erste Freiluftkino (Derya).

Spätsommer 1969 Mevlut kommt zu seinem Vater nach Istanbul, wo er arbeiten und zur Schule gehen soll.

12. März 1971 Durch ein Memorandum an Staatspräsident Cevdet Sunay zwingt das Militär die Regierung zum Rücktritt.

April 1971 Mevlut lernt Ferhat kennen.

1972 Im Elyazar-Kino in Beyoğlu sieht Mevlut zum ersten Mal einen Sexfilm.

30. Oktober 1973 Die auch als »Erste Brücke« bekannte Bosporus-Brücke wird eingeweiht.

Januar 1974 Einweihung der Moschee von Duttepe zum Opferfest

März 1974 Mevlut folgt zum ersten Mal der Frau, der er den Namen Neriman gibt.

20. Juli 1974 Die türkische Armee landet auf Zypern und besetzt die Insel.

März 1977 Mevlut klebt politische Plakate.

April 1977 Auseinandersetzungen zwischen Linken und Rechten in Duttepe und Kültepe.

1. Mai 1977 34 Tote bei Maikundgebung am Taksim-Platz.

Mai 1978 Hasan Aktaş verkauft an Hadschi Hamit Vural das Grundstück, das er 1965 mit seinem Bruder Mustafa eingezäunt hatte.

Sommer 1978 Mevlut lässt sich einen Schnurrbart wachsen.

August 1978 Korkut und Vediha heiraten.

Oktober 1978 Mevlut zieht mit Ferhat in eine Wohnung in Tarlabaşı und arbeitet im Restaurant Karlıova als Kellner.

19.–26. Dezember 1978 Bei einem Massaker in Maraş werden 150 Aleviten getötet.

Mitte der siebziger Jahre Joghurtfirmen beginnen ihre Produkte in Glas- und Plastikgefäßen zu verkaufen.

1979 Der *Milliyet*-Journalist Celâl Salik wird ermordet. Im Iran kommt es unter der Führung von Ayatollah Khomeini zu einer islamischen Revolution.

Ende 1979 Korkut und Vediha bekommen einen Sohn, Bozkurt.

Frühjahr 1980 Mevlut tritt seinen Wehrdienst an.

12. September 1980 Während Mevlut in Kars bei einer Panzereinheit Dienst tut, kommt es zu einem Militärputsch.

Ende 1980 Korkut und Vediha bekommen ihren zweiten Sohn Turan.

Januar 1981 Mevluts Vater Mustafa Karataş stirbt. Mevlut kommt zur Beerdigung nach Istanbul und vermietet das Haus in Kültepe.

17. März 1982 Mevlut kommt nach dem Wehrdienst nach Istanbul zurück und mietet eine Wohnung in Tarlabaşı.

2. April–14. Juni 1982 Falkland-Krieg zwischen Großbritannien und Argentinien.

17. Juni 1982 Mevlut entführt aus dem Dorf Gümüşdere Rayiha, die Tochter des Buckligen Abdurrahman Efendi.

Sommer 1982 Mevlut verkauft zum ersten Mal Eis.

September 1982 Mevlut und Rayiha heiraten.

Oktober 1982 Mevlut fängt an, Reis zu verkaufen.

November 1982 In einem Referendum wird die Verfassung von 1982 angenommen und Putschgeneral Kenan Evren zum Staatspräsidenten gewählt.

April 1983 Mevlut und Rayiha bekommen ihre erste Tochter Fatma.

April 1983 In der Türkei dürfen bis zur zehnten Schwangerschaftswoche Abtreibungen vorgenommen werden. Verheiratete Frauen müssen dazu eine Einverständniserklärung ihres Ehemannes vorweisen.

Anfang 1984 Samiha läuft mit Ferhat davon.

August 1984 Mevlut und Rayiha bekommen ihre zweite Tochter Fevziye.

26. April 1986 In Tschernobyl kommt es zu einem Reaktorunfall.

1986–88 Der Tarlabaşı-Boulevard wird gebaut.

Februar 1987 Im Şan-Theater bricht ein Feuer aus.

18. Juni 1988 Versuchtes Attentat auf Ministerpräsident Turgut Özal.

3. Juli 1988 Die Fatih-Sultan-Mehmet-Brücke über den Bosporus wird eingeweiht.

Anfang 1989 Mevluts Verkaufswagen wird beschlagnahmt. Mevlut lernt den Spirituellen Meister kennen. Ferhat beginnt als Stromableser zu arbeiten.

4. Juni 1989 Proteste auf dem Pekinger Platz des Himmlischen Friedens.

September 1989 Mevlut beginnt im Binbom Büfe als Geschäftsführer zu arbeiten.

9. November 1989 Fall der Berliner Mauer.

1990–95 Bürgerkrieg in Jugoslawien und Zerfall des Staates.

1991 Privatisierung des Stromsektors.

17. 1.–28. 2. 1991 Zweiter Golfkrieg.

14. November 1991 Ein libyscher Frachter stößt im Bosporus mit einem philippinischen Schiff zusammen und sinkt mit seiner aus 21 000 Schafen bestehenden Ladung.

25. Dezember 1991 Die Sowjetunion wird aufgelöst.

24. Januar 1993 Der Journalist Uğur Mumcu wird mit einer Autobombe ermordet.

2. Juli 1993 Das Madımak-Hotel in Sivas wird von Islamisten angezündet. 35 Menschen kommen dabei zu Tode.

1994–95 Krieg zwischen der PKK und der türkischen Armee. Dörfer werden niedergebrannt und viele Kurden flüchten nach Istanbul.

Anfang 1994 Ferhat lernt Selvihan kennen.

Februar 1994 Mevlut verliert seine Arbeit im Binbom Büfe.

27. März 1994 Bei den Kommunalwahlen wird Recep Tayyip Erdoğan Bürgermeister.

30. März 1994 Beim Boza-Verkaufen wird Mevlut zusammen mit seinem Vater von zwei Männern ausgeraubt.

April 1994 Mevlut und Ferhat eröffnen das Lokal »Boza bei den Schwagern«.

Februar 1995 Rayiha wird zum dritten Mal schwanger.

März 1995 Korkut ist am Putschversuch gegen den aserbaidschanischen Präsidenten Aliyev beteiligt.

12.–16. März 1995 Bei Auseinandersetzungen kommen im Gazi-Viertel zwölf und in Ümraniye fünf Menschen ums Leben.

Anfang April 1995 Das Lokal »Boza bei den Schwagern« schließt.

Mitte April 1995 Mevlut arbeitet als Parkplatzwächter.

Mai 1995 Rayiha stirbt bei einem selbst vorgenommenen Abtreibungsversuch.

Ende 1995 Mevlut wird von Ferhat als Stromableser untergebracht.

Anfang 1996 Süleyman heiratet Mahinur Meryem. Ihr erster Sohn Hasan kommt zur Welt.

November 1997 Ferhat wird ermordet.

1998 Süleymans zweiter Sohn Kâzım kommt zur Welt.

Juni 1998 Mevlut fängt eine Arbeit im Vereinsheim der Leute aus Beyşehir an.

Februar 1999 Kurdenführer Öcalan wird nach fünfzehn Jahren Kampf gegen den türkischen Staat und mehrjährigem Versteck in Syrien gefasst.

Sommer 1999 Für Bozkurt bittet Süleyman Mevlut um die Hand Fatmas.

17. August 1999 Beim Marmara-Erdbeben kommen 17 480 Menschen ums Leben.

Ende September 2000 Mevluts ältere Tochter Fatma fängt an zu studieren.

Juni 2001 Fatma heiratet ihren Kommilitonen Burhan und zieht mit ihm zum Studieren nach Izmir.

11. September 2001 El-Kaida-Anschlag auf die Zwillingstürme in New York.

September 2001 Mevluts jüngere Tochter Fevziye läuft mit Erhan weg, dem Sohn eines Taxifahrers aus Kadırga.

Ende 2001 Hochzeit von Fevziye und Erhan in einem Hotel in Aksaray.

2002 Mevlut sieht zum ersten Mal in Flaschen abgefülltes Boza.

Mai 2002 Geburt von Fevziyes Sohn und Mevluts Enkel İbrahim.

Herbst 2002 Mevlut und Samiha heiraten.

3. November 2002 Die Islamistenpartei AKP regiert zum ersten Mal allein.

März 2003 Nach Aufhebung seines Politikverbots wird Recep Tayyip Erdoğan Ministerpräsident.

20. März 2003 Besetzung Iraks.

28. März 2004 Triumph der AKP bei den Kommunalwahlen.

7. Juli 2005 Bei El-Kaida-Anschlägen auf Londoner Busse und U-Bahnen kommen 56 Menschen ums Leben.

19. Januar 2007 Der armenische Journalist Hrant Dink wird auf offener Straße erschossen.

22. Juli 2007 Bei den Parlamentswahlen erringt die AKP wieder die absolute Mehrheit.

29. März 2009 Bei den Kommunalwahlen ist die AKP erneut erfolgreich und erhöht sowohl in Duttepe als auch in Kültepe ihre Stimmenanzahl.

April 2009 Mevlut verkauft das Haus seines Vaters für eine Wohnung in einem Hochhaus.

17. Dezember 2010 Nach der Selbstverbrennung eines Straßenhändlers in Tunis kommt es zu den »Arabischer Frühling« genannten Protesten und Revolutionen.

Ab März 2011 Hunderttausende von Syrern flüchten in die Türkei.

12. Juni 2011 Bei den Parlamentswahlen gewinnt die AKP wieder die absolute Mehrheit.

März 2012 Die Familien Karataş und Aktaş beziehen ihre neuen Wohnungen.